Minny Baker
Jedes Jahr im Wind
Liebesroman

Für Alpha,
inklusive Meer, Sand
und einer leichten
Brise voller Musik!

"Minny schreibt schöne eigene Geschichten!" Dieser Satz aus einem ihrer ersten Schulzeugnisse hat ihr Leben geprägt. 1983 wurde sie geboren und ist im hohen Norden aufgewachsen.

Inzwischen lebt sie mit ihrer Familie in der Lüneburger Heide und liebt Geschichten und Musik aller Art. Seit 2017 veröffentlicht sie Bücher, die neben Liebe und Dramatik auch immer eine gute Prise Humor haben müssen.

Minny Baker

Jedes Jahr im Wind

Roman

Zum Inhalt:

Jedes Jahr im Wind

Wenn die Welle mir den Atem verschlägt,

mein Ende gekommen zu sein scheint,

das schwarze Wasser alles Licht verschlingt,

bist du mein Mond und meine Sonne,

um den Weg zurückzufinden.

frei übersetzt aus dem Song „Black Wave" von Quiet Place

Im Sommer ...

Und dann war ich hier,

an diesem Morgen,

an unserem Platz

und die Sonne ging auf.

frei übersetzt aus dem Song „Rising Sun" von Quiet Place

1

Ferienzeit gleich Arbeitszeit. Für Frieda ergab das ein lukratives Geschäft, denn wenn eine Sache im Sommer gewiss schien, dann die, dass zahlungswillige Touristinnen und Touristen in ihren ostfriesischen Heimatort Norddeich einfielen, wie Möwen sich auf Pommes stürzten. Und wenn diese eines wollten, die Touristen, nicht die Möwen, dann waren das Souvenirs, Strandsachen und jede Menge Spielzeugkram für die Kleinen.

So war es auch heute abgelaufen, weswegen sie zufrieden nach Arbeitsende den großen Souvenirladen verließ, der sich in einem typisch ostfriesisch wirkenden Backsteinhaus befand, und den kühlen Wind spürte, der den warmen Tag angenehm machte. Am liebsten arbeitete Frieda am Sonntag, denn da gab es als Zulage eine Stunde extra bezahlt. Denn hier in Norddeich, einem der Touristenhotspots in Ostfriesland, konnte man im Gegensatz zum Großteil Deutschlands auch sonntags einkaufen, wenn auch nicht so lange wie an anderen Wochentagen.

Doch heute war nicht Sonntag, heute war Samstag, Hauptanreisetag, und dazu noch der erste Samstag ihrer Sommerferien, sodass sie sich freute, morgen und übermorgen frei zu haben. Auf sie wartete ein entspanntes Wochenende mit Büchern, Fernsehen, ihren Freundinnen und Ruhe, weit weg von der hereinbrechenden touristischen Zivilisation, der dem Ort ihrer Meinung nach jeglichen Charme raubte, weil sich alles auf Touristenmassen und deren Geschmack und Bedürfnisse ausrichtete.

Von ihrem Arbeitsort fuhr sie mit dem Fahrrad nach Hause, weg von den Verkaufsstraßen des Ortes, rein ins Wohngebiet, wo neben unzähligen seelenlosen Ferienhäusern, die alle mehr oder minder aus roten Klinkersteinen bestanden, auch tatsächlich ein paar Einheimische wohnten wie Frieda und ihre Familie, die aus ihren Eltern und ihrer kleinen Schwester bestand.

Sie lebten vom Tourismus, wie fast alle hier, denn ihr familiäres Einkommen bestand aus mehreren Ferienhäusern und -wohnungen, die ihren Eltern entweder gehörten oder sie für andere betreuten.

Ruckhaft wurde sie aus ihren Gedanken gerissen, denn aus dem Nichts lief ein Tourist vor ihrer Nase auf den Fahrradweg, etwas, womit man immer rechnen musste, doch womit Frieda durch ihre Gedanken gerade nicht gerechnet hatte.

Wild klingelte sie und der ältere Mann, den man gut an seinen Latschen, dem bescheuerten Sonnenhut und der Norddeich-Tragetasche als Tourist identifizieren konnte, sprang erschrocken aus dem Weg, um ihr dann ein „Eeeeeyyy!" hinterherzubrüllen.

„Fahrradweg!", brüllte sie zurück und fuhr weiter. Sie hatte solche Situationen schon zu oft erlebt, als dass es ihr peinlich war, fremde Personen anzubrüllen. Dafür machte sie das rücksichtslose Verhalten viel zu wütend.

Touristen ... Sie schüttelte den Kopf. Wenn sie nicht mächtig viele Souvenirs kauften, nervten sie einfach nur, genau wie die Tatsache, dass man ihnen einfach nicht entkommen konnte. Wie hieß auch noch der schöne Spruch, den sie leider viel zu sehr fühlte, wenn man mit dem Zug nach Norddeich fuhr? Bis ans Ende der Welt, nach Norddeich Mole!

Ihr Elternhaus, das wie alle Häuser ebenfalls aus rotem Backstein bestand, erreichte sie glücklicherweise unbeschadet, doch immer noch wütend. Dazu kam Hunger und Müdigkeit, und sie hoffte inständig, dass einer ihrer Elternteile etwas gekocht hatte.

Sie stieg vom Fahrrad ab, als sie die ebenfalls rot gepflasterte Einfahrt erreicht hatte, und warf einen Blick auf einen fremden großen LKW in der Nachbareinfahrt, aus dem Möbel ausgeladen wurden.

Schnell stellte sie ihr Fahrrad ab und lief in den Garten zur Hintertür, die immer offenstand, wenn jemand ihrer Eltern zu Hause war.

„Mama, Papa?", rief sie und zog sich ihre Schuhe aus.

„Hallo Kükelsternchen!", hörte sie die Stimme ihrer Mutter, die sie meistens mit eben jenem plattdeutschen Kosewort rief.

Schnell lief sie vom Haushaltsraum raus in den Flur. Ihre Mutter befand sich in der Küche und hatte wohl gerade Unterlagen gelesen. „Da bist du ja schon!" Ihre Mutter lächelte.

„Ich bin ganz normal da, es ist schon sechs Uhr und du sollst mich nicht Kükelstern nennen, das ist peinlich", murrte Frieda.

„Tut mir leid, aber du bist eben schon immer so süß gewesen." An ihrer Mutter prallte das ab, stattdessen schaute sie verdutzt zur Uhr. „Oh nein, ich bin heute dran mit kochen." Sie seufzte und legte die Papiere zur Seite.

Frieda hatte das befürchtet, ihre Eltern vergaßen öfter, dass sie auch noch hungrige Kinder hatten. „Was ist denn nebenan los?", lenkte sie nun ab.

„Das Haus wurde anscheinend verkauft und die neuen Besitzer tauschen wohl Teile der Einrichtung aus, damit es ostfriesischer wirkt." Die Ironie triefte förmlich aus ihrer Stimme.

Frieda verdrehte die Augen, sie wusste genau, was ihre Mutter meinte. Die Leute, die von außen kamen, meinten immer, sich der ‚ostfriesischen Kultur' anpassen zu müssen und kauften allen möglichen Schrott wie Holzmöwen für den Vorgarten, als ob es die Biester nicht schon lebend genug geben würde.

„Geh dich schon mal umziehen, ich kümmere mich ums Essen", forderte ihre Mutter sie nun auf und Frieda ließ sich das nicht zweimal sagen.

Sie lief nach oben in ihr großes Zimmer, wo sie genau das tat.

Anschließend blickte sie neugierig aus ihrem Fenster, das zum Nachbarhaus ging, um zu sehen, ob die Möbel dem Klischee entsprachen. Sie wurde nicht enttäuscht, das, was sie sah, erinnerte sie an die Möbel, die auch ihre Eltern ausgesucht hätten, wenn sie ein neues Haus oder eine neue Wohnung für Touristen einrichteten. Möbel von IKEA konnten Touristen sich hier nicht vorstellen und sie fragte sich, ob diese wohl einen Kulturschock bekämen, wenn sie Friedas klassisches IKEA-möbliertes Zimmer erblicken würden. Der Gedanke amüsierte sie köstlich.

Plötzlich entdeckte sie aus den Augenwinkeln, wie sie jemand aus dem Fenster ihr gegenüber beobachtete – ein fremder Junge, der sie offenbar musterte.

Sie tat das einzig Richtige in dieser Situation: Sie ließ sich auf den Boden fallen, weg aus dem Sichtfeld des Fremden.

Wie peinlich war das denn bitte, und warum starrte der Typ sie so an?

Touris … Sie hatten einfach kein Benehmen!

2

Am nächsten Tag konnte sie ausschlafen und merkte schon, als sie gegen Mittag aufwachte, dass für Norddeicher Verhältnisse heiße Temperaturen herrschten. Wegen des maritimen Klimas kam das selten vor und ließ sie nun schwitzen, sodass sie beschloss, einen faulen Gartentag im Schatten einzulegen. Beim Anziehen linste sie vorsichtig wieder zum Nachbarhaus, aber den Jungen hatte sie seit gestern nicht mehr gesehen.

Als sie runterkam, schaute ihre kleine 11-jährige Schwester Tomma fernsehen.

„Sind Mama und Papa schon weg?", fragte sie diese.

„Ja, wir grillen später", antwortete sie stumpf und schien zu fasziniert von der Zeichentrickserie zu sein.

Einen Moment überlegte Frieda, sich zu ihr zu setzen, doch draußen wehte ein laues Lüftchen und der Garten wirkte damit auf Frieda doch attraktiver.

Sie chillte schon eine Weile im Schatten auf einer der Sonnenliegen, als ihre Eltern wiederkamen und den Grill vorbereiteten.

Frieda ignorierte sie und las ein Buch. Sie war so vertieft, dass sie nicht mitbekam, wie sich plötzlich Schritte näherten.

„Hey!", erschrak sie eine männliche Stimme neben ihr. „Was liest du da?"

Geschockt sah sie hoch auf einen Jungen und wusste sofort, dass es der Typ von nebenan sein musste.

„Ein Buch!", reagierte sie trocken, wurde aber rot, während er sich ungefragt auf die Sonnenliege neben ihr niederließ.

Frieda sah sich um und checkte die Lage. Offenbar waren ihre Eltern mit den neuen Nachbarn ins Gespräch gekommen und so, wie es aussah, hatten sie sie auch gleich eingeladen.

Das war typisch. Ihre Eltern konnten für Ostfriesen verdammt kontaktfreudig sein, besonders wenn es darum ging, eventuell ein neues Haus oder eine neue Wohnung an Land zu ziehen. Das Nachbarhaus wirkte auf sie sicherlich attraktiv, sodass sie mit der Einladung nun die Lage sondieren würden. Frieda hasste das und nun saß auch noch dieser Typ neben ihr. Seine dunklen Haare trug er schulterlang und er hatte ein einfaches T-Shirt mit irgendeiner Band drauf an, zudem eine kurz unter den Knien hängende, weite blaue Shorts. Er war schlaksig und einen Moment fühlte sie sich verlegen, zum einen, weil sie ihn nicht kannte und zum anderen, weil sie nicht gerade ihre besten Sachen anhatte, sondern nur eine ausgefranste, abgeschnittene und wahnsinnig kurze Jeans und ein schlichtes gestreiftes T-Shirt.

„Mein Vater und meine Stiefmutter sind mit deinen Eltern ins Gespräch gekommen und weil wir noch keinen Grill haben, haben sie uns eingeladen", kommentierte der Typ nun.

Frieda seufzte, dann erblickte sie die Kinder. „Deine Geschwister?"

„Halbgeschwister", murrte er.

Frieda sagte dazu nichts, sie wusste auch nicht, was sie sagen sollte. Stattdessen versuchte sie weiterzulesen. Irgendwann holte er ein Telefon aus seiner Tasche und sie, die ihn neugierig kurz von der Seite gemustert hatte, staunte. „Ist das ein I-Phone?"

„Ja", antwortete er kurz angebunden.

„Cool!" Sie wusste, dass die neu und echt teuer waren und ihre Eltern ihr im Leben keines kaufen würden. Sie hatte ein Klapphandy, was sie zum letzten Geburtstag bekommen hatte, das musste nach Meinung ihrer Eltern vorerst reichen.

„Frieda!", rief ihre Mutter plötzlich und sie schaute auf, froh darüber, dass diese nicht ‚Kükelsternchen' gerufen hatte. „Geh doch mit Rafael und den Kleinen zum Sandkasten."

Sie stöhnte. „Kann Tomma nicht gehen?" Auf Babysitten hatte sie absolut keinen Bock.

14

Ihre Mutter verdrehte die Augen und rief ihre Schwester, die noch drinnen zu sein schien.

Diese gehorchte immerhin und verschwand mit den zwei kleinen Kindern, die ihrer Einschätzung nach circa 8 und 6 sein mussten, nach hinten zum Sandkasten und der Rutsche.

„Ihr habt sogar einen Sandkasten?", fragte der Typ belustigt, der dann offensichtlich Rafael hieß. Nicht unbedingt ein Name, den sie mochte.

„Ja", und bereute einen Moment, nicht doch mit den Kindern gegangen zu sein.

„Bist du immer so wortkarg?", fragte er erneut und schien lockerer zu werden.

„Ja!", antwortete sie.

Er gluckste. „Woher kommst du, Frieda?" Ihren Namen zog er in die Länge, so als hätte er ihn noch nie ausgesprochen.

Sie runzelte die Stirn, weil sie die Frage nicht verstand. „Was?"

„Aus welcher Stadt kommst du?"

„Aus Norddeich?", fragte sie perplex zurück und wusste nicht, was er von ihr wollte.

„Echt? Du wohnst hier?"

„Ja?" Der Typ nervte sie inzwischen komplett.

„Gibt's hier Schulen?"

„Nein", antwortete sie dumpf.

„Echt nicht?", fragte der Typ, aber es klang leider ironisch.

Sie verdrehte die Augen. „Natürlich gibt es die. Ich gehe in Norden zur Schule." Das war die nächstgrößere Stadt, wovon Norddeich genau genommen sogar ein Stadtteil war, was die meisten aber, inklusive der Einheimischen, getrost ignorierten.

„Aha. Also bist du eine echte Ostfriesin?", fragte er amüsiert. „So wie Otto?"

Sie stöhnte. „Nicht alle Ostfriesinnen und Ostfriesen sind doof, Otto übrigens auch nicht, das macht er nur zur Belustigung der Massen."

Jetzt lachte Rafael und sie wurde immer genervter.

„Du kommst dagegen eindeutig nicht von hier", konterte sie spitz.

„Nein, wir wohnen in Düsseldorf."

„War ja klar …" Sie verdrehte die Augen.

„Wieso?" Jetzt runzelte er die Stirn.

Sie blickte zum ersten Mal in seine dunklen Augen.

„Nordrhein-Vandale!"

„Was?" Er schien erschüttert.

Sie zuckte mit der Schulter und grinste in sich hinein.

***

Frieda wusste nicht, ob Rafael beleidigt war oder nicht, das war ihr auch ziemlich egal. Glücklicherweise gab es bald darauf Essen und sie setzte sich freiwillig neben ihren Vater und weg von ihm. Ihn nicht zu beachten, wurde jedoch schwieriger als gedacht, denn jetzt konnte sie ihn in Ruhe betrachten und fand seine Haare ziemlich cool. Umso länger sie ihn anguckte, umso gutaussehender wurde er.

Frieda riss sich schließlich von seinem Anblick los und nahm sich etwas von dem Nudelsalat ihrer Mutter, die in ein ernstes Gespräch mit Rafaels offensichtlicher Stiefmutter verstrickt zu sein schien. Rafael und sein Vater sahen sich unfassbar ähnlich.

Rafaels kleine Geschwister, ein Mädchen und ein Junge, hatten es sich neben Rafael und seiner Stiefmutter bequem gemacht. Rafael schnitt seinem Bruder gerade ein Würstchen klein und kümmerte sich liebevoll um ihn, was sie leider total niedlich fand.

„Frieda?"

Sie blickte zu ihrer Mutter. „Hmm?", fragte sie nach.

„Stephanie wollte wissen, wie alt du bist."

„Ich bin 15, werde aber Ende August 16", antwortete sie ihr nun höflich.

Stephanie lächelte. „Rafael ist vor zwei Monaten 18 geworden. Auf welche Schule gehst du?"

„Aufs Gymnasium, ich komme jetzt in die 11. Klasse."

„Sie wurde damals früh eingeschult", gab ihre Mutter zum Besten. Eine Sache, die sie immer gern betonte. „Und du, Rafael?"

„Ich komme in die 13. Klasse", antwortete der nun und schien sie zu mustern, was sich unangenehm anfühlte.

„Und kommst du gut zurecht?", fragte ihre Mutter ihn weiter.

„Läuft", antwortete der entspannt und wandte seinen Blick ab.

„Er hat nur manchmal zu viele andere Dinge im Kopf", mischte sich dessen Vater ein und wuschelte seinem Sohn über die Haare. „Willst du Fleisch?"

Rafael knurrte mehr ein Ja, als dass er wirklich antwortete, und schien die Attacke seines Vaters doof zu finden, was den nicht zu stören schien.

„Hier Stummel, dein Maiskolben", lenkte sie nun ihr eigener Vater ab und konnte es nicht sein lassen, seinen kitschigen plattdeutschen Spitznamen für sie zu benutzen.

Doch niemand sagte etwas, sondern alle begannen zu essen und hatten dabei mächtig mit den Kleinen zu tun.

Es blieb süß, wie Rafael sich um seinen kleinen Bruder und seine Schwester, die anscheinend Marlon und Luna hießen, kümmerte, aber sie versuchte dem Ganzen nicht zu viel Beachtung zu schenken.

Als sie satt war, stand sie auf, um sich auf ihr Zimmer zurückzuziehen. Leider hatte sie die Rechnung ohne ihre Mutter gemacht.

„Frieda, vielleicht nimmst du Rafael mit?"

„Auf mein Zimmer?", fragte sie schockiert und eine Spur zu laut.

Rafael konnte sich ein Grinsen nicht verkneifen. Ihr Vater dagegen runzelte die Stirn. „Nein, natürlich nicht", wandte er nun ein. „Aber du könntest ihn ein bisschen rumführen?"

Frieda stöhnte. „Durchs Haus?"

„Durch Norddeich", bemerkte ihr Vater in strengem Ton. „Außer du möchtest lieber mit den Kleinen zum Spielplatz?"

Sie überlegte einen Moment, sich generell zu weigern, weil sie auf beides keine Lust hatte.

„Frieda …", drohte ihre Mutter nun und sie biss in den sauren Apfel.

„Na gut, ich führe ihn rum. Ich ziehe mir nur schnell etwas anderes an", murmelte sie und verschwand im Haus, weil sie auf keinen Fall in dem Look in die Öffentlichkeit gehen würde, und bedauerte, dass damit ihr fauler Sonntag der Vergangenheit angehörte.

***

Leider stand Rafael schon bereit, als sie runterkam, und starrte auf sein Handy.

„Dann los, du Touri", befahl sie, was ihn völlig kalt ließ.

Er stieß sich von der Wand ab und steckte sein Telefon ein.

Gemeinsam schwiegen sie, bis sie den Fußweg vor ihrem Haus betraten.

„Warst du schon mal hier?", fragte sie lustlos.

„Nö!", antwortete er nun.

„Willst du was Bestimmtes sehen?", und hoffte, dass er Nein sagen würde und sie somit einen Grund fand, sofort wieder umzudrehen.

„Den typisch ostfriesischen Deich und das Meer?", fragte er ironisch.

„Falls es da ist ...“ Sie wandte sich in Richtung Deich und Strand, wohin es eine Abkürzung in Form eines gepflasterten Fußgängerdurchganges gab und sie sich damit einen Umweg über die Straße sparen konnten. Die Wege ersparten einem zusätzlich auch die Touristenströme, die meistens die Hauptstraßen in diese Richtung benutzten.

„Wo sollte es denn sein?“ Sie stöhnte erneut frustriert. „Noch nie was von Gezeiten gehört? Ebbe und Flut?“

Er lief inzwischen neben ihr und blickte zu ihr hinab, da er ein gutes Stück größer war, was sie attraktiver fand, als sie zugeben wollte. „Doch, das ist in Frankreich echt heftig. Hier auch?“

„Entweder das Meer ist da oder eben nicht. Keine Ahnung, ob das ‚heftig‘ ist. Ich war noch nie in Frankreich.“

„Ich schon“, antwortete er selbstzufrieden, während sie einfach nur ihren Tag verfluchte. Er schien ihre Reaktion zu bemerken. „Ey, wenn du lieber was anderes machen willst, du musst mich nicht rumführen“, und überraschte sie damit.

Frieda schüttelte den Kopf. „Ich will es mir nicht mit meinen Eltern verscherzen, ich brauche mein Taschengeld noch.“

„Streichen sie dir für sowas das Taschengeld? Und warum brauchst du es unbedingt?“, fragte er locker und schaute kurz auf sein Telefon.

„Um weg zu kommen.“ Sie sah einen Moment zu ihm hoch und entdeckte, wie er die Stirn runzelte. Seine erste Frage ignorierte sie, zugegeben hatten ihre Eltern das noch nie getan.

„Wieso willst du weg?“ Das schien Rafael noch mehr zu irritieren, was sie nicht wunderte. Niemand von außerhalb konnte sich vorstellen, dass es Menschen gab, die nicht hier wohnen wollten.

„Wieso sollte ich hierbleiben wollen?“, konterte sie.

Rafael schnaubte. „Weil du dort wohnst, wo andere Leute Urlaub machen?“

„Ich habe aber keinen Urlaub." Sie verschränkte die Arme vor sich. Letztendlich schien das das Problem: Wer hier Urlaub machte, liebte die vielen Aktivitäten, die Landschaft, die ‚fremde Kultur'. Wenn man aber hier wohnte, ging man nicht dort essen, wo die Touris waren, und man schaute sich beispielsweise nicht die Seehunde der hiesigen Aufzuchtstation an, weil es dort vor Gästen wimmelte. Es gab kaum Sachen, die man tun konnte und wenn, waren sie überteuert und überlaufen. Wenn man vernünftig shoppen wollte, musste man im Grunde nach Oldenburg fahren, was eineinhalb Stunden entfernt mit dem Auto lag.

Klar, die Landschaft mochte schön sein, aber wenn man hier sein Leben lang wohnte, hatte man die weite Landschaft, die salzige Luft und alles andere, was Ostfriesland und Norddeich in den Augen Fremder ‚wunderschön' machte, gestrichen voll.

„Aber Ferien", erwiderte er nun.

„Ich arbeite in den Ferien."

„Selbst schuld."

Sie schnaubte. „Es kann sich nicht jeder ein I-Phone leisten."

Jetzt zuckte er ertappt zusammen, aber ließ das Ganze unkommentiert.

Sie liefen schweigend weiter und Frieda wusste nicht mehr, was sie sagen sollte. Sie fand es merkwürdig, dass sie hier neben diesem Jungen lief, den sie überhaupt nicht kannte. Und plötzlich hatte sie auch Angst, etwas zu sagen, um sich nicht noch irgendwie zu blamieren. Wobei es bei ihm auch egal war, sie kannte ihn nicht und er würde spätestens nach Ferienende wieder verschwinden.

Der Deich und somit das Meer lagen nicht weit von ihrer Straße entfernt. Sie passierten einen weiteren gepflasterten Schleichweg und gingen nun eine Straße entlang, an der es wieder fast nur rote Ferienhäuser gab, die bescheuerte Namen wie ‚Ferienhaus Möwe', ‚Seehund' oder ‚Wattenmeer' trugen. Hier war bereits deutlich mehr los, alle strömten förmlich zum Strand, das Wetter lud auch dazu ein.

Schließlich kam der meterhohe grüne Deich in Sicht, an dem hin und wieder Wege und Treppen hinaufführten. Sie nahmen eine der Treppen, die nicht ganz so bevölkert wurde. Auf der anderen Seite lag der Grünstrand, eine schlichte riesige Wiese, wo auch die Surfschule lag. Der Sandstrand und das Haus des Gastes mit seinem blauen Aussichtsturm befanden sich links von ihnen, der Hafen rechts.

„Kein Meer da!", schnaubte sie oben. Sie kannte die Gezeiten nicht auswendig und schaute selbst nur nach, wenn sie vorhatte, im Meer zu schwimmen, was sie aber nicht unbedingt zur Hochsaison tat.

„Ja, ich sehe nichts", murrte Rafael neben ihr.

„Höchstens Menschen, die das Meer suchen", scherzte sie, weil ihr seine Enttäuschung leidtat.

In diesem Moment kam eine Gruppe bestehend aus mehreren Erwachsenen und Kindern vorbei. „Echt unmöglich! Wieso kann man nicht dafür sorgen, dass bei so einem Wetter auch Wasser da ist?", hörte sie einen der Männer poltern.

Frieda blickte zu Rafael, der das ebenfalls gehört hatte. Er warf ihr einen amüsierten Blick zu. „Norddeich hat offensichtlich keine Direktverbindung zum Mond?", wisperte er.

Sie zuckte mit der Schulter und kicherte dann. „Willst du runter?" Ein Weg führte direkt zwischen Grünstrand und dem seit Jahren stillgelegten Freibad zur Promenade und zum Watt.

„Moment." Er zückte sein Telefon und machte Fotos vom Ausblick.

Sie wartete und fühlte sich inzwischen etwas wohler. Nach den Fotos schlenderten sie nach unten. Rafael schien alles interessiert zu betrachten, sagte aber kein Wort.

„Also dort ist das Haus des Gastes, dahinter der Sandstrand, der künstlich aufgeschüttet wird, weil es hier keinen natürlichen Strand gibt. Vor uns liegt die Surfschule und hier rechts von uns ist der Grünstrand, hier findet zum Beispiel an Himmelfahrt ein großes Drachenfest statt. Dahinter liegt der Hafen, samt einer Mole, auf der man zur Hafeneinfahrt laufen kann und die gleichzeitig den Jachthafen schützt. Wo willst du hin?"

Er entschied sich zu ihrem Glück nicht in Richtung Strand zu gehen, weil die Menschen dort wie ein riesiger Ameisenhaufen wirkten. Sie liefen eine ganze Weile in die gegenteilige Richtung, bis sie zum Ende der Mole oder auch des Wellenbrechers kamen, wo man einen guten Blick auf den Norddeicher Hafen und den Bahnhof hatte, der direkt am Molenkopf endete.

„Das da ist die Fähre nach Norderney. Die fahren mehrmals täglich. Dort ist der Juist-Anleger, die fahren seltener", deutete sie in die verschiedenen Richtungen, weil sie das Gefühl hatte, ihm auch irgendwas zeigen zu müssen, wenn sie schon mit ihm unterwegs war. Immerhin verlief es bisher sehr viel angenehmer als gedacht und sie konnte mit einem gutaussehenden Typen durch die Gegend laufen anstatt mit peinlichen Kindern.

„Warum?", fragte er nach.

„Bei Ebbe ist zu wenig Wasser in der Fahrrinne."

„Ach so, und was ist, wenn die Leute von dort irgendwohin wollen und keine Fähre geht?"

„Entweder sie bleiben da oder sie müssen ein Flugzeug nehmen", erklärte sie und zeigte auf eine in der Ferne fliegende Propellermaschine.

„Cool!", murmelte er.

„Sollen wir zurück?"

„Sofort." Er machte wieder ein paar Bilder, bevor sie zurückgingen. Sie nahmen dieses Mal eine andere Treppe über den Deich und liefen die lange Norddeicher Straße entlang, die in den letzten Jahren massiv umgebaut worden war, aber immer noch Norddeichs Hauptstraße blieb. Während sie früher einfach dazu diente, Autos zum Hafen zu leiten, hatte sie heute durch die Verbreitung des Fuß- und Radweges sowie unzähliger Verkehrsinseln ebenfalls einen maritimen Flair. Ihre Eltern behaupteten sogar, dass die Straße früher vierspurig verlief. Inzwischen jedoch war sie auch deswegen weit zurückgebaut worden, weil die Autos zur Fähre hier nicht mehr entlangmussten dank der neuen Umgehungsstraße, die um Norden und Norddeich herum zum Hafen und somit zu den Fähren führte.

„Oh Eis!", rief er plötzlich und deutete auf eine der Eisdielen, die sich zwischen den dutzenden anderen Lokalen tummelten.

„Wenn du ein Eis willst, lass uns die Eisdiele etwas weiter die Straße runter nehmen, die ist besser", antwortete sie.

„Meinst du, das halte ich so lange aus?", neckte er sie plötzlich und grinste.

„Keine Ahnung, du möchtest bestimmt lieber Qualität statt teurer Pansche."

Rafael verzog das Gesicht. „Überzeugt, obwohl ich manchmal ziemlich ungeduldig sein kann."

„Ich kenne dich nicht, also keine Ahnung", erwiderte sie.

„Bist du ungeduldig?", fragte er und musterte sie. Das tat er einen Augenblick zu lange, sodass sie nicht wusste, was sie davon halten sollte.

Frieda räusperte sich. „Kommt wohl drauf an, um was es geht. Nervig ist, wenn man Geduld haben muss."

„Das stimmt." Er nickte und sah wieder die Straße hinab. „Wie weit ist es?"

„Keine fünf Minuten."

„Ich glaube, das werde ich überstehen."

Das tat er tatsächlich und wandte sich wenig später zu Friedas empfohlener Eisdiele, bis ihm anscheinend einfiel, dass sie auch da war. „Willst du auch ein Eis? Ich lade dich ein, weil du mich mitschleppen musst."

Sie lief leicht rötlich an, was ihn wieder frech grinsen ließ. Gleichzeitig fand sie das höflich und ihr wurde deutlich bewusst, dass ein Junge sie noch nie zu irgendwas eingeladen hatte.

Er trat einen Schritt näher, was ihr Herz plötzlich klopfen ließ. „Komm schon. Ich möchte drei Kugeln, wie viele willst du?"

Sie gab sich einen Ruck. „Zwei reichen mir."

„Alles klar." Somit betrat er vor ihr den Laden und wirkte dabei für sein Alter ziemlich souverän, was ihr imponierte.

Wenig später trug sie ihr Eis in einem Becher hinaus und er folgte ihr mit einer Waffel. „Danke!", murmelte sie.

Er zuckte mit der Schulter und probierte. „Das ist wirklich gut. Das Nougat schmeckt fantastisch."

„Was hast du sonst genommen?", fragte sie, weil sie seine Bestellung nicht mitbekommen hatte, denn im Laden war einiges los gewesen.

„Zitrone und Mango."

Sie hob die Augenbraue. „Verrückte Mischung."

„Du hast Schokolade und Erdbeere?", fragte er.

„Klassiker." Sie lächelte.

Er schüttelte den Kopf. „Langweilig. Ich probiere mich durch."

„Ich nicht." Aber sie bewunderte schon wieder seinen Mut und schüttelte über sich selbst den Kopf, weil Rafael sie viel zu sehr beeindruckte.

Sie nahmen nun wieder einen Schleichweg zwischendurch, um zurück nach Hause zu kommen. Bis dahin sprachen sie auch wegen des Eises kein weiteres Wort, was ihr nun immer merkwürdiger vorkam. Aber sie wusste auch nicht, was sie noch sagen oder zeigen sollte. Hier befanden sich nur mehr oder minder Ferienhäuser, alle im selben Stil, alle mit denselben dämlichen Namen.

Schließlich erreichten sie ihre Straße und blieben vor seinem Haus stehen.

„Danke für das Eis", wiederholte sie in Ermangelung an anderen Themen.

„Danke für die Führung." Er lächelte leicht und wandte sich nun seinem Hauseingang zu. „Wir sehen uns, Ostfriesin."

„An den Schimpfwörtern musst du noch arbeiten, tschüss Vandale!", erwiderte sie und lief weiter. Sie atmete erst durch, als sie den Hintereingang erreichte, den man von seinem Haus nicht sehen konnte.

Die Tür war wie so oft offen und sie verschwand zügig in ihrem Zimmer, bevor ihre Eltern noch auf weitere dumme Ideen kamen. Sie musste erst einmal diese hier verarbeiten.

Rafael

Er trat durch die Tür und musste sich einen Moment orientieren. Das Haus fühlte sich fremd an, aber immerhin hatte er ein eigenes riesiges Zimmer, weil seine kleinen Geschwister in einem Raum schliefen und vermutlich wieder eine riesige Party deswegen heute Abend feiern würden. Aber das war nicht sein Problem, sondern das seines Dads und von Stephanie.

Diese schienen immer noch alle draußen zu sein oder auf dem Spielplatz, der sich irgendwo befand, und er nutzte die Chance und ging nach oben, um den Rest seiner Sachen auszupacken, wozu er gestern keine Lust gehabt hatte.

Er mochte das Zimmer, aber was es noch besser machte, war der Ausblick auf das Nachbarhaus und das Mädchen, das jetzt einen Namen trug.

Frieda … Er hatte bis jetzt noch nie ein Mädchen gekannt, das so hieß.

Sein erster Blick ging jedoch nicht zum Nachbarhaus, sondern zu seiner Gitarre, und Erleichterung machte sich in ihm breit, wie jedes Mal, wenn er feststellte, dass sie noch da war. Einmal in der Schule, damals als er noch bei seiner Mutter gewohnt hatte, war sie ihm geklaut worden, seitdem passte er besonders gut auf.

Schnell packte er sie aus dem dazugehörigen Koffer und strich über die glatte Oberfläche des Körpers, etwas, was ihn immer beruhigte. Er spielte einen Akkord an und musste sie minimal stimmen, bevor er es erneut versuchte.

Dieses Mal klang der Ton viel besser und Rafael schloss einen Moment die Augen, weil der Ton ebenfalls eine beruhigende Wirkung auf ihn hatte. Wenn seine Gedanken besonders wild durcheinanderflossen, half ihm das Spiel, alles zu ordnen.

Frieda … Er dachte an ihre wallenden hellbraunen Haare, ihren trockenen Humor und ihre Stille. Sie hatten nicht wahnsinnig viel miteinander gesprochen, er hätte auch nicht gewusst, was er ihr erzählen sollte, aber selbst mit ihr zu schweigen war angenehm, wie er das noch nie mit einem Mädchen erlebt hatte. Die meisten waren zu laut und kicherten zu viel, wenn sie mit ihm sprachen. An Frieda bewunderte er außerdem ihre Leidenschaft unbedingt von hier wegzukommen, obwohl sie so gut in den Ort passte, was ihn irgendwie an seine Musik erinnerte und ihn inspirierte. Und dann dachte er daran, wie sie auf der Sonnenliege gelegen hatte und ihm wurde viel zu heiß.

Schnell schlug er zur Ablenkung ein paar Töne an, die ihn an sie erinnerten, und wunderte sich. Bis jetzt hatte es noch nie ein Mädchen geschafft, ihn in seinem Spiel abzulenken.

3

„Und er hat dir ein Eis ausgegeben?" Ihre drei Freundinnen Paula, Isabelle und Sina starrten sie an.

„Jaa …" Sie seufzte und schloss die Augen. Auch einen Tag später konnte sie es nicht fassen.

„Beim nächsten Mal treffen wir uns bei dir im Garten, dann können wir ihn auch mal sehen", beschloss Sina aufgeregt. „Echt, Enno hat mich noch nie auf ein Eis eingeladen und wir sind seit sechs Monaten zusammen." Sie schnaubte vor Empörung.

„Du bist eine selbstbewusste Frau mit eigenem Geld, du brauchst keinen Typen, der dir ein Eis ausgibt", konterte Isabelle und schien für Friedas Gefühl schlechte Laune zu haben.

„Aber es wäre einfach lieb", maulte Sina zurück.

Frieda seufzte und gab zu, dass sein höfliches Verhalten sie im Nachhinein immer noch beeindruckte.

Paula, die neben ihr auf dem Sofa in Sinas Zimmer saß, stupste sie an. „Bist du verknallt?"

„Keine Ahnung. Er ist ein Touri, ihm GEFIEL Norddeich, sollte mich das nicht abschrecken? Wir mögen offensichtlich unterschiedliche Sachen." Und ihr gefiel Norddeich eindeutig nicht, sie freute sich schon darauf, wenn sie in drei Jahren ihr Abi haben würde und endlich weg konnte.

„Es ist nur ein Ort … kannst du das also wirklich nach einem Spaziergang sagen?", maulte Isabelle weiter.

„Sag mal, was ist heute mit dir los?", intervenierte Paula. „Du bist nur am Meckern und Zicken."

„Hormonschwankungen", kommentierte Sina, bevor Isabelle antworten konnte. „Ich habe letztens erst gelesen, dass man als Teenager besonders davon betroffen ist."

Frieda schloss die Augen und unterdrückte ein Kichern, denn was Sina irgendwo ‚gelesen' hatte, war wohl eher Allgemeinwissen.

Isabelle schwieg jedoch.

„Hormonschwankungen oder nicht, was ist los?", fragte Frieda sie nun lieb aber direkt.

„Meine Eltern wollen sich trennen", platzte es plötzlich aus ihr heraus und ihre Augen füllten sich mit Tränen.

Frieda hielt wie die anderen erschrocken inne, bevor sie alle gemeinsam ihre Freundin trösteten.

Damit ging der ganze Nachmittag drauf und Frieda beschäftigte die Sache noch, als sie schließlich mit Paula nach Hause fuhr. Isabelle war noch dageblieben und übernachtete bei Sina.

Sie alle vier waren, seitdem sie gemeinsam in eine Klasse auf dem Gymnasium gesteckt worden waren, gut befreundet, auch wenn Paula und Frieda sich enger verbunden fühlten, was ebenfalls für Sina und Isabelle galt. Doch auch zu viert passte es und gerade in den Pausen verbrachten sie die meiste Zeit zusammen.

„Krasse Sache", begann Paula, die neben ihr auf dem Fahrrad fuhr. Paula, Sina und Isabelle wohnten alle in Norden, doch Paula immerhin am nördlichen Stadtrand, sodass sie fast immer einen Großteil gemeinsam fahren konnten.

„Ja, aber wir haben sie ja schon öfter streiten hören." Frieda erinnerte sich an die ein oder andere Situation, trotzdem überraschte sie dieser Schritt.

Paula nickte. „Trotzdem ist das doch echt ein Albtraum. Isabelle tut mir leid."

„Mir auch", murmelte Frieda und konnte sich überhaupt nicht vorstellen, wie sie sich fühlen würde, wenn es ihre Familie beträfe. Sie hatte vor ein paar Jahren die Scheidung einer ihrer zwei Tanten mitbekommen und hatte gruseligste Erinnerungen daran. „Rafaels Eltern sind anscheinend auch getrennt." Sonst hätte er wohl kaum eine Stiefmutter.

„Rafael, der Nachbar?", horchte Paula auf.

Sie nickte.

„Woher weißt du das?"

„Er sprach von seinen Halbgeschwistern und er sieht seinem Vater ähnlich."

Paula seufzte. „Irgendwie cool, so ein geheimnisvoller neuer Nachbar."

„Der bestimmt in spätestens zwei Wochen wieder verschwindet."

„Und die zwei Wochen solltest du genießen." Ihre beste Freundin kicherte.

Vielleicht sollte sie das, aber sie hatte keine Ahnung, wie sie Kontakt zu Rafael aufnehmen sollte, ohne sich dabei völlig lächerlich zu machen. Sie war jünger als er, hatte er da überhaupt Interesse an ihr? War das mit dem Eis nicht einfach nur nett gewesen? Und wie zum Teufel konnte sie überhaupt einen Vandalen mögen, die sie sonst immer verachtete?

Rafael

„Raf, wir gehen gleich eine Runde auf den Spielplatz. Möchtest du mit?", fragte seine Stiefmutter Stephanie, die nach dem Klopfen den Kopf in sein Zimmer gesteckt hatte. „Du musst nicht, wenn du nicht willst. Du hast schon wahnsinnig viel Zeit mit uns verbracht." Jetzt lächelte sie. „Dann kannst du auch ein bisschen laut spielen." Sie zwinkerte ihm zu.

Sofort betrachtete er sehnsüchtig seine Gitarre und dann die Kopfhörer, die er die meiste Zeit beim Spielen trug, weil sein Vater genervt war, wenn er es zu laut und in seinen Augen zu experimentell tat. „Wird Dad nicht sauer?", fragte er zurück.

„Er hat es selbst vorgeschlagen."

„Okay." Dann würde er auf keinen Fall Nein sagen. Er liebte Marlon und Luna wirklich, aber sie so viele Tage am Stück ohne nennenswerte Ablenkung zu ertragen, nervte. Und dann fiel ihm noch etwas anderes ein. „Vielleicht gehe ich noch mal allein los und besorge Luna ein Geschenk."

Stephanie strahlte nun. „Du bist wirklich ein lieber Bruder. Ich glaube, sie freut sich über alles, was von dir kommt. Ich lasse einen Schlüssel hier, dann kannst du losgehen, wie und wann du möchtest."

Er bedankte sich und sie verschwand.

Jetzt hätte er also endlich Zeit, laut zu spielen, wonach er sich so gesehnt hatte, aber ihm war auch klar, dass er zuerst das Geschenk besorgen musste. Würde er einmal anfangen zu spielen, konnte er schlecht wieder aufhören.

Sein Blick glitt zum Fenster. Das Wetter war gut und er fragte sich unweigerlich, was Frieda wohl machte, die seine Gedanken in den letzten Tagen nicht hatte verlassen wollen und sich immer wieder einschlich. Er hatte immer wieder versucht, sie aus dem Fenster zu sehen, aber sie nur zwei Mal erwischt. Beide Male war sie mit dem Fahrrad davongefahren, vermutlich zur Arbeit.

Wo arbeitete sie bloß? Auch darüber hatte er die Tage nachgedacht, aber es noch nicht herausbekommen. Es musste irgendwo hier in Norddeich sein, glaubte er. Die Neugier in ihm wuchs. Wäre es jetzt nicht die perfekte Gelegenheit, die Läden nach ihr abzuklappern und einen neuen Blick auf sie zu erhaschen? Dann konnte er auch überprüfen, ob all seine Gedanken gerechtfertigt waren oder ob er sich einfach nur in ein Trugbild verschossen hatte. Ein süßes, störrisches Trugbild.

4

Die nächsten Tage nach dem Treffen mit ihren Freundinnen verliefen ereignislos. Sie musste arbeiten und das Wetter wurde schlecht, sodass sie nicht in den Garten konnte.

Sie saß oft zum Lesen am Schreibtisch, der am Fenster in ihrem Zimmer stand, und erwischte sich häufig, wie sie zum Nachbarhaus starrte, aber ihn nie entdeckte. Einmal meinte sie, Musik von gegenüber zu hören, aber ansonsten hörte sie meistens, wenn überhaupt, nur die beiden Kleinen, die entweder laut spielten oder schrien.

Paula und Sina schrieben ihr öfter SMS, um sie zu fragen, wie es lief, doch es gab nichts zu berichten. Sie erfuhr dadurch allerdings, dass Isabelles Vater ausgezogen war, was Frieda bekümmerte.

An diesem Tag hatte sich das Wetter verbessert und sie genoss, dass nun wieder Sonnenstrahlen durch die Fenster und Türen des Souvenirgeschäfts drangen und ihr damit die Arbeit versüßten.

„Kann man den waschen?", fragte gerade eine Kundin und deutete auf den Kuschelseehund, den sie mit zur Theke und Kasse gebracht hatte.

„Ja, kann man, aber nur per Handwäsche", wusste Frieda und lächelte liebenswürdig. Diese Frage bekam sie häufiger gestellt, obwohl auch eine ausführliche Waschanweisung am Schild des Produkts stand.

„Okay." Die Kundin lächelte immerhin zurück und gab den Seehund, nachdem Frieda ihn eingescannt hatte, ihrer kleinen Tochter, die neben ihr strahlte und sofort ihr Gesicht an den Seehund drückte.

Frieda schmunzelte, die Seehunde liefen immer gut und wurden von vielen geliebt. Dementsprechend hatten sie die Viecher in allen Größen und sogar in verschiedenen Farben.

Die Kundin bezahlte per Karte und Frieda beobachtete, wie die kleine Familie aus dem Laden ging.

Plötzlich räusperte sich eine Person vor ihr und sie erschrak.

„Moin!", begrüßte Rafael sie.

Leider klang das ‚Moin' eigenartig, sodass sie kicherte, obwohl ihr Herz heftig schlug. „Hi! Lass das lieber mit dem Moin."

„Klang es so schlimm?", fragte er irritiert und sie stellte fest, dass sie innerhalb der wenigen Tage vergessen hatte, wie süß und cool er wirkte. Auch heute trug er wieder irgendein Band-T-Shirt, aber dazu eine kaputte Jeans.

„Man hört einfach sofort, dass du nicht von hier bist. Wenn du ‚Hi!' gesagt hättest, würde immerhin noch eine Chance bestehen, dass du dich für zu cool für ein Moin hältst."

Ein Lächeln schlich sich auf sein Gesicht und sie konnte nicht anders, als ihn fasziniert zu betrachten.

„Also hier arbeitest du …" Rafaels Blick wanderte weg von ihr durch den vollgestopften Laden, in dem jede Ecke mit Artikeln gefüllt war.

„Ja, Souvenirs an Touristen zu verticken, ist mein Ding."

Das schien ihn zu amüsieren. „Das klingt, als würdet ihr den armen Leuten das Geld aus der Tasche ziehen."

„Nein, sie geben es uns freiwillig", wisperte sie ihm verschwörerisch zu und feierte sich selbst, dass sie so cool geblieben war, obwohl ihr Herz lieber gekreischt hätte. „Was machst du hier?", fragte sie nun und spürte, wie er verwirrenderweise ihre Laune verbesserte.

„Ich musste mal allein raus … meine Geschwister …"

Sein Gesicht verzog sich.

„Kleine Geschwister können echt nerven … ich weiß."

Friedas Erfahrungsschatz in diesem Bereich ging in die Unendlichkeit, Tomma war ein Paradebeispiel einer nervigen kleinen Schwester.

Er schmunzelte. „Normalerweise verbringen wir nicht so viel Zeit zusammen und ich weiß jetzt auch wieder warum."

„Und du kannst nicht einfach nach Hause fahren?"

Er zuckte mit der Schulter, was keine Antwort war. „Du wirst das nicht verstehen, aber es ist schön hier. Man muss nicht immer weit weg fliegen, um großartigen Urlaub zu erleben."

Frieda hustete. „Hast du das aus einem der Touriflyer?" „Nein, das ist meine eigene Meinung." Er zwinkerte ihr zu. „Aber um dich von der Schönheit Ostfrieslands zu überzeugen, bin ich nicht hier. Meine kleine Schwester hat in den nächsten Tagen Geburtstag und ich dachte mir, dass ein Geschenk bestimmt gut kommt. Kannst du was empfehlen, Frieda?" Seine Augen schienen sie förmlich zu fixieren und sie schluckte. Hatte er überhaupt schon einmal ihren Namen ausgesprochen? Sie glaubte schon, aber aus seinem Mund klang er irgendwie … wow? Sie fand kein Wort dafür.

„Seehunde gehen immer." Sie fand ihre Stimme wieder und zeigte in die entsprechende Richtung, wo sich die Stofftiere tummelten. Neben Seehunden hatten sie unter anderem noch Möwen, Teddys, die ein ‚Moin' auf dem T-Shirt trugen, und sogar Wattwürmer, die sie persönlich ein bisschen skurril fand.

Er drehte sich um. „Echt?"

„Ja, die sind knuddelig. Es gibt sie in teuer und in billig. Da unterscheiden sie sich dann von der Qualität."

„Hmm. Ich gehe mal schauen." Damit schlurfte er tatsächlich in Richtung der Seehunde und sie hätte ihn gerne noch weiter betrachtet, doch der nächste Kunde trat bereits vor, um für seine Kinder Sandspielzeug zu kaufen.

Sie musste sich eine Weile konzentrieren und konnte Rafael nicht weiter beachten, bis er plötzlich wieder vor ihr stand. „Den nehme ich!"

Rafael hatte sich tatsächlich für einen der Seehunde entschieden und er hatte offensichtlich Geschmack und Geld, denn er hatte den mit Abstand niedlichsten und teuersten genommen, der besonders flauschiges Fell besaß.

Sie verkniff sich die Frage, ob er den Preis gesehen hatte, und nickte.

„Gute Wahl?", fragte er und schien offensichtlich unsicher.

„Das ist der Süßeste von allen, ganz ehrlich."

Er atmete durch.

„Soll ich ihn dir als Geschenk einpacken lassen?"

„Geht das?", fragte er erstaunt.

„Klar. Moment!" Sie scannte den Seehund ein und schritt dann kurz zur Seite, wo es in das Hinterzimmer des Ladens ging.

„Janna?"

Ihre Chefin saß vor ihrem PC und machte anscheinend Buchhaltung. Sie ging auf die 50 zu und hatte den Laden von ihren Eltern übernommen. „Ja?", und sah lächelnd auf.

„Hier müsste was eingepackt werden. Du bist besser bei Stofftieren als ich."

„In Ordnung." Sie stand auf und Frieda hielt ihr den Seehund vor die Nase. „Den hat jemand gekauft?", wisperte sie, als sie das teure Exemplar entgegennahm.

Frieda nickte nur und Janna hob die Augenbraue, denn sie wusste noch mehr als Frieda, dass die so gut wie nie weggingen, weil sie wirklich hochpreisig waren.

Janna musterte Rafael kurz, als sie gemeinsam raustraten, und begab sich zum Geschenkpapier. „Ist es ein bestimmter Anlass?"

„Der ist zum Geburtstag seiner Schwester", mischte sich Frieda ein und wurde dann unter Jannas Blick rot, weil sie für ihn geantwortet hatte.

„Genau!", stimmte Rafael zu und schmunzelte. „Sie wird 7."

„Das ist lieb von dir, möchtest du ein bestimmtes Geschenkpapier?", fragte Janna nun.

Frieda konnte beobachten, wie Rafael mit der Schulter zuckte. „Sie steht auf Mädchenfarben."

Janna verdrehte die Augen. „Es gibt keine Mädchenfarben, aber du kannst zwischen gelbem Papier mit Strandmotiven, weißem Papier und blauen Wolken sowie Papier mit verschiedenen rosafarbenen Streifen wählen."

„Dann die rosafarbenen Streifen", erklärte Rafael amüsiert.

Janna begann einzupacken und Frieda nannte ihm den Preis, den er anstandslos mit Karte bezahlte.

Da hinter ihm gleich die nächsten Kunden standen, rückte er weiter zu Janna, sodass Frieda weiterarbeiten konnte.

Sie bekam somit nichts mehr von ihrer Chefin und Rafael mit, weil der Andrang plötzlich groß wurde, als hätten alle beschlossen, genau jetzt etwas zu kaufen, wo er vor ihr im Laden stand.

Als sie sich schließlich kurz umschaute, merkte sie, dass Rafael verschwunden war und Janna gerade jemand anderes beriet.

Enttäuscht seufzte sie.

„Alles in Ordnung?", fragte Janna sie kurze Zeit später.

„Klar!", und versuchte die Enttäuschung zu verbergen.

„Der Junge, hmm?"

Sie lief rot an. „Er ist mein Nachbar."

„Ja, das hat er mir erzählt." Janna grinste. „Er ist echt süß."

Sie antwortete nicht, sondern trank einen Schluck Wasser, weil gerade niemand an der Kasse stand.

„Außerdem holt er dich in zwei Stunden ab. Du kannst eine Stunde früher Schluss machen, du hast eh schon zu viele Überstunden."

„Was?" Sie drehte sich nun zu Janna, die strahlte.

„Ich habe ihn informiert, wann du gehst, und meinte außerdem, dass du dich bestimmt freust, wenn er dich abholt."

„Janna!" Ihr blieb schockiert das Herz stehen.

Ihre Chefin kicherte. „Glaube mir, er hat sich gefreut."

Sie schluckte und hatte keine Ahnung, was sie davon halten sollte. Und wie verdammt sollte sie nun noch die zwei Stunden überstehen?

***

Glücklicherweise hatte irgendwer ein Einsehen mit ihr. Es kamen auch in den folgenden Stunden viele Leute in den Laden und es wurde viel gekauft, sodass sie bis zu ihrem Schluss keine Zeit hatte, um nervös zu sein oder überhaupt groß darüber nachzudenken.

„Du musst los!", sagte Janna schließlich und Frieda überraschte der Blick auf die Uhr.

Sofort pochte ihr Herz verräterisch laut und sie schoss förmlich ins Hinterzimmer, um schnell ihre Sachen zu holen und kurz ihre Haare zu kämmen, die gerne ein Eigenleben führten. Sie verabschiedete sich anschließend von ihrer Chefin, die ihr einen wissenden Blick zuwarf, und ging dann durch einen privaten Seitenzugang nach draußen. Somit musste sie halb ums Haus herum und entdeckte ihn sofort, wie er an der Backsteinmauer zum Nachbargrundstück lehnte und auf sein Telefon starrte. Sein Fuß tippte nervös auf den Boden.

„Moin!", begrüßte sie ihn und versuchte nicht schüchtern zu wirken.

Er sah auf. „Hi! Ich habe dazugelernt."

Sie kicherte. „Klang kompetent."

„Dein Moin auch … warum ist ein kleines Wort so schwierig?"

„Für irgendwas müssen Gene ja gut sein."

„Meinst du, dass es genetisch bedingt ist?", fragte er amüsiert.

„Oder massenweise Erfahrung mit der Sprache."

Er nickte und lenkte vom Thema ab. „Deine Chefin hat mir verraten, wann du Schluss hast."

Frieda spürte, wie sie rot wurde, während er einfach locker abwartete. „Sorry, falls sie dich dazu gedrängt hat, mich abzuholen. Normalerweise laufe oder fahre ich allein nach Hause."

„Sie hat mich nicht gedrängt", antwortete er und hielt den Kopf schief, um sie zu betrachten. Sie schluckte. „Oh, okay. Sollen wir dann?"

„Klar!" Rafael steckte sein Handy in die Hosentasche.

„Ich muss noch mein Fahrrad mitnehmen", erklärte sie und lief ein Stück zurück, wo ihr Fahrrad zwischen anderen in einem Fahrradständer stand. Schnell schloss sie es auf und nahm es raus.

„Cool!", kommentierte er und blickte, während er sich eine dunkle Haarsträhne aus dem Gesicht strich, auf ihr türkisfarbenes Fahrrad.

Frieda nickte. „Es ist neu, mein altes wurde geklaut."

„Oh Mist! Fährst du immer mit dem Rad?"

„Ja, ich fahre damit sogar zur Schule und das meist bei Wind und Wetter."

„Wow!" Er hob erstaunt die Augenbrauen.

„Wie kommst du zur Schule?"

„Hmm …" Er dachte einen Moment darüber nach. „Jetzt mit dem Auto, früher eher mit Bus oder Bahn."

„Cool!" Sie seufzte. Das alles war für sie noch so weit weg. „Ich kann bald mit dem Führerschein anfangen." So in einem halben Jahr oder so.

„Wann wirst du 16?", fragte er.

„In drei Wochen."

Rafael nickte und zusammen liefen sie in Richtung ihrer Straße. Es war ziemlich viel los, aber hier lagen auch einige Restaurants, ein Bäcker, weitere kleine Souvenirläden und ein Shop mit Outdoormode.

„Gehen wir dahinten lang?", fragte sie und deutete auf eine kleine Straße, denn da wäre es ruhiger und sie hätte ihn ganz uneigennützig mehr für sich.

Rafael willigte ein.

Sie schwiegen eine Weile. Die Stimmung fühlte sich für Frieda anders an als beim letzten Mal, als man sie gezwungen hatte. Wahrscheinlich hatte sie das alles schon viel zu sehr durchdacht und vielleicht hatte sie sich auch schon viel zu viele verschiedene Szenarien ausgemalt, was ihr Herz höherschlagen ließ und sie nun nervös machte.

Er sagte auch nichts, bis sie allen Mut zusammenkratzte.

„Was hast du so in den letzten Tagen gemacht?"

„Ostfriesland-Tour. Wir waren auf Norderney, in Emden, übrigens auch im Otto-Hus, in Aurich, wir haben das Teemuseum besichtigt, waren in irgendeinem kleinen Tierpark, in ganz vielen Orten, die auf ,-siel' enden, in der Seehundaufzuchtstation und auf gefühlt tausend Spielplätzen."

Sie schmunzelte. „Hmm, und was hat dir am besten gefallen?"

Er zuckte mit der Schulter. „Ich mag das Meer, die Luft, die Weite des Landes und die alten Windmühlen sind echt cool."

„Oookay, du magst Ostfriesland." Irgendwie fand sie seine aufkommende Begeisterung niedlich, auch wenn sie sie nicht teilte.

„Warum magst du es hier nicht? Ehrlich, ich kapiere es einfach nicht."

Sie zuckte mit der Schulter. „Ich lebe hier schon mein ganzes Leben, ich finde Städte und Berge spannender. Alles ist hier auf Touristen ausgelegt, weniger auf uns. Außerdem ist die restliche Zivilisation von hier weit weg." Und das fühlte sie viel zu oft. Klar, konnte man sich hier beschäftigen, aber sie hatte das Gefühl, als würde sie sich in einem Käfig befinden, dessen Stäbe unendlich weit entfernt lagen. „An welchen Meeren warst du schon?", lenkte sie ihn ab.

Darüber schien er nachzudenken. „Puuh, Nordsee, Ostsee, Atlantik, am Pazifik, Mittelmeer, oh und am indischen Ozean war ich auch."

Frieda starrte ihn erschüttert an.

„Ja, ich bin ein bisschen rumgekommen." Er lächelte sie kurz und süß an, was ihr Herz wieder lauter klopfen ließ.

„Und dann gefällt es dir HIER?"

Rafael bejahte das. „Es ist wie eine fremde Kultur innerhalb Deutschlands."

„Okay, das ist übertrieben." Sie lachte los, auch wenn es in Ansätzen so sein mochte. „Nur weil du nicht ‚Moin' sagen kannst."

„Und nicht gerne Tee trinke."

„Das ist für Ostfriesen eine Todsünde!"

„Auch für Ostfriesinnen?" Er blickte zu ihr runter.

„Pff, für die ostfriesische Kultur?"

Jetzt lachte er los. „Das Einzige, was ich hier nicht gerne mag, sind die Möwen."

„Immerhin, das ist der erste qualifizierte Satz, den ich von dir höre, Vandale."

„Yeah!", reagierte er locker und schien mit sich zufrieden zu sein.

Er sagte nichts weiter und ihr wurde klar, dass er irgendwie indirekt damit gesagt hatte, dass er auch sie mochte. Schnell schaute sie zu ihm hoch, aber er guckte gerade auf ein Haus, das es besonders genau mit der maritimen Deko genommen hatte, und bemerkte ihren Blick leider nicht.

Was sollte sie jetzt nur tun? Ihn direkt darauf ansprechen? Aber das traute sie sich nicht, vielleicht war sie auch einfach zu müde.

Die Zeit verging viel zu schnell und schon hatten sie ihre Straße erreicht. Wie gerne, wäre sie jetzt noch eine Weile mit ihm weitergelaufen, aber auch das konnte sie nicht sagen.

Schließlich hielten sie vor seiner Einfahrt und die Möglichkeiten endeten, als er stehenblieb und zu ihr sah.

„Da wären wir", stellte er fest und lächelte.

Sie schluckte. „Danke fürs Abholen."

„Danke für die Beratung", entgegnete er, was ihr Herz schon wieder klopfen ließ. Einen Augenblick wusste sie nicht, was sie nun tun sollte, als eine starke Windböe ihre

Haare verwirbelte und sie frösteln ließ. Sie musste dringend weg.

„Tschüss", murmelte sie und spürte nun den Wind im Gesicht.

Er räusperte sich. „Bye!", antwortete er irritierenderweise und gleichzeitig wandten sie sich voneinander ab. Die ganze Situation hatte sich ins Peinliche gedreht und doch wurde sie den Gedanken nicht los, dass sie es total vermasselt hatte, als sie ihn nun zurückließ.

Rafael

Selbst zum Gitarre spielen fühlte Rafael sich zu durcheinander, weil er einfach die Szene vor dem Haus nicht mehr aus dem Kopf bekam. Er hätte so gerne noch mehr Zeit mit Frieda verbracht, aber er hatte das vermasselt, weil er keine Ahnung gehabt hatte, was er zu ihr sagen sollte. Sie verwirrte ihn und dabei war sie noch nicht mal 16.

Die anderen würden ihn für bescheuert halten, wobei Karstens aktuelle Freundin auch gerade erst 16 geworden war und Frieda würde bald 16 werden.

Seine Gedanken glitten weiter und ohne groß darüber nachzudenken, spielte er doch ein paar Töne an.

Plötzlich kam ihm eine Idee und er schrieb ein paar Notenfetzen auf, die er noch einmal betrachtete. Nicht schlecht.

Während er noch weiter darüber nachdachte, hörte er Stimmen und das Geschrei seines Bruders, der lautstark weinte.

Das lenkte ihn einen Moment ab und er lauschte. Schritte kamen die Treppe hoch. Schnell schaute er sich um, aber Lunas Geschenk hatte er gut verstaut, sodass sie den arschteuren Seehund nicht sofort finden würde, als es auch schon klopfte.

„Ja?", rief er und die Tür wurde von seinem Vater aufgerissen.

„Ah, du bist da. Ich habe dich nicht spielen gehört."

Er zuckte nur mit der Schulter.

„Gute Nachrichten: Wir fahren morgen schon." Sein Dad seufzte. „Luna möchte nun doch zu Hause feiern. Stephanie hat schon alle benachrichtigt und noch last minute einen Kuchen bestellt. Also pack deine Sachen." Damit ging er wieder hinaus, ohne eine Reaktion Rafaels abzuwarten.

Er starrte weiterhin die Tür an und fasste es nicht. Einerseits freute er sich, denn zu Hause konnte er den ganzen Tag laut spielen, ohne dass es jemanden nervte. Andererseits fühlte er sich hier wohl und er mochte Norddeich, auch wenn seine Familie ihm zwischendrin auf den Geist ging.

Schnell warf er einen Blick nach draußen und zu Friedas Zimmer, die er jedoch nicht entdeckte. Machte er sich nichts vor, er hatte das mit ihr total vermasselt, vielleicht war es also ganz gut, wenn er ging.

Wieder kamen ihm ein paar Töne in den Sinn, die er hinter die anderen setzte und dann erneut sein Werk betrachtete.

Das hier wurde ziemlich traurig, was wollte er sich selbst bloß damit sagen?

Ein knappes Jahr später ...

Und wenn der Abend näher rückt,
das Licht ihre letzten
Strahlen schickt,
kann ich mir doch einer
Sache sicher bleiben,
die aufgehende Sonne wird morgen
wieder die Meine sein.

frei übersetzt aus dem Song „Rising Sun" von Quiet Place

5

„Friso, lass das!" Sie kicherte und ihr Freund ließ von ihr ab. „Aber ich bekomme dafür die letzten Gummibärchen." Sie stöhnte. „Na gut, aber hör auf, mich zu kitzeln." „Ich muss eh gleich los. Surfen." Friso grinste, verspeiste schnell die letzten drei Gummibärchen, die in einer Schüssel auf dem Tisch in ihrem Zimmer standen. „Du könntest mitkommen."

Frieda verdrehte die Augen. „Nein, ich habe keine Lust mir stundenlang anzusehen, wie du versuchst, auf dem Brett zu stehen und den Wind richtig zu erwischen."

„Schade." Er gab ihr einen Kuss auf die Wange, der sie wieder kichern ließ. „Bringst du mich nach unten?"

„Klar." Frieda ging von ihrem Zimmer aus vor nach unten. Sie waren allein, ihre Eltern arbeiteten gerade und ihre Schwester war noch ein paar Tage in einem Kindersommercamp auf Borkum, was über die Kirchengemeinde lief.

Friso zog unten seine Schuhe an und nahm seinen Rucksack. Sie betrachtete ihn und seine blonden Haare. Er war süß und in der Schule eine Stufe über ihr. Er würde also nächstes Jahr Abi machen.

Sie hatten sich auf einer der Partys des diesjährigen Abiturjahrganges besser kennengelernt und waren nun seit zwei Monaten zusammen. Leider fuhr er nächste Woche mit seinen Eltern in den Urlaub, was sie neidisch machte, denn Frieda musste arbeiten und Janna verließ sich auf sie.

Sie öffnete inzwischen die Haustür. Zusammen traten sie raus und schritten zu Frisos Fahrrad, mit dem er gleich weiter zum Strand fahren würde.

Sie lächelte ihn gerade an, während er das Schloss öffnete, als sie aus den Augenwinkeln eine Bewegung bemerkte. Neben ihnen fuhr ein teures Auto auf die Einfahrt. Die Türen öffneten sich einen Moment später und ihr Herz blieb stehen.

Rafael.

Seine dunklen Haare wehten im Wind, die er halblang trug. Er hatte eine kaputte Jeans und ein Hemd an, was ihn zusammen mit der Sonnenbrille wie einen coolen jungen Schauspieler wirken und sie wiederum nach Luft schnappen ließ. Neben ihm stieg auch sein Vater aus.

Und dann entdeckte Rafael sie und erstarrte ebenfalls. Sie hatten sich ein Jahr nicht gesehen, aber sie erinnerte sich sofort daran, wie er sie von der Arbeit abgeholt hatte. Sie bereute bis heute, nicht mehr gesagt zu haben, sondern es so enden zu lassen.

Seitdem hatte sie ihn nicht gesehen, denn er war mit seiner Familie einen Tag später abgereist, vorzeitig, wie ihre Mutter meinte, die das im Gegensatz zu ihr mitbekommen hatte. Seine kleine Schwester hatte wohl doch lieber zu Hause ihren Geburtstag feiern wollen. An der Tatsache, dass er sich nicht verabschiedet hatte, hatte sie eine Weile geknabbert.

Seitdem war seine Familie nicht mehr da gewesen und sie wusste es genau, denn sie hatte ein Jahr lang sein Zimmer und das Haus, mehr als ihr gutgetan hatte, observiert und sowohl in den Herbstferien als auch noch in den Weihnachtsferien gehofft, dass sie ihn wiedersehen würde.

Doch nichts war passiert. Jetzt stand er wieder in seiner Einfahrt und blickte zu ihr rüber.

„Wer ist das?"

Friso holte sie aus ihren Gedanken zurück und sie drehte sich zu ihm um. „Nur die Besitzer des Nachbarhauses."

„Aha!", murrte ihr Freund, der allein optisch das totale Gegenteil zu Rafael war. Er hatte im Gegensatz zu Rafael blonde, kurze Haare. Friso war eher der bullige Surfertyp, Rafael immer noch schlank, allerdings schien er ein Stückchen größer als Friso zu sein und während Friso lässig wirkte, sah Rafael irgendwie elegant und reich aus.

Ihr Freund musterte Rafael anscheinend, doch sie konnte nicht noch einmal zu ihm blicken. Glücklicherweise wandte

sich Friso wieder ihr zu. „Sehen wir uns morgen noch?",
fragte er.

Sie nickte. „Ich muss aber bis sechs Uhr arbeiten.
Kommst du dann zu mir?"

Er verzog das Gesicht. „Dann ist gerade Flut. Mist!"
Frieda versuchte gar nicht erst, ihn davon zu überzeugen,
Windsurfen ausnahmsweise einmal sein zu lassen. Das hatte
nämlich, wie sie wusste, keinen Sinn. Er liebte es viel zu sehr.

„Dann wohl übermorgen, da muss ich auch nicht arbeiten",
murmelte sie.

„Okay, ich muss dann aber packen. Kommst du zu mir?",
fragte er lieb.

Sie nickte.

Er näherte sich ihr und gab ihr einen überraschend langen Abschiedskuss, der sich im zweiten Augenblick für sie
nicht so gut anfühlte, wie er hätte sollen. „Tschüss, Frieda!",
wisperte er anschließend.

„Tschüss", murmelte sie, während er sich auf sein Fahrrad schwang und verschwand.

Sie wagte es nicht, zu Rafael zu blicken und verzog sich
so schnell wie möglich wieder in ihr Haus.

Rafael ...

Sie hatte ihn ein Jahr lang nicht gesehen, doch viel zu oft
an ihn gedacht. Ihre Freundinnen und besonders Paula
meinten, dass sie sich total in ihn verknallt hatte. Bis vorhin
hätte sie das noch abgestritten, doch jetzt fühlte sie sich tatsächlich so, als sie in ihr Zimmer kam und durchatmete.

In diesem Moment entdeckte sie, wie jemand gegenüber
im Haus das Fenster aufmachte. Sie lugte vorsichtig an der
Gardine vorbei und erkannte, wie Rafael am Fenster mit dem
Rücken zu ihr stand.

Man konnte nicht erkennen, was er tat, aber sie konnte
auch ihren Blick nicht lösen.

Plötzlich drehte Rafael sich um und sie erschrak, weil die
Häuser so dicht nebeneinanderstanden, dass er sie nun direkt
anvisierte.

Oh Mist! Doch bevor sie wie letztes Jahr durch einen Hechtsprung aus dem Sichtfeld verschwinden konnte, winkte er ihr zu.

Ihr Herz klopfte und doch konnte Frieda nicht reagieren, während Rafael begann zu grinsen.

Scheiße, absolute scheiße, was hatte sie da bloß getan? Sie musste irgendwie reagieren und spürte, wie sich ihre Hand selbstständig machte und zurückwinkte.

Doch dann fasste sie sich und verschwand zur Seite zu ihrem Sofa, wo sie nicht mehr zu sehen sein würde.

Was für eine peinliche Situation, am liebsten hätte sie geheult oder mindestens gekreischt. Beides verkniff sie sich und dachte nach. Fakt war, dass sie keine Ahnung hatte, was Rafael nun von ihr dachte. Fakt war auch, dass sie ihn auf verstörende Art und Weise vermisst hatte, und Fakt war, dass sie einen Freund hatte.

Ihre Gefühle überschlugen sich und ihr Herz klopfte schwer. Fakt war, dass das hier nicht gut enden würde.

6

Den Rest des Nachmittag nutzte sie zur Beruhigung und rief nur ihre beste Freundin Paula an, die ihr geschworen hatte, dass sie ihn dieses Mal unbedingt sehen musste.

Dieses Vorhaben setzte sie bereits am nächsten Tag um, als Paula sie von der Arbeit abholte und direkt mit zu ihr nach Hause kam.

„Meinst du, wir sollten Sina und Isabelle schreiben?", fragte Frieda, bevor sie ihre Straße erreichten.

Paula schüttelte den Kopf. „Sina wird dann bloß nervös und bombardiert uns mit Fragen. Dann sind wir zu Tode genervt. Und Isabelle hat, glaube ich, gerade genug eigenen Mist."

Sie dachten beide einen Moment an Isabelle, die ein beschissenes Jahr hinter sich hatte. Ihre Eltern hatten sich tatsächlich getrennt und ihre Mutter war schließlich aus dem Haus ausgezogen, nicht ihr Vater. Sie hatten sich auch nicht sonderlich viel gesehen, weil ihr Jahrgang mit der 11. Klasse neu aufgeteilt worden war. Paula und Frieda waren zusammengeblieben, Sina und Isabelle jedoch in eine andere Klasse gekommen.

„Oh, ich bin so gespannt!", murmelte Paula in diesem Augenblick, als sie in Friedas Straße einbogen.

„Er wird wohl kaum draußen auf der Straße lungern", entgegnete sie.

„Das kann man nie wissen, vielleicht kommen sie gerade vom Strand, vom Einkaufen, wollen Essen gehen ..."

„Paula! Hör auf, mich nervös zu machen."

Sie kicherten beide, doch wie sie eigentlich erwartet hatte, war von Rafael weit und breit keine Spur zu sehen. Sie hörten allerdings laute Musik aus dem Haus, die dumpf auf der Straße erklang, aber womit gleichzeitig sicher war, dass es drinnen wahnsinnig laut sein musste.

„Guter Musikgeschmack", kicherte Paula.

„Wenn er es denn ist", gab Frieda zu bedenken.

„Vermutlich wohl kaum sein Vater, oder?"

„Warum nicht? Mein Vater hört auch immer laut Musik."

Paula schüttelte den Kopf. „Ich glaube, er ist es."

Frieda sagte nichts mehr, sondern schloss nun die Hintertür auf, denn ihre Eltern waren nicht da. „Wollen wir in mein Zimmer gehen oder uns draußen hinsetzen?", fragte sie Paula, als sie beide ihre Schuhe auszogen.

„Hmm, lass uns erst oben sein Zimmer ausspionieren."

Frieda verdrehte die Augen. „Na gut, wir nehmen was zu trinken mit und schauen, ob meine Mutter auch noch etwas zu essen im Kühlschrank gelassen hat."

Sie hatten Glück, es war Kuchen da mit einem kleinen Zettel *„Für mein Kükelsternchen!"*, was Paula lachen ließ. Sie schnappten sich jeder einen Teller, auf den sie sich jeweils ein Stück Kuchen packten, nahmen eine Flasche Fanta mit und gingen nach oben in ihr Zimmer.

Paula zog es sofort zum Fenster. „Ich sehe ihn nicht." Sie machte das Fenster auf, sodass sie wieder leise Musik hören konnten. „Irgendwie klingt es, als würde ein Instrument gespielt werden."

Frieda runzelte die Stirn und näherte sich seitlich dem Fenster, sodass sie besser hören, aber Rafael sie im Zweifelsfall nicht sehen konnte. „Stimmt. Eine Gitarre oder so?"

„Oder ein Bass? Keine Ahnung, wo da der Unterschied ist."

Frieda zuckte mit der Schulter, auch sie hatte keine Ahnung, glaubte allerdings, dass ein Bass tiefer klang und weniger Seiten hatte. „Aber es klingt toll."

„Wenn er jetzt noch singt, ist er der Jackpot."

„Ich habe aber schon einen Freund und wir haben keine Ahnung, ob er nicht eine Freundin oder einen Freund hat."

„Nach allem, was du letztes Jahr erzählt hast, steht er garantiert auf dich", erwiderte ihre Freundin.

„Aber ob er das auch noch dieses Jahr tut? Wir wissen doch nicht, was in dem Jahr war?"

Paula grinste. „Aber ich glaube an die große Liebe und ich bin sicher, dass eher er das sein wird und nicht Friso!"

Frieda seufzte, während sie sich beide gemeinsam auf Friedas Sofa setzten und ihren Kuchen aßen – weiterhin der Musik lauschend.

„Klingt echt gut", murmelte Frieda irgendwann.

„Jepp, ich bin ein Fan." Paula kicherte.

Plötzlich endete die Musik und sie hielten inne.

„Was ist passiert?", fragte Paula und hetzte hoch. „Hmm!" Sie schaute vorsichtig durch das Fenster und versuchte einen Blick auf irgendwas zu erhaschen. „Er ist immer noch nicht zu sehen. Ätzend. Kann der Kerl nicht mal auftauchen? Vielleicht sollten wir doch in den Garten gehen, vielleicht bemerkt er dann unser Gequatsche und kommt auch raus."

Frieda grinste. Ihre Freundin war manchmal eine absolute Träumerin.

Wenig später lagen sie im Garten auf den Sonnenliegen. Die Musik hatte nicht wieder angefangen und Frieda enttäuschte das ziemlich.

„Es ist fast windstill", lenkte Paula ab, die ihre Augen geschlossen hatte.

„Und dazu nicht schwül, das ist so selten."

„Und glücklicherweise kein Gnudd unterwegs."

Sie schüttelten sich beide, denn sie hassten die winzig kleinen Gewittermücken wie die Pest, die zu Milliarden einfach auftauchten, besonders wenn es schwül und warm war. Man konnte sie immer gut an den Möwen und anderen Vögeln in der Luft erkennen, die sich förmlich durch das Buffet fraßen.

„Euer Pool fehlt", murrte Paula.

Frieda stimmte ihr zu. Bis vor zwei Jahren hatte ihr Vater regelmäßig über den Sommer einen aufgebaut, aber das lohnte sich seinen Worten nach nicht mehr, weil sie ihn zu wenig nutzten. „Du vermisst ihn von uns am meisten."

Paula seufzte. „Es war einfach so schön, die Füße darin baumeln zu lassen und ihn nicht mit Touris teilen zu müssen."

Frieda lachte. „Ja, das Meer ist momentan vermutlich überfüllt."

„Meine Mutter meinte, dass sie momentan ständig Notfälle haben von Leuten, die zu weit rausgeschwommen sind ... ehrlich ..." Paulas Mutter war Ärztin und arbeitete im Krankenhaus in Aurich.

„Touris ..." Frieda schüttelte den Kopf. „Und dabei stehen wirklich überall Infotafeln."

In diesem Augenblick kam Friedas Mutter nach Hause und trat in den Garten. „Moin ihr beiden."

„Hallo Mama."

„Moin Insa!", rief auch Paula.

„Ich muss gleich wieder los. Wir sind heute Abend mit unserem Bowlingclub verabredet", erklärte ihre Mutter.

„Ich weiß", erwiderte Frieda. „Ist es okay, wenn Paula noch ein bisschen bleibt?"

„Klar." Ihre Mutter lächelte. „Wir haben noch Tiefkühlpizza. Macht euch was, wenn ihr Hunger habt."

Paula und Frieda nickten und damit verschwand ihre Mutter wieder im Haus.

„Bowling ist auch irgendwie Out, oder?", gluckste Paula jetzt.

„Immerhin ist es kein Kegelclub."

Sie kicherten beide.

„Wie lange kannst du bleiben?", fragte Frieda Paula und zupfte an ihrem hübschen, lilafarbenen Top einen Fussel ab.

Die zuckte mit der Schulter und band sich die rotgefärbten Haare neu zu einem Knoten. „Meine Mutter meinte nur, dass ich bedenken soll, dass morgen meine Oma Geburtstag hat. Wir gehen frühstücken ..."

„Also darf es nicht zu spät werden."

„Nicht, wenn ich Ärger mit meiner Oma vermeiden will. Echt, nur den Hauch eines Augenrings und ich bekomme einen Vortrag, dass es das damals in den Vierzigern oder so noch nicht gegeben hätte außer von zu viel Arbeit."

Frieda grinste. Sie kannte Paulas Oma, die wirklich schräg und streng war. Immerhin war ihre Mutter nicht so und ihre andere Oma auch nicht. Die eine reichte jedoch, um Paula auf die Palme zu bringen.

„Hi!", sagte plötzlich eine dunkle Stimme und ihre Köpfe ruckten beide erschrocken zum Gartenzaun.

Rafael stand dort und wirkte immer noch wie ein Schauspieler, auch wenn er sein Hemd von gestern gegen ein Band-T-Shirt von Iron Maiden getauscht hatte. Jetzt, wo er so nah war, verglich sie ihn mit dem Rafael vom letzten Jahr. Er war dünner als Friso, aber anscheinend hatte auch er ein paar mehr Muskeln bekommen und wirkte, als hätte er noch mal einen Wachstumsschub vom Teenager zum Erwachsenen durchgemacht. Sie schluckte und selbst Paula war sprachlos.

„Ist das diese offene ostfriesische Freundlichkeit, die einen mit wenigen Worten willkommen heißt?", scherzte er und Frieda holte Luft.

„Immerhin hast du die Lektion von letztem Jahr behalten und kein ‚Moin‘ gesagt", konterte sie unüberlegt und atmete aus.

„Ich will ja deine empfindsamen Ohren nicht verletzen." Rafael grinste amüsiert.

Frieda wurde rot und räusperte sich. „Hi!"

Paula zuckte zusammen, als Frieda sie kurz anstupste. „Moin!", begrüßte diese ihn nun und hatte sich offensichtlich auch gefangen. „Und ja, wir sind schweigsam."

„Klang gerade nicht so. Ich bin Rafael", erklärte er.

„Paula. Dann hast du noch nie Mädchen außerhalb Ostfrieslands gehört, die plaudern oder ‚snacken‘, wie wir hier sagen, viel mehr."

Das schien ihn zu erheitern „Doch, habe ich. Die klangen wie ihr, nur nicht so … norddeutsch?"

Frieda seufzte und lenkte nun ab. „Ihr seid wieder hier?"

„Genau, was du schon mindestens zwei Mal bemerkt haben dürftest."

Frieda wurde sofort knallrot, während Paula loslachte.

„Hat sie." Frieda schubste sie, was ihre Freundin kein bisschen beeindruckte. „Und wir konnten vorhin deine Musik hören", machte Paula weiter und lächelte überfreundlich.

Jetzt war es Rafael, der, wenn sie das richtig erkannte, leicht rot anlief, was ihn noch niedlicher aussehen ließ.

„Upps, anscheinend sind die klischeehaft roten Backsteinwände nicht dick genug."

„Oder du hast SEHR laut Musik gehört. Wir konnten allerdings nicht genau erkennen, was für Lieder es waren, aber es klang cool", erklärte Frieda.

Rafael nickte nur und wollte offenbar nichts weiter dazu sagen.

„Willst du rüberkommen?", fragte Paula jetzt und Frieda bewunderte sie für ihren Mut.

„Nein, danke. Ich brauchte bloß eine kleine Pause. Bis dann!" Damit verzog sich Rafael wieder und sie warteten, bis er anhand des Ächzens einer Terrassentür wieder zurück im Haus angekommen war.

Paula quietschte sofort los und Frieda kicherte.

„Er ist SO süß! Und ich bin sicher, dass er auf dich steht!", wandte sich Paula an sie.

Frieda hatte keine Ahnung, aber irgendwie fühlte sie sich erleichtert, dass sich Rafael noch so gut an sie erinnerte.

***

Drei Tage lang sah Frieda Rafael nicht, aber hörte immer, wenn sie denn mal zu Hause war, Musik aus seinem Zimmer. Sie fragte sich ehrlich, was er da hörte, aber es klang zu undefiniert. Manchmal meinte sie, irgendeinen Song zu erkennen, aber dann änderte sich doch wieder irgendwas und auch ihr wurde klar, dass er die Musik nicht nur hörte, sondern auch dabei spielte.

Sie glaubte inzwischen, nachdem sie das kurz gegoogelt hatte, dass es Gitarrenklänge waren – und kein Bass. Trotzdem versuchte sie nicht zu viele Gedanken an ihn zu verschwenden, denn da war ja noch ihr Freund Friso.

Nun war der weg und sie erwischte sich bei dem Gedanken, dass sie es nicht wirklich bedauerte.

Heute war Sonntag und sie hatte ausnahmsweise frei, was in den Sommerferien nicht oft passierte.

Ihre Eltern waren mal wieder unterwegs und Frieda hatte sich am Nachmittag in Top und kurzer Hose in den Garten gelegt, wo es bei den Temperaturen im Schatten angenehmer war als im Haus.

Nebenan erklang wieder Musik und Frieda fragte sich inzwischen auch, ob sein Vater überhaupt noch da war.

Sie vertiefte sich in ein Buch, bis sie ein leises Räuspern hörte und hochschaute.

Rafael stand ebenfalls in T-Shirt und kurzer Hose am Gartenzaun und schaute zu ihr rüber.

„Hi!", quietschte sie erschrocken.

„Hi!", antwortete er dumpf. „Ich würde ja fragen, was du da liest, aber ich weiß, dass es ein Buch ist. Vampire?" Jetzt grinste er.

Sie schnaubte. „Nein, Rockstars."

Er verzog das Gesicht. „Sollte mir das Sorgen machen oder mich beruhigen?"

„Du bist weder das eine noch das andere, also kann es dir egal sein", antwortete sie und ihr Herz schlug bereits jetzt viel zu heftig.

„Was machst du ansonsten so?"

„Chillen!", antwortete sie. „Im Haus ist es zu warm."

Er gab ein zustimmendes Geräusch von sich. „Ja, bei uns auch." Er trat ein wenig auf der Stelle herum und sie fragte sich, was sie nun tun sollte.

„Willst du rüberkommen?", fragte sie vorsichtig.

Sofort schien er erleichtert. „Wenn ich darf?"

„Vermutlich tust du mir nichts, dazu hättest du auch letztes Jahr schon Gelegenheit gehabt", und dachte lieber nicht daran, was sie da verpasst hatte.

Er nickte und hüpfte dann plötzlich leichtfüßig über den Zaun, was sie beeindruckt staunen ließ. „Wow."

Er zuckte mit der Schulter. „Können."

„Offensichtlich. Ich wäre hängengeblieben und dann im Krankenhaus gelandet."

„Dann lässt du das besser bleiben." Rafael trat näher.

„Wie geht es dir?", fragte Frieda ihn nun und ließ ihr Buch endgültig sinken, während Rafael sich auf einem der Stühle niederließ. Schnell überprüfte sie ihr Aussehen, aber nichts war verrutscht oder fleckig.

Er zuckte mit der Schulter. „Ich genieße die Ruhe."

„Zusammen mit deinem Vater?"

„Der musste für ein paar Tage weg und kommt irgendwann wieder."

„Ach so …" Frieda betrachtete Rafael, aber ihm schien das nicht viel auszumachen. „Und der Rest deiner Familie?"

Rafael betrachtete sie ernst. „Mein Vater und meine Stiefmutter sind nicht mehr zusammen."

„Oh …" Peinlich berührt lief sie rot an. Damit war sie wohl voll ins Fettnäpfchen getreten. „Das tut mir echt leid."

Er zuckte mit der Schulter. „Mein Vater ist kein einfacher Mann, ich konnte meine Stiefmutter verstehen und ich kann meine beiden Geschwister immer besuchen, zumindest, solange ich noch da bin."

„Wieso noch?"

„Ich geh bald auf die Uni." Sein Kopf legte sich schräg und sie wurde das Gefühl nicht los, dass er wissen wollte, wie sie reagierte.

Ihr fiel inzwischen ein, dass er ja dieses Jahr sein Abitur abgelegt hatte. „Herzlichen Glückwunsch zum Abi."

„Danke!" Er lächelte vorsichtig.

„Auf welche Uni gehst du?"

Er betrachtete sie wieder mit demselben Blick. „New York!"

„Was?", keuchte sie. Damit hatte sie absolut nicht gerechnet und sie kannte auch niemanden, der im Ausland studierte. Die Hälfte der Leute ihrer Stufe würden vermutlich hierbleiben und entweder an der Fachhochschule in Emden studieren, an der Uni in Oldenburg oder maximal noch in Groningen, was dann wiederum doch im Ausland war, aber sich nicht so anfühlte. Sie schien eine von wenigen zu sein, die vorab bereits sagten, dass sie weiter wegwollten, auch wenn sie noch nicht wusste, wohin genau.

Rafael dagegen hätte auch genauso Harvard, Oxford oder Timbuktu sagen können, sie wäre nicht minder beeindruckt gewesen.

„Ja, New York, genauer an der New York University. Die haben da ein gutes Programm. Meine Mutter lebt dort und hat Connections. Außerdem waren meine Noten gut, ich hatte ein bisschen Auswahl …"

Sie schwieg. Er hatte Auswahl, das bedeutete, dass er ziemlich gut sein musste

Er schmunzelte. „Da ist wieder die ostfriesische Wortkargheit."

„Du bist einfach der Erste, den ich treffe, der so weit weg geht", erklärte sie.

Er zuckte mit der Schulter. „Ich kenne auch nicht viele, falls dich das beruhigt."

„Irgendwie schon." Sie räusperte sich und merkte, dass sie vielleicht höflicher sein sollte. „Willst du was trinken?"

Er nickte. „Außer ich störe?"

„Ich saß hier nur rum und habe gelesen, also nein." Erheitert stand sie auf.

„Letztes Jahr habe ich dich sehr wohl gestört", erwiderte er.

„Da haben meine Eltern dich mir aufgezwungen, das ist jetzt nicht der Fall."

Er nickte und unterdrückte offensichtlich ein Lachen.

„Ich hole dir ein Glas, wenn für dich Mineralwasser okay ist? Das steht schon hier."

„Ist es."

Sie nickte und verschwand schnell, um das Glas zu holen. Sie spürte wieder, wie ihr Herz klopfte und konnte nicht fassen, dass er tatsächlich in ihrem Garten gelandet war. Sie seufzte, aber wollte es viel zu sehr. Also schnappte sie sich das Glas und ging wieder zurück.

Rafael schaute sich gerade ihr Buch an und las den Klappentext.

„Du stehst auf Romane?", fragte sie und war versucht, ihm peinlich berührt das Buch wegzuziehen.

„Nein, aber ich war neugierig. Es sind tatsächlich Rockstars …" Er lachte los.

„Ist ganz gut", erwiderte sie. „Was liest du so?"

Er legte das Buch weg. „Ich mag Stephen King."

Sie schmunzelte. „Sollte ich mir Sorgen machen, dass mein Nachbar, der dazu gerade auch noch allein ist, in meinem Garten sitzt und auf Horror steht?"

„Sind hier irgendwo Kuscheltiere vergraben?", erwiderte er.

Sie kicherte, während sie ihm ein Glas Wasser einschenkte.

„Außerdem bist du doch auch allein zu Hause."

„Ja, aber meine Eltern kommen irgendwann wieder. Meine kleine Schwester ist auf Kinderfreizeit."

„Und dein Freund?", fragte Rafael und betrachtete sie dabei, wie sie erst bemerkte, als sie sich zu ihm wandte.

„Der ist auch weg."

Er runzelte die Stirn und sie kapierte, dass sie das genauer benennen musste.

„Ich meinte, dass er mit seinen Eltern im Urlaub ist."

„Ach so. Und er wäre nicht lieber hier bei dir geblieben?"

Rafael war ganz schön dreist, wenn sie so über seine Frage nachdachte. „Ziemlich direkte Frage für jemanden, den ich nicht kenne."

Er nickte. „Stimmt."

Frieda zuckte mit der Schulter. „Anscheinend wollte er nicht hierbleiben." Und sie war nicht unglücklich darüber.

„Hmm." Er runzelte die Stirn.

„Und wollte deine Freundin nicht mit dir hierherkommen?", konterte sie.

„Nein!", antwortete er sofort und ihr Herz machte einen Aussetzer. Also hatte er eine Freundin, was sie beinahe befürchtet hatte. Sie überlegte, ob sie noch weiter nachfragte, aber ließ es dann.

„Also New York … und deine Mutter wohnt dort?", wechselte sie das Thema.

„Sie ist US-Amerikanerin", erklärte er.

„Also sprichst du auch Englisch."

„Meine zweite Muttersprache", was sie nun noch mehr beeindruckte.

Sie räusperte sich. „Nur am ‚Moin' musst du noch arbeiten."

„Das stimmt." Rafael lächelte, was sie zurücklächeln ließ.

Sie schwiegen eine Weile und sie fragte sich wirklich, warum er überhaupt in den Garten gekommen war. Schließlich räusperte sie sich. „Also was machst du hier allein?"

Er zuckte mit der Schulter. „Wie ich letztes Jahr schon erklärt habe, mag ich es hier. Die Luft ist toll und ich habe Ruhe zum Arbeiten."

„Arbeiten?", fragte sie sofort und sah, wie er sich wohl offensichtlich über seinen Kommentar ärgerte.

„Studium."

„Aber du studierst doch noch gar nicht?" Wieso musste er dann arbeiten?

Rafael schaute nun zu ihr rüber. „Du bist ganz schon penetrant."

„Und du bist in meinem Garten", konterte sie.

„Hmm, stimmt." Er seufzte und lehnte sich dann wieder entspannt zurück. „Ich werde was im Bereich Musik studieren, also übe ich und habe noch ein paar andere Projekte."

„Deswegen also die laute Musik."

Er nickte vorsichtig.

„Also bist du Musiker?"

„Kann man so sagen." Er grinste breit. „Das macht die ganze Buch- und Rockstarsache ein wenig merkwürdig."

Sie blickte auf ihren Roman und errötete. Darauf war sie noch gar nicht gekommen und fand das nun tierisch peinlich. „Stimmt … sorry."

Sie schwiegen wieder eine Weile.

„Hast du Lust noch mit mir zum Meer zu kommen?", fragte er plötzlich.

Ihr Herz schlug wieder heftiger und sie dachte an Friso, verwarf aber jegliche Gedanken in seine Richtung sofort. „Findest du den Weg nicht allein?", fragte sie provozierend zurück, um seine Motive herauszufinden, doch es klang unfreundlicher als gedacht. „Tut mir leid, du hast nett gefragt und ich bin fies."

„Ostfriesische Freundlichkeit?", neckte er sie.

„Manchmal. Also ja, ich würde mitkommen." Sie konnte gar nicht anders.

„Super. Jetzt?"

Sie schaute an sich runter. „Gib mir fünf Minuten."

***

Sie brauchte zehn Minuten. Dann stand sie wieder im Garten, wo er immer noch saß. Sie hatte das Wasser und die Gläser mit hineingenommen, eine kurze Nachricht an ihre Eltern geschrieben, falls diese wider Erwarten eher zurückkamen, und ihren Schlüssel eingepackt.

„Können wir?", rief sie in seine Richtung.

Er erhob sich und nickte.

„Musst du dein Haus nicht abschließen?"

Er hielt ihr einen Schlüssel vor die Nase. „Habe ich gerade gemacht."

Sie liefen also zusammen direkt in Richtung Meer. Sie wusste nicht, was sie sagen sollte, aber beobachtete ihn. Offenbar genoss er die Sonne und die Luft, so wie er durchatmete, während sie den Weg vom letzten Mal entlangschritten, den sie in- und auswendig kannte.

„Du hast dich nicht viel verändert", sprach er plötzlich und sein Blick auf sie schien amüsiert.

„Eindeutig ertappt, upps." Schnell schaute sie nach unten.

Er grinste. „Habe ich mich verändert?"

Sie schüttelte den Kopf, denn die Wahrheit wäre zu peinlich gewesen, und ihm schien das als Antwort zu genügen.

Wieder schwiegen sie eine Weile, bis sie den Deich erreichten. „Heute wirst du im Gegensatz zu letztem Jahr übrigens Glück haben. Die Flut ist in wenigen Stunden, also kommt das Wasser gerade."

„Ja, ich weiß. Ich war die Tage schon mal hier."

Das überraschte sie und ließ sie sich unweigerlich fragen, warum er noch mal mit ihr hatte gehen wollen. Aber auch diese Frage stellte sie wie so viele nicht.

„Es ist eine Menge los", bemerkte er.

Sie zuckte mit der Schulter. „Es sind in vielen Bundesländern Sommerferien und besonders in Nordrhein-Westfalen, das hier ist normal. Wenn du einen leeren Strand sehen willst, komm im Winter wieder, vorzugsweise im November oder zwischen Neujahr und Karneval, dann ist es hier wie ausgestorben."

„Aber dann ist das Wetter auch nicht so gut."

„Pff … dann ist das Wetter normal. Diese Temperaturen sind ungewöhnlich." Selbst der Wind war nur flau.

„Hmm …" Er schien skeptisch, während sie zusammen eine der Treppen den Deich hinaufliefen.

Der Ausblick hatte sich seit letztem Jahr nicht verändert. Frieda schloss einen Augenblick die Augen, als sie oben waren und sich kurz an den Rand postierten, damit sie den Menschen, die hier entlang spazierten, nicht im Weg standen.

Sie versuchte den Lärm auszublenden und atmete die Nordseeluft ein, die leider nicht so salzig war, wie sie es am liebsten mochte. Dann öffnete sie ihre Augen und spürte sofort Rafaels Blick auf sich. „Alles in Ordnung?"

„Du magst es hier doch", stellte er fest.

Sie zuckte mit der Schulter. „Ich will weg, aber es gibt ein paar Dinge, die ich mag wie zum Beispiel die salzige Luft. Wobei man das heute vergessen kann."

„Wann bist du am liebsten hier?", fragte er weiter.

„Bei Sturm. Wenn die Wellen wild gegen die Brecher oder die Promenade klatschen, die Möwen weit weg sind. Man gerade so noch stehen kann, die Gischt einem ins Gesicht spritzt und man das Gefühl hat, dass das Salz in der Luft einem das Gesicht abpellt. Das beste Peeling der Welt meiner Meinung nach."

Seine Augenbrauen hatten sich gehoben, während seine Haare leicht im Wind wehten. „Okay … Ich muss das jetzt einfach mal glauben."

„Oder du kommst mal in der Sturmsaison vorbei."

Er schmunzelte. „Vielleicht."

„Sollen wir wieder runter zum Meer?", fragte sie.

„Ja, gerne."

Sie schritten runter und ihr wurde klar, dass sie an der Surfschule vorbeikommen würden. Einen Augenblick wurde ihr heiß und kalt. Friso war nicht da, aber was war, wenn sie jemand erkannte und ihrem Freund erzählen würde, dass sie hier mit einem fremden Typen lief?

„Können wir woanders langgehen?", fragte sie impulsiv, auch wenn alle anderen Wege viel voller waren, weil sie entweder direkt zum Sandstrand führten oder am Jachthafen entlang. Der Weg hier zwischen Freibad und Grünstrand samt Surfschule wirkte dagegen eher unattraktiv.

„Warum?" Rafael schaute verwundert zu ihr runter.

Sie überlegte, was sie sagen sollte, doch er war anscheinend auch noch schlau. „Hast du Angst, dass dich jemand mit mir sieht?"

Frieda wurde sofort knallrot. „Das hat nichts mit dir zu tun", verteidigte sie sich sofort. „Es ist nur …" Sie biss sich auf die Lippe.

„Dein Freund?"

„Er windsurft normalerweise hier. Er ist zwar gerade im Urlaub, aber …"

Rafael gab ein amüsiertes Geräusch von sich. „Ich verstehe es. Aber ich frage mich, ob dich nicht auch andere erkennen könnten, egal, wo du langläufst?"

Sie erschrak, darüber hatte sie überhaupt noch gar nicht nachgedacht.

Rafael lachte los. „Sorry, ich wollte dich nicht verunsichern."

„Schon gut und du hast recht, auch wenn ich glaube, dass die meisten Einheimischen zu so einer Zeit eher selten hier sind. Und eigentlich ist es egal, wir laufen ja nicht Hand in Hand oder so, sodass jemand irgendwas denken könnte …"

Auch wenn sie zugegeben sehr gern mit ihm Hand in Hand gelaufen wäre. „Komm, wir laufen doch dort lang, es ist egal, wer uns sieht." Selbstbewusst stapfte sie los.

„Wie du meinst, für mich wäre es aber kein Problem gewesen, woanders langzugehen", erklärte er, was sie lieb fand.

„Das ist aufmerksam, aber nein, es ist okay. Ich musste nur einen Moment darüber nachdenken", sagte sie selbstbewusster, als sie sich fühlte. Also liefen sie direkt an der Surfschule vorbei und Frieda fuhr nun die Ignorierschiene und schaute einfach gar nicht hin.

Rafael sagte nichts, erst als sie daran vorbei waren und etwas Abstand genommen hatten, kicherte er. „Geschafft."

„Puuh!" Sie grinste. „Sorry! Wenn du allein gegangen wärest, wäre es nicht so kompliziert gewesen."

„Schon gut, wenn ich alleine hätte gehen wollen, wäre ich allein gegangen." Diesen Satz ließ er einfach so stehen und schaute in Richtung Meer.

Ihr Herz schlug wieder heftiger und sie überlegte einen Moment nachzufragen, wie er das meinte, ließ das dann aber sein.

Sie blieben eine Weile still und waren nun immer mehr damit beschäftigt, anderen Menschen auszuweichen, die sich förmlich an der Promenade tummelten, weil der Sandstrand mal wieder überfüllt zu sein schien. Dementsprechend wandten sie sich wie letztes Mal weg vom Sandstrand und liefen die Promenade direkt am Wasser in Richtung Hafen entlang, während sie die Menschen beobachteten.

„Dumm!", murmelte sie.

„Wie bitte?", fragte Rafael neben ihr, den sie schon beinahe vergessen hatte.

„Sorry, ich habe nicht dich gemeint. Ich habe nur die Leute kommentiert, die hier schwimmen, statt im abgegrenzten und beaufsichtigten Bereich."

Sie sah, wie er die Stirn runzelte. „Ist das nicht egal?"

„Nein, natürlich nicht. Manche schwimmen sehr weit raus. Was ist, wenn das Meer zurückfließt und man seine Kräfte überschätzt? Da hinten hat man eine bessere Chance gerettet zu werden. Außerdem ist da der Untergrund gesichert. Hier surfen sie zudem und es ist super nervig für die Surfer, wenn sie ständig aufpassen müssen, um nicht jemanden umzunieten. Übrigens ist es genauso dumm, bei Ebbe zu weit rauszulaufen. Manche Leute haben ehrlich noch nie was von Verhaltensweisen und Regeln gehört!", ärgerte sie sich.

Rafael grinste sie an, was sie rausbrachte.

„Was ist?"

„Du regst dich auf, das ist irgendwie süß."

Sie wurde sofort wieder knallrot, was ihn nur noch mehr grinsen ließ. „Es ist einfach so. Und das sind dann die Leute, die sich über alles beschweren, ihren Müll nicht sortieren, meinen, ihnen gehört der ganze verdammte Ort und so weiter."

Jetzt lachte er nur noch mehr. „Gehört ihnen denn der nicht? Ich meine, Norddeich tut doch alles für Touristen."

Sie schnaubte. „Du machst mich mit solchen Aussagen nur wütender. Hier leben und arbeiten auch Menschen und die sind nicht die Bediensteten von verwöhnten Vandalen."

„Jetzt wirst du böse." Er kicherte förmlich.

Sie atmete durch. „Sorry, jahrelanger Frust ..."

„Anscheinend. Willst du deswegen weg?"

„Auch ... ich will einfach raus."

„Ich finde es faszinierend, wie flach es hier ist."

„Jetzt klingst du, als wärest du 60, oder so."

Er zuckte mit der Schulter. „Dir muss doch hier auch irgendwas gefallen ... sag schon."

„Es gibt schöne Ecken, aber die sind nicht immer unbedingt da, wo sich Touristen wimmeln", erwiderte sie.

„Ach ja?"

Sie zuckte mit der Schulter. „Wenn man zum Beispiel mit dem Fahrrad am Deich entlangfährt."

„Fahrrad fahren?"

„Ein Muss für Leute, die noch keinen Führerschein haben oder kein eigenes Auto und zur Schule wollen. Kannst du Fahrrad fahren?"

„Natürlich!" Er schien beinahe empört.

So sicher war sie sich da nicht, wenn sie manche Touristen so bei ihren Versuchen, auf ein Fahrrad zu kommen, betrachtete.

Rafaels Gesichtszüge verhärteten sich zu einem düsteren Blick, den sie so noch nie bei ihm gesehen hatte. Offenbar hatte er ihre Skepsis bemerkt. „Wir leihen ein Fahrrad und dann beweise ich es dir."

Und er schien das absolut ernst zu meinen.

Rafael

Dieses Mädchen ... er fasste nicht, wozu sie ihn brachte, als er nun zusammen mit ihr zurücklief und nach einem Fahrradverleih Ausschau hielt, die er schon öfter in Norddeich gesehen hatte. Er warf einen Blick zur Seite. Frieda hatte sich verändert, auch wenn er ihr gegenüber anderes behauptet hatte. Sie war noch genauso zauberhaft störrisch, aber nicht mehr so schüchtern wie letztes Jahr. Außerdem hatte er sie nicht so heiß in Erinnerung, was wohl die größte Veränderung an ihr war, und ihn dazu noch um den Verstand brachte.

Er hatte sie bei seiner Ankunft beinahe nicht erkannt. Doch dann hätte er dem blonden Typen am liebsten eins reingewürgt, besonders als er den lüsternen Blick bemerkt hatte, der in ihre Richtung ging.

Ein Jahr lang hatte sie in seinem Kopf herumgespukt, ein Jahr lang, an dem er sich auch versucht hatte davon abzulenken. Musik hatte das nicht vollbracht und andere Mädchen auch nicht. Irgendwann im letzten Jahr keimte dann aber die Hoffnung auf, dass er ihr einfach nur noch einmal begegnen musste, um sie aus seinem Kopf zu bekommen. Dass es einfach sein spontaner Abgang war, der das alles in ihm verursacht hatte.

Doch er hatte sich getäuscht, ein Blick auf sie hatte genügt, um alles nur noch schlimmer zu machen. Ein Blick jetzt genügte, um wieder tausend Ideen für neue Songs zu bekommen, wovon er schon das letzte Jahr gezerrt hatte. Ein Blick genügte, um zu wissen, dass er sich total in sie verknallt hatte.

Allerdings war da noch ihr Freund, von dem er nicht wusste, wie ernst es zwischen den beiden war. Und dann stand noch seine Lüge im Weg, denn auch wenn er es irgendwie angedeutet hatte, hatte seit einem Jahr keine Frau, kein Mädchen eine Chance gegen Frieda gehabt.

7

Er meinte das ernst, denn als sie nun zurückliefen, kamen sie an einem Fahrradverleih vorbei, die es gleich mehrmals in Norddeich gab.

Sie kannte glücklicherweise den Typ nicht, der sich gerade um die Ausleihe kümmerte und nun Rafael die Fahrräder zeigte, aus denen er wählen konnte.

„Wenn du ein Mountainbike nimmst, kannst du alleine fahren", kommentierte sie irgendwann, als er interessiert vor einem stehenblieb.

„Wieso?"

„Übersetz mal das Wort ,Mountainbike', Englisch ist doch, und ich zitiere dich, deine ,zweite Muttersprache', und schau dir die Landschaft an."

Der Typ vom Verleih gluckste. „Sie hat recht", ergänzte er. „Wenn man wie ein Touri wirken möchte, dann nimmt man ein Mountainbike."

Rafael sah zwischen ihm und ihr hin und her und verdrehte dann die Augen. „Ich nehme das da, wenn es passt."

Sie testeten das Herren-Hollandrad in klassischem Schwarz und Rafael bewies, dass er tatsächlich Fahrradfahren konnte.

Eine Weile später schob er es, während sie auf dem Fußweg lief.

„Also wann machen wir die erste Tour?", fragte er.

„Wann hast du Zeit?", erwiderte sie aufgeregt.

„Permanent? Ich habe nichts vor, was man nicht drumherum legen könnte." Womit er wohl seine Musik meinte.

„Wann musst du arbeiten?"

„Morgen nicht, Dienstag aber und dann erst wieder am Donnerstag."

„Hervorragend, dann morgen Nachmittag?"

„Wieso nicht vormittags?", erwiderte sie.

„Ich bin 19, du fast 17, wir schlafen vormittags." Abgeklärt schaute er zu ihr. „Stimmts?"

Sie kicherte, denn damit hatte er vollkommen recht.
„Stimmt. Dann morgen Nachmittag.“
„Musst du deine Eltern nicht fragen?“
Sie schüttelte den Kopf. „Wieso sollte ich? Wenn ich abends weggehen wollte, wäre das was anderes. Tagsüber merken sie das meist nicht einmal, wenn ich weg bin.“
„Hmm.“ Er runzelte die Stirn, sagte aber nichts weiter dazu.
„Wohin wollen wir denn fahren?“
„Keine Ahnung? Du meintest, dass man Sachen viel besser mit dem Fahrrad entdecken kann, also wirst du mich morgen herumführen.“ Er zwinkerte ihr zu und sie schluckte. Das erhöhte den Druck merklich und sie fragte sich, ob ihm das zu verraten, wirklich eine kluge Idee gewesen war.

***

Das Wetter am nächsten Tag hielt sich glücklicherweise. Als sie aufstand, waren ihre Eltern arbeiten.

Frieda ließ es ruhig angehen, duschte erst und dachte darüber nach, was sie später mitnehmen wollte. Sie würden keine Fahrradtour ohne Proviant machen können und sie vermutete, dass Rafael keinen Plan hatte, wie anstrengend so etwas werden konnte. Andererseits wirkte er fit, also wusste er es vielleicht doch. Ihr fiel auf, wie wenig sie eigentlich über ihn wusste und gleichzeitig bemerkte sie, wie aufgeregt sie sich immer mehr fühlte.

Sollte sie vielleicht Friso schreiben, dass sie mit einem anderen eine Fahrradtour machen würde? Andererseits hatte er sich aus seinem Urlaub überhaupt noch nicht gemeldet, was ihr, wenn sie genau darüber nachdachte, nicht in Ordnung schien. Wozu gab es heutzutage Mobiltelefone?

Sie schnappte sich also ihr Telefon. *„Seid ihr gut angekommen?“*

Dann öffnete sie den Chat mit Paula. *„Ist es ein Date, wenn man mit einem fremden Jungen eine Fahrradtour macht?"*

Hier musste sie nicht einmal eine Minute auf eine Antwort warten. *„Mit deinem heißen Nachbarn? Auf keinen Fall! Friso verliert gegen ihn in allen Kategorien!"*

Sie kicherte. *„Wir haben Kategorien?"*

„Wenn wir welche hätten, würde er in allen gegen Friso verlieren. Wann habt ihr das Date?"

„Heute!", antwortete sie schnell, während sie sich in der Küche einen Tee machte.

„WAAAAAAAS? Und seit wann weißt du das? Und wieso erfahre ich es erst JETZT?"

Upps, sie hatte gestern, nachdem sie unterwegs gewesen waren, keinen klaren Gedanken mehr fassen können, wobei eigentlich nichts mehr passiert war. Die Verabschiedung war nicht so schlimm gewesen, weil sie sich ja auf ein ‚Bis Morgen' berufen konnten, und auch ansonsten hatten sie nicht viel gesprochen, weil unterwegs auch einfach zu viel los gewesen war.

„Sorry! Seit gestern. Wir waren spazieren und dann kamen wir irgendwie drauf … Er hat sich ein Fahrrad geliehen und will heute mit mir eine Tour machen. Friso weiß nichts, muss ich ihm was schreiben?"

Es dauerte ein bisschen, bis eine Antwort kam: *„Falls er fragt, kannst du ja was sagen und bevor du mit Rafael knutschst, solltest du mit Friso Schluss machen."*

Das würde sie auf jeden Fall tun und hoffte, dass das für Rafael und seine Freundin auch galt. Dass er sich überhaupt mit Frieda abgab, schien ihr schon wunderlich.

Ihr Telefon vibrierte, doch statt einer Nachricht von Paula, war es eine von Friso. *„Sollten wir nicht gut angekommen sein?"*

Sie runzelte die Stirn über diese bescheuerte Antwort. *„Du hast dich nicht gemeldet, ich dachte, ich frage mal nett nach."*

„Okay", blieb seine einzige Reaktion.

Frieda schnaubte. *„Sorry, dass ich mich für dich interessiere."*

Er antwortete nicht mehr.

***

Das hatte sich auch eine halbe Stunde später nicht geändert, was Frieda wütend machte. Sie überlegte, noch etwas Gepfeffertes hinterherzuschicken, aber das hatte vermutlich keinen Sinn.

Stattdessen packte sie nun ohne schlechtes Gewissen ihren Rucksack und ging nach draußen zur Garage, um ihr Fahrrad rauszuholen.

„Hi!"

Sie zuckte zusammen und entdeckte Rafael mit seinem Fahrrad in ihrer Einfahrt. „Hallo!", antwortete sie dünn und betrachtete ihn in seinem üblich lässigen Look.

„Ich habe dich erschreckt", stellte er fest.

„Ja, ich war gerade mit meinen Gedanken woanders."

„Tut mir leid." Er setzte einen niedlichen und betroffenen Blick auf, den sie nur entdeckte, weil er seine Sonnenbrille hochgeschoben hatte.

„Schon gut, das war ja nicht mit Absicht. Bist du schon fertig?"

„Ich habe nur darauf gewartet, dass du das Haus verlässt." Er grinste jetzt.

„Echt?" Verlegen wandte sie sich zurück zu ihrem türkisen Fahrrad, um es rauszuschieben. Wenige Sekunden später stand sie neben ihm.

„Ja", sprach er rau und in diesem Moment schnallte sie, dass er mit ihr flirtete. „Bist du denn fertig?", fragte er weiter.

„Ja, sofort. Ich muss noch mal … ähm … aufs Klo und meinen Rucksack holen", erklärte sie heiser.

„Ich passe auf dein Rad auf."

Verwirrt nickte Frieda und schaute, dass sie schnell ins Haus kam.

Sie brauchte nicht lange, checkte nur noch mal schnell ihr Aussehen, aber sie sah gut aus in der kurzen Hose und dem schlichten T-Shirt, und wollte ihn auch nicht zu lange warten lassen. Schnell griff sie nach ihrer Sonnenbrille und dem grauen Rucksack, dann ging sie zu ihm.

„Wow, was ist da drin?" Rafael deutete auf ihren Rücken.

„Proviant!", erklärte sie.

Er runzelte die Stirn. „Ich habe nur was zu trinken dabei, ist das falsch?"

„Kommt drauf an, wie lange wir fahren." Jetzt zwinkerte sie ihm zu. „Also ich dachte, wir fahren am Deich entlang?", fragte sie ihn, weil sie sich sicher schien, dass es ihm dort gefiel.

Er bejahte das und schwang sich auf sein Fahrrad. „Nach dir!", rief er.

Sie fuhr also schwungvoll aus der Einfahrt und es dauerte nicht lange, da verließen sie Norddeich über die Umgehungsstraße in Richtung Westermarsch zum Deich, den sie überquerten, um auf der Seeseite weiterzufahren.

Dort war nicht viel los, die meisten Touristen tummelten sich bei solchem Wetter und bei kommender Flut am Strand.

„Du fährst schnell!", meinte Rafael neben ihr, denn der Weg war jetzt breit genug, als sie Norddeich hinter sich ließen.

„Wenn ich dir zu schnell fahre, sag Bescheid. Wir haben heute echt Glück, kaum Wind."

„Das bezeichnest du als ‚kaum Wind'?", fragte er erschüttert und schien es ernst zu meinen.

Sie analysierte die Situation, aber es wehte wirklich nur wie gestern ein laues Lüftchen. Falls der Wind nicht drehen würde, hatten sie auf dem Rückweg sogar Rückenwind. „Ja, das ist nur eine Brise, es weht ja kaum."

Rafael schnaubte.

„Im Ernst, wenn du nicht mehr kannst, sag Bescheid", sprach sie in seine Richtung und grinste.

Jetzt schnaubte er erst recht. „Sehe ich so aus, als wäre ich nicht sportlich?", fragte er.

Nein, das tat er nicht, aber sie wollte ihn jetzt auch nicht zu offensichtlich anschmachten. „Keine Ahnung, vielleicht siehst du nur so aus, bist es aber nicht. Ich bin zum Beispiel nicht sonderlich sportlich, aber Fahrrad fahren kann ich ewig lang."

„Damit bist du irgendwie doch sportlich", erwiderte er.

„Mag sein." So hatte sie das noch nie betrachtet, aber sie empfand Fahrrad fahren auch nicht als Sport, sondern als Mittel der schnelleren Fortbewegung. „Ich bin mal im Sturm von der Schule nach Hause gefahren und der Wind war so heftig, dass er mich vom Fahrrad geworfen hat", erzählte sie nun, um das Thema zu wechseln.

„Krass, hast du dir was getan?"

Sie schüttelte den Kopf. „Unterwegs lagen ein paar unserer Ferienhäuser und Wohnungen. Ich habe das Fahrrad zur nächsten geschoben und meine Eltern angerufen. Mein Vater hat mich abgeholt."

„Gab es viele Schäden?"

„Nur ein paar Dachziegel und so. Hier achtet jeder und jede darauf, dass alles solide gebaut ist und bei Sturm nichts rumsteht."

Er schmunzelte. „Bei uns würde alles wegfliegen."

„Sorry, aber NRW ist meiner Meinung nach auch nicht gerade für seine Sturmerprobung bekannt."

„Das stimmt vermutlich, aber ich will gar nicht wissen, was du alles für Vorurteile hast."

Frieda schüttelte den Kopf. „Das sind Erfahrungswerte mit Touristen."

„Oder die." Er gluckste.

Sie sprachen eine Weile nicht mehr sonderlich viel, bis er eine Pause am Deich machen wollte.

Kaputt schien er nicht, aber er stellte sein Fahrrad ab und schaute einfach eine Weile aufs Meer. Schließlich holte er sein Telefon hervor, immer noch ein I-Phone und schoss ein Bild.

„Wieder Bilder mit dem Telefon?"

Er zuckte kurz zusammen, offenbar hatte er ihre Anwesenheit vergessen. „Sie sind nicht schlecht und ich habe keine Lust, eine Kamera mitzuschleppen." Plötzlich hielt er sein Handy in ihre Richtung und schien ein Foto zu machen.

„Hey, man darf nicht einfach Leute ohne Erlaubnis fotografieren", beschwerte sie sich.

„Das soll nur der Beweis sein, dass man dich auch mit so einer Handykamera immer noch erkennen kann." Er drehte den Bildschirm zu ihr und zeigte ihr das Foto, was er gerade von ihr gemacht hatte.

„Oh Gott, lösch das bloß."

„Wieso? Ist doch nicht schlecht?" Rafael zog das Telefon wieder zu sich.

„Aber ich sehe total zerzaust aus."

Er lachte leise. „Das siehst du öfter."

Jetzt war sie es, die nach Luft schnappte. Hatte er sie so genau beobachtet? Wie sollte sie das finden?

Er grinste. „Sorry, aber ich kann dich nicht anlügen."

Das wiederum fand sie süß. „Aber wehe, du machst damit irgendwas", gab sie grummelnd nach.

„Keine Sorge." Er nahm seine Wasserflasche und trank einen Schluck. „Es ist echt schön hier", lenkte er ab und stockte plötzlich. „Sind das da hinten Schafe?"

Sie schaute in die Richtung. „Ja."

Er blickte nun zu ihr, was sie nicht deuten konnte.

„Was ist? Noch nie ein Schaf gesehen?"

„Was machen Schafe hier?"

„Hast du Angst vor denen?", fragte sie belustigt zurück.

Er schüttelte den Kopf und schaute zurück zu den Schafen.

Das musste sie ihm wohl glauben. „Sie arbeiten als Deichrasenmäher", erzählte sie nun.

„Du verarschst mich doch, oder?" Ein skeptischer Blick traf sie.

„Nö!", murmelte sie. „Und falls mal eines umgefallen ist, muss man sie schubsen."

Das verstörte ihn noch mehr und sie musste unwillkürlich loslachen.

„Ehrlich, das ist auch kein Scherz. Wenn Schafe aus irgendeinem Grund auf dem Rücken liegen, muss man sie schubsen, sonst sterben sie. Ist echt nicht lustig."

„Musstest du das schon mal machen?"

Sie kicherte. „Nein, aber ich weiß, was zu tun ist, falls wir eines sehen."

Er nickte vorsichtig. „Wirklich kein Scherz?"

„Google es, ich lüge dich auch nicht an." Aber seine Reaktion auf die Geschichte verführte sie beinahe dazu, ihm wirklich irgendwas aufzutischen, weil er so niedlich aussah, wenn er was nicht glauben konnte.

Er schüttelte irritiert den Kopf. „Das habe ich echt noch nie gehört."

„Woher auch? Schafe schubsen scheint mir keine nordrhein-westfälische Spezialität zu sein, aber ein Beweis dafür, wie langweilig es hier ist."

Jetzt lachte auch er. „Gegen Langeweile feiern wir das gute alte Karneval, Helau!"

Sie stöhnte. „Oh Gott, nicht das!" Sie fasste sich an den Hals und tat, als würde sie sterben.

„Was hast du jetzt gegen Karneval? Ich dachte, du willst weg aus Ostfriesland?"

„Ja, aber wenn Ostfriesland gegen irgendwas gewinnt, dann gegen Karneval, sorry!", spie sie.

Jetzt krümmte Rafael sich förmlich vor Lachen. „Ich mag Karneval auch nicht", quietschte er förmlich.

Sie hielt inne. „Echt?" Hatte er sie etwa reingelegt oder tat er es jetzt? Inzwischen hielt er sich den Bauch und sein Lachen steckte sie förmlich an. Sauer sein konnte sie ihm schon mal nicht.

„Ja, und nur zu deiner Information, keiner meiner Eltern kommt ursprünglich aus NRW, ich wohne nur rein zufällig in Düsseldorf."

Das raubte ihr endgültig den Atem. „WAS?", rief sie und starrte ihn an. „Aber ..." Verdammt und sie hatte ihm all die Klischees an den Kopf geworfen.

„Keine Sorge, ich bin dir nicht böse", grinste er nun auf eine Weise, die sie rot anlaufen ließ.

Frieda schnappte nach Luft und fand ihre Fassung wieder. „Du magst nicht daherkommen, aber du bist und bleibst ein Vandale." Sie schüttelte den Kopf, während er weiter lachte.

„Damit kann ich leben, lass uns weiterfahren, Ostfriesin. Ehrlich, ich bin dir nicht böse. Ich hoffe, du mir auch nicht, das war einfach zu lustig."

Sie seufzte. „Na gut, aber der Spitzname bleibt."

„In Ordnung, dafür schubse ich auch die Schafe."

Sie lächelte, denn das schien ihr ein fairer Deal.

Rafael

Die Luft, die Weite, das Meer und die Sonne … er LIEBTE es hier und er hatte keine Ahnung, warum es genau dieser Ort war und diese Landschaft, die ihn so verzauberte.

Wieder kamen sie an einer Schafherde vorbei und er dachte an Friedas Worte, dass man Schafe schubsen musste, wenn sie auf dem Rücken lagen. Er checkte kurz die Lage, sah aber zu seiner Erleichterung keines, wobei Frieda etwas später erzählt hatte, dass das nur bei den Schafen der Fall war, die noch nicht geschoren worden waren. Das war aber hier bei allen der Fall.

Sie fuhren weiter und weiter, bis sie an eine Schleuse kamen und von dort ins Landesinnere abbogen.

Frieda fuhr tiefenentspannt und was er niemals vor ihr zugeben würde, war die einfache Tatsache, dass er inzwischen seine Beine und sein Hinterteil so dermaßen spürte, dass er glaubte, morgen einen fiesen Muskelkater zu bekommen. Hoffentlich konnte er nachher noch laufen und machte sich nicht vor ihr lächerlich.

Als sie irgendwann an einer Ecke bei einer Bank hielten, um was zu trinken, musterte sie ihn. „Alles in Ordnung?", fragte sie. „Geht's mit dem Fahrrad?"

„Klar!", antwortete er. „Es ist ja kein Mountainbike."

Sie grinste. „Das ist dein Vorteil, denn die Sattel sind meistens eine Katastrophe und man spürt nach ein paar Minuten schon, dass man Muskelkater bekommt."

Wie gut, dass er auf sie gehört hatte. „Der hier ist besser", aber noch schlimm genug.

Sie nickte und wühlte in ihrem Rucksack, während er sie heimlich betrachtete.

Wie konnte sie das alles hier bloß nicht mögen, nein, sogar eher hassen? Wobei hassen vielleicht zu stark war. Sie lebte damit, hier zu wohnen, aber wollte weg. Aber warum? Was verstand er daran nicht? Oder verstand er es nicht, weil sie hier wohnte und sie ihm den Kopf verdrehte? Plötzlich kam ein Windstoß auf und verfing sich in ihren halboffenen Haaren, sodass sie in den Sonnenstrahlen aufleuchteten. Er musste sich eindringlich davon abhalten, ein Bild von ihr zu machen.

,*Rising Sun*' ...

Verdammt, den Titel musste er sich merken ... er passte perfekt.

8

Sie waren lange unterwegs, bis sie wieder in ihre Straße abbogen und die beiden Häuser erreichten.

Rafael fuhr an seinem Haus vorbei und hielt vor ihrem Haus, wo sie neben ihm stehenblieb und ihre Mutter entdeckte, die gerade im Vorgarten Unkraut jätete.

„Hat Spaß gemacht!", murmelte sie schnell und hoffte, dass ihre Mutter nichts merkte.

Er nickte und durchkreuzte ihre Pläne. „Hallo Insa", begrüßte er ihre Mutter, die nun aufsah.

„Hallo ... Rafael, oder", grüßte diese freundlich zurück und Frieda spürte den kleinen Seitenblick, den ihre Mutter ihr zuwarf. „Wie geht es dir? Bist du allein hier?"

„Ja, mein Vater kommt aber in den nächsten Tagen noch nach. Ich bereite mich auf die Uni vor."

„Oh, das ist ja super! Wohin gehst du?"

„New York!", sagte er schlicht und ihrer Mutter fiel förmlich die Kinnlade runter.

„Wow!", reagierte sie schließlich. „Was studierst du denn?"

„Im Bereich Musik ... also es ist noch mehr, aber das ist die grobe Richtung", antwortete er und Frieda wurde klar, dass sie auch nicht mehr Details wusste. Das alles klang geheimnisvoll, was erzählte er wohl nicht?

„Toll! Aber warum New York?"

Er strich sich ein paar Haare aus dem Gesicht. „Meine Mutter lebt in den USA und ich besuche in meinem Fachbereich eine der besten Unis der Welt."

Ihre Mutter nickte, während Frieda lauschte. „Das ist super. Und was habt ihr beide gemacht?" Jetzt blickte sie zu Frieda.

„Wir haben eine Fahrradtour gemacht, damit er mir glaubt, dass es auch schönere Ecken als das überlaufende Norddeich gibt", erzählte sie.

„Und sie hatte recht", fügte er hinzu.

Ihre Mutter grinste. „Ja, damit hat sie recht, interessant, dass du die kennst", erwiderte sie ironisch in Friedas Richtung. Ihre Mutter wusste genau, dass sie nichts lieber als weg wollte, was diese nicht verstand. „Na gut, ich muss gleich noch mal los. Frieda, dein Vater macht heute das Essen."

„Okay!", antwortete sie schlicht.

„Willst du mit uns essen?", fragte ihre Mutter nun Rafael. Doch der schüttelte zu Friedas Enttäuschung den Kopf. „Nein, ich habe noch was vor." Er lächelte. „Ich muss nun auch weiter. Bis dann und danke Frieda."

Sein Lächeln brannte sich in ihr Herz und sie lächelte zurück. „Bitte!", antwortete sie schlicht und sie und ihre Mutter konnten beobachten, wie Rafael etwas weiter in seine Einfahrt verschwand.

Ihre Mutter glotzte nun förmlich zu ihr.

„Ist was?", zickte Frieda sie an.

„Nein!", antwortete ihre Mutter, aber schien sich ihren Teil zu denken.

Frieda ignorierte das und verschwand im Haus.

***

„Jungs sind schwer von Begriff", murrte Paula eine Weile später, die Frieda einfach hatte anrufen müssen. „Kann sein, dass es echt nur ein Freundeding ist."

„Aber ich kann ihn schlecht fragen." Frieda rieb sich über die Augen. Müde konnte sie nicht nachdenken, aber sie hatte einfach mit ihrer besten Freundin alles durchgehen müssen, um Rafael für sich selbst einordnen zu können. „Er hat mit mir geflirtet, ich bin mir sicher. Außerdem hat er mich heimlich beobachtet."

„Hmm …" Paula schien darüber nachzudenken. „Und wenn du ihn doch direkt darauf ansprichst, was das zwischen euch ist?"

„Dann ist da noch seine Freundin."

„Dann ist er vielleicht in derselben Misere wie du und einer von euch beiden muss den ersten Schritt gehen. Wir wissen doch, wie Jungs sind …"

Frieda seufzte, denn dieses Wissen machte es nicht gerade für sie leichter und dann fiel Frieda noch etwas anderes ein. „Bald ist der Sommer vorbei … ich habe bis jetzt noch nicht mal seine Nummer. Vielleicht ist es doch nichts Ernstes und das Ganze hat keine Zukunft." Der Gedanke tat ihr weh, denn auch, wenn sie sich erst drei Mal allein getroffen hatten, fühlte es sich nach mehr an. Seine Art, sein Aussehen, dann sein Lachen und gleichzeitig seine Liebe für das alles hier, was sie nicht liebte. Aber anstatt dass es sie trennte, fühlte es sich an, als wäre er einfach ihr Gegenpol.

„Du hast dich in ihn verliebt, oder?", fragte Paula in diesem Moment vorsichtig.

Sie schwieg. „Er ist ein Touri." Wenn auch nicht so, wie sie anfangs gedacht hatte. „Er geht nach New York und scheint sich darauf zu freuen." Auch wenn er das nicht gesagt hatte. Vielleicht war das auch nur eine Schutzbehauptung ihrer selbst, um besser damit klarzukommen, dass er wieder gehen würde.

„Es werden euch unfassbar viele Kilometer trennen", bestätigte Paula traurig. „Aber vielleicht solltest du doch mit ihm reden." Aber damit würde er immer noch gehen. Er konnte nicht bleiben, er wohnte nicht hier und sein Leben fand ebenfalls nicht hier statt. Sie spürte, dass sie sich, wenn sie sich zu sehr darauf einließ, in diese Sache mit ihm verrannte, und es wurde Zeit, damit Schluss zu machen.

In diesem Moment hörte sie Musik, die ihr eine Gänsehaut bereitete. „Er macht wieder Musik", flüsterte sie.

„Ehrlich?"

„Ja, aber ganz leise, obwohl ich mein Fenster offen habe."

„Vielleicht denkt er auch gerade an dich", wisperte ihre beste Freundin, die eigentlich gar nicht leise sein musste.

Jetzt seufzten sie beide und gleichzeitig wurde Frieda noch bewusster, dass es so nicht weitergehen konnte.

Rafael

‚Rising Sun' …

Der Titel passte kein bisschen zu dem heutigen Tag, aber er passte zu dem Song, an dem er schon Ewigkeiten saß und für den er noch keinen Titel gehabt hatte.

Jetzt hatte er einen und er spielte einmal für sich den Song durch und war selten so zufrieden gewesen. Schnell machte er eine Aufnahme für seinen Freund Karsten und schickte ihm diese zu, als sein Blick zu Friedas Haus und ihrem Fenster hinüberglitt.

Er dachte an sie und an ihre Haare, die ihm heute besonders in Erinnerung blieben. Die Sonnenstrahlen, die sich darin verfangen hatten und das leichte Braun in ein sanftes Gold verwandelt hatten. Goldene Strähnen, so als wären ihre Haare von einer Art irisierender Folie überzogen.

Er spielte, ohne nachzudenken, ein paar Töne an, die ihn seufzen ließen.

Frieda machte irgendetwas mit ihm und er fragte sich nicht zum ersten Mal, warum sie seine Musik so beeinflusste. Doch das hatte er sich bisher immer ganz anders vorgestellt. Jemand, der einfach nur jemanden anschaute und ein ganzes Lied im Kopf hatte.

Rafael schüttelte den Kopf. So fühlte es sich nicht an. Wenn er Frieda sah, konnte er kaum einen klaren Gedanken fassen und garantiert kein ganzes Lied vor sich sehen. Erst allein, wenn er über sie nachdenken konnte, kamen ihm die Töne in den Sinn.

Sein Freund Karsten meinte, dass er einfach Gedanken visualisierte und in Musikform brachte, das traf es vermutlich schon eher. Sein Freund wusste allerdings nichts von Frieda, er hatte letztes Jahr nicht von ihr erzählt … Warum auch? Er hatte sie nur zwei Mal richtig gesehen und er wollte nicht, dass Karsten ihn für bescheuert hielt, weil ihn das so massiv beeinflusst hatte. Er käme nur auf dumme Ideen und Rafael war nicht bereit, Frieda mit ihm zu teilen.

Eine neue Tonfolge, ein neuer Akkord schlich sich in sein Spiel und auch, wenn er nicht darüber nachdenken wollte, wusste er, warum sie ihm in den Sinn kamen.

New York ...

Er würde wieder gehen müssen und wäre tausende Kilometer entfernt, was schmerzte.

Alle anderen sahen das als Chance. Doch war es eine? Oder verrannte er sich? Und warum konnte er Frieda einfach nicht vergessen?

Er würde nicht bleiben können, er wollte schließlich weg, sich endlich ganz mit Musik beschäftigen, Frieda dagegen würde bleiben.

Mit einem Ruck legte er die Gitarre zur Seite. Wenn er noch länger hierbleiben würde, würde es noch schlimmer werden, er musste weg. Das hier musste ein Ende haben, aber dieses Mal würde er sich immerhin verabschieden. Das war er ihr schuldig.

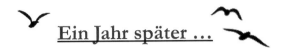

Ein Jahr später ...

Irisierende Farben,

leuchtendes Licht,

klares Wasser,

nur die Farben und ich.

frei übersetzt aus dem Song „Water Colour" von Quiet Place

9

Frieda sah durch ihr Fenster auf das Nachbarhaus und seufzte schwer. Ein Jahr war es nun her, dass sie und Rafael sich das letzte Mal gesehen hatten. Ein Jahr seit der Fahrradtour und dem Tag danach, wo sie aus dem schönen Traum aufgewacht war und bemerkte, dass er das Fahrrad zurückgegeben hatte. Ein Jahr, wo sie ihn auf seiner Einfahrt mit ein paar gepackten Taschen entdeckt hatte.

Er hatte zu ihr raufgesehen und sie zu ihm runter. Sein Blick und ihrer. Frieda hatte genau gewusst, was er in diesem Augenblick gefühlt hatte, nämlich das, was auch sie fühlte.

Es konnte nicht sein.

Es durfte nicht sein.

Er musste wieder gehen.

Sie bleiben.

Und auch, wenn alles richtig schien, warum konnte sie ihn dann einfach nicht vergessen? Warum hoffte sie, dass er auch dieses Jahr wieder hier sein würde?

Ein Jahr noch, dann würde sie ihr Abi haben und endlich alles hinter sich lassen. Den Ort, an dem sie nicht leben wollte, die Weite, die ihn doch nicht zurückbrachte, und den Wind, der sich ohne ihn immer noch viel zu schmerzhaft anfühlte.

Rafael

„Manchmal kapieren wir erst nach dem Tod eines Menschen, wie sehr er uns berührt hat."

Er las die Zeilen, die Karsten, Rico, Jordan und Sana ihm hinterlassen hatten. Sie hatten recht und er spürte das jeden Tag, seitdem es geschehen war.

Und dann las er die Zeilen des Anwalts, die er gestern ausgehändigt bekommen hatte. Er betrachtete die Liste und einen der Schlüssel, den er noch nicht oft in der Hand gehabt hatte, aber der so viel bedeutete.

Frieda …

Er sehnte sich nach ihr, jetzt noch mehr als vor einem Jahr. Er wusste, sie wäre da, wo er sie zurückgelassen hatte. Er sehnte sich danach, sie zu sehen, mit ihr zu sprechen und einfach mit ihr zu schweigen. Besonders jetzt.

Die Verführung schien zu groß, dieser Sehnsucht nachzugeben. Aber er konnte es nicht, er wollte sie nicht wieder zurücklassen müssen und er wusste, dass er nicht dableiben konnte, weil einfach zu viel in seinem Leben los war.

Er musste sich stärker fühlen, um zu ihr zu fahren. Momentan war er aber alles andere als stark.

Deswegen blieb er einfach hier und schrieb und schrieb und spielte und spielte. Was sollte er sonst tun?

Ein weiteres Jahr später ...

Gläser liegen rum,

Staub sammelt sich,

Chaos im Kopf,

Treiben im Herz.

frei übersetzt aus dem Song „Confusion" von Quiet Place

10

Ihr Herz platzte vor Aufregung, während Frieda sich für ihre Abifete fertig machte, die heute stattfand. Normalerweise machte sie nicht wahnsinnig viel Aufheben um ihr Outfit, aber das hier war wichtig. Es bedeutete das lang ersehnte Ende und damit auch den Start in das Leben, wonach sie sich schon so lange sehnte.

Also würde sie heute obenrum ihr dunkles Abi-T-Shirt tragen und untenrum hatte sie sich für einen Rock entschieden, der ihre Beine betonte. Ihre Freundinnen hatten ihr dazu geraten und recht behalten, als sie sich jetzt im Spiegel betrachtete. Er passte auch zum heißen Wetter, was selten in Ostfriesland in dieser Intensität vorkam.

Schnell kämmte sie ihre Haare und bändigte sie durch einen festen Zopf, dann schminkte sie sich und betrachtete sich anschließend erneut im Spiegel, während sie zur lauten Musik wild in ihrem Zimmer tanzte.

Heute war ihr Abend und damit der letzte, an dem sie irgendwas mit der Schule zu tun haben würde. Sie hatte ihr Abi geschafft, sie arbeitete diesen Sommer noch bei Janna im Laden und ab Oktober würde es für sie in die große weite Welt gehen oder besser gesagt nach Hannover, wo sie wahrscheinlich einen Studienplatz in Wirtschaftswissenschaften bekommen würde.

Beim Studiengang hatte sie lange überlegt. Irgendwas im medizinischen Bereich fiel raus, Blut und kranke Menschen waren nicht ihr Ding, Lehrerin wollte sie auch nicht werden und dann hatte sie sich schließlich nach einer Hochschulinformationsveranstaltung für Wirtschaftswissenschaften entschieden, weil ihr das allgemein genug schien und sie damit so oder so eine gute Perspektive hatte. Hauptsache sie wäre weg aus Ostfriesland und Hannover schien ihr immer noch besser als nichts.

Es klingelte an der Tür, doch sie ignorierte es, bis ihr Vater laut: „Frieda, Paula ist da!", rief.

„Okay!", brüllte sie zurück, griff nach ihrer Tasche und überprüfte noch einmal ihr Aussehen in ihrem Schrankspiegel.

Gerade als sie sich zu ihrer Zimmertür wenden wollte, sah sie noch einmal nach draußen und auf das Nachbarhaus, was fast aus Reflex geschah, und stockte.

Gegenüber waren die Fenster auf – an sich nichts Ungewöhnliches, das Haus wurde oft vermietet – aber sie hörte Musik und diese erinnerte sie an Rafael. War er nach zwei Jahren zurückgekommen?

**

„Du stehst völlig neben dir!", murmelte Paula einige Stunden später auf der Fete.

„Ich glaube, Rafael ist wieder da", gab sie endlich das zu, was sie seit Stunden versuchte zu vergessen. Erst hatte sie es nicht fassen können, dann war da der Unglaube gewesen, inzwischen hoffte sie darauf, dass er da war, was sich vielleicht noch schlimmer anfühlte.

„WAS?", kreischte ihre beste Freundin.

Frieda verzog das Gesicht. „Nicht so laut."

„Tut mir leid, aber ehrlich? Hast du ihn gesehen?"

Sie schüttelte den Kopf. „Als ihr mich abgeholt habt, habe ich Musik gehört. Aus seinem Fenster."

Paula runzelte die Stirn. „Aber könnte das nicht auch Zufall sein? Sie vermieten das Haus doch auch, oder?"

„Ja schon, aber genau zu ihm passende Musik aus dem Fenster? Es klingt doof und es mag nur ein Gefühl sein, aber ich bin sicher, dass er es ist."

Paula betrachtete sie einen Moment. „Du hast ihn seit zwei Jahren nicht mehr gesehen. Er verfolgt dich seitdem wie ein Geist. Willst du ihn wirklich sehen?"

Sie wusste es nicht. Zwei Jahre hatte sie nichts von ihm gehört. Sie hatte gesehen, wie er gegangen war, sie hatte sich von Friso getrennt, sie hatte ein paar Dates gehabt, aber sie hatte ihn frustrierenderweise nie vergessen können. Paula hatte versucht, sie zu verstehen, aber sie verstand sich selbst nicht. Also hatte sie sich nur auf ein Ziel konzentriert: Ihr Abitur, um endlich von hier zu verschwinden. Und jetzt hatte sie es geschafft, freute sich auf einen Neuanfang, versuchte, ihn zu vergessen und genau dann tauchte er wieder auf.

11

Sie hielt es bis halb eins aus, dann verabschiedete sie sich von Paula, die um ihren aktuellen Freund Paul hing. Paul und Paula, die beiden mussten sich deswegen eine Menge amüsierter Kommentare anhören, aber Frieda ahnte, dass die beiden nicht ewig zusammen sein würden, dafür schien Paula schon viel zu genervt von ihm zu sein.

Jetzt saß sie zusammen mit Sina und einer anderen aus ihrem Jahrgang im Auto, deren Mutter sie netterweise ebenfalls mitgenommen hatte.

Sie fuhren zuerst nach Norddeich, um Frieda rauszulassen, und ließen sie schließlich zur Zufahrt zu ihrer Straße raus, damit sie noch ein bisschen frische Luft bekam. Um diese Zeit war selbst im Sommer, wo alle Häuser vermietet waren, nichts los und sie genoss die Ruhe.

Inzwischen wehte ein kalter Wind und sie legte die Arme um sich, als sie langsam die Straße entlangging und auf Rafaels Haus blickte.

Es lag im Dunkeln und schien unbewohnt. Hatte sie sich das vorhin vielleicht eingebildet? Ganz sicher war sie nicht, wenn man bedachte, wie eilig sie es gehabt hatte.

Sie blieb nun vor dem Haus stehen und betrachtete es.

„Alles in Ordnung?"

Sie kreischte überrascht auf, als sich vom Hauseingang ein Schatten löste.

„Sorry!", murmelte Rafael, den sie erst jetzt erkannte. Er hatte sich verändert. Er wirkte größer, obwohl er bestimmt nicht mehr gewachsen war, und irgendwie erwachsener. Er trat näher und riss sie damit aus ihrem Schock.

„Du hast mich erschreckt", wisperte sie.

„Tut mir leid", entschuldigte er sich erneut, dann stockte er. „Frieda?", schien er sie nun zu erkennen.

„Rafael?", erwiderte sie eine Spur ironisch, während ihr Herz heftig klopfte und sie nicht wusste, was sie von seinem Auftauchen halten sollte.

„Wow, ich hätte dich fast nicht erkannt. Was machst du so spät hier draußen?", fragte er und wirkte nicht mehr ganz so düster wie gerade.

Sie schnappte nach Luft. „Das könnte ich dich auch fragen. Habt ihr kein automatisches Licht? Ich habe dich nicht gesehen."

„Ich saß hier und habe die Luft genossen", erwiderte er. „Das Licht habe ich ausgeschaltet."

Offensichtlich hatte er das, der Schreck deswegen saß tief. „Ich komme gerade von meiner Abifete", erklärte sie sich nun.

„Du hast dein Abi geschafft?", fragte er und schaute zu ihr hinab. „Herzlichen Glückwunsch!"

Sie nickte nur. „Also habe ich dich vorhin doch gehört."

„Wie bitte?", flüsterte Rafael.

„Bevor ich vorhin gefahren bin, glaubte ich Musik zu hören. Habe ich ja anscheinend auch."

Er nickte nur. „Sorry, falls es zu laut war."

Zu laut war es noch nie gewesen, es hatte nur ihr Herz berührt und sie damit erschreckt. „Nein, keine Sorge."

Sie schwiegen einen Moment.

„Und was machst du hier?", fragte sie schließlich, um die Stille zwischen ihnen zu beenden, aber auch, um nicht gehen zu müssen.

Er wollte gerade antworten, als er die Stirn runzelte. „Ist dir kalt?" Jetzt musterte er sie einmal auffällig von oben bis unten. „Dir ist kalt ... willst du vielleicht mit reinkommen?", fragte er leise.

Ihr Atem stockte und ihr Blick huschte einen Moment rüber zu ihrem Elternhaus, in dem es genauso dunkel aussah wie in seinem.

„Du musst nicht, wenn du nicht willst", ruderte Rafael zurück.

Sie schüttelte den Kopf. „Doch, ich möchte, ich bin noch nicht müde und mir ist wirklich kalt."

Er nickte und drehte sich dann um.

Sie folgte ihm aufgeregt und wusste nicht, was sie davon halten sollte. Ihr Herz klopfte wie verrückt, gleichzeitig wollte sie das hier unbedingt und hatte auch kein schlechtes Gefühl dabei. Sie wusste nur nicht, was sie erwartete.

Als er seine Tür aufschloss, schaltete er sofort Licht im Eingangsbereich an, sodass sie sich orientieren konnte und noch früh genug die Stufe sah, die sich vor dem Eingang befand.

„Vorsicht!", meinte er und schaute besorgt zu ihr.

„Schon gesehen, aber danke!" Sie lächelte zu ihm hoch und folgte ihm nun endgültig hinein, während er an der Tür wartete und diese hinter ihr schloss.

Automatisch schaute sie sich im Flur um. Eine Holztreppe führte nach oben, ansonsten war hier alles praktisch eingerichtet und eher minimalistisch, so wie auch die Ferienwohnungen ihrer Eltern möbliert waren. Rafael passte eigentlich optisch überhaupt nicht hinein, alles wirkte ein bisschen zu klein für ihn.

Sie zog ihre Schuhe aus und folgte ihm in die Küche, wohin Rafael nun ging. Auch diese bot auf Anhieb keine großen Überraschungen. Es war eine Landhausküche, allerdings riesengroß, vermutlich größer als das Wohnzimmer und größer als die ihrer Eltern, bis sie doch etwas Besonderes entdeckte. „Oh, ein Ostfriesensofa!"

Er drehte sich um und runzelte die Stirn. „Ein was?"

„Ihr habt ein Ostfriesensofa und du weißt es nicht? Die Dinger sind echt teuer, wenn sie gut sind, und halten ein Leben lang." Sie setzte sich sofort auf die einzige freie Stelle. Auf der anderen Seite lagen ein Stapel Zeitschriften, Blöcke und Zettel. Der oberste enthielt Musiknoten, die sie nicht weiter beachtete. „Und es ist tatsächlich eines der guten. Man kann bei denen die Seitenlehne umklappen", was sie kurz an ihrer Seite demonstrierte, indem sie sie mit Schwung aus der Verankerung nahm und ihm zeigte, bevor sie diese zurücksteckte.

Er starrte sie immer noch an. „Das habe ich noch nie gehört. Ich fand damals das Sofa in der Küche strange, aber es war schon drin und es ist bequem." Er lehnte sich an die Küchenzeile und schien jede ihrer Bewegungen wahrzunehmen, was sich komisch anfühlte.

„Es ist ja auch ein Ostfriesensofa. Meine Großmutter hatte eines, aber nicht so schön wie dieses hier."

„Wie gesagt, es war schon im Haus, als mein Vater es gekauft hat."

Sie nickte. „Die Küche ist riesengroß."

„Das stimmt, ist der größte Raum hier."

Sie sah in einer Ecke einen Stapel Altpapier. „Aber wie ich sehe, bist du nicht unbedingt der Koch."

Rafael folgte ihrem Blick. „Kochen macht allein keinen Spaß." Jetzt lächelte er sie an.

Das mochte stimmen, sie hatte zugegeben eher selten in ihrem Leben gekocht und wenn dann immer mit ihren Freundinnen oder ihren Eltern. Das würde sich aber bald ändern, wenn sie allein wohnte.

„Willst du was trinken?", fragte er nun und stand immer noch ziemlich ungerührt da.

„Gern", murmelte sie und betrachtete ihn, wie er zum Kühlschrank ging und diesen leise öffnete.

„Die Auswahl ist begrenzt … Bier, Apfelsaft, Mineralwasser, Energydrink?"

Sie verzog das Gesicht beim Energydrink. „Was für Bier?"

Er hielt ihr eine der Flaschen hoch.

„Akzeptabel. Das nehme ich."

Er lachte leise und nahm zwei Flaschen aus dem Kühlschrank. „Weil heute Abifete ist?"

„Genau!" Sie grinste ihn an.

„Wie wars?"

„Laut und cool. Es findet in einer riesigen Scheune statt, die seit Jahren dafür benutzt wird. Das Gelände ist auch groß genug und es gibt ein Feld zum Parken."

„Klingt ländlich", meinte er und zwinkerte ihr zu, was sie schmunzeln ließ.

„Tja, wenn man sich die Touristen wegdenkt, ist es hier ländlich, weswegen ich ja auch weg will."

Er lachte wieder und stellte vor sie nun die bereits geöffnete Flasche. „Brauchst du ein Glas?"

Sie schüttelte den Kopf. „Dann musst du auch nicht abwaschen."

„Praktisch gedacht." Er kam jetzt zu ihr rum und nahm den Stapel an Zeug weg und legte ihn zur Seite. Dann setzte er sich neben sie.

Sie musterte ihn schnell wieder und fasste nicht, dass er tatsächlich zurückgekehrt zu sein schien. Am liebsten hätte sie ihn gefragt warum, aber sie wusste nicht wie.

Anscheinend musterte er sie auch und vermutlich wirkten sie von außen so, als würden sie abchecken, ob sie immer noch dieselben waren.

„Wir haben uns lange nicht gesehen", flüsterte sie.

Er nickte und schaute ihr wieder in die Augen. „Zwei Jahre lang …"

Frieda wusste nicht, was sie darauf sagen sollte. Vielleicht war damals einfach nicht die richtige Zeit gewesen. „Damals war es schwierig."

„Wegen deines Freundes?", fragte er weiter und irritierte sie damit. Denn wenn er so fragte, schien sie nicht die einzige damals gewesen zu sein, die vielleicht mehr gewollt hatte.

Sie räusperte sich. „Exfreund. Und was war mit deiner Freundin? "

„Ach so." Er verzog keine Miene. „Ehrlich gesagt, gab es keine Freundin." Er schwieg.

Es gab keine? Sie dachte darüber nach, was er damals erzählt hatte, aber wenn sie es noch recht wusste, hatte er nicht explizit erklärt, dass er eine hatte, sondern war der Frage ausgewichen. „Aber du bist gegangen."

„Ich musste gehen."

„Wegen deines Studiums in New York?", und fragte sich, ob sie damit zu viel verriet.

Doch er antwortete nur durch ein Nicken und betrachtete sie.

„Und was machst du jetzt hier? Semesterferien?", und hoffte eigentlich, dass er sagen würde, dass er ihretwegen hier war.

„Ich wollte einfach mal wieder herkommen, letztes Jahr ging es nicht."

Das konnte alles oder nichts bedeuten. „Dein Vater war nie wieder hier", murmelte sie, was ihn kurz aus der Fassung brachte.

Er schluckte „Nein, weil er gestorben ist."

Sie erschrak, damit hatte sie kein bisschen gerechnet, warum auch? Sein Vater schien nicht wahnsinnig viel älter als ihrer gewesen zu sein. „Oh … Das tut mir leid."

Er seufzte. „Danke. Es ist schon eine Weile her."

„Aber du warst nicht darum plötzlich weg, oder?" Denn das wäre irgendwie noch schlimmer gewesen.

„Nein, ich musste damals einfach fahren", aber erklärte nicht warum. „Das mit meinem Vater ist vor etwas über einem Jahr passiert. Das Haus hier ist Teil meines Erbes." Er verdrehte die Augen. „Anscheinend hat er erkannt, dass ich mich hier wohlfühle."

Frieda schluckte. „Das klingt irgendwie schrecklich."

Er zuckte mit der Schulter. „Es ist aber so. Letztes Jahr konnte ich nicht herkommen, da war alles noch frisch und ich hatte andere … Verpflichtungen. Dieses Jahr dachte ich, könnte ich meinen Grundbesitz mal checken."

Das verstand sie. „Es tut mir wirklich leid. Ich wusste das nicht."

„Woher auch? Wir haben nie Nummern ausgetauscht." Er trank einen Schluck aus seiner Bierflasche.

„Warum hätten wir das auch tun sollen?", reagierte sie und klang für sich selbst ein wenig zu verbittert darüber. Auch sie trank jetzt schnell einen Schluck von ihrem Bier.

Die Kälte war angenehm, vor allem, weil ihr inzwischen warm war. „Wir haben uns zwei Sommer gesehen, immer mit einem Jahr dazwischen."

„Das stimmt. Du bist inzwischen erwachsen", stellte er fest, was sie gleichzeitig verlegen und erleichtert werden ließ.

„Du auch."

Er zuckte mit der Schulter und schaute sich um. „Und gehst du jetzt weg?"

„Ich werde ab Oktober studieren, und zwar nicht in Ostfriesland."

„Ach stimmt, das ging ja ... wie war das noch? Oldenburg oder irgendeine Fachhochschule?", fragte er grinsend.

„Die Fachhochschule in Emden und Leer."

Er lachte leise. „Alles klar."

„Allerdings gehe ich nicht nach New York. Wie ist es da?"

„Groß!" Er grinste. „Hier ist es generell ruhiger."

„Außer an einem schönen Tag im Sommer mit Hochwasser zur frühen Nachmittagszeit."

Jetzt lachte er los. „Das habe ich echt vermisst. Deinen Sarkasmus und deinen Ostfrieslandhass."

Dass er etwas an ihr vermisst hatte, freute sie und ließ ihr Herz wieder hüpfen. Eigentlich hatte sich nicht viel geändert, auch wenn zwei Jahre vergangen waren. Es schien immer noch so wahnsinnig leicht mit ihm zu sein. „Ich glaube, Hass trifft es nicht. Ich habe nur alles genau beobachtet und festgestellt, dass ich mir für mich etwas anderes wünsche", erwiderte sie diplomatisch.

„Das hast du eindeutig." Er grinste immer noch ein bisschen und sie mochte das Lächeln noch genau wie vor Jahren.

Sie nickte. „Und warum bist du jetzt hier?", fragte sie mutig und hoffte, eine bessere Antwort zu bekommen, eine, die sie hören wollte.

„Ich wollte mich ein wenig entspannen und wenn ich schon ein Haus habe ..." Er zwinkerte ihr zu.

Was sich total krass anhörte. „Ich habe, wie gesagt, deine Musik gehört."

Er hielt inne. „Musik ist irgendwie mein Leben", erklärte er dumpf und schaute wieder weg, so als wäre das nicht das Thema, über das er reden wollte.

„Cool", murmelte sie und dachte darüber nach. „Keine Ahnung was meines ist."

„Der unbändige Wunsch wegzukommen?", fragte er.

„Stimmt, vielleicht das." Das war tatsächlich bisher ihr größtes Lebensziel. Auch ihre Studienfachwahl bestand aus einer logischen Wahl und einem Ausschlussverfahren darüber, was sie nicht wollte. Sie machte keinen großen Sport, ihre Hobbys bestanden aus Lesen und sich mit Paula treffen oder anderen Freundinnen und Freunden, nichts davon wollte sie in irgendwas Berufliches umwandeln.

„Siehst du, das ist auch ein Ziel", stellte er fest und sie sahen sich in die Augen. „Wieso bist du mit reingekommen?", fragte er nun.

„Weil du mich gefragt hast?", neckte sie ihn. Sie hatte es einfach gewollt, auch weil sie ihn nie aus dem Kopf bekommen hatte. Dazu kam die Neugier.

„Nein." Er schüttelte den Kopf und atmete dann durch. „Okay, wir haben das noch nie getan und ich gebe zu, dass ich kein leuchtendes Vorbild dafür bin. Aber vielleicht sollten wir offen reden." Was sie die Augenbraue heben ließ, während er seine Flasche leerte, als ob er sich Mut antrinken müsste. „Immer, wenn wir uns sehen, fühlt es sich besonders an und das ist hirnrissig, denn wie du schon festgestellt hast, kennen wir uns eigentlich nicht."

Frieda trank ebenfalls einen Schluck aus ihrer Flasche, um über seine Worte nachdenken zu können. „Ich hatte vor zwei Jahren einen Freund und ich wusste, dass du wieder gehen wirst. Das wirst du auch jetzt", sprach sie und hoffte, dass sie seine Worte richtig deutete. Rafael ging ihr nicht aus dem Kopf, aber ihm schien es ähnlich zu gehen. Sie hatte keine Ahnung, warum ausgerechnet er sie so flashte, aber irgendwie hatte es sich schon immer richtig angefühlt, wenn nur nicht die äußeren Umstände gewesen wären.

Rafael nickte. „Ja, ich werde wieder gehen. Ich muss … leider."

„Siehst du?" Sie seufzte. „Die eine Fahrradtour ging vielleicht schon zu weit, weil sie sich zu schön um wahr zu sein anfühlte." Sie stockte, denn das hatte sie nicht zugeben wollen und blickte nun wieder zu ihm.

Er erwiderte den Blick und sie stellte fest, dass er dunkelbraune Augen hatte, was ihr so noch nie konkret aufgefallen war. „Du musst nicht rot werden, Frieda. Für mich war es genauso unwirklich schön."

Sie schluckte und hätte gern gefragt, was das zwischen ihnen genau war, aber eine andere Sache vertrieb das. „Du wirst wieder gehen und ich nun endlich auch." Egal wie sie sich zueinander hingezogen fühlten, es würde enden. Er lebte in New York, sie würde am anderen Ende der Welt sein. Es konnte nur scheitern.

„Ja", flüsterte er und sie bemerkte, wie er näher rückte.

Ihr Körper machte sich selbstständig und ehe sie sich versah, war sie ebenfalls zu ihm gerückt, bis sie dicht voreinander saßen. So dicht, dass sie die Wärme seines Körpers spüren konnte.

Sie hob ihre Hand und wollte gerade sein Gesicht berühren, als sie zögerte. „Du wirst gehen", murmelte sie erneut und der Schmerz, der diese erneute Erkenntnis brachte, überraschte sie.

Doch Rafael ging nicht darauf ein und ganz plötzlich lagen seine Lippen auf ihren.

Der Kuss an sich war sanft und einfühlsam, aber Frieda ging er durch Mark und Bein, wie noch nie ein Kuss zuvor. Gleichzeitig brach er ihr Herz, weil das hier nicht sein durfte. Das alles, was sich in dem Kuss verbarg und nun herausbrach, hatte keine Zukunft.

„Rafael", wisperte sie und sie lösten sich voneinander. Er betrachtete sie wieder und sein Blick schmerzte, weil in ihm so viel Sehnsucht lag. „Das hier geht nicht, wir haben keine Zukunft und das tut weh", flüsterte sie weiter, während ihr Herz weinte.

Ihr kam einen kurzen Moment lang der Gedanke, dass er vielleicht gar nichts langfristiges wollte. Vielleicht wollte er sich einfach ablenken und benutzte nun sie dafür. Woher sollte sie das schließlich wissen nach nur zwei Sommern? Sie wusste nichts von ihm, nichts von seinem Leben. Doch er wirkte nicht so, als würde er sie nur benutzen. Es war ihre eigene Angst, die aus ihr sprach. Denn sie hatte Angst vor dem, was sie fühlte. Das alles hier fühlte sich jetzt schon viel zu tief, viel zu Universums verändernd an, obwohl sie sich kaum kannten.

Rafael betrachtete sie wieder und eine Hand strich ihr die Haare aus dem Gesicht, was sich wieder so unfassbar sanft anfühlte.

„Ich will nichts Schnelles", wisperte sie. „Aber du kannst mir nichts anderes bieten."

Frieda entdeckte in seinem Gesicht, dass sie recht hatte und dass es ihm leidtat. Der Schmerz wurde zu heftig, sie hielt es nicht mehr aus und musste weg.

„Ich gehe lieber", flüsterte sie nun. „Sorry wegen deines Vaters."

Sie erhob sich, lief in den Flur, zog sich ihre Schuhe wieder an und verließ ohne einen Blick zurück das Haus.

Gerade als sie die Haustür hinter sich schloss, hörte sie nur noch ein leises „Fuck!"

Rafael

Frieda war weg und alles, was ihm blieb, war das Gefühl auf seinen Lippen, das Kribbeln in seiner Hand von ihren Haaren, ihr Duft, den er nicht beschreiben konnte, aber ihn sie sofort vermissen ließ. Und dann noch die fast leere Flasche Bier, die er in diesem Moment am liebsten gegen die Wand geschleudert hätte.

Er murmelte nun ein weiteres „Fuck" und stand auf.

Der Drang ihr zu folgen, wurde unwiderstehlich und er trat in den Flur, aus dem sie schon längst verschwunden war. Schnell zog er sich seine Schuhe an, wollte alles richtigstellen, sagen, dass sie sich irrte, aber die Erkenntnis traf ihn wie ein Fausthieb in die Magengrube.

Sie hatte recht.

Mit allem.

Sie kannten sich nicht.

Sie wusste nichts über sein Leben.

Er konnte ihr nichts bieten.

Sie hatten keine Zukunft.

Alles, was ihm von ihr blieb, war der Kuss.

Dieser Kuss, der alles verändert hatte.

Dieser Kuss, der nicht hätte sein dürfen.

Dieser Kuss, den er niemals wieder vergessen konnte.

12

Irgendwie überlebte sie, auch wenn es sich wie Sterben angefühlt hatte.

Der Kuss trug die Schuld. Nur durch ihn wusste sie jetzt, was sie verpasste und was sie nicht haben konnte. Der Schmerz darüber ließ sie tagelang heulen. Sie konnte nicht mal ihre Vorhänge aufziehen. Sie machte das Fenster nur auf, wenn sie frische Luft benötigte und verschwand so oft es ging zu Janna in den Laden, um sich abzulenken.

Doch auch das hielt sie nicht davon ab, bei jeder Öffnung der Ladentür zu hoffen, dass Rafael den Laden betrat, was er aber nicht tat.

Sie wusste nicht mal, ob er überhaupt noch da war. So wie sie ihn nicht hatte kommen sehen, schien sie auch seine Abfahrt verpasst zu haben.

Ihre Eltern und ihre Schwester bekamen von dem ganzen Theater nichts mit. Tomma hatte sie irgendwann einmal gefragt, ob irgendwas auf der Abifete geschehen war. Das hatte sie schlicht bejaht, weil es ja zumindest mit dem Abend zu tun hatte.

Die Einzige, die wirklich über das ganze Drama Bescheid wusste, war Paula, die ihr einen Tag später still zugehört und sie getröstet hatte.

Ungefähr eineinhalb Wochen später hörte sie ein Klappern und Stimmen. Sie hatte ihr Fenster auf Kipp, weil sie inzwischen davon ausging, dass Rafael wieder gegangen war. Doch eine der Stimmen schien seine zu sein und sie konnte nicht anders und schlich sich zu ihrem Fenster, wo sie ein Auto in der Einfahrt entdeckte, das sie noch nie gesehen hatte. Und dann sah sie ihn.

Rafael.

Er packte und wirkte nicht glücklich, was sie schmerzte.

Plötzlich kam ein weiterer Typ aus dem Haus, der in Rafaels Alter zu sein schien.

Der Kofferraum wurde geschlossen und der Unbekannte setzte sich ins Auto auf den Fahrersitz.

Rafael kam in diesem Moment erneut aus dem Haus. Sie konnte sehen, wie er die Haustür abschloss und wieder kam ihr der Gedanke, dass sein Vater tot war.

Wie hatte sie bloß zulassen können, dass sie ihn noch mehr verletzte? Das schlechte Gewissen erdrückte sie förmlich.

In diesem Moment wandte sich Rafael zur Beifahrerseite des Autos und dann geschah, was geschehen musste.

Er sah hoch.

Sie direkt an.

Eine Schockwelle traf sie, weil sie damit nicht gerechnet hatte.

Er hob in diesem Moment seine Hand zum Gruß und winkte ihr traurig zu. Wie vor zwei Jahren machte sich ihre Hand selbstständig und winkte zurück.

Der Moment verging und er stieg ins Auto, was nahezu sofort losfuhr.

Rafael war doch nicht einfach so gegangen und sie wusste nicht, ob sie ihn je wiedersehen würde.

Im Oktober ...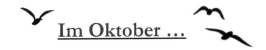

Chaos im Kopf,
Treiben im Herz.
Und doch stehe ich hier,
Verwirrung und mehr.

frei übersetzt aus dem Song „Confusion" von Quiet Place

13

Ihre erste Woche Uni hatte sie geschafft und sie fühlte sich auch an diesem Montagmorgen so gut wie nie. Sie liebte es, einfach mit der Menge zu treiben, die alle zu ihrem jeweiligen Ziel wollten. Sie trieb dazwischen und hatte selbst ein klares Ziel, wobei sie rein theoretisch machen konnte, was sie wollte, ohne dass es jemanden groß interessierte.

Die letzten Wochen waren aufregend gewesen. Sie hatte ihren Umzug vorbereitet, sich von ihren Freundinnen verabschiedet, die in unterschiedliche Richtungen gingen, und sich gefreut, nun endlich Ostfriesland zu verlassen. Und auch wenn der Tag, an dem sie sich aus ihrem Elternhaus verabschiedete, schwierig und mit Tränen verbunden gewesen war, fühlte sie sich hier wohl. Außerdem war sie weg von ihren wenigen Erinnerungen mit Rafael, die sie noch viel zu lange beschäftigt hatten und sie eigentlich immer noch beschäftigten.

Jetzt fühlte sie sich frei und erleichtert. Die meisten Leute, die sie bisher kennengelernt hatte, waren nett. Ihre drei WG-Mitbewohnenden schienen cool, wenn auch in Einzelfällen speziell, aber sie würde mit ihnen klarkommen, das wusste sie.

Ihr Telefon klingelte, als sie gerade zu ihrer Fakultät lief. Sie schaute schnell drauf.

Warum rief ihre Mutter an einem Montagmorgen an?

„Hallo Mama!", nahm sie fröhlich ab.

„Frieda!", wisperte ihre Mutter heiser und sie erschrak.

Irgendwas war passiert und es klang nicht gut.

Im nächsten Sommer ...

Die Wand ist einfach da,
ich sah sie nicht kommen.
Doch jetzt fühle ich sie
mit aller Macht
und mein Herz springt
in tausend Stücke.

frei übersetzt aus dem Song „Brickwall" von Quiet Place

14

Der Tag wurde nicht besser. Er hatte beschissen angefangen und er ging beschissen weiter, stellte Frieda fest, als sie im Büro ihrer Eltern saß und schaute, was es heute alles zu tun gab.

Die Liste schien endlos, sie musste noch einen Handwerker anrufen, heute gab es mehrere Bettenwechsel und musste dafür die Schlüssel vorbeibringen. Dann brauchte eines der Ferienhäuser noch neue Draußenmöbel, weil die alten förmlich von Touris – in diesem Fall tatsächlich Vandalen – zerstört worden waren.

Daneben waren dann noch unzählige Mails der Buchungsportale, die täglich eintrudelten. Immerhin liefen diese gut und sie musste sich keine Sorgen machen, dass irgendwann die Touristen wegblieben.

Frieda schloss die Augen und schluckte, um die Tränen nicht zu weinen, die am liebsten herauswollten.

„Alles in Ordnung?" Ihre Mutter stand in der Tür und schaute zu ihr. Frieda zuckte zusammen und betrachtete diese. Ihre Mutter wirkte … alt? Nein, so richtig passte das nicht, verwahrlost schon eher, auch wenn das böser klang als beabsichtigt. Wenn man ihre Mutter kannte, wusste man sofort, dass sie eine schwere Zeit durchmachte. Sie tat Frieda furchtbar leid, aber es war auch schwierig, weil sie keinen richtigen Zugang zu ihr fand und sie momentan alles managte, ohne groß mit ihr reden zu können.

„Ja, geht schon", antwortete sie schließlich, auch wenn es nicht stimmte. Das schlimmste Jahr ihres Lebens lag hinter ihr, aber das war nichts, was sie ihrer Mutter vorhalten konnte.

„Gut, ich gehe gleich mit Tomma los. Du kümmerst dich um alles?", wisperte ihre Mutter und wirkte so, als würde sie auch gleich heulen.

„Mache ich", versuchte Frieda sie zu beruhigen. Sie schluckte erneut und blickte auf den Zettel, der sie in Wahrheit um den Verstand brachte, was sie aber ihrer Mutter nicht sagen konnte.

In diesem Moment piepte ihr Telefon, ihre Mutter verschwand und sie entdeckte eine Nachricht von Paula, die so ziemlich die Einzige war, die ihr im letzten Jahr beigestanden hatte.

„Wie geht's dir? Ich habe heute eine Konzertkarte gekauft. Jemand ist abgesprungen. Kennst du die Band? Die sollen super sein und sind in den USA in den Charts und dabei ist es eine deutsche Band!" Ein Foto war dabei, in dem Paula grinsend vor einem Konzertplakat mit einem Ticket in der Hand stand.

„Nein, kenne ich nicht", antwortete sie ihr sofort.

„Hör mal rein, die sind ECHT gut! Du musst vermutlich gerade arbeiten?"

Frieda seufzte, konnte aber gar nicht so schnell antworten, wie Paula auch schon weiterschrieb.

„Blöde Frage … sorry."

„Schon okay, ja, ich habe viel zu tun und meiner Mutter geht es immer noch scheiße. Aber ich höre mir die Band heute Abend mal an, jetzt muss ich gleich einen neuen Tisch kaufen gehen."

„Hat mal wieder jemand zu hart gefeiert?" Paula schickte ein lachendes Emoji mit.

„Es waren zwei Ü60-Pärchen … ich WILL es nicht wissen, aber sie bekommen die Rechnung. Sollen wir heute Abend telefonieren?"

„Auf jeden Fall! Bis später."

Sie schickte eine Verabschiedung hinterher und atmete durch. Der kleine Chat mit Paula hatte sie abgelenkt und sie fühlte sich nun nicht mehr ganz so mies. Ihre beste Freundin wohnte inzwischen in München, wo sie an der LMU Medizin studierte, ein Fach, was Frieda total überrascht hatte, denn Paula hatte nie erwähnt, dass sie Ärztin werden wollte, auch wenn es nahe lag, da ja auch ihre Mutter als Ärztin arbeitete.

Das Schicksal hatte es bei ihr anders gewollt, genau wie für Frieda, die nun wieder hier in Ostfriesland hockte und versuchte ihr Familienunternehmen oder das, was davon noch übriggeblieben war, zu managen.

Sie versuchte sich von neuen schlechten Gedanken abzulenken, indem sie die Band schnell auf Spotify suchte, das sie gerade neu für sich entdeckt hatte.

Sie hieß „Quiet Place", wie sie auf Paulas Foto identifizierte. Den Namen hatte sie tatsächlich schon mal gehört, vermutlich im Radio, und wunderte sich, wie eine Rockband so einen ruhigen Namen haben konnte.

Offenbar gab es erst ein Album, aber als sie die Zahlen entdeckte, die darüber Auskunft gaben wie viele Wiedergaben ihre Topsongs schon hatten, wusste sie, dass Quiet Play bereits eine große Nummer sein mussten.

Sie tippte nun auf den meistgestreamtesten Song, der ,Rising Sun' hieß, und machte ihr Telefon auf Laut, damit sie es hören konnte.

Eine Gitarre und irgendein elektronischer Sound eröffneten den Song, was sie in der Kombination sofort fesselte. Dann kam ein Schlagzeug hinzu und schließlich folgte eine wundervolle, männliche Stimme, die sich mit einer zweiten Stimme abwechselte.

Ein Song musste Frieda in erster Linie vom Vibe und den Stimmen gefallen und das tat dieser hier sofort, vor allem als es später richtig abging.

„Wolltest du nicht los?"

Sie erschrak, ihre Mutter stand wieder in der Tür und runzelte die Stirn. Ihre Schwester schlich vorbei, blieb aber nicht stehen. Offenbar war heute kein guter Tag, was Frieda wieder schlucken ließ. Ihre Schwester litt, nachdem sie letztes Jahr einen Unfall gehabt hatte. Sie wurde auf ihrem Fahrrad von einem Auto angefahren und so schwer verletzt, dass sie wochenlang nicht wussten, ob sie es überhaupt schaffen würde. Aktuell befand sie sich immer noch in Regeneration und bekam gleichzeitig Nachhilfe, damit sie den Jahrgang nicht wechseln musste. Frieda konnte nicht viel tun, sie konnte ihre Eltern nur so weit es ging, unterstützen.

Schnell steckte sie ihr Telefon ein, schnappte sich ihre Sachen und ging zum Auto, nachdem sie sich von ihrer Mutter und ihrer Schwester verabschiedet hatte.

Sie hoffte einfach, dass der Tag schnell vorbeiging und dass sie alle Probleme lösen konnte.

15

Erneuter Vandalismus in einem ihrer Ferienhäuser, eine Reinigungskraft, die sich spontan krankgemeldet hatte, sodass Frieda einspringen musste, eine defekte Wasserleitung und dann auch noch teurere Möbel als geplant.

Als Frieda sich am Abend auf dem Sofa in ihrem Zimmer fallen ließ, hätte sie am liebsten nur noch geschrien.

Sie griff zu ihrem Telefon. Mehrere Anrufe hatten sie heute erreicht, dank einer Weiterleitung vom Festnetz zu ihrem Handy. Davon war einer von Paula gewesen, den sie nicht hatte annehmen können, weil sie da gerade mit zwei Touristenpärchen diskutiert hatte, die einen „Rabatt" wollten, weil die Bäder im Ferienhaus ihrer Meinung nach nicht groß genug waren und die sich dann auch noch gleich über den ganzen Sand beschwert hatten, der einfach so am Strand herumlag. Frieda schüttelte immer noch den Kopf darüber, auf was für bescheuerte Beschwerden und Ideen Gäste kamen.

Schnell drückte sie auf Paulas Nummer und hatte Glück, diese nahm sofort ab.

„Frieda! Alles in Ordnung?" Ihre beste Freundin klang fröhlich, aber sie hörte auch die Sorge, die bei ihr seit Monaten immer mitschwang.

Frieda stöhnte nur und Paula wusste Bescheid. „So schlimm?"

„Frag einfach nicht. Es ist und bleibt die Hölle. Warum können Touristen nicht einfach mal was hinnehmen? Warum müssen sie über alles diskutieren? Und wieso macht man ein Bett kaputt und verschwindet, ohne Bescheid zu geben?"

„Weil man heißen Sex gehabt hat und sich schämt?"

„Iiiiih, Paula!" Sie verzog das Gesicht. Es gab einfach Dinge, über die sie nicht nachdenken wollte.

„Stell dich der Realität, kleines Mädchen, es ist garantiert so." Paula kicherte.

„Können wir das Thema wechseln? Du gehst auf ein Konzert? Ich habe die Band erst mal auf Spotify gesucht."

„Nur weil du meinst, am Ende der Welt zu wohnen, heißt das nicht, dass du nicht auch mal was mitbekommen solltest. Ehrlich, Frieda …"

„Ich weiß …" Sie seufzte. „Also ‚Quiet Place' ist ein großes, aufstrebendes ‚Ding'?"

„Ja, ihr Debüt war gleich überall ein Nummer 1-Hit, aber sie sind kein One-Hit-Wonder. Sie sind eine internationale Band und haben alle verschiedene Nationalitäten, aber sie haben sich in Deutschland kennengelernt. Das finde ich total cool. Eine gefühlt deutsche Band, die auch in den USA erfolgreich ist." Paula schien wirklich begeistert.

Frieda startete ihren Laptop, den sie sich letztes Jahr zum Studium gekauft hatte. Sie liebte ihn, auch wenn sie ihn nicht mehr fürs Studium brauchte. Sie googelte die Band jetzt, weil sie bisher nur den einen Song auf Spotify gehört hatte.

„Ich habe heute nur ‚*Rising Sun*' gehört", sprach sie derweil.

„Das ist ihr Debüt. ‚*Confusion*' war die Single danach und fast genauso erfolgreich. Aber ich mag die meisten Songs auf ihrem Album."

„Das auch Nummer 1 war?" Sie sah gerade einen entsprechenden Eintrag. Die Ergebnisse der Suche erschlugen sie förmlich und sie klickte automatisch sofort auf den Wikipedia-Artikel, der schon verdammt lang war für eine relativ neue Band.

„Ja genau. Aktuell touren sie gerade durch die halbe Welt. Bald soll das zweite Album kommen und alle inklusive mir erwarten Großes …"

Also musste Frieda sich tatsächlich näher mit der Thematik beschäftigen. Ihre beste Freundin und sie hatten einen ähnlichen Musikgeschmack, nur dass Frieda im letzten Jahr kaum Zeit hatte, überhaupt Musik zu hören, weil sie gefühlt ständig telefonierte und sich um Dinge kümmerte, sodass sie froh war, wenn sie Ruhe hatte.

Und dann entdeckte sie ein Foto der Band. Das Telefon fiel ihr beinahe aus der Hand, denn Rafael blickte sie direkt an.

„Frieda?", fragte Paula, denn offenbar hatte sie irgendein Geräusch von sich gegeben. „FRIEDA?"

Sie schnappte nach Luft. „Da …", wisperte sie.

„WAS DA? FRIEDA, hast du einen Herzinfarkt?"

Es fühlte sich so an, diese Augen, die Haare. Er sah anders aus, gestylt und doch war es eindeutig er …

„Guck dir die Band an …", flüsterte sie und wusste nicht, wie sie noch atmen konnte.

„Was?" Paula schien verwirrt.

„Rafael", wisperte sie.

Paula schien endlich zu reagieren, denn man konnte Bewegungsgeräusche hören. „Oh scheiße! FRIEDA!", brüllte sie nun und schien genauso fassungslos wie sie zu sein.

Sie schluckte und ging zurück auf Google und ließ sich bei der Suche nur noch Bilder anzeigen. Überall war er, auf Bandfotos, auf roten Teppichen und dann auf der Bühne, wo er verschwitzt spielte und sang, was noch von allen Bildern am natürlichsten wirkte, auch wenn sie ihn so nicht kannte. „Er ist in der Band", brachte sie raus und konnte es einfach nicht fassen. Die Musik, die wenigen Infos, die Notenblätter … alles ergab irgendwie Sinn, aber sie bekam es trotzdem nicht zusammen.

„Raf … Verdammt, ich habe ihn nicht erkannt und ich bin auch nicht draufgekommen, dass Raf für Rafael stehen könnte", sagte ihre beste Freundin nun.

Raf? Diese Abkürzung hatte Frieda noch nie gehört. Sie schluckte. Diese Augen würde sie überall erkennen, aber Paula hatte ihn bisher nur einmal gesehen und dann auch noch vermutlich nicht lang genug. Wer rechnete auch damit, dass der Nachbarstyp der besten Freundin Karriere als Musiker machte?

„Wow, Frieda … dein Rafael ist ein Star", holte Paula sie aus ihren Gedanken.

Ihr Rafael? Nein, er gehörte ganz offensichtlich nicht ihr. Er gehörte der Welt und sie war nur ein Stück Vergangenheit, ein beendetes Kapitel in seinem Leben, das er bestimmt längst vergessen hatte. Sie ging zurück auf den Artikel und las sich die Bandgeschichte durch. Offensichtlich hatten sich alle an einer internationalen Schule in Düsseldorf kennengelernt.

„Wo bist du gerade, Frieda?"

„Wikipedia", antwortete sie endlich.

„Auf seiner Seite?"

Besaß er eine eigene Seite? Sofort scrollte sie wieder nach oben und schaute unter den Bandmitgliedern nach, die aus vier Männern und einer Frau bestanden. Er versteckte sich hinter ‚Raf Schreiver'. „Ich wusste bisher noch nicht mal seinen Nachnamen", flüsterte sie.

„Ist das sein offizieller?" Paula schien auch gerade am Computer zu sitzen, denn sie hörte Tippgeräusche

Sie klickte auf das Profil und schaute nach. Dort stand das erste Mal sein richtiger Vorname ‚Raf (Rafael) Schreiver(-Melcher) „Einer seiner beiden. Da stehen seine Eltern nicht drauf, aber ich weiß, dass seine Mutter US-Amerikanerin ist, Schreiver ist bestimmt ihrer. Oh Gott, ich kann das nicht lesen." Sie machte die Seite zu und atmete durch.

„Ich schon", kicherte ihre Freundin, die sich wieder gefangen zu haben schien. „Er spielt Gitarre und ist der zweite Leadsänger."

Sie seufzte. „Dass er Gitarre spielen kann, wussten wir."

„Und er war gut, aber ehrlich, da wäre ich niemals draufgekommen."

„Ich auch nicht", stimmte Frieda ihr zu und sie konnte es auch immer noch nicht fassen.

„Also eine Freundin scheint er nicht zu haben", gluckste Paula in diesem Moment.

Frieda wusste nicht, ob sie das beruhigen sollte oder nicht. Die Information schien ihr zu viel, denn sie machte

ihr Hoffnung, wobei doch klar war, dass er nicht zurückkommen würde. Es ging einfach nicht, sie hatte ihn längst
verloren und er selbst hatte auch keinen Versuch unternommen, sie überhaupt für sich gewinnen zu wollen.

„Er hat sein Studium abgebrochen", erzählte Paula nun
weiter. „Er war an der NYU, hätte aber an jede Musikuni der
Welt gehen können. Offenbar ist er ein Musikgenie, was
auch immer das bedeutet."

Frieda wusste das auch nicht, sie erinnerte sich noch gut,
wie er von New York erzählt hatte, aber viele Details hatte
er nicht erwähnt. Wenn sie wieder darüber nachdachte,
wusste sie so gut wie nichts von ihm. „Hat er aufgehört, um
in der Band zu spielen?"

„Genau." Paula seufzte nun. „Ich muss dir leider mitteilen, dass du einen Rockstar abserviert hast."

Frieda kam der Roman in den Sinn, den sie vor ein paar
Jahren gelesen und mit dem Rafael sie erwischt hatte. Wusste
er es da schon? Und wie peinlich war das bitte jetzt?

„Sie haben letztes Jahr die Platte rausgebracht, krass ist
auch, bei wem sie unter Vertrag sind."

Das hatte Frieda gesehen, bei einem größeren Plattenlabel konnte man wohl kaum unter Vertrag sein. Sie hatten
also vermutlich von Anfang an guten Support gehabt, aber
so durchzustarten war trotzdem ungewöhnlich.

Heute Morgen hatte sie noch gedacht, dass sie Rafael nie
wiedersehen würde, wer hätte je gedacht, dass sich das auf
diese Weise änderte? Doch machte es den Tag besser? Sie
glaubte nicht.

 ## <u>Zwei Jahre später ...</u>

Tausend Stücke vor der Wand,

ein Puzzle mit zu vielen Teilen,

sie zusammenzusetzen

dauert zu lang,

also kehre ich sie einfach zusammen

und schaue, was von

mir noch übrigbleibt.

frei übersetzt aus dem Song „Brickwall" von Quiet Place

16

„Es ist so warm heute!" Paula stöhnte, als sie sich einmal drehte und einen Schluck aus ihrem Wasserglas nahm. Die Eiswürfel darin waren schon lange geschmolzen und Frieda gab ihr recht. Sie war froh, dass sie für heute schon alle Arbeitsdinge organisiert hatte, was auch daran lag, dass sie inzwischen keine Schlüssel mehr rausgeben musste, sondern das über ein zentrales Büro in Norddeich lief. Genug zu tun gab es trotzdem immer, aber heute hatte sie sich wegen der Hitze beeilt. So warm und trocken war es selten und würde es laut den Wettervorhersagen auch nicht mehr lange bleiben. Die Touristen, die am Wochenende kommen würden, würden nächste Woche schlechtes Wetter haben, während jetzt noch perfektes Strandwetter herrschte und ihre alte Chefin Janna bestimmt Tonnen an Strandspielzeug, Strandmuscheln und Sonnenhüte verkaufen würde.

„Nächste Woche soll es regnen", antwortete sie nun ihrer Freundin.

„Nächste Woche bin ich wieder in München, um langsam zu packen", seufzte Paula, die gerade Semesterferien hatte.

„Wann fliegst du auch noch nach England?"

„In sechs Wochen. Ich weiß nicht, ob ich an Weihnachten hier bin."

Frieda nickte. Paula würde ein Auslandssemester in Oxford einlegen und sie freute sich für sie, auch wenn die Erlebnisse ihrer Freundin sich für sie oft schmerzhaft anfühlten. Sie wunderte sich, dass sie beide, obwohl Paula nur noch selten in Ostfriesland weilte, immer noch so gut befreundet waren. Das schien ihr nicht selbstverständlich. Wobei Frieda auch wusste, woran das lag: Paula hatte sie nie aufgegeben. Andere sehr wohl und Frieda sich auch nicht sonderlich bemüht. Isabelle und Sina zum Beispiel hatte sie ewig nicht gesehen und dabei machte Sina hier eine Ausbildung als Bankkauffrau, um später dann zu studieren. Und auch

Isabelle studierte ‚nur' in Oldenburg. Doch die ganzen Ereignisse der letzten Jahre hatten dazu geführt, dass Frieda sich, laut Paulas Aussage, zurückgezogen hatte. Sie suchte keinen Kontakt zu anderen und wollte auch keinen. Ihr Leben beschäftigte sie mehr als genug und der Schmerz um alles saß zu tief. Nicht nur der Unfall ihrer Schwester, nein, ihre Eltern hatten sich scheiden lassen, und während ihre Mutter völlig zusammengebrochen war, hatte ihr Vater Abstand von allem benötigt, was im Umkehrschluss dazu führte, dass Frieda sich seit inzwischen fast drei Jahren um alles kümmerte. Ihr Vater hatte das rechtlich abgesichert, bevor er ausgezogen war, und ihre Eltern schienen erleichtert, dass sie sich immerhin ums Geschäft keine Sorgen machen mussten, während Frieda, auch wenn sie es eigentlich hasste, froh war, ihre Eltern irgendwie unterstützen zu können. Das Leben hatte es einfach so gewollt und sie hatte sich diesem Schicksal ergeben.

„Ich habe übrigens ein vorzeitiges Geburtstagsgeschenk für dich."

„Ach ja?", überrascht drehte sie sich zu ihrer besten und wohl auch einzigen Freundin.

„Ja, und ich habe mit deiner Mutter darüber gesprochen. Es ist alles geplant. Wir beide treffen uns in drei Wochen in Köln. Sie schenkt dir das Zugticket, dein Vater sponsort dank schlechtem Gewissen das Hotel."

Frieda runzelte die Stirn. „Was?"

„Du hast richtig gehört, wir zwei beide gehen an dem Wochenende nach deinem Geburtstag auf ein Konzert."

Plötzlich zauberte ihre Freundin einen Umschlag aus ihrer Tasche, die neben ihr stand, und reichte ihn ihr.

Sie nahm ihn vorsichtig und wusste erst einmal nicht, was sie sagen sollte. „Warum gibst du ihn mir jetzt?"

„Weil es gerade schön ist und wir auf das Thema gekommen sind, was in den nächsten Wochen so anliegt. Außerdem brütest du schon wieder vor dich hin und brauchst dringend Ablenkung von der ganzen Scheiße hier."

Das klang logisch, Paula gab allem immer einen Namen und konnte viel besser als Frieda ihre Situation zusammenfassen. „Also soll ich ihn schon aufmachen?"

„Natürlich! Ich warte schon EWIG darauf, dir diesen Umschlag zu geben und freue mich so auf dein Gesicht."

Frieda öffnete ihn also und holte eine Konzertkarte raus. Paula musste diese entweder bestellt oder irgendwo direkt gekauft haben, denn es war kein einfacher Computerausdruck, sondern ein richtiges Ticket samt Wasserzeichen und allem Drum und Dran.

Sie sah zunächst das Datum, ein Sonntagabend, was gut war, wenn man so viel zu tun hatte wie sie. Außerdem würde sie demnächst eine Art Teilzeitstudium in Emden starten, wenn man das so nennen wollte. Es fühlte sich für Frieda kein bisschen vergleichbar mit ihrer kurzen Zeit in Hannover an.

Dann sah sie den Namen der Band. „Paula ..." Ihre Stimme brach und ihre Gefühle überwältigten sie.

„Ja, ich weiß, ich bin genial. Ehrlich, die Tickets sind arschteuer, aber du bist es mir wert! Und du sollst Rafael doch mal live sehen." Paula strahlte über das ganze Gesicht.

Frieda litt dagegen förmlich unter Schnappatmung. „Ich weiß nicht, ob ich das kann", flüsterte sie heiser und die Erinnerung an Rafael im Garten, Rafael am Meer und Rafaels Kuss waren plötzlich so präsent, als wäre es erst gestern geschehen. Sie wusste immer noch, wie sich seine Lippen angefühlt hatten und es schmerzte immer noch, wenn sie an ihre Zurückweisung dachte.

Paula ließ sich davon nicht irritieren. „Klar, kannst du das. Ich sehe es als Therapie. Wenn du das schaffst, kannst du dein Leben einfach weiterleben. Wirklich Frieda. Du hängst nun seit drei Jahren hier, er kam nie zurück und wir sind uns doch einig, dass er das Haus vermutlich längst verkauft hat. Er wird nicht wieder auftauchen, aber du magst die Band, hast fast eine gewisse Obsession zu ihnen entwickelt, also sei doch wenigstens jetzt einfach Fan von Raf,

ganz neutral ohne Hintergedanken. Es muss endlich weitergehen.“

Paula hatte recht und Frieda unterdrückte die Tränen, die
ihre ehrlichen Worte in ihr auslösten. Drei Jahre waren es
inzwischen. Zwei Jahre seitdem Paula ihr das verhängnis-
volle Foto gesandt hatte und inzwischen ein weiteres Quiet
Place-Album dazugekommen war, welches noch erfolgrei-
cher wurde als das erste.

„Was ist, wenn es meiner Mutter nicht gut geht?“ Ihre
Mutter litt seit dem Unfall und vor allem seit der Trennung
an Angstzuständen und an einer Depression, von einem Tag
auf den anderen ging es ihr gefühlt mal gut oder schlecht,
und sie konnte inzwischen nicht mehr arbeiten.

„Das habe ich geklärt. Deine Tante ist an dem Wochenende hier und schaut nach Tomma und deiner Mutter.“

Sie nickte. Sie hatte nicht viel Kontakt mit ihrer Tante,
weil sie auch einfach zu viel zu tun hatte, aber ihre Mutter
war öfter bei ihr genau wie auch heute. Auch Tomma fuhr
öfter hin, die sich inzwischen gut von dem Unfall erholt
hatte, dafür aber eine schlimme Oberzicke geworden war, die
sich mit 17 gefühlt immer noch mitten in der Pubertät befand. Wo diese sich jetzt gerade befand, wusste Frieda nicht,
es war ihr auch egal.

„Super!“ Paula strahlte inzwischen wieder. „Das wird
großartig.“

Frieda war sich da nicht so sicher und ihr Herz klopfte
schwer. Sie würde Rafael aus der Ferne wiedersehen, aber
wie würde das werden?

Drei Wochen später ...

Und am Abend,
als die Sonne unterging, wusste ich,
dass du immer an diesem
Platz sein würdest,
dort, wo die Sonne aufgeht.

frei übersetzt aus dem Song „Rising Sun" von Quiet Place

17

Den ersten Blick auf Rafael erhaschte sie nicht live, sondern auf einem riesigen Bildschirm, der den Leuten schon vor der Halle zeigte, wer hier heute ein Konzert geben würde. Rafael, oder hier besser Raf, schaute auf sie hinab und sie versuchte ihn mit ihrem Bild von Rafael zusammenzubekommen. Alle fünf wirkten auf dem Bild wie eine harmonische Einheit, auch wenn sie optisch null zusammenpassten. Aber genau das schien den Reiz auszumachen, einerseits waren sie ganz normal, andererseits hatte das Schicksal sie zu einer Band geformt, die so gut zusammenpassten, dass diese Karriere möglich wurde.

Und sie waren dazu noch extrem erfolgreich. Sie hatten zwei Nummer 1 Alben herausgebracht und Nummer 3 würde angeblich noch dieses Jahr folgen oder Anfang des nächsten. So oder so, sie hatten bisher nicht enttäuscht.

„Komm schon!" Paula zog sie gut gelaunt mit in die riesige Halle zum Einlass, während Frieda in sich zwiegespalten blieb. Klar, sie freute sich, sie hatte inzwischen oft genug die Lieder von Quiet Place gehört, aber andererseits konnte sie nicht abschätzen, was das alles hier vielleicht in ihr auslösen würde.

Die Schlange vor ihnen war unendlich lang und neben Unmengen an Frauen, fanden sich auch erstaunlich viele Männer darunter.

Viele der Menschen trugen Fankleidung wie Pullover mit Tourdaten, T-Shirts mit der Band oder Armbändern, und sie sah tatsächlich auch Sachen, auf denen allein Rafaels Gesicht draufgedruckt worden war, was die ganze Sache noch viel eigenartiger machte.

„Soll ich dir auch so ein Shirt kaufen?", fragte ihre Freundin erheitert, die offensichtlich ihre Blicke bemerkt hatte.

Frieda schüttelte schnell den Kopf. Das Letzte, was sie wollte, war Rafaels Gesicht auf einem T-Shirt zu haben. Sie hatte ihn geküsst – der beste Kuss ihres Lebens – und dementsprechend war er ihr viel zu heilig, um als plattes Gesicht auf einem T-Shirt zu landen.

„Schade, hätte bestimmt was." Paula kicherte.

„Ich habe ihn geküsst … ich will ihn nicht auf meinem T-Shirt. Das fühlt sich völlig falsch an", wisperte sie.

„Weißt du, wie viele dich dafür töten würden, ihn zu küssen?", flüsterte Paula und schaute sich um, was sie ebenfalls tat. Quiet Place sprach die breite Masse an. Ganz in der Nähe schien ein Raf-Superfan zu sein. Die Frau hatte sich von oben bis unten gestylt und hatte ein absolut klischeehaftes Schild dabei, deren Aufschrift Frieda nicht genau erkennen konnte, allerdings meinte, das Wort ‚heiraten' darauf zu erkennen.

Wenig später betraten sie die riesige Halle. Auf der Suche nach ihren Plätzen, stockte ihr der Atem. Die Größe war überwältigend, die Bühne gigantisch, samt einer Vorbühne, die über einen breiten Steg erreicht werden konnte, und das riesige Bandlogo, das aus den Buchstaben Q und P bestand, prangte auf den ebenfalls großen Bildschirmen. Klein war das hier nicht und sie fragte sich unweigerlich, wie es wohl für Rafael sein musste, hier aufzutreten.

Paula lief nun vor, Frieda folgte ihr überwältigt und schluckte, als es immer näher zur Bühne ging.

„Wo sitzen wir denn?", fragte sie Paula, weil diese einfach nicht stoppte.

Die drehte sich nur um und zwinkerte ihr schnell zu, bevor sie weiterlief.

Etwas später blieb Paula stehen. „Besser als gedacht."

Frieda stand neben ihr. „Wir sitzen am Steg?" Ihr Herz schlug heftig, denn das war so dicht an der Bühne, dass sie Rafael sehen konnte, auch ohne auf einen der Bildschirme schauen zu müssen.

Paula seufzte. „Genau. Also wenn wir ehrlich sind, werden wir nicht sitzen, sondern stehen und tanzen."

„Was planst du?"

Paula wandte sich dicht zu ihr und flüsterte: „Meine Hoffnung ist, dass Raf diesen verdammten Steg entlanggehen wird, dich erblickt, alles um sich herum vergisst und nur noch dich sieht."

„Wir sind hier in keinem Märchen." Frieda holte Luft. „Ehrlich Paula … ich weiß nicht, ob ich das kann."

„Möchtest du gehen?", fragte diese nun zurück, schien das aber nicht zulassen zu wollen.

Frieda hatte keine Ahnung, was sie wollte. „Ja. Nein. Keine Ahnung."

„Na dann, wir bleiben erst mal hier und du kannst ganz in Ruhe zu dir finden." Sie fühlte ihr an den Hals. „Dein Puls ist noch okay."

Frieda schnaubte. „Du bist noch keine Ärztin."

„Aber ich weiß bereits genug, um zu wissen, wann ich dich besser ins Krankenhaus einweisen lassen sollte", erwiderte sie amüsiert.

Frieda verdrehte die Augen, doch so ängstlich sie sich auch fühlte, freute sie sich auch auf das Konzert und auf Rafael.

 **Rafael**

„Fünf Minuten!", brüllte jemand und er schloss einen Moment die Augen, wie immer, wenn das Lampenfieber kurz vor einem Konzert zu groß wurde.

Er achtete auf seine Atmung, blendete alles aus und versuchte sich auf sein Können, auf die Musik und sich selbst zu besinnen.

Das half auch heute, wie bei den unzähligen Konzerten und Auftritten vorher.

Er sah auf und zu Sana, die ihm zunickte und gleich als erste heraustreten würde. Er lächelte leicht zurück, Sana brauchte positive Vibes, damit sie funktionierte, und wenn er lächelte, machte sie sich keine Sorgen.

Seine Gitarre stand nicht weit entfernt und er schnappte sie sich schnell, damit war er fertig. Der Lärm von draußen drang zu ihnen und ließ nicht nur ihn, sondern sie alle wieder aufgeregt werden. Man wusste nie, wie das Publikum agierte, manche Mengen gerieten außer Rand und Band, manche schienen ruhiger.

In diesem Moment tauchte Kam, gestylt wie immer, auf und griff nach seiner Gitarre, Jordan und Rico tauchten ebenfalls auf. Jordan lockerte seine Hände und Arme, was er meistens vor einem Auftritt tat, und Rico griff nach dem Bass.

Sana trat zu ihnen und ganz selbstverständlich standen sie plötzlich in einem Kreis.

Kiara stand hinter ihnen und schien alles zu überwachen, was Rafael nervte, denn sie wusste genau, dass sie Abstand halten sollte, wenn sie sich vor einem Auftritt zusammenfanden. Kam warf ihr einen bösen Blick zu und diese trat zurück. Rafael nickte ihm dankbar zu.

„Irgendwelche schlauen Sprüche?", brummte Sana und lockerte ebenfalls ihre Finger.

„Was willst du hören? Ein kräftiges Helau in Köln?", kicherte Kam.

„Düsseldorfer in Köln ... das da überhaupt jemand kommt", stellte er nun fest.

„Pff, wir waren noch nie Düsseldorfer ... wir haben uns da nur getroffen", erwiderte Rico.

„Dann wäre das ja geklärt." Jordan lachte leise. „Also da anscheinend draußen Leute auf uns warten – trotz gegebener Umstände – sollen wir dann mal?" Er hielt seine Hände zur Seite und ergriff mit der linken Sanas rechte Hand, die neben ihm stand.

Sie taten es ihm alle nach und Raf ergriff wie immer mit klopfendem Herzen Kams linke und Jordans rechte Hand. Einen Augenblick betrachteten sie sich und wurden ruhig. Sie schlossen immer ihre Augen und verharrten so. Niemand sagte etwas, sie lauschten den Umgebungsgeräuschen oder sich selbst.

Raf spürte das Gewicht seiner Gitarre, er spürte Kams und Jordans Händedruck und sie blieben weiter still, bis es irgendwann unangenehm wurde.

Er öffnete seine Augen. Sana hatte ihre auch bereits geöffnet, Rico tat das in diesem Augenblick auch und sie warteten nur noch auf Kam und Jordan.

Irgendwann hatte es sich ritualisiert, dass sie vor einer Show ihrem Namen gerecht wurden. Sie gaben sich einen Moment der Stille – gemeinsam – mit Raum für sie alle, so lange ruhig zu werden, wie sie es jeweils brauchten.

Heute brauchte Kam am längsten, wie meistens. Er war von ihnen vermutlich der lauteste, nicht nur weil er neben Raf der Leadsänger war, sondern auch von seiner Persönlichkeit her. Doch diesen Moment genoss er, er sah es als Kontrast zu seinem sonstigen Leben. Rafael nickte ihm nun zu, als sein Freund als letzter die Augen öffnete und kurz durchatmete. Seine Jacke schillerte und schrie schon laut, bevor er das selber tun würde. Rafael daneben trug einfach eine dunkelgraue zerrissene Jeans und ein schwarzes T-Shirt, womit er sich am wohlsten fühlte. Rico sah mit seinem kurzen Hemd wie immer schick aus, Jordan wirkte immer irgendwie alternativ und wenn man nicht schon wusste, dass Sana eine Frau war, erklärte es das lila Glitzerkleid, das gegen Kam anfunkelte, jedoch so viel Spielraum hatte, dass sie damit bequem Schlagzeug spielen konnte.

Kam räusperte sich nun. „Jetzt sind wir ruhig …", murmelte er und alle hatten schon beim ‚sind' leise mit eingesetzt.

„Und gleich sind wir laut!", brüllten sie zusammen und ließen sich los.

Sana schritt sofort zum Bühnenaufgang und sie anderen sammelten sich hinter ihr.

„Bereit?", fragte sie und hatte anscheinend abgecheckt, dass sie starten konnten.

Sie stimmten zu und Sana verschwand. Sie setzte sich schnell an ihr Schlagzeug und sie wiederum hörten den Countdown des Introvideos, das sie ankündigte. Mit Ablauf begann Sana und sein Herz schlug mit ihren Drums im Takt, als es Zeit wurde, auf die Bühne zu treten.

Wie immer erschlug ihn die Menge einen Moment, doch dann legte er los und verlor sich in die Musik und den Jubel, der sie begleitete.

18

Das Konzert begann, die Stimmung schwappte über, aber Frieda konnte nicht richtig folgen. Mit Rafaels Betreten der Bühne war alles wieder da, er, der Kuss, ihre Spaziergänge, die Fahrradtour und sie hörte förmlich sein schiefes ‚Moin‘, mit dem er sie vor Jahren versucht hatte zu begrüßen. Sie konnte ihn nicht mehr aus den Augen lassen. Seine Präsenz, seine Stimme, sein Spiel.

Man spürt seine Liebe für die Musik, die Songs und für das ganze Konzert, als er und Kam, der andere Gitarrist und Leadsänger auf der Bühne scherzten und die nächsten Songs ansagten. Als er zwischen Sana, der Schlagzeugerin, und dem Bassisten Rico völlig abging und bei einem der Songs ein Solo hinlegte, dass alle jubeln ließ, sah man ein bisschen von dem Musikgenie, das er laut Experten war.

Und dann fragte sie sich irgendwann, wie sie diese Version von Raf mit ihrem Rafael zusammenbekommen sollte. Wie hatte sie das alles übersehen können? Sein Talent, seine Passion und diese andere Form von ihm? Ihr fiel ein, wie sie bei ihm in der Küche gesessen hatte und die Noten dort gelegen hatten. Sie erinnerte sich an die Musik, die zu ihr herübergeweht war.

Es blieb unfassbar und er fühlte sich irgendwie fremd an, obwohl er es war, der oben auf der Leinwand auftauchte und der etwas entfernt auf der Bühne stand.

Paula neben ihr geriet in völlige Ekstase, sang, tanzte und feierte jeden Song, während Frieda einfach nur weiter Rafael betrachten konnte.

Irgendwann wurde die Menge um sie herum wilder und sie entdeckte wieso, alle Fünf kamen den Steg hinunter.

Auf Sana, die Schlagzeugerin, wartete eine Art Minischlagzeug auf der kleinen Bühne, für das Frieda keinen Namen hatte. Jordan, der Keyboarder hatte irgendein Rhythmusinstrument in der Hand und der Rest brachte seine Instrumente mit.

Frieda sah sie langsam näherkommen und Paulas Hand grub sich in ihren Arm. „Er kommt!", brüllte sie in ihr Ohr, was dank des ohrenbetäubenden Lärms nur leise bei ihr ankam.

Die ganze Band ließ sich feiern, winkten ins Publikum und liefen mal hier und mal dort an den Rand.

Sana war die erste, die an ihrer Seite bei ihnen langlief und mit ihren Drumsticks in der Hand, die lila waren und zu ihrem Kleid passten, in die Masse winkte. Sie sah cool aus, hatte sich die Haare samt einem Band hochgebunden, was irgendwie null zu einer Band passte, aber wiederum total zu ihr. Sie winkte auch in Paulas und ihre Richtung und sie spürte, wie ihre beste Freundin das wild erwiderte.

Schließlich folgten die Männer, Rafael war der vorletzte und er schlenderte samt seiner Gitarre, die er beschützend festhielt, locker die Bühne entlang.

Seinen Gang kannte sie. Er lief, als würde er mit ihr zum Strand gehen. Sie konnte sich wiederum plötzlich nicht mehr bewegen, weil er viel zu nahe kam.

Paula jedoch konnte das sehr wohl, sie brüllte förmlich Rafaels Namen, auch wenn sie dessen Kurzform benutzte. Doch Paula war eine von vielen.

Rafael dagegen schien im Gegensatz zu Frieda entspannt, er winkte, wirkte selbstsicher und so, als hätte er das schon tausendmal gemacht – was vermutlich stimmte – während er zielsicher weiterlief.

„RAAAAAAAF!", brüllte Paula nun verzweifelt, sodass Frieda die Ohren klingelten.

Dieser schaute plötzlich auf ihre Seite und winkte wieder einmal automatisiert in die Masse. Frieda schluckte gebannt, ihr Herz raste.

Sein Blick huschte zu ihr und einen Moment blickten sie sich an. Aber auch wenn sie in Romanen schon so oft gelesen hatte, wie die Zeit bei einem entscheidenden Blickkontakt stehenblieb, passierte nichts. Sie konnte sich nicht rühren und als er weiterlief, konnte sie nicht einmal sagen, ob er sie gesehen hatte oder nicht.

Ein Rhythmus aus Schlägen setzte ein, der das Publikum zum Kochen brachte. Sana hatte offensichtlich ihren Platz erreicht. Der Moment war vorbei und Frieda hatte das Gefühl, das alles vermasselt zu haben. Er hatte sie nicht erkannt und sie würde ihn nie mehr vergessen können.

***

„Er hat dich unter Garantie gesehen!" Paula strahlte, als das Konzert vorbei und die Zugaben gespielt worden waren. Quiet Place hatten die Bühne verlassen und alles, was in Frieda zurückblieb, war eine dumpfe Leere.

Sie schluckte und versuchte, die Tränen zu unterdrücken, die sich langsam aufstauten. Inzwischen schritten Paula und sie langsam in Richtung Ausgang.

Frieda schüttelte den Kopf. „Er hat mich nicht erkannt, da bin ich sicher." Auf dem Rückweg nach ein paar Songs hatte er nicht zu ihr geschaut und der Rest des Konzertes war wie ein Sturm an ihr vorbeigezogen.

„Warum?" Ihre beste Freundin runzelte die Stirn. Sie sah total verschwitzt aus und wirkte, als hätte sie den tollsten Abend ihres Lebens gehabt, ganz im Gegensatz zu ihr.

„Weil überhaupt nichts davon in seinen Augen zu sehen war, dass er mich erkannt hat."

„Und das kannst du auf die Entfernung eindeutig behaupten?" Paula lachte. „Das ist Quatsch. Das kann man nicht sehen, das ist nur so ein Ding aus Büchern und Fernsehen."

Das ließ Frieda zögern. Eigentlich hatte sie keine Ahnung, ob Rafael sie entdeckt hatte. Aber sich einzureden, dass es nicht so war, würde alles einfacher machen. Sie würde besser weiterleben können und vielleicht würde sie ihn jetzt sogar vergessen können, weil sie sich einreden konnte, dass das alles zwischen ihnen nichts bedeutet hatte. Das all ihre Bilder, Gedanken und Gefühle, die sie in den letzten Jahren aufgebaut hatte, trügerisch gewesen waren – ein Produkt ihrer Fantasie. Sie war nichts als ein Fan, der auch schon existierte, bevor Rafael berühmt geworden war. Und er hatte sie schlicht vergessen. Verübeln konnte sie es ihm nicht. Sie betrachtete die Leute, die sich um sie tummelten und schleichend vorwärts liefen, weil alle in Richtung Ausgang drängten. Alle schienen euphorisch, manche sammelten das schwarze und silberne Konfetti auf, das am Ende aus riesigen Kanonen verschossen worden war. Sie hörte alle möglichen Adjektive, die auf positive Art das Konzert beschrieben.

„Alles in Ordnung?", fragte Paula sie plötzlich skeptisch von der Seite.

„Nein", wisperte sie. Ihre Gefühle fuhren Achterbahn. „Aber danke für das Geschenk."

„Oh Frieda!" Paula zog sie an sich und sie schluchzte leise los. „Vielleicht war das Geschenk eine beschissene Idee. Ich dachte, du könntest dann vielleicht mit ihm abschließen, wenn er dich schon nicht entdeckt."

„Ich weiß, aber gerade vermisse ich ihn und verfluche mich dafür, dass ich ihn einfach immer noch nicht vergessen kann, obwohl er mich vergessen hat. Außerdem bin ich neidisch, er ist ständig unterwegs, sieht was von der Welt und ich?" Sie schluchzte wieder.

„Das Universum hatte anderes mit dir vor und das tut mir echt leid. Ich wollte, dass du mal rauskommst, darum habe ich dir auch die Konzertkarten geschenkt, aber ich glaube, das war falsch." Paula drückte sie fest. „Tut mir leid, ich wollte nicht, dass es mehr wehtut, sondern dass es besser wird."

„Schon gut, du meintest es lieb", krächzte sie und war ihrer Freundin nicht böse.

Paula seufzte. „Jetzt hilft nur noch eines: Wir besorgen uns Alkohol und Schokolade und halten damit fest, wie bescheuert das Leben sein kann."

„Ist das ein ärztlicher Rat?", wisperte sie und konnte sich ein winziges Lächeln nicht verkneifen.

„Nein, sondern ein freundschaftlicher", antwortete Paula sanft.

Rafael

Fast drei Stunden plus Zugaben, doch egal wie fertig er war, stürmte er trotzdem von der Bühne.

„Kiara!", brüllte er, die sofort ankam.

„RAAAAAF! Gute Show wie immer!" Sie strahlte breit und wirkte mit ihrem Zahnpastalächeln auf irritierende Art und Weise künstlich..

„Spar dir den Scheiß!", schnauzte er und fühlte sich so angespannt wie nie. „Du musst sofort jemanden für mich suchen!"

Plötzlich runzelte ihre Managerin die Stirn. Ihr Plattenlabel hatte sie damals, als sie den Vertrag unterschrieben hatten, angeschleppt, aber er musste zugeben, dass er Kiara nie gemocht hatte. Sie arbeitete zu sehr fürs Label, nicht so sehr für sie und er traute ihr kein bisschen. Immerhin taten das die anderen auch nicht, sie hatten nur noch keinen Grund gefunden, sie abzuservieren. „Bin ich jetzt euer Detektiv?"

Er blieb stehen und starrte sie wütend an. Adrenalin rauschte durch seine Adern, er schwitzte wie ein Schwein, aber es gab nur eine Sache, die momentan wichtig war …

Frieda.

Sie war hier, sie hatte am Steg gesessen und er sie gesehen.

„Hey, was ist los?" Kam haute ihm auf die Schulter. Er hatte bereits ein Bier in der Hand und schien wie meistens bester Laune zu sein. „Du warst ab der Hälfte unkonzentriert."

Sein bester Freund hatte recht. Als er Frieda entdeckt hatte, war es mit seiner Konzentration vorbei gewesen und nur noch seiner Erfahrung und seinem Talent zu verdanken, dass er das Konzert noch hatte zu Ende spielen können. Das Publikum hatte nichts bemerkt, die anderen sehr wohl. Nicht nur Kam hatte ihm zwischendrin einen Blick zugeworfen, alle hatten das.

„Raf, was war das für ein Scheiß?" Sana tauchte auf und fixierte ihn wütend.

Das brachte ihn zurück zu seiner Absicht. „Kiara ... Ich will dieses Mädchen finden!", sagte er mit Nachdruck, sodass sowohl Kam als auch Sana ihn erstaunt anstarrten.

„Uuuh!", sagte ersterer.

„Wen soll ich für dich finden, Raf?", reagierte ihre Managerin endlich und Rafael beschrieb Frieda so genau wie möglich. Das Bild von ihr im Publikum hatte sich förmlich in sein Hirn eingebrannt. Sie hatte nicht gewunken, nicht gejubelt, sie hatte regungslos dagestanden und er hatte gewusst, dass irgendwas nicht in Ordnung zu sein schien.

Sein Drang sie nun zu sehen, konnte er kaum kontrollieren und er musste sie suchen lassen, er musste sie finden, denn er wusste nicht, wo sie jetzt wohnte. Aber er wollte sie wiedersehen, auch, weil er sie einfach nicht hatte vergessen können und dass trotz seines völlig anderen Lebens als damals.

Kiara tat endlich, was sie sollte, und gab alles weiter, beauftragte alle verfügbaren Leute, Frieda zu suchen, während ihn inzwischen nicht mehr nur Kam und Sana, sondern auch Rico und Jordan beobachteten.

„Beruhig dich, Alter!", murmelte Jordan irgendwann, weil er nicht stillstehen konnte.

„Beruhig dich selbst ...", knurrte er und Jordan wich förmlich zurück.

„Okay, es reicht!" Kam trat vor. „Wie wichtig ist sie?"

„Sehr wichtig!" Sie blickten sich einen Moment an.

Dann griff Kam ein, er kommandierte alle noch mehr herum und wurde richtig sauer, während er einfach nur weiter herumlief.

„Komm, wir gehen in unsere Garderobe", murmelte Sana, die sich inzwischen beruhigt hatte, was vermutlich auch daran lag, dass sie sein Verhalten nicht einschätzen konnte. Sie lächelte ihm sogar zu und er wusste, dass sie alle ihr Bestes tun würden, um Frieda zu finden, auch wenn sie keine Ahnung hatten, wer Frieda überhaupt war.

Rafael hatte nie ihren Namen genannt, er hatte nie berichtet, wo er sie kennengelernt hatte, sie wussten nur, dass er eine Muse hatte.

Eine Muse, die er viel zu lange nicht mehr gesehen hatte.

 <u>Ein Jahr später ...</u>

Die Farben fesseln mich,
als hätte ich sie noch nie gesehen,
so wunderschön und neu
und doch bekannt und vertraut.

frei übersetzt aus dem Song „Water Colour" von Quiet Place

19

„Tomma, verdammt, komm endlich runter!"

„Nein, du bist nicht meine Mutter!", brüllte ihre Schwester zurück und Frieda grummelte. Nein, sie war garantiert nicht Tommas Mutter, denn wenn die hier gewesen wäre, hätte Tomma vermutlich schon die Strafpredigt ihres Lebens bekommen.

„Wenn du jetzt nicht runterkommst, dann rufe ich Papa an und dann hast du nicht mehr so viele Freiheiten." Sie wusste selbst, dass das die unterste Schublade war, Tomma war inzwischen 18, aber wenn jemand ihr wirklich noch das Leben zur Hölle machen konnte, dann war es ihr Vater, der wahrscheinlich nicht davor zurückschreckte, seiner Tochter einfach mal das ‚Taschengeld' zu streichen oder die ‚Reparaturzahlungen' wie es Frieda heimlich nannte. Ihr Vater hatte immer noch ein schlechtes Gewissen, dass er sie damals im Stich gelassen hatte. Doch er schreckte immerhin auch nicht vor erzieherischen Maßnahmen zurück und dementsprechend parierte Tomma bei dieser Drohung ziemlich gut.

„Hexe!", sprach ihre Schwester nun, als sie wütend nach unten getrampelt kam und die Treppe unter dem Gewicht ganz schön ächzte.

„Geht doch!" Frieda ließ das völlig kalt. „Du willst ein Abi, also geh zur Schule."

Ihre Schwester sagte gar nichts mehr, sondern griff nach ihren Sachen und verschwand. Ob sie in die Schule ging, war nun nicht mehr ihr Problem, immerhin war sie aus dem Haus und hatte ihre Schulsachen mitgenommen, das war schon mal was.

Sie atmete genervt durch und überlegte, was sie heute noch alles tun musste. Die Liste schien lang, drei Ferienhäuser kontrollieren, Wäsche waschen, den Klempner wegen einer Wohnung anrufen und ein Paket Wäsche für ihre Mutter fertig machen, die gerade irgendwo in den Alpen weilte.

Vor ein paar Wochen hatte ihre Mutter einfach verkündet, dass sie eine Auszeit brauchte und Frieda war völlig aus allen Wolken gefallen.

Allein bei dem Gedanken daran, wie sie vor ihr gestanden hatte, Tomma war da gerade 18 geworden, und meinte, sie müsse mal raus, weil es ihr nicht gut ginge, wurde sie noch zornig. Ganz offensichtlich hatte ihre Mutter nach ihren gesundheitlichen Problemen nun noch eine Midlifecrisis, und ausbaden durfte es wieder einmal Frieda, die immer noch alles allein für ihre Eltern führte, aber seit knapp einem Jahr ein Teilzeitstudium im Touristikbereich absolvierte, sodass ihre Tage noch voller als ohnehin schon waren.

Ihr Vater zahlte ihr inzwischen ein festes Gehalt, durch einen Vertrag geregelt, um sich seinem eigenen Mist ohne schlechtes Gewissen widmen zu können. Das meiste von dem Geld sparte sie für schlechte Zeiten oder dem Moment, wo sie hier vielleicht doch mal wegkommen würde, was in weite Ferne gerückt zu sein schien.

Sie hatte sich irgendwie damit arrangiert, auch wenn Paula sich regelmäßig um sie sorgte, was auch daran lag, dass Frieda nichts mehr machte. Sie traf sich mit niemandem, sie ging nicht raus, außer es ging um die Arbeit, und wenn sie nicht arbeitete, lernte sie. Paula hatte auch ein paar ,tolle' Namen dafür, aber das alles verdrängte sie, denn sie wollte sich damit nicht beschäftigen.

Frieda atmete noch einmal durch und ihr fiel ein, dass sie noch schnell die Biomülltonne an die Straße stellen musste, die heute abgeholt wurde.

Sie begab sich nach draußen, wo die Mülltonnen in einer windgeschützten Ecke standen. Der Garten sah nicht besonders gut aus. Sie hatte kein Händchen für Gartenarbeit und zugegeben auch keine Lust dazu. Netterweise mähte der Dienst, den sie für die Ferienhäuser engagiert hatte und den sie ihrem Vater in Rechnung stellte, auch ihren Rasen mit, sodass es keine Megakatastrophe war. Trotzdem wirkten die

Blumenbete zugewachsen, etwas, worum sich ihre Mutter früher gekümmert hatte, aber nun schon jahrelang sein ließ.

Schnell sah sie weg und konzentrierte sich auf die halbvolle grüne Tonne, die sie nur deswegen schon rausstellte, weil sonst das Ungeziefer überhandnahm.

Sie zog diese mit sich und platzierte sie so an die Straße, dass der Müllwagen problemlos ranfahren und sie aufnehmen konnte.

Als sie stand, wollte sie gerade zurückgehen, als sie eine Bewegung wahrnahm, die sie automatisch umdrehen ließ. Es war noch früh, gerade mal halb acht, sodass sie höchstens mit Touristenmännern rechnete, die Brötchentüten in der Hand hielten oder ihre Touristenhunde spazieren führten.

„Hey Frieda!"

Sie blieb regungslos stehen, als sie den Mann in der Nachbareinfahrt entdeckte, der dort nicht hingehörte. Ein gewaltiger Flashback überrollte sie und einen Moment befürchtete sie, in Ohnmacht zu fallen. Schließlich schnappte sie nach Luft. „Moin!", antwortete sie einfallslos und ziemlich leise.

Rafael schien zu schmunzeln, doch er stand zu weit weg, um das genau zu erkennen. Er wirkte wie der Alte, nur inzwischen sehr viel erwachsenere Rafael, nicht wie der Rockstar vom letzten Jahr. „Darauf antworte ich lieber nicht. Ich könnte natürlich ‚Guten Morgen' sagen."

„Moin heißt nicht ‚Guten Morgen'", murmelte sie atemlos und unter Schock.

Er lachte leise. „Ich weiß, das hast du mir schon mal erklärt."

Hatte sie? Ihr Kopf schien gerade leer und sie hatte keine Ahnung, was sie antworten sollte. „Ich dachte, du hättest das Haus verkauft."

„Anscheinend nicht." Er zuckte mit der Schulter und stand ebenfalls regungslos da.

Er schien sie von oben bis unten zu mustern. Das rüttelte sie wach und eine Panik erfasste sie, die ihr Herz noch mehr schlagen ließ. Sie konnte mit der Situation nicht umgehen und so reagierte sie nun auch: Sie ließ ihn einfach stehen und verschwand ins Haus.

Weg von dem Mann, den sie nicht vergessen konnte, dem Mann, der sie bis in ihre Träume verfolgte und dem Mann, den sie niemals würde haben können.

 **Rafael**

Die Tür schepperte förmlich, was er noch hören konnte, obwohl er sie nicht mehr sah. Sie hatte die Flucht ergriffen, was er ihr nicht verübeln konnte, schließlich hatte er sie erschreckt.

„Fuck", murmelte er leise. Idiotisch wie er war, konnte er nicht länger warten, als er Frieda auf der Einfahrt gesehen hatte. Jetzt stand er hier: Unbeholfen, unwissend und wie ein verdammter Dummkopf.

Frieda schien tatsächlich noch oder wieder hier zu wohnen und er konnte das kaum fassen. Ein Jahr war seit dem verdammten Konzert vergangen, ein Jahr seit damals, als er sie gesehen hatte. Ein Jahr, an dem er hatte warten müssen, weil seine Leute sie erst nicht hatten finden können, weswegen er völlig ausgerastet war, und wo er sich dann nicht selbst auf die Suche machen konnte, weil eine Welttournee dazwischen kam, anschließend dann das neue Album, darauf eine Unmenge an Promoterminen, Preisverleihungen und der ganze andere Mist, der dazu gehörte.

Jetzt endlich hatte er eine Weile frei und das auch nur, weil auch alle anderen eine Pause gebraucht hatten.

Er hatte recherchiert, aber nichts im Internet über sie gefunden: keine öffentlichen Profile, nichts, wo sich ihr Name fand, deswegen hatte er den ersten Ort besucht, der ihm eingefallen war, und nun stand er hier verloren auf der Straße und wollte nichts anderes, als sie einfach nur in den Arm zu nehmen und zu küssen.

20

„ER IST WAAAAAAAS?" Paula brüllte so laut, dass ihre Ohren klingelten und die Leute in Friedas Nähe komisch guckten.

Nach der Begegnung mit Rafael hatte sie eine Weile im Haushaltsraum gesessen, um ihre Panik loszuwerden. Sie hatte sich anschließend von den Fenstern ferngehalten, die in Richtung des Nachbarhauses gingen, und wie ein verschrecktes Huhn irgendwelchen Mist gemacht. Sie war nicht mal sicher, ob sie Waschmittel in die Waschmaschine getan hatte, wenn sie jetzt so darüber nachdachte.

Irgendwann hatte sie sich dann einfach ihre Tasche geschnappt und war so schnell sie konnte mit dem Fahrrad verschwunden. Sie hätte auch das Auto nehmen können, das ihre Mutter zurückgelassen hatte, aber dafür fühlte sie sich zu unsicher. Jetzt stand sie hier vor dem Supermarkt, nachdem sie die drei Ferienhäuser abgeklappert hatte, und hatte es endlich geschafft, Paula zu erreichen. „Er ist wirklich wieder da", wisperte sie verwirrt. „Er stand einfach da und hat ‚Hey Frieda' gesagt."

„Und du hast dann mit ‚Moin' geantwortet?"

„Jaaa!" Sie seufzte. „Scheiße, was mache ich denn jetzt?" Sie schloss für einen kurzen Moment die Augen, weil sie spürte, dass sie wieder in Panik geriet.

„Ihn dir endlich schnappen?", fragte ihre Freundin amüsiert.

Ein Ruck ging durch sie hindurch. „Nein, garantiert nicht! Er hat mich schon viel zu viel gekostet, ich kann hier nicht weg ... ich weiß nicht mal, was er hier will."

„Dann frag ihn. Offenbar spricht er mit dir. Ich recherchiere nebenbei im Internet, anscheinend weiß niemand, wo er gerade ist, sonst würden sie vermutlich das Haus belagern."

„Ich werde nichts sagen."

„Ich auch nicht. Aber vielleicht sollte Tomma nichts mitbekommen …"

„Meinst du, ich sollte ihn vor meiner Schwester warnen?"

„Hat sie je mitbekommen, dass Rafael von nebenan der
Raf von Quiet Place ist?"

„Hmm, ich glaube nicht, sie hat zumindest nie was gesagt
und sie hat ihn, glaube ich, auch nur das eine Mal gesehen,
damals als sie das erste Mal da waren. Aber da hat sie sich
die ganze Zeit mit seinen Geschwistern beschäftigt."

„Dann lass es. Er ist bestimmt vorsichtig. Viel interessan-
ter ist, dass er sich dir gezeigt hat."

„Und ich bin geflüchtet …" Sie stöhnte innerlich, weil es
das noch unangenehmer machte.

„Ach, das macht dich nur sympathisch. Du warst überfordert, nennen wir es eine Überreaktion."

„Attestierst du mir das?"

„Leider kann ich das noch nicht." Sie hörte das Grinsen.
„Aber wenn ich meine Abschlussprüfung gemacht habe,
dann gerne. Ich werde übrigens wechseln und weiß schon,
wo ich dann in zwei Jahren meine Assistenzzeit verbringen
werde …"

„Hast du einen Platz?"

„Eher gute Connections." Sie schien zu grinsen.

„Wo?", fragte Frieda neugierig und nahm dankbar alles,
was sie von Rafael ablenkte.

„Die Charité in Berlin…"

„WAS?", rief sie nun und die Leute guckten wieder komisch.

„Cool, oder? Danke Mama."

Paulas Mutter war auch damals in Berlin gewesen, so viel
wusste Frieda, daher also wohl die Connections. „Verdammt
cool. Ich bin stolz auf dich, beste Freundin."

„Vielleicht sind die Typen in Berlin auch besser. München hat mich zumindest in der Hinsicht bisher enttäuscht."

„Du hast einfach nur die Falschen kennengelernt."

„Das kann natürlich sein. Rafael ist nie bei mir aufgetaucht", kicherte sie.

Sie stöhnte, als ihr Rafael wieder einfiel. Die Ablenkung hatte nicht sehr lange gehalten. „Du kannst es nicht lassen, oder?"

„Ich wünsche mir einfach nur ein Happy End für meine beste Freundin."

Frieda verdrehte die Augen und versuchte einfach nicht zu sehr über Paulas Worte nachzudenken.

***

Fünf Stunden später kam sie, nachdem sie noch ein paar andere Sachen erledigt hatte, zurück nach Hause, wo ihre Schwester wartete. „Brauchst du heute das Auto?", fragte diese sie direkt, ohne jegliche Form von Begrüßung.

„Hallo liebste Schwester, wohin möchtest du denn?"

Tomma stöhnte. „Du bist echt nervig. Ich will nur zu Vivi, ich würde da auch übernachten und dann morgen mit dem Auto zur Schule fahren."

Frieda betrachtete ihre kleine Schwester, die unnachgiebig das Kinn rausstreckte und die Arme vor sich verschränkt hielt. Sie war eine Oberzicke, aber Frieda wusste im Grunde, dass sie viel durchgemacht hatte, vielleicht sogar noch mehr, als sie sagte. Das brachte ihre Gedanken zurück in Richtung Rafael. „Okay, aber nur unter zwei Bedingungen: Erstens, du kommst morgen nach der Schule direkt nach Hause, weil ich dann eventuell das Auto für die Arbeit brauche, und zweitens, bringst du noch zwei Kisten Mineralwasser mit. Ich gebe dir sogar Geld."

Ihre Schwester verzog das Gesicht. „Na gut."

„Danke." Frieda atmete innerlich durch, denn damit wäre sie ihre Schwester auch eine ganze Weile los und sie konnte sich verkriechen, ohne dass es auffiel. „Dann gehört das Auto bis morgen dir. Wie lange hast du Schule?"

„Acht Stunden." Ihre Schwester seufzte.

„In Ordnung, und dann kommst du mit dem Wasser hierher? Das ist echt wichtig." Dann schaffte sie es auch noch es zu verteilen, denn Gäste hatten extra danach gefragt und bezahlten sogar dafür.

„Ja, mache ich."

Frieda nickte. „Wie war es denn heute?", fragte sie vorsichtig und so lieb wie möglich.

Anscheinend hatte sie einen guten Moment erwischt, denn ihre Schwester ließ die bisher angespannten Schultern plötzlich hängen. „Es war okay. Ich habe 12 Punkte in Mathe und 8 Punkte in Politik geschrieben."

„Das ist doch super!" Frieda lächelte. Hauptsache es waren Noten, mit denen man ein Abitur bestand, alles andere war ihr im Gegensatz zu ihren Eltern egal.

„Ja, aber Bio macht mir Sorgen. Keine Ahnung, ich mag Frau Jütering einfach nicht."

„Die hatte ich in der siebten und achten Klasse, aber ich mochte sie auch nie. Hast du jemanden zum Lernen?"

Tomma nickte. „Deswegen fahre ich heute zu Vivi."

Das fand Frieda gut. „Willst du noch was essen?"

„Nein, Vivis Mutter macht uns was."

„Okay, falls was ist, melde dich, in Ordnung?"

„Ja, Mama!" Tomma verdrehte die Augen und Frieda unterdrückte ein Lachen, denn da war sie wieder, ihre zickige kleine Schwester.

Tomma verschwand bald und sie versuchte sich auf die Bürosachen und Mails zu konzentrieren, die im Laufe des Tages angekommen waren. Da ihre Eltern immer alles selbst mit den Buchungen gemacht hatten, war das eine ganz schöne Arbeit. Glücklicherweise riefen nicht mehr so viele Leute an wie früher, sondern die meisten buchten ihr Haus oder ihre Wohnung entweder über eines der zahlreichen Buchungsportale, bei denen Frieda alles angemeldet hatte, über die Kurverwaltung oder schlicht per Mail, was aber auch selten vorkam. Die meisten Mails waren Benachrichtigungen der

Buchungsportale oder Nachrichten, die darüber hineinkamen. Jemand erkundigte sich nach Handtüchern, jemand anderes, ob man Tiere mitbringen konnte und so weiter. Die Stunden vergingen und sie suchte sich alles an Ablenkung, die möglich war. Sie stellte sogar die Unterlagen zusammen, die sie für die Steuerberaterin brauchen würde, bis sie langsam müde wurde und erschrocken feststellte, dass es inzwischen schon Abend war. Erleichterung machte sich in ihr breit, denn sie hatte Rafael nicht mehr gesehen, gleichzeitig überfiel sie Panik. Was war, wenn er einfach wieder wegfuhr?

Plötzlich klingelte es an der Tür und sie zuckte zusammen. Sollte sie aufmachen oder es besser lassen?

Doch die Neugier überwog und sie trat leise in den Flur. Zum Schutz machte sie das Licht nicht an, so konnte sie durch das Glas der Tür nach draußen sehen, aber sie selbst nicht gesehen werden.

Langsam schlich sie sich um die Ecke. Eine Person stand vor der Tür und als erstes hoffte sie auf einen Überraschungsbesuch von Paula, doch dann stockte sie.

Rafael klingelte in diesem Moment noch einmal, so als würde er sie nicht weglassen. Ihre Gefühle überwältigten sie nicht mehr ganz so sehr wie heute Morgen, doch sie wusste nicht, was sie tun sollte. Ihn ignorieren? Öffnen?

Sie seufzte, sie würde der Situation offensichtlich nicht mehr entkommen, schritt also stattdessen entschlossen zur Tür und riss diese so abrupt auf, dass er sichtbar zusammenzuckte.

„Hi!", sagte sie dumpf und handelte einfach nur noch, ohne darüber nachzudenken.

„Whoa, du hast mich erschreckt!", antwortete er entgeistert.

„Du hast mich erschreckt! Abends bei einer alleinstehenden Frau zu klingeln, löst in mir Urängste aus!", gab sie zurück und verschränkte schluckend die Arme vor sich.

Er musterte sie einen Moment, dann schien er sich zu fassen. „Sorry, darüber habe ich nicht nachgedacht."

„Es hätte auch schlimmer kommen können, wenn du zum Beispiel an irgendeinem Fenster geklopft oder auf einmal vor mir gestanden hättest." Ein ‚So wie heute Morgen' verkniff sie sich. Sein Anblick raubte ihr auch inzwischen den Atem.

Er schien zu schmunzeln. „Ich habe darüber nachgedacht, aber das fand ich dann doch zu creepy."

„Beruhigend … Zumindest irgendwie."

Stille trat ein und sie hatte keine Ahnung, was sie nun tun oder gar fühlen sollte.

Er räusperte sich. „Hallo Frieda."

„Hi!", murmelte sie und sah ihn an. Vorhin stand er nicht so nah vor ihr und jetzt hatte sie eine ungehinderte Sicht auf ihn, was ihn nur noch eindrücklicher wirken ließ. Ihr wurde klar, dass sie seine ‚vandalische' Art und die Art, wie er sie anblickte, vermisst hatte. Immer wenn er das tat, fühlte sie sich verstanden, das war schon vor sieben Jahren so gewesen, als sie sich kennengelernt hatten und noch Teenager gewesen waren.

„Ich bin wieder hier." Er lächelte leicht und sah zu ihr hinab.

„Das sehe ich. Ich bin immer noch hier", erwiderte sie und schluckte.

Er nickte leicht. „Das sehe ich auch und ehrlich, das hat mich ziemlich überrascht."

Sie zuckte mit der Schulter, Rafael hatte keine Ahnung, was in den letzten Jahren in ihrem Leben vorgefallen war. Er hatte genug mit seiner Karriere zu tun gehabt.

„Darf ich vielleicht reinkommen oder hast du gerade zu tun?" Der Ton, in dem er fragte, war vorsichtig und er schien verlegen.

War das für sie okay? Sie wusste es nicht, sie wusste allerdings auch, dass sie ihn jetzt gerade nicht wieder gehen lassen wollte. „Ich sitze seit Stunden am Schreibtisch …"

„Hast du schon was gegessen?", ging er sofort darauf ein.

Sie verzog das Gesicht, denn das hatte sie nicht. Sie war viel zu sehr damit beschäftigt gewesen, sich von ihm abzulenken.

Rafael schien ihr Schweigen zu verstehen. „Also nein, kann man hier was bestellen? Ich lade dich auch ein, wenn du mich lässt."

Ihr blieb der Mund offenstehen. „Du willst mich einladen?", fragte sie.

Jetzt zuckte er mit der Schulter. Seine Hände befanden sich in seinen Hosentaschen. „Warum nicht? Ich hatte auch noch nicht wahnsinnig viel."

„Hier gibt's nur einen Pizzalieferanten, alles andere müsste man abholen", stellte sie fest.

„Ich habe nichts gegen Pizza", erwiderte er.

„Okay!" Sie konnte nicht anders, trat zur Seite und ließ ihn damit rein.

Er reagierte sofort und betrat zum ersten Mal ihr Haus, während sie die Tür hinter ihm schloss.

„Vielleicht solltest du nun Licht anmachen", sprach er mit amüsierter Stimme.

„Upps, Moment, das wird hell." Sie betätigte den Schalter neben der Haustür und sie stöhnten beide, weil es wirklich verdammt hell wurde.

„Sehr grell. Er hielt sich seine Hand vor die Augen und blinzelte nun darunter hervor.

Sie nutzte die Chance und checkte ihn ab. Alles erinnerte sie an ihre letzte persönliche Begegnung, was mittlerweile vier Jahre her war. Vier Jahre, seitdem sie sich geküsst hatten, kurz nach ihrem Abi und vor ihrem 19. Geburtstag. Und auch, wenn er älter und erwachsener geworden war, inzwischen musste er 25 sein, hatten ihm die vier Jahre nichts getan. Er schien selbstbewusster, was sie nicht wunderte, und irgendwie war er trotzdem noch der Junge von damals. Nur den Rockstar von letztem Jahr bekam sie in dieses Bild nicht hinein.

„Wie spät ist es überhaupt?", fragte sie nun, weil sie keine Ahnung hatte.

„Du musst tief vergraben gewesen sein. Es ist 21 Uhr. Es wird langsam dunkel."

Sie nickte und fand es merkwürdig, dass er in ihrem Flur stand. „Keine Ahnung, ob die so spät noch liefern."

Er runzelte die Stirn. „Hast du eine Karte? Wobei eigentlich ist es egal. Wenn es Pizza ist, dann nehme ich eine Pizza Hawaii."

Sie holte empört Luft. „Sowas wird hier nicht bestellt, keine Chance!"

Er lachte los, offenbar hatte er sie verarscht, was die ganze Stimmung sofort lockerte. „Okay, du hast den Test bestanden, es gibt echt nichts Abartigeres als Pizza Hawaii, aber manche Menschen sind unbelehrbar."

„Boah, das war fies und das bei mir zu Hause." Sie atmete durch und lächelte, froh darüber, dass sich offensichtlich nichts zwischen ihnen geändert hatte.

Er lachte immer noch. „Aber dein Gesicht war gut."

„Immerhin amüsiert es dich. War das die Rache für die Tür?"

„Ja. Aber ich bin froh, dass das nicht nach hinten losging und du heimlich eine ‚Ananas auf Pizza'-Liebhaberin bist." Er zog seine Schuhe aus, leichte Sneaker, die schon etwas abgewetzt wirkten. Er trug keine Socken, aber ihr fiel sofort auf, dass er wahnsinnig schöne Füße hatte.

„Ist was mit meinen Füßen?" Rafael betrachtete dagegen sie.

Sie räusperte sich. „Nein, komm mit. Ich such die Karte und mach den verdammten Computer aus."

Rafael folgte ihr tatsächlich und sie versuchte einfach ihren Kopf auszuschalten und nicht darüber nachzudenken, dass ihr gerade Raf Schreiver in ihrem Elternhaus folgte.

Sie betrat das Büro und wandte sich an den Computer, wo sie alles schnell abspeicherte und dann nach der Karte suchte, die hier rumlag, weil sie die manchmal für Touristen-anfragen brauchte.

Frieda fand sie schnell und blickte wieder auf. Rafael stand im Türrahmen und wandte seinen Blick von ihr ab, als sie zu ihm aufsah. Doch sie hatte seinen Ausdruck gesehen, er wirkte traurig.

Jetzt schaute er sich im Zimmer um, doch er spielte gut. Sie hatte keine Ahnung, was er gerade dachte. „Hier!", machte sie leise auf sich aufmerksam und hielt die Karte in seine Richtung.

Er griff danach und ihr fielen nun seine Hände auf, von denen sie wusste, was er damit tat. Sie erkannte die Schwie-len – Rafael und Raf gehörten tatsächlich zusammen.

„Da steht, dass sie im Sommer bis Mitternacht aufhaben und man was bestellen kann. Wir haben Sommer, auch wenn es wärmer sein könnte", murmelte er.

„Frühsommer." Es war erst Ende Juni. Bei ihnen hier in Niedersachsen starteten die Ferien spät und Tomma hatte noch drei Wochen Schule, während Nordrhein-Westfalen jetzt am Wochenende Ferien bekommen hatte, weswegen auch ihre To-Do-Liste täglich stieg. „Aber ich denke auch, dass das gilt, Nordrhein-Westfalen hat Ferien."

„Echt? Ich habe keine Ahnung." Er schmunzelte. „Aus so etwas ist man völlig raus, wenn man nicht mehr zur Schule geht."

Dem stimmte sie zu, allerdings wusste sie es wegen Tomma und aus beruflichen Gründen. „Was willst du denn nun wirklich?", fragte sie.

„Ich nehme eine Pizza mit Schinken und Champignons. Ganz schlicht."

Sie nickte und lief zum Telefon. „Ich ruf an."

Frieda brauchte nicht lange und er lauschte, während sie Rafaels Pizza und für sich eine mit Rucola bestellte.

„Rucola? Ernsthaft?", fragte Rafael anschließend.

„Was hast du gegen gesunden Salat?", erwiderte sie und lächelte. Sie beschloss für sich, sich einfach zu freuen, dass er hier war und nicht darüber nachzudenken, was das bedeutete. „Nichts Effektives", antwortete er locker.

Sie kicherte los. „Ich hatte einfach gerade Lust drauf."

„Hmm. Akzeptiert."

Sie schwiegen wieder ein paar Sekunden, bis Frieda es nicht aushielt. „Also sie meinten, es dauert nicht lange, vielleicht zwanzig Minuten. Willst du wirklich bezahlen?"

„Ja, aber vielleicht nimmst du die Pizza entgegen?", fragte er vorsichtig und schien ausloten zu wollen, wie sie darauf reagierte.

Sie fragte nicht nach, sie wusste, warum er das vorgeschlagen hatte. „Kein Problem."

„Warte …" Rafael hatte offenbar eine Geldbörse dabei und zog einen 50 Euro-Schein raus. „Kannst du so weitergeben, der Rest ist Trinkgeld." Er reichte ihr den Schein.

„Auf keinen Fall!" Sie schüttelte entschieden den Kopf. „Die Chance ist hoch, dass ich die Person kenne, die unsere Bestellung liefert, dann wollen die auch in Zukunft immer so viel Trinkgeld haben. Ehrlich, das geht nicht."

„Dann gib ihm oder ihr so viel, wie du es für richtig hältst", erwiderte er amüsiert.

Damit konnte sie schon eher leben und nahm den Schein. Ganz leicht berührte ihre Hand dabei seine und sofort ging ein Ruck durch sie hindurch. Die Erinnerung an den Kuss kam zurück und ließ sie aufschauen.

Er musste es auch gespürt haben, so wie er zurückblickte, aber wieder sagte niemand was, bis sie einen Schritt zurücktrat. „Komm, wir setzen uns woanders hin." Sie dachte erst an die Küche, aber das würde vielleicht zu viele Erinnerungen wecken, also ging sie ins Wohnzimmer, weil ihr ihr Zimmer zu persönlich schien. Er folgte bereitwillig. „Setz dich, wir können auch hier essen. Willst du was trinken?"

Rafael sah sich gerade um und hatte offenbar die Bilder von ihr und ihrer Schwester entdeckt. Verstohlen lächelte er, als er sich nun zu ihr drehte. „Gern."

„Ich habe Wasser, Apfelsaft, Orangensaft, Grapefruitsaft, alkoholfreies Bier, Cola oder Limonade ..."

„Limonade oder Cola wäre okay", erwiderte er, bevor sie weitermachen konnte.

Sie nickte und verschwand aus dem Wohnzimmer. Als sie mit zwei Flaschen und Gläsern zurückkam, fand Frieda ihn vor der großen Schrankwand, die total unmodern war, aber technisch gesehen nicht ihr, sondern ihren Eltern gehörte. Er betrachtete gerade die Bilder. „Süß!", murmelte er.

„Geburt, Kindergarten, Einschulung, Konfirmation und Abitur, angeblich die wichtigsten Stationen in meinem Leben", murmelte sie und dachte daran, wie wenig diese Bilder eigentlich ihr Leben beschrieben oder die Situationen, die ihr wichtig schienen.

„Offensichtlich." Er drehte sich zurück und folgte ihr nun zu der Couchlandschaft, die mit das Beste am Haus waren, auch wenn sie hier selten saß, weil meistens Tomma das Sofa mit ihrer Anwesenheit belämmerte.

Sie stellte die Flaschen und die Gläser auf den Tisch.

„Sind deine Eltern nicht da?", fragte er wie aus dem Nichts und versetzte sie damit in einen Schock. Er wusste kein bisschen von dem, was in den letzten Jahren so passiert war.

Frieda verzog das Gesicht, während sie sich setzte, was er ebenfalls tat. „Das ist eine komplizierte Geschichte ... in den letzten vier Jahren ist sehr viel passiert." Sie räusperte sich und versuchte sich nichts von all dem Drama anmerken zu lassen.

„Verstehe", murmelte er und vielleicht tat er das tatsächlich. Schließlich hatte er auch schon eine Menge Mist erlebt. Seine Eltern hatten sich irgendwann getrennt und sein Vater war gestorben und sie hatte keine Ahnung, was ihm vielleicht noch alles passiert war.

„Und bei dir?" Frieda schaute zu ihm.

Sein Blick wich nicht aus. „Ich war vier Jahre lang nicht hier."

„Ist mir aufgefallen", nahm sie dankbar den Themen-
wechsel an. „Ehrlich, ich dachte wirklich, du hättest das
Haus verkauft."

Er schüttelte den Kopf. „Ich habe viel gearbeitet."

„Ja, ich auch." Sie seufzte nun.

„Du siehst auch völlig überarbeitet aus."

„Das kannst du einschätzen?", fragte sie provozierend
zurück und merkte selbst, dass das ziemlich unfreundlich
klang. „Sorry, ich habe heute echt viel zu viel gearbeitet,
wurde von dir überrascht und habe Hunger."

Rafael stimmte zu. „Gefährliche Kombination."

In diesem Moment klingelte es und sie schaute schnell
zur Uhr. „Hmm, das ging flott, nur knapp 10 Minuten."

Frieda stand auf und machte dieses Mal Licht im Flur an,
weswegen er zu kichern schien. Dann nahm sie die Pizzen
entgegen. Sie kannte den Fahrer tatsächlich flüchtig und gab
ihm ein gutes, aber nicht zu übertriebenes Trinkgeld.

Als sie mit den beiden Pizzakartons zurückkam, saß
Rafael entspannt auf dem Sofa.

„Hier dein Restgeld." Sie hielt es ihm leicht zitternd hin,
weil ihr Herz schon wieder aufgeregt schlug.

„Danke." Er nahm es.

Die Pizza stellte sie auf den Tisch ab und schaute in den
ersten Karton. „Das ist deine."

Sie reichte ihm den Karton und er nahm sie freudig entgegen. „Die riecht zumindest schon mal lecker." Rafael
schnupperte kurz daran.

„Sie ist auch lecker", wusste sie und lächelte, weil es süß
aussah, wie er sich über die Pizza freute. Es erinnerte sie damals an das Eis.

„In dem Laden habe ich noch nie bestellt", sprach er nun.

„Der ist auch nicht hier in Norddeich, sondern in Norden. Ich gebe den immer als ‚Geheimtipp' weiter, weil er mitten in einem normalen Wohngebiet liegt."

„Also ist das eine ostfriesische Pizzaempfehlung?"

„Wenn du so willst?" Sie öffnete nun auch ihren Karton und betrachtete erfreut die Pizza mit Rucola. Ihr Magen knurrte beim Anblick und sie merkte, dass sie wie so oft nicht gut auf sich aufgepasst hatte.

„Riecht auch nicht schlecht, aber ich bin skeptisch." Rafael betrachtete ihre Pizza.

„Brauchst du Besteck? Servietten sind dabei." Sie hatte die unter ihren Pizzakarton gelegt und zog sie nun darunter hervor.

„Nein, sie ist ja vorgeschnitten, außer du hältst mich dann für komisch?"

Sie zuckte mit der Schulter. „Pizza schmeckt besser, wenn man sie mit Fingern isst."

„Da kann ich dir nur zustimmen." Er biss nun in das erste Stück und sie versuchte ihn nicht dabei anzustarren, sondern sich auf ihre eigene Pizza zu konzentrieren, von der sie sich das erste Stück schnappte und hungrig abbiss.

„Okay, dein Hunger erklärt alles. Du hast nicht gelogen."

„Ich lüge selten und wenn dann meistens aus der Not heraus."

„Ja, das geht mir genauso und ich muss sagen, die Pizza ist wirklich gut. Das mit dem Geheimtipp stimmt."

Sie grinste. „Wie gut, dass ausgerechnet die so lange aufhaben und auch noch liefern."

„Ich glaube, du musst mir mal die Karte geben … wobei, ich suche die im Internet, falls ich mal was will, und speichere es auf meinem Handy."

Frieda schmunzelte und stellte sich vor, wie er das mit dem Annehmen machte. Und dann kapierte sie, dass sie hier mit Rafael saß und Pizza aß.

***

Den Rest der Pizza verdrückten sie schweigend, zum Reden fühlte sie sich auch viel zu hungrig und wenn sie ihn so aus den Augenwinkeln essen sah, dann schien es bei ihm nicht besser zu sein.

„Du hast wirklich noch nicht viel gegessen, oder?“, fragte sie, als sie Dreiviertel der Pizza förmlich vernichtet hatte und er an seinem letzten Stück aß.

Er schaute hoch und grinste. „Nein.“

„Ich dachte nur, weil du genauso ausgehungert isst, wie ich.“

Er stopfte sich den letzten Rest in den Mund und leckte sich unbewusst die Finger, was überraschend niedlich wirkte.

„Lässt du mich den Rucola probieren?“, fragte Rafael, als er den Bissen runtergeschluckt hatte.

„Nimm dir ein Stück und beiß ab. Ich glaube, ich schaffe eh nicht alles und bin schon am überlegen, ob ich nur noch die Mitte und nicht den Rand esse.“

Er gluckste und beugte sich vor, sodass er sich plötzlich ganz dicht bei ihr befand, und schnappte sich ein Stück der Pizza.

Skeptisch betrachtete er den Rucola, aber zuckte dann mit der Schulter und biss ab. Seine Stirn runzelte sich, aber dann entspannte sich sein Gesicht. „Die ist erstaunlich gut. Ich bin nicht unbedingt ein Fan von Rucola, aber in der Kombination ist es super.“

Sie nickte. „Die beste Form von Salat ist die auf Pizza!“, meinte sie zwischen zwei Happen.

Er lachte los und ließ sich zurückfallen. „Den muss ich mir merken, vielleicht kann ich den bei Gelegenheit mal zum Besten geben.“

„Berichte, wie er angekommen ist.“ Auch wenn ihr schmerzhaft bewusst wurde, dass das nicht der Fall sein würde.

Rafael schmunzelte, sagte aber nichts. „Darf ich das Stück aufessen?“

„Du hast ja schon abgebissen“, erwiderte Frieda amüsiert. „Ich schaffe es nicht und falls ich doch noch Hunger habe, gibt es irgendwo Eis oder Snacks.“

„Beruhigend." Er lachte. „Ich bin letzte Nacht angekommen und habe es noch nicht groß rausgeschafft."

Damit hatte er erklärt, warum er so ausgehungert wirkte, doch sie wusste nicht, was sie darauf sagen sollte.

Netterweise musste Frieda gar nichts sagen, denn Rafael wechselte das Thema. „Hast du vielleicht Lust, mit mir noch eine Runde spazieren zu gehen? Oder hast du was anderes vor?"

Verdattert sah sie auf. „Nein, habe ich nicht." Nur dass damit alle Erinnerungen wieder aufleben würden.

„Ich ziehe mir eben was anderes an", reagierte sie schließlich.

Er musterte sie einmal und schien erst dann die Jogginghose zu entdecken, die sie trug. Peinlich war es ihr nicht, sie war zu Hause und die Hose war neu. „Klar, ich warte."

„Brauchst du noch eine Jacke oder so?"

„Die hole ich mir gleich, wenn du fertig bist."

Frieda nickte, verschwand nach oben in ihr Zimmer und zog sich um. Inzwischen war kalter Nordwind aufgekommen und dementsprechend musste es etwas wärmer sein. Ihr Herz hüpfte aufgeregt, als sie wieder nach unten lief und sich ihr Telefon schnappte, das im Wohnzimmer lag.

„Du hast inzwischen auch ein Smartphone", stellte er fest und stand auf.

Sie grinste. „Ja, aber kein I-Phone."

Rafael lächelte. „Ich aktuell auch nicht."

„Und ich dachte immer, dass der Spruch gilt ‚Einmal Apple immer Apple'?"

„Offensichtlich nicht. Sollen wir das schnell wegräumen?" Rafael deutete auf die Kartons.

„Wir schmeißen sie gleich einfach draußen in die Tonne."

„Okay." Er räumte sie zusammen und folgte ihr in den Flur, während sie schnell gemütliche Schuhe anzog.

Er schlüpfte ebenfalls in seine Sneaker, während sie schon ihre Softshelljacke überzog.

„Ist dir kalt?", fragte er und kommentierte damit wohl ihre Jacke.

„Nein, aber draußen weht Nordwind und den darf man nicht unterschätzen."

„Oh okay, wieder eine ostfriesische Weisheit." Er schmunzelte erneut und wartete, bis sie fertig war.

„Ja, Windkunde wird bei uns unterrichtet", scherzte sie, doch er fiel nicht darauf rein, sondern lachte nur leise.

Sie schnappte sich ihren Schlüssel und nahm ihm dann die Pizzakartons ab. „Danke für die Einladung", murmelte sie.

„Sehr gern. Danke für das Begrüßungsessen."

Begrüßungsessen … Sie dachte darüber nach, wie sie das Wort fand. Alles schien ihr immer noch viel zu sehr in der Schwebe zu sein. Währenddessen gingen sie raus, sie schloss hinter ihnen ab und brachte dann die Kartons in die Papiertonne.

„Willst du dir eine Jacke holen?", fragte sie Rafael.

„Ja." Sie schritten also zu ihm rüber und sie unterdrückte die Gänsehaut, die sie bekam, als sie über seine Einfahrt liefen.

Sie wartete draußen, ohne dass er etwas sagte, aber er brauchte nicht lange und kam mit einer relativ dicken Kapuzenjacke zurück. Die Kapuze zog er sich über den Kopf und sie fragte sich, ob er das der Tarnung wegen tat.

„Zum Meer?", fragte sie.

„Gerne." Er atmete durch. „Die Luft hier ist wie immer so angenehm."

Sie schmunzelte. „Und dabei sind wir noch nicht mal am Meer."

„Ich meine das auch allgemein. Vielleicht verbringe ich die Zeit auch einfach viel zu viel in stickigen Räumen."

Das ließ sie unkommentiert und atmete nun selbst durch. Sie merkte, wie anstrengend der heutige Tag gewesen war und Rafaels plötzliches Auftauchen hatte das nicht verbessert.

Schweigend liefen sie den bekannten Weg entlang, vorbei an den zahlreichen roten Klinkerhäusern, und dann den Deich hoch. Es war so gut wie niemand mehr unterwegs und der Wind war wie erwartet kalt, sodass es nur vereinzelte Spazierende durch Norddeich trieb.

„Das habe ich vermisst", murmelte er, als sie auf dem grünen Deich standen und auf das tosende Meer sahen, dessen Wellen man sogar leicht neben dem Wind und leisem Krächzen der Möwen aus Richtung des Hafens hören konnte.

„Es ist gerade Hochwasser gewesen", murmelte sie.

„Dass du das immer weißt." Rafael schien erstaunt.

„Jobgründe ..."

Er betrachtete sie. „Warum bist du wieder hier?", fragte er schließlich. Die Frage musste kommen, sie hatte es ja schon angedeutet und sie fragte sich, was sie preisgeben wollte. Aber hatte es Sinn, etwas zu verschweigen?

Frieda ließ einen Augenblick bewusst den Wind um sich wehen, der wirklich ganz schön kalt war. „Vor vier Jahren habe ich angefangen zu studieren. Eine Woche lang lief alles hervorragend, dann kam ein Anruf meiner Mutter. Meine Schwester hatte einen schweren Verkehrsunfall, sie wurde auf dem Weg zur Schule mit ihrem Fahrrad von einem Auto erfasst."

„Shit!", murmelte er.

„Ja. Sie hatte mehrere Knochenbrüche, innere Verletzungen sowie Schädigungen verschiedener Organe und dann noch ein schlimmes Schädel-Hirn-Trauma, es sah eine Weile echt beschissen aus und meine Eltern waren selbstverständlich rund um die Uhr bei ihr. Ich habe alle unterstützt, indem ich mich um die Ferienhäuser und so weiter gekümmert habe." Sie seufzte und dachte daran, wie ungewiss es eine Weile ausgesehen hatte. Alle hatten mit dem Schlimmsten gerechnet und sie fühlte auch heute noch die Angst, den Stress und die Anspannung.

„Und dann? Es klingt nicht so, als wäre es alles." Er schien sie zu betrachten, aber sie konnte den Blick nicht erwidern, sie wollte sein Mitleid nicht.

„Und dann hat mein Vater meine Mutter plötzlich verlassen und ist gegangen. Er hat es nicht mehr ausgehalten und sich einen neuen Job gesucht. Meine Mutter hat das nicht gut aufgenommen, was völlig untertrieben ist. Inzwischen sind sie geschieden." Frieda seufzte. „Meine Schwester hat sich körperlich mehr oder minder vollständig erholt, psychisch ist das eine andere Kiste, aber sie lässt sich meistens helfen. Meine Mutter war außerdem eine Weile in einer Klinik. Jetzt gerade ist sie auch weg, Midlifecrisis oder Selbstfindungstrip, such dir was aus. Somit war ich in den letzten Jahren immer für alles allein verantwortlich und habe quasi den kompletten Job meiner Eltern übernommen, weil ich ja auch schon volljährig war ... tja, und darum bin ich immer noch hier."

„Du hast nicht weiter studiert?", fragte er leise und viel zu einfühlsam.

Eine Träne rollte über ihre Wange und sie wischte sie schnell weg, während sie den Kopf schüttelte. „Nein. Immerhin bezahlen sie mich inzwischen und ich mache ein Teilzeitstudium an der Fachhochschule in Emden im Bereich Touristik. Ich kann nicht weg, alle verlassen sich auf mich und brauchen mich." Sie schluckte.

Rafael sagte nichts und sie blickte, nachdem sie nun die ganze Zeit aufs Meer geguckt hatte, zu ihm. Er schaute hinaus aufs Meer, aber bemerkte ihren Blick. Der Wind zerrte an seiner Jacke und Strähnen seiner halblangen Haare wirbelten wild unter der Kapuze umher.

„Es tut mir so leid, Frieda", wisperte er und sein Blick wirkte wirklich traurig. Damit kam genau das, was sie erwartet hatte und sie schluckte, denn sie hatte den Ton nicht erwartet, indem er diese Worte aussprach. Sanft, mitfühlend und so, als würde er ihre Probleme am liebsten beheben.

Frieda zuckte mit der Schulter und schluckte weitere Tränen hinunter. „Es ist nicht zu ändern. Ich hatte sehr viel Pech."

„Aber es ist nicht fair. Warum haben manche Menschen Glück und manche so viel Pech?" Fragend runzelte er die Stirn und stellte genau die Frage, die sie sich selbst in den letzten Jahren so oft gestellt hatte.

„Weil das Leben aus einem Zufall an Möglichkeiten besteht? Keine Ahnung, ich weiß es nicht. Mich hat es schlimm getroffen, aber meiner Schwester und meiner Mutter geht es nicht besser, sie haben die wahren Schäden davongetragen, ich bin nur ein Kollateralschaden." Ihre Antwort hörte sich dumpf an, aber der Gedanke, dass sie nicht die größte Leidtragende war, tröstete sie ein bisschen.

Er schmunzelte. „Du bist kein Auto."

„Aber auch bei Menschen gibt es das. Mir geht es nicht schlecht, ich habe es nur so nicht gewollt." Zumindest redete sie sich das ein, tief im Inneren wünschte sie immer noch, dass alles anders gekommen wäre, aber das galt nicht nur für ihre aktuelle Arbeit, sondern auch für die Sache mit ihm. Sie holte Luft und stellte die Frage, die sie schon seit heute Morgen umtrieb. „Warum bist du wieder hier?"

Rafael zögerte und schaute erneut aufs Meer. „Ich wollte schon viel früher hier sein", murmelte er.

„Ach ja?" Ihr Herz sprang sofort darauf an.

„Ja, schon seit letztem Jahr." Jetzt blickte er sie wieder an und eine Gänsehaut breitete sich über ihr aus, die nichts mit dem Wind zu tun hatte.

Er trat einen Schritt näher und sein Mund hielt dicht über ihrem Ohr inne. „Ich habe dich gesehen", murmelte er und Hitze schoss ihr ins Gesicht. Er meinte das Konzert, das wusste sie sofort. „Du sahst traurig und verloren aus. Und ich wusste, dass irgendwas nicht stimmt. Leider konnte dich danach keiner finden und ich konnte nicht hierherkommen." Die Traurigkeit in seiner Stimme schien greifbar.

„Mich konnte keiner finden?", wisperte sie und er trat wieder einen Schritt zurück, um sie ansehen zu können. Vermutlich sah es eigenartig aus, wie sie beide hier im Halbdunkeln standen, nur beleuchtet von den in den Deich eingelassenen LED-Bodenlampen, die sich auch direkt am Strand befanden.

Er grinste los, als er offenbar in seinen Erinnerungen schwelgte, und sie dachte daran, wie sie diesen einen Blickwechsel gehabt hatten, von dem sie sicher gewesen war, dass er sie nicht erkannt hatte. „Eine ganze Menge Roadies und andere Leute mussten dich suchen. Und glaube mir, sie haben gelitten." Er seufzte.

Fassungslos holte sie Luft und das Rauschen des Windes beschrieb ziemlich genau auch das Rauschen ihres Kopfes. „Du hast mich suchen lassen?"

„Die anderen meinten irgendwann, ich würde einen Geist jagen, aber du warst in Köln auf unserem Konzert, stimmts?"

Sie schluckte. „Meine beste Freundin Paula hatte mir das Ticket zum Geburtstag geschenkt."

„Wie nett von ihr." Sein Lächeln brach, als er ihren Gesichtsausdruck sah. „Hat es dir nicht gefallen?"

„Das ist es nicht", reagierte sie verlegen und versuchte ihre Gedanken in ordentliche Bahnen zu lenken. „Es war ein Schock, dich heute Morgen zu sehen und ich versuche immer noch das hier …" Sie deutete undefiniert auf ihn. „… mit der Person auf dem Konzert zusammen zu bekommen."

Rafael verstand. „Ich habe mein Studium schon vor Jahren abgebrochen. Das habe ich dir nur nicht erzählt, weil ich nicht wusste, was passieren würde. Als mein Vater gestorben ist, war er stinkwütend auf mich."

„Mist!", litt sie mit.

„Das war nicht so leicht, aber ich denke inzwischen, dass es für ihn okay wäre. Ich habe meine Schritte nie wirklich bereut. Also meistens nicht."

Sie hatte dagegen so vieles bereut. „Warum hast du mich suchen lassen?" Denn eigentlich war vor vier Jahren nach dem Kuss Schluss gewesen, nur sie hatte ihn nie aus dem Kopf bekommen können. Doch was war, wenn es ihm genauso ging? Die Hoffnung, die in ihr aufkeimte, versuchte sie zu unterdrücken.

Er schien darüber nachzudenken. „Das ist schwierig zu beantworten. Warum warst du da?"

„Das Ticket … Paula meinte, es wäre eine gute Idee, um …" Sie hielt inne und konnte den Gedanken nicht aussprechen.

„Um?", bohrte er weiter.

Sie schloss die Augen. „Es hat keinen Sinn es auszusprechen. Es reißt Wunden auf."

Er nickte schlicht, so als würde er ahnen, was sie verbarg. „Komm, gehen wir noch ein Stück."

Rafael bewegte sich zielsicher zum Wasser, das in wilden Wellen gegen die Promenade und die Wellenbrecher, die aus tausenden abgerundeten Steinen bestanden, schlug. Auch wenn kein Sturm war, wirkte das Meer rau.

„Ich fühle mich oft ein bisschen wie die See, so ausgeliefert zwischen den Gezeiten", wisperte sie irgendwann.

Er sprach nicht, aber sie bemerkte seinen Blick.

Frieda erwiderte ihn nicht und entschied, alles auf eine Karte zu setzen: „Du hast meinen Kopf einfach nicht verlassen, nicht vor vier Jahren, nicht davor. Vor vier Jahren dachte ich ehrlich, ich würde dich nie mehr wiedersehen. Wir hatten keine Nummern getauscht, nichts, ich weiß nicht mal, was wir waren. Wir kennen uns eigentlich nicht, aber obwohl oder vielleicht auch weil es in meinem Leben so richtig scheiße wurde, konnte ich dich nicht vergessen. Irgendwann dann wollte meine beste Freundin Paula auf ein Konzert gehen und ich habe die Band gegoogelt, die sie sehen wollte. Plötzlich erschien dein Gesicht in der Suche, auf den Plakaten, bei Wikipedia.

Paula hat dich bis dahin nicht erkannt, sie hatte dich davor ja nur einmal gesehen. Aber ich habe dich sofort entdeckt. Du warst schon wieder einfach da, ohne dass ich es kontrollieren konnte."

„Warum hast du mich nie kontaktiert?", fragte er.

„Kann man dich so leicht kontaktieren?", erwiderte sie. Darüber nachgedacht hatte sie am Anfang, aber da ihre letzte Begegnung so beschissen lief, wollte sie keine Abfuhr riskieren.

Er seufzte. „Nein."

„Ich habe es auch nie versucht, warum auch? Es war vorbei. Wir hatten nichts, wir kannten uns kaum. Ich wusste nicht, was du willst, was du empfindest, also was für einen Grund hätte ich haben sollen, dich zu kontaktieren?"

„Dass ich dir nicht aus dem Kopf gehe?", wisperte er.

„Das ist nicht genug."

„Und dann der Kuss", flüsterte er so leise, dass sie es im Wind kaum hören konnte.

„War nur ein Kuss", log sie.

„Nein", antwortete er überraschend energisch und starrte sie wieder an. „Es war nicht nur ein Kuss."

Er hatte recht, es war nicht nur ein Kuss gewesen und dass er das auch so sah, bewegte sie.

„Du weißt es auch." Plötzlich griff er nach ihrer Hand und drückte sie fest. Der Griff seiner Hand, die sich rau, aber warm anfühlte, war stark, aber auch sanft zugleich, und sie hatte keine Ahnung, was das bedeuten sollte.

Sie schluckte und schaute auf ihre Hände. Sie strich mit ihrem Daumen einmal über seine. „Deine Hände ..."

„Sind nicht weich, ich weiß." Rafael betrachtete sie.

„Das kommt vom Spielen, oder?"

„Ja. Immerhin sind sie mal nicht kaputt. Das kommt öfter vor, wenn ich es übertreibe", erklärte er leise.

„Sie zeigen, was du tust." Das fand sie attraktiv, doch ihre Anspannung wurde immer größer.

Er nickte und trat noch einen Schritt näher zu ihr. „Es war nicht nur ein Kuss", wiederholte er.

„Nein, war es nicht", bestätigte sie leise. „Aber ändert das was? Ich sitze hier fest. Du dagegen führst dieses unfassbare Leben."

„Es tut mir leid, Frieda." Und es schien ihm wirklich leid zu tun. „Für mich war es auch ein Schock, dich letztes Jahr zu sehen. Ich dachte ehrlich, dass du deinen Weg gehen würdest, so wie du es wolltest. Ich bin nicht mehr hierhergekommen, weil ich wusste oder viel mehr dachte, dass du nicht da sein würdest. Du hattest es beendet. Ich dachte, der Kuss hätte dir nichts bedeutet, aber das stimmt nicht, oder?"

Sie zuckte erneut mit der Schulter. „Und wenn? Es ändert trotzdem nichts."

Rafael würde wieder gehen, er musste. Sie hatte ihr Leben und seit dem Kuss waren vier Jahre vergangen. Sie kannten sich immer noch nicht, auch wenn ihr Herz das offensichtlich anders sah, so wie es gerade bei seiner Berührung verrücktspielte. Frieda wollte sie deswegen wegziehen, aber Rafael machte nicht mit. Er trat stattdessen noch einen Schritt näher, sodass seine Füße ihre einrahmten.

Sie sah überrascht hoch zu ihm und er ergriff mit seiner anderen Hand ihre Wange. Dann beugte er sich herab und küsste sie, ohne dass sie sich auch nur eine Sekunde gewehrt hatte.

Frieda wollte das, sie wollte das seit dem Moment, als er sie das erste Mal geküsst hatte.

Denn eine Sache schien klar: Es war nicht einfach nur ein Kuss gewesen.

21

„Epic!", wisperte er auf Englisch.

„Was?", fragte sie verwirrt, weil sie nicht wusste, ob sie es richtig verstanden hatte.

„Das fühlte sich episch an. Sorry, manchmal drifte ich in englische Vokabeln ab, das spreche ich mittlerweile fast häufiger als deutsch." Er lächelte und sein Gesicht befand sich immer noch dicht vor ihrem. Sie hatte Raum und Zeit förmlich vergessen, selbst der kalte Wind war ihr egal, weil er recht hatte. Der Kuss hatte sich episch angefühlt.

„Hört man nicht", und spürte, wie sie rot anlief.

„Praktisch, wenn man mit zwei Muttersprachen aufwächst." Er räusperte sich und beugte sich dann wie vorhin wieder zu ihrem Ohr. „Ich habe dich letztes Jahr gesehen und das Einzige, was ich wollte, war, dass das scheiß Konzert endet, um dich wieder küssen zu können. Wo warst du danach bloß?"

„Paula und ich sind einfach gegangen und direkt ins Hotel verschwunden." Sie verschwieg, wie mies sie sich danach gefühlt hatte, weil sie der Überzeugung war, dass er sie nicht wahrgenommen hatte.

Er schnaubte. „Ehrlich, das hat mich alle Nerven gekostet."

Ihr Herz klopfte wieder wild. „Ich habe nicht gemerkt, dass du mich bemerkt hast."

Er verzog das Gesicht. „Die anderen haben es gemerkt. Ich habe ein paar belanglose Fehler gemacht, die ich sonst nie mache."

Fassungslos betrachtete Frieda ihn und seine dunklen Augen, die jetzt in der Dunkelheit schwarz wirkten. Er hielt sie inzwischen und alles fühlte sich gut daran an. „Aber das Publikum hat es nicht gemerkt", wisperte sie.

Rafael zuckte mit der Schulter. „Routine."

Sie wandte sich in seinen Armen wieder zum Meer. „Ich kann hier nicht weg."

Er seufzte. „Ich werde wieder weg müssen, Verträge …"
Bedauern sprach aus seiner Stimme.

Genau das war das Problem. „Bist du meinetwegen zurückgekommen?"

„Ich wollte mir einfach wieder ostfriesische Sprüche anhören." Er grinste nun und sie sahen sich wieder einen Moment lang an, was auch sie dann grinsen ließ. Er ließ sie los und griff nach ihrer Hand. Langsam schlenderten sie an der schwach beleuchteten, gepflasterten Strandpromenade entlang, die zwischen Meer und eigentlichem Sandstrand lag. Die Strandkörbe sah man nur schattenhaft und wenn man wollte, konnte man sich hier perfekt verstecken.

„Dabei hast du doch noch gar nichts gehört", erwiderte sie. „Damals waren wir noch Kinder."

„Als wir uns zum ersten Mal getroffen haben, hatte ich nur die Musik im Kopf, aber dann fingst du an, darin herumzugeistern", erzählte er und löste damit eine neue Welle an Gefühlen aus, denn ihr war es genauso gegangen.

„Sorry."

„Entschuldige dich nicht. Das ist völlig unnötig." Er drückte ihre Hand.

„Also hast du tatsächlich immer all die Musik gemacht, die ich aus deinem Zimmer gehört habe? Die war nicht fürs Studium?" Frieda schaute zu ihm auf.

„Das meiste nicht." Er lächelte.

„Die New York-Sache hat mich damals echt beeindruckt", gab sie zu und wusste noch genau, wie er das damals erzählt hatte.

„Und jetzt beeindrucke ich dich nicht mehr?"

„Jetzt ist es anders. Wie gesagt, ich bekomme die eine Person noch nicht mit der anderen zusammen", und hoffte, dass er verstand, was sie meinte.

Zu ihrem Glück nickte er. „Die Gitarre fehlt."

„Und die Leute, die dich auf einem T-Shirt tragen", scherzte sie nun.

Rafael lachte los. „Das ist wirklich eigenartig, ehrlich …"

„Keine Sorge, ich habe keines dieser T-Shirts, auch wenn Paula mir eines gekauft hätte. Ich fand, dass du nicht auf ein T-Shirt gehörst."

„Ist das jetzt etwas Gutes oder etwas Schlechtes?" Rafael schien skeptisch.

„Was Gutes." Ihn so zu sehen schien ihr immer noch tausendmal besser.

„Damit sind wir wohl zurück beim eigentlichen Thema: Es war nicht nur ein Kuss." Dieses Mal schien er sicher.

„Nein, war es nicht." Sie schaute runter auf die Promenade. Der Wind zehrte inzwischen immer stärker an ihr, ließ ihre Haare fliegen und sie spürte, dass ihr kalt wurde. „Sollen wir vielleicht zurück gehen?"

Er schien sie zu analysieren und nickte dann, ihre Hand behielt er in seiner. Er zog nur das Tempo an und sie stellte die nächste Frage, die ihr einfiel.

„Bist du nachts angekommen, weil du Angst hattest, erkannt zu werden?"

„Ja. Das heute Morgen war riskant, darum bin ich auch erst abends wieder bei dir aufgetaucht. Ich will nicht, dass jemand weiß, wo ich gerade bin, damit ich nicht genervt werde. Dieser Ort ist mir zu wichtig." Er atmete durch. „Ich weiß, das klingt bescheuert und keine Ahnung, ob du mir glaubst, aber ehrlich, wenn du sagst, dass ich dir nie aus dem Kopf gegangen bin, kann ich nur sagen, dass das für mich auch galt."

Sie holte Luft und ihre Unsicherheit brach in vollem Ausmaß auf. „Das kann ich kaum glauben."

„Wegen meines Jobs?", fragte er.

„Ja, könntest du nicht ziemlich viele Frauen haben?"

Er zuckte mit der Schulter. „Du hast Rockstar-Romane gelesen, bist du dir sicher, dass du die richtigen Vorstellungen hast?"

Das stimmte natürlich, aber er sprach schon weiter.

„Für mich gab es immer nur Musik und dann dich. Ich bin vielleicht nicht der typische Rockstar", gab er verlegen zu und blieb stehen. „Frieda, ich meine es ernst." Rafael hielt ihre Hand fest und sie konnte erkennen, wie wichtig ihm das hier war. „Ich habe allerdings auch keine Lösung für unser Problem. Wenn du sagst, dass du nicht wegkannst, glaube ich dir. Also denke ich, wir können wohl nur im Augenblick leben."

„Im Augenblick leben." Frieda fühlte das sofort und seine Worte berührten sie schon wieder, so wie das auch seine Stimme tat, wenn er sang. „Im Augenblick leben ist das, was ich seit Jahren versuche."

„Ich auch und jetzt bekommt es eine neue Stufe."

„Wann musst du wieder weg?", fragte sie heiser und wollte die Antwort eigentlich gar nicht hören.

„Ehrlich gesagt, sollte ich nicht einmal hier sein, aber die anderen machen auch alle gerade eine kurze Auszeit und ich habe es somit endlich hierhergeschafft. Ich denke, ich werde eher früher als später wieder gehen müssen."

„Verstehe", und das leider viel zu gut. Es schmerzte bereits, aber es war besser als das Nichts, in dem sie in den letzten Jahren gelebt hatte.

„Wie ist es bei dir?", fragte er.

„Der Sommer wird furchtbar stressig. Es ist okay." Das schien ihr das Positivste zu sein, was sie gerade so sagen konnte.

„In Ordnung." Rafael schien zu ahnen, was das bedeutete, und dann fiel ihr wieder etwas ein.

„Es weiß übrigens niemand, dass du hier bist oder wer du überhaupt bist außer Paula."

„Dass Rafael Raf ist …", amüsierte er sich. „Ich habe den Namen nur kürzer gemacht, weil mich einfach alle so nennen."

„Ehrlich?" Das verstand sie nicht. Sie mochte den Namen ‚Rafael' am Anfang nicht, aber irgendwie hatte sie ihn ja auch anfangs nicht gemocht. Beides hatte sich geändert.

„Schon immer."

„Ich habe dich nie so genannt. Für mich bist du Rafael."

„Damit kann ich gut leben. Hast du einen Spitznamen?"
Sie schüttelte den Kopf. „Ich war immer nur Frieda oder
eine Menge von plattdeutschen Kosenamen, die ich auf keinen Fall wiederholen werde." Sie dachte daran, wie ihre Mutter früher ‚Kükelstern' gesagt hatte oder ihr Vater ‚Stummel'.
Das taten beide schon ewig nicht mehr.

Er schmunzelte. „Ich erinnere mich, aber ich weiß sie leider nicht mehr. Ich hätte sie gern gehört."

Das konnte sie sich vorstellen.

„Wir sollten zusehen, dass wir zurückkommen. Es sieht
nach Regen aus", sprach er.

„Ja, vielleicht schaffen wir es noch. Der Wind wird kälter.
Immerhin gibt es kein Gewitter."

„Ich hasse Gewitter", meinte Rafael.

„Ich auch." Sie schaute zu ihm hoch und fand das sympathisch. „Dann lass uns hoffen, dass das hier nicht noch
eines wird."

„Aber rennen müssen wir nicht?" Er runzelte die Stirn.

„Ich denke nicht, wir gehen jetzt einfach direkt zurück."

Das taten sie und sie beeilten sich.

Sie hatten gerade die Straße erreicht, als die ersten Trop-
fen fielen. „Kacke", fluchte sie vor sich hin und Rafael prustete los, weil er offenbar ihre Beschimpfung witzig fand.

Doch sie hatte keine Zeit zu ihm zu starren, denn der
Regen nahm sekündlich zu und der Gegenwind, der ihnen
nun ins Gesicht pustete, tat seinen Rest.

„Wohin?", fragte sie schnell.

„Komm mit zu mir", meinte er und sie reagierte einfach
nur und lief in seine Einfahrt, die näher lag. Der Weg zu ihr
mochte nicht viel weiter sein, aber der Regen entwickelte sich
nun zu einem Platzregen, der Ausmaße annahm, dass es
doch bis zu ihr eine große Entfernung bedeutete.

Er war schneller als sie und hatte die Tür schon geöffnet,
sodass sie so durchschlüpfen konnte.

Sie schluckte, als sich die Tür hinter ihr schloss und sie den Ort wiedersah, den sie vor fast genau vier Jahren überstürzt verlassen hatte. Es hatte sich ihrer Erinnerung nach nichts verändert.

„Zieh deine Jacke und deine Schuhe aus. Ich hol Handtücher", wies er sie an.

Sie schaute an sich runter und merkte, dass sie nasser war als gedacht, und tat, was er gesagt hatte.

Rafael kam derweil zurück. „Gib mir deine Jacke, ich hänge sie zu meiner hier in den Heizungsraum, der ist trocken, warm und hat einen Abfluss, weil dort eine Waschmaschine steht."

Frieda tauschte somit ihre Jacke gegen ein Handtuch. Sie zog auch ihre Socken aus und wischte sich dann mit dem Handtuch das Gesicht trocken, dann legte sie es über ihren Kopf, während Rafael erneut zurückkam und nebenbei auch sein Gesicht abrieb. Er war seine Schuhe, seine Socken und seine Jacke losgeworden, trotzdem sah er ein wenig wie ein begossener Pudel aus. Seine Haare klebten platt an seinem Kopf und das Bild erinnerte sie sofort an all die Szenen aus Filmen, wo der männliche Protagonist trotzdem atemberaubend wirkte. Auch er war atemberaubend. Sie konnte nicht anders, als ihn anzustarren.

Er bemerkte ihren Blick und lächelte. „Wie wäre es mit was zu trinken? Nicht, dass ich viel hätte, aber ich glaube, zum Aufwärmen ist Kakao da und Milch."

Sie schluckte und wandte ihren Blick von ihm ab. „Klingt gut. Setzen wir uns in die Küche?", und unterdrückte das Gefühl, das sie damit verband.

Er schüttelte den Kopf. „Zu schlechte Erinnerungen. Komm mit, wir checken erst einmal die Kakao-Sache."

Sie folgte ihm also doch zunächst in die Küche und sie hatten Glück, er fand zwei Tüten für heiße Schokolade. „Immerhin nicht abgelaufen. Ich würde dir ja auch Kaffee anbieten, aber für mich ist das zu spät."

„Für mich auch. Also der Kakao."

Er nahm Milch aus einem relativ gut gefüllten Kühlschrank und sie fragte sich, ob er einkaufen gewesen war oder alles mitgebracht hatte. Anschließend nahm er zwei Becher aus dem Schrank, füllte diese mit Milch und schob sie in die Mikrowelle.

Während die Milch damit erwärmt wurde, nahm er zwei Löffel aus der Schublade.

Jeder seiner Handgriffe saß, als er alles vorbereitete. Die Mikrowelle ertönte mit einem leisen Pling und Rafael nahm nun prüfend die Becher heraus. Er schien zufrieden, denn er schüttete nun Kakao in den ersten Becher und rührte diesen gut um.

Sie betrachtete derweil seinen Rücken. Das T-Shirt, das er trug, war ein verschlissenes Band-T-Shirt, aber es war keines von Quiet Place. „Ist das T-Shirt nicht von eurer damaligen Vorband?", fragte sie überrascht.

Er lächelte, während er die Becher parallel umrührte. „Ja, sie sind gut. Und sie haben sich gefreut, als wir uns alle ihre T-Shirts unter den Nagel gerissen haben."

Frieda lachte leise, denn das fand sie süß. „Und haben sie T-Shirts von euch?"

„Klar, sogar signiert. Das war ein fairer Tausch."

„Ich fand sie auf dem Konzert auch gut", gab sie zu. Dort hatte sie sich immerhin noch konzentrieren können.

„Das spricht für deinen Musikgeschmack. So fertig. Komm mit." Er lief vor durch die offene Tür und ging nach oben. Sie folgte ihm und machte in der Küche das Licht aus. Oben angekommen bog er nach links und sie ahnte schon, wohin er wollte.

„Bitte sehr!" Er lächelte, als er die Tür zum Zimmer mit seinem Ellenbogen geöffnet hatte, während ihr Herz schlug und sie einen Moment überlegte, doch zu flüchten. „Keine Angst, da ist nichts, was dich umbringt."

„Beruhigend." Offenbar wollte er die Anspannung zwischen ihnen lösen, was half. Sie betrat das Zimmer und schaute zu den Fenstern, aus denen sie in Dunkelheit und

Regen versunken ihr Haus und ihre Zimmerfenster erkannte. Dann schaute sie sich um: Ein großes zerwühltes Doppelbett mit schlichter Bettwäsche, eine Couch und ein großer Fernseher standen hier. Und dann sah sie zwei Gitarrenständer, allerdings keine Gitarren, die anscheinend noch in den dazugehörigen Koffern lagen, die neben dem Bett standen.

Er lief zur Couch. „Ich bin lieber hier als unten", erklärte er. „Da erinnert mich alles mehr an meinen Vater und in der Küche an dich."

Sie zuckte ertappt zusammen, wie sie noch sein Zimmer begutachtete. „Verstehe. Hier hast du also immer gespielt?"

„Ja." Er setzte sich vor ihr aufs Sofa.

Sie ließ sich neben ihm nieder. Er hatte das Deckenlicht wieder ausgemacht, dafür brannte nun eine Stehlampe neben ihnen, die das Zimmer in gemütliches Licht tauchte.

„Dieser Raum hier ist, seitdem mir das Haus gehört, normalerweise verschlossen. Ich finde es komisch, wenn hier jemand anders übernachten würde. Das Haus ist auch so groß genug, der Dachboden ist ausgebaut und acht Erwachsene können in der Theorie hier schlafen."

„Ja, aber meistens sind es weniger", gab sie zurück „Zumindest, was ich so mitbekommen habe." Sie lief rot an, weil es zeigte, wie sehr sie das Haus im Blick behalten hatte.

„Kann sein, ich habe jemanden, der sich darum kümmert. Man kann das Haus nicht so einfach über die üblichen Seiten buchen."

„Ich weiß."

Er schaute sie irritiert an.

„Du vergisst, dass ich mich um genügend Ferienhäuser und Ferienwohnungen kümmere, ich weiß, wer hier im System ist und wer nicht." Und das war eine Sache, die sie schon sehr früh überprüft und in regelmäßigen Abständen gecheckt hatte. Auch einer der Gründe, warum sie ihn nie vergaß.

„Stimmt, daran habe ich gar nicht gedacht." Er trank einen Schluck seines Kakaos. „Hast du Lust, einen Film anzuschauen oder möchtest du gleich wieder rübergehen?", fragte er.

Darüber musste sie nicht groß nachdenken. „Wir können gern einen Film anschauen." Erstaunlicherweise hatte Rafael seinen Fernseher mit dem Internet verbunden, sodass er schlicht einen Film leihen konnte, womit er technisch weiter war als sie. Sie kommentierte das nicht, aber stellte fest, dass man sich erstaunlich gut mit Rafael einigen konnte. Im Gegensatz zu ihrem unterschiedlichen Büchergeschmack, wie er betonte, mochten sie beide so ziemlich alles, wenn es um Filme ging, sodass sie sich auf einen Klassiker von Steven Spielberg einigten, den sie beide mochten.

Sie trank ihren Kakao und langsam wurde ihr wieder warm. Rafael legte irgendwann seine Hand auf ihre, was sie genoss, auch wenn es ihr unwirklich vorkam. Weiter ging er nicht und sie war froh darum, denn für einen Abend war das alles schon ziemlich überwältigend.

Einerseits war es ihr Rafael, den sie schon immer gewollt hatte, andererseits würde er, wie er selbst gesagt hatte, wieder weggehen. Er hatte ein Karriere, er war berühmt und beliebt, er würde nicht hierbleiben können, genauso wie sie nicht wegkonnte. Das alles schien ihr eine verdammte Zwickmühle zu sein, für die es keine Lösung gab.

„Es gibt nur zwei Optionen", murmelte sie irgendwann.

„Und die wären?" Offenbar hing er mit seinen Gedanken genau an derselben Stelle wie sie.

„Entweder wir brechen alles ab und versprechen uns, uns nie wiederzusehen ..." Ein Gedanke, der nicht nur schrecklich klang, sondern sich auch schrecklich anfühlte. „... oder wir genießen, wie du schon meintest, den Augenblick."

„Hmm ... wenn wir ehrlich sind, klingt beides nicht besonders."

Damit hatte er recht, auch das zweite war nicht das, was sie wollte, wenn sie ehrlich mit sich war. „Wieso fühlt sich das alles mies an, auch wenn wir uns gar nicht kennen?"

Er schnaubte. „Man muss sich nicht kennen, um ein Gefühl für einen Menschen zu bekommen. Man muss sich nicht kennen, um zu wissen, dass sich etwas richtig anfühlt."

„Das stimmt." Und sie stellte fest, dass sie wohl beide wieder dasselbe dachten und auch fühlten.

„Also wenn das eine Wahl ist, würde ich niemals für das Erste stimmen", flüsterte er.

Sie schluckte und konnte in diesem Moment nicht mehr anders, als sich an ihn anzulehnen

Die Chance nutzte er sofort, ließ ihre Hand los und legte seinen Arm um sie.

Die Umarmung fühlte sich wundervoll an, aber gleichzeitig auch unendlich traurig.

„Das schwierige ist, nicht ans Ende zu denken", ließ Frieda ihren Gedanken freien Lauf.

„Darum sollten wir im Augenblick leben", erwiderte Rafael.

„Ja." Sie schloss die Augen. Alles fühlte sich gut und richtig an, wie konnte sie da dann noch ans Ende denken?

Rafael

Im Augenblick leben.

Er schluckte, weil er genau das vermutlich tun sollte, aber sein Kopf einfach nicht stillstand. Er ging Optionen durch, Optionen, die er tun konnte, um hierzubleiben, um sie mitzunehmen, um irgendetwas zu ändern.

Doch alle Optionen waren es im Grunde nicht. Es gab keine. Rafael musste wieder weg. Er hatte einen Plattenvertrag unterschrieben. Sie hatten ein drittes Album rausgebracht, arbeiteten am vierten und planten gerade die nächste Tour, die wohl noch länger gehen würde als die Letzte, ohne die Option auszusteigen. Im Grunde wollte er das auch nicht. Er liebte die Musik und er liebte die Konzerte. Er liebte sogar meistens seine Band. Kam, Jordan, Sana und Rico waren seine Familie. Doch Frieda fehlte, sie hatte schon immer gefehlt, wenn er gegangen war. Er wusste einfach, dass das Leben noch besser sein könnte, wenn sie ein Teil dessen werden würde.

Das ging jedoch nicht. Sie konnte kein Teil sein, weil sie hier Verpflichtungen hatte.

Er schluckte. Wenn er an Friedas kurze Zusammenfassung dachte, wie ihre letzten vier Jahre so gelaufen waren, bekam er eine Gänsehaut, weil ihm klar war, dass sie ihm nur das Nötigste erzählt hatte. Und als sie sich dann auch noch zurückgenommen hatte, da war ihm fast das Herz stehengeblieben. Klar, hatte er Mitleid mit ihrer Familie, aber hatte niemand gesehen, wie sehr Frieda offensichtlich litt?

Rafael hatte dazu nichts gesagt, aber ihm war klar, dass sie mehr litt, als sie zugab und dass das nicht okay war, wie sie gerade alles für ihre Familie tat und sich selbst dafür zurücknahm.

Also blieb genau das, was sie bereits besprochen hatten. Sie mussten im Augenblick leben.

22

Sie musste irgendwann eingeschlafen sein, denn als sie wieder aufwachte, war es dunkel, bis auf ein winziges Licht. Frieda wusste sofort, wo sie sich befand, was ihr Herz schwer klopfen ließ.

„Du bist noch wach", sprach sie leise, da es mitten in der Nacht sein musste.

Rafael rührte sich. Er hatte auf dem Boden gesessen und geschrieben. Jetzt sah er auf. „Ja, bin ich. Wir haben es zwei Uhr, das ist langsam Bettgehzeit." Er stand auf und kam zu ihr. Er trug inzwischen eine graue Jogginghose.

„Wieso hast du mich nicht geweckt?", fragte sie und reckte sich kurz, nicht wissend, was sie davon halten sollte.

„Warum hätte ich das machen sollen?" Er setzte sich an den Rand des Sofas und schien sie zu beobachten.

„Keine Ahnung." Sie seufzte.

„Du hast müde ausgesehen und ich dachte, ich störe lieber nicht deinen Schlaf. Keine Ahnung, wie du darauf reagiert hättest." Er schmunzelte.

„Angst?", fragte sie nun erheitert.

Er zuckte mit der Schulter. „Menschen reagieren unterschiedlich, wenn man sie weckt, und ich wollte kein Risiko eingehen."

Sie kicherte. „Ich weiß ehrlich gesagt nicht, wie ich reagieren würde, ich wurde schon lange nicht mehr geweckt."

Sie betrachteten sich eine Weile und es fühlte sich plötzlich intim an.

„Vielleicht sollte ich dann jetzt wohl gehen, ich muss morgen früh arbeiten", flüsterte Frieda.

Rafael schien mit sich zu kämpfen, aber nickte schließlich. „Ich bring dich nach unten."

Anscheinend kamen sie beide zum selben Schluss, es nicht zu überstürzen, auch wenn die Enttäuschung in Frieda wuchs.

Er holte schnell ihre Sachen und beobachtete sie, während sie sich anzog.

„Ich winke dir gleich noch", wisperte sie schließlich.

„Okay, ich winke zurück", antwortete er dumpf und wieder schien es, als würden sie eigentlich etwas ganz anderes sagen wollen.

Als sie raustrat, hielt er sie fest und räusperte sich.

„Danke, dass du mich vorhin in dein Haus gelassen hast und danke für den schönen Abend."

„Gerne!", murmelte sie und gab ihm einen schnellen Kuss auf die Wange, weil sie nicht anders konnte.

Bevor er irgendwie reagieren konnte, verschwand sie und hatte wieder einmal das Gefühl, dass sie es total vermasselt hatte. Wieso war sie bloß gegangen? Sollte sie zurückgehen? Doch auch das fühlte sich falsch an und sie fragte sich, warum es bei ihnen bloß immer an irgendeinem Punkt kompliziert werden musste.

Frustriert marschierte sie rüber und dann ins Haus nach oben. Am Fenster blieb sie stehen. Einen Moment später tauchte er in seinem auf und sie löste ihr Versprechen ein und winkte ihm zu.

Er lächelte nicht, aber er winkte zurück und bevor es wieder komisch werden konnte, verschwand sie aus dem Sichtfeld und ließ sich auf ihrem Bett fallen. Ihr Kopf stand nicht still und ihr war klar, dass sie nun nicht mehr besonders gut schlafen können würde.

Sollte sie vielleicht Musik hören? Frieda dachte einen Moment an Quiet Place, aber auch das fühlte sich falsch an. Sie beschloss, einfach erst einmal duschen zu gehen und sich dann hinzulegen. Vielleich hatte sie ja Glück und konnte doch noch schlafen.

Rafael

Wieder fühlte sich alles falsch an und das war ein Gedanke, der ihn quälte. Er hätte Frieda nicht einfach so gehen lassen dürfen. Sie sagte zwar, dass sie morgen früh aufstehen musste, aber sie hätte bleiben können und auch sollen, auch wenn das vielleicht zu weit gegangen wäre.

Jetzt saß er hier vor den Notizen, die er vorhin schon vor sich ausgebreitet hatte, als sie noch schlief. Inzwischen schien ihm alles Mist zu sein und mit einem Griff nahm er alle Blätter zusammen und zerknüllte sie.

Stöhnend ließ er sich auf den Rücken fallen und lag mit allen Vieren von sich gestreckt, die Augen geschlossen. Sofort erschien das Bild einer angespannten Frieda vor ihm, deren Haare wild in der Dunkelheit vom Wind durch die Gegend flogen.

Wieder drifteten seine Gedanken zu ihrer Geschichte. Er wollte ihr so gern helfen, aber hatte keine Ahnung, wie er das bewerkstelligen konnte. Ganz im Gegenteil meldete sich sein schlechtes Gewissen, denn er war erst jetzt, nach einem Jahr, aufgetaucht. Er war es, der nicht bleiben konnte und er war es, der wieder gehen musste.

Eine tiefe und dunkle Melodie kam ihm in den Sinn und er ließ sich in die Musik herabfallen, um nicht an Frieda denken zu müssen, was gnadenlos scheiterte, weil Musik ihn viel zu oft an Frieda denken ließ, so als würden beide zusammengehören, obwohl sie nichts miteinander zu tun hatten.

Aber war es nicht genau so mit ihr? Frieda und er, sie gehörten nicht zusammen, alles sprach dagegen, aber dennoch fanden sie sich immer wieder.

Der Gedanke ließ ihn seufzen, als sein Telefon ihn hochschreckte und er ahnte Schlimmes. Wenn ihn jemand nachts anrief, bedeutete es nie etwas Gutes.

23

Am nächsten Morgen hatte sie so dringend Kaffee nötig wie selten in ihrem Leben. Sie hatte zwar noch eine Runde geschlafen, aber nicht erholsam sondern voller wirrer Träume. Die verfolgten sie auch noch, als sie ihre Arbeit begann. Gleich morgens rief das Büro an, das die Schlüssel verwaltete und diese rausgab beziehungsweise wieder einsammelte, und berichtete von einem Schlüsselverlust, was immer ein Albtraum war, weil das in der Konsequenz bedeutete, am besten alle Schlösser in dem betreffenden Haus auszuwechseln. An den Papierkrieg, den das wiederum bedeutete, mochte sie nicht denken.

Immerhin hielt sich ihre Schwester an die Absprachen, blieb aber am Nachmittag nicht, sondern nahm, nachdem Frieda kurz die Kisten weggebracht hatte, wieder das Auto, um zu Vivi zu verschwinden.

Sie schaute ihr aus dem Flur nach und entdeckte dann Rafael, der in Rekordgeschwindigkeit ihre Einfahrt hochjoggte.

Er wirkte, wie sie sich fühlte, total übernächtigt und gestresst. Sie hatte den ganzen Tag hin und her überlegt, zu ihm rüberzugehen, aber sich dann immer wieder aufgehalten.

„Hallo", murmelte sie, als sie ihm die Tür öffnete. „Du siehst müde aus."

„Ja, bin ich auch, lässt du mich rein? Deine Schwester ist gerade gegangen."

Sofort bekam sie ein schlechtes Gefühl, denn anscheinend hatte er auf etwas gewartet. „Klar, komm rein. Was ist los? Musst du gehen?", fragte sie und schimpfte mit sich selbst und mit der Gesamtsituation. War es möglich, dass sie nicht mal 24 Stunden zusammen hatten?

Sein Gesichtsausdruck verzog sich sofort schmerzhaft, aber dann holte er Luft. „Eigentlich hätte ich mindestens eine Woche gehabt, aber es gibt Menschen, die meinen, dass wir auch alle spontan in ein Urlaubsparadies fahren könnten, um da gemeinsam ‚kreativ‘ zu sein." Er trat näher und zog sie in seine Arme, bevor sie überhaupt irgendwie reagieren konnte. „Ich will nicht gehen", wisperte er in ihr Haar. „Aber ich muss. Es ist quasi ein Befehl von oben und ich habe kein Argument, um zu widersprechen, außer, dass ich nicht will." Frieda überlegte nicht, sie reagierte einfach. Ihre Arme legten sich trotz des Schmerzes, den sein Abschied bedeutete, um ihn. „Es ist okay", flüsterte sie. „Wir wussten es beide, es kam nur schneller als gedacht. Das im Augenblick leben war wirklich nur ein Augenblick."

Er schien zu schlucken. „Es tut mir furchtbar leid."

„Mir auch. Wann musst du los?"

„Sie wollen, dass ich noch heute Abend fahre." Rafael ließ den Kopf hängen.

Sie nickte. „Danke, dass du nicht einfach so gegangen bist, vielleicht könnten wir dieses Mal ..."

„Ich gebe dir meine Handynummer", vollendete er ihren Satz. Es tat gut, hier in seinen Armen zu stehen, und sie schwor sich, jede Sekunde davon zu genießen. Sein Blick wirkte jedoch, wie der eines gepeinigten Hundes. „Ich gebe dir auch meine", wisperte sie zurück.

Er nickte. „Wenn ich könnte, würde ich hierbleiben."

Frieda schluckte. „Wenn ich könnte, würde ich mitkommen."

In diesem Moment hielt ihn nichts mehr. Er küsste sie auf eine Art, die sie bisher nicht von ihm kannte. Der Kuss wirkte verzweifelt, bis sie sich löste. „Versprich mir einfach nur, dass wir uns wiedersehen."

Er nickte. „Wir werden uns wiedersehen, versprochen!", gab er zurück. „Hast du dein Telefon hier?"

„Ja." Sie ließ ihn los, um es aus ihrer Tasche zu holen.

Rafael wartete und zog gleichzeitig sein Telefon aus der Hosentasche. „Ich kann meine Nummer nicht auswendig."

„Ich meine auch nur deswegen, weil sie relativ gleichmäßig ist. Soll ich dir meine sagen?", fragte sie sowohl traurig als auch aufgeregt darüber, dass sie endlich seine Nummer bekommen würde.

„Ja."

Also nannte sie ihm die und er schien sie einzuspeichern.

Plötzlich klingelte das Telefon in ihrer Hand.

„Das ist meine Nummer", antwortete er.

„Danke!", murmelte sie und speicherte sie unter ‚Rafael' ein. „Schreibst du mir, wenn du gut angekommen bist?"

Er lächelte traurig. „Versprochen."

Einen Augenblick schwiegen sie, doch das Ende ließ sich nicht aufschieben und dieses Mal wollte Frieda nicht, dass alles komisch wurde. Sie trat zu ihm und küsste ihn.

Sofort zog er sie in seine Arme und sie wusste, dass zumindest dieses Ende gut werden würde.

Rafael

„Da ist er ja!" Max, einer ihrer zwei Manager, grinste ihn an, als er schlechtgelaunt einige Stunden später aus dem Wagen stieg. Es würde für sie später weiter nach Miami gehen, warum auch immer sie ausgerechnet dorthin fliegen mussten. Letztendlich war es ihm egal, schlechte Laune hatte er so oder so. „Lass mich einfach in Ruhe!", und setzte seine Sonnenbrille auf, zum einen weil er auch in der letzten Nacht kaum geschlafen hatte, zum anderen, damit ihn niemand sofort erkannte.

„Alles in Ordnung?" Max runzelte dir Stirn.

„Nein." Er schritt mit seiner Gitarre vorbei und in Richtung Konferenzraum, wo sie kurz alle Details durchgehen wollten. Max folgte ihm und er wusste wieso, er war der letzte, der ankam.

Neben seinen vier Bandkollegen waren noch ein paar andere Leute im Raum: Fran, ihre andere Managerin, zwei Personen von der Plattenfirma sowie weitere Leute, die er schon gar nicht mehr beachtete.

„Hatten wir nicht vereinbart, ein paar Tage Urlaub zu haben?", pöbelte er los.

„Das Album brauchen wir schneller als gedacht!", erwiderte Gerald vom Label. „Bernie will es so."

Und Bernie war nicht irgendwer. Trotzdem … er ließ sich wütend neben Kam nieder, der ihn stirnrunzelnd ansah.

„Alles in Ordnung?", fragte der.

„Nein, ich hätte echt ein paar Tage Ruhe gebraucht."

„Du hasst doch Ruhe … Oder hast du an Songs gearbeitet?"

Er warf Kam nur einen Blick zu und der grinste. „Also hast du. Na ja, vielleicht haben wir Glück und sind schnell fertig."

Rafael schloss einen Moment die Augen und hoffte es, bis sein Telefon vibrierte.

„*Schön, dass du da warst*", schrieb Frieda als Antwort auf die Nachricht, die er vor wenigen Minuten geschickt hatte, und konnte nur hoffen, dass sie sich bald wiedersehen würden.

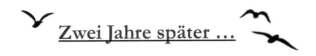 <u>Zwei Jahre später ...</u>

Alles, was ich hatte,

alles, was ich brauchte,

alles war mit dir verschwunden

und ein Ende nicht in Sicht.

frei übersetzt aus dem Song „Mourning" von Quiet Place

24

„Nur weil du jetzt dein Abi hast, ist das hier nicht die Partyhochburg! Ich arbeite und lebe auch noch hier!", brüllte Frieda ihre Schwester an.

Frieda freute sich wirklich mit Tomma. Aber seitdem sie nicht mehr lernen musste, hatte sie offenbar beschlossen, nur noch zu feiern, anstatt sich damit zu beschäftigen, was sie nach dem Abi tun sollte.

Die schaute nur verächtlich, offensichtlich sah sie das anders. Leider interessierte das auch ihre Eltern nicht groß, zumindest bekam sie nichts davon mit. Aber da beide nicht bei ihnen wohnten, denn auch ihre Mutter war nach ihrem Trip vor zwei Jahren in ein neues Haus in Norden gezogen, schien Frieda sich ziemlich sicher, dass Tomma ihnen irgendwelchen Scheiß erzählte.

„Gut, dann gehe ich eben zu Vivi, deren Eltern sind momentan weg", schnaubte ihre Schwester.

„Danke!" Frieda atmete durch und versuchte sich zu beruhigen. „Ehrlich, ich meine es nicht böse, ich mache mir nur Sorgen."

Ihre Schwester verdrehte die Augen.

„Wenn du keinen Plan hast, was du jetzt machst, kannst du mir einfach eine Weile bei den Häusern helfen." Damit wäre sie dann auch ein wenig entlastet, denn gefühlt wurde die Arbeit nicht weniger, wobei sie auch selbst schuld war, denn sie machte inzwischen ja seit drei Jahren ihren Online-Bachelorstudiengang in Tourismuswirtschaft und würde nächstes Jahr ihren Abschluss ablegen.

„Pff, ich lass mich nicht wie du von Mama und Papa einspannen", schnaubte Tomma jetzt.

Und schon war die Wut mit aller Macht zurück. „Du glaubst wirklich, ich mache das alles freiwillig? Echt jetzt? Kannst du dich noch daran erinnern, wie es nach dem Unfall war? Wie Papa gegangen ist? Ich hatte keine Wahl! Und jetzt habe ich die auch nicht. Ich habe noch ein Jahr vor mir …"

„Ich erinnere mich leider sehr genau an all die Schmerzen, wie scheiße es mir ging, wie scheiße es mir jetzt noch manchmal geht", brüllte ihre Schwester zurück und sofort hatte Frieda ein schlechtes Gewissen. „Aber wenn du hättest gehen wollen, hättest du es tun sollen, wenn es dich so nervt." Sie lief nun davon und schnappte sich ihre Jacke und die Autoschlüssel, bevor Frieda reagieren konnte.

Frieda blieb angefressen zurück, ihr Kopf schmerzte. Der Tag war bereits lang gewesen und der Streit schien ihr nur die Krönung.

Sie spürte, wie ihr Handy vibrierte, und schaute drauf. Ein Lächeln schlich sich auf ihr Gesicht, als sie die Nachricht sah.

„Netter Ausblick, oder?" Offenbar war Rafael gerade in Paris und schickte ihr ein Bild mit dem Ausblick zum Eiffelturm.

„Wow, wie geht's dir?" Sie hatte schon eine Weile nichts mehr von ihm gehört. Er hatte in den letzten zwei Jahren viel gearbeitet, sie hatten ein viertes Album herausgebracht und an einem fünften gesessen, was angeblich nächstes Jahr rauskommen sollte und waren nun schon eine ganze Weile auf großer Welttournee. Sie war ihm nicht böse, dass er so selten schrieb, sie machte es ihrerseits nicht anders. So war es für sie beide nicht so schwer. Nach zwei Jahren hatten sie eine gewisse Routine, sie hielten es belanglos und sie tröstete es, wenn sie mal ein Bild von ihm bekam.

„Müde. Die Welt ist verdammt groß."

Sie schickte ihm schlicht als Antwort ein rosa Herzchen und wie erwartet kam darauf keine Antwort mehr.

Sie versuchte ihren Ärger über Tomma zu vergessen und holte sich aus dem Kühlschrank eine Schüssel mit gekauftem Salat, träufelte Soße darüber und nahm diesen dann mit in das Büro, was immer noch irgendwie nach ihren Eltern schrie, weil sie selbst nie etwas verändert hatte. So war es auch im Rest des Hauses.

Paula hatte sie nicht nur einmal versucht, zu überreden, irgendwas zu ändern. Aber sie konnte das nicht, es fühlte sich falsch an, an dem Ort etwas zu ändern, an dem sie nie hatte bleiben wollen. Aber Paula machte sich generell zu viele Sorgen, nicht nur wegen der Einrichtung, sondern auch deswegen, weil Frieda nie rauskam, nichts machte und nur arbeitete. Sie fand, dass Frieda zu einsam war, was ihr wiederum nichts ausmachte. Sie selbst wusste gar nicht, wo sie noch Zeit mit anderen verbringen sollte, und wollte auch gar nicht darüber nachdenken.

Nebenbei ging sie die Buchungen durch und hörte wieder das Vibrieren ihres Telefons. Eine neue Nachricht von Rafael, die sie überraschte. *„Es ist gut, dass ich weiß, wo du wohnst"*, stand darin.

Sie runzelte die Stirn. *„Warum?"*, schrieb sie zurück.

„Weil ich dir was schicken werde …"

„Das beantwortet die Frage nicht im Geringsten, Vandale!" Sie grinste innerlich, wie immer, wenn sie ihn so nannte. Rafael fand das nicht schlimm, im Gegenteil amüsierte ihn das genauso.

„Tzz, ich kann mir das noch anders überlegen!", antwortete er nun.

„Das wirst du nicht tun, daran glaube ich ganz fest."

Sie sah ihn förmlich aufstöhnen. *„Mist, du hast mich erwischt. Ich weiß, dass du bald Geburtstag hast, also erwarte dieses Jahr ein Geschenk."*

Ihr Herz klopfte sofort. *„Warum?"*, fragte sie erneut. Er hatte im Mai Geburtstag. Seitdem sie Nummern ausgetauscht hatten, hatte sie ihm und er ihr immer gratuliert. Ein Geschenk war neu.

„Weil ich was gefunden habe, was ich dir schenken MUSS!"

Sofort ratterte Friedas Kopf los und sie musste sich selbst bremsen, um nicht durchzudrehen. Was immer es war, es würde ihr bestimmt gefallen, weil es von ihm kam. Stattdessen kam ihr eine andere Sache in den Sinn. *„Wenn du in*

Paris bist, solltest du dich mit dem Versand beeilen. Mein Geburtstag ist in einer Woche."

„*Ich weiß!*", antwortete Rafael schlicht und schickte ein Gitarren-Emoji dazu.

Frieda schmunzelte über das Emoji, das eindeutig sein liebstes war. Doch plötzlich fühlte sie sich unsicher, sollte sie ihm nicht einen Ausweg bieten, falls er es sich anders überlegte? „*Du musst mir nichts schenken …*"

Er antwortete prompt mit einem coolen Sonnenbrillen-Emoji: „*Ich weiß …*"

25

Eine Woche konnte wahnsinnig schnell vergehen oder nur so dahin schleichen. Frieda hatte viel zu tun, trotzdem trat letzteres ein und die Geschenkesache machte sie nervöser, als es sollte. Sie überlegte, Paula davon zu erzählen, aber ließ es bleiben, weil sie gemeinsame Spekulationen noch aufgeregter gemacht hätten.

An ihrem Geburtstag hatte sie sich ‚freigenommen‘, wenn man es so bezeichnen konnte. Sie hatte schlicht alles im Vorfeld so koordiniert, dass sie an diesem Tag nicht arbeiten musste.

Ihre Eltern hatten sie überraschend gemeinsam mit Tomma zum Frühstück eingeladen, was sich eigenartig anfühlte. Von außen wirkten sie wie eine ganz normale Familie, aber es schmerzte Frieda mehr als es sollte, dass ihre Eltern zwar miteinander sprachen, aber auch distanziert wirkten. Dementsprechend fand sie das Frühstück eher verkrampft.

Die Lage besserte sich auch nicht, als Tomma zu Friedas Überraschung verkündete, dass sie ein Au-pair-Jahr in den USA einlegen würde und schon einen Platz hatte.

Ihre Eltern freuten sich, aber Frieda schockte es und sie hatte keine Ahnung, wie sie darauf reagieren sollte, dass ihre Schwester ihr bisher nichts davon erzählt hatte und ausgerechnet ihren Geburtstag für diese Form der Verkündigung geeignet hielt.

Immerhin lenkte es sie von Rafael ab. Nachdenklich und auch ein wenig wütend kam sie mit Tomma schließlich vom Frühstück zurück. Ihre Eltern hatten nicht mehr mitkommen wollen, was Frieda mehr lieb war als sie zugeben wollte.

„Also in die USA?“, fragte Frieda nun Tomma, als sie hinter ihr die Küche betrat.

Diese nickte und schaute nicht zu ihr.

„Warum hast du das nicht erzählt?“

Tomma zuckte mit der Schulter. „Keine Ahnung, ich habe gedacht, dass du sauer wirst.“

„Warum sollte ich sauer sein?" Wobei sie ja nicht unrecht hatte, aber der Grund war eher der, dass sie sich verletzt fühlte, WEIL ihre Schwester nichts gesagt hatte.

„Warum bist du jetzt so angespannt?", konterte Tomma.

„Ich habe dich so oft gefragt, was du machen willst, dass es irgendwie passend gewesen wäre, wenn du mir das schon mal erzählt hättest", erklärte sie sich nun.

Tomma schnaubte. „Du hättest dich nur eingemischt oder wärest wieder überbesorgt gewesen."

Frieda schüttelte den Kopf. „Ich freue mich für dich."

„Aber warum wirkst du dann nicht so?" Nun schien ihre Schwester verärgert.

Frieda unterdrückte die Antwort, die ihr auf dem Herzen lag. Sie wollte heute nicht streiten.

Doch das schien ihre Schwester nur noch mehr zu provozieren. „Du antwortest nicht. Ist schon okay."

Frieda atmete durch und schlug einen lieben Ton an. „Müssen wir dir noch irgendwas besorgen? Sollen wir einkaufen gehen?"

Tomma schnaubte noch einmal. „Schon okay, Frieda, genieß du deinen Geburtstag ..." Damit verschwand ihre Schwester und verließ das Haus. Sie nahm offensichtlich wieder einmal das Auto, ohne zu fragen.

Mit der Hand haute Frieda auf die Tischplatte, um ihren Frust abzulassen. Sie war sauer, weil sie nichts gesagt hatte und zugegeben war sie auch ein kleines bisschen neidisch, dass sie einfach so gehen konnte, während Frieda sich hier verpflichtet hatte.

Frische Luft, vielleicht würde ihr das helfen, die Sache besser zu verarbeiten, weswegen sie das Haus in Richtung Garten verließ. Dort schloss Frieda die Augen und hätte am liebsten geschrien. Doch für solche Reaktionen standen die Häuser zu dicht. Also blieb sie einfach stehen und atmete durch. Sie hatte keine Ahnung, wie lange sie so dastand, als sich jemand räusperte.

Irritiert öffnete sie die Augen und traute ihren Augen kaum. Neben ihr mit etwas Abstand stand Rafael. Er trug eine Shorts und ein einfaches T-Shirt. Seine Sonnenbrille hatte er lässig hochgeschoben und sein Blick ruhte auf ihr. Zwei Jahre lang hatte sie ihn nicht mehr gesehen. „Was zur Hölle ...", kreischte sie förmlich, sodass er seine Augen aufriss und sie dachte, gleich in Ohnmacht zu fallen.

„Hey, alles in Ordnung? Happy Birthday!", versuchte er die Situation zu retten und lächelte leicht, aber sein Blick wirkte nun besorgt.

Sie konnte nichts sagen, denn Tränen traten in ihre Augen. „Sorry! Gib mir fünf Minuten ..." Sie rannte förmlich zurück zum Haus und in die Küche. Sie betrat den Flur und ließ sich in einer dunklen Ecke nieder und schrie nun doch. Was zur Hölle war hier heute los?

Rafael

Frieda huschte ins Haus und ihre wild fliegenden Haare waren das Letzte, was er von ihr sah.

Wow. Damit hatte er nicht gerechnet, wobei er sich ziemlich sicher war, dass ihre Reaktion nicht nur an seinem Auftauchen lag. Irgendwas musste heute passiert sein. Sie hatte schon so in sich gekehrt hier im Garten gestanden, was ihn eigentlich hätte warnen müssen. Doch Rafael hatte sich nicht gedulden können, was er jetzt bereute.

Er fragte sich einen Moment, ob er ihr nachgehen sollte, entschied sich aber erst einmal ihr tatsächlich die von ihr verlangten fünf Minuten zu geben. Sie standen ihr zu und wenn sie nach einer Viertelstunde immer noch nicht wieder hier sein würde, konnte er ihr immer noch nachgehen.

Schnell blickte er sich um. Der Rasen schien frisch gemäht. Früher hatte es hier Blumenbeete gegeben, heute wuchsen hier einfach zu pflegende Büsche, deren Beete mit Hackschnipseln zugeschüttet waren, um Unkraut zu verhindern.

Den Pavillon gab es immer noch und dort standen auch noch die Sonnenliegen und Gartenstühle. Da es dort schattiger war, verzog er sich dorthin.

Er gähnte und er spürte die Müdigkeit, die unweigerlich nach einer so langen Tour eintrat. Ihr nächstes Konzert fand erst in vier Tagen statt und er hatte sich einfach frei genommen, um zu Frieda zu fahren, die er leider seit zwei Jahren schon nicht mehr gesehen hatte.

Seine Augen schlossen sich kurz und er versuchte sich an ihre letzte Begegnung zu erinnern und den Abschiedskuss, den sie ihm gegeben hatte. Auch nach zwei Jahren hallte er noch nach und tröstete ihn, wenn er sie zu sehr vermisste, was viel öfter der Fall war, als er je vor ihr zugeben würde. Mit ihr zu schreiben half kaum, schien aber besser als nichts, auch wenn sie es nicht oft taten, besonders nicht, während er in Asien und in Nord- und Südamerika gewesen war, weil es dort einfach mit der Zeitverschiebung immer kompliziert wurde.

Doch nun saß er hier, sie hatten noch einige Konzerte, dann war ihre Megatour beendet, worauf dann nächstes Jahr ihr fünftes Album rauskommen würde und dann eventuell die Festivalsaison folgte.

Und wenn er sich einer Sache ganz sicher war, dann die, dass es so nicht bleiben konnte. Sie hatten in den letzten Jahren so unfassbar viel gearbeitet, dass es einfach auch mal ein wenig ruhiger werden musste. Das hatte ihm nicht nur unter anderem seine Mutter immer wieder eingebläut, das spürte er auch selbst.

Schnell schaute er auf sein Telefon. Zehn Minuten waren um, vielleicht sollte er doch besser mal nach ihr schauen. Doch da bemerkte er einen Schatten und er atmete erleichtert durch. Frieda war zurück und er hoffte inständig, dass sie ihn sehen wollte.

26

Sie brauchte mehr als fünf Minuten und wusste nicht, wie viel Zeit vergangen war, als sie etwas gefasster wieder aus dem Haus in den Garten trat.

Rafael saß auf einem ihrer Gartenstühle und stand nun auf, als er sie entdeckt hatte. „Ich wollte dich nicht erschrecken", entschuldigte er sich sofort.

„Ja, das weiß ich. Hallo Rafael." Sie lächelte ihn an und hoffte, dass es nicht zu traurig wirkte.

„Happy Birthday!" Er umarmte sie, was sich so vertraut anfühlte, als wäre er nie weggewesen. „Wie du siehst, kam die Lieferung pünktlich."

„Hast du dich selbst geliefert?", fragte sie amüsiert und konnte gar nicht glauben, dass er hier vor ihr stand. Sie hatte versucht, nicht zu viel in den Medien über ihn zu lesen, aber immer wenn sie ihn dann doch mal irgendwo sah, dann hatte er wie ein Rockstar gewirkt und nicht wie der lächelnde Mann, der nun vor ihr stand.

„Genau. Angeblich fallen wir ‚Vandalen' ja ein. Ich dachte, ich folge wie immer dieser Tradition."

Sie lachte los und fand das plötzlich ganz wunderbar. Sie überlegte, wann sie das letzte Mal eine so tolle Überraschung zum Geburtstag bekommen hatte, und konnte sich wirklich nicht erinnern. „Danke!"

Rafael ließ sie los und hob ihr Kinn, was in ihr Schauer entfachte, weil es sich zu gut anfühlte. „Du siehst trauriger aus, als ich dich in Erinnerung habe."

Sie musterte ihn. Schlaksig war er definitiv nicht mehr. Seine Hände fühlten sich immer noch schwielig auf ihrer Haut an, aber seine Arme waren sehnig und muskulös, aber auf die gute Art. Er schien in Form, was er vermutlich auf Grund der Tour schon sein musste. Seine Haare hatte er hochgebunden, was ihn cool wirken ließ. Seine braunen Augen schimmerten durch die Sonne beinahe golden. „Du scheinst muskulöser zu sein, als ich dich in Erinnerung habe. Außerdem bist du braun gebrannt", räusperte sie sich.

„Konzerte in Stadien haben so ihre Nachteile", gluckste er. „Ehrlich, ich bin vorbildlich und benutze immer Sonnencreme, wofür mich alle auslachen und trotzdem …" Er deutete auf seine Haut.

Sie schmunzelte. „Du siehst toll aus", gab sie ehrlich zu und nicht nur sie errötete, sondern auch er.

„Sorry, dass ich sagte, dass du traurig aussiehst, das macht dich nicht weniger hübsch", erwiderte er das Kompliment mit einem Lächeln, was ihr Herz noch lauter klopfen ließ.

„Danke!" Frieda räusperte sich und Rafael ließ sie los, sodass sie voreinander standen. „Also was machst du hier? Bist du nur meinetwegen da?"

„Nur? Wir haben uns ewig nicht gesehen und dieses Jahr passte es. Wir haben erst in vier Tagen das nächste Konzert in Amsterdam und ich habe beschlossen, einen kleinen Zwischenstopp einzulegen."

„Und das geht?", fragte sie erstaunt.

Er grinste. „Es musste gehen."

Sie lachte leise, auch wenn sich der Gedanke, dass er ihretwegen einen Zwischenstopp einlegte, komisch anfühlte.

„Das ist das mit Abstand beste Geburtstagsgeschenk seit langem."

Er runzelte die Stirn. „Dann scheinen deine Geburtstage bisher scheiße gewesen zu sein. Ehrlich, ich wusste nicht, ob du eine Party schmeißt oder so. Ich bin letzte Nacht angekommen und habe heute Morgen gesehen, wie du mit deiner kleinen Schwester weggefahren bist. Als sie dann vorhin verschwunden ist, dachte ich, die Chance, dich zu erwischen, wäre nun perfekt."

Damit hatte er recht und sie erwischte sich bei dem Gedanken, dass es wohl doch ein wenig armselig war, dass sie ihre Geburtstage in den letzten Jahren nie wirklich gefeiert hatte und somit sein Besuch so rausstach. „Wir waren heute Morgen mit unseren Eltern frühstücken."

Er nickte. „Vertragen sie sich?"

„Sie versuchen es."

Er betrachtete sie immer noch, so als würde er versuchen, sie zu analysieren. „Aber irgendwas ist passiert, oder?"

Sie winkte ab. „Meine kleine Schwester …"

„Ah, ein Geschwisterding also. Ich würde ja sagen, dass ich davon Ahnung hätte, habe ich aber nicht. Ich sehe meine Schwester und meinen Bruder nur selten und wenn, dann bin ich mehr oder minder der ‚ultracoole‘ Bruder, der einem Zeug signiert, das man dann unter seinen Freunden und Feinden verticken kann. Ich schwöre dir, sie haben einen Handel mit Fanartikeln auf ihrem Schulhof, da bin ich ganz sicher", scherzte er.

Wieder lachte sie und freute sich, dass er sie damit von den blöden Erlebnissen ablenkte. „Das klingt lustig."

„Ja, für sie war es ertragreich, aber ich kann ihnen nicht böse sein, ich liebe sie." Rafael lächelte.

Frieda seufzte. „Ich liebe meine Schwester auch, meistens zumindest, aber manchmal ist es echt schwer …" Wieder fiel ihr ein, dass sie bald gehen würde und ein neuer Anflug von Wut und Neid ließ sich nicht vermeiden. Immerhin war ihre Schwester irgendwie der letzte greifbare Teil ihrer Familie. Vielleicht hatte Paula recht und Frieda war doch einsam, was sie noch mehr schlucken ließ.

Glücklicherweise lenkte er sie wieder ab. „Also, ich bin hier. Hast du heute noch was vor? Findet die große Geburtstagsparty am Abend statt?"

Sie schüttelte den Kopf. „Paula lebt neuerdings in Berlin, wo sie sich für ihre neue Stelle vorbereitet. Wir wollten heute Abend skypen, ansonsten ist nichts geplant."

Das ließ ihn wieder die Stirn runzeln und sie konnte ihm ansehen, dass er gerne nachgefragt hätte, aber es nicht tat. „Dann passt es ja, dass ich da bin."

„Willst du mit reinkommen? Keine Ahnung, ob du schon was gegessen hast?"

„Ja, habe ich." Er lächelte. „Wie wäre es, wenn wir was unternehmen? Oder musst du arbeiten?"

„Was unternehmen?", fragte sie skeptisch. „Wie soll das mit dir gehen?" Ein Unbekannter schien er ihr nun wirklich nicht mehr zu sein. Quiet Place war eine der wenigen Bands, bei denen alle Mitglieder bekannt waren, im Gegensatz zu denen, wo man höchstens den Leadsänger vom Sehen kannte. Quiet Places Marketing ging da in eine andere Richtung und vielleicht war es das auch, was sie so erfolgreich machte. Sie schienen auch als Einzelpersonen zu glänzen und nicht austauschbar zu sein.

Rafael prustete los. „Das war nicht sehr nett, aber du hast recht. Ich würde sagen, es kommt darauf an, was wir machen. Fahrradtour?"

„Hast du ein Fahrrad?", fragte sie zurück und konnte gar nicht so schnell fassen, was er da vorschlug. Unweigerlich dachte sie an ihre erste Tour vor keine Ahnung wie viel Jahren, wo sie die meiste Zeit geschwiegen hatten und es trotzdem wunderschön war.

Er wirkte jetzt zerknirscht. „Nein, wir müssten wohl eines leihen, was auch kompliziert wird."

Frieda dachte einen Augenblick nach, während sie nun langsam zurück zum Haus schlenderten. Dann hatte sie eine Idee. „Also wenn du das wirklich willst, könnte ich dir vielleicht das Fahrrad meines Vaters geben. Er hat seines hiergelassen und nie abgeholt. Es wurde ewig nicht gefahren, aber es war teuer. Vielleicht müssten wir nur ein wenig Luft aufpumpen."

„Klingt gut", antwortete er sanft.

„Aber wie willst du dich tarnen?", fragte sie erneut und hatte keine Ahnung, ob sowas überhaupt funktionierte.

Er zuckte mit der Schulter. „Man muss mich erst einmal erkennen. Wir müssen ja nicht unbedingt dort fahren, wo gerade alle Welt fährt. Es ist mitten in der Woche."

Damit hatte Rafael recht, aber sie sorgte sich trotzdem.

„Er hat, glaube ich, auch seinen Helm hiergelassen. Dazu

setzt du dann deine coole Sonnenbrille auf und dann wird dich vermutlich niemand wahrnehmen."

„Du meinst, wenn meine Haarpracht verdeckt ist?" Er gluckste. „Das sind nicht meine Worte, sondern die unserer Stylistin, die uns gerade auf der Tour begleitet."

Sie schmunzelte nun und betrachtete seine wilden, halblangen Haare. Zwischendrin hatte er sie mal abgeschnitten, aber sie fand, dass er beides tragen konnte. „Eine Stylistin klingt extrem ..."

„Ja, aber sie sorgt auf der Tour dafür, dass wir nicht zu übermüdet und foto- und filmtauglich wirken ... ich werde nie ein Fan von Make-up sein." Rafael schüttelte sich leicht, was sie kichern ließ.

„Ich bin auch kein Profi, aber manchmal lässt es sich einen wohler fühlen."

Er nickte. „Das stimmt."

„Also dann versuchen wir es mit dem Helm?"

„Probieren wir es, aber ich glaube, ich würde dann noch mein Outfit wechseln. Lange Hose und so."

„Vergiss die Sonnencreme nicht", witzelte sie und bemerkte, wie sehr ihre Laune nun stieg, weil er etwas mit ihr unternahm.

„Witzig, Frieda! Sonnencreme wird bestimmt nie in Rockstar-Romanen erwähnt, oder?"

Sie lachte los. „Nein, aber ich habe auch ewig keinen mehr gelesen. Ich lese lieber deine Nachrichten."

Ihre Antwort ließ auch ihn lachen und er wandte sich nun ab. „Ich bin gleich zurück."

„Ich packe ein paar Sachen ein." Denn mit der Vorfreude kamen ihr noch ein paar Ideen.

„Wenn das dann so wie letztes Mal wird, bin ich ein glücklicher Mann." Er lächelte.

„Ich gebe mir Mühe!", und wollte ihn nicht enttäuschen.

Er nickte und lächelte sie noch einmal an, bevor er zum Zaun sprintete. Gekonnt hüpfte er drüber.

„War das eine Showeinlage?", rief sie hinterher und auch wenn sie ihn nicht mehr sehen konnte, hörte sie sein Lachen. „Für dich auf jeden Fall! Bis gleich, Frieda."

„Bis gleich, Vandale", murmelte sie und konnte absolut nicht fassen, dass er sie tatsächlich zu ihrem Geburtstag besuchte. Sie freute sich wahnsinnig, gleichzeitig schmerzte es mehr als gedacht, dass dies das beste Geschenk seit Jahren war und sie offensichtlich doch zu einer einsamen Frau mutierte. Es fehlten nur klischeehaft die Katzen. Und dann fragte sie sich, ob es so gut war, dass sie sich so schnell wieder auf ihn in Gänze einließ? Sie hatten sich seit zwei Jahren nicht gesehen, er würde gehen, war das alles hier überhaupt schlau oder würde sie nur wieder in ein Loch fallen?

Frieda schüttelte den Kopf und dachte an seine Worte, dass sie einfach im Augenblick leben mussten. Heute war dieser Augenblick gekommen.

27

„Schön hier!" Rafael sah wirklich niedlich aus, wie er sich umschaute und dabei noch den dunklen Fahrradhelm trug, der ihn auf eine gewisse Art noch cooler aussehen ließ. Er wirkte jetzt eher wie ein Sportler als wie ein Musiker, und wie schon die ganze Fahrradtour über, ließ sein Anblick ihr Herz höher schlagen.

„Wenn du willst, schließen wir die Fahrräder an und gehen in den Park, der ist hübsch. Ich habe extra Kleingeld für den Eintritt mitgenommen. Ich vermute, da ist heute nicht viel los. Einheimische müssen arbeiten, Touristen sind bei der Wärme am Strand oder auf den Inseln, und erst am späten Nachmittag wird es Leute ins Café dort vorne ziehen." Frieda war mit ihm zum Lütetsburger Park gefahren, einem Schlosspark, der zwischen Norden und Hage lag. Sie war ewig nicht hier gewesen, aber es schien ihr ein schöner Ort zu sein, um einen Ausflug an ihrem Geburtstag zu machen und Touristenschwärmen zu umgehen.

„Okay, lass uns das tun", sagte er und schien tatsächlich neugierig zu sein.

Sie schoben ihre Räder zu einem Fahrradständer, auf dem außer ihren nur noch zwei weitere standen. Schnell schloss sie mit ihrem Schloss beide Räder zusammen. „So, das dürfte genügen."

„Ich folge dir, aber ich nehme jetzt risikoreich, wie ich bin, den Helm ab." Genau das tat er und schüttelte seine Haarpracht einmal durch. Sie verkniff sich jeden Spruch darüber, dass er auch Werbung für Haarpflegeserien machen konnte und grinste in sich hinein, als sie nun auch ihren weißen Helm abnahm.

Zusammen schritten sie zum Eingang, das hinter einem Holztor lag. Rechts gab es einen Souvenirshop und links lag das Café in einem verglasten Anbau. Wie alles in Ostfriesland bestanden auch diese Gebäude aus roten Klinkersteinen, aber wirkten alt, was sie wohl auch waren oder zumindest so gemacht worden waren.

Beides ließen sie hinter sich und schritten zu einem Drehkreuz, wo man jeweils die passende Münze einwerfen musste. Vor ihnen lag der Obstgarten, dessen Bäume noch klein waren. Links konnte man schon das zum Park dazugehörige Schlösschen sehen, das ebenfalls aus roten Klinkersteinen gebaut war, aber immerhin auch eine Art Türmchen besaß.

Rafael schaute sich interessiert um, sagte aber nichts. Frieda musterte die Umgebung, als erst sie und dann er bezahlten und durch das Kreuz traten. Die frühen Nachmittagsstunden schienen tatsächlich ein Vorteil zu sein, denn es war niemand hier.

„Interessant!", sprach Rafael, als sie ein wenig weiter in Richtung des Obstgartens, der nun links von ihnen lag, auf ein altes weißes Holztor zuliefen.

„Der eigentliche Park beginnt dahinten. Dort ist das Schloss." Sie deutete in die Richtung. „Du warst anscheinend damals mit deiner Familie nicht hier?"

Er blickte über sie hinweg. „Nein, das stimmt. Irgendwie habe ich mit sowas hier auch nicht gerechnet."

„Ostfriesland besteht nicht nur aus flachem weitem Land, Meer, Strand, Windmühlen, sowohl alten als auch neuen, und verklinkerten hübschen Häusern."

„Und es sind echt viele Windmühlen. Klinkerbauten gibt's hier aber auch, alles in Rot." Er gluckste, was sie ihm nicht verübeln konnte, denn das fand sich wirklich überall. „Und dann noch so viele Bäume ...", stellte er fest und blicke nun nach vorne.

„Ostfriesland hat Wälder", was viele auch nicht erwarteten und ein typischer Spruch von Gästen war, wenn sie diese Feststellung machten und meinten, es auch Frieda mitteilen zu müssen.

„Ja, das merke ich. Die Strecke, die wir gefahren sind, war übrigens toll." Er lächelte zu ihr runter.

Sie hatten nicht den direkten Weg genommen und waren auch nicht durch Norden gefahren, sondern über Land. Sie passierten nun das Tor, das keinerlei große Funktion mehr hatte, außer den Eingang zum Park zu markieren.

„Jetzt kommen zwei Abzweigungen, ich kann mir nie groß merken, welche so richtig wohin führt. Im Park gibt es außerdem einen Berg. Es ist auch der einzige in Ostfriesland, den ich kenne. Dann sind hier noch ein See und drei kleine Gebäude, darunter eine Kapelle. Außerdem gibt es hier riesige Rhododendronbüsche, deren Blüte hast du allerdings verpasst." Sie schmunzelte, während er die Stirn hochzog.

„Ein Berg?"

Sie nickte. „Da rechts auf der Seite ist ein Golfplatz, der gehört nicht hier zu. Vor uns befindet sich dann noch eine Art Friedwald." Sie brach bei dem Thema ab und hoffte, dass er nun nicht an seinen Vater denken musste.

Er schaute allerdings nach rechts, wo früher freie Felder gewesen waren, bevor ein Golfplatz entstanden ist. „Ich habe einmal Golf ausprobiert, aber ich war sauschlecht. Ich spiele lieber Minigolf, das ist lustiger." Er zwinkerte ihr zu.

„Besonders wenn die Parcours so cool gemacht sind, sowas gibt's in Norddeich auch."

„Ich weiß. Ich habe das damals mit meinen Geschwister, meiner Stiefmutter und meinem Vater gespielt." Er seufzte.

Sie verzog das Gesicht, weil er spätestens jetzt an seinen Vater dachte, und versuchte ihn abzulenken. „Ich mag Minigolf auch, am schönsten ist es, wenn wenig los ist."

„Ja, warten ist Mist." Sie nahmen die hintere Abzweigung nach links und ließen somit den Golfplatz als auch den Begräbniswald, wie sie nebenbei auf einem Schild las, rechts liegen. Damit betraten sie nun den eigentlichen Park und wandten sich nach rechts.

„Und wo ist der Berg?", fragte er nun und sah sich um.

„Wenn ich ihn erkenne, sage ich dir Bescheid. Ich war ewig nicht hier und fand das immer schwierig."

„Was ist an einem Berg schwierig?", fragte er irritiert.

„Von außen kann man ihn nicht sonderlich gut erkennen, es sieht mehr wie eine Ansammlung hoher Bäume aus."

„Aha!" Er schien skeptisch, aber er würde es ja später noch erleben.

Sie liefen planlos herum und Frieda ahnte, dass sie erst einmal nicht am Berg vorbeikommen würden, aber das machte nichts, es war trotzdem schön hier und sie genoss die Ruhe und das Rascheln der Bäume.

Sie entdeckten schließlich aus der Entfernung den kleinen See samt eines hölzernen Pavillons mit Reetdach, das eines der drei Gebäude war, und liefen darum herum. Überall standen die riesigen Rhododendren, die einem immer wieder die Sicht nahmen. Der Park und seine sandigen Wege wurden ordentlich gepflegt und hin und wieder gab es kleine Nischen und Ecken mit besonderen Bänken zu entdecken.

Rafael schien das alles wie sie zu genießen. „Coole Bank", murmelte er irgendwann und zeigte auf eine Bank mit fünf Plätzen.

„Kann man bestimmt tolle Bandfotos machen", kommentierte sie, was auch ihn zum Lächeln brachte.

„Bestimmt. Sollte ich bei Gelegenheit mal vorschlagen", antwortete er amüsierte. „Das wäre aber echt unkonventionell. Andererseits ist unkonventionell oft gut und besonders bei uns."

„Klingt lustig."

„Ist es manchmal auch. Wo geht es jetzt lang?"

„Sollen wir vielleicht in dem Pavillon dahinten eine Pause machen?", schlug sie nun vor.

„Machen wir das", antwortete er und sie liefen relativ zügig die andere Hälfte um den See. Der runde Pavillon war von innen mit Sand ausgelegt, rund herum gab es einen Holzzaun, um nicht ins Gebüsch oder den Abhang zum kleinen See hinunterzufallen. Überall am Rand standen breite

Holzbänke und ein massiver Tisch in der Mitte, der allerdings so weit von den Bänken entfernt platziert worden war, dass man nicht an ihm Essen konnte. Das hatte sie schon früher eigenartig gefunden und wusste auch heute nicht dessen Zweck. In den Stützpfeilern fanden sich eingeritzte Namen, von denen manche schon ganz schön alt aussahen. Rafael betrachtete die Inschriften und grinste plötzlich.

„Guck mal, Frieda."

Sie trat zu ihm an die Seite und schaute auf die Inschrift, auf die er deutete. „Lara liebt Raf? Oh mein Gott!"

Er lachte. „Wie hoch ist die Wahrscheinlichkeit, dass ich gemeint bin?", fragte er.

„Ich vermute sehr hoch, wer heißt schon Raf? Selbst Rafael habe ich hier noch nie gehört", und erwähnte nicht, dass sie den Namen früher ziemlich doof gefunden hatte.

„Und wie heißt man hier?", neckte er sie und spielte wohl auf ihren früheren Freund an.

Frieda räusperte sich. „Enno, Okko, Keno, Menno, Friso …"

„Alles klar, ich verstehe. Ich hätte auch so die Wahrscheinlichkeit als hoch empfunden. Vielleicht sollte ich mich umbenennen."

„Nein, ich mag Rafael." Zumindest diese Version.

„Ich mag es, wenn du mich so nennst. Das klingt schön."

Sie zögerte einen Moment. „Ich nenne dich so, weil ich dich dann nicht mit Raf verwechsle", gab sie zu. „Du bist für mich Rafael und nicht Raf der Musiker."

Sein Kopf ruckte zu ihr und einen Moment schien es wieder komisch zu werden, doch dann lächelte er. „Wie gesagt, ich mag es, wenn du mich so nennst."

Frieda atmete durch. „Okay, Rafael." Sie lächelten jetzt beide. „Willst du wissen, was im Rucksack ist?"

„Auf jeden Fall, ich bin inzwischen wieder ziemlich hungrig."

Sie grinste und setzte sich auf eine der Bänke und stellte den Rucksack neben sich, weil sie keinen Sand darin haben wollte. „Also hier wären eine Packung Kekse, eine meiner Lieblingssorten wohlgemerkt, dann noch ein paar Salzbrezeln, damit es nicht zu süß wird, dann habe ich noch was Gesundes eingepackt", und deutete auf die Trauben in einer der Vorratsboxen und auf die Blaubeeren, die sich in einer anderen befand. „Das konnte ich so auf die Schnelle zusammensammeln."

„Keine schlechte Auswahl." Er prüfte alles und seufzte. „Ich hätte furchtbar gern Kekse."

Als erstes öffnete sie also die Kekspackung und hielt sie ihm hin, damit er einen aus der Packung nehmen konnte.

„Die habe ich schon ewig nicht mehr gegessen", murmelte er und ließ sich neben ihr nieder.

„Eigentlich sind sie simpel." Es waren kleine Minibutterkekse mit Schokoladenüberzug.

„Ja, das macht sie auch besonders lecker." Er nahm sich eine kleine Hand voll und aß sie zufrieden.

Sie nahm sich ebenfalls welche und lehnte sich hinten an die Balustrade des Pavillons.

„Jetzt wirkst du schon viel entspannter", raunte er.

„Ja, das stimmt. Ich habe ehrlich nicht damit gerechnet, dass der Tag noch gut wird." Hatte sie wirklich nicht und sie verdrängte den Gedanken, dass das alles auch ganz schön armselig war.

„Mission erfüllt." Er seufzte theatralisch und aß einen weiteren Keks. „Du hast übrigens eine interessante Art Kekse zu essen."

Sie lief rot an, denn er hatte sie erwischt. „Wenn man die Schokoladenseiten aufeinanderlegt und die Kekse dann im Doppelpack isst, schmecken sie viel besser. Keine Ahnung warum, ist eine Macke von mir."

Er gluckste und probierte das dann auch. „Erstaunlich gut. Hast du noch mehr von solchen Macken?"

„Glaubst du ehrlich, ich reibe sie dir jetzt unter die Nase?"

„Du verrätst mir eine und ich verrate dir eine?"

Sie verzog das Gesicht und dachte dann nach, während er gespannt abwartete. „Hmm, zählt es, dass ich mindestens drei Handtücher zum Duschen brauche?"

Rafael grinste. „Irgendwie habe ich mit was Schlimmerem gerechnet, aber ja, ich lass es gelten. Für was braucht man drei Handtücher?"

„Eines für die Füße, eines für den Körper und eines für den Kopf", antwortete sie und versuchte dabei nicht rot zu werden.

„Alles klar." Er schüttelte den Kopf. „Ich brauche eines."

„Dann bist du sparsam." Sie versuchte sich Rafael nicht duschend und mit Handtuch vorzustellen und scheiterte gnadenlos. Schnell lenkte sie ihn ab. „Du bist dran."

Er überlegte also, während sie versuchte, die Bilder aus ihrem Kopf zu bekommen. „Zählt, dass ich nicht wirklich einschlafen kann, wenn ich nicht irgendwelche Geräusche höre? Und seien sie noch so leise. Es reicht, wenn jemand atmet."

„Ist das so ungewöhnlich?"

„Bei uns schon, ich bin der Einzige, der problemlos hinter den Kulissen schlafen kann und der Einzige, der auch im Tourbus schläft, falls wir mal einen haben."

„Interessant."

„Ist keine schlechte Macke. Wenn es zu ruhig ist, mache ich mir Musik an oder so."

Sie nickte. „Also ist es in Ostfriesland nicht zu ruhig?"

„Es ist ja nicht so, dass ich Ruhe nicht mag", erklärte er weiter. „Ich mag Ruhe sogar sehr, genau wie Ostfriesland. Du bist der Bonus obendrauf."

Sofort lief sie knallrot an. „Also kommst du tatsächlich nur meinetwegen", murmelte sie.

„Dieses Mal schon." Er lächelte und hielt sie einen Augenblick mit seinem Blick gefangen.

In diesem Moment wurden sie von einem älteren Pärchen abgelenkt, die am Pavillon vorbeiliefen. Frieda bemerkte, wie Rafael sein Gesicht vorsichtshalber wegdrehte.

Glücklicherweise verschwanden sie schnell. „So richtig werde ich das nie verstehen können, weder das eine noch das andere", setzte sie wieder an.

„Hauptsache ich verstehe es. Jetzt hätte ich gern was Gesundes." Sie öffnete beide Schüsseln und zusammen bedienten sie sich an den Beeren und den Trauben, bis sie satt waren.

„Sollen wir weiter?", fragte sie vorsichtig.

Rafael nickte nur und half ihr beim Einpacken. Dann schnappte er sich den Rucksack. „Ich bin dran, du hast Geburtstag."

Frieda lächelte. „Danke."

Er nickte und griff dann nach ihrer Hand, was sie kurz nach Luft schnappen ließ. „Okay?", fragte er leise und meinte ihre nun ineinander verschränkten Hände.

„Ja", murmelte sie und gemeinsam liefen sie los. Sie nahmen den Weg ein Stückchen zurück, bogen aber nicht zu dem kleinen See ab, sondern liefen geradeaus, durch einen Gang, an dem rechts und links hohe Hecken standen.

Als sie diese passiert hatten, wusste Frieda, wo sie waren. „Da ist der Berg!", und deutete auf eine Baumansammlung, an der man unten aber erkennen konnte, dass die Erde aufragte.

Er runzelte die Stirn und blickte in die Richtung.

„Komm mit!", forderte sie ihn auf und zog ihn dorthin. „Man kann es nicht gut sehen, aber es gibt zwei Pfade."

Sie nahmen gleich den ersten, eine ungleichmäßige Steintreppe hinauf. Rechts von ihnen lag derweil die Holzkapelle, die sie immer ein wenig düster fand und wie der Pavillon ein Reetdach besaß.

„Ein Berg." Er gluckste so halb hinter ihr. Oben angekommen grinste er. „Und das in Ostfriesland."

„Ostfriesland ist nicht gerade reich gesegnet damit. Der hier ist auch nicht echt, er wurde künstlich aufgeschüttet. Guck mal, da steht ein Schild. Immerhin ist er 11 Meter hoch."

„Wow." Rafael lachte los. „Süß. Aber du warst schon mal in den echten Bergen, oder?"

„Klar, als Kind war ich mal im Harz und im Sauerland."

„Na ja, das sind ja immerhin schon Berge", scherzte er.

„Was sind die höchsten Berge, in denen du je warst."

„Hmm, ich war schon in den Rocky Mountains, in den Alpen … oh, und in den Anden. Das Himalaya-Gebirge habe ich auch schon in ihren Ausuferungen gesehen." Er dachte nach.

„Sag doch einfach gleich, dass du schon überall warst." Sie lachte leise und liebte es, mit ihm so herumzualbern.

„Berge sind cool, aber ich mag es lieber flach." Er zwinkerte ihr zu und sie kapierte seinen Witz sofort.

„Der war doppeldeutig und schlecht." Sie pikste ihn leicht.

Er grinste frech. „Ich bin ein Tiefstapler."

„Und der war noch schlechter." Sie lachte los. „Okay, du tiefstapelnder Vandale, lass uns zusehen, dass wir wieder runterkommen, ohne uns was zu brechen. Das wäre bei dir vermutlich kostenintensiver als bei mir, aber ärgerlich wäre beides."

„Oh ja, meine Hand liegt in deiner Hand, wie gut bist du versichert?", fragte er und wurde ernst.

Sie stockte.

Dann lachte er los und sie pikste ihn erneut. „Der war gemein."

„Tut mir leid." Er küsste ihre Hand. „Meine Hände sind aber wirklich gut versichert. Also lass uns runtergehen, bevor ich vom ‚Berg' falle."

Sie kamen tatsächlich kichernd runter und liefen nun in Richtung Schloss und ließen die Kapelle aus. Wenig später sahen sie das letzte Gebäude. Einen kleinen runden Bau, ebenfalls mit Reetdach und ganz in Gelb gestrichen.

„Kein roter Klinker", stellte er erheitert fest und betrachtete die weiße Holzbrücke dahinter, die Frieda ziemlich romantisch fand.

„Dort kann man sogar heiraten", antwortete sie.

Er schmunzelte. „Mit Schloss im Hintergrund."

Sie nickte. „Als ich klein war, hat meine Tante hier geheiratet. Das war wirklich schön." Auch wenn sie nicht mehr viele Erinnerungen daran hatte.

„Mein Vater hat bei seiner zweiten Hochzeit in Las Vegas mit einem Elvis-Imitator geheiratet, während ich bei meiner Mutter war", erzählte Rafael amüsiert.

Sie verzog ihr Gesicht. „Warum tut man sowas?"

„Entweder weil man betrunken ist oder man es eilig hat? Bei meinem Vater vermutlich beides."

„Wie alt warst du da?"

Er dachte darüber nach. „Vielleicht sieben oder acht? Keine Ahnung. Noch jung. Und dann kamen meine Geschwister. Ich habe kurz darauf bei meinem Vater gewohnt. Er hatte eindeutig mehr Geld und wenn man sich allein die Waffengesetze in den USA anschaut, war es hier besser."

„Hast du deine Freunde nicht vermisst?", fragte sie und fand es rührend, dass er ihr so etwas Persönliches erzählte.

„Ich hatte nicht wahnsinnig viele Freunde in den USA, ich war eher der Außenseiter. Hier auf der internationalen Schule war es um ein Vielfaches besser."

„Krass, das tut mir leid, dass du diese Erfahrung machen musstest." In der Hinsicht hatte sie selbst immer Glück gehabt.

„Schon gut, ich habe ein bisschen Genugtuung bekommen, als sich irgendwann mal Leute aus meiner damaligen Schule nach meinem Karrierestart bei mir gemeldet haben und plötzlich so taten, als wären wir super befreundet und würden uns ewig kennen."

„Und?"

„Ich habe sie ignoriert und habe jemanden angewiesen, ihnen zu antworten, dass ich mich nicht an sie erinnern würde." Er grinste. „Das tat so verdammt gut."

Sie kicherte. „Klingt fies."

„Ach, ich fand mich noch human." Sie erreichten inzwischen die kleine Hütte. „Ich würde gern mal reinschauen." Sie nickte und er sah sich interessiert um und schaute durch die Fenster.

„Wie viel Leute passen da rein?", fragte er und schien zu zählen.

„Keine Ahnung, zwanzig oder dreißig vielleicht? Ich stand damals draußen."

„Also eine bessere Art von Kapelle." Er lächelte.

„Definitiv besser als Las Vegas, oder?", fragte Frieda.

„Zumindest zum Heiraten", antwortete er, was sie beide kurz verstummen ließ.

„Dahinten ist die Ruheinsel der Familie, der das Schloss gehört", lenkte sie etwas unglücklich ab.

Er schaute auf. „Kommt man da hin?"

„Nein, es ist abgesperrt."

Sie liefen ein wenig weiter, wo man sie besser sehen konnte. „Schon krass, so eine kleine Privatinsel als Ruhestätte."

Sie stimmte ihm zu. „Wie es sich für eine Grafenfamilie gehört. Vielleicht sollten wir gehen, da kommen Leute."

Rafael zog sie mit um das Häuschen zurück zum Ausgang des Parks. „Sollen wir gehen?", fragte er.

Sie bemerkte im Allgemeinen, dass mehr Menschen sich im Park befanden. „Es ist vielleicht besser."

Er gab ihr recht und zusammen verließen sie schnell den Park und gelangten zu den Fahrradständern, wo nun deutlich mehr Räder standen.

„Und jetzt?", fragte er als Erster. „Ich würde dich ja zum Essen einladen, aber wie gesagt, ich bin inkognito hier und habe keine Lust, dass mich unser Management umbringt." Er zwinkerte ihr zu.

„Musste es das schon mal?"

„Ich sehe vielleicht netter aus, als ich bin", witzelte er.

Sie lachte los. „Du bist auf jeden Fall frecher als früher."

Rafael nickte. „Mein Ego ist eventuell ein wenig mit dem Ruhm gewachsen."

„Wir unterhalten uns auch mehr als früher."

„Das ist auch nicht schwierig. Welcher 18-jährige Junge unterhält sich schon gerne? Wobei doch, einige gibt es."

Frieda stimmte ihm zu. „Ja, gibt es. Aber zurück zum Essen. Sollen wir was kochen?"

„Hast du Lust dazu?", fragte er skeptisch.

„Nicht wirklich", musste sie zugeben.

„Wenn du frei wählen könntest, was würdest du dann essen wollen?", setzte Rafael erneut an.

„Einen Burger", antwortete Frieda sofort, weil ihr der in den Sinn kam.

Er schaute sie erstaunt an. „Okay, das überrascht mich."

„Du hast offensichtlich noch nie die Burger bei uns gegessen, und ich meine nicht McDonalds."

„Offensichtlich nicht. Ist der Laden in Norddeich?"

Sie schüttelte den Kopf. „Nein, in Norden. Ich könnte was zum Mitnehmen bestellen und es dann schnell abholen fahren."

„Hmm, sollen wir mit den Rädern dran vorbeifahren?"

„Ich glaube, das ist zu riskant, wobei ... Mist, unser Auto hat meine Schwester mitgenommen." Und schon wieder ärgerte sie sich über Tomma. Blöd, dass sie sie nicht aufgehalten hatte.

„Also doch mit den Rädern." Er grinste.

„Nur, wenn wir es mit zu mir nehmen, ist es in Norddeich kalt."

Er verzog das Gesicht. „Trotzdem riskieren? Ich bin jetzt nämlich neugierig."

Sie gab nach. „Wozu gibt es Mikrowellen?"

„Gute Einstellung. Und ich bezahle." Er zwinkerte ihr zu und ihr Herz begann wieder zu pochen. Wohin sollte das alles nur führen?

28

Eine Weile später saßen sie bei Frieda im Garten und genossen ihre Burger und die Pommes, die leider doch ziemlich kalt geworden waren. Rafael war mit ihr in einer agentengleichen Nummer in den Laden gegangen und hatte schlicht Helm und Brille aufgelassen, was vermutlich schrullig gewirkt hätte, doch sie hatten Glück. Eine andere Gruppe Radfahrer hatte gerade genau das gleiche getan und somit fiel Rafael kein bisschen auf, was ihn selbst unfassbar amüsierte und sie immer noch lachen ließ, wenn sie an das Bild dachte, das sich ihr dort geboten hatte.

„Also selbst die lauwarmen Pommes sind lecker. Das ist auch selten", stellte er fest, als er gerade ein paar in Ketchup tunkte.

„Du fährst nach Amsterdam, da gibt es vermutlich bessere Pommes, auch in lauwarm", entgegnete sie und dippte ihre in Mayo.

„Du musst sie nicht runtermachen, nur weil sie ostfriesisch sind und keine original holländischen Pommes."

Sie kicherte. „Sorry, ihr lieben Pommes!", und steckte sich eine weitere in den Mund.

Rafael lächelte und aß weiter, doch Frieda kam ein anderer Gedanke in den Sinn und blickte zu ihm. Er saß relativ dicht, aber schräg im Neunziggradwinkel zu ihr am Tisch. „Wann musst du wieder fahren?", fragte sie leise.

Er seufzte. „Heute Nacht. Morgen haben wir den ersten Bühnencheck und Promotiontermine", wisperte er.

„Okay!" Sie schluckte, aber lächelte dann. „Danke für das tolle Geschenk."

„Sehr gern", wisperte er zurück. „Wollen wir gleich noch irgendetwas schauen?"

Sie nickte. Inzwischen war es beinahe Abend geworden und sie verspeisten nun die Reste. „Bei dir oder bei mir?"

Er zuckte mit der Schulter. „Mir egal, kommt deine Schwester heute noch wieder?"

„Garantiert nicht." Irgendwann während des heutigen Tages hatte sie von ihr eine WhatsApp bekommen, dass sie bei Vivi übernachten würde, und Frieda bedauerte das kein bisschen.

In diesem Moment klingelte ihr Telefon und sie entdeckte einen Videoanruf von Paula.

„Oh Mist!", murmelte sie. „Moment!", sagte sie in Rafaels Richtung und ging ran. Dann erschien auch schon das Bild ihrer besten Freundin.

„FRIIIIIIIEEEEEDDDAAAAAAA!", brüllte die, sobald anscheinend auch sie sichtbar wurde. „Happy Birthday, beste Freundin! Ich hoffe zumindest, dass der Tag in deinem ansonsten tristen Alltag gut war. Haben sich deine Eltern benommen?"

„Ging so, vielen Dank!" Sie grinste verlegen in die Kamera zu ihrer besten Freundin, die sie anstrahlte, und hoffte gleichzeitig, dass Rafael nicht nach ihrem ‚tristen Alltag' fragen würde.

„Ich bin zumindest schon mal beruhigt, dass du nicht so niedergeschlagen aussiehst. Dann war der Tag also bisher nicht so schlimm?"

„Nein, das war er nicht." Rafael beobachtete sie jetzt ganz genau. „Meine Schwester geht ein Jahr in die USA als Au-pair", platzte es aus ihr heraus und lenkte sie damit auch von Rafael ab.

„WAS?", brüllte Paula. „Wann hat sie das verkündet?"

„Heute bei meinem Geburtstagsfrühstück."

„Passender Zeitpunkt!" Paula verdrehte die Augen und meinte das eindeutig ironisch. „Sei mir nicht böse, aber deine Schwester ist manchmal echt egoistisch."

Frieda sagte dazu nichts, denn vermutlich hatte Paula recht.

„Wann fliegt sie denn?", wollte ihre Freundin nun wissen.

„Keine Ahnung. Sie hat mir vorgeworfen, dass ich neidisch bin."

Paula seufzte. „Ein Wunder, dass dir das nicht die Laune verdorben hat. Ist eigentlich das Paket, Päckchen oder so von deinem Verehrer angekommen?"

Frieda lief augenblicklich rot an und Rafael, der sofort verstand, was Paula von ihr wissen wollte, grinste nun breit und hob die Augenbraue. Was sollte sie denn darauf nun sagen?

„Es ist angekommen!", interpretierte Paula allerdings schon ihr Schweigen. „Los, verrate mir, was es ist oder ich erzähl dir nicht, was ich für eine Überraschung für dich habe." Sie kicherte förmlich.

Sie räusperte sich. „Das nennt man Bestechung."

Paula lächelte ins Handy. „Ja, und darin bin ich gut."

Nun lachte auch Frieda, bis sie auf einmal merkte, dass Rafael aufstand und zu ihr rüberkam.

„Ich war die Überraschung!", sagte er und beugte sich so hinter ihren Stuhl, dass er über ihre Schulter ins Handy schauen konnte und somit nun Paula sah. „Hi Paula." Er lächelte und Frieda bekam beinahe Schnappatmung, weil er plötzlich so dicht neben ihr stand, dass sein Kopf ihren beinahe berührte.

Während Frieda nach Atem rang, reagierte ihre Freundin erst gar nicht, dann wackelte die Kamera, bis nur noch Paulas Zimmerdecke zu sehen war und sie beide ein entferntes Kreischen hörten.

Rafael lachte leise. Frieda kicherte, froh darum, dass ihre Freundin sie von ihrer eigenen Reaktion ablenkte. „Wir können dich noch hören!", rief sie laut.

Sie hörten es rascheln. „Verdammt!", nuschelte ihre beste Freundin außerhalb des Bildes.

Plötzlich wurde das Telefon wieder hochgehoben und Paula kam ins Bild. „Hi Frieda, hi Rafael. Schön, dich zu sehen." Sie überspielte alles perfekt und tat, als sei gerade nichts passiert.

Rafael spielte netterweise mit. „Finde ich auch. Frieda schien mir unsicher, ob sie erzählen darf, dass ich sie überrascht habe und da habe ich beschlossen, ihr zu helfen", sprach er mit sanfter dunkler Stimme und schien sie von hinten kurz zu mustern, was sie wieder rot anlaufen ließ.

Immerhin kommentierte Paula ihren Zustand nicht.

„Cool. Also bist du das Paket?"

„Genau."

„Bist du nicht auf Welttournee?", fragte sie nach und Frieda konnte sehen, wie jetzt sie rot anlief, weil sie das wusste.

„Eigentlich schon, aber ich habe mir heute frei genommen." Er grinste und schien sich königlich zu amüsieren. „Das nächste Konzert ist in Amsterdam."

Paula sagte nichts dazu und Frieda vermutete, dass sie das bereits gewusst hatte. „Und was habt ihr heute gemacht?"

„Ich habe was mit ihr unternommen, weil sie anscheinend geplant hat, ganz allein zu feiern." Rafael warf ihr einen besorgten Blick zu.

Paula seufzte. „Typisch!", antwortete sie nur und es wurde dringend Zeit, dass Frieda sie von dieser Richtung abbrachte.

„Wir haben eine Fahrradtour gemacht und gerade hier im Garten Burger gegessen."

„Burger!" Paula seufzte. „Die richtig Guten?"

„Klar!" Frieda grinste.

„Die waren wirklich gut", erwähnte Rafael und befand sich immer noch dicht neben ihr.

„Ja, ich weiß und ich bin neidisch." Paula sah sich um. „Ich glaube, ich muss gleich schauen, dass ich auch was zu essen bekomme, was kalorienreiches."

„Zur Feier meines Geburtstages?", fragte Frieda grinsend.

„Die perfekte Ausrede." Paula lächelte. „Das klingt auf jeden Fall toll. Frieda hat sonst nicht viel zu lachen." Sie visierte Rafael an, der nun nickte, während sein Telefon klingelte und er es aus seiner Tasche zog.

„Ich hatte irgendwie im Gefühl, dass die Überraschung gut sein würde." Er checkte das Telefon, obwohl das Klingeln schon wieder aufgehört hatte. „Ich muss mal was erledigen. Ist es okay, wenn ich dich kurz allein lasse?", fragte er Frieda und sah sie an.

Diese nickte. Rafael lief derweil zum Zaun und hüpfte erneut darüber. Sie wartete ab, bis sie ihn nicht mehr sehen konnte. „Er ist wirklich gekommen", murmelte sie ins Telefon.

„Ich habe es gesehen und kann es nicht fassen." Ihre Freundin kicherte wieder.

„Was meinst du, wie es mir ging? Er stand auf einmal im Garten, als ich gerade wegen meiner Schwester explodiert bin. Ich brauchte ein paar Minuten, um seine Ankunft zu begreifen."

„Ich habe es immer noch nicht begriffen. Aber scheiße, sieht er gut aus."

„Ich weiß", murmelte sie und versuchte nicht daran zu denken, dass er bald schon wieder fahren würde. „Es war großartig heute. Wir waren im Lütetsburger Park. Er hatte eine Sonnenbrille und einen Helm auf, die ihn nahezu unkenntlich gemacht haben."

„Und wie fand er es dort?"

„Schön." Sie lächelte. „Ich glaube, er konnte auch entspannen."

„Ist ja auch ganz schön romantisch gewesen", Paula gluckste. Dann atmete ihre beste Freundin durch. „Wann muss er wieder weg?"

„Heute Nacht." Die Trauer darüber überwältigte sie so plötzlich, dass sie nach Luft ringen musste.

Paula, die die einzige Person war, bei der sie das auch rauslassen konnte, seufzte. „Ich wünsche dir ehrlich, dass alles anders wäre."

Sie nickte. „Du bist nicht hier, er muss wieder gehen und selbst Tomma geht. Warum habe ich nur so viel Pech?"

Paula blieb einen Moment still. „Du musst nicht bleiben, Frieda."

„Doch, muss ich. Wo soll ich denn jetzt hin? Außerdem will ich nun zumindest noch das verdammte Studium zu Ende bringen. Ich habe auch keine Ahnung, was ich sonst machen soll. Vielleicht sollte ich einfach für immer hierbleiben."

„Frieda …", begann Paula.

„Was denn? Hast du eine Lösung für das Problem?" Jetzt wurde sie wütend.

„Nein, habe ich nicht", gab diese nach. „Aber wie ich schon öfter zu dir gesagt habe, bist du einfach einsam. Darum hasst du dein Leben. Du hast dich aufgegeben, suchst nicht einmal mehr nach Alternativen, machst es dir aber auch nicht besser. Isabelle meinte, dass du nicht einmal mehr antwortest?"

Sie schluckte. „Seit wann sprichst du mit Isabelle?"

„Ich habe den Kontakt nie abgebrochen, ich schreibe ab und zu mit ihr, genau wie mit Sina. Ich habe noch Studienfreunde und ich habe dich. Wen hast du?"

Frieda schluckte erneut, aber konnte nichts sagen. Sie wollte nicht darüber nachdenken, denn sonst hätte sie zugeben müssen, dass Paula recht hatte, dass sie selbst in dieser Lage war und dass sie sich keine Mühe gab. Paula hatte ihr schon einmal eine passende Diagnose genannt, aber auch daran wollte sie nicht denken.

„Tut mir leid, dass ich immer so gemein sein muss und das auch noch heute. Es ist schön, dass Rafael da ist." Sie blickte zu ihrer Freundin im Telefon, deren Gesicht nur so von Schmerz sprach.

„Schon gut. Ich wüsste nicht, was ich ohne dich machen sollte."

„Leben", murmelte Paula. „Frieda, ich will es echt nicht noch schlimmer machen, aber du musst was tun. Das wünsche ich dir für dein neues Lebensjahr."

„Danke." Sie fand es lieb von ihr, dass sie sich so sorgte. „Was war eigentlich deine Überraschung?"

„Ich komme nächstes Wochenende für ein paar Tage", wisperte Paula.

„Das ist schön." Jetzt füllten sich Friedas Augen doch mit Tränen.

„Ich freue mich auch." Paula lächelte.

Sie fasste sich ein Herz, weil sie spürte, dass es wirklich nicht mehr so weiterging, Paula hatte recht, auch wenn sie das nicht zugeben mochte. „Vielleicht können wir dann weiterreden?"

Paula schien durchzuatmen. „Sehr gern. Ich habe dich lieb, beste Freundin!"

„Ich dich auch", antwortete sie und wischte die Tränen schnell weg. Sie musste etwas ändern, ihr neues Lebensjahr konnte nicht so weitergehen. Vielleicht war ja jetzt die Zeit, wo Tomma ebenfalls weggehen würde, sich ganz auf sich und ihr Leben zu konzentrieren. Aber was würde dann nur mit Rafael werden?

***

Paula verabschiedete sich schließlich und Frieda hatte sich wieder unter Kontrolle, als Rafael zurückkam.

„Hey!", murmelte er und setzte sich auf seinen Platz. Inzwischen ging die Sonne unter.

„Hey!", antwortete sie. „Alles gut?"

„Nur ein Telefonat, nichts weltbewegendes." Rafael gähnte. „Sorry, die Tour macht mich müde."

„Ihr seid schon lange unterwegs." Frieda betrachtete ihn und stellte fest, dass er wirklich erschöpft aussah. Sofort hatte sie ein schlechtes Gewissen, weil sie ihn heute auch noch durch die Gegend gescheucht hatte.

„Ja." Sein Lächeln brach. „Und wir sind auch noch ein Weilchen unterwegs."

Schweigen legte sich über sie und sie dachte darüber nach, was das bedeutete: Sie würden sich wieder ewig nicht sehen.

„Ich wünschte dieser Abend würde nie zu Ende gehen", wisperte er irgendwann und blickte zu ihr. Sie hatten sich beide auf ihren Stühlen etwas zurückgleiten lassen und plötzlich griff er nach ihrer Hand.

„Ich auch", gab sie schmerzhaft zu.

„Ehrlich, ich hasse es, wieder gehen zu müssen." Seine Stimme brach, während er ihre Hand drückte.

Und sie hasste es, ihn gehen zu lassen. Wieder kamen ihr Paulas Worte in den Sinn und sie dachte an die Abfuhr, die sie ihm vor Jahren nach ihrem ersten Kuss gegeben hatte. Ihr Herz hatte sie schon so lange an ihn verloren, dass der Schmerz, den sie immer empfand, schon normal geworden war. Vielleicht war das einer der Punkte, die sie ändern musste und plötzlich wurde sie ganz klar in ihren Gedanken.

„Wir wissen doch beide, dass wir das nicht ändern können. Ehrlich, ich möchte nicht der Sündenbock für Fans sein, nur weil der Herr sein Konzert in Amsterdam verpasst."

„Sehr freundlich von dir. Die QP-Fans werden es dir danken." Er seufzte leise, als würde er diesen Umstand bedauern.

„Ich sehe andere ungern leiden."

Rafael schien antworten zu wollen, blieb dann jedoch still.

„Wie lange soll es noch so weiter gehen?", fragte sie schließlich und spürte sofort an seinem Griff, wie er sich anspannte. Doch vielleicht mussten sie endlich die elementarsten Fragen stellen und auch beantworten, damit es irgendwie weitergehen konnte.

„Die Frage wurde ich schon auf gewisse Weise oft gefragt", flüsterte er nach einer Weile.

„Wirklich?" Das erstaunte sie.

„Du nicht?"

„Doch …" Ihre Gedanken gingen zurück zu Paula. „Was war deine Antwort?" Ihr Herz schlug wild und wusste nicht, was sie erwarten sollte.

„Ich antworte immer dasselbe." Rafael suchte nun ihren Blick und sprach erst, als sie ihn erwiderte. „Alle fragen mich immer, warum ich mir nicht jemanden suche, warum ich allein bleibe. Ich antworte immer, dass es so lange gehen wird, bis der richtige Mensch da ist. Anscheinend bin ich doch in ein paar Punkten geduldig."

Sie schluckte, denn zum einen war diese Antwort wunderschön, denn es bedeutete, dass er auf sie wartete, zum anderen war sie aber auch grausam. „Ich will nicht, dass du meinetwegen warten musst." Ihre Stimme brach und sie schluckte die Tränen herunter.

Rafael tat das ab. „Das ist ein selbstgewähltes Schicksal."

Auch darüber dachte sie nach und schwieg. Plötzlich überwog wieder der Schmerz. Sie wusste, dass sie irgendwie weitermachen musste und er auch. Sie warteten schon so lange auf etwas, was vielleicht nie eintreten würde. „Ich kann das nicht mehr", murmelte sie plötzlich und wusste, was diese Worte auslösen würden. Sie würde sein Herz brechen und ihres gleich mit. Doch vielleicht konnten sie dann weitermachen.

„Was kannst du nicht mehr?", antwortete er.

„Ich kann nicht mehr warten. Ich warte seit Jahren, dass sich etwas bei mir ändert, aber das tut es nicht. Aber ich kann auch nicht weitermachen, weil ich immer auf dich warte. Ich kann um meiner selbst willen nicht mehr warten und du darfst es auch nicht. Du musst genauso leben wie ich." Sie atmete durch. „Wir müssen ein Ende finden. Wir sollten nicht mehr warten müssen." Wieder rollte eine Träne über ihre Wange, aber sie wusste, dass es richtig war.

Rafael schwieg eine Weile. „Also willst du, dass ich gehe?" Seine Stimme klang heiser, so als würde er lieber brüllen, aber sich zusammenreißen.

Frieda schluckte. „Das hier war der beste Geburtstag seit seeehr langer Zeit, ich will nicht, dass du gehst, aber ich glaube, es wäre besser, bevor alles noch mehr schmerzt. Irgendwann wirst du eh nicht mehr warten wollen und dann? Wenn du dann gehst oder nicht mehr kommst, das werde ich nicht ertragen können. Jetzt könnten wir es abschließen." Sie schluchzte leise, alles tat ihr nun weh, aber sie musste irgendwie weitermachen, Paula hatte recht.

„Frieda …", hauchte er und wollte zu ihr rücken.

„Nein!", unterbrach sie ihn barsch. „Du weißt, dass ich recht habe." Sie schaute in seine wundervollen Augen und sah den Schmerz, den sie ihm gerade zugefügt hatte.

Rafael sagte nichts weiter. Sie spürte, dass er das zwar wollte, aber er tat es nicht. Stattdessen ging er und sie wusste, dass er nicht wieder zurückkommen würde.

Rafael

Alles fühlte sich taub an. Nicht wie nach einer Betäubung, sondern wie nach einem riesengroßen Schlag, der einen so schmerzte, dass man eine Weile nichts mehr spürte.

Im Nachhinein hatte er keine Ahnung, wie er ins Auto steigen und dann nach Amsterdam gekommen war, ohne dass ihm etwas passierte.

Er wusste nicht, wie er ins Hotel gekommen war, dass sie für ihn und alle anderen gebucht hatten, oder in die Suite, wo eines der Schlafzimmer für ihn reserviert worden war.

Alles, was er wusste, war, dass er nicht hier sein wollte, dass sich alles falsch anfühlte und dass er keine Ahnung hatte, wie er nun weitermachen sollte.

„Raf!", hörte er eine leise Stimme und er wusste nicht, ob sie gerade erst hier aufgetaucht oder sich schon eine Weile im Raum befand. Die Stimme gehörte Kam, den er absolut nicht sehen wollte.

„Hau ab, Karsten!", sagte er kraftlos.

„Nein", antwortete er und Rafael wollte ihn am liebsten anbrüllen, wusste aber nicht wie. „Wo warst du?"

„Das geht dich einen verdammten Scheißdreck an."

„Hast du getrunken oder was genommen?"

Rafael stöhnte. „Ich bin weder du noch einer der anderen." Er drehte sich vom Bauch auf den Rücken und sah an die Decke hoch, die viel zu nichtssagend war, wie so vieles in seinem Leben.

„Warst du bei einer Frau?"

„Auch das geht dich nichts an", zischte er viel zu emotional und wusste, dass er sich damit verraten hatte.

Kam lachte leise. „Was hat sie gemacht? Und war es SIE?"

Dieses Mal beherrschte Rafael sich und antwortete nicht.

„Okay, dann sprich nicht mit mir. Kann ich dir irgendwie helfen?"

Er schloss seine Augen und sah sofort wieder Friedas Gesicht vor sich. Ihm war klar, dass sie sich nur selbst schützen wollte, ihm war auch klar, dass er trotzdem warten würde, weil er die Hoffnung nicht aufgeben wollte. In diesem Punkt irrte sie sich, er würde immer warten. Er hatte sie heute beobachtet, hatte ihre Einsamkeit gesehen und den Unterton in der Stimme ihrer besten Freundin gehört. Frieda hatte sich und ihr Leben aufgegeben und ihre Abfuhr ihm gegenüber schien ihm wie ein verzweifelter Akt zu sein. Vielleicht hatte sie sogar recht, aber er konnte das nicht. Er glaubte viel zu sehr an sie. Eine Melodie unterlegte seine Gedanken und er atmete durch. „Ich glaube, ich brauche meine Gitarre." Plötzlich sah er auf und zu Kam, der auf einem Sessel saß und ihn voller Sorgen beobachtete.

„Ich hole dir eine und bringe meine gleich mit."

Rafael nickte und schniefte plötzlich. „Danke!"

Ein Jahr später ...

Ich kann nicht atmen,
ich bekomme keine Luft,
alles scheint zu Ende,
das Wasser gewinnt,
mit ihm der Tod.

frei übersetzt aus dem Song „Black Wave" von Quiet Place

29

„Friiiiiedaaaaaaaa!" Claas kam mit einem strahlenden Lächeln auf sie zu, während sie gerade in der Einfahrt stand und den Einkauf aus ihrem Auto holte.

„Hey!", sagte sie mit einem müden Lächeln und schluckte jeglichen Wunsch nach Alleinsein runter. „Ich hab's geschafft!"

„Herzlichen Glückwunsch!" Er nahm sie in den Arm und drückte sie.

„Danke!" Sie freute sich, dass er hier war, um ihr anscheinend zu gratulieren. Sie hatte heute ihren Bachelor bestanden und ihm unter anderem eine Nachricht geschickt. Sie freute sich, es geschafft zu haben und war tief in ihrem Inneren auch froh, dass es anderen auch so ging.

„Komm, ich helfe dir." Er nahm ihr einen Großteil der Einkäufe ab und lief hinter ihr her. Claas trottete immer irgendwie, sie kannte ihn nicht anders. Und er war eindeutig verknallt in sie, was sie leider nicht wirklich erwiderte. Aber er war nett und er war ein guter Freund. Sie gab sich Paula zuliebe Mühe, der sie versprochen hatte, nicht alle Menschen aus ihrem Leben zu stoßen, die plötzlich hineinkamen, sondern Wege zurück aus der Einsamkeit der letzten Jahre zu finden. All das, was sie sich seit ihrem letzten Geburtstag vor knapp einem Jahr geschworen hatte.

Claas war einer von diesen Menschen, die neu dazugekommen waren. Sie hatte ihn letztes Jahr auf einer Party bei Isabelle kennengelernt, die sie zusammen mit Paula besucht hatte, als diese wie versprochen zu Besuch gekommen war. Damals wie heute fiel es Frieda schwer sich auf Leute einzulassen, aber sie tat ihr Bestes, um sich wieder mehr zu sozialisieren, so wie früher vor Rafael, dessen Name schon in ihren Gedanken schmerzte, wie jeden Tag seit ihrem Geburtstag, auch wenn es langsam besser wurde.

Jetzt hatte sie außerdem ihren Abschluss gemacht und tatsächlich einen Moment lang überlegt, endlich das Haus ihrer Eltern zu verlassen, ihre Arbeit hier zu beenden und irgendwo anders hinzugehen. Aber dann hatte sie festgestellt, dass sie immer noch nicht wusste, wohin sie gehen sollte, und sie ja auch gerade wieder erst zurück ins Leben fand. Das alles hier gab ihr Sicherheit und die neuen Menschen in ihrem Leben taten das in gewisser Weise auch.

„Danke, Claas", antwortete sie, als er die Sachen neben ihren auf den Küchentisch stellte. „Willst du was trinken? Sollen wir Tee machen?"

„Ich mache den, ich habe nämlich auch Kuchen dabei." Er lächelte. Er hatte ein tolles Gesicht und sah überhaupt gut aus. Paula meinte, dass sein Gesicht sie an Henry Cavill erinnerte, Frieda fand das nicht, aber vielleicht lag das auch daran, weil sie immer noch viel zu oft jeden Mann mit Rafael verglich, der eher wie ein dunkelhaariger Kurt Cobain wirkte, nur ohne die Eskapaden und das Ende.

„Toll, ich mag Kuchen." Sie lächelte und fing dann an, die Sachen, die sie noch unterwegs eingekauft hatte, auszupacken. „Wie war dein Tag?"

Er seufzte und griff nach der doppelwandigen Metallkanne, in die er gleich heißes Wasser füllen würde. „Diskussion mit der Kurverwaltung, neue Kampagne um unser Spa-Angebot und dann noch bald die Rezertifizierung."

Sie verzog das Gesicht und wusste genau, was das alles bedeutete. „Klingt nicht besonders."

„War es auch nicht, mich hat den ganzen Tag nur aufgeheitert, dich heute Nachmittag zu sehen, um dir zu deinem Abschluss zu gratulieren. Das mit dem Kuchen war eine spontane Idee, als ich mit unserem Konditor eine Hochzeit in zwei Wochen besprochen habe." Er strahlte sie regelrecht an und sie lächelte zurück. Claas leitete in dritter Generation eine kleine Hotelkette bestehend aus inzwischen drei verschiedenen Hotels in Norden und Norddeich, wobei er auch zusammen mit seiner Mutter, die noch als Seniorchefin im Betrieb agierte, überlegte, ein fast insolventes Hotel auf

Norderney zu übernehmen. Das war jedoch noch nicht endgültig entschieden. Er war gute vier Jahre älter als sie und sie hatten bisher nie viel miteinander zu tun gehabt. Norddeicher Familien kannten sich in der Regel zwar irgendwie alle, auch weil inzwischen nicht mehr viele hier wohnten, aber da Frieda sich in den letzten Jahren so gut es ging von allem ferngehalten hatte, hatte sie sich nie mit ihm beschäftigt.

Er war erstaunlich freundlich, auch wenn er durch seine glatten Haare, die er in einem Seitenscheitel trug, arrogant wirkte. Außerdem besaß er Ehrgeiz und liebte, was er beruflich tat. Frieda ahnte, dass Claas sie auch deswegen mochte, weil er ein bisschen von sich in ihr sah. Schließlich wirkte sie von außen nicht großartig anders, sondern schien die Tochter zu sein, die das Business der Eltern übernommen hatte, sich um alles selbst kümmerte und ihren Job ebenfalls liebte. Von außen schien es wie ein perfektes Match, wenn es sich nicht wie eine Lüge angefühlt hätte.

Doch Claas ahnte das nicht und sie brachte es nicht übers Herz ihn wegzuschicken. Besonders nicht, als er nun kompetent den Tee zubereitete, so als würde er gleich Touristen eine Darbietung geben, wie Ostfriesen fachgerecht ihren Tee machten, obwohl das den meisten im echten Leben scheißegal war. Sie fand es süß und versuchte, sich den restlichen Nachmittag in der Küche teetrinkend und kuchenessend mit ihm Mühe zu geben. Sie unterhielten sich gut. Frieda berichtete von ihren Prüfungen und Claas erzählte ihr von ein paar Plänen, die er hatte.

Sie hörte ihm zu, kommentierte und versuchte alles zu genießen, auch wenn es in Wahrheit an ihr vorbeilief.

Irgendwann wurde er von seinem Telefon unterbrochen, was sie beinahe durchatmen ließ.

Ihn schien es dagegen zu nerven und ging schnell ran. „Was ist los?", befahl er beinahe, sodass sie sich sicher war, dass es irgendjemand seiner Leute sein musste, die ihn störten.

Sie schenkte sich eine weitere Tasse Tee ein, während er seinen Löffel bereits in das Tässchen gelegt hatte, weil er keinen Tee mehr wollte, und beobachtete, wie er in den Flur ging, um wild zu diskutieren. Anscheinend ließ er gerade den Chef raushängen und war alles andere als zufrieden. Dann legte er auf und kam zu ihr zurück in die Küche. „Ich habe ehrlich gedacht, wir machen uns auch einen schönen Abend und gehen noch was essen, aber nein, ich kann keine zwei Stunden weg sein, ohne dass das Chaos ausbricht", sagte er genervt, aber auch bedauernd.

„Du musst also los?", fragte sie und lächelte, fand es aber im Grunde nicht schlimm.

„Leider … tut mir echt leid." Er guckte sie traurig an, griff aber nach seinem Schlüssel, der noch auf dem Tisch lag. „Soll ich dir noch beim Aufräumen helfen?", fragte er.

„Nein, kein Problem, das mache ich gleich. Ich weiß doch, wie der Job sein kann. Bei mir wird es ab morgen auch wieder mehr. Man hat mich nur heute in Ruhe gelassen." Zumindest hatte sie alle Termine so gelegt, dass sie heute Ruhe hatte. Sie stand nun ebenfalls auf und begleitete ihn hinaus.

Claas lief vor ihr zu seinem kleinen Elektroauto, was er sich erst vor kurzem angeschafft hatte und auch ihr praktisch schien. Frieda wollte nur das Geld nicht dafür ausgeben, sondern es lieber sparen, auch wenn sie nicht wusste für was genau. Sie lebte seit Jahren sparsam, hatte ordentlich was zur Seite gelegt, aber keinen Plan wofür genau.

„Vielleicht sehen wir uns morgen Abend?", fragte Claas jetzt hoffnungsvoll und holte sie damit aus ihren Gedanken.

„Klar!", antwortete sie und versuchte wieder zu lächeln.

Eine Bewegung, die sie aus den Augenwinkeln wahrnahm, ließ sie jedoch innehalten.

Ihr Kopf ruckte zu Rafaels Haus und dorthin, wo sein Zimmer lag.

Einen Moment lang dachte sie, sie würde einen Geist sehen. Doch nachdem sie blinzelte, erkannte sie wieder den

Schatten, der sich versuchte zu verbergen, aber es nicht gut genug tat.

Rafael.

Er stand dort und blickte zu ihr hinab.

Sie blinzelte erneut. Doch er ging nicht und sie spürte, wie alle Farbe aus ihrem Gesicht wich.

„Gut, ich schreibe dir morgen und hole dich dann ab." Claas holte sie aus ihrer Erstarrung zurück und ihr Kopf schnellte förmlich zu ihm. „Okay?", fragte er jetzt und runzelte die Stirn.

Sie konnte nur nicken, was ihm zu genügen schien, denn er küsste sie auf die Wange und stieg dann in seinen Wagen, ohne dass Frieda wirklich atmen konnte.

Sie wollte so gerne zurück nach oben blicken, sie wollte, dass Rafael da war, aber was war, wenn sie wirklich nur einen Geist gesehen hatte? Was wäre, wenn er gar nicht dastehen würde? Und was wäre wenn?

Stumm verfolgte sie Claas mit ihrem Blick, der nun rasant und nahezu lautlos aus ihrer Einfahrt fuhr.

Erst außer Sichtweite drehte sie sich zu Rafaels Fenster. Doch er war inzwischen verschwunden oder nie dagewesen.

Rafael

Traurigkeit und Wut.

Er spielte einen weiteren Akkord, versuchte sich zu konzentrieren, aber da waren wieder nur Traurigkeit und Wut.

Frieda wohnte immer noch hier, was er nicht anders erwartet hatte, doch ihr schien es nicht gut zu gehen. Ihr Blick …

Eine Gänsehaut breitete sich auch jetzt noch auf ihm aus, eine Stunde, nachdem er sie gesehen hatte. Diese Traurigkeit an ihr, nicht nur in ihrem Blick, sondern in ihrer ganzen Haltung.

Aus ihr sprühte sie förmlich, auch wenn sie noch so sehr versuchte, nicht zu traurig zu sein.

Bullshit auf diesen ganzen Mist, dass sie nicht warten sollten. Sie wollte weitermachen, offensichtlich tat sie das, aber sie blieb traurig und unglücklich.

Womit er zur Wut kam. Er war nie wirklich gewalttätig gewesen, aber wie dieser Schnösel, der offensichtlich so aussehen wollte, als käme er aus Sylt oder vielleicht sogar aus den Hamptons, sie auf die Wange geküsst hatte und sie damit noch mehr geschockt hatte, ließ etwas in ihm erwachen: Wut, Eifersucht und der pure Drang dem Typen eines auf die Fresse zu geben, was vermutlich seine vier Bandmitglieder lachen lassen würde, weil er immer derjenige war, der bei Streitigkeiten dazwischenging und ein gewaltfreies Miteinander predigte.

Die Jungs würden nun sagen, dass Frieda das Animalische in ihm weckte, und er konnte sich genau ihre Gesichter vorstellen, wie sie lachen würden, was ihn ein wenig beruhigte.

Sana würde vermutlich auf schnippische Art und Weise sagen, dass es Liebe sei.

Alle hätten recht, doch diese Erkenntnis machte es kein bisschen leichter.

Und dann hatte Frieda ihn noch dummerweise gesehen, weil er nicht schnell genug reagiert hatte und sich dann nicht hatte abwenden können, als sie ihn mit ihren großen traurigen Augen und den wilden Haaren angestarrt hatte.

Doch er konnte nichts tun. Sie wollte nicht, dass er länger wartete und sie sollte nicht erfahren, dass er genau das noch tat.

Sie hatte in drei Tagen Geburtstag und im Gegensatz zu letztem Jahr hatte er sie nicht überraschen wollen, er war nur hierhergefahren, um sich davon zu überzeugen, dass es ihr gut ging.

Das war zumindest seine Ausrede gewesen.

Ihr ging es nicht gut, aber sie wollte ihn nicht mehr in ihrem Leben. Er hatte keine Ahnung, was er jetzt tun sollte. Wieder fahren? Abwarten?

Ein neuer Akkord ließ ihn seufzen. Jetzt war da nur noch Trauer.

30

Die nächsten Stunden wanderte sie unruhig durch das Haus und überlegte, was sie tun sollte. Ihre letzte Begegnung war in drei Tagen ein Jahr her.

Seitdem er vor einem Jahr gegangen war, hatte sie ihn nicht wiedergesehen. Sie hatte keine News verfolgt und immer weggeschaltet, wenn sie im Radio Songs von Quiet Place spielten. Alles, was mit ihm zu tun hatte, hatte sie ignoriert und sich nur auf das Ziel konzentriert, das sie sich vor einem Jahr gesetzt hatte. Weitermachten. Nicht mehr warten.

Doch jetzt war er wieder hier, aber warum?

Schmerz durchzog ihre Brust und sie wusste nicht, ob sie es lieben sollte, dass er immer noch an sie dachte, oder hassen, weil er wieder in ihr Leben stürmte, obwohl sie deutlich gesagt hatte, dass sie das nicht mehr wollte.

Und nun hatte er sie auch noch mit Claas gesehen, was sich noch schrecklicher anfühlte, so als hätte sie ihn ausgetauscht oder betrogen, obwohl sie beides nicht getan hatte.

Panik stieg in ihr auf und flachte dann wieder ab. Selbst wenn er das dachte, war das nicht eigentlich gut? Sie hatte ihm gesagt, dass er nicht länger warten sollte. Sie wollte ein neues Leben, diese Beobachtung würde das Ganze vielleicht nur beschleunigen.

Trotzdem fühlte sie sich scheiße und dieser Zustand änderte sich den restlichen Abend über nicht. Auch schlafen konnte sie nicht und sie erwischte sich irgendwann dabei, wie sie zum Fenster schlich und hinübersah. Doch sie konnte nichts erkennen, das Haus lag im Dunkeln und Schmerz breitete sich in ihr aus. Hatte sie sich das alles vielleicht doch nur eingebildet?

***

Sie sah ihn bis zum nächsten Abend nicht, als Claas vorbeikam, um sie abzuholen. Inzwischen schien sie beinahe sicher, von einem Geist verfolgt zu werden und das setzte ihr schwer zu. Anstatt sich über ihren Abschluss zu freuen, sich von allen feiern zu lassen, hatte sie den Tag mit Arbeit und einem nicht enden wollenden Gedankenkarussell verbracht, das nicht aufhören wollte, sich zu drehen. Nicht mal mit Paula hatte sie reden können, weil diese arbeiten musste.

„Alles in Ordnung?", fragte Claas sie, als sie die Einfahrt runter zu seinem Auto liefen und sie permanent das Gefühl hatte, beobachtet zu werden.

„Nur gestresst", murmelte sie.

„Wenn du nicht essen gehen willst, können wir auch hierbleiben oder zu mir fahren", antwortete er verständnisvoll.

„Nein, schon gut." Vielleicht würde es ihr sogar guttun, hier wegzukommen. Wenn sie sich das Ganze nur eingebildet hatte, musste sie dieses zwanghafte Trugbild endgültig loswerden.

Sie fuhren also und blieben nicht in Norddeich oder Norden, sondern fuhren in ein Restaurant nach Emden, was den Vorteil hatte, dass sie dort niemanden kannten. Sie unterhielten sich gut, das Essen schmeckte und trotzdem fühlte sie sich den ganzen Abend groggy, was auch Claas auffiel. Sein Stirnrunzeln wurde zumindest immer größer, bis er sie dann nach Hause brachte und schließlich nach der 45-minütigen Fahrt auf ihre Einfahrt fuhr.

„Wir sind da", murmelte sie und spürte den riesigen Kloß im Hals.

„Ja", bestätigte er. „Verrätst du mir jetzt, was los ist? Du warst den ganzen Abend gar nicht richtig anwesend." Er klang nicht wirklich vorwurfsvoll, was sie ihm nicht verübelt hätte, sondern ernsthaft besorgt.

„Tut mir leid, ich weiß auch nicht. Ich habe letzte Nacht schlecht geschlafen und fühle mich heute einfach nicht gut. Es liegt nicht an dir." Und das tat es wirklich nicht, auch wenn sie heute Abend partiell vielleicht mit den Gedanken woanders gewesen war.

„Okay, aber warum hast du dann nicht abgesagt?"

„Weil ich dachte, dass mir Ablenkung gut tut." Was der Wahrheit entsprach. Doch heute fühlte sich ihre Batterie leer an und am liebsten wollte sie sich einfach nur noch verkriechen.

Er betrachtete sie einen Moment. „Soll ich noch mit reinkommen?", fragte er und sie schluckte. Vielleicht war Rafael auch ein Zeichen, Claas die Wahrheit zu sagen. Sie wollte keine Beziehung mit ihm und auch wenn es heute Abend nett mit ihm gewesen war, fühlte sie sich kein bisschen zu ihm hingezogen. Frieda musste dem Ganzen nun Einhalt gebieten, bevor die Situation für sie beide noch unangenehmer wurde.

Sie seufzte. „Sei mir nicht böse, aber ich möchte das nicht. Ich bin zu müde für noch irgendwas." Womit sie immer noch nicht mit der absoluten Wahrheit rausgerückt war.

„Schon gut, das verstehe ich. Sollen wir uns irgendwann die nächsten Tage treffen? Du hast doch auch bald Geburtstag, oder?"

Sie nickte vorsichtig.

Er betrachtete sie immer noch und sie fühlte sich hier im Auto auf der Einfahrt immer unwohler. „Oder willst du dich nicht mehr mit mir treffen?", fragte er weiter und stellte damit genau die Frage, um die es hier eigentlich ging und um die sie bisher immer einen Bogen gemacht hatte.

„Doch", wisperte sie und schaute kurz zu ihm. Sein Blick wirkte analysierend. Sie mochte ihn als Freund, das wollte sie nicht verlieren, aber es schien klar, dass sie hier in unterschiedliche Richtungen dachten.

„Aber?", fragte er nun.

Sie schwieg.

„Du willst keine Beziehung, richtig?", machte er weiter, sprach das aus, was sie nicht hatte zugeben können, und klang nun doch ein wenig verletzt.

„Claas, ehrlich, es liegt nicht an dir. Du bist toll, aber …"

„Aber eher wie ein guter Freund …", beendete er trocken ihren Satz.

Sie nickte und fühlte sich gleichzeitig erleichtert, das endlich zugegeben zu haben, aber auch ängstlich, weil sie schon wieder jemanden mit ihren Gefühlen verletzt hatte.

Claas atmete durch. „Alles klar. Danke, dass du ehrlich warst."

Frieda blickte ihn kurz an, aber er schaute nun weg. „Ich gehe jetzt vielleicht besser. Soll ich dich anrufen und wir treffen uns mal wieder?", versuchte sie die Lage noch zu retten.

Er nickte einfach nur und sie war sich nicht sicher, ob er das wirklich wollte. Vielleicht brauchte Claas ein paar Tage, um darüber hinwegzukommen. Die Alternative blieb, dass sie es mal wieder vermasselt hatte.

„Tut mir leid", entschuldigte sie sich, dann öffnete sie die Beifahrertür und stieg aus. Bevor sie die Tür zuschlug, flüsterte sie noch ein „Tschüss Claas!", was er genauso leise erwiderte.

Sie wartete vor dem Wagen, bis er außer Sichtweite war und schaute rauf zu Rafaels Zimmer, das wie sonst auch im Dunkeln lag.

Hatte sie sich das wirklich alles nur eingebildet?

***

Zwei Tage später an ihrem Geburtstag hatte sie wie auch die letzten Jahre nichts Großartiges geplant. Ganz im Gegenteil brach sie jeglichen ihrer Vorsätze und hatte versucht, sich extra viel Arbeit aufzuhalsen, damit sie von dem eigentlichen Tag gar nicht so viel mitbekam.

Die Erinnerungen an Rafael vom letzten Jahr, die Erinnerungen an die vergangenen Tage schmerzten einfach so sehr.

Als sie abends nach dem langen Tag nach Hause kam, sah sie wieder auf das Nachbarhaus, doch auch heute war keine Spur von Rafael zu sehen, stattdessen parkte ein fremdes Auto vor der Garage und sie erkannte, dass offensichtlich gerade erst neue Gäste angekommen waren, die ihre Taschen aus dem Kofferraum holten. Wie immer begrüßte sie diese mit einem neutralen Moin, worauf sie ein leicht irritiertes Morgen zurückbekam.

Sie sparte sich das Augenverdrehen und parkte stattdessen schnell ihr Fahrrad in der Garage, um dann zur Vordertür zu gehen und den Briefkasten nach Post zu kontrollieren.

Die üblichen Sachen waren dabei, zwei Werbebriefe mit Geburtstagsgratulationen, ein Brief ihrer Großtante, die es liebte, Geburtstagskarten zu schreiben. Dann waren da noch zwei Rechnungen, von denen sie eine gleich aufriss und die Summe kontrollierte.

Mit den Briefen trat sie ins Haus hinein und schloss hinter sich die Tür. Hier war es ruhig und einen Moment hielt sie inne. Niemand wartete hier, niemand wohnte mehr hier. Sie war ganz allein, was sie einen Moment schlucken ließ. Doch hatte sie es anders gewollt? Nein, hatte sie nicht, so wie sie in den letzten Jahren gelebt hatte.

Jeder Gedanke, in der sie ihre Einsamkeit bedauerte, schien zu viel, denn Frieda war selbst schuld an ihrer Situation.

Sie lief in die Küche und schaute dann noch weiter die Post durch. Unter der zweiten Rechnung befand sich noch ein weiterer Werbebrief und dann entdeckte sie plötzlich einen weiteren weißen Umschlag, den sie zuerst gar nicht gesehen hatte.

Schnell griff sie aus einem Gefühl heraus danach, doch es befand sich keine Adresse, nicht einmal eine Briefmarke darauf, nur ihr Name in einer geschwungenen Handschrift.

Frieda starrte auf den Namen und auf die Handschrift und ahnte, was das hier sein konnte.

Sie spürte, wie sehr ihr Herz klopfte. Der Puls stieg und sie wollte sowohl den Brief öffnen als auch genau das nicht tun. Sie wollte die alten Wunden nicht aufreißen, aber andererseits würde es sie auch quälen, genau das nicht zu tun.

Sie überlegte, Paula anzurufen, hatte aber Angst, dass sie unnötig Panik schob. Ihre beste Freundin wusste ja noch nicht einmal, dass sie Rafael wiedergesehen und Claas einen Korb gegeben hatte. War es da so schlau, sie nun wegen des Briefes zu kontaktieren, von dem sie noch nicht mal wusste, ob er von ihm war?

Schließlich gab sie sich einen Ruck und tat, was getan werden musste. Sie öffnete ihn und fand eine Geburtstagskarte mit einem Blumenstrauß darauf darin.

In der Karte standen nur zwei Worte in genau derselben geschwungenen, wenn auch eher unleserlichen Schrift des Umschlages: *Happy Birthday!*

Kein Name stand darunter und auch sonst nichts, doch sie wusste, dass diese Karte nur von Rafael sein konnte. Er war hier gewesen, doch sie hatte keine Ahnung, was das nun bedeuten sollte ... Hoffnung vielleicht? Oder war es ein Abschied?

Weihnachten ...

Wenn die Welle mir
den Atem verschlägt,
mein Ende gekommen
zu sein scheint,
das schwarze Wasser
alles Licht verschlingt,
bist du mein Mond
und meine Sonne,
um den Weg zurückzufinden.

frei übersetzt aus dem Song „Black Wave" von Quiet Place

31

Früher hatte sie Weihnachten geliebt. Damals als sie und ihre Schwester noch klein waren, hatten sich ihre Eltern an Weihnachten immer Zeit für die Familie genommen – wohl so ziemlich das einzige Mal im Jahr. Sie verlebten tolle Tage mit Spielen, Fernsehen und viel gutem Essen. Sie trafen den Rest der Familie und ließen es sich gut gehen.

Spätestens mit dem Unfall ihrer Schwester, Friedas Rückkehr nach Ostfriesland und vor allem seit der Scheidung ihrer Eltern hatte sich alles verändert. Die Weihnachtstage bildeten ein Sinnbild für ihre kaputte Familie und für ihre Einsamkeit. Nichts konnte man mehr mit früher vergleichen und auch dieses Jahr bildete dabei keine Ausnahme.

Heiligabend hatte sie bei ihrer Mutter verbracht und dort gegessen. Es war nicht schlecht gewesen, aber wenn nicht die Deko oder der Weihnachtsbaum gewesen wären, hätte es auch ein stinknormaler Besuch sein können. Sie hatte ihrer Mutter einen schönen Schal geschenkt, den sie irgendwann mal entdeckt hatte, und ihre Mutter hatte sie schlicht mit einem Gutschein bedacht, was Frieda am liebsten war. Die meiste Zeit hatten sie dann vor dem Fernseher verbracht, weil sie nicht wussten, was sie miteinander groß besprechen sollten. Sie hatten dann noch kurz mit Tomma geredet, die ihren USA-Aufenthalt wegen einer Beziehung verlängert hatte, und mit der Frieda kaum noch sprach. Frieda bedauerte das und versuchte sie öfter zu erreichen, aber hatte das Gefühl, dass ihre Schwester nicht so wirklich wollte, was Frieda nicht verstand. Sie würde Ende Januar zurückkommen und Frieda hatte keine Ahnung, was Tomma dann vorhatte.

Den 1. Weihnachtstag hatte sie dann wieder allein verbracht und die Ruhe genossen. Ihren Vater traf sie erst am 2. Weihnachtsfeiertag, als er überraschend mit ihr und ihrer Mutter essen gehen wollte, was sie eigenartig fand. Ihr Vater hatte seit der Trennung Weihnachten nie was mit ihrer Mutter machen wollen, was daran lag, dass er jetzt schon längere Zeit in einer Beziehung war. Frieda kannte seine Freundin nicht wahnsinnig gut, fand sie aber ganz in Ordnung.

Sie betrat nun das Restaurant und ihre Eltern waren zu ihrem Erstaunen beide schon da. Sie begrüßte die Wirtin, die sie vom Sehen kannte und ging zu dem Tisch ihrer Eltern, die sich angeregt zu unterhalten schienen.

„Moin, frohe Weihnachten!", sagte sie zu ihrem Vater, der von seinem Stuhl aufstand und sie umarmte.

„Dir auch, Stummel. Hast du Hunger mitgebracht?", fragte er und sie riss sich zusammen, nichts wegen des Spitznamens zu sagen. Das hatte er ewig nicht getan und ihr Gefühl bei der ganzen Sache hier wurde nicht besser.

„Bisschen." Sie setzte sich neben ihre Mutter, die kurz ihre Hand drückte und ernst wirkte.

Sie bestellten schnell, ihr Vater überreichte ihr ihr Geschenk – einen mittleren dreistelligen Betrag an Geld, was er als Weihnachtsgeld bezeichnete – und er erzählte unverfänglich, wie er Weihnachten verbracht hatte. Ihre Mutter war am 1. Weihnachtstag bei ihrem neuen Freund gewesen, den Frieda tatsächlich noch nicht kannte.

Als sie ihre Getränke erhielten, bemerkte sie, wie ihre Eltern stumm miteinander kommunizierten. „Ist irgendwas?", fragte sie sofort, weil sie sich immer unwohler fühlte.

Ihre Mutter seufzte, doch ihr Vater ergriff das Wort. „Es gibt eine Sache, über die wir mit dir sprechen wollen."

Frieda runzelte die Stirn. „Ich dachte einfach, das wäre ein normales Weihnachtsessen ohne Tomma und ohne Familie." Das Familientreffen stand erst morgen nach Weihnachten an, weil der Tag auf einen Sonntag fiel.

„Nein", antwortete ihre Mutter und wirkte plötzlich angespannt. „Dein Vater und ich haben etwas beschlossen."

Etwas beschlossen? Zusammen? Das hatte sie seit Jahren nicht erlebt, warum auf einmal so ein Sinneswandel? Ganz plötzlich fühlte sie sich nicht mehr nur unwohl, sie hatte das

Gefühl es würde etwas großes passieren, ohne dass sie das gut fand.

„Eigentlich ist es mehr ein Geschenk", machte ihr Vater weiter. „Wir haben beschlossen alles zu verkaufen.", begann er und Frieda hielt die Luft an. „Die Immobilienpreise sind auf dem Höhepunkt und du hast damit endlich die Gelegenheit deinen eigenen Weg zu gehen."

„Was?", wisperte sie und hoffte, dass sie sich verhört hatte. Ihre Eltern wollten alles verkaufen? Rein rechtlich konnten sie das, ihnen gehörte ja schließlich alles. Aber warum jetzt? Warum nicht schon vor Jahren? Und warum hatten ihre Eltern sie nicht gefragt, sondern präsentierten es ihr jetzt als Geschenk?

„Alles. Die Häuser und die Wohnungen, wir werden einen wahnsinnigen Gewinn machen." Ihr Vater seufzte zufrieden.

Ihre Mutter legte eine Hand auf ihren Arm. „Wir wollten dich nicht übergehen, aber uns ist klar, dass du das hier nie machen wolltest. Du wolltest weggehen und bekommst natürlich auch eine Abfindung für deine gute Arbeit."

Frieda konnte inzwischen nicht mehr denken und hörte stumm ihren Eltern zu. Ja, sie wollte früher immer weg. Auch wenn sie sich in den letzten Jahren irgendwie arrangiert hatte, ein Studium abgeschlossen und alles an ‚Ostfrieslandhass', wie es Rafael einmal genannt hatte, unterdrückte, hatte sie im Grunde immer weggewollt. Doch seit einem Jahr tat sie ihr Bestes, ihre Einstellung zu ändern und war so weit gekommen. Sie hatte keine Ahnung, was sie stattdessen machen sollte und genau zu diesem Zeitpunkt verkauften ihre Eltern alles?

Ihr Vater nickte jetzt ihrer Mutter zu, um alles zu bestätigen und das gab ihr den endgültigen Rest. Dass ihre Eltern so viel Macht über sie besaßen, wieder alles zerstörten, brachte das Fass zum Überlaufen. Ruckhaft stand sie auf, denn ihr war schlecht. Sie wollte keine Minute länger hierbleiben.

„Ich gehe!"', murmelte sie.

„Frieda … Das musst du nicht, wir dachten, du freust dich …" Ihr Vater wollte sie festhalten, aber sie riss sich rechtzeitig los. Sie konnte die beiden nur anstarren, auch wenn sie viel lieber geschrien hätte. Laut geschrien. Doch sie waren nicht allein.

Entschlossen verließ sie das Lokal, wütend schwang sie sich auf ihr Fahrrad und fuhr wie eine Furie los. Zu ihrem weiteren Glück war gerade dank Weihnachten nicht viel unterwegs, denn als sie irgendwann in ihrem Elternhaus ankam, musste sie von der Zeit her wie ein Berserker gefahren sein und sie hatte keine Ahnung mehr, wie sie überhaupt hierhergekommen war.

Blanke Wut beherrschte sie und sie schritt in ihr Zimmer, schmiss die Tür hinter sich zu und schrie so lange in ihr Kissen, bis sie erschöpft zusammenbrach. Wie konnten sie ihr das nur antun?

32

Das Loch, in das sie fiel, war tiefer als alle, die sie je erlebt hatte. Nichts schien mehr einen Sinn zu machen und sie wusste nicht, wie sie das schaffen sollte. Stundenlang fühlte sie sich wie im Koma, während ihre Eltern versucht hatten, sie anzurufen. Immerhin tauchten sie nicht bei ihr auf, was sie ihnen auch geraten haben wollte, denn dann hätte sie wohl für nichts mehr garantiert. Die Familienfeier am nächsten Tag ließ sie ausfallen, stattdessen verkroch sie sich noch mehr, bis sie irgendwann einen weiteren Tag später die Kraft fand, Paula anzurufen, die inzwischen als Assistenzärztin an der Charité arbeitete und nebenbei auch ihren Doktor machen würde. Sie hatte Weihnachten nicht kommen können und würde auch den Jahreswechsel über dort bleiben, um zu arbeiten. Paula hatte ihr in den letzten Tagen ein paar Nachrichten geschrieben, auf die Frieda bis jetzt nicht geantwortet hatte.

Ihre beste Freundin nahm sofort ab. „Hey beste Freundin, du lebst noch."

„Ja!", antwortete sie und hörte selbst, wie sehr sie krächzte.

„Oh scheiße, was ist denn mit dir los? Brauchst du ein Rezept für irgendwas? Sollen wir eine Videosprechstunde machen?" Sie schlug ihren Ärztinnenton an und in einer normalen Situation hätte Frieda sich kaputtgelacht. Doch heute konnte sie das nicht.

„Nein …", schluchzte sie plötzlich.

Jetzt wurde Paula ruhig. „Was ist passiert?"

„Meine Eltern." Sie schluchzte wieder. „Sie wollen alles verkaufen."

„Wie alles verkaufen?", kreischte Paula los.

„Alles, was ihnen hier gehört, die Ferienwohnungen, die Häuser …" Sie wischte sich eine Träne weg. „Sie sagen, dass die Immobilienpreise gerade hoch sind, und nun ist ihnen anscheinend nach so vielen Jahren aufgefallen, dass ich das ja nie machen wollte." Plötzlich konnte sie nicht mehr und weinte richtig los.

„WAS?", schrie Paula gleichzeitig und Frieda bemerkte, dass sie offenbar was zu irgendwem sagte. Doch sie konnte nicht nachfragen und Paula sprach wieder zu ihr. „Frieda … hey … psst. Vergiss nicht zu atmen", wisperte sie nun mit sanfter Stimme, was Frieda tatsächlich etwas beruhigte.

„Tut mir leid."

„Kein Problem, dafür bin ich doch da. Ich habe bloß gleich Dienst."

„Tut mir leid, dass ich dich störe", flüsterte sie.

„Nein, schon gut." Paula schien durchzuatmen. „Das ist Mist, Frieda."

„Ich weiß."

„Wie hast du reagiert?", fragte Paula und Frieda fand es schön, dass sie sich offenbar Zeit nahm, auch wenn sie eigentlich arbeiten musste.

„Gar nicht", murmelte sie mit brüchiger Stimme. „Sie haben mir das beim Essen gesagt, ich hätte sie beinahe angeschrien …"

„Was sie verdient hätten …"

„Stattdessen bin ich gegangen."

„Du hast dich verkrochen", stellte Paula sanft fest und Frieda erkannte das Mitleid in ihrer Stimme.

Sie nickte und auch wenn ihre Freundin das nicht sehen konnte, verstand sie es auch so.

„Oh Frieda …"

„Was soll ich jetzt nur tun?", krächzte sie und wischte sich weitere Tränen weg.

Paula schnaubte und atmete einen Moment durch. „Ich habe keine Ahnung, das kommt echt überraschend. So schnell wird das alles vermutlich nicht gehen, beruhig dich also erst einmal. Verkriech dich von mir aus ein paar Tage, aber dann musst du schauen, dass du weitermachst, wie auch immer das aussehen wird … vielleicht ist das auch eine Chance?", fragte sie leise.

Frieda gab ein zustimmendes Geräusch, auch wenn sie absolut keine Perspektive sah. Aber vielleicht hatte Paula recht, vielleicht brauchte sie ein bisschen Zeit. „Ich wollte das hier nie, aber jetzt habe ich nichts mehr, wohin ich gehen könnte." Sie ließ es zu, dass sie einen Moment an Rafael dachte, der auch weg war – erfolgreich von ihr vergrault. Wieder schluchzte sie. „Ich denke darüber nach", murmelte sie. „Und du musst jetzt arbeiten, ich komme irgendwie klar."

Sie wusste nicht, ob Paula davon tatsächlich überzeugt wurde, aber sie lenkte ein. „Das werde ich und du tust alles, was dir guttut. Eis, Schokolade, Chips, was auch immer. Und wenn was ist, ruf mich sofort an, okay?"

„Danke Paula." Sie schluchzte erneut.

„Frieda, dafür sind beste Freundinnen doch da. Wir hören uns, okay? Schreib mir nachher noch mal, damit ich weiß, dass es dir gut geht."

„Mache ich."

„Es tut mir echt leid!", sagte Paula noch einmal.

Das tat es Frieda auch und sie hatte keine Ahnung, was nun aus ihr werden sollte.

33

Die nächsten Tage vergingen zäh, aber Frieda machte genau das, was Paula ihr geraten hatte. Sie verkroch sich, machte nur das, was sie tun musste, und brütete ansonsten vor sich hin. Von Tag zu Tag wurde es besser und die einzige Kommunikation mit ihren Eltern belief sich darauf, dass sie ihnen eine kurze, aber deutliche Nachricht schrieb, dass sie sie eine Weile in Ruhe lassen sollten. Beide antworteten irgendwas, aber das las Frieda erst gar nicht.

Das neue Jahr begann, den Übergang hatte sie schlicht und absolut erbärmlich verschlafen. Morgens schrieb sie kurz mit Paula, die sie mit einer gleichzeitig schockierenden wie auch lustigen Darstellung ihrer Silvesternacht zum Lachen brachte.

Während sie um Silvester noch einiges an Arbeit hatte, wurde es nun im neuen Jahr wie immer still. Zu dieser Zeit leerte Norddeich sich schon allein des Wetters und der Kälte wegen. Was in dieser Zeit verstärkt kam, waren Buchungen für den Sommer, den Herbst oder sogar schon für nächstes Jahr. Frieda hatte keine Ahnung, ob diese überhaupt noch stattfinden konnten, aber andererseits hatten ihre Eltern noch nichts verkauft. Ihr war jedoch klar, dass sie das Thema nicht ewig vor sich herschieben konnte und mit ihren Eltern sprechen musste. Sie musste wissen, zu wann sie die Verkäufe planten, wie das aussehen sollte und wie viel Zeit sie somit hatte, sich etwas Neues zu suchen. Dieser Punkt machte sie schlicht ratlos und sie hoffte einfach, dass sie irgendwann zu einer Erkenntnis kommen würde.

Ein paar Tage später, als besonders viele Buchungen eintrudelten, beschloss sie, das Thema nicht weiter aufzuschieben und rief nach langer Überlegung am späten Nachmittag ihre Mutter an, die schon seit Jahren nicht mehr arbeitete, sondern schlicht von dem lebte, was Frieda ihr einbrachte. Klar, war sie eine ganze Weile krank gewesen, aber gerade in den letzten zwei drei Jahren hatte sich das geändert.

Sie unterdrückte die aufkommende Wut und schnappte sich ihr Festnetztelefon und rief ihre Mutter an, die nach dem ersten Klingeln bereits abnahm.

„Hallo Kükelstern", begrüßte sie sie sanft. „Na, hast du dich wieder beruhigt?"

Frieda atmete meditativ durch und musste sich beherrschen, ihren Zorn nun nicht freien Lauf zu lassen. „Nein, habe ich nicht. Ich bin wütend, ich bin enttäuscht und ich weiß nicht, was ich sagen soll, aber ich muss ein paar Dinge wissen. Bis wann wollt ihr alles verkaufen?", schlug sie einen geschäftsmäßigen Ton an.

Ihre Mutter seufzte. „Dein Vater ist schon dabei und hat sich mit ein paar Maklern getroffen, um verschiedene Optionen durchzugehen. Also vermutlich so schnell wie möglich."

Frieda schluckte, denn das hatte sie befürchtet. „Also sollte ich keine Buchungen mehr annehmen?"

„Hmm, das ist nicht so leicht zu beantworten. Es besteht die Chance, dass es auch jemand in Teilen übernimmt samt der dranhängenden Vermietung."

„Aber du bist nicht sicher …"

„Nein, bin ich nicht. Ich würde sagen, mach einfach erst einmal weiter." Ihre Mutter seufzte. „Es tut mir leid, dass du offensichtlich sauer bist. Wir dachten, dass wir damit einen Gefallen tun."

„Ehrlich? Ihr lasst mich jahrelang hier arbeiten und ihr glaubt, dass ihr mir einen Gefallen tut, etwas zu entscheiden, ohne mich zu fragen? Ohne mich einzubeziehen? Ich mach den ganzen Mist seit Jahren und von heute auf morgen beschließt ihr alles aufzugeben. Aber ich bin ja nur eure Tochter, die man hier arbeiten lassen kann und die das, wenn die Eltern etwas anderes wollen, einfach hinnimmt", fügte sie ironisch hinzu, was ihr ein bisschen guttat.

„Wir lassen dich arbeiten?" Plötzlich wurde der Ton ihrer Mutter schärfer.

„Ich bin zurückgekommen, als Tommas Unfall passiert ist, ich habe alles übernommen, weil ihr bei ihr sein wolltet. Ich habe nach eurer Trennung weitergemacht, als ihr euch nicht einigen konntet. Ich mache alles seit Jahren, ich habe sogar ein Studium in die Richtung gemacht, was ich nie wollte … und ihr glaubt, ich freue mich, dass ihr mir jetzt auf einmal alles wegnehmt?" Die Wut flammte wieder auf.

„Kükelsternchen …" Ihre Mutter zögerte und schnaubte dann. „Du hättest das alles nie tun müssen …"

„Hätte ich nicht?", brüllte sie.

Doch ihre Mutter ließ sich nicht aus der Ruhe bringen. „Nein, hättest du nicht. Du bist volljährig. Wir waren dir immer dankbar, wir wussten, dass du viel opferst, aber wir hätten dich niemals aufgehalten."

Sprachlos dachte sie über die Worte ihrer Mutter nach und fragte sich, ob sie beide in der Sache zwei komplett verschiedene Erinnerungen hatten. Sie hatte es damals übernehmen müssen, weil ihre Eltern nichts gemacht hatten und kaum ihre Fragen hatten beantworten können. Dann war ihre Mutter in eine tiefe Depression gefallen und mehr Geist als Mensch gewesen, wie hätte sie da bitte gehen können? Alles wäre dann auseinandergebrochen und vermutlich hätten sie heute dann nicht all das Geld, das mehr oder minder allein Friedas Verdienst war.

Ihre Mutter räusperte sich und schlug einen sanfteren Ton an. „Frieda, komm, wir setzen uns noch mal in Ruhe zusammen, dann können wir alles besprechen, auch in der Sache, was mit unserem alten Familienhaus passiert … und wenn du willst, reden wir auch über deine Pläne …"

„Mit unserem Haus?", unterbrach sie heiser und plötzlich traf sie der Schlag. „Ihr wollt auch unser Haus verkaufen, das, in dem ich jetzt wohne?" Sie schaute sich um und fühlte sich, als hätte man ihr einen Eimer eiskaltes Wasser über den Kopf gegossen.

„Natürlich, es ist doch viel zu groß für dich und müsste dringend mal saniert werden. Du hast dich doch die ganzen Jahre nie darum gekümmert und …"

In diesem Moment konnte Frieda nicht anders, sie wollte nichts mehr hören, konnte nicht noch mehr von ihrer Mutter ertragen und legte einfach auf.

Sie stand im Büro und spürte, wie eine Panikattacke sie überrollte. Sie glaubte zumindest, dass es eine war, denn sie bekam keine Luft und wollte nur noch weg. Angst überrollte sie, Wut, Trauer, alles. Und es war einfach zu viel, um es zu ertragen …

Sie lief hinaus und in eine dunkle Ecke in den Flur, wo sie sich früher versteckt hatte, und sie sich abgeschirmt fühlte.

Sie versuchte zu atmen, sie versuchte den Schmerz zu ertragen und sie versuchte nicht durchzudrehen.

Alles misslang.

***

Sie hatte keine Ahnung, wie lange sie hier saß, als sie aufstand und mit ihrem Handy nach oben in ihr sicheres Zimmer ging. Wieder überwältigte sie der Schmerz, wenn sie daran dachte, dass sie hier bald nicht mehr wohnen konnte.

Es war nicht einmal die Tatsache, dass sie hier gerne lebte, denn das tat sie nicht, aber der Fakt, dass sie im Grunde genommen hinausgeworfen wurde, dass ihren Eltern egal zu sein schien, was sie in den letzten Jahren gemacht hatten. Dass ihnen die Erinnerungen, die an diesem Haus hingen, nicht wichtig waren, dass sie noch einmal mehr Frieda ignoriert hatten und einfach so eine Sache beschlossen … Das alles verletzte sie so sehr, dass sie nicht wusste, wie sie das ertragen sollte.

Auf ihrem Bett versuchte sie Paula anzurufen, aber die nahm nicht ab und Frieda versuchte sich verzweifelt daran zu erinnern, ob sie heute arbeiten musste, kam aber nicht drauf, weil ihr Gehirn sich total blockiert anfühlte.

Sie schnappte nach Luft, ihre Hand zitterte und überlegte, wen sie sonst anrufen konnte. Doch sie wusste niemanden. Alle ihre hiesigen Bekanntschaften waren eben genau das: Bekanntschaften. Dann dachte sie einen Moment an ihre Schwester, aber verwarf diesen Gedanken gleich wieder. Tomma wollte garantiert nicht mit ihr reden und Frieda wusste auch gar nicht, ob Tomma nicht vielleicht sogar in alles eingeweiht war? Ihren Eltern wäre das zumindest zuzutrauen.

Ein weiterer Versuch bei Paula scheiterte, was sie zittrig durch ihre Kontaktliste durchscrollen ließ. Ihr Blick blieb einen Moment bei ihrer alten Chefin Janna hängen, aber auch mit der hatte sie ewig nicht gesprochen.

Sie scrollte weiter, bis ihr Blick Rafaels Nummer streifte, die sie seit eineinhalb Jahren nicht mehr benutzt hatte, aber auch nie hatte löschen können.

Wie würde er reagieren, wenn sie ihn auf einmal anrief? Vermutlich würde er überhaupt nicht dran gehen. Er hatte unter Garantie ihre Nummer gelöscht. Sie scrollte weiter, aber viele Namen kamen nicht mehr.

Tränen traten in ihre Augen. Sie war ganz allein, sie hatte niemanden und das spürte sie nun mit voller Macht.

Verzweifelt wollte sie ihr Handy bereits gegen die nächste Wand schleudern, aber dann hielt sie inne.

Voller Verzweiflung tat sie etwas, was sinnlos war, aber wovon sie sich auch nicht abhalten konnte.

Sie öffnete WhatsApp und scrollte ebenfalls durch, bis sie seinen Namen fand. Schnell tippte sie.

„Hattest du schon mal das Gefühl, dass alles in deinem Leben den Bach runter geht? Alles, was passiert ist, tut mir furchtbar leid!"

Sie schluchzte leise, doch wischte die Tränen weg. Das hier würde eh nichts bringen, aber sie musste jemandem schreiben und er war die einzige Person, um die es ihr wirklich leidtat.

Die Nachricht hatte sie schon abgeschickt, bis sie zu der Erkenntnis kam, dass das hier dumm war. Frieda wollte sie gerade wieder löschen, doch es war zu spät.

Rafael hatte sie gesehen und schneller als sie atmen konnte, kam eine Antwort. *„Nein!"*

Sie schluckte, denn sie wusste, was die Nachricht bedeutete. Er hatte nie das Gefühl gehabt, er bereute nichts und das brach ihr ein weiteres Mal das Herz. Ihre Entschuldigung war ihm egal, sie war ihm egal. Vermutlich hatte er längst jemanden, er führte ein komplett anderes Leben und wieder wurde ihr bewusst, wie schwachsinnig allein der Gedanke war, dass sie ihm etwas bedeuten konnte. Sie kannten sich nicht, er war seit Jahren eine Figur in ihrem Leben gewesen, die sie zu einem Ideal stilisiert hatte, zu etwas, was es gar nicht gab.

Wieder schluckte sie die Tränen hinunter. Ihre Nachricht war ein Fehler gewesen, sie riss nur alte Wunden bei ihm auf. Wie kam sie nur auf die beschissene Idee, ihm zu schreiben? Tränen rannen ihr nun doch die Wange herunter und schließlich schickte sie noch ein *„Tut mir leid, dass ich dir geschrieben habe"* hinterher.

Doch er antwortete nicht und sie konnte es ihm nicht verübeln.

Rafael

„Hattest du schon mal das Gefühl, dass alles in deinem Leben den Bach runter geht? Alles, was passiert ist, tut mir furchtbar leid!"
Er las die Nachricht immer wieder und dann das *„Nein!"*, was er geantwortet hatte.

Dass alles den Bach runter geht? Nein, das hatte er tatsächlich so noch nie gefühlt, wobei es in Amsterdam vor eineinhalb Jahren dicht davor war. Doch die Musik hatte ihn gerettet und dann die Hoffnung darauf, dass irgendwann doch alles besser werden würde.

Er hatte sich nie gestattet, die Hoffnung zu verlieren. Nicht vor eineinhalb Jahren und auch nicht vor einem halben Jahr, als er Frieda wiedergesehen hatte. Sein Nein sollte ihr beweisen, dass er nicht aufgegeben hatte.

Doch er hatte ein schlechtes Gefühl, besonders als ihre letzte Nachricht gekommen war: *„Tut mir leid, dass ich dir geschrieben habe".*

Er las es wieder und wieder und ihm wurde klar, dass sie das Nein anders deutete.

Nein … was wäre, wenn sie nun dachte, dass ihm ihre Nachricht und Entschuldigung egal waren? Konnte er sicher sein, dass sie es genauso interpretierte wie er?

Sein Kopf hob sich und er blickte sich im Übungsraum seiner Wohnung um. Er wollte eigentlich neue Songs schreiben, Musik machen, doch Friedas Nachrichten klangen nach.

Sie hatte sich eineinhalb Jahre nicht gemeldet und schrieb ihm dann solch eine Message? Warum hatte sie das getan, wenn sie ihn doch eigentlich nicht mehr in ihrem Leben haben wollte?

Das schlechte Gefühl verstärkte sich und sein Nein hatte das nicht verbessert.

Irgendetwas musste passiert sein und er ahnte … nein, eigentlich war er sich sicher, dass es ihr nicht gut ging.

Aber was konnte er jetzt tun?

Er überlegte eine weitere Nachricht zu schreiben, sein Nein zu erklären, sie zu fragen, was los war, aber es waren nur Nachrichten …

Wollte er wirklich riskieren, dass sie wütend wurde, weil er ihre Grenze nicht respektierte?

Aber dann kam wieder dieses Gefühl in ihm hoch. Irgendetwas war einfach nicht in Ordnung.

34

Am nächsten Morgen erwachte sie nach einer Nacht voller Träume und jeder Menge schlechtem Schlaf und wunderte sich, dass sie gestern nach all dem Schmerz überhaupt eingeschlafen war.

Ihre Augen fühlten sich verklebt vom Weinen an, ihr Kopf brummte, aber plötzlich rasten ihre Gedanken und sie konnte nicht mehr einschlafen, so gern sie auch wollte. Eine Welle voller Einsamkeit riss sie um, denn weder Rafael noch Paula hatten sich gemeldet, wobei sie es beiden nicht verübelte. Paula musste offensichtlich arbeiten und hatte dann oft keine Zeit, überhaupt mal auf ihr Telefon zu schauen. Und warum sollte ihr Rafael antworten, wenn er doch mit ihr abgeschlossen hatte?

Schließlich kroch sie erschöpft aus dem Bett, noch vollständig bekleidet, und öffnete die Jalousien ein wenig. Die Straße lag ruhig da. Dafür goss es in Strömen und es stürmte fürchterlich, doch das Wetter hatte selten so zu ihrer Stimmung gepasst wie heute. Frieda empfand es als tröstlich und wollte plötzlich nur noch raus zum Meer, um den Wind oder überhaupt etwas anderes als Einsamkeit, Trauer und Wut zu spüren.

Sie brauchte nicht lange, um sich Sachen überzuziehen und zum Deich zu gehen, vorbei an den roten Klinkerbauten ihres Heimatortes, die momentan nahezu unbewohnt dalagen. Alles wirkte düster und trist, selbst der grüne Deich, dessen im Sturm verwaschen aussehende helle Treppe sie nach oben schritt und dabei ganz schön gegen den Wind kämpfen musste.

Oben blieb sie kurz stehen. Der Wind zehrte noch stärker an ihr, wollte sie am liebsten mitnehmen, und einen Moment lang wünschte sie sich, dass sie einfach mit dem Wind fliegen könnte.

Regen peitschte seitlich gegen ihren Körper und trotz der wetterfesten Kleidung fühlte sie sich schon durchnässt.

Doch das hinderte sie nicht daran, den Deich hinabzugehen und zum Meer zu laufen. Sie kam direkt am Haus des Gastes entlang, dessen blauen Aussichtsturm man kaum im Regen erahnen konnte, weil es so diesig war. Links neben ihr lag der Strand, dessen Sand wie eine Erweiterung des Watts in all dem Regen wirkte.

Sie kam nun näher ans Wasser, ließ das Haus des Gastes hinter sich. Die Flut schien gerade zu kommen. Die Wellen schlugen über die Promenade und spülten schon den ersten Sand weg, sodass sie etwas vor der eigentlichen Promenade stehenblieb und beobachtete, wie das Wasser immer näher rückte.

Frieda hatte schon höhere Wellen gesehen, trotzdem war das hier gerade genau das, was sie brauchte.

Die Wellen, das Salz, der Regen und vor allem der Wind sorgten dafür, dass sie sich wieder selbst spürte, dass sie in ihrem Inneren noch irgendwie lebendig zu sein schien, nach all dem Mist, der sie überrollte, wie die Wellen nun den Strand.

Sie wusste nicht, wie lange sie hier stand, einsam, allein, weil niemand anders sich hier hinaus traute, als sie sich schließlich entschloss, weiterzugehen.

Inzwischen war ihr kalt und sie war durchnässt. Ob sie eine Erkältung bekam, war ihr egal, aber sie wurde müde und das war nicht gut, so viel Lebenswillen hatte sie dann doch. Also drehte sie um und lief langsam zurück zum Deich und ihn hinauf, nun bedrängt vom Wind, der sie vor sich hinschob, als sei sie ein Auto und der Wind der Antrieb.

„Frieda?", hörte sie plötzlich eine Stimme.

Sie schloss die Augen, offenbar bekam sie schon Halluzinationen und stellte sich vor, wie sie vielleicht doch von den Wellen und dem Wind mitgetragen wurde. Wer würde sie außer Paula schon vermissen?

„Frieda!", hörte sie wieder jemanden sagen, nun näher. Die Stimme kannte sie und ruckartig sah sie zur Seite und hob den Kopf. Sofort drang seitlich Regen unter die Kapuze ihres blauen Mantels und sie sah nur trüb eine Person in einem dicken schwarzen Softshellparka, die neben ihr stehengeblieben war.

Rafael.

Sie blinzelte, doch er stand dort, kein Geist, keine Einbildung. Sondern er.

„Rafael", wisperte sie heiser und bemerkte das Geländer zwischen ihnen, das die Treppen in zwei Teile teilte. Ob er von unten oder von oben gekommen war, wusste sie nicht. Sie wusste nicht, wie er sie gefunden hatte, sie wusste nicht mal, was er hier machte. Sie hätte ihn niemals erkannt, wenn er sie nicht erkannt hätte. Sie hatte ihn nicht einmal bemerkt.

Sie schluckte und wusste nicht, was sie sagen sollte.

Doch sie musste nichts sagen. Plötzlich befand er sich auf ihrer Seite und bevor sie sich überhaupt ganz drehen konnte, umarmte er sie bereits fest.

Kein Wind konnte ihr mehr etwas anhaben, keine Welle sie wegtragen.

Frieda hielt trotzdem nichts mehr, sie schluchzte los und alle Dämme brachen zusammen wie ein Kartenhaus.

Rafael

Er hielt sie einfach nur und er konnte nichts tun, außer zu-zusehen, wie sie in seinen Armen zusammenbrach.

Ein Schatten ihrer selbst.

Vom Wind davongeweht, aber in seinen Armen gelandet.

Satz für Satz kam ihm in den Sinn, doch er tat nur eines:
Sie halten, damit sie nicht wieder wegflog.

Rafael wusste nicht, was passiert war, er wusste nicht, wie es sein konnte, dass er sie so schnell gefunden hatte.

Er war seinem Gefühl gefolgt und es hatte sich nicht ge-irrt, denn sie war hier und er bei ihr.

Dort, wo er schon immer hatte sein sollen.

Nichts hatte sich je richtiger angefühlt als diese Umar-mung.

35

Frieda wusste nicht wie, aber schweigend brachte er sie nach Hause. Erst in ihrer Straße, vor ihrem Haus, räusperte er sich, während ihr immer noch Tränen die Wangen runterliefen und sie total verwirrt darüber war, dass er hier neben ihr lief und sie fest an der Hand hielt.

Er hielt sie an der Hand … zum ersten Mal realisierte sie das und fragte sich, ob sie die ganze Zeit so gelaufen waren, konnte die Frage aber nicht beantworten. Bildete sie sich das vielleicht doch alles ein?

„Gibst du mir den Schlüssel?", holte er sie mit dunkler, aber sanfter Stimme aus ihren Gedanken und Wasser tropfte dabei von seiner Kapuze auf seine Jacke.

Sie wühlte in ihrer Jackentasche und reichte ihm den Schlüsselbund, an dem sich drei Schlüssel befanden.

Er erwischte sofort den richtigen und öffnete die Haustür mühelos. „Komm rein", forderte er sie mit sanfter Stimme auf, was sich unwirklich anfühlte.

Sie zitterte, als sie den Flur betrat und spürte zum ersten Mal seit der Umarmung wieder etwas. Kälte, Angst und Ungewissheit, die sie nun noch unkontrollierter zittern ließ.

Rafael schloss hinter ihnen die Tür und zog sofort seine Jacke aus, um darauf ins Bad zu verschwinden, was um die Ecke lag und er wohl schon mal gesehen hatte.

Einen Augenblick später kam er ohne Jacke und Schuhe wieder. Offenbar hatte er keine Regenhose angehabt, denn seine Jeans war immer noch nass und er tropfte den Boden voll, was ihr absolut egal war. Seine nicht ganz schulterlangen Haare, die nicht nass, sondern nur feucht wirkten, strich er sich aus dem Gesicht. Sein Blick lag nun auf ihr und das Zittern wurde nur noch stärker. „Du musst die Jacke ausziehen", befahl er, trat auf sie zu, zog ihr die Kapuze vom Kopf und nahm ihr dann vorsichtig die dünne Mütze ab. Da er um einiges größer als sie war, schaute er nun zu ihr hinab und sie wusste nicht, was sie in seinem Blick erkannte. Er ließ sich jedoch nicht von ihr beirren, sondern öffnete den Reißverschluss.

„Was machst du hier?", wisperte sie zitternd und fragte sich einen Moment, ob ihre Lippen blau angelaufen waren, sie spürte sie kaum.

„Du hast mir geschrieben", erwiderte er neutral und konzentrierte sich darauf, vorsichtig die Jacke zu öffnen.

„Aber … du hast nur ‚Nein‘ geschrieben."

„Weil ich das noch nicht erlebt habe, sondern die Hoffnung egal in welcher Sache nie aufgegeben habe. Ich hätte mehr schreiben sollen, aber ehrlich gesagt, habe ich sofort meine Sachen gepackt und bin hergefahren", murmelte er.

„Du bist sofort hergefahren?"

„Ja, die ganze Nacht. Als ich hier ankam, warst du nicht da. Und dann habe ich mich daran erinnert, dass du einmal meintest, dass du am liebsten bei Sturm am Strand bist und dich oft wie die See fühlst …"

„Aber ich habe all die Sachen gesagt … ich habe dir gesagt, du sollst nicht warten. Und du warst hier, oder? Letztes Jahr im Sommer … die Geburtstagskarte, ich dachte, du würdest endgültig nicht wiederkommen …"

Er nickte nur. „Ich konnte nicht aufhören zu warten und ich wollte wissen, wie es dir geht. Ich bin lieber allein, wenn du nicht bei mir sein kannst", wisperte er und sie schluckte. Sie wollte etwas darauf erwidern, aber ihr Gehirn setzte aus.

Das, was er sagte, war unglaublich und sie fühlte sich, als wäre sie in einem Traum. „Mir ist kalt", murmelte sie also das Erstbeste, was ihr in den Sinn kam.

„Ja, du musst unbedingt raus aus den Sachen und dich aufwärmen." Inzwischen hatte er ihre Jacke ausgezogen und sah wieder auf. Seine wunderschönen Augen hielten sie kurz gefangen, bis er den Blick wieder abwand. „Wirklich Frieda, du erfrierst!"

Auch sie schaute nun an sich hinab. Ihr Pullover hatte nasse Stellen und sie trug immer noch die Regenhose, die sie nun selbst mühsam auszog, genau wie ihre Schuhe.

Rafael griff danach. „Ich nehme die. Geh dich umziehen und leg dich irgendwo hin."

Sie nickte. „Ich geh nach oben." Sie wollte ihn fragen, ob er mitkam, aber sie traute sich nicht.

Zitternd lief sie stattdessen allein nach oben in ihr Zimmer. Hier war es halbwegs warm, aber nicht warm genug für sie. Rafael hatte recht, sie musste sich wärmen und vielleicht wäre es klug gewesen, erst unter die Dusche zu gehen, aber sie glaubte nicht, dass ihr Kreislauf das schaffte. Mit einem Mal überrollte sie eine riesige Welle der Erschöpfung, der sie nicht standhalten konnte.

Also versuchte sie das gar nicht erst und zog stattdessen den Pullover aus. Sie trug noch ein Top darunter und einen BH. Ihre Hose tauschte sie durch eine Leggins, ließ die Socken, die ebenfalls nass waren, auf dem Boden liegen, und schlüpfte zitternd unter ihre Bettdecke.

„Hey!", murmelte er plötzlich und sie zuckte leicht zusammen, weil sie vor lauter Zittern nicht mitbekommen hatte, wie er in ihr Zimmer getreten war und nun neben ihr am Rand des Bettes auf dem Boden hockte und sie besorgt anblickte. Offenbar hatte er schnell eine andere Hose angezogen, woher auch immer er die hatte, und trug dazu nur noch ein T-Shirt.

„Du … du bist wirklich hier …", wisperte sie. „Kein Geist …"

„Nein, ich bin kein Geist, sondern ganz real." Er lächelte sanft. „Und dir ist kalt. Hast du ein Problem damit, wenn du ein wenig zur Seite rückst?"

Hatte sie damit ein Problem? Doch ihr Körper reagierte schneller als ihre Gedanken. Sie rückte ein Stück weg und er schlüpfte zu ihr unter die Decke, was Frieda den Atem anhalten ließ.

Er nahm sie wieder in seine Arme, drückte sie förmlich an seine warme Brust und sie spürte wieder etwas anderes als Einsamkeit, Kälte und Angst.

„Du bist echt arschkalt. Wie lange warst du draußen?", flüsterte er in ihr Haar und lenkte sie damit ab.

Sie zuckte nur leicht mit der Schulter.

„Dann vermutlich viel zu lange. Echt Frieda, das macht man nicht", schimpfte er sanft.

„Ich … ich … wollte etwas spüren", krächzte sie.

„Was ist bloß passiert?", erwiderte er sorgenvoll.

Sie schluckte. „Sehr lange Geschichte", murmelte sie und merkte, wie müde sie wurde. Ihre Tränen waren versiegt, sie hatte auch schlicht keine Kraft mehr, um zu weinen. Sie wollte einfach nur hier sein, dort, wo es warm war, und wieder alles vergessen.

Frieda spürte an ihrem Kopf, wie Rafael nickte. „Vielleicht schläfst du ein bisschen."

„Okay", wisperte sie nur noch und ließ es einfach geschehen, ohne Fragen zu stellen, ohne darüber nachzudenken.

***

Als sie irgendwann wieder aufwachte, fühlte sie sich wunderbar eingekuschelt und fragte sich einen Augenblick, woran das lag, doch dann nahm sie den gleichmäßigen Atem wahr und spürte das Gewicht eines fremden Armes um sie herum.

Sie öffnete vorsichtig die Augen. Die Helligkeit in ihrem Zimmer wies darauf hin, dass es noch Tag sein musste.

Doch das war es nicht, was ihren Blick fesselte, sondern der Mann, der direkt neben ihr lag, wie schon lange niemand mehr.

Rafael schlief und sie konnte zum ersten Mal in all den Jahren direkt sein Gesicht betrachten, ohne dafür auf einen Bildschirm oder eine Zeitung blicken zu müssen.

Sein Gesicht kam ihr völlig vertraut vor, er wirkte entspannt, nur ganz kleine Augenringe zeugten davon, dass er anscheinend auch müde gewesen sein musste Außerdem hingen ihm Haarsträhnen ins Gesicht.

Frieda schluckte und versuchte vorsichtig ihren Arm zu befreien, sodass sie mit ihrer Hand ganz sanft über die Haut seines Armes streichen konnte. Dann strich sie die Strähnen aus seinem Gesicht, was ihn dazu brachte, sich zu regen und wenig später die Augen vorsichtig aufzuschlagen. So wie sich sein Gesicht verzog, brauchte er einen Moment, um zu realisieren, wo er sich gerade befand. Dann schaute er sie an und lächelte überraschend, was sofort ihr Herz schlagen ließ.

„Hallo!", murmelte sie.

„Hi!", wisperte er als Antwort. „Das ist kein Traum, oder?"

Sie schüttelte den Kopf. „Du liegst in meinem Bett." Was ihr plötzlich sehr bewusst wurde, denn sie schmiegte sich förmlich an ihn, was sie nun erröten ließ.

Er grinste nun. „Ich versuche gerade jeden Spruch zu unterdrücken, der mir dazu einfällt."

Ein leises Kichern löste sich. „Ehrlicherweise will ich das auch nicht ändern, denn dann kommt die Realität zurück." Und das tat sie trotzdem, und zwar genau jetzt mit aller Macht, der dumpfe Schmerz, die Angst und die Wut.

Sein Grinsen verschwand ruckartig und er betrachtete sie. „Du hast mir diese Nachricht geschrieben, warum?"

Sie zuckte mit der Schulter und versuchte sich wegzudrehen, aber schaffte es nicht.

„Frieda …" Seine Hand griff sanft nach ihrem Kopf, um sie weiter anschauen zu können. „Komm, warum hast du mir diese Nachricht geschrieben und dich entschuldigt?"

„Weil ich eine blöde Kuh bin?", fragte sie verzweifelt.

Er schüttelte den Kopf. „Nein, das glaube ich nicht. Du hast sie mir aus einem Grund geschrieben, da bin ich sicher, denn ich glaube, du hättest das sonst nie getan, nicht nach dem … Ereignis."

Sie schluckte und konnte ihn nicht ansehen, sodass sie auf sein T-Shirt starrte. „Ich habe Paula nicht erreicht und ich wusste nicht …" Sie atmete durch. „Du warst der Einzige, dem ich noch schreiben wollte."

Er nickte.

„Warum warst du letztes Jahr hier, obwohl ich dir so eine Abfuhr erteilt habe? Ich dachte, ich sehe dich nie wieder."

„Wie gesagt, ich wollte nach dir sehen, weil ich mir Sorgen gemacht habe."

„Und warum bist du jetzt hier?" Sie schluckte.

„Weil du mich offensichtlich brauchst. Tut mir leid, dass du das mit dem Nein missverstanden hast. Ich habe wirklich nie aufgehört zu warten."

Frieda sah wieder hoch zu ihm. „Ich hab's versucht, aber ich konnte nicht aufhören. Und dann war da diese Sache und ich hatte niemanden und ich fühlte mich plötzlich soooo einsam." Eine Träne rollte über ihre Wange.

Rafael betrachtete sie voller Schmerz. „Erzählst du mir, was passiert ist?"

Sie seufzte. „Meine Eltern wollen alles verkaufen."

Er runzelte die Stirn. „Was alles?"

„Alle Ferienhäuser, die Wohnungen …" Sie stockte „Dieses Haus hier", krächzte sie heiser.

„Das heißt was?"

„Dass ich keinen Job mehr habe, kein Zuhause … Nichts?" Frieda atmete noch einmal durch. „Nach all den Jahren, den ich mir den Arsch für sie aufgerissen habe, an dem ich alles aufgegeben habe, nehmen sie mir nun alles weg … Ich habe keine Ahnung, was ich machen soll."

Er brummte leise als Zeichen, dass er verstanden hatte. „Ein Loch", wisperte er.

„Ja …" Und plötzlich waren da noch mehr Tränen. „Ich hatte doch alles hinter mir gelassen, wollte endlich klarkommen, selbst ohne …" Ihre Stimme brach.

Doch er hatte es bereits verstanden. „Mich?"

„Dich … ich dachte, wenn ich nicht mehr warte, dann könnte ich wieder leben, aber es war schwer. Und dann machen sie einfach …"

„Das!" Er seufzte und streichelte über ihr Gesicht. „Nenn es Gefühl, nenn es Dickkopf, aber irgendwie wusste ich damals, als du meintest, dass wir es besser beenden soll-ten, dass du dich nur schützen wolltest. Und ich wusste, dass irgendwann alles anders werden würde, auch wenn ich keine Ahnung hatte wie." Rafael lächelte.

Frieda schluchzte wieder. „Und dann wollen sie mir, wie gesagt, auch noch mein Zuhause nehmen … ich muss also irgendwann umziehen. Ehrlich, ich wollte immer weg und musste hierbleiben, aber jetzt, wo ich mich irgendwie ange-fangen habe zu arrangieren … es ist so gemein!"

Schweigend zog er sie wieder an sich, streichelte ihr be-ruhigend über den Rücken, während sie weiter weinte.

„Alles wird wieder gut!", wisperte er nach einer Weile, als sie sich langsam anfing zu beruhigen.

„G… Glaubst du das?", und hatte sich selten so hoff-nungslos gefühlt. Das Einzige, was sie ein wenig bestärkte, war Rafael. Doch Hoffnung in ihn zu setzen, schien ihr ge-fährlich. Würde er nicht wie jedes Mal wieder gehen? Und wie sollte sie das dann auch noch verkraften?

„Ja!", antwortete er mit einer erstaunlich festen Stimme. „Das glaube ich."

„Aber was soll ich jetzt machen?", fragte sie nach einer Weile, in der sie immer noch angeschmiegt an ihm lag. Auch etwas, was sie eigentlich nicht zulassen sollte, aber sie brauchte es zu sehr.

Rafael schwieg und sie spürte, wie er sie ein wenig von sich wegschob. „Ich hätte da eine simple Idee …"

Er fand ihren Blick und wieder wurde ihr bewusst, wie dicht sie hier nebeneinander lagen und wie intim die ganze Situation eigentlich schien. „Welche?", flüsterte sie.

„Komm mit mir mit", murmelte er zurück.

Frieda erstarrte. „Was?" Sie hörte, dass ihre Stimme zit-terte, weil sie dachte, dass sie sich verhört hatte.

„Ich sagte: ‚Komm mit mir mit!' Bitte!" Ihm schien das absolut ernst zu sein. „Jetzt ist doch eh alles egal. Du wolltest immer raus, ich will dich endlich mitnehmen und dir die Welt zeigen. Wir könnten endlich Zeit zusammen verbringen, uns richtig kennenlernen, um zu erleben, was wir längst wissen, nämlich dass wir zusammengehören. Und du kannst dir ganz in Ruhe überlegen, was du jetzt machen willst – ohne Druck. Ich will nicht, dass du weiter einsam bist, dass du etwas tust, was du nicht willst. Ich wollte schon immer, dass du lebst und jetzt ist endlich unsere Chance gekommen. Du musst nicht mehr warten, komm einfach mit."

Sie schloss die Augen und eine neue Träne schlich sich aus ihrem Augenwinkel. „Aber …", flüsterte sie, doch ihre Stimme brach. Sie wusste nicht, was sie sagen sollte. Hatte er recht? War die Hoffnung real?

Rafael

„… Du musst nicht mehr warten, komm einfach mit." Seine eigenen Worte hallten nach, denn es bedeutete nicht nur, dass ihr Warten ein Ende hatte, sondern auch seines.

Frieda lag so unfassbar dicht vor ihm, dass er ihr Gesicht detailliert betrachten konnte. Die Flut an Haaren, die sich von der Feuchtigkeit des Regens gewellt hatten und sie noch bezaubernder machten, die dunklen Augenringe, die Blässe und den Schmerz in ihrem Gesicht. Ihre hübschen, auch gerade blass wirkenden Lippen, die er zu gerne wieder küssen wollte, aber sich zurückhielt, weil das alles hier schon schwierig genug war. Sowieso musste er sich zurückhalten, seine Bitte mit ihm zu kommen, schien ihm schon riskant zu sein und er merkte, wie sehr sie mit sich kämpfte.

Doch als er behauptet hatte, sie nicht mehr allein lassen zu können, hatte er die absolute Wahrheit gesagt. Rafael würde sie nicht weiterhin ihrer elenden Einsamkeit überlassen, er würde nicht wieder gehen, wenn sie nicht mit ihm kam, und ihm war scheißegal, wie die Konsequenzen dann für ihn sein würden. Das Leben hatte sie lange genug getrennt, nun musste das ein Ende haben.

Plötzlich blickte sie wieder auf. Ihre grauen Augen, die so wundervoll strahlen konnten, hatten das viel zu lang nicht getan. Stattdessen waren sie rot angelaufen und es lag auch in ihnen eine tiefe Trauer, die ihn tausend Songs darüber schreiben lassen konnten.

„Okay!", murmelte sie plötzlich und schien zu schlucken.

Die plötzliche Erleichterung, die ihn dieses kleine Wort erfahren ließ, fühlte sich berauschend an, und er glaubte, noch nie etwas Schöneres gehört zu haben.

36

„Okay", krächzte sie mehr, als dass sie sprach. Ihrer Stimme hatte das Weinen nicht gut bekommen.

Einen Moment lang hatte sie absagen wollen, der Hoffnung nicht trauen, aber was hatte sie schon zu verlieren? Im Grunde hielt sie nichts mehr und wenn ihre Eltern ihr schon alles so einfach wegnehmen konnten, sollte sie sich vielleicht nun einfach nehmen, was sie schon so lange verdient hatte.

Rafael lächelte. „Das ist die beste Antwort, die ich je in meinem Leben bekommen habe."

Sie nickte. „Ich kann es gerade nicht zeigen, aber ich freue mich auch."

„Ich verstehe das. Es ist alles viel. Lässt du mich ganz kurz los?", fragte er, was sie nur widerwillig machte, weil sie ihn am liebsten nie wieder losgelassen hätte.

Er stand in einer überraschend fließenden Bewegung auf und verschwand ohne ein weiteres Wort aus ihrem Zimmer.

Das Bett fühlte sich sofort so viel leerer an und ihre Einsamkeit kam mit einem Schlag zurück, was sie schlucken ließ. Vielleicht sollte sie auch aufstehen und sich was Gemütliches anziehen. Also tat sie das und holte einen ihrer Kuschelpullover aus dem Schrank, um ihn sich überzuziehen. Anschließend ließ sie sich auf ihrem Sofa nieder und betrachtete dann das Zimmer. Sie hatte es in den letzten Jahren kaum verändert, vieles wirkte alt und teenagermäßig, und eigentlich hätte es ihr peinlich sein müssen, doch gerade war es ihr egal. Auch von der Seite her wäre eine Veränderung ein Schritt weiter nach vorne, eine Entwicklung, die sie in den letzten Jahren wohl nicht gemacht hatte.

Die Augen schließend dachte sie über Rafaels Angebot nach, sie mitzunehmen, und fragte sich, ob das gut gehen konnte. Hatte er sich das vernünftig überlegt oder war es eine Kurzschlusshandlung? Sie wurde abgelenkt, als sie ihn die Treppe hochpoltern hörte und feststellte, dass er mindestens zehn Minuten verschwunden sein musste.

„Fuck!", fluchte er plötzlich und sie konnte kaum glauben, dass Rafael Schreiver sich hier in ihrem Haus befand, gleich ihr Zimmer betreten würde und sie überhaupt beachtete. Er war gekommen, nur weil sie ihm eine einzige Nachricht geschrieben hatte, und sie fühlte sich dafür unfassbar dankbar.

In diesem Moment betrat er ihr Zimmer und wirkte viel zu riesig. „Ich habe zwei Becher Tee gemacht. Ist es nicht so, dass man ihm beruhigende Wirkung nachsagt? Keine Ahnung, ob das stimmt. Ich steh nicht wahnsinnig auf Tee, aber er ist im Allgemeinen gut für die Stimme." Er blickte zu ihr und mal wieder hatten sich Haarsträhnen vor seinem Gesicht verirrt, die er mit einer raschen Kopfbewegung los wurde.

Sie schmunzelte und nahm ihm einen der zwei Becher ab, die er offensichtlich in der Küche gefunden hatte. „Kommt auf die Gene an, würde ich sagen. Für mich wirkt er beruhigend. Aber du bist kein Ostfriese", kommentierte sie und fühlte sich unter seinem Blick das erste Mal nicht mehr so, als müsste sie gleich losheulen.

Rafael grinste, als er sich neben ihr niederließ. „Nein, ich bin alles, nur nicht das. Aber ich hatte nicht vor, bald schlafen zu gehen. Es ist mitten am Tag, also könnte er mich auch beruhigen."

Sie reagierte darauf nicht, probierte den Tee und entdeckte den Teebeutel. „Wo waren denn die?", und deutete darauf.

„In einem der oberen Schränke hinter dem Kamillen- und dem Rooibostee. Hat mich auch gewundert, den so abseits zu finden. Trinkst du nicht genetisch bedingt schon viel Schwarztee?", scherzte er.

Sie nickte. „Aber losen Tee, frisch aufgebrüht."

Rafael erschrak. „Oooh."

Frieda zuckte mit der Schulter. „Das konntest du ja nicht wissen. Der hier ist okay, danke dafür."

Er nickte nun und nahm einen Schluck aus seinem Norddeich-Becher. Ihrer hatte einen Seehund darauf und gehörte zu der Sammlung an Bechern, die sie in Ferienhäusern gefunden hatte, nicht zur Einrichtung gehörten und die nie jemand zurückverlangte. Das passierte öfter, als man glaubte.

„Meintest du das ernst?", fragte sie nach ihrem dritten Schluck Tee, der tatsächlich gut tat und auch noch das letzte bisschen Kälte in ihr vom Strand vertrieb.

„Ja, alles." Rafael wusste sofort, dass sie seine Einladung mit ihm zu kommen meinte. „Komm mit und ich verspreche dir, alles wird besser." Sein Blick beruhigte sie. Er hatte ihr nie etwas vorgespielt, das wusste sie und das ließ sie sich sicher fühlen. Vielleicht hatte er in der ganzen Sache mehr Durchblick, Frieda dagegen war einfach froh, erstens nicht mehr allein zu sein, zweitens den Schmerz nicht mehr alleine tragen zu müssen und drittens ihn wieder hier zu haben, was ihr so wahnsinnig viel bedeutete. Ihr war klar, dass er es ernst meinte und für sie kämpfen würde, wenn eine einzige Nachricht ihn schon dazu brachte, hierher zu kommen.

„Aber wie soll das gehen?" Denn das schien ihr immer noch ihre größte Sorge in all der aufkeimenden Hoffnung zu sein.

„Das ist kein Problem", antwortete er, als hätte er darüber schon ewig nachgedacht und Pläne dazu in seinem Kopf. „Niemand wird dir Probleme machen, falls du das denkst. Frieda, ehrlich, wir kennen uns seit Jahren, auch wenn wir uns selten gesehen haben. Trotzdem denke ich, dass es genau darauf immer hinauslief. Und wie du bemerkt haben dürftest, hält mich auch nichts auf, wenn du mich wegschickst. Ich bin hier und ich werde immer da sein, wenn du mich brauchst. Vielleicht ist unsere Zeit genau jetzt gekommen."

Sie starrte ihn an. Er zuckte mit der Schulter.

„Das, was seit Jahren zwischen uns ist, ist nie verschwunden. Auch nicht, nachdem du nicht mehr wolltest, dass ich warte. Bei dir ist es doch auch so, oder nicht? Du hast meine

Nummer nicht gelöscht und du hast mir geschrieben. Und offenbar hast du keinen Freund, auch wenn ich das letzte Jahr kurz dachte ..."

„Nein, das war keine Beziehung", antwortete sie sofort und dachte nur widerwillig an Claas. Sie stellte den Becher weg und er tat es ihr nach.

„Ich weiß, ich habe deinen Blick gesehen. Du hast ihn nicht so angeguckt wie mich. Du hast nie jemanden so angeschaut, zumindest nicht meines Wissens nach. Wir sind was Besonderes und das dachte ich schon immer." Sein Blick durchdrang sie förmlich und jetzt war sie es, die wohl ihre Karten auf den Tisch legen musste. Er hatte recht, es ging so seit Jahren und jedes Mal hatte ihr verdammtes Herz geklopft, wenn er wieder da gewesen war, und es hatte geweint, wenn er ging.

„Ja", murmelte sie und erwiderte den Blick.

Mehr musste sie gar nicht sagen, stattdessen tat sie endlich, was sie schon tun wollte, seitdem er bei ihr war und küsste ihn.

Ihr erster Kuss schien Jahre her. Sie hatte ihn und alle folgenden mit aller Macht versucht zu vergessen, doch nun waren alle Erinnerungen zurück und wurden sogar noch überschrieben. Dieser hier war eine verbesserte Version aller Küsse, die sie in den Jahren gemeinsam erlebt hatten.

So viel besser.

Weltbewegend.

Richtig und frei.

37

Erst waren der Kuss und die darauffolgenden stürmisch, dann wurden sie ruhiger und Frieda genoss, wie viel Zeit sie hatten.

„Wie lange bleibst du?", fragte sie irgendwann.

Er strich sanft über ihre Wange und schaute sie an, als würde sie die Welt bedeuten. „Solange, bis ich dich mitnehmen kann."

Frieda lächelte, denn das war die beste Antwort, die sie sich vorstellen konnte.

„Es ist so schön, wenn du lächelst", murmelte er und seufzte.

Sie umarmte ihn. „Danke, dass du gekommen bist. Ich werde dir das nie vergessen."

„Ich bin mir sicher, du hättest für mich dasselbe gemacht."

Frieda dachte darüber nach, aber er hatte recht. Auch wenn Rafael das bisher nie in Anspruch genommen hatte, hätte sie genau das getan. „Ja!"

Er lächelte. „Ich weiß. Also wie gesagt, ich bleibe, bis du mitkommst. Also zumindest ist das mein Plan, ich habe ein ganzes Haus nebenan. Alles andere ignoriere ich erst einmal, hätte ich schon eher tun sollen", nuschelte er.

„Also vorerst keine Tour?"

Er schüttelte den Kopf. „Ist alles in der Planungsphase."

„Oh, okay. Ehrlich gesagt, habe ich eine ganze Weile keine Nachrichten über euch gelesen." Sie hatte das einfach nicht gekonnt.

„Ist doch nicht schlimm. Falls wir auf Tour gehen und du bis dahin immer noch hier bist, komme ich einfach wieder", lächelte er.

„Und wenn sie herausfinden, wo du bist?"

Rafael zuckte mit der Schulter. „Keine Ahnung, aber ich will nicht wieder gehen."

Einen Moment dachte sie darüber nach, doch dann sagte sie, was ihr in den Sinn kam. „Ich will hier aber nicht mehr bleiben." Sie schluckte, denn diese Erkenntnis schmerzte ein bisschen, aber als sie sie jetzt ausgesprochen hatte, erkannte sie die Wahrheit. „Am liebsten würde ich sofort weg."

„Ich bin hier und ich besitze ein Auto." Er lächelte.

„Beruhigend." Sie seufzte und wusste nicht, ob er das ernst meinte. „Keine Ahnung, was jetzt aus allem werden soll."

„Hmm, pack einfach ein paar Sachen und wir fahren. Das war kein Scherz."

„Aber wohin?"

Er zuckte mit der Schulter. „Momentan bin ich die meiste Zeit über in Berlin."

„Da wohnt auch meine beste Freundin." Ihr Herz klopfte plötzlich. Sollte sie das wirklich annehmen und mit ihm fahren? Und dann auch noch nach Berlin?

„Ach ja, Paula, ich erinnere mich. Dann würdest du ja noch jemanden kennen." Er lächelte wieder und schien sie zu beobachten.

„Stimmt." Wenn sie so darüber nachdachte, schien alles für sie gemacht zu sein. „Ich habe keine Ahnung, was ich jetzt machen soll. Ich dachte, ich wüsste es nach dem Abi, aber es hat sich so viel geändert."

„Selbstfindung", nannte er das passende Stichwort. „Du hast jede Menge Zeit."

„Habe ich die? Keine Ahnung. Ich bin nicht mehr 19."

„Aber auch noch keine 99", neckte er sie. „Wie viele Menschen ändern ihr Leben und fangen noch mal von vorne an? Es kann nicht jede Person Glück haben und sofort das finden, was passt."

„Ist es bei dir so?"

„Ich bin eine dieser glücklichen Personen, die ihre Berufung gefunden haben. Es war schon immer Musik und es wird immer Musik sein."

„Music was my first love", zitierte sie einen Songtitel.

„Und wird meine Letzte sein …" Er seufzte. „Mit meiner anderen Liebe hatte ich bisher nur Pech und auch mit der Musik ist es durchaus ein Auf und Ab."

„Nichts ist beständig", murmelte sie und ließ den Umstand aus, dass er sie vermutlich gerade als seine andere Liebe bezeichnet hatte.

„Das ist eine absolute Lebenswahrheit", meinte er. Sie saßen inzwischen nebeneinander, Frieda im Schneidersitz, während er seine Beine langgemacht hatte.

„Ich will nicht mehr hierbleiben. Seit Jahren reiße ich mir sprichwörtlich den Arsch auf. Ich habe da keinen Bock mehr drauf", stellte sie erneut fest. So sehr ihr Leben seit Weihnachten bergab ging, wusste sie nun zumindest, wie es nicht mehr laufen sollte.

„Wie gesagt, pack deine Sachen und wir fahren", erwiderte er gleichmütig.

Frieda zögerte erneut. „Du bist dir wirklich sicher, dass ich das tun sollte?"

„Vielleicht sehen deine Eltern das nicht, aber du warst in den letzten Jahren nicht glücklich. Ich habe das sehr wohl gesehen, habe es allerdings eher verschlimmert als verbessert. Das tut mir leid. Jetzt solltest du tun, was du willst und was dir guttut."

„Du hast es nicht verschlimmert, du warst immer sowas wie ein Lichtschimmer, an den ich mich geklammert habe." Sie lächelte ihn müde an.

In diesem Moment klingelte ihr Telefon und sie holte es von ihrem Nachttisch. Paulas Nummer erschien darauf.

„Hi!", murmelte sie leise.

„Hey Frieda, was ist los? Du hast mich angerufen und ich konnte dich nicht eher zurückrufen." Sie gähnte, aber wirkte besorgt.

„Tut mir leid, dass ich dich schon wieder nerve." Ihr schlechtes Gewissen meldete sich. Paula hatte in den letzten Wochen mal wieder so viel für sie getan und sie konnte es nie zurückgeben.

„Du nervst nie, sorry, dass ich Dienst hatte."

„Dafür musst du dich ehrlich nicht entschuldigen."

„Na gut. Also was ist los? Lenk mich ab von der Scheiße, die heute Nacht passiert ist."

Das klang ernst. „Alles in Ordnung?"

Ihre beste Freundin stöhnte theatralisch. „Ach, nur ein paar Tote zu viel. Sorry, ich will dich nicht damit belasten."

„Das tust du nicht." Sie schaute zu Rafael, der sie musterte.

„Ich weiß, vielleicht ein anderes Mal. Jetzt würde ich das alles lieber vergessen. Also schieß los, du wirkst munterer, deine Stimme klingt nicht mehr wie die Traurigkeit selbst. Was gibt es neues?"

Frieda holte Luft. „Meine Eltern wollen auch unser Haus verkaufen", brach es aus ihr raus.

Einen Moment herrschte Schweigen in der Leitung und dann brüllte Paula förmlich los.

Es dauerte eine Weile, bis sich ihre beste Freundin wieder beruhigt hatte, während Frieda sich zurück neben Rafael setzte und ihren Tee zu Ende trank. Paula reagierte eigentlich genau, wie Frieda es erwartet hatte. Sie lebte ihre Wut aus, doch war von vorne bis hinten dabei auf Friedas Seite.

„Hast du inzwischen darüber nachgedacht, was du jetzt machst?", fragte Paula schließlich vorsichtig.

„Ja ... Ich habe vielleicht etwas gemacht ..." Sie biss sich auf die Lippe und schielte zu Rafael.

Sie konnte förmlich Paulas Stirnrunzeln vor sich sehen. „Was?"

„Ich habe Besuch bekommen."

„Von wem?"

Sie schluckte. „Rafael sitzt neben mir und er meinte, ich könnte jederzeit mit ihm fahren."

Der nickte nun und zwinkerte ihr zu, während Paula gar nichts sagte.

„Paula?" Plötzlich sorgte Frieda sich. Schließlich hatte Paula ihr damals auch geraten, sich nicht mehr so auf Rafael zu fixieren, sondern wieder zu leben.

„Hast du ihn angerufen?", fragte diese plötzlich.

„Nein, ihm geschrieben, als du nicht da warst und ich mich so schrecklich gefühlt habe. Heute Morgen ist er hier einfach ohne Ankündigung aufgetaucht."

„Wow, und wo ist er nun?"

„Er sitzt neben mir."

„WAAAAAAAAS?", kreischte sie nun. „Wow!" Offenbar fand Paula es doch nicht schlimm.

„Sie ist geschockt!", murmelte Frieda nun in Rafaels Richtung, der sich sichtlich darüber amüsierte.

„Das bin ich wirklich. Ehrlich, die Wendung kommt überraschend." Ihre Freundin atmete durch. „Aber ganz ehrlich? Ich weiß, ich habe dir gesagt, dass du weitermachen sollst. Aber nur, weil die Situation nichts anderes zuließ. Ich habe schon immer auf ein Happy End gehofft. Ist das jetzt eines? Was hast du vor?"

Frieda holte tief Luft. „Ich will nicht mehr hierbleiben, Rafael will mich mitnehmen und ich werde mit ihm gehen und schauen, was ich dann mache. Mich hält hier nichts mehr und ich habe lange genug alles für meine Familie getan ... ich bin dran." Die Wut, die sie eine Weile vergessen hatte, breitete sich plötzlich wieder in ihr aus. „Meine Mutter meinte ehrlich, dass ich ja nicht hätte bleiben müssen. Ich habe sie dann angeschrien."

Paula schnaubte. „Zu Recht! Du hast lange genug deinen Eltern den Arsch abgewischt. Du bist frei! Wann willst du gehen?"

„Am liebsten sofort."

„Dann mach das doch." Anscheinend war Paula schon überzeugt. „Wo wohnt Rafael denn?"

Sie schluckte. „In Berlin."

„Ehrlich?" Paulas Stimme klang freudig überrascht. „Heißt das, du kommst ENDLICH her? Du kannst auch bei

291

mir übernachten, falls du Rafael doch nicht mehr leiden kannst."

Sie schmunzelte und fand das beruhigend, aber ein Blick zu Rafael genügte, um zu wissen, dass es nicht so kommen würde. „Das ist lieb. Danke Paula, für alles."

„Gerne Frieda. Nutz die Chance, komm nach Berlin und alles wird sich finden. Ich bin immer für dich da."

Das rührte sie sehr und sie versuchte, neue Tränen herunterzuschlucken. „Ich auch für dich."

„Ich heule gleich." Und ihre Freundin schien tatsächlich zu schluchzen.

„Nicht weinen, ich bin ja bald da."

Paula kicherte, während sie aber noch schniefte. „Ich freue mich schon."

„Und ich mich auch, wir sehen uns?" Ihr Herz klopfte voller Vorfreude. Sie würde Paula sehen und das in Berlin, sie konnte es plötzlich kaum erwarten.

„Wir sehen uns! Schreib mir!"

„Das mache ich."

„Und dann will ich all die schmutzigen Details wissen", scherzte ihre Freundin.

Sofort lief Frieda rot an. „Wir werden sehen."

Paula lachte weiter und sie verabschiedeten sich, bevor Frieda auflegte und zu Rafael schaute, der sie beobachtete.

„Sie freut sich!", erklärte sie.

„Schön, ich mich auch. Sie scheint taff und ist offenbar eine tolle Freundin. Ich meine, sie hat dir Tickets für unser Konzert geschenkt."

„Das ist sie." Frieda grinste.

„Was macht sie auch noch beruflich? Keine Ahnung, ob du das schon mal erzählt hast."

„Sie ist Ärztin und liebt ihren Job. Vielleicht ist sie, was das angeht, ein bisschen wie du. Ich habe sie immer für diese Passion bewundert."

„Dann ist sie ebenfalls einer dieser glücklichen Menschen, die das gefunden haben, was sie lieben."

Frieda nickte.

Plötzlich hörte sie, wie Rafaels Magen knurrte.

„Hunger?", fragte sie amüsiert.

„Und wie." Er lächelte sie an, aber winkte sie dann zu sich, sodass sie sich automatisch fragte, ob sie vom selben Typ Hunger sprachen.

Doch sie konnte ihm nicht widerstehen und plötzlich wollte sie nichts anderes als ihn und nur noch ihn. Sie kam zu ihm und er zog sie auf seinen Schoß, um sie erneut zu küssen.

„Wir müssen eventuell eine Frage klären", murmelte er wenig später, nachdem sie sich ausführlich geküsst hatten und Frieda kurz versucht gewesen war, ihn wieder mit in ihr Bett zu ziehen.

„Was denn?", wisperte sie.

„Das hier. Ich will, dass du weißt, dass es mir ernst ist."

„Das weiß ich, es war schon immer ernst. Schon, als du dich das erste Mal neben mich gesetzt hast und mich gefragt hast, was ich lese."

„Ein Buch." Er lachte los. „Die Antwort hat mich überrascht, du bist schlagfertig."

„Manchmal." Sie lief verlegen an.

„Mir gegenüber."

Sie lehnte ihre Stirn gegen seine. „Ja, du Vandale provozierst es einfach."

Er lachte. „Immerhin ist es nicht der Rockstar."

„Das mit dem Buch war mir später total peinlich."

Er zuckte mit der Schulter. „Ich finde das immer noch lustig." Er küsste sie wieder.

„Pff." Sie küsste ihn zurück und ahnte, dass sie nicht mehr aufhören konnte. Einen Moment überlegte sie, ob das gerade zu weit ging, aber sie entschied dagegen. Das hier war, was sie immer gewollt hatte und niemand würde sie jetzt noch aufhalten, immerhin war sie 26 und kein junges Mädchen mehr.

„Also ist das was ernstes", murmelte er zwischen zwei Küssen.

„Total ernst." Sie fand seine Form der Absicherung niedlich, denn er schien das Thema nur noch einmal abgeklärt zu haben, um seine rauen Hände jetzt nicht mehr stillhalten zu müssen. Ihr Herzschlag beschleunigte sich. Auch ihre Hände rutschten unter sein T-Shirt und erkundeten ihn und den Körper, den sie noch nicht kannte. „Das hier wollte ich schon seit Ewigkeiten", wisperte sie.

„Ich auch!", und zog sie noch näher an sich, während sie nun breitbeinig auf seinem Schoß saß.

„Vielleicht sollten wir die Zimmerseite wechseln und zum Bett zurückgehen", wisperte sie.

„Vielleicht", meinte er und zog ihr den Pullover und das Top aus, sodass sie nur noch in ihrem BH vor ihm saß. Er gab ein dunkles Geräusch von sich, das furchtbar sexy klang und so, als würde er singen.

Sie musste zusehen, dass er sein T-Shirt loswurde, löste den Kuss und konzentrierte sich einen Moment darauf.

Er war muskulös, aber nicht übertrieben, eher fit, kein Sportler, kein Typ, wie er so gern in Büchern beschrieben wurde, trotzdem war er heiß und sie konnte nicht anders, als ihn einen Moment zu betrachten.

Ihm schien es nicht anders zu gehen.

Sie schluckte und sah ihm in die Augen. Sein Blick spiegelte ihren wider. Sehnsucht lag darin und Glück, dass sie nun endlich so weit waren, Schmerz, dass es so lange gedauert hatte, und Erleichterung, dass das Warten endlich vorbei zu sein schien.

„Ich will die Seite nicht wechseln", raunte er einen Moment später und stieß sie sanft zur Seite und drehte sich so, dass er über ihr lag.

„Dann tun wir das nicht", und dankte sich im Stillen dafür, dass sie so ein großes Sofa besaß.

„Du bist so schön", flüsterte er. „Schöner als ich es mir vorgestellt hatte."

„Ehrlich?"

„Ja", wisperte er.

„Du auch", murmelte sie. „Aber ich hatte irgendwie Tattoos erwartet", kicherte sie plötzlich und wurde ein wenig nervös.

Er lachte leise. „Das ist ein Klischee."

„Kann sein." Sie kicherte nun und fühlte sich tatsächlich doch ein wenig verlegen, als er sie nun musterte.

„Und du machst mich wahnsinnig", murmelte er.

„Sorry!", wisperte sie.

„Dafür wirst du dich nie entschuldigen müssen." Er küsste sie erneut.

Ihre Finger versuchten seine Hose auszuziehen, während seine sich unter das Bündchen ihrer Leggins schoben.

Frieda stöhnte, als seine Finger ihr Ziel erreichten, und dachte daran, dass es nun endlich so wurde, wie es schon immer hatte sein sollen.

***

„Du bist kitzelig." Rafael grinste, als Frieda kicherte, weil er ihr gerade eine Strähne aus dem Gesicht strich und dabei ihren Hals erwischte.

Sie schaute ihm in die Augen und schmunzelte. „Ja."

Er lehnte seinen Kopf an ihren. „Das ist süß."

„Bist du kitzelig?", fragte sie nun zurück.

„Das musst du schon herausfinden", neckte er sie.

Ihr Finger glitt spontan zu seinem Hals, aber er regte sich nicht, sondern schaute sie einfach nur an. „Nicht kitzelig", kommentierte er so trocken, dass sie lachen musste. Es machte Spaß, mit ihm herumzualbern, während sie halb unter einer Decke kuschelten, die immer auf dem Sofa bereit lag.

„Hmm." Sie ließ die Hand unter die Decke gleiten und zu seinen Rippen. Sein Mund verzog sich nur minimal und sie versuchte ihn ganz sanft zu kitzeln, doch er reagierte und seine Hand packte ihr Handgelenk.

„Vielleicht bin ich kitzelig", gab Rafael zu.

Jetzt grinste sie. „Ich werde das beizeiten noch einmal testen." Doch statt ihn weiter zu ärgern, kuschelte Frieda sich etwas mehr an ihn, während sie die Augen schloss. „Wie spät ist es eigentlich?"

„Irgendwann am Nachmittag", murmelte er.

„Okay. Ich habe Hunger, hast du noch Hunger?"

„Jetzt nur noch auf Essen. Hast du heute schon was gegessen?", fragte er und schmiegte sich an sie, sodass sie das Gefühl hatte, dass er es genauso genoss wie sie.

„Nein." Verlegen biss sie sich auf die Lippe.

„Nicht gut", schimpfte er leise.

„Hast du denn was gegessen?"

„Immerhin einen Müsliriegel heute Morgen, als ich angekommen bin."

Sie schmunzelte. „Mehr als ich."

„Genau. Was wollen wir denn essen? Sollen wir was bestellen?"

„Die meisten Restaurants haben momentan zu. Es ist nicht gerade Touristenhochsaison."

„Und dabei ist das Wetter traumhaft", scherzte er. „Ich habe noch in Erinnerung, dass du irgendwann mal meintest, wie cool so ein Sturm ist und du hast recht. Ich glaube, das ist ab jetzt mein Lieblingswetter, weil es bedeutet hat, dass ich dich endlich bekomme", flirtete er und küsste sie auf die Schläfe.

Sie lächelte. „Das ist süß."

„Ist dir denn inzwischen warm?", neckte er sie weiter.

„Sogar heiß", flirtete sie, was ihn leise lachen ließ. „Wir finden unten in der Küche bestimmt noch was. In der Truhe ist noch Tiefkühlpizza und Lasagne … Notfallessen eben." Sie hoffte, dass er das nicht ekelig fand, weil sie im Grunde keine Ahnung hatte, was er sonst so aß.

„Besser als nichts." Er seufzte. „Dann müssen wir allerdings aufstehen. Aber weißt du, was der Vorteil daran ist?", fragte er.

Sie schüttelte den Kopf und sah zu ihm auf.

„Wir können nachher wieder ins Bett verschwinden", flüsterte Rafael und küsste sie wieder.

Sie schafften es schließlich, sich voneinander zu lösen und angezogen nach unten zu gehen. Es fühlte sich eigenartig an, dass er hinter ihr her stapfte und gleichzeitig machte es sie so glücklich.

Nachdem sie die Essenvorräte begutachtet hatten, entschieden sie sich für Lasagne und schoben sie in den Ofen.

Als Frieda sich in der Küche umsah, war sie froh, dass sie gestern erst die Spülmaschine angeschaltet hatte. Das brachte sie auf einen anderen Gedanken.

„Was ist los?" Er hatte aus dem Fenster in den Garten geschaut und drehte sich nun um.

Sie blickte zu ihm. „Ich will hier nicht bleiben." Die Erkenntnis kam erneut so klar, dass sie wusste, was sie nun wollte.

Er hob die Augenbraue.

Frieda dachte noch einen Moment darüber nach, aber ihre Sicherheit in dieser Sache blieb. „Ich werde meine Sachen packen und dann können wir fahren."

Er nickte. „Vielleicht nicht heute. Das Wetter ist mies und du musst packen."

„Ja." Sie dachte noch einen Moment nach. „Meine Eltern müssen sich dann wieder selbst um alles kümmern." Doch sie hatte kein schlechtes Gewissen.

Er stimmte ihr zu. „Wie lief das mit dir?" Als er ihr fragendes Gesicht entdeckte, erklärte er es. „Ich meine, wie du das jobtechnisch machen konntest, das ist doch bestimmt auch ein Versicherungsding, oder? Ich habe da nicht wahnsinnig viel Ahnung von, aber ich frage mich einfach, wie das lief."

Jetzt verstand sie es und fand es süß, dass ihn das interessierte. „Mein Vater hat mich angestellt und mir ein Gehalt bezahlt, was dann auch noch Beiträge für die Rentenversicherung und die Übernahme der Krankenversicherungsbeiträge bedeutet hat. Ihm schien der Papierkram dafür einfacher, als alles abzugeben."

Rafael schüttelte den Kopf. „Das ist ganz schön verrückt."

„Ja, ist es." Sie schluckte. „Keine Ahnung, warum ich das so lange mit mir habe machen lassen."

„Weil es keinen anderen Weg gab?" Jetzt lächelte er ihr wieder zu. „Mach dir darüber keinen Kopf, du bist nicht schuld daran, dass du einfach nur helfen wolltest. Ganz ehrlich, vielleicht hätten deine Eltern das einfach nie zulassen sollen, aber nun müssen wir damit umgehen."

„Ja …" Sie seufzte erneut. „Ich packe meine Sachen und dann muss ich noch meine Eltern ‚informieren'."

„Wie willst du das tun und was ist eigentlich mit deiner kleinen Schwester?"

„Die ist immer noch in den USA, sie hat ihr Au-pair-Jahr verlängert und kommt Ende des Monats zurück."

„Weiß sie von den Plänen deiner Eltern?"

„Ich habe keine Ahnung, sie redet nicht unbedingt viel mit mir."

„Hmm." Er kam zu ihr rüber und umarmte sie. „Dann kann uns ja wenigstens keiner stören, wir fliehen und niemand kann uns aufhalten."

„Klingt ganz schön aufregend", amüsierte sie sich.

„Willst du das auch bei deinen Eltern tun?"

„Einfach gehen und sie erst danach informieren? Keine Ahnung." Das wusste sie wirklich nicht, andererseits hatten sie sie ja auch nicht informiert, sondern einfach beschlossen. So konnte sie es ihnen zumindest ein bisschen heimzahlen.

Rafael

Er bereute nichts, nicht einen Moment. Ganz im Gegenteil war er selten so mit sich zufrieden gewesen, wie in dieser Nacht, in der Frieda in seinem Arm lag und schlief. Wie lange hatte er davon geträumt? Wie viele Lieder hatte er versucht zu schreiben? Doch das hier passte zu keinem, zu diesem Gefühl, endlich ein Ziel erreicht zu haben, was unerreichbar schien. Nicht ein Moment seiner Karriere konnte das toppen, dieses Gefühl ihrer weichen, warmen Haut, ihrer Kurven, die sich an ihn schmiegten, der Duft ihres Haares, das ihn auf angenehme Weise kitzelte und dann natürlich noch das Schimmern ihrer Seele, die ihn wohl schon immer auf eine nicht beschreibbare Weise berührt hatte.

Einen Moment überlegte er, sie loszulassen und kurz aus dem Bett zu schlüpfen, aber nur ein paar Sekunden ohne sie machten ihm schon zu schaffen.

Sollte ihm das nicht eigentlich Angst machen? Diese Abhängigkeit von ihr? Doch er fühlte sich nicht so, ganz im Gegenteil kannte er das schon von der Musik, nur dass das hier noch tausendmal besser war.

Unruhe erfasste ihn so plötzlich, dass er nun doch aufstand. Das eine bedingte das andere und Zeit mit Frieda zu verbringen, bedeutete Musik zu leben.

Leise schlich er sich nach unten ins Wohnzimmer, an das er ein paar nette Erinnerungen hatte. Trotzdem fühlte es sich fremd an, aber das ignorierte er, holte seine Gitarre, die bei seinen Sachen lag, die er vorhin schnell aus dem Auto geholt hatte, schloss die Tür und nahm schnell das auf seinem Telefon auf, was ihm gerade eingefallen war, um bald darauf wieder zu ihr zurückkehren zu können, an den Ort, an den er wahrlich gehörte.

Frieda.

38

Sie beobachtete, wie Rafael ihr Gepäck zwei Tage später in den Kofferraum seines Wagens packte, und atmete durch. Es war Sonntagmorgen und noch früh, aber sie würde das hier jetzt durchziehen und endlich tun, was sie bereits seit Jahren wollte.

Die vergangenen beiden Nächte hatten sie zusammen verbracht und waren gestern auch noch einmal in einer Regenpause zum Strand gegangen, der nun nicht mehr wie das Ende der Welt gewirkt hatte, sondern wie eine Verheißung. Selbst die Möwen hatten gekreischt, als wäre es ihr Abschiedsruf.

Schnell atmete sie jetzt noch einmal durch und schloss dann die Tür ab. Alles war bereit, alles organisiert und sie musste einfach nur in den Wagen steigen. Vorhin erst hatte sie mit ihrer Mutter telefoniert und ihr gesagt, dass sie gehen würde, ohne weitere Details zu nennen. Stattdessen hatte sie in einem Atemzug erklärt, wo sie die Unterlagen und Buchungen auf dem Schreibtisch finden würde und noch ein paar Dinge, während ihre Mutter noch unter Schock stand. Als diese endlich anfing zu sprechen, war der nicht so schöne Teil gekommen, der, in der ihre Mutter befand, dass sie den Verstand verloren hatte, der, in der sie wütend geworden war und der, bei dem Frieda nicht weiter zuhören konnte, sondern aufgelegt und seitdem ihr Telefon ausgeschaltet hatte. Den Haustürschlüssel tat sie jetzt in den Briefkasten, sie wollte ihn nicht behalten, sondern für sich an diesem Punkt ein Ende setzen, und fand sich selbst zum ersten Mal seit langer Zeit richtig mutig.

Rafaels Stimme holte sie aus ihren Gedanken. „Kommst du?", fragte er aus seiner Einfahrt und wirkte besorgt, als er nun zu ihr hinüberschaute. Er trug einen langen modischen Mantel, den er wohl als Zweitjacke mitgenommen haben musste, seine Haare waren verstrubelt und sein Blick wirkte fokussiert.

Frieda ließ sich davon nicht aus der Ruhe bringen, sondern atmete durch und ging dann rüber zu ihm. Sie fasste nicht, dass sie mit ihm fahren würde, sie fasste nicht, dass sie das hier tat. Das, was sie schon immer hatte tun wollen, das, was ihr eigentlich genommen worden war. Rafael schenkte ihr eine neue Chance und sie hatte sie verdient.

Als sie fast bei ihm angekommen war, öffnete er ihr die Beifahrertür seines Elektroautos und sie ließ sich schnell auf dem bequemen Sitz nieder.

Rafael setzte sich auf den Fahrersitz und visierte sie an. „Oder willst du fahren?", fragte er plötzlich, was sie überraschte.

Frieda musste lächeln. Offenbar bemühte er sich, sie einzubeziehen. Sie hatte ihn bisher nicht gefragt, was sie in Berlin erwartete, weil es im Grunde keine Rolle spielte, hatte aber auch aus Nervosität nicht nachgefragt. Warum auch? Sie ging eh mit ihm. „Das ist lieb, aber nein, dafür bin ich viel zu aufgeregt."

Er verstand und drückte noch mal kurz ihre Hand. „Dann los, auf in dein neues Leben."

Sein Satz klang platt, aber er fühlte sich nicht so an. Er passte perfekt.

***

Sie verließen Norddeich, fuhren über die Umgehungsstraße, die noch einmal einen Ausblick über das platte Umland bot, um Norden herum und hatten in Nullkommanichts ihre Heimatstadt hinter sich gelassen, was sie ruhiger atmen ließ.

Rafael hatte im Auto noch nichts weiter gesagt, sondern sich ganz aufs Fahren konzentriert, doch jetzt warf er ihr, nachdem sie Norden schon ein ganzes Stück hinter sich gelassen hatten, einen Blick zu. „Alles gut?"

„Ja, jetzt schon. Ich mach das hier wirklich", und konnte es kaum fassen.

„Ja." Er lächelte. „Jetzt fahren wir an all den komischen Orten vorbei, die ich nicht aussprechen kann."

Sie gluckste. „Osteel ist doch einfach, das haben wir gerade passiert."

Er wiederholte das leise. „Ja, das geht."

„Jetzt kommen Marienhafe und Upgant-Schott."

Seine Stirn runzelte sich, wie sie beobachtete. „Das werde ich nie so aussprechen können, dass es richtig klingt."

Sie kicherte. „Mach dir nichts draus, ich mag dich, auch wenn du keine ostfriesischen Ortsnamen aussprechen kannst."

„Das ist wirklich beruhigend", scherzte er.

Sie grinste vor sich hin und sah sich um. Es war nicht viel los, was eindeutig dem Sonntag geschuldet war. Es schien ein guter Tag zum Fahren, es stürmte nicht mehr, aber es war bewölkt, sodass einen auch die Sonne nicht blenden konnte.

Die Bundesstraße lag vor ihnen und einige Minuten später bogen sie schon in Richtung Emden und damit in Richtung der Autobahn ab.

„Da vorne liegt Suurhusen, der Ort mit dem schiefsten Turm der Welt."

„Steht der nicht in Pisa?", fragte er irritiert.

„Nein, in Suurhusen. Irgendein Gebäude ist wohl noch schiefer, allerdings ist das absichtlich schief gebaut worden. Der Kirchturm in Suurhusen nicht."

Sie deutete wenig später auf den schiefen Kirchturm aus rotem Klinker und auch Rafael warf einen Blick darauf. „Der ist wirklich schief."

„Warst du schon mal in Pisa?", fragte sie.

Er musste einen Moment nachdenken. „Hmm, nein. Ich war schon in Italien, aber nicht in Pisa."

Er erzählte ihr, in welchen Orten er gewesen war, als sie auch schon Emden erreichten. Wenig später fuhr er bereits auf die Autobahn, die ihr immer ein bisschen wie Ostfrieslands Grenze vorkam, auch wenn sie erst in Leer offiziell Ostfriesland verlassen würden.

Sie entspannte immer mehr. Rafael war ein überraschend sicherer und ruhiger Fahrer, auch wenn er, sobald die Geschwindigkeitsbegrenzung aufgehoben wurde, schneller fuhr.

Eine Weile schwiegen sie, doch jetzt hielt sie das nicht mehr aus. „Wir fahren also nun tatsächlich nach Berlin?"

„Ja", antwortete er locker. „Und nein, wir schaffen das nicht in einem Ruck. Wir werden ein oder zwei Pausen machen müssen, damit das Auto schnellladen kann."

Sie nickte, aber hatte kein Problem damit. „Du hast das vermutlich schon öfter gemacht?"

„Ja", bestätigte Rafael.

„Ich habe dich ehrlich erst ein oder zweimal in einem Auto gesehen."

„Damals, als du mit diesem Surfer zusammen warst?" Rafael erinnerte sich also auch und grinste nun.

Frieda stöhnte. „Genau."

„Was ist aus ihm geworden?"

„Ich habe Schluss gemacht, nachdem er wieder da war. Keine Ahnung, was er heute macht."

Das Radio dudelte inzwischen leise im Hintergrund. Es war ein stinknormaler Sender, was sie überraschte. Sie hatte gedacht, dass er eher keinen Mainstreamsender hören würde, aber vielleicht lenkte ihn das auch nicht so ab.

„Und was machen wir in Berlin?", fragte sie weiter.

„Wir fahren zu mir. Ich habe in dieser Woche nicht viel, sondern eigentlich nur Proben und so. Ich habe mindestens eine verpasst und sollte auftauchen." Er verzog das Gesicht.

„Meinetwegen?", fragte sie schockiert. Frieda hatte noch nicht groß darüber nachgedacht, aber es schien logisch, wenn er seit zwei Tagen bei ihr war. Ihr schlechtes Gewissen meldete sich wieder, gleichzeitig rührte es sie, dass sie ihm offenbar wichtiger schien als eine Bandprobe.

Er zuckte mit der Schulter. „Da haben andere schon Schlimmeres gemacht als ich. Allerdings wissen die anderen nicht, wo ich abgeblieben bin. Ich habe nur kurz eine Nachricht geschrieben, dass ich bald zurückkomme."

„Werden sie sauer sein?" Sofort machte sie sich Sorgen. Er warf ihr einen Blick zu. „Wenn dann nicht auf dich."

„Okay." Sie wusste nicht, ob sie das beruhigte, aber genaugenommen hatte sie ihn ja nicht gezwungen, zu ihr zu kommen.

„Und bevor du fragst, ja, ich werde auch Zeit für dich haben. Die nehme ich mir", ergänzte er.

„Das musst du nicht. Ich will dich nicht nerven." Sie schluckte, denn das wollte sie wirklich als letztes.

Rafael schüttelte den Kopf. „Das tust du nicht", und sprach das in überzeugender Stimmlage. „Ich habe übrigens eine Wohnung in Berlin. Habe ich das erwähnt?" Er schaute sie einen Moment an.

„Ja, ich glaube schon."

Er lächelte kurz zu ihr rüber. „Es ist leider kein sagenumwobener Berliner Altbau, sondern ein neues Haus und somit eine neue Wohnung. Du kannst dich entscheiden, ob du bei den Proben dabei sein willst. Ich hätte kein Problem damit."

„Ich habe dich erst einmal direkt spielen sehen."

„Tja, ich mache das ziemlich oft, aber zugegeben sind die Proben nicht ganz so sehr Show, sondern Gezanke darum, wer welchen Ton getroffen hat und wer nicht." Er schmunzelte, offenbar amüsierte ihn das.

Sie würde einfach abwarten und wollte ihm gern zuschauen, bis ihr eine Sache einfiel. „Werden es deine Fans oder so nicht mitbekommen, dass ich da bin?"

„Irgendwann wahrscheinlich schon, schließlich will ich dich nicht mehr hergeben." Rafael griff mit seiner Hand zu ihrer rüber und drückte sie fest. „Ich will das nicht beschönigen. Wir müssen uns überlegen, wie wir das nach außen kommunizieren wollen und was wir preisgeben. Ich kann verstehen, wenn du nicht in der Öffentlichkeit sein möchtest, und ich kann dir leider auch nicht sagen, wie diese reagiert", meinte er ernst.

„Deine weiblichen Fans?", gluckste sie und fand das irgendwie strange. Die Erinnerungen an das Konzert kamen wieder hoch und an die ganzen Frauen mit T-Shirts von ihm. Doch für all diese Menschen war er Raf, für sie dagegen Rafael.

Er räusperte sich. „Und der Rest. Es ist manchmal echt verrückt."

„Wie ist das so?", fragte sie nun und fand mal wieder, dass man sich erstaunlich gut mit ihm unterhalten konnte.

„Kommt drauf an. Am Anfang war das immer eigenartig und man fängt an sich viel zu schnell viel zu wichtig zu fühlen. Man muss wahnsinnig aufpassen, nicht auf einem zu hohen Ross zu landen. Es gab da dieses Loch zwischen unserem zweiten und dritten Album, wo andere Künstlerinnen und Künstler gefühlt alle neue Sachen rausbrachten, alle Aufmerksamkeit bekamen und wir selbst irgendwo versunken sind, was natürlich nicht stimmt. Das änderte sich, als dann das dritte Album angekündigt wurde. Aber so haben wir die Lektion gelernt, dass Ruhm schnell vorbei sein kann und wir doch nicht so wichtig sind, wie wir vermuteten."

Frieda verstand, was er meinte. „Es klingt, als ob du das schon ewig machst."

Er schmunzelte. „Es fühlt sich auch so an. Ich kenne alle Bandmitglieder fast noch länger als dich. Wir arbeiten inzwischen an unserem sechsten Album und wir sind immer noch berühmt." Er zuckte mit der Schulter und wusste selbst, dass das eine Untertreibung war. Mit den Jahren war es, auch wenn sie es in der letzten Zeit nicht aktiv verfolgt hatte, immer mehr geworden.

„Und, was glaubst du, wie es laufen wird?"

„Kann man nie wissen", murmelte er.

„Du bist nervös", stellte sie fest.

Er zwinkerte ihr zu. „Ich denke, das Album wird richtig gut, aber irgendwo ist da immer Angst und wir sind noch am Anfang."

„Ich hatte nie das Gefühl, dass du abgehoben bist", murmelte sie.

„Wenn ich bei dir war, fühlte ich mich immer geerdet", erwiderte er.

Sie lächelte. „Das ist ein Kompliment, oder?"

„Ja!", gab er unumwunden zu.

Sie räusperte sich und beschloss ihm etwas zu gestehen. „Ich habe eine Spotify-Playlist mit euren Songs, allerdings nur den älteren. Das letzte Album habe ich ausgelassen … aus Gründen." Nämlich einzig und allein deswegen, weil sie beschlossen hatte, dass sie ihn vergessen musste, um weiterleben zu können.

Sein Kopf wäre vermutlich zur Seite geruckt, wenn er sich nicht gerade furchtbar hätte konzentrieren müssen, weil sie das Leeraner Kreuz passierten. „Ehrlich?"

„Ja. Und ich weiß, das habe ich nie erwähnt."

„Hast du nicht und ich bin gespannt, was ich noch alles nicht weiß."

„Fährst du deswegen so schnell?", fragte sie amüsiert, denn sie hatten das Kreuz passiert und die Strecke war frei.

„Vielleicht?" Er zwinkerte ihr zu und ihre Wangen röteten sich.

***

Die Fahrt verging schneller als gedacht. Es waren ungefähr fünf bis sechs Stunden nach Berlin, allerdings machten sie zwei Pausen, um das Auto zu laden. Sie hielten sich dabei von Menschen fern und Rafael hatte seine Mütze tief ins Gesicht gezogen, um nicht erkannt zu werden.

Frieda fühlte sich nach der anfänglichen Euphorie von den letzten Tagen erschöpft und überwältigt zugleich, was Rafael zu verstehen schien. Er schien ihr Schweigen schon immer verstanden zu haben.

Es war Wahnsinn, dass sie hier bei ihm saß und mit ihm fuhr, und es war Wahnsinn, wie sehr sie ihm vertraute, obwohl sie ihn ja eigentlich kaum kannte. „Wir passieren gleich die Stadtgrenze", sprach er irgendwann.

Jetzt achtete Frieda wieder auf ihre Umgebung und ihr Herz klopfte schwer. Hier war es um einiges voller, die halbe Welt schien für ihr Gefühl nach Berlin zu wollen.

„Wir brauchen noch ungefähr eine halbe Stunde. Da es schon spät ist, werden die Straßen nicht megavoll sein. Dort!"

Er deutete vor sich und auch Frieda erkannte am Rand der Autobahn das Berliner Stadtschild. „Cool!", wisperte sie und konnte sich kaum vorstellen, dass auch Paula hier wohnte.

Er lächelte. „Wir haben es fast geschafft."

Sie nickte.

„Hast du schon was von deinen Eltern gehört?", fragte er plötzlich.

Sie räusperte sich. „Ehrlich gesagt, habe ich mein Telefon ausgemacht, nachdem meine Mutter mich angebrüllt hat."

„Verstehe." Er seufzte jetzt. „Vielleicht schaust du nach, ob sich deine Eltern noch mal gemeldet haben, bevor wir da sind, dann hast du einen freien Kopf."

Frieda stimmte zu und suchte ihr Telefon. „Hast du eigentlich jemandem gesagt, dass ich dich begleite?"

„Nein, ehrlich gesagt nicht. Die anderen wissen nicht, wer du bist, sie wissen nur, dass es eine SIE gibt."

„Warum?", fragte sie stirnrunzelnd.

„Weil ich dich nicht teilen wollte, ganz simpel. Sie müssen nicht alles wissen."

Das fand sie süß und strich kurz über seine Wange, was ihn lächeln ließ. Anschließend schaltete sie ihr Handy ein. Überraschenderweise wurde gar nicht viel angezeigt. Es war ein entgangener Anruf samt Nachricht ihres Vaters auf der Mailbox.

„Mein Vater hat auf die Mailbox gesprochen", murmelte sie. „Dann hör es ab. Wenn du sie laut abspielen willst, habe ich damit kein Problem. Mach es, wie du willst."

Der Vorteil daran wäre eindeutig, dass sie ihm nichts erzählen musste, also tat sie genau das, während er weiter in Richtung Innenstadt brauste. Sie stellte den Ton ihres Telefons hoch und drückte dann auf den entsprechenden Knopf.

Es dauerte einen Moment, bevor die Stimme ihres Vaters losdröhnte. „Frieda, wo bist du?", knurrte er. „Ich bin jetzt im Haus, habe alles gefunden und kann es nicht fassen, dass du einfach, ohne dass mit uns zu besprechen, gegangen bist? Was zum Teufel haben wir dir getan? Du hast einen Vertrag und bist verdammt undankbar!" Jetzt wurde er lauter. „Ich bin wirklich sehr enttäuscht. Weißt du eigentlich, was du deiner Mutter damit antust?"

Frieda schüttelte den Kopf und konnte nicht fassen, dass er ihr solche Sachen sagte.

„Wie gesagt, ich bin sehr enttäuscht. Melde dich, wenn du zur Vernunft gekommen bist!"

Damit legte er auf und Frieda starrte einen Moment auf ihr Telefon.

„Charmant!", kommentierte Rafael lediglich ironisch.

Frieda schluckte. „Ich habe meine offizielle Kündigung und einen Urlaubsschein auf dem Schreibtisch liegen lassen, ich kann sehr wohl gehen, wie ich will. Ich habe meinen Urlaub der vergangenen Jahre endlich mal eingelöst und er muss sich an die Kündigungsfrist halten. Ehrlich, habe ich den Verstand verloren?", fragte sie wütend.

„Nein", antwortete er sofort. „Keine Ahnung, was in deinen Eltern vorgeht und was ihre Gründe sind. Willst du ihn zurückrufen?"

„Auf keinen Fall, nicht nach diesem Anruf. Ich werde meiner Mutter aus reiner Nettigkeit irgendwann eine Nachricht schreiben, dass ich angekommen bin und das wars."

Rafael stimmte ihr zu und lenkte sie dann ab. „Dass da ist übrigens das Messegelände, wir sind gerade über die Avus gefahren, das war früher eine Rennstrecke. Gleich biegen wir ab und fahren bald von der Autobahn runter. Hier ist erstaunlich wenig los."

Sie betrachtete den Verkehr. „Du hast eine interessante Definition von ‚wenig los'. Es erinnert mich an Sommerferien und rollende Autos in Richtung Norderney-Fähre."

„Wieso nimmt man sein Auto mit nach Norderney?", fragte Rafael skeptisch.

„Um dort teuer zu parken", gluckste sie und das ließ auch ihn schmunzeln.

Irgendwann fuhren sie tatsächlich von der Stadtautobahn ab in Richtung Schöneberg, wo seine Wohnung lag. Angeblich war der Bezirk noch mittig, aber so richtig Ahnung hatte sie nicht. Paula wohnte, wenn sie sich recht erinnerte, in Köpenick. Frieda wurde derweil jetzt schon von der Stadt erschlagen, aber auf die gute Art und Weise. Merkwürdig, dass sie noch nie hier gewesen war. Viele fuhren zumindest mal mit der Schule hin, aber sie war immer unglücklicherweise in den Kursen gewesen, in denen dort nicht hingefahren wurde.

Jetzt am Abend leuchtete alles, Menschen liefen umher und sie konnte sich nicht satt sehen, bis Rafael in die Tiefgarage eines modernen Gebäudes abbog.

Frieda schluckte erneut, als er mit einer Zugangskarte das Tor öffnete und sie dann weiter hinabfuhren. Alles schien ihr eng und gerade so passend für Rafaels Auto. Dann entdeckte sie hier andere Wagen, unter anderem einen SUV und fragte sich, wie das Auto hier hineingekommen war.

Rafael stellte sich kurze Zeit später auf einen nummerierten Parkplatz und schaltete das Auto aus.

Frieda beobachtete, wie er durchatmete und dann seinen Blick zu ihr richtete. „Wir sind da."

Die Aufregung in ihr stieg immer noch, zum einen weil sie nicht wusste, was sie erwartete, und zum anderen weil ihr alles neu schien.

„Wie fühlst du dich?" Er schien sie zu analysieren.

„Ich bin aufgeregt und die Garage ist echt eng."

Er grinste los. „Du hast recht, ich brauchte auch eine Weile, um hier halbwegs sicher einzuparken. Immerhin haben sie beim Bau an Lademöglichkeiten gedacht."

„Aber ich vermute, du wohnst nicht hier in der Garage?", fragte sie vorsichtig weiter.

„Nein. Die Parkgarage gehört dem Auto." Er lächelte weiter. „Sollen wir nach oben fahren?"

„Fahren?"

„Es ist ganz klischeehaft ein Penthouse", erwiderte er.

Sie räusperte sich verlegen. „In Ostfriesland gibt es meistens nur Erdgeschoss, 1. Etage und manchmal ein ausgebautes Dachgeschoss."

„In Berlin eher weniger", erwiderte er amüsiert. „Komm, gehen wir."

Er stieg aus und sie tat es ihm nach. Er hatte tatsächlich so gut geparkt, dass er auch noch den Kofferraum öffnen konnte. Ihre Umhängetasche hatte sie schon mitgenommen.

„Wir bekommen nicht alles auf einmal mit. Was ist am wichtigsten?"

Sie zuckte mit der Schulter. „Eigentlich ist es egal."

„Gut, dann von oben nach unten." Er griff nach der Laptop-Tasche und hängte sie sich um. Dann griff er nach ihrer Reisetasche und hob sie für sie raus.

Er griff anschließend zu seinem Rucksack und seiner Gitarre. „Komm, lass uns hochfahren", forderte er sie erneut auf

Sie nickte und zusammen liefen sie zu einem Fahrstuhl, der etwas versteckt lag und wo sich daneben ein Zugang zum Treppenhaus befand.

Auch hier kam man nicht einfach so hinein, man musste wieder Rafaels Karte davorhalten.

Sie fuhren wie angekündigt in die oberste Etage. Der Fahrstuhl bot genug Platz, sodass man wohl auch große Dinge damit transportieren konnte, und er war flott. In Nullkommanichts hatten sie die Etage erreicht. Als sich die Fahrstuhltüren öffneten schlug ihr Herz aufgeregt. „Wohnst du allein hier?"

„Auf der Etage? Ja." Sie traten in den Flur hinaus, in dem sich drei Türen befanden. Nur eine von ihnen wirkte wie eine Wohnungstür und zu dieser wandte sich Rafael nun auch. „Nervös?", fragte er sie. „Okay, eindeutig." Er lächelte sie an. „Keine Sorge, es ist nicht so wie in Norddeich eingerichtet."

„Soll mich das beruhigen?" und dachte an die robusten hölzernen Standardmöbel in all den Ferienhäusern, mit denen auch Rafaels Haus eingerichtet war, und die maritime Deko, die einem das Gefühl fürs Meer vermitteln sollte.

„Keine Ahnung, vielleicht?" Er öffnete die Tür, drehte sich zu ihr und lächelte ihr wieder zu. Dann ging er vor und sie folgte ihm in den breiten, rechteckigen Flur, der modern eingerichtet worden war und den Frieda eher aus Filmen und dem Internet kannte. Ein großer antiker Spiegel hing hier, eine schwarze moderne Anrichte und abstrakte Bilder.

Eine Doppeltür ging geradeaus ab und stand halb auf. Links war eine breite Tür, die er nun öffnete und hinter der sich eine riesige Wandnische befand, in der sich genügend Platz für Jacken und Schuhe bot. Rafael stellte sofort seine Sachen ab und zog seine Schuhe aus, während sie hinter sich nervös die Tür schloss, um es ihm dann gleichzutun.

Der extreme Kontrast zu ihrem und seinem Haus in Ostfriesland wurde sofort deutlich, was alles noch aufregender machte. Wie sah dann wohl der Rest der Wohnung aus?

Er hängte schließlich ihre Jacke weg und gefühlt eine Sekunde später stand er direkt vor ihr und schaute auf sie hinab.

„Jetzt bist du angekommen", hauchte er mit dunkler Stimme und schien es genauso wenig fassen zu können wie sie.

„Ja", wisperte sie zurück und trat noch einen Schritt näher zu ihm.

Das verstand er offensichtlich als Aufforderung, denn ein Arm legte sich um sie und zog sie ganz an sich heran. Dann beugte er seinen Kopf zu ihrem herunter und küsste sie.

Und wenn sie gerade noch angespannt gewesen war, löste sich alles wie ein Knoten in Nichts auf. Nervosität und Angst verschwanden. Stattdessen wurde sie von seiner Liebe umhüllt und sie wollte in diesem Moment nirgendwo anders sein als genau hier in seinem Arm.

Rafael

Seine Wohnung fühlte sich mit Friedas Ankunft sofort so viel besser an, dass sein Herz kräftig schlug. Am liebsten hätte er sie direkt mit in sein Bett gezogen, aber er wusste, dass er ihr besser erst alles zeigen sollte.

„Also zuerst die Haustour, oder? Dort ist übrigens das Gästebad, vielleicht möchtest du dich kurz frisch machen?" Er deutete auf die Tür neben seinem Wandschrank, wo sich ein kleines Bad befand.

„Ja!" Sie wirkte erleichtert und er grinste in sich hinein, während er die Tür öffnete.

Während sie sich frisch machte, schaute er kurz auf sein Telefon und dachte wieder an die Nachricht ihres Vaters, die ihn innerlich verstörte. Wie konnten sie Frieda nur so behandeln, aber selbst von Frieda so viel erwarten? Er verstand es nicht und er fand, dass Frieda zu Recht wütend darüber war. Andererseits sah sie nur die eine Seite, wie sah wohl die ihrer Eltern aus?

„Fertig!" Sie lächelte, als sie aus dem Bad trat, und er musste sich wieder beherrschen, sie nicht direkt in sein Zimmer mitzunehmen.

Rafael steckte sein Telefon weg, ohne überhaupt bewusst draufgeschaut zu haben. „Also meine Wohnung ist im Grund wie ein großes spiegelverkehrtes L aufgebaut. Hier gibt es eine Tür zum Flur." Er deutete auf die Tür gegenüber vom Bad und Wandschrank. „Aber wir gehen erst durch die große, damit wären wir nämlich gleich im Herzen der Wohnung." Er griff nach ihrer Hand und zog sie mit.

Nur ein automatisches Licht ging an, als er mit ihr den Raum betrat und dafür sorgte, dass man nicht stolperte, bis man das eigentliche Licht angeschaltet hatte, was er nun tat.

Sofort wurde ein Großteil in Licht gehüllt und Rafael konnte nicht anders als ihr Gesicht zu betrachten. Sie riss vor Erstaunen die Augen auf.

Sie standen auf einer kleinen Empore, an der einen Seite befand sich sein Flügel, auf der anderen Seite eine Sitzecke und Regale. Die Empore wurde von einem Glasgeländer abgegrenzt. Zwei Schritte über eine Metalltreppe hinunter befanden sie sich in einem der Haupträume. Hier stand ein riesiger runder Tisch mit dunklen Sesseln daran und versetzt dazu eine riesige moderne Küche, die an einer Zwischenwand lag.

Auf der anderen Seite der Zwischenwand, abgetrennt durch eine weitere halboffene Wand, fand sich sein Wohnzimmer mit einer großen Couchlandschaft, die halb um die Ecke ging, was man aber von hier nicht sehen konnte.

„Willst du was trinken?", fragte er. Er konnte zumindest ein Glas Wasser vertragen.

„Gern", antwortete sie und während er zur Küche schritt, schaute sie sich im Raum um, in dem es neben dem Tisch noch eine weitere kleine Sitznische gab. Er wusste, dass das alles hier besonders für Partys geeignet war, und er hatte seine Wohnung für die anderen schon oft dafür zur Verfügung gestellt. Das hatte den Vorteil, dass er nie raus musste.

„Wasser?", fragte er und hielt eine Flasche Mineralwasser hoch. „Oder lieber was anderes?"

„Wasser ist total in Ordnung", murmelte sie und kam nun zur Küche. „Die Küche ist super."

„Ja, sie hat alles ... und dabei bin ich kein großer Koch. Aber irgendwie mag ich die Atmosphäre."

„Und der Kühlschrank ist amerikanisch", stellte sie fest.

„Ehrlich, ich habe noch nie verstanden, wie man mit diesen kleinen Einbauteilen auskommen kann. Bei mir würde sich da alles stapeln."

„Gewöhnungssache", kicherte sie und griff nach dem Glas, was er ihr nun hinhielt.

Schnell tranken sie etwas, bis er sie auch schon weiterzog und ihr das Wohnzimmer zeigte.

Dann liefen sie in den Flur, der zu den anderen Räumen führte. Sein Schlafzimmer lag ganz hinten, doch das würden sie erst zum Schluss betreten.

Zunächst zeigte er ihr zwei Gästezimmer samt Bädern, dann ein kleines Büro, wo er im Grunde nur Sachen stapelte. Anschließend kam sein liebster Raum, nämlich sein Musikzimmer samt Sitzecke und Tonstudio, dann noch der kleine Fitnessbereich und schließlich sein Schlafzimmer samt Ankleidezimmer und Bad, wie es das hier selten gab, dafür vermehrt in den USA.

„Das ist großartig!", sagte sie und er grinste, weil sie süß aussah, wie sie alles verlegen und neugierig zugleich betrachtete. Ihre Haare schwangen förmlich, als sie den Kopf drehte und wieder stellte er fest, dass es sich mit ihr hier noch viel besser anfühlte als allein.

Sollte ihm das nicht eigentlich Angst machen? Eine Frau, die er eigentlich kaum kannte, ließ ihn sich so viel besser fühlen? Doch er schüttelte das ab, er wusste es besser. Noch nie hatte er sich bei jemandem so zu Hause gefühlt wie bei Frieda. Sie hier zu haben, fühlte sich komplett richtig an und er konnte nur hoffen, dass das für sie auch galt.

39

„Das ist großartig!", bemerkte sie zum x-ten Mal und biss sich selbst auf die Lippe, weil sie so unkreativ in ihren Kommentaren blieb. Zugegeben fand sie einfach keine besseren Worte für die Wohnung, in der er lebte und die er ihr nun gezeigt hatte.

Aktuell standen sie in seinem beeindruckend großen Schlafzimmer und sie starrte zunächst auf das Boxspringbett und dann auf die Gitarre, von denen er gefühlt überall in seiner großen Wohnung welche hatte. Wenn sie es nicht schon gewusst hätte, wäre ihr spätestens jetzt klar gewesen, was er beruflich machte.

„Jetzt hast du alles gesehen. Da sind noch ein begehbarer Kleiderschrank und dort noch mein eigenes Bad."

Sie nickte und fragte sich, ob sie hier bei ihm schlafen würde, traute sich aber nicht zu fragen.

„Du bist so ruhig", sprach er weiter.

„Überwältigt", gab sie zu.

„Und ich dachte schon, wir hätten da wieder die ostfriesische Wortkargheit. Sind Ostfriesen und Ostfriesinnen nicht genau dafür bekannt?"

Sie schmunzelte und wandte sich an ihn. „Hmm, ich kann kurz antworten, wenn ich will."

„Ach lass es ruhig, ich höre dich gerne sprechen", flirtete er. „Ich mag deine Stimme."

„Danke." Sie schluckte und wusste nicht, wie sie damit umgehen sollte.

„Sicher, dass nichts los ist? Sag ruhig, was dir auf dem Herzen liegt."

„Wo soll ich schlafen?", murmelte sie und schaute hoch zu ihm.

„Hmm … Ich glaube, ich kann dich schlecht in einem winzigen Gästezimmer schlafen lassen. Das wäre verantwortungslos. Das Bett hier wäre das Größte, was wir bisher in unserer Beziehung geteilt haben. Außer natürlich, du möchtest nicht hier schlafen?"

Sie schluckte. „Das habe ich nicht gesagt."

„Und? Jetzt bekomme ich leichte Bedenken, dass es dir hier nicht gefällt." Er betrachtete sie.

Ganz plötzlich spürte sie, dass sie weinte und wusste nicht, woher plötzlich die Tränen gekommen waren.

„Hey …", sagte er sanft, umarmte sie und strich ihr liebevoll über den Rücken. Doch sie weinte nur noch mehr.

„Tut mir leid", schluchzte sie. „Es ist wundervoll hier, ich bin dir so dankbar …" Sie hatte keine Ahnung, was das hier gerade war, aber sie fühlte sich völlig überwältigt.

„Aber es ist gerade zu viel Neues?"

Ja, genau das war es. Sie überwältigte nicht einfach nur die Wohnung. Sie überwältigte das Neue, das Unbekannte und seine Großzügigkeit, das alles mit ihr zu teilen. Sie überwältigte ihr Mut, endlich gegangen zu sein und sie fühlte die Erleichterung darüber.

Eine Weile später fand sie sich auf seiner wirklich riesigen hellen Couch, die aus mehreren Elementen bestand, die man laut Rafael so zusammenschieben konnte, wie man wollte. Sie machte diesen ungewohnten Raum behaglich. Ihr Blick glitt zu der Fensterfront, von der man auf die Stadt schaute, auch wenn man nicht viel sehen konnte.

Rafael war gerade verschwunden, um ihnen ihre Gläser zu holen, während sie gedankenverloren über den Stoff des Sofas strich.

„Das Sofa ist Vintage aus den 70er Jahren", holte er sie aus ihren Gedanken zurück.

Sie zuckte kurz zusammen. „Ist es so alt?"

„Nein, eine ziemlich übertrieben große Neuinterpretation und frei verteilbar. Aber ich mag sie so am liebsten."

„Es ist so weich!", stimmte sie zu. „Und die Farbe ist schön."

„Ja, das stimmt. Ich bin zu viel unterwegs, um ein Haustier zu haben, also streichle ich einfach das Sofa." Er ließ sich neben ihr nieder. Seine Haare fielen ihm wie so oft leicht ins Gesicht, aber sie erkannte trotzdem, wie er lächelte, und das ließ sie sich noch besser fühlen.

„Praktisch. Es ist auf jeden Fall gemütlich." Und vielleicht hatte sie sich auch ein bisschen in die Couch verliebt, auch wenn sich alles hier noch eigenartig anfühlte. Alles kam ihr fremd vor, aber sie hatte im Grunde bis auf die zwei Wochen damals in Hannover noch nie woanders gewohnt. Solchen Luxus kannte sie nicht und mal abgesehen von dem minimalistischen Stil der Wohnung samt einem leicht industriellen Charme, merkte man sofort, dass hier ein Musiker wohnte. Nicht nur die Instrumente zeigten das, auch die Bilder, die hier hingen und die sie erst für abstrakt gehalten hatte. Bei genauerer Betrachtung stellte sie fest, dass sich in den meisten Fällen Instrumente oder künstlerische Szenen darauf befanden. Noten lagen überall rum, er besaß eine große Plattensammlung und sie hatte auch die zahlreichen Preise gesehen. Ihr wurde dabei bewusst, dass sie noch nie einen Raum nach ihren Vorlieben gestaltet hatte, so wie er es hier tat. Aber andererseits wusste sie auch nicht, wie sie das überhaupt tun würde. Was würde sie wollen?

„Ja, das finde ich auch", holte er sie aus seinen Gedanken raus. Er saß dicht neben ihr und strich ihr nun eine Strähne aus dem Gesicht. „Es fühlt sich zum ersten Mal hier richtig gut an. Du hast gefehlt."

Sie kicherte. „Das kannst du doch gar nicht wissen."

„Doch, seit dem ersten Mal, an dem ich dich gesehen habe, das erste Mal, an dem wir spazieren waren, da habe ich mich schon wohlgefühlt. Immer wenn du da bist, fühle ich mich so wohl wie nirgends sonst. Und du hier? Das ist eindeutig der Gipfel." Rafael seufzte zufrieden.

„Nicht mal auf der Bühne?" Sie erinnerte sich nur zu gut an das Konzert und erinnerte sich auch daran, wie natürlich er da gewirkt hatte.

„Das ist was anderes, das ist wie ein Rausch, ein Abenteuer, ein Kick oder eine Droge, die man immer wieder erleben möchte. Aber wenn ich zur Ruhe kommen möchte, dann bist du der beste Weg."

„Verstehe." Und sie fühlte die riesige Verantwortung in sich, die mit seinem Bekenntnis mitschwang. Gleichzeitig liebte sie ihn dafür. „Was machen wir jetzt?"

„Ich würde sagen, wir besorgen was zu essen? Im Gegensatz zu Norddeich ist hier die Auswahl an Lieferservices gewaltig."

„Hier gibt es Supermärkte, die sonntags aufhaben, oder?" Sie erinnerte sich, wie Paula das voller Begeisterung erzählt hatte.

„Ja, an den Bahnhöfen. Willst du noch raus oder sollen wir nur was zu essen holen, damit wir einmal frische Luft geschnappt haben?"

Sie überlegte, aber fand den Vorschlag gut. „Einfach nur Essen holen klingt gut."

Er stimmte zu. „Also dann … In der einen Richtung gibt es einen guten Dönerladen, in der anderen Pizza und dann ist da noch so ein vegetarischer Imbiss, der ist auch richtig gut. Und das ist nur in der Nähe."

Frieda schmunzelte. „Ich fühle mich jetzt schon überfordert. Vielleicht Pizza?"

„Gute Wahl", sagte er fröhlich. „Musst du noch mal ins Bad, oder so?"

„Ich würde mich, glaube ich, gern umziehen. Und du? Kannst du einfach so raus?"

Er nickte. „Hier in der Gegend ignorieren mich die Menschen meistens und hier gibt es wenig Touris."

„Touris …" Frieda lachte los. „Aus deinem Mund klingt das ironisch."

Er grinste. „Tja, hier in Berlin bin ich so halb ein Einheimischer."

Sie lachte wieder. „Dann zeigst du mir also irgendwann die Stadt? So wie ich dir Norddeich und die Umgebung gezeigt habe?"

„Nichts wird mich davon abhalten." Er küsste sie auf die Wange.

Mit der Zuversicht, wie er das sagte, freute sie sich schon.

***

Frieda genoss es mit ihm zu der Pizzeria zu laufen, bei der er vorher per App etwas vorbestellt hatte.

Sie mussten nicht weit gehen, aber alles war hier so anders, so groß und so neu, dass sie, während sie Hand in Hand liefen, schon spürte, wie gut ihr das hier tat.

„Es gefällt dir", stellte er fest, als sie mit der Pizza zurückliefen.

„Es ist toll. Allein die Geräusche. Norddeich ist im Winter zu ruhig und im Sommer zu laut."

„Das geht hier zugegeben auch anders, aber ich weiß, was du meinst. Hier ist es allerdings gefühlt gerade kälter."

„Aber kaum Wind ..."

„Na ja." Er verzog das Gesicht.

„Für ostfriesische Verhältnisse ist das hier kein Wind, das ist maximal eine leichte Brise", und amüsierte sich über ihn, als sie auch schon das Haus erreichten und sich wenig später wieder auf die Couch setzten.

Die Pizza schmeckte fantastisch und sie hatten es sich so gemütlich gemacht, dass sie wieder einmal feststellte, wie unfassbar leicht sich alles mit ihm anfühlte. „Es ist so normal", murmelte sie, während sie noch aßen.

„So soll es doch auch sein. Du sollst dich bei mir wie zu Hause fühlen."

„Ich habe mich schon immer bei dir wohlgefühlt, nur die Umgebung ist noch ungewohnt."

Er stimmte ihr zu. „Sollen wir irgendwas schauen?",
fragte er schließlich, als er sich sein zweites Stück Pizza nahm
und glücklich hineinbiss.

„Keine Ahnung, Vorschläge?"

„Hmm, ich habe letztens ‚Umbrella Acadamy' angefangen. Hast du die Serie schon gesehen?"

Sie schüttelte den Kopf. „Aber sie steht auf meiner
Watchlist."

„Ich habe erst ein oder zwei Folgen gesehen. Sollen wir
die ersten Folgen noch mal schauen? Ich fand sie nämlich
gut."

„Gerne." Sie lehnte sich zurück und hielt die Hand unter
ihr Pizzastück, damit sie nicht auf sein Sofa kleckerte. Inzwischen entspannte sie sich, auch weil er so locker mit ihr umging.

Irgendwann nach dem Essen rückte er neben sie und
legte seinen Arm um Frieda, sodass sie sich anschmiegte und
einen Moment durchatmete.

„Alles okay? Gefällt dir die Serie nicht?"

„Doch", wisperte sie. „Aber ich bin müde."

„Dann lass uns schlafen. Wir haben alle Zeit der Welt."

„Aber willst du nicht weiterschauen?"

„Du wolltest doch nicht gleich morgen wieder verschwinden, oder?" Er schaltete den Fernseher aus. „Du bist
müde, also bringen wir dich ins Bett."

Eine Gänsehaut machte sich auf ihrer Haut breit. Das
hier war so heiß und sexy und plötzlich erwachte etwas ganz
anderes in ihr zum Leben. Sie stemmte sich instinktiv hoch
und küsste ihn sanft.

Er kam ihr entgegen und mit einem Mal hielt er sie wieder. Ihre Beine schlangen sich um ihn und ihre Arme legten
sich um seine Schultern.

„Bett!", flüsterte er heiser.

„Ja", wisperte sie. „Deines?", scherzte sie, doch er schüttelte sofort den Kopf.

„Nein, unseres."

40

Aus einem wundervollen Traum erwachend, reckte sich Frieda wohlig und warm. Was sie geträumt hatte, hatte sie bereits vergessen, aber es war schön gewesen und wie es mit schönen Träumen so war, machte dieser ihr gute Laune.

Rafaels riesiges hohes Boxspringbett schien ihr wirklich ein Wunder an Gemütlichkeit, was sie vorher nie gedacht hätte. Allerdings hatte sie auch noch nie in einem Boxspringbett geschlafen und die Höhe vom Boden bis zur Matratze, auf der sie lag, fand sie beinahe schwindelerregend, sodass sie etwas in die Mitte kroch, wo es sich sicherer anfühlte.

Sie fragte sich, ob sich schon Menschen Knochen gebrochen hatten, weil sie aus dem Bett gefallen waren. Allerdings reichte dafür vielleicht auch schon eine geringere Höhe, um das zu bewerkstelligen.

Die Bettseite neben ihr war leer, Rafael schien schon aufgestanden zu sein, während sie das Gefühl hatte, wie ein Stein geschlafen zu haben.

Frieda seufzte und kuschelte sich zurück in die Decke inmitten des Bettes. Himmlisch, wirklich himmlisch.

Ihre Gedanken glitten zu gestern Abend, als Rafael sie mit hierhergenommen hatte und an seine Hände auf ihrer Haut, die förmlich mit ihr gespielt hatten. Seine Küsse auf gefühlt jedem ihrer Körperteile und die viele Zeit, weil kein Abschied nahte und keiner von beiden gehen musste.

Frieda stöhnte leise und ganz plötzlich fehlte er ihr. Sie setzte sich auf und die Decke rutschte hinab. Sie trug nur einen Slip, den sie gestern Abend irgendwann wieder angezogen hatte, weil sie das Gefühl komisch fand, ganz nackt zu schlafen.

Als sie den Blick in seinem Schlafzimmer kreisen ließ, bemerkte sie ihre Reisetasche mit ihrer Kleidung in einer Ecke. Offenbar musste Rafael sie heute Morgen oder wann auch immer hierhergetragen haben, was sie sehr aufmerksam von ihm fand.

Durch das Fenster schaute sie nun ein bisschen raus auf die Stadt, auch wenn man gerade nur einen spaltbreit sehen konnte, weil schwere Gardinen das Sonnenlicht draußen hielten.

Wenn sie in Norddeich gewesen wäre, hätte sie sich bald ins Büro gesetzt und es fühlte sich wahnsinnig gut an, das alles wegschieben zu können. Sie musste sich unbedingt bei Paula melden und hoffte, dass sie sich keine Sorgen machte.

Ihr Handy lag nicht hier und sie vermutete es noch im Wohnzimmer, was eine weitere Motivation war, aufzustehen. Außerdem sehnte sie sich nach Rafael und fragte sich, was er wohl gerade machte. Sie hörte zumindest nichts, wusste aber auch nicht, wie schalldicht die Wände waren.

Schnell zog sie sich einen Hoodie und eine Leggings an und ging ins Bad. Wenig später war sie fertig und machte sich auf die Suche nach Rafael.

Noch im Flur hörte sie plötzlich ganz leise Gitarrenklänge. Doch er war nicht in seinem Übungsraum oder Tonstudio, sondern sie fand ihn zu ihrer Überraschung in der Küche am Esstisch. Er lauschte gerade seinem Telefon und machte dabei konzentriert Notizen. Doch er war nicht allein, ihm gegenüber saß ein weiterer Mann mit kürzeren Haaren als Rafael und machte genau dasselbe.

Beide wirkten so in sich gekehrt, dass sie es nicht wagte, sie zu stören, sondern am Übergang stehenblieb und abwartete.

Lange dauerte es nicht und Rafael tippte auf sein Telefon. Sofort drehte er sich um und lächelte. „Hey! Guten Morgen, oder wohl eher Mittag." Er stand auf und kam ihr entgegen, was ihre Füße dazu brachte, ihm entgegen zu tapsen. Sein Fußboden fühlte sich warm an, offenbar besaß er eine Fußbodenheizung, was ihr gestern nicht aufgefallen war.

„Hey!", murmelte sie, als er sie in seine Arme zog und ihr einen kleinen unschuldigen Kuss gab, der sie einfach glücklich machte. „Ich wollte nicht stören."

Er ließ sie wieder los. „Du kannst gar nicht stören."

„Man könnte auch sagen, dass du ein gutes Gefühl fürs Timing hast", erwähnte eine Stimme hinter Rafael.

Sie sah an ihrem Freund vorbei und blickte auf den anderen Mann, der amüsiert grinste.

Frieda hatte ihn sofort erkannt, auch wenn sie ihn noch nie in so normaler Kleidung gesehen hatte. Vor ihr befand sich Kam, Rafaels Bandmitglied, und der weitere Leadsänger von Quiet Place.

Rafael nahm sie an die Hand und zog sie mit zum Tisch. „Frieda, das ist Karsten oder mit seinem coolen Namen auch Kam genannt."

„Karsten?", fragte sie perplex, denn das hatte sie noch nie gehört, sie kannte nur Kam, während Rafael leise kicherte.

„Genau!", antwortete der. „Aber ehrlich, deutscher als Karsten geht es kaum, also wurde eben Kam draus."

„Pragmatisch gedacht", erwiderte sie und hoffte, dass sie nicht zu sehr rot anlief und nicht zu forsch reagierte.

„Das fand ich auch, auch wenn manche das als albern empfinden." Karsten oder Kam blickte zu Rafael.

Der grinste nun breit. „Ist es auch, aber ich habe vielleicht auch einfach mehr Namensglück."

„Das stimmt natürlich. Wobei du deinen Namen auch abkürzt … ich zitiere: ‚Weil man ihn dann besser brüllen kann und die Autogramme sich schneller schreiben lassen'." Jetzt kicherte Karsten.

Rafael schüttelte den Kopf. „Bevor es hier noch abgedrehter wird … das ist Frieda, meine Freundin."

„Schön, dass wir uns endlich kennenlernen, Frieda. Ich habe heute erst deinen Namen erfahren, bis dahin warst du immer SIE!" Kam strahlte nun.

„Danke, es freut mich auch", antwortete Frieda erstaunt, denn sie hatte nicht groß darüber nachgedacht, was vielleicht Rafaels Familie und Freunde über sie wussten. Offenbar nicht viel, wenn sie Kam Glauben schenkte.

„Er ist vorhin vorbeigekommen, weil ich ein paar Melodien aufgenommen habe, die mir in Norddeich so in den Kopf gekommen sind. Er konnte nicht länger warten. Außerdem war er neugierig und will bestimmt auch noch mit mir schimpfen, weil ich einfach abgehauen bin. Das hat er sich aber bisher verkniffen."

„Du hast neue Sachen mitgebracht, ich werde nicht schimpfen. Für die anderen kann ich nicht garantieren. Aber ich kann dir versichern, Frieda, das meiste ist gut, was er deinetwegen so zustande bringt. Es ist wirklich toll, endlich auch die Person, die dafür verantwortlich ist, kennenzulernen." Er lächelte jetzt und schien es ernst zu meinen.

Frieda errötete nun endgültig und schaute dann zu Rafael, weil sie keine Ahnung hatte, was Kam meinte. „Was?"

Ihr Freund räusperte sich verlegen, was Kam wiederum lachen ließ. „Sie weiß es nicht?"

„Nicht direkt …" Er wandte sich zu Frieda um. „Eventuell bist du für ein paar Songs verantwortlich", gab er plötzlich zu.

Frieda schluckte erschüttert und dachte an die Songs und Alben, die sie kannte. „Für welche?"

„Wo sollen wir da nur anfangen?" Kam kicherte noch mehr. „Aber vielleicht machst du deiner Freundin erst einmal einen Kaffee. Oder möchtest du was essen? Ich habe Croissants und allerlei leckeren Kram mitgebracht, über den unsere Ernährungsberaterin und unser Fitnesscoach schreiend weglaufen würden."

Rafael, der an ihrer Seite stand, stellte sich nun ein wenig vor sie, um sie besser anschauen zu können. „Möchtest du was trinken oder essen und hast du gut geschlafen?"

Sie nickte und verkniff sich, sein Bett zu loben. Das musste ja Kam nicht unbedingt wissen. Immerhin schien er in echt genauso freundlich, wie er auch im Allgemeinen nach außen hin wirkte, und das beruhigte sie schon mal. „Ich hätte gern einen Cappuccino, wenn das geht?"

„Keinen Tee?", fragte Rafael amüsiert.

Frieda rümpfte die Nase. „Nicht ohne gefiltertes Wasser."

Beide Männer starrten sie nun an. „Ist das so eine Ostfrieslandsache?", reagierte ihr Freund als erster.

Sie nickte entschieden. „Ja, das Wasser ist bei uns absolut kalkfrei. Ich bin ja noch nicht wahnsinnig rumgekommen, aber fast überall hat man im Tee Schlieren und Schlieren im Tee sind echt ekelig. Meine beste Freundin behauptet, dass es in Berlin besonders schlimm ist. Auf die Erfahrung kann ich vorerst verzichten. Vielleicht hätte ich Wasser mitnehmen sollen ...", dachte sie laut.

„Interessant", antwortete Kam nun. „Die ‚Schlieren' waren mir immer egal ..."

„Ekelig!" Sie verzog das Gesicht und beide Männer lachten leise.

„Offenbar wird meine nächste Küchenanschaffung ein Wasserfilter sein", sprach Rafael in Kams Richtung.

„Ich glaube, die kann man sogar in die Spüle integrieren", antwortete der.

„Wirklich? Das google ich nachher mal. Also ich mach dir einen Cappuccino. Ich habe netterweise diesen Vollautomaten, der alles kann."

„Außer schlierenfreien Tee!", gab Kam zum Besten, während sie jetzt kicherte und die beiden herrlich zusammen fand. Man merkte, dass sie sich gut verstanden.

„Außer den", bestätigte nun auch Rafael. „Irgendwelche Milchpräferenzen? Der gute Karsten trinkt nur Mandelmilch und hat extra welche mitgebracht, weil er weiß, dass ich das selten im Kühlschrank habe."

Sie zuckte mit der Schulter. „Das würde ich probieren, wenn es okay ist." Sie schaute zu Karsten oder auch Kam und war sich nicht sicher, wie sie ihn nun für sich nennen sollte. „Ich habe mich bisher nicht getraut, das zu probieren."

„Kein Ding!", antwortete Kam.

Während Rafael in die Küche schritt, um ihr einen Cappuccino zu machen, wusste sie nicht so richtig wohin.

Offenbar bemerkte Rafael ihr Dilemma. „Du kannst dich an den Tisch setzen, mein Gekritzel kann eh niemand lesen außer mir."

„Da hat er recht", sprach Kam dumpf. „Er hat mir mal eine handschriftliche Nachricht dagelassen und ich bin bis heute der festen Überzeugung, dass er wollte, dass ich ihm Kondome besorge."

„Es war eindeutig Klopapier", knurrte Rafael aus der Küche.

Sie kicherte los und setzte sich an den freien Platz am Tisch direkt neben Rafael.

„Wenn es sein muss, kann ich mir aber Mühe geben", erwiderte ihr Freund und sie dachte an die Geburtstagsnachricht, die sie gut hatte lesen können.

„Und selbst das kann man schlecht lesen", flüsterte Kam ihr zu und er wurde ihr immer sympathischer, was sie nicht erwartet hatte. Ehrlicherweise hatte sie befürchtet, dass alle es total blöd fanden, dass sie auf einmal da war.

Sie warf einen schnellen Blick auf die Zettel und atmete durch. „Ich kann nicht mal wirklich Noten lesen, also müsst ihr euch keine Sorgen machen."

„Na dann!" Kam lachte.

„Du kannst keine Noten lesen?" Rafael stellte einen Becher vor ihr ab und setzte sich auf seinen Platz. Er wirkte schockiert.

„Nein." Sie schüttelte den Kopf.

„Hattet ihr das nicht in der Schule?", fragte er weiter.

„Doch, aber erst in der Oberstufe und dann habe ich die nie wieder gebraucht und somit vergessen."

Leidend blickte er zu Kam, der immer noch entspannt und amüsiert dasaß. „Was halten wir davon?", fragte Rafael ihn.

„Gegensätze ziehen sich an?", erwiderte der. „Wie wäre es mit ‚Opposite' als nächsten Albumtitel?", machte er weiter.

Rafaels Gesichtsausdruck entspannte sofort, was niedlich aussah. „Gibt's den Albumtitel schon?"

Kam schüttelte den Kopf. „So spontan wüsste ich nichts. Ich schau mal im Internet nach."

Sie konnte fasziniert beobachten, wie er nun seinerseits ein Telefon aus seiner Hosentasche zog und förmlich darauf rum hämmerte. „Es gibt ein Album, das ‚Opposites' heißt von irgendeiner schottischen Alternate-Rockband, von der ich noch nie gehört habe."

Rafael machte sich eine Notiz. „Dann schlagen wir das als eine Option den anderen vor?"

Kam nickte und zwinkerte ihr dann zu, weil sie vermutlich die beiden einfach nur anstarrte. „So schnell kommt man zu einem Titel."

„Faszinierend", murmelte sie und so wie es klang, war sie auch dafür die Inspiration gewesen. Sie griff als Ablenkung zu ihrem Becher und probierte einen Schluck. „Gar nicht schlecht, die Mandelmilch."

Kam grinste erneut. „Hach, eine neue Gläubige. Ihr seid wirklich Gegensätze."

Frieda blickte sofort wieder zu Rafael, der sie nun anlächelte. „Manchmal, aber nicht in allem."

„Ja, das stimmt, manchmal sind wir einer Meinung."

In diesem Moment klingelte es und Rafael stöhnte. „Hast du gleich die ganze Band herbestellt?", fragte er Kam vorwurfsvoll.

„Klar! Alle sind neugierig und du warst einfach weg!", klang er nun doch anklagend, zwinkerte ihr aber wieder zu.

Rafael lief los und sie schnallte geschockt, was die beiden damit meinten. Oh Gott, die restliche Band würde auch gleich hier auftauchen?

„Keine Sorge, sie beißen nicht", versuchte Kam sie zu beruhigen.

„Okay", flüsterte sie und versuchte zu atmen. „Ich meistens auch nicht."

Das brachte Kam wieder zum Lachen.

Inzwischen hörte sie lautes Gerede und Schritte. „Zieht bloß eure Schuhe aus!", brüllte Rafael plötzlich, auf das Gemurre folgte, was Kam wieder grinsen ließ und die Anspannung in Frieda erhöhte. Darauf was sie so früh nicht vorbereitet gewesen.

Doch bevor sie weiter darüber nachdenken konnte oder in Ohnmacht fiel, betrat ihr Freund den riesigen Raum und in seinem Schlepptau befanden sich die zwei weiteren männlichen Mitglieder der Band und Sana, die Schlagzeugerin.

„Kam kennt ihr ja!", leitete Rafael die Sache zur Auflockerung ein. „Er hat euch ja auch eingeladen."

„KAAAAAM!", riefen die zwei Jungs, während Sana ebenfalls grinste, aber deren Blick nun zu ihr huschte, was Frieda schlucken ließ. Sie hatte keine Ahnung, wie sie den Blick deuten sollte.

„Und das hier ist SIE", machte Rafael weiter. „Und ihr Name ist Frieda."

„Eindeutig Rafaels bessere Hälfte", gluckste Kam. „Ich mag sie, denn sie mag Mandelmilch!"

„Oh Gott, warum?", fragte jemand.

„Nur im Cappuccino, mehr als das habe ich noch nicht probiert", räusperte sie sich.

„Noch gerettet." Die Schlagzeugerin lächelte nun. „Hi Frieda, ich bin Sana."

„Sana ist auch ihr echter Name, nicht wie Kam", erklärte Rafael mit ironischem Unterton.

„Finnischer Vater", bestätigte Sana. „Die beiden Trottel sind Rico und Jordan, auch ihre echten Namen, wobei es nur Ricos Zweitname ist, möchtest du ihr nicht gleich deinen ECHTEN Namen verraten?" Sana kicherte los und schien ihr ziemlich cool zu sein. Sie trug eine weite Jeans und einen hellen Kaschmirpullover, womit ihre rosarot gefärbten Haare besonders gut zu Geltung kamen.

. Rico verzog das Gesicht und reichte ihr die Hand. „Hi, ich bin Rico, für meine Eltern allerdings auch Gustav."

„So hieß mein Großvater auch, hallo, ich bin Frieda", erwiderte sie und wurde rot.

„Rafaels SIE", meinte Rico belustigt, aber sein Blick wirkte skeptisch, was auch an seinen hellen Augen liegen konnte, die dadurch stechend wirkten. Er trug eine normale Jeans und ein T-Shirt. Seine Haare waren stylisch zur Seite frisiert.

„Ja." Sie lächelte.

Rico wurde in diesem Moment von Jordan verdrängt, der von der Kleidung ähnlich aussah, aber lockige schwarze Haare hatte. Er zog sie überraschenderweise in eine Umarmung. „Du bist diejenige, der wir all die tollen Songs verdanken." Er drückte sie fest.

Frieda wusste nicht, was sie darauf sagen sollte.

„Du erschreckst sie", lachte Kam hinter ihr.

„Upps!" Jordan ließ sie los und ein breites Grinsen machte sich auf seinem Gesicht breit. „Einfach nur Jordan, meine Mutter kommt aus Südafrika, mein Vater aus Großbritannien."

„Alles klar." Sie lächelte nun auch ihn an.

„Okay, und du, Raf, hast neben ihr neue Songs mitgebracht?", machte Jordan weiter und schien auf die Zettel zu starren, die auf dem Tisch verteilt lagen.

Rafael brummte. „Ich habe Ideen mitgebracht, sie brauchen noch Arbeit."

„Und garantiert ein paar gute Drums", fügte Sana hinzu.

Die anderen drei ließen sich mit am Tisch nieder, nachdem sie auch noch Kam begrüßt und teilweise gedrückt hatten.

Rafael blieb stehen. „Wollt ihr irgendwas trinken? Oder bedient ihr euch selbst?"

„Wir bedienen uns selbst, wir kennen deine Küche", erwiderte Rico. „Lass lieber hören, was für ‚Ideen' du uns mitgebracht hast. Wir haben in den letzten Tagen nicht viel zu Stande bekommen."

Rafael schnappte seinen Block und rückte nun neben sie, was sich gut anfühlte. Er griff sogar nach ihrer Hand, was die anderen alle starren ließ. Doch sie hatte keine Zeit, sich damit unwohl zu fühlen, weil er gleichzeitig an seinem Handy herumfummelte und plötzlich Gitarrenlaute erklangen und den Raum erfüllten.

Alle wurden schlagartig ruhig und auch sie hielt die Luft an, denn die unbekannte Melodie klang wunderschön. Die Aufnahme ging jedoch nicht sehr lange.

„Das war Nummer 1, Moment …", murmelte Rafael und ihm schien es nichts auszumachen, dass sie das alles mithörte.

Rafael tippte wieder, während die anderen gebannt zu warten schienen.

Wieder erklang seine Gitarre, die Melodie schien noch dieselbe, nur vielleicht um Nuancen anders und plötzlich erklang auch seine Stimme, die mitsummte, aber andere Noten sang, als die Gitarre es tat. Hier fehlte schlicht der Text.

Frieda blickte einmal in die Runde. Kam schrieb wieder irgendwas auf. Sana schaute andächtig nach oben, aber Frieda fiel auf, wie sich ihre Hände ganz leicht bewegten, als würden sie einen Takt dazu suchen und schlagen. Jordan hörte einfach nur zu und guckte auf das Telefon. Rico bewegte den Kopf hin und her.

Der Song lenkte sie ab, denn Rafaels Stimme schlug gerade einen Bogen und der klang so gewaltig, auch wenn kein Text erklang, dass sie eine Gänsehaut bekam.

Dann endete auch diese Aufnahme.

„Den Song würde ich sofort auf meine Playlist packen", gab sie zu, als alle schwiegen, und zog damit ungewollt sämtliche Blicke auf sich. „Upps!", wisperte sie und hatte wohl zu schnell ausgesprochen, was sie dachte. Gerade wollte sie sich peinlich berührt abwenden, als Rico amüsiert die Stimme erhob.

„Sie hat Geschmack, die Teile sind gut."

„Er braucht, wie gesagt, noch ein bisschen Zuwendung", sagte Rafael erneut.

„Und einen Text", gluckste Sana.

„Wir sind dran", gab Kam zurück. „Aber beruhigend, dass wir schon mal einen garantierten Stream haben, das erhöht die Einnahmen."

Jordan grinste ebenfalls. „Immerhin mag sie die Songs, die von ihr inspiriert sind. Es hätte schlimmer für dich kommen können, Bro!", sprach er zu Rafael.

„Sie mag den einen Song, nach den anderen habe ich sie noch nicht befragt", erwiderte der.

Frieda spürte, wie Rafael sie wieder ansah und blickte zur Seite. Sein Gesicht hatte sich leicht spöttisch verzogen. „Bisher wusste ich nicht einmal, dass ich dich offensichtlich inspiriere."

„Du warst schon immer seine größte Inspiration." Kam, der auf der anderen Seite saß, lächelte.

„Was dich für uns erstaunlich interessant macht, denn geredet hat er nicht wirklich viel über dich. Wir bekommen immer nur die Songs zu hören. Neu ist, dass er mit dir hier ist."

Frieda wurde immer verlegener, aber sie konnte die Neugier der vier auch verstehen, die bisher erstaunlich freundlich zu ihr waren. „Tja, hier bin ich und wohl nicht so interessant wie die Songs."

„Das werden wir sehen", meinte Jordan und auch die anderen schmunzelten.

Rafael griff erneut nach ihrer Hand. „Vielleicht sollte ich dir später ein paar Dinge beichten", wisperte er.

Das musste er anscheinend.

„Also wer hat Lust auf ein paar Croissants?" Nun stand Kam auf und schlenderte zur Theke. Ein Teil der anderen folgten ihm.

„Willst du was essen?", fragte Rafael sie.

„Ein Croissant klingt echt nicht schlecht."

„Ich nehme auch eines", meinte Sana und setzte sich nun neben sie. „Und wenn ihr schon dabei seid, möchte ich einen Kaffee, schwarz, bitte."

Frieda gluckste, denn die vier Männer gehorchten, machten Kaffee und verteilten Essen auf Teller.

„Wir werden bedient", murmelte Sana plötzlich und lächelte.

„Scheint so", erwiderte sie ruhig und wusste nicht, was sie von Sana erwarten sollte. Von außen wirkte sie immer ein bisschen unberechenbar.

„Raf war bei dir?"

Sie nickte.

„Und du bist nun mit ihm hier", was eine Feststellung war. Offensichtlich erwartete sie Details.

„Ja, komplizierte Geschichte."

„Hmm. Ich habe ihn noch nie so gesehen." Sana schaute in Rafs Richtung.

„Inwiefern?", fragte sie leise.

Sana legte musternd den Kopf schief. „Er wirkt glücklich. So sieht er sonst nur aus, wenn er in irgendwelche Songs vertieft ist. Das liegt an dir. Ich bin sicher. Immer wenn er mal verschwunden ist oder damals als er meinte, dich bei einem Konzert gesehen zu haben, hatte er diesen Blick. Er hat dich immer vermisst, weißt du?"

Frieda seufzte. „Ich ihn auch."

„Und du bist eindeutig nicht nur ein Fan."

Sie schüttelte den Kopf. „Ich kenne ihn schon so lange und wusste ewig nichts von seiner Karriere."

Sana lächelte. „Das ist gut."

Inzwischen kam Rafael mit einem Teller zurück. „Hier, nimm das, was du willst, ich nehme den Rest."

Er hatte auf den Teller anscheinend etwas von jeder Sorte draufgepackt und sie schmunzelte. „Danke!"

Er zwinkerte ihr zu.

Sana lachte leise. „Das gibt einen neuen Song … ‚Hot Croissant‘, oder so."

Frieda lachte los und konnte nicht umhin, dass sie Sana doch schon ein bisschen ins Herz geschlossen hatte, sie machte es ihr leicht. Kam war es schließlich, der auch Sana einen Teller und Kaffee brachte. Irgendwann saßen wieder alle und aßen.

Frieda hatte sich das Schokocroissant geschnappt und für köstlich befunden, Rafael hatte sich eine Käsestange von ihrem Teller geklaut, was alle amüsiert beobachtet hatten, bis Rico das Wort ergriff.

„Also, klärt uns auf. Er war immer bei dir? Du bist der Grund für all das Drama in den vergangenen Jahren?", fragte er und Frieda war nicht sicher, ob er nun direkt sie ansprach oder auch Rafael.

Doch sie antwortete schneller. „Anscheinend. Ich konnte nicht weg, er konnte nie bleiben."

Sie schaute zu Rafael, der nur nickte. „Ich besitze dieses Haus in Ostfriesland …"

„Da warst du immer? Du hast noch das Haus deines Vaters?", fragte Kam.

Rafael nickte nun. „Es liegt neben ihrem."

„So haben wir uns kennengelernt, damals …" Was inzwischen schon elf Jahre her war und ihr durch den ganzen Schmerz noch viel länger vorkam.

„Dort war ich", bestätigte auch Rafael. „Leider viel zu selten."

„Das stimmt", murmelte sie.

„Und warst du wirklich auf diesem einen Konzert? Das war keine Fata Morgana von ihm?", wollte jetzt Jordan wissen.

„In Köln? Ja, da war ich …"

Jordan lachte leise. „Er hat so ein Theater veranstaltet wie noch nie."

„Weißt du noch, wie er die Security angeschrien hat? Er hat einen auf Rockstar gemacht", fügte Kam hinzu.

„Und er hat unsere damalige Managerin angeschrien."
Sana seufzte. „Das fand allerdings niemand tragisch, sie war
eine Ziege."

„Weswegen wir nun zwei ‚Neue' haben." Rico grinste.
„Beim nächsten Mal, wenn du verschwindest, sagst du uns
gefälligst Bescheid", visierte er Rafael an. „Ich weiß, das hört
sich bescheuert an, aber wir haben uns Sorgen gemacht. Fran
hat fast die Polizei gerufen."

Rafael verzog das Gesicht. „Fran gehört zum Team", erklärte er Frieda. „Offenbar habt ihr sie abgehalten, danke!"

„Apropos Fran, sei mir nicht böse, Frieda, aber können
wir dir vertrauen?" Rico visierte sie an.

Sie runzelte die Stirn. „Wie bitte?"

„Er will dich auf unfreundliche Art und Weise fragen, ob
du eine verschwiegene Person bist. Ich für meinen Teil vermute das, denn bis jetzt hat noch niemand herausbekommen, dass unser lieber Rafael sich in Ostfriesland aufgehalten hat, aber na ja, du musst wissen, wir haben da schon Erfahrungen gemacht und wir wollen nur sicher gehen." Sana
schaute zu Rico. „Ehrlich, manchmal möchte man meinen,
dass ihr absolute Volltrottel seid."

„Ich bin raus, ich vertraue ihr." Rafael küsste Frieda zärt-
lich auf die Wange und Sana verdrehte die Augen.

„Ich werde selbstverständlich nichts sagen", meinte
Frieda nun schockiert, aber konnte verstehen, warum sie das
wissen wollten. Schließlich hatten sie bis heute noch nicht
wirklich was von ihr gehört. „Wenn ihr da irgendwas unterschrieben braucht, dann sagt Bescheid."

Rafael drückte ihre Hand, Sana lächelte.

„Ich glaube ihr", sprach Jordan.

„Dann belassen wir es jetzt dabei." Kam nickte ihr zu.
„Es ist gut, dass du wieder da bist, Raf. Wir haben Pläne bekommen. Du erinnerst dich noch an die Grammys?"

Friedas Kopf ruckte zu Rafael.

„Wir sind nominiert", erklärte der schulterzuckend. „Bestes Album, bester Song, noch ein paar Kategorienpreise …"

„Cool." Sie wusste, dass das wohl der wichtigste Musikpreis der Welt war, aber hatte keine Ahnung, dass sie bald anstanden. Doch wenn sie nominiert waren, hatte er garantiert Anteil daran und das machte sie stolz.

„Zwingen sie dich ein Kleid anzuziehen?", fragte Jordan nun Sana, die ihm den Mittelfinger zeigte.

„Trag du doch eines", entgegnete sie.

„Das ist eher Kams Gebiet."

„Arsch!", schimpfte der und Frieda musste lächeln, denn die fünf waren zusammen echt witzig und irgendwie passte das zu ihrem Bild in der Öffentlichkeit.

„Also müssen wir die Tage proben …" Rafael lenkte von der aktuellen Diskussion ab.

„Je eher desto besser", fügte Rico hinzu.

„Lassen wir den beiden heute noch einen Tag Ruhe. Sie haben endlich Zeit zusammen und morgen treffen wir uns im Studio. Dann können wir auch die neuen Songs testen", kommentierte Kam und die anderen stimmten zu.

„Genauso machen wir das!" Sana stand auf, exte ihren Kaffee und schnappte sich das Croissant. „Kommt Jungs, lassen wir die beiden Turteltäubchen allein." Sie zwinkerte Frieda zu, bevor sie in die Küche lief und ihren Teller und ihre Kaffeetasse wegbrachte.

Die Jungs taten es ihr gleich und auch Rafael stand auf, sodass Frieda das auch tat.

Sana trat in der Zeit wieder lächelnd zu ihr. „Es war schön dich kennenzulernen. Wir sehen uns. Wenn ich Raf richtig einschätze, gleich morgen." Sie grinste. „Und dann haben wir bestimmt irgendwann Zeit für deine Geschichte, um endlich Licht ins Dunkle zu bringen."

„Bestimmt", antwortete Frieda verlegen. „Danke für den netten Empfang."

Sana lächelte. „Wie gesagt, wir haben dir mehr zu verdanken als du denkst."

„Wir sehen uns Frieda!", verabschiedete sich jetzt auch Jordan.

„Sorry für die blöde Frage", machte Rico weiter und hielt ihr seine Faust hin, die sie abschlug.

Kam drückte sie kurz. „Willkommen in der Familie. Pass gut auf unseren Raf auf. Ich lasse dir die Mandelmilch da."

„Danke!" Sie gluckste, während die vier in Richtung Haustür verschwanden.

Rafael trat an ihre Seite und lächelte wieder, als er ihre Hand ergriff und sie mit in dieselbe Richtung zog.

Schnell hatten alle ihre Schuhe und Jacken angezogen, wobei Sana mit einem pinken Exemplar rausstach, von der Frieda fand, dass sie ihr hervorragend standen. Schließlich, nach einer weiteren Verabschiedung, verschwanden alle.

Nachdem sich die Tür geschlossen hatte, schwiegen Rafael und sie einen Moment. Ihr Herz schlug immer noch wild, was sie gar nicht bemerkt hatte, dann räusperte sie sich. „Quiet Place ist wirklich ein ironischer Bandname, oder?"

Rafael lachte los und nickte. „Manchmal ist es das blanke Chaos. Der Name kam deswegen zu Stande, weil wir über einen Namen diskutiert haben, was ausartete und irgendwer meinte, dass er sich jetzt nach einem stillen Ort sehnt – die Geburtsstunde von Quiet Place."

Sie lachte. „Ich kann nicht fassen, dass ich sie gerade alle getroffen habe."

„Macht das Raf realer?", fragte er neckend.

„Du bist für mich immer noch Rafael."

„Beruhigend." Er lächelte.

„Im Ernst, möchtest du lieber Raf genannt werden?"

„Nein. Du sagst Rafael viel zu süß, dass ich lieber das von dir hören möchte."

„Okay Rafael." Sie atmete durch. „Ich fühle mich total fertig." Und auch erschöpft, vielleicht war es noch die Restmüdigkeit von den Anstrengungen der letzten Tage oder aber das pure Adrenalin, das nun nachließ, weil Quiet Place weg war.

„Komm, wir ruhen uns heute aus. Willst du noch was essen?", fragte er.

„Sehr gern und dann hast du einiges zu beichten." Denn nun fiel ihr die Sache mit den Songs wieder ein. Hatte er wirklich Lieder über sie geschrieben?

„Ich werde dir alles erzählen, aber erst essen wir noch was."

Das klang nach einem hervorragenden Plan.

41

Wenig später saß sie also wieder am Küchentisch und aß ein weiteres Croissant, während Rafael die Sachen der anderen in die Spülmaschine räumte, bevor er zu ihr zurückkam.

„Ich muss auch noch was essen", murmelte er und griff ebenfalls nach einem Croissant.

„Die sind super gut!"

„Ja, Kam hat da echt einen tollen Bäcker um die Ecke und versorgt uns immer damit, was wir streng geheim halten." Er kicherte. „Echt, Rockstars können so langweilig sein."

„Und so tattoolos." Sie verschluckte sich fast beim Lachen.

Er betrachtete sie schräg. „Das lässt dich irgendwie nicht los, oder?"

„Anscheinend nicht, ich habe darüber nie groß nachgedacht. Es fiel mir nur auf, weil es in fast jedem Roman vorkommt."

„Falls es dich beruhigt, es sind nicht alle von uns tattoolos. Ehrlich gesagt, bin ich der Einzige."

„Hat das einen Grund?"

Rafael dachte darüber nach. „Hmm, das hört sich bescheuert an, aber man kann kein Blut spenden, wenn man frisch tätowiert ist. Was ist, wenn jemand Hilfe braucht?"

Sie starrte ihn überrascht an, denn mit dieser Antwort hatte sie nicht gerechnet.

„Ehrlich, ich kann das irgendwie nicht." Er zuckte mit der Schulter.

„Das ist ein verdammt nobler Grund."

Er zuckte mit der Schulter. „Ich habe 0 negativ und bin ein Universalspender, ich könnte uns alle retten."

Frieda lächelte. „Du willst mir also sagen, dass ich mir das richtige Bandmitglied ausgesucht habe?"

„Genau, mit dir teile ich auch zuerst."

„Das klingt jetzt irgendwie versaut."

„Denken wir einfach nicht weiter darüber nach." Rafael lächelte. „Tut mir übrigens leid, dass du heute Morgen gleich so überfallen worden bist. Das war keine Absicht. Ich habe Kam gestern noch eine schnelle Nachricht geschrieben, dass ich wieder da bin, ohne zu ahnen, dass der Kerl tatsächlich einmal so viel Zeit hat, um direkt am nächsten Tag vorbeizukommen. War vermutlich auch Neugier."

„Schon gut. Es war nur ein wenig überwältigend. Ihr seid wie eine Naturgewalt."

„Immerhin haben sich alle mehr oder minder benommen, das lag garantiert auch an dir. Sana liebt dich, das war am erstaunlichsten. Sie ist sonst allen Fremden gegenüber skeptisch."

Frieda wusste nicht, was sie davon halten sollte. Sana war ihr gegenüber wirklich freundlich gewesen, aber dass das so besonders war, hätte sie nicht gedacht. „Das ist ein bisschen gruselig."

„Finde ich auch, aber sei froh, damit hast du es leicht."

Das fand sie tatsächlich beruhigend und ihr fiel noch etwas anderes wieder ein: „Womit wir zu einem interessanten Punkt kommen …"

Sie blickte ihn direkt an und er lächelte verlegen und wurde rot. „Du hast mich eventuell zu ein paar unserer Songs inspiriert."

„Wie viele der Songs auf euren Alben sind von dir?", hakte sie nach.

„Wie viele Alben kennst du?", konterte er.

Sie antwortete ohne Umschweife. „Die ersten vier von fünf."

Er nickte und schien sich ein Grinsen zu verkneifen.

„Ab wann hast du angefangen von mir inspirierte Songs zu schreiben?"

„Seitdem ich dich kenne und du mir nicht mehr aus dem Kopf gehst." Sein Blick durchdrang sie förmlich und ihre Haut prickelte, weil sie der Blick an letzte Nacht und die Nächte davor erinnerte.

Sie dachte an die Texte, aber irgendwie passte nichts konkret, zumindest kannte sie keinen, in dem ein einsames ostfriesisches Mädchen vorkam, wobei sie sich Texte auch nie gut merken konnte, sondern Lieder anhand ihrer Melodie liebte oder hasste. „Gibt es Texte, die von mir handeln?"

Er wog den Kopf hin und her. „Du bist eher in den Melodien, im Thema, im Gefühl und in der Stimmung der Songs."

„Nenn mir einen", wisperte sie und rückte näher zu ihm.

Er schmunzelte. „‚Rising Sun‘!"

Ihr stockte der Atem. Das war nicht irgendein Song, sondern einer ihrer größten Hits und der Song, mit dem sie ihren internationalen Durchbruch gehabt hatten.

„Offensichtlich kennst du ihn." Er gluckste förmlich. „Wir haben ihn in Köln gespielt und das, bevor ich dich entdeckt habe."

Ihre Gesichtszüge mussten ihr entglitten sein. Ihr fiel nicht mal ein dummer Spruch ein, sondern sie war völlig sprachlos.

„Geht es dir gut?", fragte er nun nach und wirkte leicht irritiert.

„Keine Ahnung", murmelte sie.

„Ich würde echt gern wissen, was in deinem Kopf vorgeht."

Da ging gerade ziemlich viel vor, sie konnte keinen klaren Gedanken fassen, sondern alles wirbelte durcheinander.

„Das erinnert mich jetzt übrigens sehr an ‚Confusion‘."

„Was?", kreischte sie. „Sag nicht …"

Zurück war das Lächeln auf seinem Gesicht. „Oh doch."

„Ich glaub, ich muss mich kurz bewegen", murmelte sie, stand auf und lief an der Küche vorbei, in sein riesiges Wohnzimmer. Dort ließ sie sich doch auf dem Sofa nieder.

„Brauchst du jetzt einen Beruhigungstee?", fragte er skeptisch und war ihr offensichtlich gefolgt. „Wobei nein, ich habe ja noch keinen Wasserfilter." Die Sache schien er ernst zu meinen.

„Eher einen Beruhigungsschnaps", murmelte sie leise, doch er hatte das gehört.

„Ach, ist das auch so was Ostfriesisches?", grinste er nun. „Die Tradition ist nicht schlecht."

„Bei meinen Großeltern gab es früher, als ich noch ein Kind war, immer ein ‚Elführtje'. Da wurde sonntags um elf ein Schnaps getrunken, frag mich aber jetzt nicht warum, Tradition."

„Und warum um elf?", wollte er wissen.

„Keine Ahnung, vielleicht nach der Kirche? Es gab auch Tee!" Ein hysterisches Kichern löste sich, eigentlich war das eine lustige Tradition, auch wenn es weder elf Uhr noch Sonntag war.

„Natürlich, das wundert mich nun so gar nicht." Er verdrehte die Augen.

„Tee gibt es immer."

Er nickte. „Also soll ich dir einen Schnaps holen? Ich habe eine ganze Bar voll."

„Das ist jetzt voll klischeehaft."

„Ja, da gibt es nichts dran zu beschönigen", stimmte er zu. „Nur zu deiner Information, ich habe noch nie ein Hotelzimmer zerstört."

„Beruhigend." Sie dachte einen Moment nach. „Weißt du, dass es irgendwie gruselig ist und ich das in meinem Kopf nicht voreinander bekomme, dass diese beiden Songs mit mir zu tun haben sollen?"

Er zuckte mit der Schulter. „Du wirst mir da schon vertrauen müssen. Ich erinnere mich sehr genau, sie geschrieben zu haben."

Sie kannte beide Songs, der eine war wild, der andere schwermütig. Lag das an ihr? Ihr Blick glitt nun zu ihm. „Warum ich?", wisperte sie leise und wusste immer noch nicht wohin mit ihren überschwappenden Gefühlen.

Er kam näher, löste aber den Blickkontakt mit ihr nicht. „Du hast die Wahl zwischen: Antwort A: Ich habe keine Ahnung, es ist einfach so. Antwort B: Weil du einfach großartig bist. Antwort C: Purer Zufall. Antwort D: Weil ich mich schon in dich verliebt habe, als deine Eltern mich zu dir schickten und du grummelnd von deinem Buch aufgeschaut hast." Er ließ sich neben ihr nieder. „Such dir eine Antwort aus, sie stimmen irgendwie alle."

Ihr Herz klopfte schwer. „Ich glaube, es ist Antwort C."

„Tja, purer Zufall klingt logisch. Warum musste mein Vater unbedingt das Haus kaufen? Warum sind deine Eltern so kommunikativ? Warum mussten wir unbedingt an diesem Tag zu euch fahren? Warum, warum, warum? Hatte nicht die Kelly-Family mal so einen Song?"

Sie verzog das Gesicht. „Keine Ahnung."

„Ich glaube schon. Die Frage nach dem Warum hat mich schon oft beschäftigt."

„Gibt es dazu einen Song?" Sie schaute skeptisch auf und wühlte derweil in ihrer Erinnerung, ob einer davon passen würde.

„Bis jetzt noch nicht", antwortete er sofort, ohne überhaupt nachdenken zu müssen. „Falls es dich beruhigt, nicht alle Songs sind von dir inspiriert."

„Keine Ahnung, ob mich das beruhigt. Die zwei Lieder, die du bisher rausgehauen hast, waren schon ziemliche Knaller."

„Und du weißt gar nicht, wie gern ich wüsste, ob du sie magst oder nicht?" Verunsicherung trat in sein Gesicht.

Nun lächelte sie. „Ich mochte deine Musik schon, als ich nur die Gitarrenklänge aus dem anderen Haus zu mir habe hinüberwehen hören."

Das brach endgültig den Bann. Er war schneller über ihr, als sie überhaupt blinzeln konnte und küsste sie so unbändig, dass es sie sofort gefangen nahm. Sie hatte ihr Herz schon längst an ihn verloren und sie ahnte, dass es ihm ganz genau so ging.

***

Sie schafften es nicht ins Bett und sie befürchtete süchtig nach ihm zu werden, als ihr Kopf an seiner Brust lag und sie die Augen geschlossen hielt, weil sein Herzschlag sie einfach so beruhigte.

„Den Song, den du vorhin gehört hast, hat er dir wirklich gefallen?", fragte er nach einer Weile leise.

Frieda lächelte sanft, weil sie es niedlich fand, dass er anscheinend von ihr Bestätigung für seine Arbeit brauchte. „Ja, er klang schön. Ich bin gespannt, wie er sich anhören wird, wenn er fertig ist."

„Ich habe ihn in der Nacht angefangen zu schreiben, als ich zu dir fuhr und weiter gemacht, als ich dich in unserer ersten gemeinsamen Nacht im Arm hielt. Ich habe mich zugegeben kurz rausgeschlichen."

„Wie kannst du im Auto ein Lied schreiben?" Sie blickte zu ihm auf.

„In meinem Kopf."

Sie starrte ihn an.

Er zuckte verlegen mit der Schulter. „Nennt man angeblich Talent." Er lächelte sie an. „Also in meinem Kopf und dann habe ich es umgewandelt und verbessert in unserer Nacht aufgenommen."

„Wow!" Das war ziemlich beeindruckend. „Und kommt er dann mal auf irgendein Album?"

Er zuckte mit der Schulter. „Ich schreibe mehr, als wir brauchen."

„Und was passiert mit den Songs, die nicht darauf landen."

Er schmunzelte. „Die sind nicht weg."

„Hmm … Es sind nicht die Texte, die von mir handeln, das habe ich jetzt kapiert."

„Nein, nur selten. Sie berühren höchstens die eigentlich Intention. Ich kann schlecht die ganze Zeit „Frieda, I miss you, I love you" oder so schreiben und singen", platzte es aus Rafael heraus.

Sie schluckte, wusste aber nicht, was sie zu diesem Eingeständnis sagen sollte. Hatte er ihr gerade gesagt, dass er sie liebte?

„Also ist es die aufgehende Sonne, die mich daran erinnert, wie es ist, dich zu sehen oder die Verwirrung, weil ich etwas will, was nicht funktioniert. Oder die Sonne, die sich auf dem Wasser in Norddeich spiegelt und mich an dein Haar erinnert."

„,Water Colour' …" Ihr Atem stockte, als sie an den wundervollen Song dachte, der schön und schwermütig zugleich klang.

„Ist von deinem Haar inspiriert …" Er seufzte. „Sorry, dass ich dir das nicht schon längst erzählt habe, aber ich konnte nicht …"

Das verstand sie sofort. Während sie die Gefühle all die Jahre irgendwie unterdrückt hatte, hatte er sie in Songs rausgelassen. Sie kuschelte sich wieder an. „Ich fühle mich so geehrt", murmelte sie. „Muss ich Angst haben, dass ich, wenn ich irgendwas falsch mache, einen Hasssong bekomme?"

Er lachte leise. „Nein, ich denke nicht. ,Bad Girl' ist nicht von mir."

Als er das sagte, stockte sie. An den Song hatte sie noch gar nicht gedacht, aber es stimmte, einer ihrer erfolgreichen Songs hieß so und war in allen Bereichen ein richtiger Frustsong. „Wer musste da denn leiden?"

„Den hat Sana mit Kam geschrieben, er ist von ihr selbst inspiriert."

„Ach echt?"

Er nickte. „Sana ist ein komplexer Mensch."

Sie gluckste. „Sind wir das nicht alle?"

„Ja, das stimmt. Wie gesagt, Sana mochte dich, das ist gut."

„Ist sie wirklich kritisch?"

„Oh ja, aber sie hat eine hervorragende Menschenkenntnis. Vielleicht so eine Art sechster Sinn, sie riecht förmlich, wer eher Gutes im Sinn hat und wer nicht. Darauf vertrauen wir irgendwie alle."

„Das beruhigt mich jetzt tatsächlich."

Er seufzte und strich über ihre Haare. „Ich bin echt verdammt glücklich, dass du hier bist", murmelte er.

„Ich auch." Sie kuschelten einen Moment und genossen die Nähe des jeweils anderen. „Ist es wirklich in Ordnung, dass ich hier bin? Ich will nicht dein Leben durcheinanderbringen und es klingt ehrlich gesagt so, als hättest du viel zu tun … im Ernst, die Grammys?"

Er seufzte. „Ja, das bedeutet wohl ein paar Tage L.A. Willst du mit?"

„Was?" Die Frage kam aus dem Nichts heraus und sprengte wieder ihren Horizont.

„Komm mit, wenn du willst", wiederholte er. „Dann muss ich nicht allein fliegen."

Frieda versuchte zu atmen. „Du fliegst doch sowieso nicht allein."

„Aber einsam." Ein theatralisches leises Seufzen kam aus seiner Richtung.

Das war süß. „Ich war noch nie in L.A."

„Habe ich mir irgendwie gedacht, weil du meintest, dass du noch nicht oft irgendwo anders warst."

„Das stimmt und darunter war nicht L.A." Sie holte Luft und wollte einerseits gerne mit, hatte aber absolut keine Vorstellung davon, was das dann bedeutete. Damit fühlte sie sich schon überfordert. „Keine Ahnung."

„Wir besprechen das mit dem Rest und dem Team. Außer du sagst schon vorab kategorisch, dass du lieber hierbleiben möchtest, damit könnte ich leben, wenn du anschließend noch hier bist, wenn ich wiederkomme." Er küsste sie auf den Kopf.

„Momentan hatte ich nichts anderes geplant." Denn kategorisch Nein zu sagen, fühlte sich verkehrt an. Sie hatten sich gerade erst gefunden, sich sofort wieder zu trennen, auch wenn es sich nur um einen begrenzter Zeitraum handelte, konnte sie sich nicht vorstellen.

„Gut."

„Ich sollte mir einen Job suchen." Sie seufzte.

„Was immer du willst. Nimm dir Zeit, so viel du brauchst. Lass uns einfach Zeit genießen als Entschädigung für all die Jahre, die wir gelitten haben."

„Ja, das klingt gut." Sie entspannte wieder nach dem Schock mit den Grammys. „Soll ich irgendwie Miete bezahlen, wenn ich hierbleiben möchte?"

Er lachte los. „Auf keinen Fall. Die Wohnung gehört mir und du hast wahrlich schon genug im Leben bezahlt."

„Okay."

„Wenn du dich damit allerdings unwohl fühlst, gehst du halt einfach einkaufen oder zahlst einen Teil des Stromabschlages oder so … Wie du willst, du musst nicht." Er küsste sie wieder. „Apropos, du hast noch nichts gesehen … wie wäre es mit einer klitzekleinen Stadttour, auch wenn das Wetter nicht das beste ist?"

„Gern, mir macht schlechtes Wetter nichts. Ich habe meine wetterfeste Kleidung eingepackt." Und plötzlich verspürte sie einen großen Drang, endlich nach draußen zu gehen und die Stadt zu sehen, von der sie schon so viel gehört hatte.

Er erhob sich ein wenig, sodass er fast über ihr war und küsste sie erneut, dieses Mal auf den Mund. Sie seufzte, während er lächelte. „Daran kann ich mich nie gewöhnen, das werde ich immer wollen", murmelte er.

„Ich auch", flüsterte sie zurück und sie küssten sich wieder.

Eine halbe Stunde später hatte Frieda sich frisch gemacht und wartete auf Rafael, sodass sie die Chance nutzte und ihr Handy anmachte.

Es war nichts Neues darauf, was sie fast wunderte, andererseits würden ihr ihre Eltern wohl nicht schreiben, schließlich sollte sie sich ja melden. Sie schrieb ihrer Mutter schnell, dass sie gut angekommen war, und dann öffnete sie den Chat mit Paula. *„Bin gestern gut in Berlin angekommen, sorry, dass ich noch nicht geschrieben habe."*

Die Antwort ließ nicht lange auf sich warten. *„Kein Problem, du musstest bestimmt dringend mit deinem FREUND (sooooo krass!) Zweisamkeit genießen. Ich muss heute und morgen noch arbeiten, aber ich habe am Mittwoch und Donnerstag frei. Willst du zu mir kommen? Du darfst auch deinen Freund mitbringen."*

„Ich frage ihn, ich weiß noch nicht, wie seine Termine sind." Aber Frieda wollte unbedingt Paula treffen, im Zweifelsfall auch allein.

„Alles klar. Was hast du heute Schönes vor? Ich bin gerade auf dem Weg in die Klinik."

„Er will mir Berlin zeigen."

„Uuuuuh, dann viel Spaß! Falls du Tipps brauchst, schreib mir."

Das würde sie auf jeden Fall tun und wusste, dass ihre beste Freundin sich genauso sehr freute, wie sie.

In diesem Moment kam auch Rafael dick verpackt in den Flur und lächelte. „Ist das deine Tarnung?", begrüßte sie ihn erheitert, denn sie konnte ihn noch viel zu gut erkennen.

Er zog sich eine dicke Wollmütze über den Kopf, die ihm hervorragend stand. Dann machte er seine Jacke ganz zu, sodass nur noch ein Teil seiner Nase und seine Augen herausschauten. „Besser?", sprach er dumpf.

Sie musterte ihn von oben bis unten. „Okay, man muss es schon wissen."

„Und da niemand mit mir rechnet, klappt das. Ich singe ja nicht oder so."

„Das wäre draußen tatsächlich merkwürdig", und Frieda versuchte sich vorzustellen, wie er plötzlich irgendwo eine Gitarre rauszog und mitten auf einem Fußweg sang.

„Ja, das Straßenmusikerdasein haben wir ausgelassen."

Sie lachte leise. „Na dann los, ich will was sehen. Hast du einen Plan?"

„Aber klar." Er ergriff ihre Hand und zusammen verließen sie die Wohnung.

***

Er hatte tatsächlich einen Plan, als sie wenig später in einem Doppeldeckerbus saßen, der laut Rafael selten fuhr und sie nun weiter in Richtung Innenstadt brachte.

Am Potsdamer Platz stiegen sie aus und liefen, nachdem sie diesen staunend betrachtet hatte, in Richtung des Brandenburger Tores, was von dort aus näherlag, als sie gedacht hatte.

Das Wetter hielt sich einigermaßen, aber es war kalt, sodass es nicht merkwürdig wirkte, dass Rafael sich so vermummt hatte.

„Unter uns, wie oft wirst du erkannt?", fragte sie, als sie vom Brandenburger Tor in Richtung Regierungsviertel und Hauptbahnhof gelaufen waren und Frieda sich einen Moment vom Anblick der riesigen Gebäude losreißen konnte.

„Es geht. Es gibt gute und schlechte Tage. Ich glaube, Bands haben da meist Vorteile im Gegensatz zu Solokünstlerinnen und Künstlern. Meistens kennt man von bekannten Bands gar nicht alle Mitglieder, das ist bei uns etwas anders, weil wir von Anfang an eine andere Marketingkampagne hatten."

Sie nickte. „Ich würde dich auch erkennen."

„Bei dir ist das für mich okay", sagte er. „Meistens sind solche Begegnungen auch nicht schlimm. Ein Foto, ein Autogramm und dann lassen sie einen in Ruhe, die Ausnahmen sind eher das Problem."

„Verstehe, tut mir leid, dass es manchmal so läuft."

Er winkte ab. „Falscher Beruf. Sollen wir noch ein Stück an der Spree langlaufen, dann die Friedrichsstraße passieren und in Richtung des Alexanderplatzes gehen?"

„Hört sich gut an." Sie lächelte. „Ich habe übrigens Paula geschrieben", fiel ihr nun ein und genoss das Gefühl, sich so mit ihm treiben lassen zu können.

„Und was hat sie geantwortet?"

„Dass sie sich freut, dass ich hier bin und ich meine Zeit mit dir genießen soll."

„Das tust du hoffentlich." Rafael drückte ihre Hand.

„Und wie. Und dann meinte sie, dass sie Mittwoch und Donnerstag nicht arbeiten muss und hat mich zu sich eingeladen. Wenn du Zeit hast, darfst du auch mitkommen."

Er lächelte. „Das ist lieb." Er zog sein Telefon aus der Tasche. „Vielleicht am Mittwoch zu einem späten Frühstück? Ich weiß, wo der gute Bäcker ist, dann bringen wir was mit und fahren zu ihr. Lebt sie allein?"

„Ja. Und das hört sich nach einem weiteren guten Plan an."

„Manchmal kann ich das mit den Plänen. Frag sie, ob ihr das auch recht ist."

Nun zückte also auch Frieda ihr Telefon aus ihrer Umhängetasche und tippte schnell die Frage ein.

„Haben sich deine Eltern noch mal gemeldet?"

„Nein, ich habe meiner Mutter nur geschrieben, dass ich angekommen bin", murmelte sie.

„Willst du dich bei deiner Schwester melden?", fragte er nun.

„Und was soll ich sagen?"

Rafael zuckte mit der Schulter. „Dass du bei deinem Freund in Berlin bist, das wäre nicht gelogen. Wenn du willst, erzähl ihr, wer ich bin."

Sie schluckte. „Meine Schwester flippt bestimmt aus und will dann vorbeikommen."

„Ich dachte sie ist in New York?"

„Noch … Keine Ahnung, ob ich ihr das sagen will. Ich habe allen Paulas Adresse hinterlassen, falls Post für mich nach Norddeich kommt und meine Eltern in der Stimmung sind, es nachzusenden."

„Vielleicht solltest du dich auch ummelden", schlug er vor.

Frieda runzelte die Stirn. „Zu ihr?"

Er gluckste. „Nein, natürlich zu mir."

„Dein Ernst?" Sie blieb einen Moment stehen und versuchte herauszufinden, ob er das ernst meinte.

„Ich dachte, du wärest schon eingezogen?" Er zwinkerte ihr zu. „Also ja, es ist mein Ernst. Falls du doch eine eigene Wohnung willst, melde dich dann einfach wieder um. Man kann online Termine bei der Stadtverwaltung machen."

„Warst du etwa selbst dort?"

„Ich habe einen Termin machen lassen, aber musste dann tatsächlich selbst hin. Allerdings konnte man das unauffällig ,regeln'", deutete er mit den Fingern an.

„Das hätte ich echt gern gesehen."

Er lachte. „Ja, war amüsant, sie haben sich versucht zurückzuhalten, bis ein älterer Mann im Flur vorbeikam und bei dem Sicherheitsmann vor der Tür stutzig geworden ist. Es war der Abteilungsleiter, Mitte 50, der sofort ein Bild mit mir machen lassen wollte. Da wollte das dann auch die Dame, die meinen Ausweis geändert hat."

Sie lachte los und hatte nun totales Kopfkino.

Sie verbrachten eine ganze Weile damit, durch die Stadt zu laufen oder zu fahren. Er zeigte ihr einige Sehenswürdigkeiten, nachdem sie bereits durch das Regierungsviertel gelaufen waren. Sie klapperten die Friedrichsstraße, den Gendarmenmarkt samt dem Französischen und Deutschen Dom, die Museumsinsel und den Berliner Dom ab, die sie allein architektonisch schon beeindruckten. Dann das neu aufgebaute Schloss sowie das rote Rathaus, das sie ein bisschen an die roten Klinkerbauten Norddeichs erinnerte, und den Fernsehturm, bevor sie noch dank der Buslinie 100 zum Zoo fuhren und dabei die Siegessäule und Schloss Bellevue passierten. Auch wenn das Wetter immer mieser wurde, fühlte sie sich erfüllt von der Stadt.

Irgendwann beschlossen sie zurückzufahren und hatten Glück, sie wurden nirgends erkannt, obwohl es ein geschäftiger Wochentag war.

Sie gingen noch in der Nähe seiner Wohnung einkaufen, wo er ebenfalls nicht erkannt wurde, nahmen warmes Essen von einem Thailänder mit und aßen schließlich auf dem Sofa. Sie schauten dabei weiter Netflix und Frieda hatte selten etwas so genossen, wie diesen für sie völlig neuen Lebensrhythmus. Sie kam zur Ruhe und spürte, als sie so dasaß und aß, dass die letzten Jahre an ihr gezehrt hatten. Sie fühlte sich hungrig und müde auf eine Art, die sie nicht kannte.

„Hat Paula eigentlich geantwortet?", fragte Rafael, als sie aufgegessen hatten und irgendwann nach einer Folge alles in die Küche brachten.

„Nein, aber sie arbeitet gerade, sie kann dann selten auf ihr Telefon schauen."

„Wo genau arbeitet sie denn als Ärztin?"

„An der Charité."

„Echt? Wow! Und in welchem Bereich?"

„Momentan, soweit ich weiß, in der Inneren."

Er nickte und schloss den Kühlschrank, in den er gerade einen Rest Reis gepackt hatte. Sie hatte in der Zwischenzeit das Besteck in die Spülmaschine gestellt. „Spannend. Sollen wir noch eine Folge schauen oder wäre es für dich okay, wenn ich gleich ein bisschen übe?"

Sie brauchte einen Augenblick, um zu verstehen, was er meinte. „Du meinst Gitarre?"

Er lächelte. „Auch, aber ich habe da ein paar Dinge im Kopf. So wenig wie in den letzten Tagen habe ich schon lange nicht mehr gespielt."

„Muss ich Angst haben, dass du das verlernt hast?"

„Höchstens, dass ich ein bisschen eingerostet bin …" Er betrachtete sie und lachte dann. „Nein, keine Sorge. Mein Arzt ist vermutlich begeistert, dass ich meine Hände mal schone. Das ist gut für die Sehnen und so, die sind manchmal ganz schön überstrapaziert."

Sofort schaute sie auf seine Hände und konnte sich nur ansatzweise vorstellen, wie das sein musste. „Ich habe Mitleid", und trat näher, um ihm über seinen Kopf zu streicheln. „Ich bin echt ein armer Kerl!", sagte er traurig.

Sie lächelte nun. „Also auch wenn es vielleicht besser wäre, dich noch zu schonen, habe ich kein Problem damit, wenn du übst. Ich möchte ja nicht, dass dein Kopf platzt. Ich lasse dich auch in Ruhe, wenn du das willst."

Er schüttelte den Kopf. „Du kannst gerne zuhören, mich stört das nicht. Komm mit."

Rafael griff nach ihrer Hand und zog sie mit zu seinem Musikzimmer. Hier lagen auch eine ganze Menge Zettel, teilweise zerknüllt.

„Sorry!", murmelte er und meinte das Chaos. „Ich habe vorher nicht aufgeräumt."

„Und offensichtlich an was Wichtigem gearbeitet", schmunzelte sie und fand das überhaupt nicht schlimm, sondern total niedlich.

„Ach, das war alles Mist", winkte er ab und verzog das Gesicht. Er ließ sie los und schnappte sich eine seiner Gitarren, während er auf zwei Sofas deutete, die hier standen.

Auf das mit dem besseren Blick zu Rafael ließ Frieda sich fallen und wartete gespannt, was nun kam. Das letzte Mal hatte sie ihn auf dem Konzert in Köln spielen gesehen, aber das war etwas völlig anderes gewesen. Er hatte sich weit weg befunden und sie hatte in einer ganz anderen Stimmung gesteckt. Hier wirkte es ungewöhnlich intim, was ihr Herz nun heftig schlagen ließ.

Die ersten Töne, die er spielte, klangen in seinen Ohren offensichtlich nicht gut, denn er begann sofort damit, seine Gitarre zu stimmen, bis er zufrieden schien, was man an seinem plötzlich entspannten Gesicht erkannte. Allein beim Stimmen hatte man schon gemerkt, wie sehr er Musik lebte und liebte, der Umgang mit seiner Gitarre hatte Ähnlichkeit mit seinem Umgang mit ihr und er schaute nun auf das hübsche Instrument mit einem Ausdruck, mit der er auch schon sie betrachtet hatte.

Dann plötzlich spielte er den ersten Song an und lächelte zu ihr rüber.

‚*Water Colour*‘.

Sofort fiel ihr wieder ein, dass die Inspiration für das Lied ihre Haare gewesen waren und nahm automatisch eine Strähne in die Hand.

Sie konnte es nicht fassen, doch er nickte leicht, was ihr eine Gänsehaut massiven Ausmaßes bereitete. Diesen Song hatte er ihretwegen geschrieben und so wie er das jetzt spielte und sie zwischendrin anschaute, konnte sie das fühlen.

Plötzlich wechselte die Melodie zu ‚*Rising Sun*‘ und sie schluckte erneut. Einen Song nach dem anderen spielte er an. Sie wusste nicht, ob das alles Songs waren, die er ihretwegen geschrieben hatte, aber er spielte jetzt wie in einem Rausch und sie hörte ihm zu.

Rafael

Ein Ton folgte dem anderen, ein Akkord dem nächsten, doch heute fühlte sich alles besser an und er wusste, woran das lag.

Frieda saß hier, in echt und nicht nur in seinen Gedanken, und lauschte andächtig seinem Spiel.

Er hätte nie gedacht, dass es ihm etwas ausmachen würde, wenn sie lauschte, aber das tat es. Es machte es einfacher, er spürte die Töne mehr, denn er hatte die Frau vor sich, der er all die Songs gewidmet hatte.

Dieses Mal war es nicht wie in Köln, wo er geschockt gewesen war und sie wohl am liebsten nicht dagewesen wäre, weil es alte Wunden aufgerissen hatte.

Heute sollte es so sein und Frieda gehörte genauso hierher, wie seine Gitarren.

Außerdem hatte er keine Ahnung gehabt, wie berauschend sich es anfühlte, wenn sie ihm zuschaute, ihr Blick förmlich an ihm haftete und er spüren konnte, wie sehr ihr die Songs gefielen, die er spielte und geschrieben hatte.

Sie erschwerte nicht sein Leben, sie erleichterte es ihm und er hatte sich als Musiker noch nie so glücklich gefühlt.

42

Rafael parkte sein Auto auf dem unauffälligen Hinterhofparkplatz eines industriell anmutenden Gebäudes, das wie ein riesiger Kasten aus Glas und Stahl daherkam, aber auch irgendwas an sich hatte, was sie faszinierte.

Von außen wäre sie schon mal nie darauf gekommen, dass hier Quiet Place probte.

Umso gespannter stieg Frieda nun aus und wartete, während Rafael einen Rucksack und seinen Gitarrenkoffer aus dem Wagen nahm.

Ihr Herz klopfte aufgeregt, als sie nun gemeinsam zum Gebäude liefen. Seine andere Hand hielt er jetzt in ihre Richtung und er blickte zu ihr. Sie ergriff sie sofort und fühlte sich besser. Er wollte sie hier haben, das war ihr spätestens nach gestern Abend klar geworden, als er stundenlang gespielt, geübt und gearbeitet hatte und sie sich einfach hatte mittreiben lassen.

Anschließend war er nicht nur durchgeschwitzt gewesen, sondern sie waren auch förmlich übereinander hergefallen, was Frieda jetzt, wo sie darüber nachdachte, immer noch erröten ließ.

„Alles okay?", fragte er.

„Nur aufgeregt." Gleich würde sie wieder auf die Band treffen und hoffte, dass es sich genauso gut anfühlte, wie gestern Vormittag.

„Keine Sorge. Falls irgendwas ist, darfst du mich stören."

„Das klingt, als wäre das was Besonderes."

Er zwinkerte ihr zu. „Ja, das ist es. Das dürfen nur auserwählte Menschen, ohne von mir gelyncht zu werden. Du bist eine davon, sogar ohne den Zusatz, dass es was Wichtiges sein muss."

Frieda fühlte sich geschmeichelt, als sie zu einer großen Doppelglastür kamen, die sich automatisch öffnete.

„Hi Ludwig!", begrüßte Rafael eine Person, der wie ein Wachmann wirkte und hinter einem Tresen stand.

„Raf, wieder da?", fragte der und sein Blick fiel auf sie.

„Ja, kleiner Ausflug, um meine Freundin zu besuchen und unverhofft mitzubringen."

„Hi!", sagte sie höflich und wusste nicht, was man nun von ihr erwartete.

Der Mann, der Ludwig hieß, musterte sie. „Rafs Freundin also, das ist neu!"

Rafael lachte. „Das stimmt. Lange Geschichte."

„Na dann, schön dich kennenzulernen …"

„Ich bin Frieda."

Ludwigs Gesicht hellte sich auf. „Schöner Name. Meine Tochter heißt auch so."

Sie lächelte ihn an. „Finde ich auch."

„Ich auch", mischte sich Rafael ein und nahm ihr mit seiner lockeren Art ein wenig die Anspannung.

„Na gut, Frieda, wenn Raf sagt, dass wir dich reinlassen können, lasse ich dich rein."

„Danke!", antwortete sie und Raf schien sich noch mehr zu amüsieren.

„Ich nehme sie mit, wir können ja später den Papierkram klären."

Ludwig schien zufrieden. „In Ordnung. Viel Spaß euch beiden."

„Danke!", antworteten sie unisono.

Raf ergriff wieder ihre Hand und zog sie mit zu einer Treppe, die sie ungefähr eine halbe Etage nach unten schritten.

Sie sah sich neugierig in dem auch hier industriell gehaltenen Flur um. Doch hier hingen nur neutrale nichtssagende Bilder. Außerdem standen ein paar Bänke rum und es gab Snack- und Getränkeautomaten. Nichts deutete darauf hin, was hier offensichtlich passierte.

Sie liefen den Flur ganz durch, bis sie zu einer großen Tür kamen, die anscheinend vor Schall schützte. Das erkannte sie spätestens in dem Moment, als Rafael sie mit einem Ausweis öffnete und ihnen wilde Trommelschläge entgegenschlugen.

Rafael zwinkerte ihr zu und ließ ihr den Vortritt.

Der Raum war heller als gedacht, förmlich lichtdurchflutet durch mehrere Lichttunnel, wie sie nun erkannte. Außerdem war er groß und es schien mindestens noch ein Raum von ihm abzugehen. Außerdem wurde überdeutlich klar, dass er der Band gehörte, allein schon durch das riesige Bandlogo hinter den Instrumenten.

Sana saß an einem riesigen Schlagzeug, das sie förmlich zu verprügeln schien, und reagierte kein bisschen, als Frieda nun mit Rafael in den Raum trat und kaum mehr etwas hören konnte, weil das Schlagzeug alles überschallte.

Die anderen drei schienen nicht da zu sein, dafür saßen eine fremde Frau und ein fremder Mann auf einem Sofa, die offenbar Ohrstöpsel trugen und einen Laptop vor sich hatten, auf den sie beide schauten und jeweils dazu noch ein Telefon in der Hand hielten.

Rafael trat zu ihnen und beide sahen ruckartig auf, anscheinend hatten sie jetzt erst wahrgenommen, dass sie den Raum betreten hatten.

Der Blick des Mannes richtete sich sofort weiter auf Frieda und seine Augenbrauen hoben sich, was die Frau wohl veranlasste, ebenfalls zu ihr zu schauen.

„Hi!", schrie Rafael und die Blicke der beiden gingen zurück zu ihm.

In diesem Moment verstummte auch Sanas Schlagzeug und Frieda schaute zu ihr. Diese stand auf und schnappte sich ein Handtuch, um sich den Schweiß aus dem Gesicht zu wischen.

Bevor die beiden Fremden nun in die entstandene, sich merkwürdig anfühlende Stille etwas sagen konnten, meldete sich schon Sana. „RAF!", brüllte sie förmlich. „Upps, war zu laut." Sie grinste, griff zu einer Wasserflasche und kam zu ihnen.

Rafael lachte und hielt Sana die Hand zum Abschlagen hin, was diese augenblicklich tat. „Ja, und anscheinend mal wieder die Nummer 2."

„Es gibt Dinge, die werden sich nie ändern." Sana verdrehte die Augen und wandte sich dann strahlend an Frieda „Schön, dass du hier bist. Hat Raf dich mitgeschleppt?" Sie kam einen Schritt näher. „Unter uns, wenn du wieder gehen willst, kenn ich ein paar Fluchtmöglichkeiten."

Rafael schaute sie irritiert an, doch Sana lächelte einfach nur. „Ich meine ja nur. Frauen müssen zusammenhalten." Sie bedachte ihren Kollegen mit einem Blick.

Frieda konnte sich nun ein Kichern nicht verkneifen und fühlte sich eigentümlich von Sana willkommen geheißen, auch weil sie Rafaels Worte nicht vergessen hatte. „Hi Sana, keine Sorge, ich bin freiwillig hier. Rafael meinte, ich dürfte mitkommen."

„Rafael meinte eher, dass er nicht ohne sie üben kann", sprang ihr Freund ein und Frieda grinste.

Sana lachte los. „Gott, du bist süß, wenn du so verliebt bist. Ist mal was erfrischend neues." Sie bemerkte offenbar die beiden anderen. „Frieda, das sind Fran und Max. Kennst du die Serie ‚Die Nanny'? Genau wie das Paar daraus." Sana grinste nun die beiden an. „Das ist Frieda, Rafs Freundin. Seid lieb, sie ist okay."

Sie schluckte und sah nun zu den beiden. Die Frau, die dann wohl Fran hieß, stand auf und kam zu ihr. „Hallo Frieda", sagte sie freundlich lächelnd, wobei Frieda nicht wusste, ob sie das ernst meinte. „Eigentlich heiße ich Franziska, aber das war allen zu lang." Sie verdrehte die Augen. „Ich bin unter anderem Managerin von Quiet Place, genau wie Max. Wir haben uns übrigens Sorgen gemacht, Raf …"

Der stöhnte. „Sorry, es war wichtig."

Fran brummte nur. „Wir hätten Infos über Termine gebraucht und du gehst nicht mal ans Telefon. Du weißt schon, Grammys? Wenn sie deine Freundin ist, kommt sie dann mit? Nur für mich zur Planung …" Fran blickte zwischen ihr und Rafael hin und her.

„Was?", fragte Frieda und kam so schnell nicht mit.

„Sie will dich fragen, ob du mit nach L.A. zu den Grammys kommst …" Jetzt seufzte Sana. „Sei nett, sie trifft keine Schuld, nur ihn", und warf einen Seitenblick zu Rafael.

„Sorry", wiederholte der schlicht, doch wirkte kein bisschen so, als würde es ihm wahnsinnig leidtun.

„Wir werden das alles zu gegebener Zeit klären können, keine Angst … Hi, ich bin Max, wie Sana ja schon freundlich erläutert hat." Er reichte ihr die Hand und wirkte auf sie etwas beruhigender, als Fran es tat.

„Hi", murmelte sie.

Rafael lachte leise. „Bevor ihr beiden neugierig werdet, wir kennen uns seit Jahren … noch bevor wir erfolgreich wurden und es ist eindeutig ernst." Er lächelte zu Frieda. „Sie ist die SIE, wie die anderen gestern festgestellt haben."

„Seine Songs sind also von ihr inspiriert, wir dürfen sie endlich kennenlernen." Sana grinste und Rafael zuckte mit der Schulter.

Fran und Max starrten nun ihn an. „Wirklich?", fragte erstere.

„Ja. Und nein, mehr Details werde ich nicht sagen, das ist eine Sache zwischen mir und Frieda."

Frieda lächelte geschmeichelt, weil es süß war, wie er sie offensichtlich beschützen wollte. Sana gluckste darüber ebenfalls erheitert.

Max räusperte sich. „Interessant. Gut, ich verkneife mir sämtliche Nachfragen. Aber sie braucht trotzdem wohl irgendwann einen Crashkurs, wenn es was Ernstes ist … Medienumgang, Abläufe, Gewohnheiten, Verträge … soll ich weitermachen?"

Rafael verzog das Gesicht, genau wie Sana. „Danke nein!", sagte letztere. „Raf, sollen wir Musik machen?"

Das brachte Rafael wieder zum Strahlen. „Ja!", sagte er enthusiastisch.

„Darf ich ihn mitnehmen?", überraschte Sana sie und fragte.

„Aber klar." Sie würde ihn wohl kaum aufhalten können, aber Rafaels Blick auf die Frage war göttlich. Er schubste Sana ganz leicht, während er Frieda dankbar anlächelte.

„Ich komme sofort, ich sorge nur noch dafür, dass Frieda alles hat, was sie braucht", meinte Rafael.

Sana nahm das hin und verschwand mit ihrer Flasche Wasser zurück an ihr Schlagzeug.

„Sorry, dass ich die Tage nicht da war und eure Anrufe und Nachrichten ignoriert habe", sagte Rafael noch einmal zu Fran und Max.

Fran schnaubte. „Wir konnten dich nicht erreichen."

„Und ich hatte einen Notfall", erwiderte Rafael.

„Sag einfach beim nächsten Mal Bescheid, wir sind keine Unmenschen", erwiderte Max, der ruhig blieb. Aber vielleicht täuschte der Eindruck auch nur. „Mal abgesehen davon, kannst du dir das mal erlauben."

„Er muss es aber auch nicht nachmachen", erwiderte Fran.

„Er ist ja wieder da, beruhig dich", murmelte Max ihr zu. „Frieda, du kannst dich zu uns setzen. Keine Sorge, wir fressen sie nicht", sprach er zu Rafael, was auch sie ein wenig beruhigte. Sie hatte das Gefühl, das zumindest Fran sauer war, aber ob das auch für sie galt, konnte sie noch nicht sagen.

Der wandte sich an sie. „Da hinter der Tür ist ein Aufenthaltsraum und auch eine Toilette. Es gibt auch eine kleine Küche mit genügend Getränken, Snacks und allem, was man uns gewährt." Er warf Fran und Max einen vielsagenden Blick zu. „Habt ihr ein paar Kopfhörer oder so für sie? Ich habe nicht dran gedacht."

„Klar! Ich habe immer genug gegen euren Krach dabei", erwiderte Fran scherzend.

Rafael schüttelte den Kopf. „Sie bezeichnet es als Krach", maulte er und blickte hilfesuchend zu ihr.

„Völlig unverständlich", beruhigte sie ihn, was ihn wieder zum Lächeln brachte.

„Ist es okay, wenn ich dich hierlasse?", wisperte er ihr zu.

„Klar, ich kann dich ja sehen und bin schon gespannt", beruhigte sie ihn. Es fühlte sich zwar alles fremd an, aber sie vermutete, dass sie sich schon dran gewöhnen würde. Außerdem stieg die Aufregung, denn sie hatte noch nie eine Band proben sehen und dann gleich Quiet Place vor sich zu haben, schien ihr unvorstellbar.

„Na gut, ich lasse dich hier bei ihnen. Wenn sie dich nerven, sag Bescheid. Du erinnerst dich an meine Worte?" Er trat näher, seinen Rucksack und seinen Gitarrenkoffer hatte er längst zur Seite gestellt.

Sie nickte.

„Gut." Dann küsste er sie und einen Moment vergaßen sie wohl beide Raum und Zeit.

„Oh shit, jetzt müssen wir sowas ertragen", ertönte eine Stimme und Frieda stellte Sekunden später fest, nachdem sie sich von Rafael gelöst hatte, dass es Rico war, der den Raum betreten hatte.

„Es wird nie so schlimm werden, wie du mit deiner Rockerbraut damals. Echt! So ekelig! Man konnte es förmlich triefen hören!", rief Sana zu ihnen rüber und Frieda konnte nicht anders als kichern.

Rico streckte ihr den Mittelfinger entgegen und schlug Rafael ab, dann hielt er auch ihr die Hand zum Abklatschen hin. „Schön, dass du da bist", sprach er und klang, als würde er höflich sein wollen.

„Danke, dass ich hier sein darf", erwiderte sie, damit er nicht das Gefühl hatte, dass sie es als selbstverständlich erachtete.

Darauf sagte er nichts, sondern wandte sich an Max und Fran, mit denen er irgendwas leise besprach.

Rafael trat wieder näher. „Keine Sorge, alles wird gut." Er drückte sie noch einmal und packte dann seine Gitarre aus. „Setz dich einfach, hör zu und genieß die Zeit. Wenn du etwas brauchst oder eine Pause willst, sind Max und Fran da."

Sie nickte und zog nun ihre Jacke aus. Die Sofas hier wirkten bequem und sie setzte sich in Frans und Maxs Nähe, aber noch weit genug entfernt, dass es nicht so schien, als würde sie die beiden bedrängen wollen. Rafael stellte seinen Rucksack zu ihr und wandte sich dann zu Sana und den restlichen Instrumenten um. Auf der linken Seite schien sein Platz zu sein, denn genau dorthin ging er nun.

Auch Rico lief gleich darauf hinterher und Frieda nutzte die Chance und sah sich erst einmal um. Der Raum war vollgepackt mit Bildern und Erinnerungen von ihren Tourneen, wie ihr schien. Sie entdeckte in der Nähe ein Bild, was Quiet Place mit der Vorgruppe zeigte, die auch in Köln mit am Start gewesen war. Rafael lächelte leicht darauf, wirkte aber ganz schön eindrucksvoll und nicht wie der Junge, den sie kennengelernt hatte. Daneben hing ein Ausdruck einer Platzierung in den Billboard-Charts, wo eines ihrer Alben auf Platz 1 stand, was sie sofort mit Stolz erfüllte.

„Hier Frieda!" Max holte sie aus ihren Gedanken und reichte ihr eine kleine Packung mit Wachsohrstöpseln.

„Danke", und griff überrascht danach.

Max lächelte freundlich. „Falls du öfter dabei bist, schauen wir mal, ob wir dir welche maßanfertigen lassen, aber die hier tun es schon ganz gut, um das alles etwas abzudämpfen, wenn sie richtig loslegen."

„Leise spielen ist nicht ihr Ding, das weiß ich." Die Ironie ihres Bandnamens amüsierte sie dabei immer wieder.

Er lächelte. „Nein, das ist es wirklich nicht."

Fran lachte ebenfalls leise. „Außer einmal, als der Strom irgendwo ausgefallen war und die ganzen Verstärker nicht funktionierten. Das war sehr angenehm."

„Ja, bis wir dann fünf frustrierte Bandmitglieder vor uns stehen hatten, die allesamt schlechte Laune bekamen. Da haben wir uns die Verstärker zurückgewünscht", entgegnete Max.

„Stimmt." Fran musterte sie wieder. „Darf ich dich gleich vorab was direkt fragen?"

„Klar!", antwortete sie und ihr Herz klopfte. Was wollte Fran wissen?

„Warum jetzt?"

Frieda runzelte die Stirn. „Warum ich jetzt hier bin?"

Fran nickte und auch Max beobachtete sie.

„Also die Kurzversion ist, dass ich bisher nicht wegkonnte und Rafael nicht bleiben. Die Umstände haben sich geändert und er hat mich einfach mitgenommen."

„Okay." Fran seufzte. „Tut mir leid, dass ich das gefragt habe, ich mache mir nur immer Sorgen. Du bist auch diejenige, die er irgendwann mal bei einem Konzert entdeckt hat, oder? Weißt du noch, Max? Damals die Sache mit Kiara ..."

Und Frieda dachte daran, dass Rafael erzählt hatte, dass sie damals eine andere Managerin gehabt hatten. War die ihretwegen rausgeflogen?

Max runzelte inzwischen die Stirn. „Die Sache in Köln ... ja, ich erinnere mich. Das warst du? Und warst du wirklich da?"

Sie nickte. „War ich, aber ich wusste nicht, dass er mich gesehen hat. Das habe ich erst ein Jahr darauf erfahren, als er mich besucht hat. Es war das einzige Mal, dass ich in einem Konzert von ihnen war."

„Dich besucht ..." Fran schüttelte den Kopf. „Mir wird gerade einiges klar."

Max lachte leise. „Raf hat sich immer bedeckt gehalten, wenn es ihm um wichtige private Dinge ging. Also willkommen bei uns. Wir kümmern uns um all den Mist rund um die Band, koordinieren Termine und Menschen, handeln die Verträge aus, planen die Touren in ihrem Namen mit, besorgen die Leute, wenn sie welche brauchen und so weiter ..."

„Das Rundum-Care-Komplettpaket." Fran gluckste und Frieda musterte sie zum ersten Mal kurz. Sie trug eigentlich ganz normale Klamotten, Jeans und Pullover, aber vielleicht lag das auch daran, dass sie keine Termine hatte, sondern ‚nur' hier saß. Max sah ähnlich aus, schien aber ein bisschen älter, weil er schon graue Ansätze hatte. Fran dagegen schien nur wenig älter als sie und die Band zu sein, wirkte aber vom Auftreten total seriös, was ihre Bobfrisur und die randlose Brille unterstrich.

„Seid ihr damit von ihrer Plattenfirma? Sorry, falls ich doof frage, aber ich habe keine Ahnung von dem Business." Aus den Augenwinkeln beobachtete sie, wie Rafael sich mit Rico und Sana absprach und dann seine Gitarre stimmte.

„Nein, sind wir nicht, wir machen das freiberuflich. Da gibt es unterschiedliche Wege. Vorher hatten sie jemanden vom Label, der sie managte, aber es gibt auch Managementagenturen", erklärte Max.

„Aber wir sind die besten." Fran lächelte teuflisch. „Uns wollten schon einige abwerben, aber wir lieben unsere ruhige Band."

Frieda lachte leise.

„Was hast du bisher gemacht oder was machst du?", fragte Max nun neugierig weiter.

Frieda seufzte leise. „Ich habe in den letzten Jahren den Ferienbetrieb meiner Eltern geleitet. Vermietung von Ferienhäusern und -wohnungen und allem, was dazu gehört. Nebenbei habe ich noch studiert."

„Was denn?", fragte nun wieder Fran.

„Tourismuswirtschaft."

„Hast du darin einen Abschluss?

Frieda schaute zu den beiden, die wirklich interessiert schienen. „Ja, einen Bachelor. Warum?"

„Nur so." Fran grinste. „Wenn sie länger bleibt, kann sie die Reiseveranstaltungen übernehmen", sprach sie scherzend zu Max.

Der grinste ebenfalls. „Wenn sie will."

Ihr Herz klopfte wild und sie hatte keine Ahnung, ob sie das wollte. Unsicherheit machte sich in ihr breit und sie war froh, als Rafael nun anfing zu spielen. Das lenkte sie ab.

43

Kam und Jordan waren wenig später gekommen, hatten sie kurz, aber lieb begrüßt und waren sofort weiter zu den anderen gegangen.

Quiet Place hatte nur wenig Pausen gemacht, aber immer wenn Rafael auf sie zukam, hatte er sie angestrahlt.

Max und Fran hatten die meiste Zeit gearbeitet und waren auch oft und lang aus dem Raum verschwunden, ohne dass Frieda wusste, was sie taten.

Die Stunden vergingen trotzdem in einer wahnsinnigen Geschwindigkeit, die sie kaum fassen konnte, als Quiet Place irgendwann beschloss zu stoppen. Sie hatten Songs geprobt, dann hatten sie einfach so rumgejammt, was alle offenbar entspannte, und dann hatte Rafael zwei drei Songs angespielt, wovon einer der von gestern gewesen war, den sie jetzt zusammen ausarbeiteten.

Das alles beobachten zu dürfen, fühlte sich unfassbar toll an und sie musste zugeben, dass sie ihnen auf diese Art viel lieber zuhörte als auf einem riesigen Konzert. Hier waren sie natürlich, spielten einfach nur Musik und machten weniger Show.

Rafael ließ seine Gitarre schließlich stehen und machte mit seinen Händen ein paar Dehnübungen, was sie sich unweigerlich fragen ließ, ob seine Hände schmerzten. Er wirkte müde und sie schaute auf die Uhr. Es war inzwischen früher Abend und sie erinnerte sich kaum daran, dass sie zwischendrin ein paar Snacks aus der gut ausgestatteten Küche gegessen hatte.

„Ich habe Hunger!", murrte Kam in diesem Moment, der seine Gitarre auch stehenließ und zu ihnen kam.

„Sollen wir nicht was essen gehen?", fragte Jordan nun und sah zu den anderen aber auch zu Max und Fran.

„Ich habe einen Tisch reservieren lassen", antwortete zu ihrer Überraschung Max und schaute auf sein Telefon, während er dabei die Stirn runzelte.

„Danke!", sagte Jordan erfreut. „Wie immer?"

Max nickte nebenbei und stöhnte dann. „Ich muss mal schnell telefonieren." Er sah zu Fran, die das abzusegnen schien.

Rafael kam inzwischen zu ihr und küsste sie auf die Stirn. „Sollen wir mitgehen?", flüsterte er.

„Warum nicht?" Essen klang verführerisch und zugegeben war sie auch ein wenig neugierig, wie das funktionieren würde, ohne aufzufallen.

„Okay, ich wollte dir nur einen Ausweg bieten, falls wir dich schon nerven", flüsterte er, was Frieda niedlich fand, weil er sich schon wieder sorgte.

„Ich könnte was zu essen vertragen und du offensichtlich auch." Sein Magen hatte gerade leicht geknurrt.

„Scheint so. Manchmal vergesse ich zu essen, wenn ich so lange spiele." Er seufzte. „War es denn okay?"

„Super! Ihr seid toll auch außerhalb von Konzerten", murmelte sie und sie sahen sich an. Ihm stand Schweiß auf der Stirn, aber so wie sie jetzt über Stunden gespielt hatten, wunderte sie das kein bisschen. Alle hatten eine wahnsinnige Ausdauer.

„Geht ihr zwei Turteltauben mit?", fragte Kam plötzlich, sodass nicht nur Frieda zusammenzuckte, sondern auch Rafael. Kam grinste. „Ich habe da echt die perfekte Textidee ... ‚Blicke, die vor Liebe sprechen'", trällerte er.

„Wechseln wir neuerdings ins Schlagerbusiness?", konterte Rafael gequält.

„Auf keinen Fall!", mischte sich Sana ein. „Dann kündige ich!"

„Wir auch", meinte Rico und sprach von sich und Jordan.

„Selbst ich", mischte sich Fran ein. „Sie kommen mit, also lasst uns losgehen. Ich habe noch ein paar Sachen, die ich mit euch durchgehen will."

Ein kollektives Stöhnen erklang und Frieda konnte sich ein leichtes Grinsen nicht verkneifen, weil Fran sie alle so unter Kontrolle hatte.

Eine halbe Stunde später saßen sie nicht weit entfernt in einem kleinen Restaurant, das Frieda zauberhaft fand. Es lag an einem grün bewachsenen Hinterhof und Quiet Place schienen hier Stammgäste zu sein, weil sie in einer kaum einsehbaren Ecke saßen, wo sie niemand störte. Auch der Kellner schien kein bisschen überrascht, sie zu sehen.

Frieda saß neben Rafael, der ihre Hand hielt und sich leise mit Kam über irgendeinen Song unterhielt. Auf ihrer anderen Seite hatte sich Sana niedergelassen.

„Ich kann dir so ziemlich alles empfehlen", meinte diese gerade. „Ich nehme oft einen der Salate, die sind zum einen riesig und zum anderen meckert dann niemand der Anwesenden." Ihr Blick glitt zu Fran und Max.

„Müsst ihr so doll aufpassen?" Frieda hatte auch Rafael schon so etwas andeuten hören, aber nun musste sie doch nachfragen.

Sana wog den Kopf hin und her. „Fitness ist das Stichwort. Einfach ein bisschen aufpassen, dass man es nicht übertreibt. Wobei wir uns oft genug nicht daran halten", flüsterte sie.

„Ich werde nichts verraten", wisperte sie zurück.

„Raf hat wirklich Geschmack." Sana kicherte. „Im Ernst, willst du mit nach L.A.?", fragte sie nun.

Frieda zuckte mit der Schulter. „Keine Ahnung. Ich bin erst seit zwei Tagen hier und kann absolut nicht einschätzen, was das für mich bedeutet ... Wird es dann mit uns öffentlich? Und wäre das schon richtig? Echt, ich habe keine Ahnung und will nichts falsch machen", gestand sie ihr und bemerkte, dass sie wirklich unter sich sprachen und alle anderen sich miteinander unterhielten.

Sana dachte darüber nach und bewegte dabei kurz ihre Finger, als würde sie sie lockern wollen. „Es gibt kein richtig oder falsch. Ihr würdet euch mit Glück lange verstecken können, wenn du hierbleibst. Aber dann müsste er auch so tun, als würde es dich nicht geben. Keine Ahnung, ob er das gut finden würde. Ich glaube, er will am liebsten, dass es die ganze Welt weiß. Versteh mich nicht falsch: Ihr müsst jetzt keinen Pärchen-Content in den sozialen Medien bieten. Aber ihm würde es vermutlich besser gehen, wenn er das Gefühl hat, dass er nichts in der Öffentlichkeit spielen muss, was in Wahrheit ganz anders ist."

Das klang sehr durchdacht und sie traute sich, eine persönliche Frage zu stellen. „Wie geht es dir mit all dem?"

„Dem Ruhm?", fragte Sana nach.

Frieda nickte.

Sana schien wieder darüber nachzudenken. „Es ist meistens okay, manchmal cool, manchmal echt scheiße. Eine Frau als Schlagzeugerin, das war besonders am Anfang für viele ... nennen wir es ‚gewöhnungsbedürftig'. Und manche kommen auf total bescheuerte Ideen. Glücklicherweise gibt es die Jungs. Mein letzter Freund wollte absolut nicht in die Öffentlichkeit, ich konnte das verstehen, aber es war schwer. Als es rauskam, hat er sich aufgeregt, als ob ich daran Schuld hätte, dass Reporter neugierig sind. Ich habe dann Schluss gemacht." Sie seufzte. „Das ist manchmal scheiße." Sie lächelte und Frieda hatte plötzlich jede Menge Mitleid mit ihr.

„Sorry."

Sie winkte ab. „Danke, aber das ist schon okay. Ich habe ja noch die Jungs und nun dich. Du bist die erste, die einer von ihnen anschleppt, die wirklich Potenzial hat." Sie zwinkerte ihr zu. „Sie meinen immer alle, ich wäre nur einfach nicht höflich, aber ich durchschaue die meisten sofort und du liebst Rafael und nicht Raf, den Star, stimmts?"

„Ja, das stimmt." Frieda lächelte sie an, was Sana erwiderte. „Mir ist egal, was er macht, aber sein Job ist okay. Ich liebe, was er tut, also die Werke, nicht den Ruhm."

„Das spricht noch mehr für dich." Sie lachte leise. „Wäre auch echt scheiße für uns, wenn du die Songs, die von dir inspiriert sind, nicht mögen würdest."

Damit hatte Sana recht.

***

Eineinhalb Stunden später saßen Rafael und sie in seinem Auto in Richtung seiner Wohnung und waren damit das erste Mal seit heute Morgen allein. Rafael gähnte.

„So müde?", fragte sie besorgt.

„Ja, war anstrengend."

„Ich kann mir nicht vorstellen, wie das bei einer Tour ist."

„Anstrengender." Er verdrehte die Augen. „Wie hat es dir gefallen? Jetzt kannst du ehrlich sein."

Frieda betrachtete ihn. „Ganz ehrlich? Euch zuhören zu dürfen, hat mich mega geehrt, das könnte ich jeden Tag tun. Und das willst du vielleicht nicht hören und ich werde es auch nicht öffentlich sagen, aber mir hat es besser gefallen, als auf dem Konzert, weil ihr echter gewesen seid."

Er lächelte. „Das freut mich. Du musst mich vermutlich noch ziemlich oft hören."

„Damit kann ich leben. Deine Stimme ist schön, so dunkel und rau." Jetzt lachte er so dunkel, wie er auch sang, und sie kicherte. „Genau das meine ich. Musst du das üben?"

„Klar, wir haben einen Vocalcoach, der ab und zu mit uns trainiert. Aber Gitarre ist mehr mein Ding, Singen nur ein Mittel zum Zweck."

„Das merkt man ... du und deine Gitarre." Sie fand das bewundernswert, denn sie hatte noch nie für etwas eine große Leidenschaft gehabt, außer jetzt für ihn.

„Ich liebe sie", seufzte er.

„Mehr als mich?", rutschte ihr raus und einen Moment herrschte Stille im Auto, während sie an einer Ampel standen.

„Nein", wisperte er und räusperte sich. „Nein!", sagte er nun fest.

Sie schluckte. „Ich auch nicht", versuchte sie die ernste Situation mit einem Scherz zu lockern.

Das brachte ihn zum Lachen. „Dann bin ich ja beruhigt."

Sie lächelten sich einen Moment an, bis die Ampel von Rot über Orange zurück auf Grün sprang.

„Ich habe mich mit Sana unterhalten über die Sache mit L.A.", erzählte sie.

„Das hat noch ein paar Tage Zeit", murmelte er.

„Ja, ich weiß. Aber ich habe keine Ahnung, was das für Planungen mit sich bringen würde. Wie schnell muss ich mich entscheiden und was würde es jeweils bedeuten?"

„Was würdest du denn lieber wollen? So rein nach Gefühl … hierbleiben?"

„Nein, ich würde mitkommen. Du hast recht, ich habe Urlaub verdient."

„Kluge Entscheidung", und er schien erleichtert, weil sie eher in diese Richtung schwankte. Vielleicht hatte Sana recht und für Rafael würde es dann leichter sein. „Dann sollten wir mit Max und Fran reden. Da gibt es wirklich eine Menge zu bedenken. Angefangen beim Flugticket, Paparazzi, ob du mit zur Preisverleihung willst …"

Sie schluckte, ihr Herz schlug wild bei dem Gedanken und sie konnte sich das alles kein bisschen vorstellen. „Ich muss es dann wohl meinen Eltern und meiner Schwester sagen?"

„Ja, das solltest du vielleicht, allein um sie vorzuwarnen, dass es Konsequenzen geben könnte." Er lächelte und griff nach ihrer Hand. Dank des Automatikantriebes konnte er sie ein bisschen halten und sie genoss alles in vollen Zügen, während sie einfach weiter darüber nachdachte, wie sie sich entscheiden sollte.

Rafael

… aber mir hat es besser gefallen, als auf dem Konzert, weil ihr echter gewesen seid …

Der Satz ließ ihn nicht los.

Jahrelang hatte er sich ausgemalt, wie es sich wohl anfühlen würde, wenn Frieda ganz selbstverständlich bei einer Bandprobe anwesend wäre. Voller Freude konnte er nun behaupten, dass es viel besser als gedacht war.

Niemand hatte ihn darauf vorbereitet, wie motivierend eine ihm andächtig zuhörende Frieda sein konnte.

Niemand hatte ihn darauf vorbereitet, wie es war, in den Pausen jemanden zu haben, der einen erwartete, wenn man von den anderen einmal absah. Doch das schien ihm nicht vergleichbar, denn sie arbeiteten miteinander, Frieda dagegen war seine Freundin.

Allein wie sich das Wort ‚Freundin' in seinem Kopf anhörte, erfüllte ihn mit Glück, und er rief sich Kams Worte in Erinnerung, die er ihm zwischendrin zugeraunt hatte, dass er heute wahrlich auf Wolke 7 schwebte.

Damit hatte sein Freund mehr als recht und er hatte sich lange nicht mehr so gut bei einer Probe gefühlt.

Echt.

Ja, heute hatte er sich ein bisschen echter angefühlt, als wäre der wahre Raf nur dann da, wenn Rafael seine Frieda bei sich wusste.

Jetzt überlegte sie tatsächlich, mit nach L.A. zu den Grammys zu fahren und er ging im Kopf eine To-do-Liste durch, während er im Bett auf Frieda wartete, die sich noch im Bad aufhielt.

Er musste das zuallererst mit Fran und Max klären. Beide hatten ihm heute verdeutlicht, dass sie sich bei solchen Ereignissen, wie die Tatsache, dass Raf nun eine Freundin hatte, gut auf die Reaktionen und so weiter vorbereiten mussten.

Er gab ihnen recht, wenn er an all den Mist der vergangenen Jahr dachte, wobei er oft Glück gehabt hatte. Er hatte sich selten daneben benommen, blieb unauffällig im Hintergrund, während besonders Kam und Sana es krachen ließen, und trat eher als Musiker in Erscheinung.

Trotzdem wusste er, was auf sie zukommen konnte. Sana hatte schon wegen mancher Beziehung gelitten. Bei Rico war es schon schief gegangen. Jordan hatte monatelang eine Freundin verheimlicht, weil er Angst vor den News gehabt hatte. Und er wollte nun einen Weg zwischen all dem finden.

In diesem Moment räusperte sich Frieda. Rafael hatte sie nicht hereinkommen hören, doch ihr Anblick verschlug ihm den Atem.

Für sie wollte er alles richtig machen, denn sie war den Aufwand wert, das wurde ihm in diesem Moment klar.

44

„Da!" Frieda drückte auf den Klingelknopf, an dem Paulas Nachname stand, und sie mussten nicht lange warten, bis die Tür surrte und sich öffnen ließ.

Frieda wusste, dass Paula im dritten Stock wohnte und zusammen mit Rafael lief sie nun die Treppen nach oben, während er die Kapuze absetzte, die er vorsichtshalber draußen zur Tarnung aufgesetzt hatte.

Das Haus war ein Altbau und sie betrachtete fasziniert die mit Teppich ausgelegte Treppe. „Das ist cool."

„Altbau, immerhin saniert", kommentierte Rafael.

„Schön." Sie staunte weiter und hätte nie gedacht, dass sie sich mal für so etwas begeistern würde. Sie erreichten bald die 3. Etage und Friedas Lunge brannte ein wenig, während es Rafael nichts auszumachen schien. Doch er sagte nichts, dafür öffnete nun Paula die Tür und strahlte bis über beide Ohren. „Du bist wirklich hier!", quietschte sie und Frieda fiel ihr um den Hals.

„Bin ich!", murmelte sie und fühlte sich plötzlich so überwältigt, dass sie schlucken musste. Sie hatte Paula seit gefühlten Ewigkeiten nicht gesehen und trotzdem war sie bei all dem Mist der letzten Wochen für sie da gewesen. Jetzt konnte sie sie einfach nur fest in die Arme nehmen und nachholen, was sie schon die letzte Zeit gerne getan hätte.

„Das ist soooooo toll!" Paula drückte sie fest zurück. „Wirklich."

„Danke", räusperte sich Frieda einen Moment später. „Ich habe Rafael mitgebracht."

Paula ließ sie los und wandte sich an ihn. „Hi! Kommt doch beide rein. Keine Ahnung, ob ich dich auch drücken darf?" Sie schien plötzlich schüchtern.

„Warum nicht? Wir kennen uns doch schon, außerdem bist du Friedas beste Freundin und immer für sie da gewesen, wenn ich es nicht war", erwiderte er.

„Ja, das bin ich und damit kann ich wohl auch gleich die offizielle Beste-Freundin-Warnung aussprechen: Tust du ihr was, tu ich dir was. Keine Sorge, ich bin Ärztin, ich weiß, wie man Leute umbringt, sodass es wie ein plötzlicher Tod aussieht." Sie setzte ein künstliches Lächeln auf und während Frieda die Stirn runzelte, begann Rafael zu lachen. Er trat einen Schritt auf Paula zu und umarmte sie schnell, was ihr Lächeln zu einem echten machte.

Sie betraten die Wohnung ihrer besten Freundin und Frieda konnte nicht anders, als sich sofort umzuschauen. Sie hatte Paulas Wohnung schon auf Fotos gesehen, aber sie nun in echt vor sich zu haben, entpuppte sich als etwas völlig anderes.

„Keine Sorge, ich werde ihr nichts tun", antwortete Rafael nun, als Paula die Tür hinter ihnen schloss.

„Das ist gut, sie hat wirklich genug gelitten." Paulas Blick glitt zu ihr.

Frieda seufzte. „Ja, aber nun bin ich ja hier und es kann eigentlich nur besser werden."

„Auf jeden Fall!" Paula grinste. „Habt ihr Frühstück mitgebracht?"

Rafael hielt den Rucksack hoch. „Wie angekündigt."

„Super! Ich habe echt Hunger. Ich hatte die ganze letzte Woche die Nachtschicht, mein ganzer Biorhythmus ist durcheinander. Morgens habe ich den größten Appetit."

„Das kenne ich. Ist bei mir nach den Konzerten und auf den Touren auch so. Da ist der ganze Ablauf anders."

Paula nickte. „Es ist wirklich unfassbar, wie ihr euch kennengelernt habt. Hat sie dir erzählt, wie sie herausgefunden hat, dass du Teil von Quiet Place bist?"

„Ja, hat sie. Du warst auf einem Konzert einer ihr unbekannten Band." Rafael zwinkerte Paula zu und Frieda grinste, als die sich nun räusperte.

„Und damit begann ihre Quiet Place-Obsession. Okay, so schlimm war es vermutlich nicht, aber es war auch nicht gut. Dann hat sie versucht, dich aus ihrem Kopf zu bekommen und heute stehen wir hier. Falls ihr mal heiratet, werde ich garantiert Trauzeugin und werde das alles in meiner Rede zum Besten geben", kicherte sie.

„Paula!" Frieda lief rot an.

„Kein Grund sich zu schämen, beste Freundin. Kommt mit, ich habe den Tisch schon gedeckt."

Sie frühstückten in ihrem Wohnzimmer. Rafael schien sich wohlzufühlen, er plauderte locker mit ihrer besten Freundin und erzählte ihr ein paar Sachen aus seinem Tourleben, Paula wiederum aus ihrem Leben als Ärztin.

Frieda hatte nicht viel zu sagen, was hätte sie auch erzählen können? Ihr Leben war gegen das der beiden, mal abgesehen von ein paar Touristenstorys, langweilig und das spürte sie nun deutlich.

Irgendwann klingelte Rafaels Telefon und er runzelte die Stirn, während er aufstand und in den Flur verschwand, sodass Frieda und Paula plötzlich unter sich waren.

„Fühlst du dich wohl?", fragte Paula sie.

„Ja, du hast eine tolle Wohnung und es ist so schön, endlich mal hier zu sein."

„Das finde ich auch. Wie läuft es mit ihm? Wenn es mies ist, kannst du immer herkommen."

Frieda lächelte. „Nein, es ist alles super. Er ist so aufmerksam und liebevoll. Er hat mich gestern mit zu seiner Probe genommen und sie haben mich gefragt, ob ich mit zu den Grammys möchte. Sie sind nominiert."

„Wow!" Paula machte große Augen. „Das würde ich mir ja nicht entgehen lassen. Besitzt du einen Reisepass?"

„Ich hatte mal einen, aber der ist inzwischen ungültig."

Paula schaute alarmiert auf. „Dann brauchst du einen Vorläufigen und dazu ein Visum, keine Ahnung, wann es losgehen soll, aber das könnte eng werden. Besprich das mit Rafael, wenn du mit willst."

Daran hatte sie noch gar nicht gedacht und musste das Thema dann wohl tatsächlich ansprechen.

„Wie geht es dir denn ansonsten? Gefühlt haben wir ewig nicht gesprochen."

Sie seufzte. „Es ist noch alles neu und ungewohnt und ich habe keine Ahnung, was ich nun machen soll." Sie lächelte. „Aber mit Rafael ist es super und ich habe ehrlich das Gefühl, wir kennen uns schon ewig. Es fühlt sich so entspannt an, weil niemand gehen muss."

Paula nickte. „Du hast dir die letzten Jahre den Arsch abgearbeitet, nebenbei studiert und alles gemacht, was andere mehr oder minder von dir erwartet haben. Es wird Zeit, dass du erstens mal Urlaub machst, egal wie der aussieht, ich vermute, alles ist gerade Urlaub, und zweitens ist es wichtig, dass du nichts überstürzt. Du hast Zeit, du hast ein fertiges Studium. Überleg es dir. Du musst nur zusehen, wie du das mit der Kündigung bei deinen Eltern machst, du weißt schon … lückenloser Lebenslauf und so … Gott, ich klinge wie meine Mutter, die das immer betont, dass man keine leeren Zeiten haben darf, weil man sonst Ärger bei der Rente hat." Sie verdrehte die Augen.

Frieda verzog das Gesicht. „Meine Kündigung ist zu Ende April, ich nehme quasi bis dahin all meinen Urlaub, den ich nie genommen habe. Das sind noch mindestens zehn Wochen."

„Dann musst du schauen, dass du dich ab Mai irgendwo meldest oder einen Job hast. Ansonsten gehst du zum Arbeitsamt und meldest dich arbeitslos, du musst ja keine Leistungen beantragen."

Frieda stimmte ihr zu, dafür hatte sie tatsächlich auch genügend Geld angespart. „Dann muss ich meinen Eltern nur noch von IHM erzählen … Sie haben keine Ahnung, wer er ist."

„Sag es ihnen einfach. Weiß deine Schwester schon, dass du weg bist?"

Frieda zuckte mit der Schulter. „Wenn dann nicht von mir."

377

„Hmm, dann erzähl ihr auch von ihm. Es wäre echt scheiße, wenn sie es durch die Medien erfährt."

„Oh Gott, meinst du, das kann passieren?"

„Was kann passieren?" Rafael kam wieder in den Raum. „Sorry, unsere Managerin wollte was wissen und das konnte nicht warten." Er verdrehte die Augen.

„Ich sagte gerade zu Frieda, dass sie ihre Schwester anrufen und von dir berichten soll, bevor sie es aus den Medien oder sonst wo her erfährt."

„Meinst du, das kann passieren?", fragte Frieda nun ihn und fühlte sich leicht verunsichert. In den letzten Tagen hatte niemand Rafael erkannt und deswegen hatte sie auch keine Ahnung, wie schlimm es werden konnte.

Rafael setzte sich wieder. „Kann schon sein. Wir sind nicht die Royals oder so, aber wenn es interessant genug ist, kann es überall landen."

Frieda schüttelte den Kopf. „Ich bin garantiert nicht interessant."

Paula lachte los. „Du bist seine Freundin, NATÜRLICH bist du interessant!"

„Außerdem habe ich die ganzen Songs über dich geschrieben", mischte Rafael sich ein.

Frieda stöhnte, Paula stockte. „Was?"

„Ja …" Frieda sah zu ihr. „Das wusste ich auch nicht."

„Welche Songs?", fragte Paula sofort weiter.

Bevor Rafael wieder antworten konnte, intervenierte Frieda: „Was ist dein Lieblingslied von ihnen?"

Paula dachte nach. „Das ist schwer. Ist ein bisschen stimmungsabhängig. Ich mochte schon immer ‚Confusion' gern, aber in der richtigen Stimmung haut mich ‚Brickwall' um."

Frieda sah sofort zu Rafael, der sich kaum das Grinsen verkneifen konnte. „Interessante Wahl. ‚Brickwall' sagen nicht viele."

„Und? Ist es von dir?" Paula platzte jetzt förmlich vor Neugier.

Rafael grinste nun. „Den habe ich geschrieben, nachdem wir uns zum ersten Mal geküsst haben." Er sah jetzt zu Frieda und ihr Herz setzte einen Moment aus. Dieser Mann war einfach unglaublich.

Als sie eine Weile später wieder im Auto saßen und durch die Stadt brausten, seufzte sie.

„Alles okay?", fragte ihr Freund, der gleich wieder Probe hatte

„Ja, es war schön, sie endlich wiederzusehen." Und wenn sie daran dachte, wie es ihr die letzten Male immer ging, war es besonders toll, dass sie sich endlich einmal gut gefühlt hatte. Sie wollten sich spätestens am Wochenende wieder treffen, vielleicht auch bei Rafael.

„Sie ist eine beschäftigte Frau, echt beeindruckend", sagte Rafael.

Frieda schmunzelte, damit hatte er recht, auch wenn ihr das heute erst so richtig bewusst geworden war. „Ich würde darum wetten, dass es ihr mit dir ganz genauso ging."

„Meinst du, sie würde ausflippen, wenn ich am Wochenende auch die Band zu uns zum Essen einlade?"

„Ich denke schon, dass sie ausflippen wird, aber sie würde dich wohl auch dafür lieben. Und sie ist verschwiegen."

„Das weiß ich, darum ziehe ich es ja überhaupt in Betracht." Er zwinkerte ihr zu.

„Na dann, das wird bestimmt lustig." Sie würde Paula nicht vorwarnen, um ihr überraschtes Gesicht sehen zu können. „Ich habe mit Paula über die Grammys gesprochen ..."

„Oh ... und?" Jetzt runzelte er die Stirn.

„Wir haben uns gefragt, ob ich überhaupt fliegen kann? Mein Reisepass ist abgelaufen und Paula meinte, ich bräuchte dann wohl ein Visum."

Er nickte. „Wenn du das wirklich willst, setzen wir Fran und Max darauf an, die kennen immer irgendjemanden, der jemanden kennt, damit Dinge noch rechtzeitig funktionieren. Versprechen kann ich es natürlich nicht, aber es sind noch ungefähr drei Wochen, das könnte also funktionieren. Wie gesagt, wenn du willst." Er seufzte. „Wenn ich ehrlich bin, wäre es schön, wenn du mitfliegst. Die anderen schleppen oft jemanden mit, ich nie. Ich wäre einfach froh, wenn ich dich nicht gleich wieder allein lassen müsste. Aber du sollst dein Leben nicht von mir abhängig machen, das möchte ich nicht. Ich will nicht der Nachfolger für deine Familie sein."

Sie dachte darüber nach. Würde sie ihr Leben von Rafael abhängig machen, wenn sie mit nach L.A. flog? Machten sie ihre Gefühle von ihm abhängig? Aber sie wurde zu nichts gezwungen, sie musste nicht, es war nicht dieselbe Situation wie damals, als ihre Schwester ihren Unfall hatte und dann alles den Bach hinunter gegangen war. Und jetzt hatte sie die freie Wahl zu tun, was sie wollte. Rafael hatte sie nie und würde sie vermutlich auch nie unter Druck setzen.

„Man kann dein Gehirn förmlich rattern hören", unterbrach er ihre Gedanken.

Sie schmunzelte. „Ich denke gerade darüber nach, was ich will und inwiefern ich mich von Dingen abhängig mache."

„Aha", antwortete er neutral. „Und?"

„Ich liebe dich!", sagte sie simpel in dem Bewusstsein, dass sie das so noch nie zu ihm gesagt hatte. Nur ihn brachte es offensichtlich aus dem Konzept. Er schluckte und warf ihr wieder einen Blick zu, der sie lächelnd mit der Schulter zucken ließ.

„Es ist einfach so, wenn wir schon ehrlich zueinander sind. Und das ist vermutlich das Einzige, was mich in irgendeiner Form festhält. Nichts daran fühlt sich falsch an."

Rafael atmete unruhig und sie machte sich Sorgen.

„Hätte ich das nicht sagen sollen?", flüsterte sie leise.

„Doch ... aber ..." Seine Stimme brach und er schüttelte sich leise. „Nein, kein aber: Ich liebe dich auch!"

Rafael

Er konnte nicht denken, er konnte nicht fühlen und gleichzeitig konnte er alles, nur es war viel zu viel. Es zu wissen und es zu hören, hätten nicht unterschiedlicher sein können. Jetzt wusste er nicht, wohin mit sich und er wusste, dass er Frieda erschreckte, aber er würde später alles erklären, nämlich genau dann, wenn er alles hatte loswerden können.

Immerhin hatte er sich so weit zusammengerissen, dass er ihr ‚Ich liebe dich' erwidern konnte, ein Satz, der nicht wahrer hätte sein können.

Doch es änderte nichts an seinem Bedürfnis nun ganz dringend seine Gitarre und ein Blatt Papier zu brauchen. Es rauschte förmlich in seinem Kopf und dass er noch so Auto fahren konnte, wunderte ihn selbst.

Sie erreichten schließlich ihr Ziel und er wollte nur noch eine Sache … ihren Song schreiben.

45

Den Rest der Fahrt bis zum Studio schwiegen sie und Frieda genoss einfach das Gefühl geliebt zu werden. Rafael log nicht, sie hatte ihn nicht gezwungen und er meinte es ernst, da war sie sich ganz sicher.

Als sie endlich ausstiegen, wehte ein eisiger Wind, doch es machte ihr nichts mehr aus, als er ihre Hand ergriff. „Ich liebe dich wirklich!", murmelte er.

„Ich dich auch!", antwortete sie. „Und ich will bei dir sein und mit dir fahren. Ich will deine Freundin sein."

Er lächelte sie an, aber zog sie weiter, so als hätte er ein Ziel. „Das macht mich glücklich."

Sie kicherte. „Mich auch, ich flieg in die USA", murmelte sie.

„Oooh ja, und selbst wenn wir keinen Grammy gewinnen, wird das Beste daran sein, dass du dabei bist, so oder so." Ein Satz, der ihr Herz förmlich schmelzen ließ.

Sie gingen weiter ins Gebäude, wo es nicht mehr ganz so kalt war und dann zu ihrem Probenraum, ohne groß jemanden zu beachten.

Sana war bereits da, aber auch Jordan, die sie beide begrüßten.

„Ist es okay, wenn ich gleich verschwinde? Ich muss … ich muss … ähm … was machen", stammelte Rafael und sie hatte keine Ahnung warum.

„Klar", antwortete sie ihm und er schmiss seine Sachen förmlich zur Seite, um zu seiner Gitarre zu marschieren.

Frieda sah ihm schweigend nach, irgendwie wirkte Rafael ruhelos und sie hatte keine Ahnung, was er plante.

„Er will schreiben", murmelte Jordan von der Seite, der plötzlich neben ihr stand. Auch Sana hörte mit dem Schlagzeugspielen auf und kam zu ihnen.

„Er ist von irgendwas inspiriert worden. Das ist immer spannend. Hast du das schon mal bei ihm gesehen?", fragte Sana sie nun.

Sie schüttelte den Kopf. „Er schreibt einen Song? Jetzt?"
Rafael haute derweil in die Seiten und eine Abfolge von Tönen erklangen, die jetzt schon schön klang, mit der Rafael aber nicht zufrieden wirkte. Erst nach dem dritten Versuch schien es das zu tun und er schrieb etwas auf ein Blatt Papier.

„Ist irgendwas passiert?", fragte Sana und sah zu ihr.

Frieda zuckte mit der Schulter. „Wir waren bei meiner besten Freundin zum Frühstück."

„Hmm. Wenn er gefühlstechnisch in irgendeine Grenzsituation kommt, dann verarbeitet er das oft in Songs. Das ist sein Medium, um alles rauszulassen." Jordan betrachtete sie. „Du warst, wie du schon feststellen durftest, ziemlich oft der Grund."

Sie schluckte, denn das schien ihr offensichtlich, auch wenn sie nicht so wirklich darüber nachdenken konnte, weil sie es sonst überwältigen würde. „Ich habe eventuell eine Ahnung, was es heute war."

„Was Gutes oder was Schlechtes? Nur zur Vorbereitung, ob wir Happysongs bekommen oder eher welche mit einer düsteren Stimmung ... wie so oft. Keine Sorge, dass war kein Vorwurf."

„Dieses Mal wohl eher Ersteres." Sie spürte förmlich, wie ein roter Schimmer sich auf ihrem Gesicht breitmachte.

Sana schmunzelte. „Vielleicht mal ein Lovesong?"

Jordan seufzte. „Wenn er gut ist, kann ich damit leben. Wir müssen jetzt zumindest abwarten. Ihn zu stören ist nicht klug und vermutlich ignoriert er uns sogar, wenn wir näher kommen oder mit ihm reden wollen."

„Er ist dann total fokussiert", bestätigte Sana. „Meistens schreibt er Songs allein oder mit Kam, aber wenn wir es mal zu sehen bekommen, ist es immer, als wenn man einem Genie bei der Arbeit zusieht. Mach dir nichts draus, wenn er eine Weile auch dich ignoriert." Sana zuckte mit der Schulter.

„Okay." Frieda betrachtete Rafael, der nun wieder Töne anspielte. „Was passiert, wenn ihr gleichzeitig was anderes spielt?"

„Entweder er bezieht uns mit ein, wir orientieren uns an ihm oder wir machen unser Ding. Dann setzt er vermutlich irgendwann Kopfhörer auf oder wenn es hart auf hart kommt, sucht er sich ein Plätzchen irgendwo allein." Jordan wandte sich an Sana. „Weißt du noch damals in Tokio oder so? Wo wir ihn in einem Schrank gefunden haben?"

Sana prustete los. „Zugegeben ein sehr großer, begehbarer Schrank. Jordan hat recht, so läuft es oft."

Das war faszinierend und sie lernte hier eine ganz neue Seite an Rafael kennen. Hatte er deswegen immer in Norddeich Musik gemacht oder sogar Songs geschrieben, weil ihn dort niemand unterbrach?

In diesem Moment ging die Tür auf und Kam und Rico kamen hinein und checkten sofort die Lage.

Rico hob die Augenbrauen, Kam runzelte die Stirn. „Schreibt er?", sprach er ohne Begrüßung.

„Ja. Er kam rein, hat uns immerhin begrüßt und ist seitdem in diesem ekstatischen Zustand", gluckste Sana.

Kam brummte und lief zu ihm.

„Jetzt könnte das ein Ding zwischen beiden werden." Jordan grinste. „Ich hole mir was zu essen."

„Ich auch, willst du auch was?", fragte Sana sie.

„Nein, aber ich hätte gern was zu trinken."

„Dann komm mit." Sie lächelte und hakte sich bei ihr unter, um mit ihr in den Nebenraum zu laufen. „Willst du Kaffee?"

Sie nickte. „Ein Kaffee kann nicht schaden."

„Der Tag ist noch jung." Sie grinste und ließ sie los, um nach einem Becher zu greifen. „Guck mal, sogar mit Band." Kichernd stellte Sana den Becher unter den Automaten und drückte auf den Kaffeeknopf. „Tust du dir selbst Milch und so rein?"

„Klar. Netter Becher!" Alle fünf standen auf dem Becher nebeneinander, Sana in der Mitte, Rafael ganz links.

Sana seufzte. „Offenbar finden Fran und Max es lustig, dass wir aus unseren eigenen Bechern trinken. Als ob ich die Jungs nicht schon den ganzen Tag sehen muss."

„Das ist nur, damit du uns mal von vorne siehst. Sonst siehst du uns nur von der Seite oder von hinten", ergänzte Jordan.

„Wenigstens habt ihr alle knackige Ärsche", erwiderte Sana trocken.

Frieda prustete los, während jetzt Sana ein breites Grinsen aufsetzte und Jordan sie perplex anstarrte.

„Ich habe recht, oder?" Sie zwinkerte Frieda zu.

Frieda hustete. „Kein Kommentar."

Jordan schüttelte den Kopf und nahm sich irgendwas aus dem Kühlschrank. Es schien ein abgepackter Salat zu sein.

„Schon klar, du solltest auch nur Rafs betrachten", machte Sana grinsend weiter und nahm sich einen Joghurt.

Frieda lief rot an, was Sana zum Lachen brachte.

„Glaub mir, viele würden was dafür geben, den einmal zu sehen", kicherte die Schlagzeugerin und gab ihr ihren Kaffee, was Frieda super nett fand. Sie selbst stellte sich nun einen Becher darunter.

„Ich könnte jetzt sowas antworten, wie, dass sein Arsch ganz allein mir gehört ... aber ich vermute, dass wissen wir auch so und er wirkt aktuell nicht so, als würde er jemand anderen bevorzugen."

„Nein, das tut er nicht!" Sana lachte weiter und Jordan stimmte mit ein.

Rico betrat den Raum. „Was geht?", fragte er.

„Wir haben festgestellt, dass Rafs Knackarsch Frieda gehört", erwiderte Sana.

Rico verzog das Gesicht. „Erspart mir die Details dieser Unterhaltung."

Sana verdrehte die Augen, während sich Rico nun einen Kaffee machte, nachdem er Sana ihren Becher gegeben hatte.

Frieda hatte in ihren ein wenig Milch gekippt. Sana reckte und streckte sich. „Ich muss unbedingt Physio machen", murmelte sie und Frieda erkannte ihr schmerzhaft verzogenes Gesicht.

„Schmerzen?", fragte sie diese besorgt.

„Ja ... der Nachteil des Berufsmusikerinnendaseins ... und vielleicht habe ich es ein wenig übertrieben."

„Kann man sich dagegen wehren, wenn man es so gerne macht?", erwiderte Frieda.

„Nein, nicht wirklich." Sana lächelte. „Und? Weißt du schon, ob du mit nach L.A. kommst?"

„Ja, vermutlich schon, wenn sie mich denn ins Land lassen." Frieda verdrehte die Augen und dachte wieder an die Sache mit dem Reisepass.

„Warum sollten sie nicht?", fragte Jordan, der anscheinend zuhörte, während er sich nun in die hier vorhandene Sitzecke mit einer Eckcouch und gemütlichen Sesseln setzte.

Rafael und Kam spielten nun beide, aber es war nicht mehr so gut zu hören, weil Rico die Tür hinter sich geschlossen hatte.

„Mein Reisepass ist vor Ewigkeiten abgelaufen und angeblich braucht man mit einem Vorläufigen ein Visum."

„Das stimmt!", mischte sich nun Rico ein. „Die Zeit wird knapp."

„Fran und Max machen das schon", erklärte Jordan. „Sie haben schon Schlimmeres in weniger Zeit hinbekommen."

Frieda setzte sich nun ebenfalls neben Sana an den Tisch. Rico folgte ihnen, nachdem auch sein Kaffee fertig war, und schien müde.

„Na, zu lang aufgeblieben?", ärgerte Jordan ihn zwischen zwei Gabeln Salat, aber Sana sah so aus, als hätte sie gerade dasselbe sagen wollen.

Rico brummte nur und Frieda dachte wieder bei sich, dass er wohl der Rätselhafteste von allen war. Sana war auf ihre Weise zu ihr herzlich, Jordan freundlich, Kam ebenfalls, aber Rico konnte sie absolut nicht einschätzen und sie hatte das Gefühl, dass er sie nicht mochte.

„Mach dir nichts aus ihm, er ist ein Brummbär", erklärte Jordan ihr. Sana gluckste und stimmte zu.

Rico schaute auf und warf beiden einen bösen Blick zu, bevor er schließlich sie anvisierte.

„Frieda ...", sagte er dann und zog das ‚Iiieee' in die Länge.

Ihr Herz stoppte, denn der Blick, den er drauf hatte, machte ihr Angst.

„Erzähl uns was über dich. Wir kennen dich nicht und nur weil Raf dir vertraut, heißt das nicht, dass wir das tun."

Sana zischte. „Rico!"

„Sana! Keine Ahnung, warum du sie sofort in dein Herz geschlossen hast, aber ICH kenne sie nicht. Er hat nie von ihr erzählt, wir wussten nur, dass es eine SIE gibt."

„Man hat immer gemerkt, dass irgendwer hinter den Songs steckt und nur weil er ihren Namen nicht genannt hat, heißt das nicht, dass wir sie nicht kennen. Sie ist in den verdammten Songs", mischte sich jetzt Jordan ein, aber blieb ansonsten ruhig.

Rico schnaubte.

Frieda fühlte sich immer unwohler, aber sie konnte Rico auch verstehen. „Ich habe Rafael das erste Mal mit 15 getroffen. Sein Vater hat das Haus neben unserem als Urlaubsdomizil gekauft. Meine Eltern haben sie zum Grillen eingeladen und Rafael zu mir geschickt, weil ich allein im Garten saß und las. Das ist einige Jahre her und die erste dumme Frage, die er gestellt hatte, war danach, was ich da lesen würde, als ob er nicht das Cover hätte sehen können. Weißt du, was ich geantwortet habe?"

Er hob die Augenbraue und schüttelte den Kopf.

„Ein Buch!' Ich hatte absolut keine Lust darauf, die Gastgeberin für einen Typen zu spielen, der dumme Fragen stellt, aber er ließ sich nicht abwimmeln. Dann zückte er sein offensichtlich brandneues I-Phone und somit war er nicht nur nervig, sondern auch noch ein reicher Angeber. Beim Essen habe ich mich weggesetzt, aber weißt du, ab welchem Punkt ich gemerkt habe, dass er vielleicht doch gar nicht so schlimm ist?"

Rico antwortete wieder nicht, sondern schien gespannt abzuwarten.

„An dem Punkt, an dem ich gesehen habe, wie lieb er mit seinen Geschwistern umging. Das war süß. Meine Eltern haben uns schließlich gesagt, dass ich ihm den Ort zeigen soll. Eine Weile später am Deich war dann wohl der Zeitpunkt, an dem wir verloren waren. Und dabei ist nichts passiert und wir haben nicht wirklich miteinander geredet. Das ist erst mit den Jahren mehr geworden. Reicht dir das?"

Sana kicherte. „Mir schon."

„Danke. Und dass er Musik macht, habe ich da noch nicht gewusst, dass er Teil von Quiet Place ist, habe ich nur zufällig herausgefunden. Und dass ich angeblich die Inspiration für so viele Lieder sein soll, weiß ich erst, seitdem ich hier bin." Sie atmete durch. „Sorry, dass ich für dich anscheinend irgendwie eine Bedrohung bin, du kennst mich tatsächlich nicht und seien wir ehrlich, ich kenne euch auch nicht, zumindest nicht wirklich."

Sana machte mit ihren Fingern einen theatralischen Trommelwirbel.

„Überzeugt?", fragte Jordan nun Rico und zwinkerte Frieda zu.

Rico atmete durch und schien sich beruhigt zu haben. „Gute Rede. Klingt glaubhaft. Immerhin weiß Raf jetzt, was ein Buch ist."

Frieda lachte leise und fragte sich, was wohl eigentlich hinter Ricos Skepsis steckte, denn sie hatte das Gefühl, dass es nicht unbedingt an ihr lag. „Ja, immerhin dafür habe ich gesorgt."

„Sein I-Phone ... ich erinnere mich genau daran", machte Rico weiter. „Er war echt ein Angeber, was das anging."

„Und wir waren total neidisch." Jordan grinste. „Sana hat sich rausgehalten, die wollte einfach nur ein besseres Schlagzeug."

„Ziel erreicht." Sie seufzte.

In diesem Moment öffnete sich die Tür und Max kam hinein. „Hier seid ihr ...", sprach der.

„Die beiden draußen brauchen uns gerade nicht ...", erwiderte Sana.

„Das ist mir auch aufgefallen ... Sie schreiben?", fragte Max.

„Ja, Raf kam rein und legte los, Kam hat sich zu ihm geschlichen. Frieda meinte, es wäre was Positives, aber sie hat nicht gesagt, was passiert ist", erzählte Jordan.

„Na dann ... mir egal, solange es bald wieder ein neues Album gibt." Max verdrehte die Augen und lief zum Kaffeeautomaten.

„Nur kein Druck, du verdienst schon was", erwidere Rico, was Sana schmunzeln ließ.

Die wandte sich nun an Max. „Wir brauchen einen Reisepass für Frieda und vermutlich ein Visum. Sie fährt mit."

Es klang wie ein Befehl und Max hob die Augenbraue. „Hast du keinen Reisepass?", fragte Max nun sie.

„Der ist vor Jahren abgelaufen", was ihr jetzt ein bisschen peinlich war, weil es zeigte, dass sie ihn nicht gebraucht hatte und sie somit kaum rumgekommen war. Doch diesen Umstand kommentierte niemand.

„Hmm, du bist hier auch noch nicht angemeldet, oder?", und meinte wohl die Ummeldung ihrer Adresse bei der Stadt.

Sie schüttelte den Kopf.

Max seufzte. „Ich versuche es samt Ummeldung." Er schnappte sein Telefon und ging wieder raus.

„Er macht das schon." Sana grinste.

„Kann sein, dass er dich sonst wo hinschleppt, mach einfach mit", riet Jordan ihr.

Frieda nickte. „Krass."

„Man gewöhnt sich dran." Rico schnaubte. „Also gut, was machen wir jetzt mit den beiden da draußen?" Er kippte den Rest seines Kaffees runter.

„Vielleicht hören wir uns mal an, was es wird", schlug Jordan vor.

„Wir haben auch noch nicht getestet, was passiert, wenn Frieda Raf unterbricht, vielleicht wäre das eine Lösung?", fragte Sana.

„Oder er schreibt noch mehr", kicherte Jordan.

„Frieda, du gehst vor." Rico grinste.

Darum würde sie wohl nicht herumkommen, so wie alle drei starrten. Aber sie musste zugeben, dass sie auch neugierig war, wie Rafael darauf reagieren würde. „Na gut, aber ich garantiere für nichts."

„Jetzt wird es echt spannend", murmelte Sana und alle standen auf und folgten Frieda, die vorsichtig in den Probenraum trat, wo Rafael gerade wild schrieb.

Frieda fasste sich ein Herz und trat näher. „Klingt super", wisperte sie.

Kam ignorierte sie weiterhin, aber Rafael sah auf und lächelte dann plötzlich. Er trat samt Gitarre zu ihr und beugte sich zu ihr runter.

„Dieser Song wird ganz allein dir gehören", murmelte er und verursachte ihr damit eine Gänsehaut.

Sie glaubte jedes Wort. „Ich höre weiterhin zu, aber nur zur Info, Sana, Jordan und Rico langweilen sich", flüsterte sie zurück.

Er sah auf, dann seufzte er. „Sana, wir brauchen ein paar Beats."

„Yeah!", kreischte diese förmlich.

„Jordan, Rico, für euch finden wir auch was." Rafael blickte zu ihr herunter und lächelte. „Es ist so schön, dass du hier bist", murmelte er.

„Es ist schön, dass ich hier sein darf", antwortete sie dankbar und fühlte wieder, wie gut ihr das hier tat.

Rafael beugte sich erneut vor und küsste sie schnell auf den Mund, dann verschwand sie lächelnd in Richtung Sofa, aber nicht ohne Sana, Jordan und selbst Rico abzuklatschen, die alle drei begeistert schienen.

Sie freute sich dagegen einfach nur, die fünf wieder hören zu dürfen.

46

Frieda wusste nicht, wie Max es geschafft hatte, aber sie konnte sich bereits am nächsten Tag, der ein Donnerstag war, sowohl ummelden als auch einen vorläufigen Reisepass beantragen. Außerdem kümmerten sie sich ums Visum und es sah gut aus, sodass Frieda dem Wochenende beruhigt entgegensehen konnte, auch wenn der Gedanke, dass sie wirklich demnächst nach L.A. fliegen würde, unrealistisch schien. Nach diesen wenigen Tagen fiel bei ihr der Stress der Strapazen der letzten Wochen langsam ab, sodass sie am Samstag beschloss, Rafael allein zur Probe fahren zu lassen und stattdessen noch ewig lange im Bett liegen zu bleiben, um sich auszuruhen. Am Nachmittag traf sie sich mit Paula am Alexanderplatz, wo sie sich an der Weltzeituhr verabredet hatten, die Frieda glücklicherweise sofort fand und auch Paula entdeckte.

„Hey!", begrüßte ihre beste Freundin sie strahlend. „Hast du es gut gefunden?"

„Offensichtlich bin ich für Großstädte geboren. Ich habe die richtigen U-Bahnen gefunden und konnte die Schilder deuten", was ihr gute Laune machte.

Paula lachte. „Frag nicht, wie oft ich mich schon verfahren habe."

„Tue ich nicht, keine Sorge. Warum treffen wir uns hier?" Sie blickte sich um und musterte die verschiedenen Gebäude und Läden.

„Ich mag das große Kaufhaus dort. Aber ich dachte, wir können auch noch ein bisschen rumfahren."

Frieda nickte. „Ich habe nichts besseres vor." Nicht, dass sie nicht auch gern Quiet Place zugehört hätte, aber heute war Paula dran.

„Super. Es ist so toll, dass du hier bist." Paula strahlte genauso glücklich, wie sie sich fühlte.

„Inzwischen bin ich sogar offiziell Berlinerin."

„Was?" Paula betrachtete sie erstaunt.

„Ich habe mich vorgestern umgemeldet und einen Reisepass beantragt."

„Wow! Auf Rafaels Adresse?"

„Ja, falls ich mir doch noch was Eigenes suche, kann ich mich ja jederzeit wieder ummelden", antwortete sie verlegen, und hoffte, dass Paula das nicht zu voreilig fand.

„Hast du vor, dir was Eigenes zu suchen?", fragte Paula stirnrunzelnd, als sie nun zusammen zu dem besagten riesigen Kaufhaus liefen.

Frieda seufzte. „Nein, es ist leicht mit ihm und es fühlt sich richtig an."

„Ihr seid süß zusammen." Paula lächelte.

„Danke!" Das beruhigte sie sehr.

„Hast du schon mit deinen Eltern gesprochen oder mit deiner Schwester?"

Frieda schüttelte den Kopf. „Sie haben sich auch noch nicht wieder gemeldet, allerdings meinten meine Eltern ja, dass ich erst zur Vernunft kommen soll."

„Hmm." Paula runzelte die Stirn. „Eigenartig, ich hätte ja darauf geschworen, dass sie dich trotzdem ständig anrufen und nerven würden, wenn du weg bist."

Frieda irritierte der Ton, in dem sie das sagte.

„Seien wir mal ehrlich, du bist in ihren Augen noch ein Kind."

Frieda schluckte, so hatte sie das noch nie gesehen.

„Na ja, genießen wir erst einmal den Nachmittag. Sorry, ich wollte nicht gleich mit so einem Thema anfangen", versuchte ihre beste Freundin sie wieder aufzumuntern.

Frieda atmete durch. „Schon gut. Rafael meinte, du könntest nachher mit mir zu ihm kommen, beziehungsweise er betont das ‚zu uns' … also wenn du willst. Er wollte irgendwas zu essen bestellen."

„Da sage ich auf keinen Fall nein, er ist echt ein netter Kerl. Und Gratisessen nehme ich auch." Sie grinste.

„Das habe ich mir gedacht. Und ja, du hast recht, er ist super. Diese eine Woche mit ihm …" Sie konnte gar nicht weitersprechen, denn wenn sie überlegte, wie es ihr vor einer Woche ging und heute, lagen Welten dazwischen. „Ich kann das immer noch nicht fassen. Auch wenn es in seiner Band Skeptiker gibt", erzählte sie nun.

„Wer?", fragte Paula leise, aber interessiert.

„Rico … Aber ich glaube, ich konnte ihn überzeugen." Sie dachte an das Gespräch vor drei Tagen.

„Und sonst?"

„Ihre Manager sind okay, ihretwegen konnte ich mich so schnell ummelden. Ich glaube, sie haben nur ihr bestes im Sinn und sind nicht so, wie man das manchmal schon gelesen oder gesehen hat."

„Hmm, also kein Freundinnenverbot?" Paula kicherte.

„Nein, Rafael ist ja auch nicht der erste."

„Ich weiß, aber die anderen sind gerade alle solo?", fragte sie neugierig.

Frieda nickte. „Ich habe zumindest bisher niemand anderen zu Gesicht bekommen oder etwas gehört."

„Hmm. Und was ist das mit dieser krassen Songsache?"

„Es sind anscheinend wirklich viele und ich bin sowas wie seine Inspirationsquelle? Keine Ahnung, er hat mir nur ein paar genannt und ich bin ehrlich nicht sicher, ob ich auch den Rest wissen möchte. Das erzeugt irgendwie Druck", antwortete sie verlegen.

„Ja, das verstehe ich, aber du kannst dich auch geehrt fühlen."

„Das tue ich auch. Er hat letztens sogar einen Song für mich geschrieben."

„Für dich?" Paula blickte wieder zu ihr und ihr Gesichtsausdruck erinnerte Frieda an ein Emoji mit Herzchenaugen.

„Ja, nachdem wir von dir weggefahren sind. Das war total krass. Er war so versunken und das Lied ist echt gut."

Paula seufzte. „Dass er ein musikalisches Genie ist, wussten wir bereits und du bist wirklich seine Muse."

Frieda lief verlegen an. „Ich glaube auch."

„Das ist toll, du hast das verdient. Aber jetzt sollten wir uns konzentrieren, ich brauch einen neuen Pullover und du ein komplettes Makeover. Wann warst du das letzte Mal shoppen?"

„Online? Vor Ewigkeiten ..."

Paula verzog das Gesicht. „Dann wird es Zeit, was von deinem Geld auf den Kopf zu hauen."

Frieda stöhnte. „Das klingt nach Arbeit." Allerdings wusste, sie, wie viel Spaß Shopping mit Paula machte und diese hatte wieder recht: Es wurde Zeit, auch mal ein bisschen ihres Geldes für sich selbst auszugeben.

***

Fünf Stunden später, die wie im Nichts vergangen waren, fühlte Frieda sich nur noch müde. Sie trug ein paar Taschen, hatte viele Sachen gefunden, aber war am Ende ihrer Kräfte, als sie in der U-Bahn saßen und zu Rafaels Wohnung fuhren.

„Das hat sich doch gelohnt!", kicherte Paula mit Blick auf die ganzen Papiertüten.

„Ja, ich war ewig nicht einkaufen." Sie verdrehte die Augen, weil es deswegen vermutlich auch so eskaliert war.

„Ich auch nicht. Allein macht das keinen Spaß."

Frieda verstand das. Sie wusste, dass Paula zwar auch hier einige Bekannte und Freunde hatte, aber meistens waren die aus ihrer Medizin-Bubble und dementsprechend sahen die sich eher im Krankenhaus als im realen Leben.

„Brauchst du eigentlich noch ein Kleid?", fragte Paula plötzlich.

Sie schaute sie irritiert an. „Wofür?"

„Ich meine für die Grammys", flüsterte sie nun.

Frieda erstarrte, daran hatte sie noch nicht gedacht, allerdings wusste sie auch nicht, ob sie wirklich direkt mit auf die Verleihung gehen durfte. „Darüber haben wir noch nicht geredet und ich weiß auch ehrlich nicht, ob ich das offiziell darf? Die Tickets sind bestimmt längst vergeben."

„Frag ihn doch. Ich würde auch nachts live zugucken, wenn sie das irgendwo ausstrahlen, und dann feiere ich, wenn er einen Preis gewinnt und dich öffentlich küsst." Sie seufzte theatralisch und kicherte dann. „Dein Gesicht! Ehrlich, das wäre total romantisch. War er eigentlich schon mal in einer Beziehung?"

Sie zuckte mit der Schulter und hatte keine Ahnung. „Ich glaube nicht, aber er wirkte jetzt auch nicht unerfahren in … du weißt schon … gewissen Dingen." Inzwischen wisperten sie und Frieda war froh, dass die U-Bahn nicht proppenvoll war.

Jetzt kicherte Paula erneut. „Frag ihn doch, das wäre echt interessant zu wissen."

Frieda nickte vorsichtig. Vielleicht würde sie das tun.

„Ich hätte nie gedacht, dass hier ein Promi wohnt." Paula schaute erstaunt auf das moderne Haus, als sie eine Weile später davor hielten.

„Vermutlich wohnen noch viel mehr in Berlin, ohne dass du es weißt."

„Uuuh, stell dir vor, man hat plötzlich einen neuen Nachbarn und dann stellt sich der als heißer Schauspieler oder Rockstar raus."

„Du träumst."

„Du lebst den Traum", erwiderte Paula.

Inzwischen öffnete Frieda die Tür, mit dem Schlüssel, den Rafael ihr gegeben hatte, und sie gingen zum Fahrstuhl, mit dem sie nach oben fuhren.

„Ich habe keine Ahnung, ob er schon da ist." Sie hatte ihm zwischendrin geschrieben, dass sie mit Paula unterwegs war, und er hatte ihr irgendwann darauf geantwortet, dass sie noch ein Weilchen üben würden, aber sich freute, sie heute Abend zu sehen.

Der Fahrstuhl öffnete sich. „Wir sind da", murmelte sie.

„Cool." Paula schaute sich neugierig im Flur um, als sie zu der Wohnungstür liefen. „Man sieht ja schon, dass das hier teuer ist."

Sie zuckte mit der Schulter, darüber wollte sie lieber gar nicht nachdenken, denn damit würde ihr schlechtes Gewissen nur wachsen. Stattdessen öffnete sie die Wohnungstür und ließ Paula mit einem Lächeln hinein.

„Uuuuh", quietschte die förmlich.

„Ich glaube, Rafael ist noch nicht zu Hause." Sie lauschte einmal, hörte aber nichts.

„Schade, ich habe Hunger."

„Ich auch, aber wir können ja erst mal was trinken."

„Gute Idee." Paula seufzte, während Frieda ihre Tüten abstellte und dann Schuhe und Jacke auszog. Paula tat es ihr nach und dann lief Frieda vor in Richtung der riesigen Küche, die Paula den Atem verschlug, als sie nun alles musterte.

Plötzlich hörte sie leises Gitarrenspiel und ihr Herz begann aufgeregt zu schlagen. „Anscheinend ist Rafael doch da."

Paula hörte es auch und nickte.

„Schau doch schon mal, ob du was im Kühlschrank findest oder mach dir was Warmes. Ich gucke mal, was er macht."

„Alles klar." Paula stapfte selbstbewusst in Richtung Küche und sah sich dabei weiter um, während Frieda in Richtung seines Musikzimmers verschwand. Daher schien das Gitarrenspiel zu kommen und sie hatte sich nicht geirrt. Sie wartete kurz, bis die Töne verstummten, dann klopfte sie so laut sie konnte.

Mit einem Ruck wurde die Tür aufgezogen und Rico stand überraschend vor ihr, was sie zusammenzucken ließ.

„Upps, habe ich dich erschreckt?", fragte der mit einem Schmunzeln.

„Ja." Und anscheinend fand er das lustig. „Ich wollte einfach nur wissen, ob Rafael da ist."

„Dein Freund versucht sich gerade in epischen Liebesschnulzen."

„Halt die Klappe, Gustav!", knurrte Rafael hinter ihm und drängte ihn zur Seite. „Hi Frieda", begrüßte er sie sanft und küsste sie. „Hast du Paula gar nicht mitgebracht?" Er schaute an ihr vorbei.

„Doch, allerdings habe ich sie in der Küche gelassen, weil ich nicht wusste, ob ihr was Geheimes macht."

„Als wären wir ein Geheimbund." Rico gluckste. „Ist sie auch schreckhaft?"

„Sie ist vor allem Ärztin und bringt dich ohne zu zögern mit ihrem Skalpell um."

„Das werden wir sehen. Knutscht ihr ruhig weiter, ich ‚begrüße' sie mal." Er lief los und sie starrte von ihm zu Rafael.

„Müssen wir ihn aufhalten?", fragte sie.

„Hmm … Wir könnten schauen, was passiert und in der Zwischenzeit tatsächlich rumknutschen." Er lehnte sich an den Türrahmen und setzte einen echt sexy Blick auf.

„Musst du nicht mehr spielen?"

„Das kann warten, ich lasse mich lieber inspirieren." Er zog sie an sich und ihre Hand legte sich auf seinen Brustkorb. Der nächste Kuss war nicht mehr sanft und sie stöhnte leise, weil er das so verdammt gut konnte.

Einen Moment später erreichten sie das Sofa, als er sie auch schon weiter auf seinen Schoß zog.

„Es hat noch niemand geschrien", murmelte er zwischen zwei Küssen.

„Und ich will gerade nicht aufhören", wisperte Frieda.

„Das gefällt mir sehr."

„Ich merke es", grinste sie und spürte ihn ganz deutlich.

„Ich vermute bloß, dass wir uns nicht verziehen können."

Sie seufzte wieder, was ihn kurz lachen ließ, und sie knutschten weiter, bis sie ein lautes Kichern hörten.

Rafael löste sich. „Du wolltest es, also lass uns in Ruhe."

„Ich bin nur hier, um Friedas Freundin zu beweisen, dass ihr wirklich knutscht. Wette gewonnen."

Sie hörte Paula fluchen und das brachte Friedas Gedanken zurück in die Realität. „Sorry", murmelte sie in Rafaels Richtung. „Aber ich glaube, ich kann Paula nicht mit ihm allein lassen."

„Erinnere dich daran, wo wir waren", wisperte er.

„Okay." Sie stand auf und drehte sich um.

Rico grinste und neben ihm stand Paula, die ein wenig rot angelaufen war, aber auch grinste.

Sie sah zu ihrer Freundin, die nun die Augenbraue vor Amüsiertheit hob, was Frieda erröten ließ. „Upps, erwischt!"

„Ganz schön heiß. Falls ich Zweifel hatte, wie weit eure Beziehung geht, bin ich nun endgültig darüber im Bilde."

„Davon lässt du dich überzeugen?" Rico lachte.

„Du kennst sie nicht so gut wie ich", visierte Paula ihn an. „Glaube mir, ich habe sie noch nie irgendwo rumknutschen sehen und ich kenne sie schon beinahe mein ganzes Leben."

„Oh, Raf, eine unschuldige Maid?", scherzte Rico weiter.

„Du bist echt doof!" Frieda ging zu ihm, um ihn zu schubsen, aber das ließ ihn nur noch mehr lachen. „Hast du was zu trinken gefunden?", fragte sie ihre beste Freundin.

„Ja, du wolltest anscheinend lieber jemanden aussaugen."

Das ließ die beiden Männer kichern und Frieda schubste jetzt auch Paula, deren Antwort eine ausgestreckte Zunge war.

Sie verließ den Raum, weil sie nun auch etwas trinken wollte, und Paula folgte ihr sofort, die immer noch gluckste.

„Echt heiß!", flüsterte sie in ihre Richtung und wenn Frieda bis dahin noch nicht knallrot angelaufen gewesen wäre, wäre es spätestens jetzt passiert.

Sie wollte gerade etwas erwidern und sich nach Rico und Rafael umschauen, außerdem fragen, wo die anderen drei geblieben waren, als ihr Telefon klingelte, das sie hinten in ihrer Hosentasche trug

„Das ist meine Schwester", murmelte sie mehr zu sich selbst als zu Paula.

„Geh ran!", forderte ihre Freundin sie auf.

Sie atmete durch und tat genau das. „Hi Tomma."

„Du gehst tatsächlich ans Telefon", sprach Tomma ohne Begrüßung.

„Warum sollte ich nicht?"

„Weil du unsere Eltern ignorierst?"

„Das tue ich nicht. Sie haben mir Nachrichten mit Vorwürfen geschickt und dass ich mich melden soll, wenn ich mich beruhigt habe. Nun ja, ich habe mich nicht beruhigt, weil nicht ich es bin, die Mist gebaut hat."

„Sicher?", fragte ihre Schwester fies, was Frieda schmerzte, wobei sie auch irgendwie nichts anderes erwartet hatte. Sie wusste nicht einmal, wie viel ihre Schwester von der ganzen Sache überhaupt wusste.

Sie waren inzwischen wieder in der Küche angekommen und wie in Trance bewegte sich Frieda zu einem der Fenster und atmete kurz durch, bevor sie antwortete. „Ich muss mich nicht rechtfertigen … wusstest du schon, dass unsere Eltern alles verkaufen wollen? Ich habe mir so lange den Arsch aufgerissen und nun tun sie das? Warum haben sie das nicht schon vor Jahren getan?"

„Weil die Preise jetzt viel höher sind? Sie hatten besseres zu tun", verteidigte ihre Schwester sie.

Frieda schnaubte. „Das hatte ich auch und wo bin ich gelandet? Bei ihrem Mist …" Sie atmete durch. „Sorry, du kannst nichts dafür, dass du den Unfall hattest, du trägst keine Schuld, aber ehrlich ich bin so wütend auf sie …"

Tomma schwieg einen Moment. „Warum bist du nicht einfach damals gegangen, warum hast du nicht einfach Nein gesagt? Findest du es fair, deinen Frust nun auf uns abzuwälzen und einfach so zu gehen?"

„Hätte ich das damals denn gekonnt? Du warst verletzt, sie waren zu Recht bei dir und sie haben mir eingeredet, dass sie es nicht schaffen. Weißt du, was ich in den letzten Jahren alles aufgegeben habe?" Sie spürte, wie ihre Stimme brach. Es verletzte sie, dass ihre Schwester sie sofort mit Vorwürfen bestürmte, obwohl sie auch für sie seit Jahren alles getan hatte. Sie blickte sich um und sah Rafael, der angespannt zu ihr blickte. Sie musste sich wieder abwenden, denn sonst hätte sie tatsächlich angefangen zu heulen. Stattdessen atmete sie durch. „Ist auch egal", murmelte sie. „Wie geht's dir, Tomma?"

In der Leitung blieb es einen kurzen Moment still. „Gut", antwortete diese schließlich. „Ich komme in zwei Wochen wieder."

Frieda nickte, denn das wusste sie und überlegte, wie spät es wohl bei ihr war. „Und was hast du vor?"

„Ich dachte daran, mit einem Studium zu beginnen, aber es wäre besser im Herbst anzufangen."

„Ist es?" Sie wusste, dass man auch oft im April oder so anfangen konnte.

„Ja, ich will nämlich im Ausland studieren", erwiderte sie und ihr Ton klang so, als wäre sie von Frieda genervt.

„Oh." Sofort fragte sie sich, wer das bezahlen sollte, aber stellte die Frage nicht. „Das klingt cool. Hast du dich schon beworben?"

„Ich habe mir schon verschiedene Unis angeschaut."

Das klang nicht nur nach einer Überlegung, sondern nach einem Plan „Und?"

„Ich werde mich hier in den USA für ein paar Unis bewerben. Ich glaube, ich habe gute Chancen. Jayden meint das auch."

Jayden war ihr Freund, das wusste Frieda immerhin. Es schien ernst zwischen den beiden zu sein, wenn Tomma das überlegte.

„Bewerbt ihr euch zusammen?"

„Er hat schon angefangen und studiert an der Columbia in New York."

„Und da willst du dich auch bewerben?", fragte Frieda weiter und fühlte sich erleichtert, weil ihre Schwester überhaupt normal mit ihr sprach.

„Schon, aber ich werde es auch noch an ein paar anderen probieren. Schließlich geht es beim Studium nicht nur um uns, sondern um mich."

„Das stimmt." So eine kluge Entscheidung hätte sie ihrer Schwester gar nicht zugetraut, aber war angenehm darüber überrascht.

„Wo bist du?", fragte Tomma nun.

Sie atmete durch. „In Berlin."

„Bei Paula?"

„Paula ist gerade hier, aber ich wohne nicht bei ihr."

„Oh …"

„Ich habe einen Freund, Rafael … du erinnerst dich vielleicht nicht …"

„Der Typ, der damals unser Nachbar war?", unterbrach Tomma.

Sie erinnerte sich also doch. „Genau."

„Ihr habt noch Kontakt?"

„Wir hatten über die Jahre immer wieder welchen, aber er hatte … ähm … viel zu tun und ich konnte ja aus den bekannten Gründen nicht weg."

„Und jetzt bist du bei ihm?" Sie schien schockiert. „Also ich habe nie was von ihm mitbekommen, wie kann es sein, dass du so viel Kontakt halten konntest?"

Das hatte sie nicht und das verunsicherte sie jetzt. „Wir kennen uns ewig", drehte sie den Spieß um.

„Aha." Sie schnaubte. „Klingt trotzdem merkwürdig. Vertraust du ihm?"

„Und wie."

„Ooookay … und Paula kennt ihn auch?"

„Paula ist wie gesagt hier."

Paula trat nun näher und zeigte mit einer Geste, dass sie das Telefon haben wollte.

Frieda reichte es ihr. „Hi Tomma, deine Schwester hat recht, ich bin hier und wenn ich das richtig interpretiere, habt ihr euch gerade über Friedas Freund unterhalten … glaub mir, er ist super und die beiden sind so süß!"

Tomma schien irgendwas zu erwidern, was Paula schnauben ließ.

„Falls du in den letzten Jahren nicht auf deinem persönlichen Egotrip gewesen wärest – und nein, damit meine ich nicht deinen Unfall – dann wäre dir vielleicht mal aufgefallen, wie beschissen es ihr ging und dann wäre dir vielleicht auch aufgefallen, dass sie all die Jahre für diesen Typen geschwärmt hat."

Frieda lief rot an und traute sich gar nicht zu Rafael zu schauen.

Sie hörte ein männliches Kichern, was aber eher nach Rico als nach Rafael klang.

Paula seufzte nun. „Glaub mir, sie hat alles im Griff. Und nun hör auf, ihr ein schlechtes Gewissen zu machen. Wenn deine Eltern Augen im Kopf gehabt hätten, hätten sie vieles gar nicht zugelassen."

Sie hörte nun Tomma brüllen.

Paula antwortete nicht mehr, sondern reichte ihr das Telefon zurück und zog eine Grimasse, die ihr sagte, dass Friedas Schwester einen an der Waffel hatte.

„Ich bin wieder dran", übernahm sie also erneut das Telefon.

Tomma zischte nur.

„Glaubst du mir jetzt?", fragte sie gespielt liebenswürdig und hatte momentan nicht das Bedürfnis ihr noch zu erläutern, was Rafael machte.

„Habe ich eine Wahl?" Ihre Schwester seufzte. „Na dann werde halt glücklich mit deinem Freund in Berlin. Mama und Papa überlegen übrigens, was sie dagegen tun, dass du alles stehen und liegen gelassen hast …"

„Was sollen sie schon tun?" Sie ging im Kopf alles durch. Natürlich war es nicht richtig, von heute auf morgen zu gehen, aber ihre Eltern hatten sich weitaus Schlimmeres geleistet.

„Sie haben sich laut Papa darüber unterhalten, dir eventuell Geld zu kürzen und was zurückzufordern, weil du gegen den Arbeitsvertrag verstoßen hast."

Sie schnaubte. „Sie haben mir nie einen angemessenen Lohn für all die Arbeit gezahlt und ich habe nie Urlaub genommen. Ich habe außerdem rechtlich einwandfrei innerhalb der Frist gekündigt."

„Tja, vielleicht hättest du nicht einfach so fahren sollen."

Jetzt spürte Frieda, wie die Wut aus ihr herausbrach, aber sie wollte nicht vor ihrer Schwester explodieren. „Wir sollten jetzt aufhören. Melde dich, wenn was ist. Tschüss."

Ihre Schwester konnte gar nichts mehr sagen, denn Frieda hatte bereits aufgelegt und zitterte vor Wut, als sie sich zu den anderen umdrehte.

Rafael hatte sich an seinen Küchentresen gelehnt und behielt sie immer noch im Blick, während Paula mit Rico im Schlepptau zum Kühlschrank schritt und er irgendwas zu ihr sagte, was ihre beste Freundin aufhorchen ließ. Offenbar taten sie mit Absicht etwas anderes, um Frieda und Rafael einen Moment für sich zu geben.

Friedas Blick wanderte zurück zu Rafael, der sich nun rührte. „Schlimm?"

Sie verzog wütend das Gesicht. „Ich bin wie immer selbst schuld." Frieda lief auf ihn zu und er nahm sie, ohne dass sie fragen musste, in die Arme. Sofort kuschelte sie sich an, während er seinen Kopf an ihren schmiegte und sich seine Arme um sie schlossen. „Alles doof", murmelte sie.

„Sorry", entschuldigte er sich.

„Du kannst nichts dafür." Aber es war lieb, dass er sie trösten wollte. „Sie kann sich noch an dich erinnern, aber weiß nicht, wer du bist." Zumindest klang es nicht so.

„Und das hast du ihr nicht erzählt?"

„Warum sollte ich? Du bist mein Freund, sie hat nicht gefragt, was du machst, und ich muss ihr das ja nun nicht noch unter die Nase reiben. Nicht nach der Unterhaltung. Mir egal, wie sie es erfährt."

Er lachte leise. „Und was war das mit deinen Eltern?"

„Tomma meinte, dass sie wohl überlegen mir das Geld zu streichen oder was zurückzufordern, keine Ahnung."

„Hmm, fair wäre das nicht."

Sie seufzte. „Rein theoretisch dürften sie das vermutlich. Ich bin ja einfach gegangen, ohne das mit ihnen direkt zu klären." Sie seufzte. „Es ist unfair, dass sie alles in der Hand haben und jetzt das tun … wobei ich mich ernsthaft frage, ob sie mich gezwungen haben oder ich selbst schuld bin?"

„Du bist nicht schuld. Deine Eltern hatten es in der Hand, rede dir bloß keine Schuldgefühle ein. Sie haben es versäumt zu erkennen, dass auch du Bedürfnisse und Wünsche hast."

Sie schluchzte leise. „Danke."

Er drückte sie fest.

„Also so langsam kapiere ich, warum du so ein Geheimnis gemacht hast und es kompliziert war", hörte sie Rico sagen.

„Soll sie das beruhigen?", fragte Rafael ihn skeptisch.

Rico schüttelte den Kopf. „Paula hat mir zwei drei Dinge verraten."

Jetzt sah Frieda hoch und zu ihrer Freundin, die am anderen Ende des Tresens stand und ein Glas in der Hand hielt. „Ich bin verdammt überzeugend."

„Du traust ihr mehr als mir?", fragte Frieda Rico.

„Sie ist Ärztin …"

Frieda und Rafael stöhnten beide. „Nannte man das nicht Weißkittelsyndrom?", fragte sie nun wiederum Paula.

Die verdrehte die Augen. „Wehe, es kommen jetzt Arztwitze …"

Rafael schmunzelte. Rico jedoch plapperte los: „Der Arzt zum Patienten: ‚Tut mir leid, aber ich kann bei Ihnen nichts

405

finden. Es muss am Alkohol liegen!' Patient: ‚Dann komme ich wieder, wenn Sie nüchtern sind.'"

Sie lachten alle los.

„Und kanntest du den?", fragte Rico Paula.

Die seufzte. „Weißt du, was ein Musiker ohne Freundin ist?" Sie wartete nicht ab, bis er etwas antworten konnte. „Obdachlos!"

 **Rafael**

Die Witze flogen jetzt nur so hin und her, doch er war dankbar dafür, denn es lenkte Frieda ab, die sich langsam in seinen Armen entspannte.

Ihr Gespräch gerade hatte nicht nur sie mitgenommen, sondern auch ihn, weil er sich hilflos gefühlt hatte.

Er wusste nicht, was in Friedas Kopf vorging, aber er schien sicher, dass sie sich teilweise doch die Schuld an dem ganzen Dilemma gab, was dazu führte, dass er sie versuchte vom Gegenteil zu überzeugen.

Auf jeden Fall hasste er es, sie so traurig und leidend zu sehen und konnte sich überhaupt nicht vorstellen, wie es ihr wohl in den letzten Jahren ergangen sein musste.

Eine Woche wohnte sie bei ihm und wirkte jetzt schon so viel entspannter, dass er sich jeden Tag darüber freute. Sie hier zu haben, machte alles besser und ihn glücklicher, dass selbst den anderen das bereits aufgefallen war, sodass sie darüber Witze machten.

Doch sie mochten Frieda auch, wobei Rico aus irgendeinem Grund skeptisch ihr gegenüber blieb, was Rafael nicht ganz verstand.

In diesem Moment klingelte es und alle hielten inne.

Frieda sah zu ihm hoch und er zwinkerte ihr zu, denn endlich traf der Rest der Band mit Essen ein, die er dazu verdonnert hatte, etwas zu organisieren, wenn sie schon später kamen.

Er lief also nun zur Tür und musste lachen, als er diese öffnete und Sana, Kam sowie Jordan mit Sonnenbrillen und Tüten vor ihm standen.

„Seid ihr die Essens-Security?"

„Sie haben bestellt, wir liefern!", erwiderte Kam trocken und grinste dann, bevor sie sich abschlugen.

Rafael hielt seine Hand Sana hin, aber die schüttelte den Kopf. Offensichtlich hatte sie Schmerzen in den Händen, was ihr öfter passierte, und drückte ihm nur die Tüte in die

Hand, um dann förmlich in seine Wohnung einzumarschieren.

Damit begann der wirklich interessante Teil, denn Paula hatte offensichtlich keine Ahnung, sodass er sich beeilte, um Sana, die nur schnell ihre Schuhe abstreifte, hinterherzulaufen.

„Hallo zusammen!", betrat sie den Raum und Rafael konnte gerade noch mitansehen, wie Paulas Augen groß wurden und Frieda zu grinsen begann. „Frieda, ich habe dich heute vermisst", lief Sana zuerst zu seiner Freundin, während nun auch Kam und Jordan mit einem „Hallo" den Raum betraten.

Sana umarmte derweil Frieda, die sich sofort erklärte. „Ich war heute mit meiner besten Freundin unterwegs, das ist Paula. Paula, ich weiß, dass du weißt, dass das hier Sana ist."

„Ich bin Sana, schön Friedas beste Freundin kennenzulernen. Friedas Freunde sind unsere Freunde."

Rafael verkniff sich ein Lachen, wie auch die anderen Jungs, denn wieder zeigte sich, wie Sana drauf war, seitdem er Frieda mitgebracht hatte. Normalerweise mochte sie niemanden, jetzt war Paula schon die zweite Person innerhalb kürzester Zeit, die verschont wurde.

Paula bekam inzwischen wieder Luft, während sie Sana zuwinkte. Dann stellten sich auch noch Kam und Jordan vor, doch Paula hatte sich schon gefasst.

Die riesigen Tüten stellten sie auf den Tisch und packten das Sushi und weitere Köstlichkeiten aus. Schließlich saßen sie alle samt Getränken um den Tisch und begannen zu essen.

„Das ist lecker", murmelte Frieda.

„Hast du schon mal Sushi gegessen?", fragte er sie leise.

„Na ja, ich habe mal so Supermarkt-Sushi probiert, aber das war nicht so gut wie das hier. Ich kann allerdings nicht so professionell mit Stäbchen essen, wie ihr alle." Sie benutzte eine Gabel.

„Das ist leicht." Er griff nach ihrer Hand und zeigte es ihr.

„Die beiden sind so süß", hörte er Sana wispern.

„So waren sie von Anfang an", erklärte Paula leise zurück, doch so, dass er es hörte. „Auch wenn ich meist nur Friedas Schwärmereien lauschen durfte."

„Paula!", knurrte die nun, was nicht nur er lustig fand, sondern alle. Er ahnte, dass das noch ein großartiger Abend werden würde.

47

„Das war ein wundervoller Abend!", murmelte sie am nächsten Morgen, als sie in Rafaels Armen aufgewacht war.

Rafael stimmte ihr zu und schien schon länger wach zu sein als sie. „Ich frage mich ernsthaft, ob was zwischen Paula und Rico laufen wird. So habe ich ihn noch nie gesehen. Sein Verhalten bei dir war völlig normal. Auf Partys dreht er oft auf, damit er jemanden abschleppen kann, aber ansonsten ist er total skeptisch und grummelig. Wie Paula ihn rumbekommen hat, würde ich zu gern wissen."

„Die anderen schienen auch überrascht. Und Sana mochte Paula auch."

„Oh ja. Spätestens als Paula sich ihre Hände angeschaut hat, war sie hin und weg. Ärztinnenbonus." Rafael gähnte und Frieda dachte an den gestrigen Abend, der trotz Paulas Anwesenheit absolut entspannt geworden war. Es hatte sie sehr gut abgelenkt von dem Gespräch mit ihrer Schwester.

Dann kam ihr ein Gedanke. „Brauche ich ein Kleid?"

„Hmm?", fragte er.

„Grammys … Paula hat mich das gestern gefragt, aber ich meinte, dass ich gar nicht weiß, ob ich mit auf die Verleihung gehe."

„Wieso solltest du nicht mitkommen?", fragte Rafael irritiert. „Fran hat dir garantiert einen Sitzplatz neben mir reserviert. Falls dir das natürlich zu öffentlich ist, kann ich das verstehen. Aber falls wir was gewinnen, wäre es toll, wenn du dabei wärest."

Ihr Herz schmolz unter seinem traurigen und bittenden Blick. „Vielleicht sollte ich es einfach riskieren …"

„Fran und Max wollten dir doch eh einen Crashkurs geben." Er verdrehte die Augen. „Ich freue mich wirklich, dass du überhaupt mit nach L.A. kommst." Er küsste sie auf die Stirn, weil sie auf seiner Brust lag.

„Ich freue mich auch. Aber ich glaube, ich warne meine Eltern doch vor, auch wenn sie es nicht verdient haben."

Er stimmte ihr zu.

Die Frage danach, wen sie anrufen sollte, wurde ihr wenig später vorweggenommen, denn ihre Mutter ging nicht ans Telefon, sodass sie es bei ihrem Vater versuchte.

Sie lief nervös in der Küche mit einem Kaffee in der Hand umher, als der abnahm. „Ja?", fragte der neutral am anderen Ende und sie vermutete, dass er nicht nachgesehen hatte, wer ihn anrief.

„Hallo Papa", sagte sie und versuchte nicht zu angepisst zu klingen.

„Moin", reagierte der nur. „Du bist in Berlin?"

„Habe ich doch geschrieben."

„Ja, hast du, und bist du zur Vernunft gekommen?", murrte er wieder.

Sie seufzte und ärgerte sich, dass sie fair hatte sein wollen.

„Ich rufe wegen einer anderen Sache an."

„Aha … Dir ist schon klar, dass du gegangen bist? Wir hatten einen normalen Arbeitsvertrag. Das muss Konsequenzen haben, du kannst nicht einfach von heute auf morgen deinen Job sein lassen."

Sie presste die Lippen aufeinander.

„Und für was? Einen Mann? Wirklich Frieda …" Seine Stimme klang wütend, aber auch irgendwie besorgt, doch das war ihr gerade egal.

„Ich werde nicht zurückkommen. Ich suche mir einen normalen Job, in dem man auch vernünftig Urlaub bekommt, und bis dahin mache ich eine Pause und wohne bei meinem Freund. Ich habe mich schon umgemeldet."

„Und was will dein Freund von dir dafür?", schnaubte ihr Vater.

„Nichts?"

„Das kann ich kaum glauben, ich kenne ihn ja nicht einmal", und gab ihr die perfekte Vorlage in diesem unangenehmen Gespräch.

„Das stimmt nicht, du kennst ihn und offenbar hat Tomma noch nichts gesagt." Was sie wunderte. „Mein Freund ist Rafael, der Sohn der letzten Besitzer unseres Nachbarhauses, das jetzt ihm gehört."

„Was?" Das schien ihn aus dem Konzept zu bringen. „Er war doch nie hier?"

„Doch war er, aber nicht oft, weil er viel zu tun hat."

Sein Vater brummte. „Also hat er immerhin einen vernünftigen Job und offenbar mindestens ein Haus."

Das war schon fast unterhalb der Gürtellinie, glücklicherweise stoppte er rechtzeitig. „Rafael ist übrigens auch Raf Schreiver von der Band Quiet Place." Sie wusste, dass er die Band kannte. „Keine Ahnung, ob das für dich ein vernünftiger Job ist, zumindest behandelt er mich gut."

In der Leitung blieb es einen Augenblick still. „Was?", knurrte ihr Vater jetzt.

Doch nun hatte Frieda genug, er wusste es und damit hatte sie lang genug mit ihm gesprochen. „Ich wollte dich nur vorwarnen, falls das bekannt werden sollte. Ich muss jetzt los. Ihr könnt euch ja melden, falls ihr zur Vernunft gekommen seid", murmelte sie. „Tschüss Papa", sagte sie dann noch, bevor er weitersprechen konnte, und legte auf.

Sie sah zu Rafael, der sie wieder beobachtet hatte.

„Er weiß jetzt, wer du bist."

Rafael rührte sich. „Keine Ahnung, ob ich das nun beruhigend finden soll oder nicht. Und du musst jetzt los?" Er zwinkerte ihr zu, denn das war eine Lüge gewesen, um nicht länger mit ihm sprechen zu müssen.

„Ich wollte es nur beenden, bevor es eskaliert."

„Verstehe, der Nachsatz war gut platziert. Aber um die Lüge zu einer Wahrheit zu machen, würde ich vorschlagen, dass wir frühstücken gehen."

„Frühstücken gehen?"

„Ooooh ja, du wirst es lieben. Das Wetter ist schön, wir könnten anschließend spazieren gehen."

Das hörte sich beides fantastisch an.

***

Sie frühstückten in einem winzig kleinen Eckcafé, das trotz seiner Winzigkeit ein spektakuläres Buffet bot, was Frieda auch noch danach schwärmen ließ. Sie verbrachten eine wundervolle Zeit und genossen schließlich die Sonnenstrahlen, als sie an der Spree entlangliefen, zu der sie extra gefahren waren.

„Schön heute, oder?", sagte er lächelnd, als sie einen Moment die Augen schloss, um die Sonne zu genießen.

„Ja." Sie öffnete die Augen und erblickte den riesigen Dom und die Museumsinsel mit ihren antik anmutenden Gebäuden. „Danke, das war toll."

Er lächelte und sah total cool aus, in seinem beinahe klassisch anmutenden Mantel, unter der er Jeans trug und ein Hemd. Seine Haare hatte er unter einer farblich passenden Mütze versteckt und weil die Sonne schien, trug er eine Sonnenbrille.

Frieda hatte ihre warme Windjacke an, aber ebenfalls eine Wollmütze auf, fühlte sich aber nicht halb so cool wie ihr Freund, als sie ihr Handy rausholte und ein Bild von der Umgebung schoss.

„Du solltest eines von uns machen", meinte er nun. „Oder gib her, ich bin gezwungenermaßen ein Selfie-Profi."

Sie kicherte. „Na dann, und ich musste noch nicht mal dafür betteln, um ein Foto von dir zu bekommen."

„Damit bist du anderen schon was voraus. Willst du auch ein Autogramm?", neckte er sie.

„Nein, lieber einen Kuss."

Dem kam er sofort nach und sie fühlte sich wie ein frisch verliebter Teenager.

Er zog sie anschließend weiter zum Geländer an der Spree, sodass der Dom und die Museumsinsel im Hintergrund zu sehen waren. „Und jetzt lächeln. Spaghettimonster", sagte er laut und sie lachte sich kaputt.

Er schoss nicht nur eines, sondern gleich mehrere, die sie anschließend gemeinsam betrachteten.

„Süß!", meinte er. „Schickst du mir eines? Dann habe ich einen klassischen Pärchenhintergrund für mein Telefon."

Frieda lachte und tat das. „Darf ich das auch Paula schicken?"

„Von mir aus kannst du das sogar in Social Media posten und mich verlinken. Hast du überhaupt irgendwo ein Profil?"

„Ja, aber ich benutze sie nicht sonderlich oft, weil ich nie wusste, was ich posten sollte. Ich habe mir lieber andere Sachen angeschaut. Ich hatte zwar auch Social-Media-Marketing im Studium, aber bei den Immobilien meiner Eltern hat sich das nie gelohnt und mich selbst vermarkten will ich nicht."

„Ich muss leider ab und zu. Teil des Jobs." Er seufzte.

„Darfst du posten, was du willst?", fragte sie interessiert. „Oder müssen das Fran und Max oder sonst irgendwer absegnen?"

„Sie haben schon ein Auge darauf, aber letztendlich dürfen wir selbst entscheiden. Es gibt natürlich ein paar Sachen, die sollte man nicht posten und es gibt Sachen, die müssen wir alle posten oder teilen, wenn sie zum Beispiel auf unserem Bandprofil erscheinen. Tourdaten und so."

Das schien logisch. „Also du würdest das Bild posten? Ist es gut genug?" Sie schaute skeptisch drüber und fühlte sich auf einmal furchtbar unsicher. Er sah fantastisch aus, aber sie selbst? Ihrer Einschätzung nach eher normal und sie hatte keine Ahnung, ob das gut war. Ihre Haare flogen hin und her, immerhin sah sie glücklich aus und das Licht betonte sie zu ihrem Vorteil.

„Hmm …" Er dachte darüber nach. „Grundsätzlich schon … aber dann würde es wild werden."

„Wenn ich mit nach L.A. fahre, würde es dann nicht eh krass werden?", fragte sie unsicher und konnte das immer noch nicht einschätzen. Momentan fühlte sie sich in einer

Art Blase, in der sie mit einem berühmten Musiker zusammen war, aber nichts davon spürte – weder die Vor- noch die Nachteile. Selbst im Café vorhin wurden sie in Ruhe gelassen, auch wenn sie sicher war, dass die Kellnerin ihn erkannt hatte.

„Ja, das mag sein. Vermutlich wäre es sogar schlau, wenn das vorher schon bekannt werden würde. Vielleicht mit ein paar Gitarrenklängen dazu?" Rafael lächelte. „Ich will dich nicht zwingen. Für mich ist alles okay."

Frieda fand das sehr aufmerksam von ihm, aber ihr schien klar, dass es eh nicht ewig geheim bleiben würde und wenn dann nur mit großen Einschnitten in ihr Leben. So könnten sie es immerhin selbst bestimmen. „Das mit den Gitarrenklängen klingt romantisch."

„Das ist romantisch!" Rafael grinste breit. „Wir können es uns ja überlegen."

Sie stimmte zu und beschloss, nicht weiter darüber nachzudenken, sondern lieber die Zeit mit ihm zu genießen.

**

„Und da ist es." Er seufzte, sah auf und hielt ihr sein Telefon hin, wo er gerade ein Video gepostet hatte.

Vorsichtig linste Frieda darauf. Er hatte das Bild ein wenig geschnitten, sodass sie beide nicht in Gänze drauf waren und ließ es wenige Sekunden als Standbild laufen, sodass tatsächlich ein paar seiner Gitarrenklänge darübergelegt werden konnten, was es schon fast kitschig machte.

Das Bild war süß. Viel Text hatte er nicht dazu geschrieben und er hatte sie auch nicht markiert, weil Fran ihnen davon abgeraten hatte, mit der Rafael kurz telefoniert hatte, als sie wieder nach Hause gekommen waren und sich dann dem Thema stellten. Aber Rafael folgte Frieda jetzt, auch wenn sie nichts auf ihrem privaten Profil hatte und sie auch nicht mit Klarnamen dort erschien. Das schien ihr nun ein guter Schutz zu sein.

In diesem Moment klingelte sein Telefon.

„Hey Kam!", begrüßte Rafael ihn und lauschte dann. „Ja, habe ich und bevor du fragst, ja, ich habe das mit Fran und Max besprochen." Er zwinkerte ihr amüsiert zu. „Ja, sie hatte ihr Profil schon vorher auf Privat und ja, sie ist mir gefolgt." Er gluckste.

Dann lauschte er wieder und lachte los.

„Er fragt, ob er dir auch folgen darf oder ob er Angst vor Zurückweisung haben muss?"

„Nein, ist schon okay." Frieda grinste. „Vielleicht bin ich gnädig und lasse ihn gewähren."

Rafael schmunzelte. „Hast du gehört?" Ein Moment verging. „Er folgt dir jetzt", wandte er sich zurück an sie.

Frieda schaute nach und sah die Benachrichtigung, dass Kam ihr folgte. Sie schluckte einen Moment, als sie auf sein Profil schaute und die Anzahl der Follower sah. „Wahnsinn", wisperte sie und schaute noch mal bei Rafael, bei dem es ähnlich aussah. Rafael und Raf wurden für einen Moment zu einer Person, doch schnell schüttelte sie das ab.

„Frieda, er wartet und wird nervös."

„So viel Macht!" Sie kicherte los, stimmte schließlich zu und hatte damit einen Follower mehr, auch wenn sie nichts gepostet hatte. „Darf ich ihm auch folgen?"

Rafael gluckste. „Er kann sich nicht wehren. Nein, sie ist damit jetzt nicht dein Fan", knurrte er ins Telefon.

Sie hörte, wie Kam laut lachte und sich dann bereits wieder verabschiedete. Ihr Freund legte auf und schüttelte den Kopf.

Sie betrachte in der Zwischenzeit ihr Profil, bis eine Nachricht aufploppte und sie die Stirn runzelte. „Hmm." Die nächste Benachrichtigung ploppte auf.

„Was ist?", fragte Rafael.

„Ich bekomme Anfragen. Kennst du die?"

Rafael schaute kurz. „Nö, das sind vermutlich neugierige Fans. Nimm nichts an, wenn du sie nicht sicher kennst."

Sie schluckte. „Okay!"

Jetzt klingelte ihr Telefon, Paula rief an.

„Moin!", sagte sie und grinste Rafael an, der das lustig fand.

Die quietschte sofort los. „Frieda … süßes Bild oder vielmehr Video. Spielt er selbst?"

Sie wurde rot. „Ja, Rafael wollte es so posten."

„Total cool. Hach, jetzt bist du eine Prominente."

„Eher Freundin eines Prominenten …", entgegnete sie.

„Papperlapapp, Prominente!"

Frieda verdrehte die Augen. „Kam hat gerade Rafael angerufen und gefragt, ob er mir folgen darf."

„Und darf er?"

„Er durfte. Jetzt bekomme ich Anfragen von Fremden." Paula lachte.

„Das ist nicht lustig."

„Doch irgendwie schon, vor allem, weil ich zu den Auserwählten gehöre, die dir folgen dürfen. Aber das heißt nicht, dass ich dich kostenlos ärztlich behandle."

„Ach, aber Sana hast du Ratschläge gegeben?"

„Mist, du hast mich durchschaut. Aber übertreib es nicht mit medizinischen Anfragen."

Frieda grinste und wechselte das Thema. „Und? Hat Rico dich nach Hause gebracht?"

„Ja, aber ihn habe ich nicht kostenlos behandelt. Er hat mich vor der Haustür abgesetzt und ist verschwunden."

„Oh schade." Sie hatte gestern tatsächlich kurzzeitig gedacht, dass bei den beiden was gehen würde, weil er bei ihr ganz anders drauf gewesen war als bei ihr. Als er dann noch angeboten hatte, Paula nach Hause zu bringen, weil sie in die gleiche Richtung mussten, hatten ihn alle erstaunt angesehen.

„Was willst du mir damit sagen, beste prominente Freundin?"

„Dass Rafael und ich gedacht haben, dass es bei dir weiter geht."

„Pff … ich fange doch nichts mit einem Musiker an. Nein, das ist dein Gebiet."

Sie schüttelte den Kopf. „Belassen wir es dabei?"

„Ja, ich muss jetzt gleich los zur Arbeit und Leben retten", erwiderte sie ironisch. „Stellt ja nichts an."

„Werden wir nicht. Bis dann."

„Tschau!"

Sie legten auf und Frieda lächelte. „Ich bin jetzt ihre Promifreundin."

„Und meine." Rafael küsste sie.

***

Es wurde wirklich verrückt. Frieda konnte gar nicht so schnell alle Anfragen ablehnen. Und dann hinterließ Sana, die ihr inzwischen auch folgte, einen Kommentar unter Rafaels Bild, was zu noch mehr Popularität führte, auch wenn dort schlicht nur *Die beiden sind soooo süß!* stand und sie ein Trommel-Emoji dahinter gesetzt hatte.

Frieda hatte schließlich einfach ihr Telefon ausgemacht, um auch den restlichen Tag und Abend mit Rafael zu genießen, der heute keine Probe hatte.

Am nächsten Tag begleitete sie ihn wieder. Dieses Mal kamen sie als Letzte an und wurden prompt unter Jubel der anderen begrüßt.

„Und, wie ist es so unter neuem Status?", fragte Jordan sie und klopfte Rafael anerkennend auf die Schulter.

„Verrückt!", antwortete sie wahrheitsgemäß. „Ich habe mein Telefon ausgemacht und mich noch nicht getraut, es wieder anzumachen."

„Haben sie schon herausgefunden, wer du bist?" Max runzelte die Stirn.

„Das war jetzt nicht so schwierig, oder?", mischte sich Sana ein. „Die Kids von heute sind pfiffig und wir folgen nur wenigen Personen. Da hat man schon schnell raus, welches Profil ihres ist."

Rafael bestätigte das. „Sie hat klugerweise keinen Klarnamen angegeben und ihr Profilbild zeigt nur eine Landschaft. Aber ich habe auch tausend Nachrichten bekommen, die nach ihr fragen."

„Fragt uns mal", murrte Fran. „Aber das Video ist süß. Ihr habt es sogar in die gängigen Klatschzeitungen geschafft und in die Fanforen. Alle fragen sich, wer du bist."

Frieda schluckte, weil sie keine Ahnung hatte, wie sie dieses Interesse finden sollte. „Das frage ich mich manchmal tatsächlich auch." Was wieder alle lachen ließ. „Ich mache gleich mal mein Telefon an. Wollt ihr drüberschauen?", bot sie Max und Fran an.

Max hob die Augenbraue, Fran lächelte. „Ich mag dich, du bist jetzt schon viel kooperativer als unsere eigentlichen Schützlinge."

„Schleimerin!" Rico schüttelte über Frieda den Kopf und seufzte. „Können wir vielleicht Musik machen? Ich habe Langeweile."

Das ließ sich der Rest der Band nicht zweimal sagen.

Der Tag verging wahnsinnig schnell. Fran nahm sich eine Menge Zeit für sie und abends rauchte Frieda förmlich der Kopf, als Rafael zu ihr traf und sie in den Arm nahm.

Er war verschwitzt, aber er wirkte entspannt, wie immer, wenn er lange gespielt hatte. „Was hast du gemacht?", flüsterte er ihr zu.

„Ich war lieb und habe mich umfassend über alle möglichen Mediensachen informiert. Fran ist ganz begeistert von mir." Und auch, wenn ihr Kopf voller Informationen war, fühlte sie sich nun besser vorbereitet. Einige Dinge machten ihr Angst, aber da Fran auch immer gleich alle möglichen Szenarien für verschiedene Dinge erläutert hatte, wusste sie immerhin, was passieren konnte und was nicht. Alles schien nicht mehr groß und unbekannt zu sein, auch wenn bis jetzt alles blanke Theorie blieb.

Er lachte leise. „Ich habe gleich noch einen Termin …
Training …", murmelte er.

Sie runzelte die Stirn. „War das gerade kein Training?"

Er seufzte. „Nein, nicht so. Wir gehen ins Fitnessstudio,
um Ausgleichssport zu machen, den wir alle ein wenig ver-
nachlässigt haben. Willst du mit?"

„Ich war noch nie in einem Fitnessstudio", gab sie verlegen zu.

„Echt nicht? Du Glückliche."

„Ich bin bisher viel Fahrrad gefahren, das reicht doch,
oder?"

„Klar. Du könntest dort auch Fahrrad fahren." Er zwinkerte ihr zu.

Interessant wäre es bestimmt. „Ich habe aber keine
Sportsachen mit. Ich müsste sogar überlegen, ob ich welche
habe. Leggins und so benutze ich nur, weil sie gemütlicher
sind."

Rafael lachte wieder. „Wir besorgen dir was oder fahren
schnell nach Hause."

„Du hast welche mit?"

„Nein, ich habe welche hier." Er deutete dabei hinter ihr
auf die anderen Räume, wo auch eine Art Garderobe drun-
ter war.

Fran räusperte sich in diesem Moment. „Wir müssen deiner Freundin noch Kleidung für L.A. besorgen, wenn sie
dich begleiten soll."

Frieda sah erstaunt zu ihr, Rafael zuckte nur mit der
Schulter. „Wird das ein Problem darstellen? Oder geht es darum, wer das bezahlt?"

„Letzteres."

Er verdrehte die Augen. „Interessant, dass du fragst …
rechne es einfach ab."

„Alles klar." Fran grinste und zwinkerte ihr dann zu.

Friedas Blick ging hin und her. „Du kannst das doch
nicht bezahlen?"

„Du begleitest mich, es gibt Dresscodes. Ehrlich, ich werde dich nicht der Fashionmeute aussetzen. Mit denen ist nicht zu spaßen, besonders bei den Frauen", erwiderte Rafael ernst.

Sie schluckte und sagte darauf gar nichts, denn es stimmte. Dazu musste man nur den Fernseher einschalten oder einmal durch das Internet scrollen.

„Die Fashionmeute?", lachte Sana, die offenbar gelauscht hatte. Auch sie wirkte verschwitzt. Sie hatte zwischendrin ihre Sticks wechseln müssen, weil ihre durchgebrochen waren, was sie nicht sonderlich aus der Ruhe gebracht hatte. „Echt Raf, bisher waren die dir scheißegal."

„Aber dann schreiben sie über mich und nicht über sie. Beschwerst du dich nicht regelmäßig, dass sie bei dir genauer gucken als bei uns? Ich habe dir tatsächlich zugehört."

Sana grinste. „Hätte ich nicht gedacht, sie hören sonst nie zu."

Frieda schmunzelte. „Hat er recht?"

„Ja, leider. Zumindest für die Verleihung solltest du was haben. Kann sie nicht bei meinen Sachen was auswählen?"

Fran runzelte die Stirn. „Du hast einen ganz anderen Stil als sie."

„Aber vielleicht ist ja was dabei, was nicht mein Stil ist aber ihrer. Was auch immer deiner und was meiner ist." Jetzt verdrehte sie die Augen.

„Hmm, ich lasse einfach mehr Kleider ordern", murmelte Fran und kommentierte es nicht weiter.

„Müssen wir auch noch einkaufen gehen?", fragte Rafael jetzt und Frieda dachte an ihren Shoppingtrip vor zwei Tagen mit Paula, aber da hatte sie sich für den Alltag eingedeckt, nicht für Veranstaltungen in L.A.

„Du nicht, ich werde das tun", meinte Max und Frieda starrte ihn überrascht an.

„Er ist besser darin", deutete Fran ihren Blick. „Er hat einen sechsten Sinn dafür, was wem steht."

„Seine Superkraft", scherzte Sana.

Das würde dann wohl noch ziemlich interessant werden.

Eine Weile später ging Frieda tatsächlich mit den anderen in ein privates Fitnessstudio und sie wusste nicht wie, aber Fran und Max hatten ihr dafür tatsächlich Kleidung besorgt, sodass sie einige Zeit später neben Sana auf einem Fahrrad saß. Nur dass Sana noch Übungen mit ihrem Fitnesstrainer machte, während Frieda einfach nur radelte.

„Du darfst gern mitmachen", murrte Sana gerade.

„Nö, ich fahre lieber nur, dann kann ich mich besser auf den Verkehr konzentrieren."

Sana lachte so sehr los, dass sie beinahe vom Fahrrad fiel.

„Aber im Fahrradfahren bist du beeindruckend gut", erklärte der Trainer, der, wenn sie das richtig mitbekommen hatte, Hassan hieß.

„Ich bin in meinem Leben schon echt viel Fahrrad gefahren und das bei allen möglichen Wetterlagen und krassem Gegenwind … nur die Kombination aus Bergen und Radfahren ist nicht so meines."

Er grinste. „Ich kann dich gern einen Berg hinauffahren lassen. Dazu müsste ich nur was umstellen."

Sie winkte ab. „Schon gut."

„Alles klar. Sana, mach das noch fünf Mal."

Die stöhnte und Frieda hatte Mitleid mit ihr. Das Leben als Rockstar war wohl doch nicht so einfach, wie man sich das vorstellte. Schnell schaute sie sich um und entdeckte ihren Freund, der von einem weiteren Fitnesstrainer gerade mit Gewichten gequält wurde. Eigentlich hätte sie wohl auch mit ihm Mitleid haben sollen, aber so, wie er sich anstrengte und seine Muskeln spielen ließ, fand sie ihn viel zu attraktiv, um Mitleid zu haben.

Rafael

Seine Muskeln brannten, aber er quälte sich wie immer durch. Doch zum ersten Mal wurde es nicht ganz so schlimm, weil er immerhin die halbe Zeit Frieda beobachten konnte, die fröhlich ihre Kilometer auf dem Fahrrad bei hoher Geschwindigkeit abstrampelte, als wäre sie Teil der Tour de France.

Irgendwann schien Sana sie zu überreden, mit ihr Pilates zu machen und da war er nicht mehr der Einzige, der starrte, als er irgendwann zur Seite auf seine Kollegen blickte.

„Ey, Augen geradeaus. Den Arsch meiner Freundin glotze nur ich an."

Jordan verdrehte die Augen, Kam seufzte und Rico schüttelte den Kopf. „Du setzt sie uns vor und jetzt dürfen wir nicht mal schauen?"

„Nein!", entgegnete er. „Außerdem wollt ihr keinen Ärger mit Sana, wenn sie das bemerkt."

Damit traf er ins Schwarze, denn alle schauten nun tatsächlich weg, weil sie genau wussten, wie unangenehm Sana werden konnte. Sie hatte ihnen von Anfang an beigebracht, dass sie kein Fehlverhalten Frauen gegenüber tolerieren und sie sonst ihre Schwänze abhacken würde. Keiner zweifelte an dieser Form der Drohung, nachdem sie mal einem anderen Sänger, der sie begrapschen wollte, einen gezielten Tritt versetzt hatte. Das hatte für diesen allerdings noch weitere Folgen gehabt, nämlich vier angepisste Quiet Place-Kollegen, rechtliche Schritte und der Untergang seiner Karriere, was keiner von ihnen bedauerte. Schnell schüttelte er die Gedanken ab und konzentrierte sich wieder auf das Hier und Jetzt.

Glücklicherweise endete das Training bald und er checkte schnell sein Telefon.

Die Sache mit dem Bild nahm inzwischen gewaltige Ausmaße an und sie standen auf so gut wie jeder Newsseite, sodass Max ihm vorhin mitgeteilt hatte, dass sie die Sicherheitsmaßnahmen erhöhen würden.

Er seufzte, denn das waren eindeutig die Schatten seines Daseins und er hoffte, dass Frieda sich nicht zu sehr darin verlor. Sie hatte so schlimme Jahre hinter sich, dass er nicht der Grund dafür sein wollte, dass diese nun anders weitergingen.

Bis jetzt trug sie alles mit Fassung und er hoffte, dass das auch so bleiben würde.

48

Die nächsten Tage vergingen wie im Flug und Frieda war zu beschäftigt, um überhaupt über irgendetwas nachzudenken. Die Aufregung in ihr wuchs. Sie hatte eine neue Garderobe nur für L.A. mit eleganten, aber schlichten Dingen bekommen, die sie tatsächlich von Sana absetzten, die eher schrill unterwegs war. Sie wirkte dagegen wie ein lockiger Businessengel, zumindest war das Rafaels Kommentar zu einem Foto, was sie ihm geschickt hatte. Außerdem hatte sie tatsächlich ein Visum bekommen und Rafael regelmäßig zu den Proben begleitet.

Daneben genoss sie die Zeit mit ihm und er mit ihr. Er ließ tatsächlich einen Wasserfilter bei sich einbauen und sie zelebrierte förmlich unter seinem Gelächter die erste Kanne Tee, die sie machte. Dafür hatte sie extra eine Teekanne, typisch ostfriesische Teetässchen und alles, was so dazugehörte, besorgt. Wobei es echt schwierig war, in Berlin vernünftigen Tee, die Tassen und Kluntje zu finden.

Das Einzige, was ihr einen Dämpfer versetzte, war die konstante Ignoranz ihrer Eltern und auch ihrer Schwester. Sie hatte damit gerechnet, dass letztere sich melden würde, sobald sie herausgefunden hatte, wer Friedas Freund in Wirklichkeit war, aber bis jetzt herrschte Stille, was sie beunruhigte. Hatte ihre Schwester wirklich nichts mitbekommen? Hatten ihre Eltern ihr nichts erzählt? War sie zu sehr mit ihrer Heimreise beschäftigt? Oder wollte sie einfach nicht?

Der allgemeine Trubel wurde derweil größer und lenkte sie ab, was sie daran merkten, dass den anderen mehr aufgelauert wurde und Max und Fran davon abrieten, dass Rafael und Frieda groß etwas in der Öffentlichkeit unternahmen.

Paparazzi lauerten angeblich überall, aber Frieda hatte davon noch nicht viel mitbekommen, bis sie eines Vormittages mit Rafael im Auto saß und er auf einmal fluchte.

„Dort", murmelte er. „Fotograf."

Sie schaute in die Richtung und erkannte denjenigen, der sich vor der Einfahrt zu ihrem Probenraum postiert hatte. „Anscheinend haben sie rausbekommen, wo wir üben. Das ist bisher ein großes Geheimnis."

„Jetzt nicht mehr?"

„Mal schauen. Vermutlich gibt es jetzt ein Foto von uns." Er seufzte. „Hier ist es oft nicht so schlimm, wie zum Beispiel in den USA, weil die Regeln hier härter sind, aber es nervt trotzdem. Ich weiß gar nicht, wie manche ‚Superpromis' das aushalten."

„Ich finde es nur gruselig", erwiderte Frieda.

„Ja. Wir bereiten wohl besser Fran und Max darauf vor."

Doch die konnten es nicht verhindern und ein paar Stunden später erschien ein pixeliges Foto von ihrer Sichtung und natürlich auch noch einmal das Foto, das Rafael gepostet hatte.

Frieda bekam das erst mit, als sie eine Nachricht von Paula mit dem Link zu einem der Artikel bekam. Doch dabei blieb es nicht, denn plötzlich ploppte eine Nachricht ihrer Schwester auf dem Telefon auf, die in zwei Tagen zurück nach Deutschland kommen würde.

„Raf Schreiver?????????"

Frieda seufzte, also hatten ihre Eltern wohl nichts erzählt und Tomma es tatsächlich nicht mitbekommen.

„Was willst du mir damit sagen?", schrieb Frieda unbeeindruckt zurück.

„Dein Freund!"

„Mein Freund heißt Rafael, er ist unser ehemaliger Nachbar und zufällig Musiker von Beruf. Ich kann es nicht ändern, aber er ist gut." Die Ironie triefte förmlich aus der Nachricht, aber sie gab Frieda ein bisschen Befriedigung für all den Mist.

„Alles in Ordnung?", fragte Max, der neben ihr auf dem anderen Sofa saß.

„Meine Schwester hat herausgefunden, dass ich nicht einfach nur einen Freund habe." Sie seufzte. „Ehrlich …"

„Für dich macht das keinen Unterschied, für andere sehr wohl", erwiderte er.

„Offensichtlich." Ihre Schwester tippte gerade, doch es dauerte, bis sie die nächste Antwort bekam.

„Bist du deswegen mit ihm zusammen? Warst du deswegen bei ihnen auf dem Konzert?"

Sie stöhnte. „Und jetzt kommt sie auf den Trip, dass ich nur deswegen mit ihm zusammen bin, weil er berühmt ist." Sie zeigte lose in die Richtung der Band, ohne genau hinzuschauen.

„Ehrlich, er sollte sich auch wirklich mal die langen Haare schneiden", mischte sich Fran ein.

Frieda sah zu ihr und Fran zwinkerte ihr zu, was ihr ein Lächeln entlockte. „Danke, für die Aufmunterung."

„Sehr gern."

Frieda wandte sich wieder ihrem Telefon zu und tippte schnell. *„Nein, bin ich nicht. Das ist mir total egal, ich habe mich schon in ihn verliebt, als er noch nicht berühmt war."*

Sie sandte die Nachricht ab und Tomma las sie auch, antwortete aber nicht mehr. Sie hatte keine Ahnung warum, vielleicht glaubte sie ihr nicht oder war beleidigt.

„Hat sie noch was geschrieben?", fragte Fran nun, aber auch Max schien besorgt.

„Nein. Sie wollte anscheinend nur bestätigt haben, dass er es ist."

„Falls sie zum Problem wird, sag Bescheid. Du wärest hier nicht die erste mit nervigen Verwandten …"

Frieda musterte einmal die Band. Sie hatte keine Ahnung, wer von ihnen es war, sie beschloss allerdings nicht nachzufragen. Im Grunde ging es sie auch nichts an. „Danke, ich sage Bescheid."

Max und Fran nickten beide.

Als die Probe wenig später zu Ende ging, war sie es, die zuerst zu Rafael trat, der gerade seine Ohrstöpsel rausnahm, seine Gitarre ablegte und ihr dann zulächelte. Sekunden später küsste sie ihn schon.

„Da bist du ja", murmelte er.

„Wo sollte ich sonst sein?", erwiderte sie lächelnd. „Irgendwer muss dich ja inspirieren."

Er lachte leise. „Ja, das kannst du wie keine andere."

„Und ihr habt wie immer überragend gespielt."

Er brummte. „War schon besser."

„Das höre ich aber nicht." Sie grinste nun.

„Das Glück ist mit den Unhörenden!", scherzte er.

Sie schlug ihn gespielt auf den Arm. „Der war fies."

„Wir wissen beide, dass du das genauso bei irgendeinem ostfriesischen Brotritual gesagt hättest."

„Es gibt ein ostfriesisches Brotritual?", fragte sie scherzend.

„Keine Ahnung, mir fiel nichts besseres ein. Und Tee hatten wir schon, das hast du, ich zitiere ‚nur zelebriert, weil Vandalen darauf stehen. Das ostfriesische Volk trinkt ihn sonst einfach, ohne darüber nachzudenken'."

Sie lachte los. „Du hast dazu gelernt. Aber ein Brotritual gibt es nicht. Aber ich bekomme spontan Hunger auf Klütje … Das habe ich ewig nicht gegessen." Sie seufzte und dachte an das Essen aus ihrer Kindheit.

Seine Augenbraue verzog sich schräg. „Was?"

„Klütje … hach, das Glück ist mit den Unostfriesischen. Wenn du das kennen würdest, hättest du spätestens jetzt auch Hunger."

„Klüüüütje …" Rafael zog skeptisch das Wort in die Länge, als wäre es außerirdischer Herkunft.

„Ja."

Er schüttelte den Kopf und griff nun nach einem Handtuch. „Das klingt eigenartig, wie … Matsch?"

„Klütje ist doch kein Matsch!" Entrüstet löste sie sich und stellte sich vor ihm auf.

„Hat es was mit Kluntje zu tun?", fragte er erheitert, vermutlich fand er sie niedlich.

„Kein bisschen." Sie grinste amüsiert und entspannte sich wieder. „Das ist so eine Art Kuchen oder Brot. Man backt ihn im Ofen und isst ihn dann mit Vanillesoße und Birnenkompott."

Er hob die Augenbraue. „Das klingt tatsächlich gut."

„Vielleicht mache ich das mal."

„Wie wäre es mit heute? Ich habe nichts mehr vor und helfe dir gern." Er beugte sich runter. „Es klingt nur nicht danach, als wäre es etwas, was ich groß verkünden sollte, weil sich sonst die anderen mit einladen würden und Fran uns die Fitnesstrainer auf den Hals hetzt."

Sie zuckte mit der Schulter. „Dann schweigen wir einfach und erzählen, dass du brav trockenes Hühnchen und Salat ohne Dressing mit Hingabe gegessen hast."

„Mit Hingabe!" Rafael lachte los. „Ich liebe dich wirklich."

Sie wurde rot. „Ich weiß."

„Gibt es bei dir was Neues? Ich war eine Weile abgelenkt und irgendwie wirkst du so, als läge dir was auf dem Herzen." Sie standen immer noch bei seiner Gitarre, während die anderen schon längst zu Fran und Max oder nach nebenan gegangen waren.

Sie zuckte mit der Schulter. „Wir sind in der Presse und meine Schwester hat mich erkannt, sie weiß also nun, mit wem ich zusammen bin."

„Und?"

Sie holte ihr Telefon und zeigte ihm den Nachrichtenverlauf."

Er schmunzelte. „Ironisch wie immer. Hat sich noch wer bei dir gemeldet?"

„Paula, die sich vermutlich darüber kaputtlacht. Ich glaube nicht, dass sich meine Eltern noch mal melden."

„Wir werden sehen. Erst einmal fahren wir nach Hause und essen ‚Klütje'."

Er sagte das so komisch, dass sie sich einfach nur kaputtlachen musste.

„Scheiße, schmeckt das guuut!", sagte Rafael ungefähr eine Stunde später und begann gleich das nächste Stück zu essen.

„Na ja, ich habe schon besseren Klütje gehabt."

„Besser?" Seine Augen leuchteten förmlich, so als stände er kurz vorm Paradies, was sie amüsierte.

„Kommt jetzt ein Song über Klütje?", neckte sie ihn. Rafael verschluckte sich beinahe und schüttelte entschieden den Kopf.

„War ja nur eine Frage!" Sie kicherte und betrachtete den Klütje, der angeschnitten vor ihnen stand. Sie hatte wirklich schon besseren gegessen, aber zugegeben noch nie selbst welchen gemacht. Plötzlich dachte sie an ihre Familie.

„Was ist? Du siehst auf einmal so traurig aus." Rafael schaute sie schräg an.

„Nein, tut mir leid. Irgendwie habe ich gerade einen Hauch von Heimweh nach Ostfriesland." Wobei es das auch nicht allein traf, sie spürte einfach gerade, wie sehr sie es hasste, dass ihr Familienleben dort so kaputtgegangen war. Wäre alles normal verlaufen, hätte sie Ostfriesland verlassen und hätte es immer wieder durch ihre Eltern besuchen können. Jetzt war dieses Band zerstört und das machte sie traurig.

Er nickte. „Verstehe. So sehr einen manche Sachen auch nerven, wenn man sie los ist, findet man immer etwas, was doch schön daran war."

Sie lächelte traurig. „Ja, der Wind, das Wasser und manches Essen waren schön, nur nicht die Touristen, die sind nervig."

„Sehr nervig, besonders, wenn sie noch Musik machen."

„Die schlimmsten." Sie lächelte immer noch, aber es verblasste. „Es macht absolut keinen Sinn. Ich wollte immer weg, ich habe nichts zurückgelassen, ich habe eigentlich nie an allem gehangen, aber jetzt vermisse ich es. Vielleicht, weil ich nicht zurück kann? Es ist schräg … Vielleicht ist es aber auch der Stress, der mir den Kopf verdreht. Die Situation mit meiner Familie, mit dem geposteten Bild, die Aufregung vor L.A. oder die Tatsache, dass ich endlich irgendwo angekommen bin, wo ich nicht nur zum Arbeiten gebraucht werde, sondern mich mal entspannen kann."

Rafael analysierte sie immer noch. „Du warst noch nie so lange aus deiner Heimat weg. Woher sollst du wissen, dass es nicht auch Dinge gibt, die du vermisst? Wie du schon sagtest: Das Wasser zum Beispiel … der Filter tut sein Bestes, aber er kann kein ostfriesisches Wasser zaubern."

„Es ist dort wirklich so viel besser zum Tee kochen", gab sie zu, auch wenn er recht hatte. Der Filter ließ sie immerhin hier Tee trinken.

„Und die Leute können dort vernünftig ‚Moin' sagen", machte er weiter.

„Genau, und man kann viel besser Fahrrad fahren."

„Und man kann unendlich weit gucken. Einen Nachteil hat es aber."

„Welchen?", fragte sie.

„Das Meer ist manchmal weg und dieser Wind …" Er schüttelte sich.

„Der Wind ist super."

„Na ja, das möchte ich bezweifeln."

„Du bist das nicht gewohnt."

„Ich bin höchstens deinen Gegenwind gewohnt", alberte er rum.

Sie grinste wieder. „Danke Rafael, fürs Aufmuntern."

Er nickte. „Ich will dir nur noch sagen, dass ich es verstehe. Mal abgesehen davon, dass ich dich schon sehr oft vermisst habe, ist es gerade auf Touren immer wieder so, dass ich unzählige Sachen vermisse, auch Sachen, von denen man das nie gedacht hätte. Und wieso sollte es dir nicht auch so gehen?"

Denn genau so war es.

Ein paar Tage später ...

Wenn Worte mein Erwachen sind,
wenn Freiheit mein
Alleinsein beendet,
wenn Liebe nicht nur
ein Wort bleibt,
bedeutungslos und schwer
zu verstehen,
dann bin ich im
Leben angekommen,
Welt, du wirst schon sehen.

frei übersetzt aus einem noch unbenannten Song von Quiet Place

49

„Bist du fertig?", fragte sie Rafael, der in den Flur gehetzt kam und eine Tasche neben sie stellte.

„Ja, nur noch meinen Rucksack …", nuschelte er, war jedoch ein paar Sekunden später zurück. „Ladekabel, Telefon, Kreditkarte, Pass …", murmelte er vor sich hin, als ging er innerlich eine Checkliste durch.

Sie hatte das bereits alles erledigt, allerdings auch das Glück oder das Pech, je nachdem aus welcher Perspektive man das sah, dass sie nicht so viele Sachen besaß. Max und sie hatten zwar ordentlich eingekauft, aber vieles davon hatte er bereits gleich packen lassen, sodass sie die Sachen erst in L.A. sehen würde.

Rafael war inzwischen mit seinem Rucksack fertig und schaute noch mal nach seiner Gitarre, die nur eine von mehreren war. Hier entsprach er total dem Klischee, wie sie es auch aus den von ihm verschmähten Rockstarromanen kannte. Allerdings waren die anderen Gitarren nicht hier, sondern schon unterwegs.

„Bist du nervös?", fragte sie ihn und wunderte sich darüber.

Sein Blick glitt zu ihr. „Ja … ehrlich, es ist wie Lampenfieber. Das ist vermutlich eine Macke von mir." Er verzog das Gesicht auf eine Weise, wie sie es von ihm nicht kannte und die sie total süß fand. Sie dachte an ihr Gespräch über Macken. Viele hatte sie bisher nicht feststellen können.

„Hast du sonst Lampenfieber?" Sie hatte ihn ja noch nie vor einem Auftritt gesehen.

Rafael seufzte. „Und wie. Ich habe ein paar Entspannungstechniken und wir haben ein komisches Quiet Place-Ritual."

Interessant, dazu würde sie ihn später mal befragen, aber jetzt schien er ihr zu nervös „Was kann ich für dich tun?", erwiderte sie und wollte ihn am liebsten an sich drücken, um ihm zu sagen, dass alles gut werden würde.

„Keine Ahnung. Es beruhigt mich, dass du hier bist. Hast du alles?", lenkte er sie ab.

„Ja, habe ich. Sollen wir dann?"

Er nickte.

Sie wurden im Gegensatz zu sonst abgeholt und fuhren zusammen mit Sicherheitsleuten in einem großen SUV zum Flughafen – was sie total klischeehaft fand.

„Du hast deinen vorläufigen Pass und deinen Ausweis?", fragte Rafael erneut, nachdem sie eine Weile schweigend aus der Stadt in Richtung Schönefeld fuhren.

„Ja, habe ich."

„Flugangst hattest du nicht, oder?"

„Es ist ein Weilchen her, dass ich das letzte Mal geflogen bin, aber ich hatte keine Angst."

Er nickte und wirkte immer noch nervös.

„Wird es besser, wenn wir im Flugzeug sitzen?", fragte sie ihn einfühlsam.

„Es wird besser, wenn wir in der Luft sind." Rafael seufzte. „Tut mir echt leid. Heute bin ich nicht der beste Freund."

„Du fliegst nicht gern, stimmts?"

Er schüttelte den Kopf. „Ich tue es, aber ich hatte dafür ehrlich gesagt ein paar Therapiesitzungen."

„Echt? So schlimm war es?", fragte sie erstaunt und hatte sofort noch mehr Mitleid mit ihm. Solche Dinge machten ihr tatsächlich keine Angst, dafür waren eher Spinnen und Krabbelviecher zuständig.

Er nickte. „Aber wie gesagt, du machst mich ruhiger."

So konnte sie zumindest ein bisschen von Nutzen sein. „Wie ist das bei den anderen?"

„Bei denen geht's. Rico schläft meist komplett durch, keine Ahnung wie er das macht, vielleicht möchte man es auch nicht wissen. Jordan liebt den Kick, Sana ist es einfach scheißegal und bei Kam kommt es auf den Tag und seine Laune an. Ich kann, wenn ich erst einmal fliege, auch gut schlafen."

„Und wie fliegen wir gleich? Vermutlich nicht Economy, oder?" Sie konnte sich kein bisschen vorstellen, wie die fünf zwischen anderen saßen. Dafür fielen sie dann doch zu sehr auf.

Rafael, der gerade noch rausgeschaut hatte, blickte nun zu ihr und schüttelte den Kopf. „Es kommt immer auf die Strecke an. Da wir von hier straight nach L.A. fliegen und wir offenbar der Plattenfirma genug Geld einbringen und sie außerdem Hoffnung haben, dass wir irgendwas gewinnen, stellen sie uns einen Privatjet – damit haben wir Geld gespart." Er grinste. „Aber wir fliegen auch viel erste Klasse, früher sogar Business, wobei das gestrichen wurde, nachdem eine Gruppe Geschäftsleute bei unserem Anblick förmlich ausgetickt ist."

„Klingt nicht lustig." Wobei sie das furchtbar gerne gesehen hätte. Sie stellte sich ein paar Männer und Frauen in edlen Anzügen und Kostümen vor, die nichts aus der Ruhe brachte, bis eine Rockband auftauchte, die vor Persönlichkeit nur so sprudelte. Sie musste sich ein Kichern verkneifen.

„Na ja, für uns war es nicht so schlimm, allerdings wurden die schließlich aus dem Flugzeug geworfen, was mir ein bisschen leidtat. Seitdem ist das mit der Businessklasse Geschichte."

Sie schmunzelte. „Also heute ein Privatjet?"

„Das ist ganz lustig." Er zwinkerte ihr zu.

„Das glaube ich", und schluckte, denn das versetzte sie nun auch in Aufregung.

Es dauerte eine Weile, bis sie den Flughafen erreichten. Sie wurden weiterhin begleitet, als Rafael mit ihr an der Hand zu ihrem Ziel lief.

Komisch wurde es, als sie die ersten Menschen passierten. Da sie in letzter Zeit nur selten und dann getarnt draußen in der Öffentlichkeit gewesen waren, fühlte es sich nun eigenartig an.

Glücklicherweise ignorierten sie die meisten Leute, doch dann begannen einige Menschen sie anzustarren, bis jemand förmlich Rafaels Namen schrie.

„Raaaaaaaaf!" Ein junger Mann stellte sich ihnen in den Weg und Frieda beobachtete, wie die Sicherheitsleute ihm den Weg versperren wollten.

Doch Rafael griff ein. „Schon gut, hi!" Er lächelte freundlich zu dem jungen Mann, der wohl noch keine 20 war und ein Gaming-T-Shirt trug.

„Hi, wie cool, dass ich dich treffe. Kann ich ein Foto mit dir machen?", erwiderte der Junge aufgeregt.

„Klar." Rafael spannte sich an, aber blieb freundlich. „Muss aber schnell gehen." Er trat zu dem Mann und ließ sie damit los. Er griff nach dem Handy des Mannes und machte von ihnen ein Selfie.

„So okay?", fragte Rafael ihn anschließend.

„Super, vielen Dank. Du bist mein absolutes Gitarrenvorbild!", strahlte der junge Mann.

„Oh danke, das freut mich." Ihr Freund strahlte nun zurück.

„Und ich hoffe, ihr gewinnt einen Grammy."

„Mal schauen. Drück uns einfach die Daumen."

Der Mann nickte. „Das werde ich machen. Dir und deiner Freundin viel Spaß."

„Danke", sagten sie gleichzeitig und Rafael war schon wieder an ihrer Seite und zog sie mit.

Er atmete erst in einiger Entfernung etwas durch.

„Du bist lieb", stellte sie anschließend entzückt fest.

„Ja, ich meine, auch wenn es sich komisch anfühlt, dass sie Fans von einem sind, stelle ich mir immer vor, wie ich gewesen wäre, wenn ich meine Idole treffen würde oder getroffen hätte."

„Und hast du?"

„Elvis ist leider tot, aber ansonsten schon einige. Wobei sich das bei manchen auch rausgewachsen hat."

„Verstehe, du bist auf jeden Fall lieb. Niemand wird enttäuscht sein."

„Hauptsache, du bist nicht enttäuscht", flüsterte er.

„Du könntest mich niemals enttäuschen."

Wenig später nach Check-in und Sicherheitskontrolle befanden sie sich in einer Art Wartehalle, wo Max und Fran bereits standen.

„Ihr seid die Ersten. Du warst sonst noch nie der Erste, Raf!", stellte Max fest. „Wenn wir dich nicht schon mögen würden, Frieda, wäre das spätestens jetzt der Fall."

Sie zuckte mit der Schulter. „Und dabei habe ich echt gar nichts gemacht."

„Sie hat mich beruhigt, ich bin nicht wie sonst wie ein zerstreutes Huhn herumgelaufen", erwiderte Rafael.

„Na ja, ein bisschen schon", gab sie zu.

Max und Fran lachten. „Aufgeregt?", fragte Fran nun sie.

Sie zuckte mit der Schulter. „Ich werde das Gefühl nicht los, dass er viel nervöser ist als ich."

„Raf ist immer nervös. Es legt sich, wenn er im Flugzeug sitzt", bestätigte Max Rafaels Aussage.

„Das meinte er auch."

„Dann fehlt ja nur noch der Rest."

***

Krass unterschätzt hatte sie die schlichte Tatsache wie ewig lang man von Berlin nach L.A. flog, genau wie die Tatsache, dass sie anscheinend doch aufgeregter war als gedacht, denn an Schlaf war nicht zu denken.

Als sie schließlich landeten, fühlte sie sich völlig gerädert, hatte aber zumindest das Mitleid der anderen sicher.

Es dauerte ein bisschen, bis sie die Sicherheitsvorkehrungen überwunden hatten. Schließlich waren sie durch und neue und zahlreiche Sicherheitsleute umkreisten die Band und damit auch sie. Jetzt befanden sie sich in öffentlichem

Gebiet und Frieda sah sich vorsichtig um. Dieser Flughafen war eine völlig andere Nummer als der Berliner, die Schilder waren anders, selbst die Menschen wirkten anders.

„Kleiner Tipp", murmelte ihr Sana von der Seite zu. „Einfach nur geradeaus gucken und die Leute ignorieren. Dann kommt keiner auf dumme Ideen. Wir haben ja keine Autogrammstunde, oder so."

Frieda schluckte. Rafaels Hand schloss sich enger um ihre und sie merkte warum. Fotografen, Fans und ganz allgemein Menschen warteten hinter der nächsten Tür.

„Einfach durch!", wisperte ihr Freund und sie hörte es gerade noch so über den Lärm der Leute hinweg.

Frieda holte Luft, sie passierten die Tür und die Welt schien förmlich zu explodieren. Gekreische, Blitzlichtgewitter und eine undefinierbare Masse an Menschen.

Sie konnte kaum in Worte fassen, wie beängstigend sie das fand und wie sehr sie auf einmal verstand, was Rafael ihr bisher alles über sein Leben erzählt hatte. Doch bis jetzt war alles blanke Theorie, nun wurde es Realität.

Rafael rettete sie, indem er sie mit sich zog, sie nicht losließ und noch mit ihr die Position wechselte, sodass sie nun auf der anderen Seite lief und somit halb von ihm verdeckt wurde.

Frei atmen konnte sie erst wieder im Auto, einem riesigen Van mit abgetönten Scheiben, das auf sie gewartet hatte.

„Alles in Ordnung?", fragte Rafael besorgt, der nun kein bisschen aufgeregt mehr schien. Wie angekündigt, hatte er sich bereits im Flugzeug erholt.

Frieda schluckte und wusste nicht, was sie dazu sagen sollte.

„Gib ihr ein paar Sekunden", mischte sich Sana ein, die sich nun vor ihr gesetzt hatte. Auch Kam kam noch hinzu, der Rest fuhr in einem anderen Van.

Rafael schien ihr stumm zuzustimmen und griff erneut nach Friedas Hand, die er sanft streichelte.

Sie schluckte erneut. „Das war echt krass", wisperte sie und fühlte sich so, als müsste sie gleich weinen.

Sana drehte sich vor ihr um, während Kam mit einem der Sicherheitsleute sprach. „Es ist nicht immer so", sprach sie ruhig und einfühlsam. „Manchmal lässt das Management durchsickern, wann wir ankommen. Wir sind wegen der Grammys hier, also ist das sowas wie Extrawerbung." Sie verzog das Gesicht und wirkte, als würde sie das nicht unbedingt super finden, aber keine andere Wahl haben. „Du hast das aber gut gemacht. Ricos Exfreundin damals hat viel schlimmer reagiert."

„Echt? Ich habe mir beinahe vor Angst in die Hose gemacht", murmelte Frieda.

„Sie hat damals so getan, als wäre sie der Star, hat gewunken und gelächelt." Sana kicherte plötzlich. „Weißt du noch, Raf?"

Frieda blickte zur Seite. Rafaels Mundwinkel zuckten nach oben. „Wir mussten sie davon abhalten, Autogramme zu geben."

„Oh Gott!" Frieda konnte sich das nicht mal ansatzweise vorstellen, aber fühlte sich dankbar für die Ablenkung.

„Kann man bestimmt noch irgendwo im Netz finden", fügte jetzt Kam hinzu. „Darum überlegen wir gut, wen wir mitnehmen."

„Das war glorreich." Sana kicherte. „Du hast dagegen höchstens etwas verängstigt gewirkt. Aber ehrlich, wer würde nicht so reagieren? Süß übrigens, wie du sie auf deine andere Seite geschoben hast." Sie grinste nun zu Rafael rüber.

„Ich wollte nur verhindern, dass sie Autogramme gibt", scherzte er und löste damit auch Friedas Anspannung. Sie lachten alle vier.

„Jetzt müssen wir abwarten, was sie daraus machen", wisperte sie schließlich.

„Das können wir garantiert jetzt schon live auf Twitter, in etwaigen TikToks oder Instagram-Storys sehen", erwiderte Sana angewidert und hob plötzlich ihr Telefon hoch, das eine stylische pink-lila Glitzerhülle schützte.

„Hmm!", machte sie einen Moment später und wischte ein wenig über den Touchscreen. „Ah, hier! Da ist sie ja und gleich mit tausend Fragezeichen versehen."

Rafael beugte sich nach vorne und blickte nur kurz darauf. „Ätzend …", klagte er unzufrieden.

Auch Frieda warf nun einen Blick auf Sanas Telefon. Sie erkannte sich selbst, wie sie an Rafaels Hand an den Menschen vorbeilief. „Ich hätte es mir schlimmer vorgestellt." Sie wirkte sogar halbwegs kompetent, höchstens vielleicht ein wenig grimmig.

„Wie gesagt, du hast das gut gemacht", erklärte Sana.

Frieda seufzte und wechselte das Thema. „Wohin fahren wir eigentlich? Ins Hotel?" Sie hatte keine Ahnung, Fran hatte nur von einigen Terminen gesprochen, die aber nie Frieda betrafen, weswegen sie nicht zugehört hatte.

Alle drei sahen zu ihr. „Hast du sie nicht informiert?", fragte Sana vorwurfsvoll Rafael.

„Upps, das Thema hatten wir irgendwie nie …"

„Was denn?" Frieda runzelte die Stirn, weil sie nicht einschätzen konnte, was das bedeutete.

„Sie wollen dir sagen, dass wir Geld für ein Hotel sparen, indem wir alle bei mir übernachten." Kam zwinkerte ihr zu.

„Bei dir?", fragte sie überrascht.

„Ja, ich besitze ein Haus in den Hills, genauer gesagt sogar in Beverly Hills."

„Oh, wow." Mit einem Schlag kam die Aufregung zurück, denn damit hatte sie wirklich nicht gerechnet und versuchte nicht an all die Realityshows zu denken, wo Leute immer in irgendeiner L.A.-Villa übernachteten.

„Das beeindruckt sie mehr als deine Bude", ärgerte Kam Rafael.

„Pff, ich habe ja nicht nur diese Bude. Sie weiß es nur noch nicht." Jetzt grinste auch ihr Freund.

Sana verdrehte die Augen. „Wird das jetzt vor ihr ein Wettbewerb, wer statt des größten Schwanzes das größte Portfolio an Häusern und Wohnungen hat?"

Frieda hustete los und kicherte dann.

„Du könntest gut mithalten, Drumbaby", nervte Kam sie. Sana hasste diesen Spitznamen und Frieda hatte schon oft gesehen, wie Sana jedes Mal auf Kams Arm als Rache schlug.

„Ja, ich weiß, aber ich muss nicht angeben", erwiderte sie anschließend.

Frieda räusperte sich und schaute zu Kam. „Also du besitzt hier ein Haus ..."

„Offensichtlich." Sana schmunzelte.

„Rico besitzt auch eines, da übernachtet der Rest."

„Wir sind also unsere Manager los." Kam seufzte.

„Und du ..." Sie drehte sich zu Rafael. „Eine Wohnung in Berlin, ein Haus in Norddeich, was nebeneinander mehr als bescheuert klingt, und sonst?"

„Und dann noch zwei Wohnungen in New York", mischte sich Sana ein.

„Zwei?", quietschte sie förmlich.

Rafael errötete. „Ja, die eine lasse ich gerade sanieren und verkaufe sie wieder. Geldanlage. Die andere nicht. Ich hatte noch mehr aus dem Erbe meines Vaters, aber den Rest habe ich verkauft."

Frieda schüttelte den Kopf und kuschelte sich dann an ihn. „Krass, am liebsten würde ich sie mir ansehen."

„Irgendwann bestimmt", wisperte er in ihr Ohr und sie konnte endlich ein wenig entspannen und die fremde, riesige Stadt auf sich einwirken lassen.

„Frieda ..." Sie zuckte zusammen und öffnete erschrocken die Augen. Rafael lächelte. „Du bist eingenickt."

Sie gähnte. „Ich habe im Flugzeug kaum geschlafen."

„Das hast du nun ein bisschen nachgeholt. Komm, gehen wir rein, unser Gepäck ist schon dort und vielleicht finden wir irgendwo Kaffee." Er zwinkerte ihr zu und sie bemerkte, dass sie allein im Auto saßen. Dann schaute sie sich um und starrte auf den schwarz-weißen, modernen Bau, der sich vor ihr auftat. „Wow!"

„Genau wie in all den Filmen, Serien und Dokumentationen über Häuser in L.A.", spottete Rafael los.

„Ihr nennt Kam aber nicht zufällig Housewife of Beverly Hills? Oder besser Housesinger."

Rafael lachte los. „Bisher nicht, aber den werde ich mir merken."

Sie reckte sich ein wenig, dann folgte sie Rafael. Draußen war es angenehm warm. Sie befanden sich auf einer privaten Einfahrt, hinter ihnen war das Tor bereits geschlossen.

Rafael führte sie ins Haus, um das sich ein künstlich angelegter Wasserlauf zog, was sie so noch nie gesehen hatte.

Im Haus fühlte es sich merklich kühler an und sie musste daran denken, dass in den USA ganz im Gegensatz zu Deutschland Klimaanlagen üblich waren, als sie von der in hellem Holz und Marmor gehaltenen Eingangshalle direkt auf die andere Seite anscheinend zum Hauptraum liefen, wo sie einen Pool durch die breite durchgängige Fensterfront entdeckte. „Cool!", wisperte sie.

„Der Pool?", flüsterte Rafael.

Sie nickte.

„Der Ausblick allerdings geht auf ein paar Bäume und eine bepflanzte Wand, damit die Nachbarn vor uns und wir von ihnen geschützt sind. Dahinten ist eine Ecke, in der du auf die Stadt schauen kannst. Es gibt definitiv Häuser mit besserem Ausblick", erzählte Rafael, worauf sie noch gar nicht geachtet hatte. Dass sie jetzt nicht den erwarteten L.A.-View bekam, fand sie nicht schlimm.

„Ich habe das Haus nicht wegen des Ausblicks gekauft", schlich sich Kam plötzlich von der Seite an. „Sondern wegen der Lage."

Rafael verdrehte die Augen.

„Es ist toll", meinte Frieda nun zu ihm.

Kam lächelte. „Danke! Also da ist die Küche und was so dazu gehört, da ist eine von tausend Sitzgelegenheiten, dahinten befindet sich der Esstisch. Es gibt auch eine Außenküche. Hier hinten findest du ein Musikzimmer, laut Rafael ist es kein Studio." Kam deutete in die verschiedenen Richtungen, doch sie kam gar nicht so schnell mit.

Ihr Freund schnaubte. „Ist es nicht."

„Außerdem gibt es noch ein Fitnessstudio. Eine Etage höher befindet sich das Medienzimmer und die vier Gästezimmer samt kleinen Terrassen. Eine weitere Etage darüber befindet sich mein Schlafzimmer und eine riesige Dachterrasse. Ich glaube, das war es in Kürze."

„Ja, war es. Ich habe ein Zimmer ausgesucht, ist das okay?", fragte Rafael sie.

„Klar!" Frieda seufzte und schaute wieder raus. „Zeigst du es mir?"

„Auf jeden Fall. Schwimmen können wir später noch."

Sie kicherte. „Mal schauen."

Kam lachte. „Macht, was ihr nicht lassen könnt, ich will aber weder irgendwo IRGENDWELCHE Flecken noch zerstörtes Inventar und erst recht kein zerstörtes Bett."

„Ich garantiere für nichts." Rafael grinste nun breit.

Frieda lief rot an, aber Rafael zog sie bereits weiter und eine schicke Treppe nach oben. „Dahinten schläft Sana, sie wollte Abstand haben", deutete er in die andere Richtung.

„Was hast du ihnen bloß erzählt?"

„Nichts? Aber wir sind jung und schwer verliebt, sie wissen, wie das läuft."

Frieda schüttelte den Kopf. „Zeig mir schon das Schlafzimmer."

Sie gingen einen eleganten Flur entlang und nahmen eine Abzweigung, bis sie schließlich in einem wunderschönen Zimmer standen.

„Kein Ausblick", kicherte sie und starrte auf den bewachsenen Berg vor ihrem Fenster. Das Zimmer musste wohl irgendwo seitlich liegen.

„Nein, aber ich mag das Zimmer, es ist etwas größer und der Ausblick friedlich."

Damit hatte er recht. Es war nicht erdrückend, sondern hatte durch das Grün eher etwas von Wald oder Dschungel, was beides nicht so richtig als Beschreibung passte.

„Da ist der begehbare Kleiderschrank, dort unser eigenes Bad", deutete er in zwei verschiedene Richtungen.

Das Schlafzimmer war nicht winzig und das Bett mit edler heller Bettwäsche versehen, wobei ihr gleich etwas auffiel.

„Nur eine Bettdecke …"

„Typisch hier. Finde ich ehrlich gesagt nicht schlimm."

Sie hörte die Belustigung in seiner Stimme und schaute zu ihm.

„Ich auch nicht." Sie lächelte.

„Schön, du hättest eh keine Wahl, außer wir holen noch die riesige Decke aus einem der anderen Schlafzimmer.

Sie schüttelte den Kopf. „Nein, schon gut", und lief zum Bad, das mehr oder minder fast komplett aus Marmor bestand. „Kam mag Marmor?"

„Keine Ahnung, ich glaube, das ist hier einfach Standard. Nicht so dein Stil?"

„Es ist ziemlich protzig, oder?"

„Auf jeden Fall!", merkte er an. „Als ob sie einen ganzen Steinbruch verbaut hätten."

Sie stimmte zu. Ansonsten war das Bad jedoch wahnsinnig toll. Es gab eine große Dusche, die man von zwei Seiten begehen konnte, zwei Waschbecken und einen Zugang zu einer kleinen Terrasse, wie Kam schon angekündigt hatte.

„Hier ist der Ausblick", staunte sie, als sie raustrat und plötzlich über die typische L.A.-Kulisse schaute.

„Ja, hier ist er besser. In dem Schlafzimmer nebenan hat man den auch. Da oben liegt Kams Schlafzimmer. Und da ist Sanas Terrasse."

Sie sah nach rechts. „Echt schön, wenn auch unwirklich."

„Das kann man generell von L.A. sagen. Ich bin meistens froh, wenn ich wieder weg bin. Manche lieben es heiß und innig, mir war es irgendwie schon immer zu künstlich."

Sie dachte darüber nach. „Magst du deswegen Ostfriesland? Weil es so ungekünstelt ist?"

„Das kann gut sein." Er lächelte. „Aber am meisten mag ich die Menschen. Sie sind wortkarg und man denkt, dass sie einfach gestrickt wären, dabei sind sie tief wie das Meer."

Frieda schmunzelte. „Schöne Worte, Vandale!", und küsste ihn dann endlich.

50

Den Tag blieb terminfrei und sie hatten ihn zu viert mit leckerem Essen genossen, das ein Privatkoch für sie zubereitet hatte, was Frieda kapieren ließ, wie reich sie alle sein mussten, weil sich niemand außer sie darüber wunderte. Anschließend hatten sie einen Film geschaut und waren anschließend nachts noch in den Pool gesprungen, was lustig gewesen war. Auch den Whirlpool hatte sie getestet und Frieda musste sagen, dass sich das alles wirklich wie Urlaub anfühlte.

Am nächsten Morgen änderte sich das jedoch und sie fühlte sich, wie von einem Bus überrollt, als Rafael aus dem Bad trat, während sie sich gerade anzog.

„Jetlags sind scheiße!", knurrte sie.

Er lächelte. „Ich weiß, dich hat es voll erwischt, hmm?"

„Ich habe fast die ganze Nacht nicht geschlafen und den Flug auch nicht", jammerte sie.

„Armes Schätzchen", wisperte er und nahm sie in den Arm. „Möchtest du lieber hierbleiben und versuchen, noch ein bisschen zu schlafen?"

Sie schüttelte den Kopf. „Nein, ich will noch was anderes sehen als das Haus."

„Du musst dafür aber nicht mit. Wenn du willst, stellen wir jemanden ab und du guckst dir die Stadt an oder den Strand. Dann kannst du mir erzählen, wie anders es hier ist im Gegensatz zu Ostfriesland."

„Nein, ich bin lieber bei dir oder willst du nicht, dass ich mitkomme?" Sie wollte die Stadt nicht ohne ihn erkunden, und musste auch zugeben, dass sie ein wenig Angst hatte, hier in einem fremden Land mit einer ihr fremden Sprache verloren zu gehen.

Die Grammys fanden bereits morgen Abend statt und das bedeutete, dass Rafael proben musste. Sie wollten noch einmal kurz in irgendeinem Studio ihr Set für morgen durchgehen, bevor es zu einer Probe am Veranstaltungsort ging.

„Klar, möchte ich, dass du mitkommst. Ich habe dich gern bei mir." Er gab ihr einen Kuss auf die Schläfe, der ihre Laune um einiges verbesserte.

Sie fuhren wenig später los und ihr wurde ein Umstand sofort bewusst, der neben dem Wetter anders war: Paparazzi … Sie lauerten überall und Frieda wurde klar, was Rafael damals mit dem Unterschied zu Berlin gemeint hatte.

Er war deutlich und sie hatten keine Ruhe. Nach der ersten Probe in einem coolen Studio gingen sie noch alle inklusive Fran und Max in einem schicken Restaurant essen und allein das kurze Stück zwischen Auto und Restaurant raubte ihr den Atem.

„Das ist verstörend!", murmelte sie, als sie am Tisch saß und in der Entfernung die Fotografen draußen lauern sah.

„Und nervig", stimmte Fran zu. „Aber jetzt sind auch gerade alle in der Stadt und es gibt Hotspots, wo immer Promis sind."

„Wie vor guten Restaurants", seufzte Jordan.

Sana stöhnte. „Mich nervt nur das Geschrei."

„Und dabei bist du Krach gewohnt, Drumbaby", ärgerte Kam sie, was Sana ihn mal wieder schlagen ließ.

„Also ist es nicht immer so?"

Alle schüttelten den Kopf.

„Ist es nicht", bestätigte Rafael, der neben ihr saß und lässig einfach nur ein T-Shirt und eine schwarze Jeans trug. „Und du siehst toll aus."

„Er hat Angst vor der Fashionmeute", lachte Sana. „Aber er hat recht. Gut gemacht, Max!"

Der deutete eine Verbeugung an und aß weiter seine Pasta.

Frieda atmete durch und war zumindest in der Hinsicht erleichtert. Sie hatte sich heute Morgen für einen lässigen Look entschieden und trug weite hellblaue Jeans, die sie mit einem teuren ärmellosen Oberteil kombiniert hatte. Auch sie dankte Max noch einmal im Stillen und dachte an die Situation vorhin, wo Rafael wieder Hand in Hand mit ihr gelaufen war. Zumindest schien damit der Welt deutlich zu werden, dass sie nur ein Paar sein konnten. Außerdem hatte sie für sich beschlossen, sich nur in Maßen Nachrichten und Social Media zu geben, um sich selbst vor schlechten Nachrichten und Kommentaren zu schützen.

„Sprecht ihr eigentlich immer Deutsch, wenn ihr unter euch seid?", fragte sie weiter. Frieda hatte inzwischen mitbekommen, dass alle Englisch genauso gut sprechen konnten, aber das nur anwandten, wenn sie mussten.

„Ist praktischer. Nicht jeder versteht uns und wir können besser lästern", raunte Kam ihr zu, der gegenübersaß.

Sie kicherte. „Das ist natürlich schlau."

„Wenn du nicht willst, dass man dich versteht, sprich plattdeutsch", scherzte Rafael.

„Pff, so gut spreche ich das nicht, ich verstehe aber alles. Ich könnte dich natürlich mit plattdeutschen Schimpfwörtern beschimpfen, wenn du mich ärgerst. Du Sabbelmors!"

Kam prustete so unerwartet los, dass ihm Wasser durch die Nase kam, auch die anderen lachten, was Frieda grinsen ließ.

„Mach solche Scherze nicht bei Presseterminen", kicherte Fran.

Frieda grinste. „Dann hoffen wir mal, dass mich einfach niemand ärgert." Sie blickte zu Rafael, der weiterlachte.

Nach dem Essen fuhren sie zur Arena, in der die Grammys morgen Abend stattfinden würden und Frieda staunte einmal mehr, als sie alle zusammen die Halle betraten und kurz von einer Frau über den Zeitplan und so weiter gebrieft wurden.

Schließlich standen sie im Saal und warteten, als eine Stimme laut und deutlich „Quiet Place", rief. Frieda drehte sich um und erkannte den Sänger, der nun auf sie zutrat, sofort. Slay war einer der Newcomer des letzten Jahres, und auch wenn er ein Countrysänger war, hatte er in Deutschland durch seine verrückten Wildwestvideos durchaus zweifelhaften Ruhm erlangt. Außerdem trug er darin und bei Auftritten als Markenzeichen immer einen Pistolengürtel, warum wusste sie nicht. Immerhin den hatte er heute weggelassen. Der Rest begrüßte ihn, anscheinend kannten sie ihn also schon. Doch ihr fiel sofort auf, dass keiner von ihnen so richtig begeistert wirkte, Sana blieb reserviert und das schien ihr kein gutes Zeichen zu sein.

Schließlich trat Slay auf Rafael und sie zu.

„Das ist also deine Freundin, die so durch die Medien geistert?", lachte der Typ und sprach logischerweise Englisch.

„Das ist Frieda", stellte Rafael sie vor, aber klang ein bisschen drohend.

„Hi!", begrüßte der Typ sie nun und grinste breit, sodass sich ein Goldzahn zeigte, was sie irgendwie ekelhaft fand.

„Hi!", antwortete Frieda. Bisher war sie von niemandem groß angesprochen worden, dass Slay es nun tat, machte ihr bewusst, wie selten sie Englisch sprach und wie wenig sie es konnte, während Rafael es als zweite Muttersprache perfekt beherrschte.

„Seid ihr gleich dran?", fragte er Rafael danach.

„Ja", antwortete der knapp.

„Na dann viel Spaß, ich muss los. Wir sehen uns." Damit verschwand er auch samt einer kleinen Abordnung an Menschen, die ihn anscheinend begleiteten.

Frieda atmete automatisch durch, auch wenn sie keine Ahnung hatte, warum.

„Ich mag ihn nicht", murmelte Sana nun.

Kam schnaubte. „Er ist ein eingebildeter Poser, der meint, nur weil zwei Singles gut liefen, er gleich der nächste Superstar ist und mit uns abhängen kann."

Fran verdrehte die Augen. „Also wie euer Verhalten, nach euren ersten zwei Songs."

Kam grinste sie an. „Wir waren es zurecht."

„Das stimmt", schmunzelte Fran und ließ damit auch Frieda und den Rest grinsen.

„Er wirkt allerdings nicht besonders charmant, ihr schon", ergänzte die Managerin.

„Danke Franie!" Rico drückte sie und Fran verzog das Gesicht.

Max lachte nun. „Das hast du davon, wenn du schleimst!"

„Verschwindet einfach auf die Bühne. Ihr seid dran."

„Kann ich dich allein bei Fran lassen?", fragte Rafael lieb.

„Klar. Ich weiß ja, wo du bist."

Rafael lachte und ließ sie mit Fran zurück, die ihnen sanft hinterherschaute.

„Waren sie am Anfang wirklich so?", fragte sie leise, während Max den fünf folgte.

„Sie waren nicht so schlimm, aber sie waren ja auch immer zu fünft. Slay ist ein anderer Schlag, einer von der Sorte, bei dem man sich als Frau in Acht nehmen muss. Und von seinem bescheuerten Gürtel." Fran verdrehte die Augen.

„Ich habe das schon an Sana gemerkt."

„Könnte Sanas nächstes ‚Opfer' werden." Fran lachte leise. „Dann hat der Junge nichts mehr zu lachen."

Frieda kicherte, denn das konnte sie sich sofort vorstellen.

„Komm mit, ich zeig dir deinen morgigen Platz."

Frieda folgte ihr und versuchte ruhig zu bleiben. Die meisten Menschen, die hier arbeiteten, hielten Abstand und die meisten schauten sowieso wenn, dann in Quiet Places Richtung. Viele staunten oder wirkten begeistert, was ihr einmal mehr deutlich machte, wie bekannt die Band eigentlich war.

„Ist was?", fragte Fran plötzlich.

Frieda hatte offensichtlich geträumt. „Alles ein bisschen eigenartig." Und zu groß und zu viel.

„Jetlag, Hollywood und Quiet Place – gefährliche Kombination. Damit wird einem alles leicht zu viel." Sie lächelte verständnisvoll.

„Ja, mag sein. Außerdem merke ich, dass Englisch nicht meine Sprache ist."

Fran schien zu verstehen. „Meine auch nicht, unzählige Kurse und einfach viel Gebrauch machen das weg. Du brauchst dich nicht schämen, niemanden stört das. Das hier ist übrigens dein Platz und deutete auf einen Sitz neben ihr, den Frieda nun betrachtete. Sie saß nicht ganz am Rand, sondern auf dem zweiten Platz daneben. Auf dem äußeren Stuhl hing Rafaels Name und auf Friedas anderer Seite der von Jordan. Über ihnen saßen Kam, Sana und Rico.

„Uff", wisperte sie.

„Gefällt dir der Platz?"

Sie zuckte mit der Schulter, für eine Meinung fühlte sie sich immer noch zu überfordert. Allerdings war ihr klar, dass sie gut saßen, inmitten aller anderen Musikgrößen, wobei sie auf die anderen Schilder lieber erst gar nicht schaute.

Fran trat einen Schritt näher. „Wenn du das Gefühl hast, dich nicht wohlzufühlen, musst du auch nicht mit. Ich glaube kaum, dass Raf böse wäre, wenn du lieber zu Hause bleibst. Glaub mir, von allen fünf ist er derjenige, der auch am liebsten zu Hause bleiben würde, es aber nicht kann, weil das hier sein Job ist."

Das glaubte sie ungesehen. Sie wusste inzwischen genug von ihm, dass er das öffentliche Leben mit Presse und so weiter nicht unbedingt mochte. Er liebte Musik.

„Hey!" Slay stand plötzlich wieder neben ihr und Frans Gesicht verdüsterte sich unmerklich.

Wollte der Typ nicht eigentlich gehen?

„Es ist echt süß, dass Raf seine Freundin mitbringt. Er ist sonst immer der, der irgendwo allein auftaucht und alleine geht. Warst du der Grund dafür?" Er musterte sie von oben bis unten.

„Das kann sein", äußerte sie sich in brüchigem Englisch und war froh, dass sie ihn immerhin verstand. Sie lenkte sich ab und schaute auf die Bühne, wo Rafael inzwischen seine Gitarre stimmte.

„Ah, du kommst nicht von hier, oder? Das erklärt einiges." Slay grinste. Was wollte er ihr damit sagen? Doch sie wusste so schnell keine gepfefferte englische Erwiderung, die sie im Deutschen definitiv parat gehabt hätte.

„Sie kommt aus Deutschland, genau wie der Rest", mischte sich Fran nun mit einem leicht drohenden Unterton ein.

„Die zumindest in Rafs Fall noch halb Amerikaner sind", erwiderte Slay und ließ es so klingen, als ob nur das wirklich zählte.

„Ist das nicht egal, woher ich komme?", fragte Frieda jetzt verwirrt, um nicht die ganze Zeit zu schweigen.

„Ist es", meinte Fran.

Der Typ sagte nichts und grinste nur. „Süß! Falls Raf dir zu langweilig wird, kannst du gerne vorbeikommen. Ich habe immer einen Platz in meinem Haufen frei." Was auch immer er mit ‚Haufen' meinte, wollte sie nicht wissen.

Frieda und Fran schnappten nach Luft, doch Frieda kratzte ihr letztes bisschen Englisch zusammen. „Sorry, ich steh leider auf Gitarristen."

Slay lachte, sagte aber nichts und verschwand glücklicherweise.

„Ekelig", murmelte sie.

„Glaub mir, die Branche ist voll von solchen Typen. Sie tun so schleimig und meistens sind sie Schweine. Frauen, die es hier überleben, sind entweder unfassbar taff, tragen irgendwelche Schäden davon oder hatten viel Glück und immer die richtigen Leute um sich. Sana hat es manchmal nicht leicht, aber sie ist eine Mischung aus Taffheit und den richtigen Leuten. Die Jungs passen auf sie auf, gerade wenn es heftig wird. Außerdem kämpft sie für bessere Bedingungen."

Sie nickte, denn das war ihr schon aufgefallen

Fran verstand. „Sie lieben einfach, was sie tun. Alle fünf leben für die Musik und trotz mancher Ausschweifung ist es ihnen im Grunde nicht zu Kopf gestiegen."

Frieda seufzte. „Mögen sie sowas hier? Also solche Veranstaltungen? Partys? Keine Ahnung, was noch dazu gehört." Zumindest alles, was für sie gerade beängstigend wirkte.

„Kam schon, er ist eine Rampensau. Er liebt Frauen, aber er passt auf, was ich ihm auch geraten haben will. Meine Arschtritte sind legendär. Rico und Jordan haben sich arrangiert. Sana lässt ihre Taffheit raushängen und hat schon die ein oder andere Prügelei angezettelt, was sie nicht so schlimm findet. Raf, wie gesagt, ist noch der ruhigste, seine Ausschweifungen hielten sich bisher in Grenzen." Fran verstummte und sah zu ihr.

Sie schluckte und fragte sich einen Moment, was sie wohl alles nicht wusste? Woher hatte Rafael so viel Erfahrung? Gab es tatsächlich keine wirkliche Freundin vor ihr? „Nun habe ich Fragen."

„Vielleicht fragst du ihn, ich denke nicht, dass er dir was verschweigen wird. Keine Sorge, er ist wirklich ein guter Typ und ich glaube, alles, was so vorgefallen ist, hatte indirekt mit dir zu tun, wenn er traurig war."

Sie blickte nun runter zur Band, wo Rafael immer noch dabei zu sein schien, seine Gitarre zu stimmen. Plötzlich sah er auf und in ihre Richtung. Als er sie entdeckte, strahlte er förmlich und ihr Herz schmolz. Sie lächelte zurück und beherrschte sich, nicht zu winken.

„Siehst du, das meine ich. Für ihn ist es jetzt besser, weil du hier bist", flüsterte Fran. Diese wandte sich nun ab, weil zwei Leute mit ihr etwas besprechen wollten. Frieda hörte nicht wirklich zu, sondern betrachtete immer noch Quiet Place, die nun einen Durchgang ihres Auftritts absolvierten.

Es klang in ihren Ohren gut, aber Rafael runzelte anschließend die Stirn und es gab noch einen Durchgang, nachdem wohl einige Einstellungen verbessert worden waren.

,Black Wave' klang durch die Halle und wieder schaute Rafael sie an. Bei manchen Songs machte er das oft und auch wenn sie es nicht wusste, ahnte sie, dass das immer die Songs waren, die irgendetwas mit ihr zu tun hatten, was ihr Herz klopfen ließ.

Plötzlich bemerkte Frieda eine Stimmungsschwankung. Sie drehte sich um und entdeckte hinter sich eine kleine Gruppe Frauen, von denen einige total aufgedonnert wirkten. Doch ihr Blick fiel auf die Frau, die sie anführte. Elsa Green, eine bekannte Popsängerin, deren Lieder Frieda mochte und zu denen sie auch schon oft getanzt und gesungen hatte. Sie trug einen Hoodie und weite helle Jeans, ein Outfit, das sie noch nie an ihr gesehen hatte. Elsa war der Typ Star, die sonst immer mit bunten Kleidern ihren dunklen Typ in Szene setzte.

„Hi!", sprach diese nun und lief weiter. Der Rest folgte ihr, nur eine Frau blieb bei Fran stehen.

„Fran! Wie schön dich zu sehen, du siehst großartig aus."

„Hi Dee, auch schön dich zu sehen", antwortete diese.

„Danke! Wie machen sich Quiet Place?", fragte sie.

„Ah, sie proben noch, aber ich denke, sie sind gleich fertig. Ist Elsa dann dran?"

„Ist sie. Aufregend, oder? Wie morgen wohl alles ausgeht? Ihr habt gute Chancen", meinte Dee zu Fran. Frieda versuchte nicht zu offensichtlich zu lauschen und blickte weiterhin zu Quiet Place.

Fran zuckte mit der Schulter. „Wir werden sehen und erwarten alles oder nichts."

„Guter Plan, so machen wir es auch." Dee schien damit wohl die Managerin von Elsa zu sein „Sie ist aufgeregt", murmelte Dee jetzt zu Fran. „Wie ist es bei ihnen?"

„Sie sind froh, wenn es vorbei ist", gluckste Fran und Frieda schmunzelte, denn so war es vermutlich.

Sie spürte plötzlich, dass Dee zu ihr starrte, Fran drehte sich zu ihr um. „Das ist Frieda, Rafs Freundin", stellte sie sie vor.

„Oh! Hi, schön dich kennenzulernen." Dee reichte ihr lächelnd die Hand.

„Danke, ebenfalls", antwortete Frieda und schüttelte sie. Dee schien sympathisch und wirkte wie eine andere Version von Fran.

In diesem Moment hatte Quiet Place ihr Set durchgespielt und irgendjemand bedankte sich laut bei der Band, was Frieda zurück zu ihnen schauen ließ.

Kam scherzte mit den anderen und Sana spielte dazu einen Tusch, was auch Rafael grinsen ließ.

Er schaute wieder zu ihr nach oben und machte eine Geste, die besagte, dass sie zu ihm kommen konnte.

„Dein Typ wird verlangt!", sprach Fran belustigt.

„Ich gehe dann mal", antwortete sie und schob noch ein „Bye", hinterher.

Sie versuchte nicht zu gehetzt auszusehen, aber war doch froh, als sie zur Bühne kam. Rafael war ihr ohne seine Gitarre schon entgegengelaufen und hatte dabei Elsa und ihre Gruppe passiert, die ihm jetzt fast alle nachstarrten, wie Frieda feststellte.

„Hey!", sagte sie sanft.

Er hatte Ohrstöpsel getragen, die er nun rausnahm. „Hey, wie klang es?"

„Die zweite Runde war besser." Sie lächelte.

„Ja, es war anfangs irgendwie unausgeglichen." Er seufzte. „Hoffen wir mal, dass es morgen nicht zu dämlich klingt", murmelte er, kniete sich nieder und streckte ihr seine Hand entgegen. „Du wolltest doch bestimmt immer schon mal auf die Bühne."

Ein Schmunzeln huschte über ihr Gesicht. „Bis jetzt nicht, aber wer könnte dir schon widerstehen?"

Er lachte leise und zog sie zu sich rauf. „Niemand. Komm mit und schau." Er zog sie über die Bühne vorbei an einem grinsenden Kam an die Stelle, wo er vorhin noch gestanden und gespielt hatte. „Das ist die Aussicht."

Sie schaute sich um und betrachtete den Bereich der Zuschauerinnen und Zuschauer. Leute beobachteten sie. Es waren längst nicht so viele, wie in die Halle passten, aber schon genug, um Frieda unwohl schlucken zu lassen. „Ich verstehe echt nicht, wie man das vor Leuten machen kann, ich fühle mich wie gelähmt." Sie drehte sich zu Rafael.

„Ich liebe Musik." Er zuckte mit der Schulter. „Genau wie ich dich liebe."

„Und das wars?"

„Hmm, es ist auch cool zu sehen, wenn Menschen wegen unserer Songs in einen Rausch geraten."

Sie lächelte, denn das konnte sie verstehen. Vermutlich machte genau das den Unterschied aus. Er mochte vielleicht keine Rampensau wie Kam sein, aber er liebte es, wenn auch andere Menschen seine Songs liebten.

„Dieses Bühnensetting ist zum Kotzen", brummte Sana plötzlich hinter ihnen.

„Nett sein, Sana", schmunzelte Rafael.

Sie knurrte nur. „Und dann muss ich noch ein Interview geben, weil es so erstaunlich ist, dass ich eine Frau bin … dabei sind die Hälfte aller Menschen Frauen."

Frieda grinste sie an. „Tja, aber nicht viele können so hervorragend Schlagzeug spielen."

Sana lächelte jetzt zurück. „Das stimmt, danke Frieda. Du bist wenigstens hilfreich."

Rafael verdrehte die Augen.

„Oh nein, Elsa und ihre Crew …" Sana stöhnte leise. „Warum bringt sie bloß immer eine Horde Frauen mit?"

„Vielleicht damit man sie in Ruhe lässt?", vermutete Frieda und konnte das verstehen. Gerade als Frau fühlte man sich mindestens zu zweit viel sicherer. Wenn dann Typen wie Slay kamen, konnte man sie schnell und einfach abservieren.

„Kann sein. Kam will heute Abend übrigens eine Party schmeißen …", wandte Sana sich nun wenig begeistert an Rafael.

Rafael stöhnte und Frieda sah zu ihm. „Muss ich mir darüber Sorgen machen?"

„Ist meistens chillig mit lauter Musik", antwortete Sana. „Schließt allerdings euer Zimmer ab, damit sich niemand dahin verzieht." Sie zwinkerte Frieda zu, dann schien sie etwas zu entdecken. „Oh, mein Interviewpartner ist da … bis später."

Frieda schaute ihr nur kurz nach. „Muss ich mir Sorgen machen?"

„Keine Ahnung, man weiß bei Kam nie." Rafael ergriff nun ihre Hand und guckte sich um. „Ich glaube, wir können verschwinden, sonst wäre hier schon jemand aufgetaucht, um noch irgendwas besprechen zu wollen."

Kam ging auch gerade in Richtung Rand. Ihm folgten sie nun.

„Hast du Elsa gerade schon kennengelernt?", wisperte ihr Freund.

„Nein, sie ist an mir vorbeigelaufen, der Rest hat mich angestarrt."

Rafael nickte. „Elsa wollte mal ein Date, nur zu deiner Info. Ich habe abgelehnt und sie hatte das Date mit Kam. Es ist nichts draus geworden, aber angeblich war es heiß." Er verdrehte die Augen.

Frieda räusperte sich. „Alles klar."

„Du bist mir viel lieber", schleimte er nun, was sie lächeln ließ. Trotzdem wurde ihr klar, dass sie wohl langsam mal das Gespräch zu diesem Thema führen mussten. Vielleicht fanden sie dafür später einen ruhigen Moment.

„Hi Raf!", rief Elsa nun und lächelte.

„Hallo!", begrüßte Rafael alle, blieb aber im Abstand zu ihnen stehen und zog Frieda an seine Seite. „Und schon bereit für die Grammys?"

„Das wird ein harter Kampf in den großen Kategorien", sagte Elsa lächelnd.

„Ja, das stimmt." Rafael spannte sich ein wenig an und sie fragte sich, was das bedeutete. Frieda wusste, dass sie im Bereich Rock nominiert waren, wusste aber nicht, ob Elsa auch darunterfiel. Mit den großen Kategorien meinte sie vermutlich das beste Album, den besten Song und den besten Record. Es gab auch noch die Wahl zum besten Newcomer, aber da fielen sowohl Elsa als auch Quiet Place raus.

„Und du bist auch noch in der Kategorie ‚bester Song‘ nominiert?", fragte Elsa erneut, während sich ihre Entourage nun mit Kam unterhielt.

„Für ‚*Black Wave*‘", bestätigte er.

„Der Song ist der Wahnsinn, ich glaube, der hat gute Chancen. Du schreibst nicht zufällig auch Songs für andere?", sagte sie mit einem Augenzwinkern, was schon nahe am Flirten war.

Rafael schüttelte den Kopf. „Nein, sorry. Die bleiben exklusiv meine Songs." Er lächelte nun zu Frieda, was sofort ihren Puls erhöhte. Da die meisten Songs über sie waren, konnte es nur so sein.

Rafael

Elsa wollte einen Song von ihm. Innerlich ließ ihn das Seufzen, denn sie war nicht die Erste mit diesem Wunsch. Rafael hatte das schon viel zu oft gehört, selbst das Label versuchte ihn immer mehr zu drängen, Songs abzugeben.

Frieda neben ihm schien verwirrt, doch er hatte ihr bisher auch verschwiegen, dass er allein für den besten Song nominiert war, weil dieser Preis immer nur an diejenigen ging, die den Song geschrieben hatten. ‚Black Wave‘ war sein Baby, und so stolz er sich auch fühlte, dafür nominiert zu sein, erhöhte es den Druck gewaltig.

„Raf?" Max unterbrach sie glücklicherweise. „Sie wollen noch ein Interview."

Selten fühlte er sich so erleichtert darüber. Er blickte wieder zu Frieda. „Kommst du mit?"

Sie nickte nur.

„Wir sehen uns, Elsa."

Die lächelte jetzt eher angespannt und warf einen fragenden Blick zu Frieda, den er einfach ignorierte. „Bye", sagte sie schließlich.

Frieda und er sagten auch noch mal unisono „Bye" und verschwanden dann hinter Max.

„Keine Sorge, sie ist eigentlich in Ordnung", murmelte er.

„Okay. Nur die Blicke ..."

„Ja, die werden wohl noch bleiben."

Sie wirkte plötzlich angespannt und er ahnte, warum. „Du willst wissen, wer mich ansonsten noch so daten wollte?", riet er.

Sofort entspannte sie sich. „Es wäre vielleicht hilfreich zu wissen."

Da gab er ihr recht. „Später?"

Sie nickte erneut. „Nur wenn du willst."

„Erzählst du mir dann alle Details von dem Surfer und dem schnöseligen Typen?"

461

Sofort stöhnte sie. „Da gibt's nicht viel zu erzählen. Der erste war ein Jahrgang über mir und die Beziehung kurz, er hat das Surfen mir gegenüber vorgezogen und der zweite war keine Beziehung, weil ich immer mehr dich wollte", murmelte sie.

Spontan blieb er stehen und drehte sich um. Ihr Blick sagte ihm, dass es ihr immer genauso gegangen war wie ihm.

„Ich hatte keine Beziehung, nur zur Musik, dafür vier oder fünf One-Night-Stands, um mich abzulenken, und habe sie alle bereut. Zwei Mal habe ich jemanden gedatet. Die erste war eine Mitarbeiterin des Labels, die viel mehr wollte als ich, die zweite war eine Tänzerin auf unserer ersten Tour. Bei beiden konnte es nie mehr werden, weil ich immer dich im Kopf hatte." Er lächelte jetzt und sie lächelte zurück. Sie wirkten beide erleichtert und er küsste sie schnell, bis sich Max räusperte.

„Leute, bitte …"

Rafael seufzte. „Sorry, muss arbeiten", wisperte er.

„Schon okay, merken wir uns, wo wir waren."

Sie schauten sich in die Augen und er bereute es nicht einen Moment lang, immer auf sie gewartet zu haben.

51

„Was denkst du gerade?", murmelte Rafael in ihr Ohr, als sie circa eine Stunde später auf dem Weg zurück zu Kams Haus waren.

„Ich denke gerade an ‚*Black Wave*' und daran, dass ich mir den Song mal genauer anhören muss. Ich habe die Texte nie im Kopf, ich kenne meistens nur die Melodien." Im Interview hatte sie erst kapiert, dass nicht Quiet Place für den besten Song nominiert waren, sondern allein Rafael als Songwriter. Er hatte das nicht erwähnt und sie fragte sich warum.

„Die Melodie passt auch eher zu dem, was ich dazu im Kopf hatte, als der Text."

„Und was dachtest du dabei?", fragte sie.

„Hmm … ich dachte daran, wie endgültig es war, als du meintest, dass wir uns nicht mehr sehen sollten. Ich habe den Song in der Nacht geschrieben als ich in Amsterdam angekommen bin und total fertig war."

Mit aller Macht kehrte ihr schlechtes Gewissen zurück, weil sie sich viel zu gut daran erinnerte. Wenn sie doch bloß anders entschieden hätte, sie früher gegangen wäre oder sie einfach gar nicht erst geblieben wäre, dann wäre vielleicht alles nicht so traumatisch ausgegangen.

„Ich weiß, was du jetzt denkst", unterbrach Rafael ihre Gedanken. „Hör auf dir ein schlechtes Gewissen zu machen. Ich wäre nicht nominiert, wenn das nicht passiert wäre. Und der Song ist einer der besten, die ich je geschrieben habe."

„Hmm, muss ich mir Sorgen machen, dass du die besten Songs schreibst, wenn ich dich verletzt habe?"

Er lachte leise. „Nein, denn den Song, den ich neulich geschrieben habe, als du meintest, dass du mich liebst, der wird noch besser."

Frieda schüttelte den Kopf. „Ich bin wirklich deine Songquelle, oder?"

„Ja, größtenteils. Manchmal sind es auch andere Sachen, die mich inspirieren, aber du bist ein Garant, weil du mir unter die Haut gehst. Vielleicht sollte ich darüber mal einen Song schreiben. Mir fällt da gleich was ein."

„Ehrlich?", fragte sie erstaunt.

Er nickte und zog sein Telefon raus. „Könnt ihr alle mal kurz die Klappe halten?", befahl er den anderen, die vor ihnen im Kleinbus saßen. Ausnahmsweise fuhren sie alle zusammen zu Kam.

Der Bus verstummte und er summte leise ein paar Töne in sein Telefon, die ihr sofort eine Gänsehaut bereitete.

„Wollen wir es wissen?", fragte Rico anschließend gähnend.

„Ihm ist gerade was dazu eingefallen, dass ich ihm unter die Haut gehe ...", antwortete sie verwirrt für ihren Freund.

Kam lachte leise. „So ist er. Wir arbeiten vielleicht nach den Grammys daran, wenn das neue Album endgültig im Fokus steht. Ich sehe schon, es wird gut."

„Ich habe mein Bestes dazu getan", antwortete sie trocken und alle lachten los und gaben ihr recht.

„Das hast du in der Tat", flüsterte ihr Freund einen Moment später und sie spürte, wie rot sie wurde.

Bei Kam schien jetzt mehr los zu sein schien. Sie entdeckte ein paar Lieferwagen. Die angekündigte Party wurde anscheinend gerade vorbereitet. Es gab nun eine große Bar im Garten, ein bisschen Deko und anscheinend auch Essen, das unter anderem in der Outdoorküche zubereitet wurde, aber auch zu einem Teil angeliefert worden war.

Rafael und sie beachteten das nicht groß, sondern verschwanden in ihr Zimmer.

„Ruhe!", murmelte sie und fühlte sich erleichtert. Der Jetlag hing ihr noch nach und dann hatte sie heute bereits so viel neues gesehen und erlebt.

„Zumindest noch einen Moment. Tut mir echt leid, dass Kam eine Party schmeißt", antwortete Rafael und nahm sie in den Arm.

„Dafür kannst du doch nichts? Und ich werde es überleben." Sie schmiegte sich an ihn.

Er nickte. „Geht es dir gut? Müssen wir noch irgendwas bereden?"

Sie seufzte, löste sich und schmiss sich auf das ungemachte Bett. „Nein, ich bin nur dieses Leben nicht gewohnt."

Das Bett gab unter ihr nach und er lag neben ihr. „Du musst dich nicht daran gewöhnen, wenn du nicht willst. Für mich ist es Arbeit, mehr nicht."

Das passte zu dem, was Fran gesagt hatte. „Du bist der Beste, weißt du das? Und ich habe immer noch keine Ahnung, was du an mir findest."

„Weil du nicht siehst, was ich sehe." Er richtete sich auf. „Ich bin mir ganz sicher, dass du auch noch finden wirst, was du liebst."

„Mal abgesehen von dir?", murmelte sie.

„Ja, mal abgesehen von mir, wobei sich das auch komisch anhört." Er lächelte und stupste sie an, dann gähnte er plötzlich.

„Du bist müde, oder?"

„Ja, aber ich bin Jetlags gewohnt."

„Keine Ahnung, ob ich mich an so etwas gewöhnen kann." Sie seufzte, dafür fühlte sich alles noch viel zu neu an.

„Du bist müde und wie gesagt, du musst dich an nichts gewöhnen, wenn du nicht willst. Wenn ich weiß, dass du irgendwo bist und auf mich wartest, dann würde mir das genügen." Er legte sich wieder neben sie und griff nach ihrer Hand.

Sie lächelte. „Ich bin unter Garantie müde und das klingt schön."

„Verstehe", murmelte er. Sie spürte, wie er wegnickte und streichelte über seine weichen Haare. Er seufzte leise und ihr Herz schmolz erneut, weil er ihr so vertraute.

Während er einschlief, fühlte sie sich wieder wach, so als hätte sie Kaffee getrunken. Sie streichelte noch eine Weile weiter über seinen Kopf, bis er tief und fest schlief. Sie wollte ihn nicht wecken, sondern ihn eine Runde schlafen lassen, aber wusste auch, dass sie nicht mehr schlafen können würde und ihn nur weckte, wenn sie im Zimmer blieb.

Also stand sie vorsichtig auf, ging zu ihrer Tasche und griff zu einem Sommerkleid, das sie mit Max gekauft hatte, weil es warm war und sie für eine Party besser gekleidet sein wollte, um nicht irgendwie aufzufallen.

Sie machte sich im Bad frisch und zog sich um.

Anschließend schlich sie sich durch ihr Zimmer nach unten, wo die Vorbereitungen abgeschlossen schienen.

„Hi Frieda!", hörte sie eine Stimme von der Seite und entdeckte Kam. „Wo hast du Raf gelassen?", fragte er und schaute an ihr vorbei.

„Er schläft."

Kam gluckste. „Der alte Mann."

Sie zuckte mit der Schulter. „Wir wollen doch alle, dass er morgen fit ist."

„Das stimmt, wer weiß schon, wie viele Preise er einheimst."

„Ihr alle. Rechnest du damit?", fragte sie neugierig.

Er grinste nun. „Der beste Song gehört ihm. Die anderen nominierten Songs sind auch gut, aber seiner ist perfekt, danke dafür."

Sie schluckte. „Immer noch unwirklich", murmelte sie.

„Spätestens wenn der Grammy irgendwo in seinem Gästebad steht, kapierst du es", neckte er sie.

Die Vorstellung war gut, weswegen sie kicherte. „Ich werde ihn persönlich dort hinstellen."

„Und dann mach bitte ein Foto und schicke es mir. Hast du eigentlich meine Nummer?"

Sie schüttelte den Kopf.

„Erinnere mich daran." Er lächelte. „Willst du was trinken? Komm mit und suche dir was aus." Er nahm sie mit nach draußen zur Bar.

In der Entfernung entdeckte sie das Buffet. „Wie viele Personen erwartest du noch?"

Er folgte ihrem Blick. „Nicht so viele … Okay, das klingt in deinen Ohren schräg." Er lachte. „Ehrlicherweise kann ich es dir nicht sagen, ich habe eine gefühlte Ewigkeit lang hier keine Party gefeiert, weil wir in Deutschland geprobt und am Album gearbeitet haben …"

„Und du magst Partys", stellte sie fest.

„War das so eindeutig?", amüsierte er sich.

„Ja, war es. Fran hat dich außerdem als Rampensau bezeichnet. Meiner Meinung nach gehört das auch total zum Klischee eines Rockstars."

Kam lachte los und sie lächelte, während eine Kellnerin ihr ein Tablett mit Longdrinks hinhielt und sie sich einfach auf Verdacht einen nahm, der gut aussah.

Sie probierte ihn und befand den Drink für fruchtig, aber lecker. „Das schmeckt gut …"

„Ja, guter Appetizer", bestätigte er, nachdem er seinen gekostet hatte.

„Mit viel Alkohol? Wenn wäre er gut getarnt", stellte sie fest und wollte auf keinen Fall viel trinken, damit es ihr morgen nicht noch mieser ging.

„Kommt drauf an, wieviel für dich viel ist." Er lächelte und ging sich mit der Hand durch die Haare. Die Frisur erinnerte sie ein bisschen an Prinz Charming, nur nicht in blond.

„Ich bin Ostfriesin …" Sie bedachte ihn mit einem Blick.

Er runzelte die Stirn. „Und weiter?"

„Wir sind wirklich hart im Nehmen. Wir trinken nicht nur Tee."

Er lachte wieder und sie fand es schön, dass es auch mit ihm so einfach war, sich zu unterhalten. „Das werden wir besser heute nicht testen, wenn du morgen fit sein willst. Aber nein, ich glaube, da ist nicht mal welcher drin." Kam zwinkerte ihr zu. „Aber das muss man ja den Leuten nicht erzählen."

Sie nickte. „Schlauer Plan."

Plötzlich hörten sie Stimmen und sie drehten sich um. „Ah, ein paar Gäste. Entschuldigst du mich kurz?"

Sie nickte. „Ich schau mir mal das Essen an."

„Bediene dich einfach, du siehst übrigens hübsch aus." Er lächelte und sie wusste, dass er das nicht sagte, um mit ihr zu flirten, sondern damit sie sich wohlfühlte.

„Danke!"

Er nickte ihr zu und verschwand dann in Richtung des Hauses.

Frieda trank noch einen Schluck und lief langsam zum Buffet.

„Hi, wie geht's?", begrüßte eine Frau sie, die hinter dem Tresen stand und arbeitete.

„Hi!", begrüßte sie diese zurück und erinnerte sich daran, dass Amerikaner im Gegensatz zu Deutschen viel mehr Smalltalk hielten, was sie im ersten Moment jetzt erschreckte. Doch sie fasste sich rechtzeitig, ohne dass es peinlich wurde. „Gut, danke. Alles in Ordnung? Das sieht großartig aus."

Sie wusste nicht, ob sie alle Sätze richtig gesagt hatte, aber versuchte nun auch nicht darüber nachzudenken. Die Frau ließ sich auch nichts anmerken, also schaute Frieda über das Essen und fragte zwei drei Sachen, weil sie sich nicht sicher war, was das genau sein sollte. Schließlich nahm sie sich eine Art Wrap und bedankte sich noch einmal, während sie nun weiterlief zu der Stelle, wo man über L.A. schauen konnte.

Die Sonne ging langsam unter und sie bewunderte die Größe der Stadt. Sie endete schlicht gar nicht. Zusammen mit den Hügeln, den Häusern und den Lichtern bildete es den absoluten Kontrast zu Ostfriesland.

Schließlich drehte sie sich um und blickte über das Grundstück und das Haus. Überall hatte man Stehtische verteilt und sie stellte jetzt ihren kleinen Teller und ihr Glas auf einen davon.

„Frieda!" Jordan tauchte neben ihr auf und gähnte. „Wo hast du Raf gelassen?", fragte er wie Kam vorhin.

„Er ist eingeschlafen."

„Ah, ich wünschte, ich könnte auch schlafen, aber ich bin zu müde dazu." Er verdrehte die Augen.

„Ich fühle mich inzwischen hellwach."

„Ja, Jetlags sind scheiße." Er grinste. „Ich bin vorhin auf der Bühne fast eingepennt, ist glücklicherweise niemandem aufgefallen." Er kicherte und stellte sein Glas mit auf den Tisch. „Im Zweifelsfall trommelt Sana so fest, dass ihr Schlagzeug das Keyboard übertönt."

Sie lachte leise und biss in den Wrap. „Ich habe dich gehört", sagte sie anschließend.

„Na dann. Wie gefällt es dir hier?"

„L.A. ist riesig."

„Ein weiterer Grund es nicht zu mögen." Sein Gesicht verzog sich angewidert.

„Ach, bist du auch kein L.A.-Fan?", fragte sie erstaunt und fand es interessant, dass es auch ihm so ging.

Er wackelte mit dem Kopf hin und her. „Ich mag lieber kleinere Orte. Bei Konzerten ist es dasselbe. Stadien voller Menschen sind cool, aber kleine Konzertorte wie Clubs oder so haben ihren ganz eigenen Reiz, weil man da die Menschen viel besser greifen kann."

„Ja, das verstehe ich. Mir war gar nicht klar, wie friedlich und beruhigend Ostfriesland sein kann."

Er nickte. „Hat Raf dir erzählt, dass ich einmal da war?"

Sie runzelte die Stirn. „Warst du?"

„Ja, wir haben zusammen an ein paar Songs gearbeitet."

„Wann war das?", fragte sie erstaunt.

„Oooh." Er dachte darüber nach. „So mit Anfang 20? Das war kurz vor Release des ersten Albums."

„Ich glaube, ich habe dich gesehen", murmelte sie, denn ihr fiel wieder ein, wie sie einmal gesehen hatte, dass er mit jemandem zusammen weggefahren war.

„Kann sein. Ich habe dich durchs Fenster gesehen und wusste sofort, dass Raf auf dich steht."

„Ach ja?", fragte sie verlegen und betrachtete ihn. Er trat ein wenig auf der Stelle und hatte eine Hand in seiner Jeans, dazu trug er ein neutrales graues T-Shirt. Seine Haare krausten sich süß über seiner Stirn, sodass er sie an einen berühmten Basketballspieler erinnerte.

„Er hatte diesen leeren Blick, der besagte, dass nichts mehr existierte außer dir", erklärte er schmunzelnd.

Sie gluckste. „Ja, den Blick kenne ich."

Er trank einen Schluck aus seinem Glas.

„Willst du dir noch was zu essen holen?", fragte sie.

„Hmm … begleitest du mich? Ich habe keine Lust, mich mit den Leuten zu unterhalten." Jetzt wirkte er plötzlich verlegen.

„Warum?", fragte sie trotzdem.

Er beugte sich zu ihr runter. „Aufregung", wisperte er. „Einerseits kann ich nicht irgendwo allein sitzen, aber ich will mich auch nicht unterhalten."

„Und jetzt bin ich die Lösung?"

„Die Alternative wäre zu zocken, aber ich habe dummerweise meinen Laptop nicht hier." Jordan verzog das Gesicht.

Sie liefen nun gemeinsam zurück zum Buffet. Frieda hatte ihr Glas stehen lassen und trug nur den Teller, um weiter essen zu können.

„Was spielst du am liebsten?", fragte sie aus Neugierde und weil sie das Gespräch aufrechterhalten wollte.

„Oh, kommt drauf an, wie viel Zeit ich habe. Wenn ich mir Zeit freischaufeln kann, spiel ich gern KAoS."

„Das ist dieses Ritter-Online-Spiel, oder?"

„So könnte man es zusammenfassen." Er lächelte. „Schon mal gespielt?"

Sie schüttelte den Kopf. „Ich stehe eher auf Serien und Bücher."

„Auch nicht schlecht. Welche Serie hast du zuletzt gesehen?", fragte er interessiert.

„Rafael und ich haben Umbrella Academy angefangen", vertraute sie ihm an.

„Die ist gut und wehe, du erzählst jemandem, dass ich eventuell ein wenig nerdig bin", flüsterte er.

„Das ist doch heutzutage kein Manko mehr, oder?" sie empfand das zumindest als keines. Wenn ihn das beruhigte und ablenkte, schien ihr das der richtige Weg zu sein.

„In der L.A-Welt vermutlich schon, weil ich mich weder für Kleidung, Uhren, noch teure Autos interessiere. Aber ja, ich habe ein teures Auto."

Sie lachte leise. „Also hast du das perfekte Gaming-Zimmer zu Hause?"

„So in der Art." Er zwinkerte ihr zu.

***

Jordan blieb noch eine ganze Weile bei ihr, während es in und um das Haus immer voller wurde und Frieda keine Ahnung hatte, wie sie sich verhalten sollte. Die Frauen, die hier herumliefen, sahen alle viel aufgebrezelter aus und wirkten, wie aus einer L.A.-Doku über die Reichen und Schönen, was sie mehr verunsicherte, als es sollte.

Irgendwann tauchte Sana auf und schien das Gegenteil von allem. Sie trug ein pink-schwarzes Kleid und dazu alte Turnschuhe. Ihre Haare hatte sie unordentlich hochgebunden, was ihre Scheiß-egal-Haltung unterstrich. Frieda konnte kaum die Augen von ihr lassen, als sie auf sie zutrat.

„Leute … gibt's noch was zu essen?", fragte sie und trommelte mit ihren Fingern auf der Platte des Stehtisches.

„Ja!" Frieda zeigte auf das Buffet.

„Okay, ich hau mich durch." So wie sie böse lächelte, meinte sie das ernst.

„Sie ist auf Krawall aus", raunte Jordan.

„Ist das was Gutes?" Diese Seite hatte sie von Sana noch nicht kennengelernt, auch wenn Rafael ihr davon schon berichtet hatte.

Er zuckte mit der Schulter.

Die Stimmung änderte sich langsam und viele Leute wurden angetrunkener. Sie sah Kam, der noch ganz in Ordnung wirkte, und Rico, der es nicht zu sein schien. Sana stand am Buffet und unterhielt sich mit irgendwem, Jordan unterhielt sich weiter mit ihr, als eine junge Frau ihre Arme um ihn legte.

Er zuckte zusammen und drehte sich um, um die Hände von sich zu lösen.

„Jordan, es ist so schön dich zu sehen", sprach die Frau und schien kein bisschen irritiert, dass Jordan sich aus ihrem Griff befreit hatte.

„Alishia", murmelte er. „Du hier?"

„Devon hat mich mitgenommen und ich dachte, man könnte vor eurem morgigen großen Gewinn noch ein wenig den Abend genießen." Ihr Blick fiel auf Frieda. „Wer ist das?", fragte sie verblüfft.

Frieda schluckte, aber fasste sich dann. „Ich bin Frieda …" Sie stockte. „Rafs Freundin."

„Rafs Freundin?", fragte Alishia so laut, dass sich ein paar Leute umdrehten.

„Ja!", antwortete Jordan nun.

„Ich dachte die Gerüchte wären nur von eurem Management gestreut worden, um mehr Publicity zu bekommen", schnaubte sie und musterte sie einmal vielsagend von oben bis unten, was Frieda sich noch mieser fühlen ließ.

Jordan wollte gerade etwas erwidern, doch wurde unterbrochen. „Hey Babe!" Ein Arm legte sich um Frieda. „Jordan …" Rafael zögerte, als er nun zu Alishia blickte und so tat, als wüsste er ihren Namen nicht. „Alisha?"

Deren Gesicht verrutschte. „Alishiiiiia", betonte die. „Hi Raf."

„Wie ich sehe, hast du gerade meine sehr reale Freundin kennengelernt", sprach er weiter auf Englisch.

„Ja, sehr interessant. Hübsches Kleid!", meinte sie nun scheinheilig zu Frieda.

„Danke!", antwortete sie. „Du auch."

Sie lächelte überfreundlich. „Na ja, ich muss dann auch weiter. Wir sehen uns noch."

Alishia verschwand damit.

Jordan lachte leise. „Die ist schnell verschwunden. Vermutlich war es ihr peinlich."

„Sie hat dich einfach so angefasst", stellte Frieda fest.

„Ätzend", stimmte Rafael zu und sie schnallte erst jetzt, dass er hier war.

Sie drehte sich zu ihm und lächelte. „Hast du gut geschlafen?"

Er seufzte. „Ja, aber ich bin nicht sicher, ob ich noch den Rest der Nacht schlafen kann."

„Du hast ja jetzt eine Freundin, die dir die Zeit vertreibt", frotzelte Jordan.

„Stimmt!" Rafael strahlte los und Frieda freute sich, dass Rafael bei ihr war. „Das ist wirklich praktisch. Musik zu machen, wird nämlich schwierig."

„Du hättest genügend Zuhörerinnen und Zuhörer", murmelte sie.

„Das stimmt, aber ehrlich, das ist doch ein sehr privater Akt und niemand hier hat dafür bezahlt." Er zwinkerte ihr zu und nicht nur sie lachte, sondern auch Jordan, der sich anschließend räusperte.

„Also da du ja jetzt da bist, Raf, verschwinde ich. War schön, Frieda."

„Fand ich auch." Sie lächelte ihn an und Jordan ging in Richtung Haus.

„Was war das?", fragte ihr Freund nun.

„Er hatte keinen Bock auf die Leute, weil er aufgeregt ist, und ich war sein Alibi."

Raf nickte. „Ja, das bin ich auch oft. Schön, dass er dein Potenzial erkannt hat."

„Ich hoffe, es war okay, dass ich dich allein gelassen habe? Ich wäre zu unruhig gewesen und du wirktest, als würdest du eine Mütze voll Schlaf gebrauchen können."

„Scheint so. Es war so schön neben dir, da bin ich einfach eingeschlafen." Er küsste sie auf die Wange. „Gibt es hier was zu essen?"

„Ja, es ist sehr lecker." Sie deutete auf das Buffet und nahm ihn nun an der Hand mit sich mit.

„Und wie fühlst du dich?", murmelte er. „Ich hoffe, die Party ist bisher nicht zu schlimm?"

Sie schüttelte den Kopf. „Es war nett mit Jordan, aber ich habe mich nicht so viel mit den anderen unterhalten. Dieser Smalltalk ist eigenartig. Ich habe außerdem Bedenken, irgendwas falsch zu sagen."

„Das musst du nicht. Dein Englisch mag nicht muttersprachlich sein, aber das ist egal. Die meisten interessiert das kein bisschen."

„Sicher?" Fran hatte das zwar auch gesagt, aber sie zweifelte trotzdem daran.

„Interessiert es dich, wenn jemand nicht perfekt Deutsch spricht?"

„Nein, normalerweise nicht."

„Siehst du? Und hier ist das auch so." Er grüßte ein paar Leute, blieb aber nicht bei ihnen stehen.

Sana stand noch immer oder schon wieder am Buffet. „Na? Ausgeschlafen?", fragte sie grinsend und kippte den Rest ihres Drinks in einem Zug herunter.

„Ja, trink lieber nicht so viel", wisperte Rafael, sodass nur Sana und sie das hören konnte.

„Ja, Daddy!" Sana verdrehte die Augen. „Ich verschwinde und keine Sorge, ich bin morgen fit."

Rafael seufzte, als sie ihr nachblickte. „Manchmal ist sie schwierig."

„Frauen sind launisch", befand sie. „Ich kann auch so sein."

„Als wir uns kennenlernten, warst du echt biestig." Er grinste und sie zog eine beleidigte Schnute. „Keine Sorge, ich liebe dich trotzdem."

Sie grinste nun. „Wir sind frisch verliebt. Vielleicht werde ich irgendwann wieder schlimmer. Schreckt dich das ab?"

„Nein, kein bisschen." Er küsste sie auf den Kopf, dann beugte er sich tiefer. „Wie wäre es, wenn ich schnell was esse, und dann verziehen wir uns?"

„Gute Idee", murmelte sie mit Schmetterlingen im Bauch. Vielleicht konnte sie danach auch endlich schlafen.

Rafael

„Ich fühle mich sowas von mies …", knurrte Rico.

Kam schnaubte. „Dumm, sich den Abend vorher so abzuschießen. Falls du kotzen musst, mach das ja unauffällig."

Rafael stimmte seinem Freund zu. Immerhin sahen alle anderen halbwegs fit aus. Jordan wirkte nur müde, Sana grummelig, wie immer, wenn sie unter einem Jetlag litt. Kam dagegen schien es wie ihm zu gehen, sie hatten beide eine gute Nacht gehabt und er hatte heute Morgen noch die Frau gesehen, die aus Kams Bett und dann aus seinem Haus verschwunden war.

Kam blickte nun zu ihm und grinste. „Du siehst aus, wie ich mich fühle." Offenbar dachten sie also das gleiche.

Er konnte sich ein Grinsen nicht verkneifen und Kam lachte los, sodass die anderen sie musterten. Doch niemand sagte etwas, weil sie in diesem Moment ihr Ziel erreichten.

Das Label hatte zu eine Art Brunch eingeladen, ob es auch tatsächlich Essen gab, wusste Rafael nicht. In L.A. hatten sie in der Hinsicht schon einiges erlebt.

Sie stiegen alle schnell aus und betraten das Gebäude, wovor sich eine Menge Fotografen, Fans und so weiter aufgestellt hatten, die nun laut schrien, jubelten oder einfach nur Fotos machten.

Rafael winkte wie der Rest kurz, als er an Kams Seite das Gebäude betrat.

„Es ist schön, dich auch so gut gelaunt zu sehen", murmelte sein Freund.

„Im Gegensatz zu dir ist es bei mir sogar konstant."

Kam nickte. „Beneidenswert", erwiderte er und Rafael warf ihm einen überraschten Blick zu. Sein bester Freund hatte bis jetzt nicht den Eindruck gemacht, als würde er sich eine feste Beziehung wünschen, aber wer wusste schon, was in Kams Kopf vorging?

Der ‚Brunch' dauerte für seinen Geschmack ewig und er vermutete, dass man sie nur gehen ließ, damit sie auch für die Verleihung schick genug aussahen.

„Alles in Ordnung?", fragte ihn Kam plötzlich leise im Auto und Rafaels Kopf ruckte zu ihm.

„Was meinst du?"

„Der ‚Brunch', der keiner war ..."

Rafael seufzte. „Hmm, mir war das alles zu schleimig."

Kam nickte. „Sie wollten eindeutig verdeutlichen, dass wir bald einen neuen Vertrag aushandeln müssen und sie das beste Label für uns sind."

„Pff."

„Bist du nicht der Meinung?", fragte Kam erheitert.

Er zuckte mit der Schulter. „Du?"

„Ich gehe das diplomatisch an. Wir schauen mal, was sie uns bieten."

Das klang vernünftig. Den Teil, den Kam nicht kannte, war der, dass das Label auch offenbar einen Vertrag alleine mit Rafael machen wollte. Wie er vermutet hatte, wollte das Label sich Songs für andere Künstlerinnen und Künstler sichern und er schien ihnen ein Garant für Hits zu sein, wie ein paar Leute heute durchscheinen ließen. Da hatte es auch nichts genutzt, dass er ihnen von den Quellen seiner Inspiration erzählte. Doch dass es Frieda gab, schien den meisten egal. Sie hatten einfach nur wissen wollen, ob er auch weiter solche Songs schreiben konnte. Hin und wieder hatte er sogar das Gefühl gehabt, dass Frieda einigen hinderlich vorkam, besonders weil sie jetzt zusammen waren, auch wenn es keiner direkt ausgesprochen hatte.

Würde er mit so einem Gefühl, Songs für andere Leute schreiben oder abgeben können? Wollte er das?

Es würde mehr Arbeit und weniger Zeit bedeuten, und das letzte, was er aktuell wollte, war weniger Zeit zu haben.

52

Den Vormittag hatte sie beinahe komplett verschlafen. Rafael und der Rest hatten einen Empfang bei der Plattenfirma gehabt, bei dem sie eh nicht mitgedurft hätte, aber laut Rafael war es langweilig gewesen.

Inzwischen stand Frieda unten auf der Terrasse und wartete nervös auf alle, um gleich zur Verleihung loszufahren.

Netterweise hatten Fran und Max dafür gesorgt, dass nicht nur Sana und die Männer gestylt wurden, sondern auch sie daran teilhaben durfte, sodass sie sich immerhin nun wohl in ihrer Haut fühlte und zum ersten Mal das Gefühl hatte, heute Abend auch mithalten zu können. Sie trug ein schlichtes grauschimmerndes Kleid, das an den richtigen Stellen Cut-Outs besaß, die ihre Figur betonten. Dazu hatte sie passende Schuhe einer Luxusmarke bekommen, von denen sie gar nicht wissen wollte, wie teuer sie waren. Doch obwohl sie nicht oft auf hohen Schuhen lief, ging es mit diesen erstaunlich gut. Hinzukam dann noch das aufwendige Make-up, das von außen betrachtet eher schlicht wirkte, aber ihr Gesicht positiv unterstrich und förmlich zum Leuchten brachte, was zu ihrem wallenden Haar passte, das sie offen trug.

Trotzdem fühlte sich alles ungewohnt an. Noch nie in ihrem Leben war sie so gestylt herumgelaufen, ihr Abiball vor ein paar Jahren schien dagegen ein Witz gewesen zu sein.

Zur Bestätigung, dass sie wirklich so gehen konnte, schickte sie Paula ein Selfie, die wenig hilfreich nur tausend Herzchenaugen-Emojis zurückschickte und ihr viel Spaß wünschte.

Sie blickte zurück zum Haus und sah, wie in diesem Moment Kam und Rafael die Treppe hinunterkamen. Beide sahen großartig aus. Sie trugen keinen normalen dunklen Anzug, sondern alles wirkte irgendwie rockiger und cooler.

Als Rafaels Blick sie fand, lächelte sie, was er sofort erwiderte.

Kam schlug ihm lachend auf die Schulter, der seine Haare lässig nach hinten gestylt trug. Während Rafaels Outfit dunkel war und zu ihrem Kleid passte, trug Kam eine Art weinroten Anzug, der spektakulär wirkte, auch wenn ihr Rafael noch besser gefiel. „Wir haben noch keinen Song der ‚Best dress' oder so heißt", sprach er nun mit Blick auf Rafael und sie, als beide zu ihr traten.

Frieda kicherte. „Bring ihn nicht auf Ideen, dafür haben wir heute keine Zeit."

„Stimmt. Ich habe nichts gesagt. Du siehst hübsch aus, Frieda." Kam lächelte.

Sie lief rot an. „Danke, du siehst auch toll aus."

„Danke, aber ich sehe schon, gegen ihn habe ich bei dir keine Chance."

Sie zuckte bedauernd mit der Schulter, während sich Rafaels Arme um sie legten.

„Du siehst wunderschön aus", flüsterte er in ihr Ohr und ignorierte Kam nun völlig.

Sie sah zu ihm hoch. „Du auch."

Sie tauschten einen Kuss, als es plötzlich polterte.

„Wow, sogar Matching-Outfits." Sana tauchte auf und Frieda schaute zu ihr, als sie sich nun von Rafael löste. Sie hatte sie schon gesehen, aber musste zugeben, dass ihr der fliederfarbene Jumpsuit hervorragend stand, in welchem sie ihren Worten zu Folge immerhin noch Schlagzeug spielen konnte.

„Sie sind so süß, die Fotografen werden begeistert sein." Kam grinste.

Rafael verdrehte die Augen. „Bist du dir ganz sicher, dass du das willst, Frieda?", und meinte damit, ihn zu begleiten. Sie waren vorher ein paar Optionen durchgegangen, aber Frieda hatte sich entschlossen, wenn dann das Komplettprogramm durchzuziehen und ihn damit am meisten zu unterstützen. Außerdem gab sie zu, dass sie trotz Angst auch neugierig auf alles war.

„Aber ich will keine Interviews oder so geben." Sie zwinkerte den Dreien zu.

Alle drei kicherten, weil sie verstanden hatten, dass sie auf Ricos Exfreundin anspielte. „Sie machen von uns Bilder, aber bei solchen Punkten bleibst du schlicht bei Max und den Sicherheitsleuten", erklärte Rafael.

„Du bist bei uns damit die erste Begleitung auf dem roten Teppich. Alle werden wissen, dass es ernst ist", bemerkte Kam.

Sie schluckte. „Habt ihr nie eure Freundinnen und Freunde mitgenommen?"

Rafael schüttelte den Kopf, aber bei ihm hatte sie das schon gewusst.

Kam grinste. „Es war nie so ernst. Und Ricos Autogrammfreundin durfte nicht."

Sana kicherte. „Sie hätte sich nur vor uns geschmissen. Ich wollte nie begleitet werden, damit es nicht heißt, ich würde mich in jemandes Rampenlicht sonnen."

„Nur in unserem", stimmte Kam ihr zu und wich ihr aus, damit sie ihn nicht wieder schubsen konnte.

Frieda seufzte. „Eine muss in diesem Fall die Erste sein, aber keine Chance, ich sonne mich nicht in deinem Rampenlicht", scherzte sie und sah zu Rafael.

„Wir werden sehen, wenn wir was gewinnen", neckte er sie zurück. „Sollen wir dann los, die anderen abholen und dann Ruhm und Ehre?"

Genau das taten sie.

Es dauerte ewig, bis sie überhaupt da waren und ab dann wurde es nach Friedas Ermessen nur noch verrückt. Überall befanden sich Menschen, einige schrien, alles schien ihr eng und unorganisiert, was es wohl wahrscheinlich nicht war. Überall standen Leute, die fotografierten, filmten oder andere interviewten. Es gab Sicherheitspersonal, Fans, berühmte Leute und Leute, die vielleicht auch berühmt waren, aber sie nicht kannte.

Als Rafael irgendwo mit den anderen hielt, um interviewt zu werden, hielt sie sich zurück. Bei den Fotos dagegen zog er sie an seine Seite und sie versuchte ein hübsches Gesicht zu machen, was ihr leicht fiel, denn Rafael flüsterte ihr ein paar süße Sachen ins Ohr. Er ließ sie erst los, als es noch ein Bild nur von Quiet Place geben sollte und Frieda sich zu Fran und Max verdrückte, die am Rand standen und über alles wachten. Die vier Männer nahmen nun Sana in die Mitte, die cool schaute.

Dann kam Rafael zu ihr zurück und schließlich gingen sie ins Gebäude.

Wie besprochen saß sie zwischen Jordan und Rafael. Fran saß auf Jordans anderer Seite, während die anderen drei sich eine Reihe über ihnen befanden.

Frieda entdeckte Elsa, die auf der anderen Seite des Ganges saß und ein tolles grünes Paillettenkleid trug.

Ein paar Leute hielten nun bei ihnen, während Frieda ihren Blick noch weiter kreisen ließ. Sie saßen fast ganz vorne, doch die Reihen vor ihnen blieben unbesetzt.

„Frieda?"

„Hmm?" Sie drehte sich zu Rafael, der sie sanft am Unterarm berührt hatte.

„Das hier ist der Vizepräsident unseres Labels", stellte Rafael einen Mann vor, der sie ein bisschen an Tim Allen erinnerte. „Ich habe ihm heute Morgen erzählt, dass du diejenige bist, der wir einen Teil der Songs verdanken."

Frieda blickte überrascht zu dem Mann. „Oh, hat er? Ich wusste davon lange nichts."

„Das hat er mir auch erzählt", sprach der Mann freundlich und wirkte ein bisschen wie der liebe Onkel von nebenan. „Schön dich kennenzulernen, ich bin Bernhardt Myers. Aber Personen, die uns erfolgreich machen, dürfen Bernie sagen."

Sie lächelte. „Sehr nett, vielen Dank."

Er reichte ihr die Hand und sie schüttelte sie. „Freut mich sehr. Ich glaube, ich muss auf meinen Platz. Es geht bald los.

Wir sehen uns später und haben hoffentlich einen Grund zu feiern." Ein wissender Blick traf Rafael, der ihn nun verabschiedete.

Auch Kam sagte etwas zu Bernie, was Frieda nicht verstand, dann verschwand ihr Boss.

Sofort wandte Rafael sich zu ihr und lächelte, was ein wenig angespannt wirkte, wobei sie nicht wusste, ob es an seiner Aufregung oder der Person lag. „Der Vizepräsident."

Sie lächelte zurück. „Er war höflich."

„Auch weil wir erfolgreich sind." Rafael verdrehte die Augen.

„Meinst du, er hätte sich sonst anders verhalten?"

Er zuckte mit der Schulter. „Sagen wir mal, er redet generell mehr mit uns als mit weniger erfolgreichen Künstlerinnen und Künstlern."

„Hmm." Sie wusste nicht, was sie dazu sagen sollte. Das war anscheinend gut für Quiet Place, aber vielleicht erhöhte es auch den Druck abzuliefern.

„Es startet wirklich gleich", murmelte Jordan auf ihrer anderer Seite.

Rafael und Frieda blickten zu ihm. „Wieso?", fragte Letztere.

„Die ‚Royals' kommen", murmelte er zurück.

Sie folgte seinem Blick und Frieda wusste plötzlich, was er meinte. Ganz vorne und damit vor ihnen saßen die Superpromis, keine wirklichen Royals, aber sie kamen in der Musikwelt ziemlich nahe ran. „Wahnsinn!", wisperte sie, als sich nun die beiden Reihen vor ihnen füllten.

„Sie ist mehr von denen beeindruckt als von uns", scherzte Rico hinter ihnen.

Sie drehte sich um und bekam gerade noch mit, wie Sana Rico einen Klaps gab. „Ich bin auch mehr beeindruckt von ihnen als von dir."

Frieda kicherte und dann erklang plötzlich eine Stimme, die alle darüber informierte, sich ihren Platz zu suchen, weil gleich die Liveshow beginnen würde.

Jetzt klopfte Friedas Herz, Rafael streichelte ihr beruhigend die Hand, aber sie war sich ziemlich sicher, dass er auch sich selbst damit beruhigen wollte.

Dann ging es auch schon los und sie hatte unterschätzt, wie lange die Show dauerte, aber wie effizient die Zeit geplant worden war. Eine Kategorie folgte der nächsten, immer wieder unterbrochen durch Werbung und Auftritte, die besonders der Unterhaltung dienten.

Frieda fand die Show interessant. Die Rockabteilung kam relativ spät, in der Quiet Place gleich zwei Preise einheimsten für das beste Album und die beste Rock-Performance. Interessanterweise war hier Rafael nicht als Songwriter für den besten Song nominiert und Fran raunte ihr zwischendurch zur Erklärung zu, dass der Song nicht rockig genug für die Kategorie war, was sie die Augen verdrehen ließ.

Doch auch so freuten sich alle und Frieda platzte beide Male vor stolz, auch wenn sie das Gefühl hatte, dass Rafaels Aufregung trotzdem stieg.

Bei beiden Malen sagte die Band ein paar Dankesworte. Das erste Mal sprach Kam mit Jordan zusammen, beim zweiten Mal taten es Rico und Sana. Nach dem zweiten Preis blieben sie zudem gleich weg, weil sie gleich ihren Auftritt hatten.

Inzwischen fühlte sie sich nicht mehr ganz so nervös, auch wenn es komisch war, allein in der Reihe zu sitzen und Fran deswegen zu ihr rückte. „Läuft gut", murmelte sie in der Werbepause vor dem Auftritt und Frieda nickte.

Wenig später tauchten Quiet Place auf und die Fans, die in der Halle saßen, flippten völlig aus, was Frieda genauso beeindruckte, wie die Fünf, die sich absolut nichts anmerken ließen, sondern ganz im Gegenteil in ihrem Element schienen.

Friedas Herz jedenfalls klopfte fest und konnte es einmal mehr nicht fassen, dass der eine Typ mit der Gitarre ihr Freund war.

Doch er war es und spielte gerade ‚*Black Wave*‘, für den er nominiert worden war. Im Vergleich mit dem Konzert vor ein paar Jahren fühlte das hier sich ganz anders an. Während sie damals wie in Trance gelauscht und gleichzeitig alles so geschmerzt hatte, haute sie dieser Auftritt förmlich vom Hocker und sie feierte genauso, wie die anderen Menschen um sie herum.

Sie strahlte, als er schließlich wieder mit den anderen zurückkam und sich neben sie setzte.

„Alles okay?“, fragte er und schaute sie mit dem Blick an, den sie schon von Anfang an von ihm kannte.

„Ich bin ganz furchtbar stolz auf dich“, wisperte sie.

Er lächelte. „Ehrlich, ich bin so froh, dass du hier bist.“ Rafael küsste sie auf die Wange. „Noch drei Nominierungen“, wisperte er anschließend.

Frieda schmunzelte. „Und egal was passiert, ich bleibe stolz auf dich.“ Sie drückte seine Hand, denn die Verleihung ging weiter.

Es dauerte noch ein Weilchen bis die großen Kategorien, wie es alle nannten, kamen: Bester Record, bester Newcomer, bester Song und bestes Album.

Den besten Record, für den sie nominiert waren, gewannen sie nicht, was niemand schlimm zu finden schien. Dafür applaudierten sie alle und jubelten für eine schon ältere Countrysängerin, was Frieda niedlich fand.

Beim besten Newcomer waren sie raus, immerhin gewann Slay den Preis nicht, der heute seinen schillernden Pistolengürtel trug, allerdings ohne Pistole. Dafür bekam ihn ein Elektro-Pop-Duo, für die sie alle wild applaudierten.

Jetzt blieben nur noch der beste Song und das beste Album.

„Bleib ruhig, Alter!“, murmelte Kam ihrem Freund in der Werbepause vor Rafaels Kategorie von hinten zu, der einen der beiden Grammys in der Hand hielt. Den anderen beschützte Sana.

Rafael stöhnte nur und jetzt war es Frieda, die seine Hand beruhigend streichelte.

Jordan beugte sich vor, warf einen Blick auf Rafael, dann zwinkerte er Frieda zu. „Ohne dich wäre er viel nervöser", raunte er.

„Meinst du?", wisperte sie zurück.

„Oh ja, er war schon mal nominiert und da ist er vorher fast gestorben. Es hat Gründe, warum wir ihn noch keine Dankesrede haben halten lassen. Vor diesem Preis ist er am aufgeregtesten."

„Hat er beim letzten Mal gewonnen?", wollte sie nun wissen, weil sie keine Ahnung hatte. In der Hinsicht schwieg Rafael oder wollte schlicht nicht angeben. Vielleicht waren ihm die Preise, die er schon gewonnen hatte, aber auch nicht wichtig.

Jordan schüttelte den Kopf. „Mal schauen, ob es dieses Mal klappt. Die Konkurrenz ist groß, aber seine Chancen sind viel besser als letztes Mal."

In diesem Moment endete die Pause und Ela Havering, eine bekannte Rockmusikerin, betrat die Bühne und kündigte die Nominierten für den besten Song an.

Auf dem Bildschirm wurden nun nacheinander die nominierten Songs vorgestellt und ihre Songwriter. Rafael kam als vorletzter dran und der Rest von Quiet Place flippte völlig aus, was sie innerlich schmunzeln ließ.

Ihre Aufregung wuchs dagegen mit ihm und der spürbaren Anspannung in seinem Händedruck ins Unermessliche. Er klammerte sich nun förmlich an sie, trotzdem schaffte er es irgendwie, kurz in die Kamera zu lächeln.

Schließlich wurde von Ela der Umschlag geöffnet und Friedas Herz setzte förmlich aus.

„Der Grammy geht an …" Ela sah auf und strahlte, während Frieda die Anspannung kaum mehr aushielt.

„Raf Schreiver für ‚*Black Wave*'!"

***

485

Was danach passierte, konnte Frieda kaum in Worte fassen. Hatte sich die Band schon vorher gefreut, explodierte die Stimmung vollständig und im Nachhinein hätte es sie auch nicht gewundert, wenn sich die anderen Vier auf ihn geworfen hätten. Klar schien jedoch, dass der Preis mehr bedeutete als einer in den einzelnen Genres.

Doch nicht nur Quiet Place, sondern die gesamte Halle jubelte, die Kameras waren nun direkt bei Rafael und der blieb fassungslos sitzen, während Jordan und Fran neben ihr aufsprangen.

Frieda tat es ihnen nach, ignorierte die Kamera und fokussierte nun Rafael, der plötzlich zu ihr hochsah.

„Du hast gewonnen!", rief sie auf Deutsch.

„Ja", wisperte er und sie war sich nicht sicher, ob er gleich anfing loszujubeln oder zu heulen. Doch er musste runter auf die Bühne und das schien er nun auch zu begreifen. Schnell stand er auf und das, was er bei den zwei vorherigen Malen nur andeutungsweise gemacht hatte, setzte er nun voll um:

Seine Hände legten sich auf ihre Wangen und er küsste sie schnell und hart, aber mit Liebe, sodass das Blut in ihr förmlich pulsierte und sie den Kuss noch spürte, als er inzwischen zur Bühne lief und immer noch alle jubelten und klatschten. Kam, Sana und Rico stimmten Raf-Anfeuerungsrufe an. Jordan dagegen umarmte sie kurz und Fran hielt ihr die Hand hin, um sie abzuklatschen, das taten nun auch Sana, Rico und Kam, während Rafael ankam, um seinen Grammy entgegenzunehmen, und sich von Ela schnell umarmen ließ. Im Hintergrund lief nun ‚Black Wave'.

Er wandte sich schließlich durchatmend mit dem Grammy in der Hand ans Mikro. „Vielen Dank!", begann er und der Jubel schwoll noch einmal an. Kam pfiff, was Rafael zum Schmunzeln brachte. „Vielen Dank an die Jury für diesen Preis, das bedeutet mir eine Menge. Dann möchte ich allen danken, die an der Veröffentlichung des Songs beteiligt waren, unserem Label und allen, die einfach nur an uns geglaubt haben." Frieda lächelte, denn das fand sie süß.

„Danke an euch Sana, Kam, Rico und Jordan, denn ohne euch wäre er nie das geworden, was er ist, auch wenn er euch manchmal nervt." Er grinste jetzt leicht.

Sana brüllte förmlich los: „Und er nervt echt!", was alle um sie herum zum Lachen brachte.

„Sana hasst mich für die Beats, also noch mal ein großes Danke speziell an dich, dass du ihn trotzdem spielst. Sie liebt ihn eigentlich, aber das zuzugeben ist schwer."

Jetzt lachte auch Sana und warf ihm eine Kusshand zu, wie Frieda aus den Augenwinkeln beobachtete. Kam bekam sich neben ihr nicht mehr ein.

Rafael bedankte sich währenddessen noch bei ein paar Leuten, die Frieda nicht kannte, aber vermutlich irgendwas mit der Produktion des Songs zu tun hatten. Auch Fran und Max erwähnte er, was sie lieb fand. Dann räusperte er sich noch einmal.

„Zum Schluss danke ich natürlich auch meiner Familie, meinen Geschwistern, die jetzt vermutlich noch mehr mit mir angeben werden, meiner Mom, die immer ein offenes Ohr für mich hat und auch meinem Dad, der mich immer unterstützt hat. Ich denke heute auch an dich." Er sah dabei nach oben und Frieda bekam eine Gänsehaut. Ein Augenblick der Rührung legte sich über den Saal, weil alle verstanden, dass sein Vater schon verstorben war.

„Dann zum Schluss gibt es noch einen Menschen, ohne den dieser Song nicht entstanden wäre." Sofort jubelte der Rest von Quiet Place wieder los und Frieda erstarrte. „Frieda, der ist für dich!", sprach er jetzt auf Deutsch und schaute lächelnd in ihre Richtung, während sie keine Ahnung hatte, was sie nun tun sollte.

Sie spürte, wie Tränen in ihre Augen traten, und versuchte das runterzuschlucken, während Rafael mit Ela von der Bühne verschwand und die nächste Performance anstand, bevor der letzte Preis kommen würde.

„Nicht hyperventilieren", murmelte Sana hinter ihr und hatte sich offensichtlich vorgebeugt.

„Das sagst du so leicht", antwortete sie, als sie sich setzte, und versuchte ruhiger zu atmen.

„Er hätte auch mehr schleimen können. Sowas wie ‚Frieda, du bist die Inspiration all meiner Songs, ich liebe dich!'", gab Rico zum Besten und handelte sich damit einen Rempler von Sana ein.

„Soll mir das helfen?", fragte Frieda ihn nun, wobei es das tatsächlich tat, denn es lenkte sie ab.

„Klar. Wir sind einfach nur froh, dass er uns auch erwähnt hat." Er lachte los und alle stimmten mit ein.

53

Frieda blickte Rafael entgegen, der wenig später geflasht mit seinem eigenen Grammy zurückkam.

„Super, Raf!" Kam haute ihm von hinten auf die Schulter.

„Verdient!", sprach jemand vor ihnen, doch Frieda bekam nicht mit, wer es war, weil sie nur noch Augen für ihren Freund hatte.

Dann schaute er sie an und für einen Moment blendeten sie alles aus.

„Danke!", murmelte sie, als er sich gesetzt hatte.

Er schüttelte den Kopf, küsste sie dann und nahm sich Zeit, im Gegensatz zu vorhin, wo er als Sieger verkündet worden war. „Du hast mir für nichts zu danken, du bist der Grund für das alles."

Sie lächelte. „Ich habe den Song nicht geschrieben."

Er zuckte mit der Schulter. „Doch irgendwie schon. Du machst Dinge, sagst sie oder bist einfach da."

„Aber ich kann sie niemals so verarbeiten."

„Dafür reicht mein bescheidenes Talent gerade noch so aus", flüsterte er und lehnte sich dann zurück. „Mir egal, was heute noch passiert, ich bin fertig."

„Wir müssen unsere Grammys feiern", sprach Kam von hinten und alle stimmten zu.

Den Grammy für das beste Album gewann Quiet Place nicht, aber das bedauerte niemand, alle schienen zufrieden.

Schließlich fand Frieda sich an Rafaels Hand wieder, der in der anderen Hand seinen Grammy trug, und lief mit ihm zur Aftershowparty, zu der sie gerade gefahren worden waren und die unter anderem seine Plattenfirma mitveranstaltete. Er war schon interviewt und fotografiert worden und sie hatte generell das Gefühl, dass alles jetzt noch verrückter als vorher ablief.

„Sind gleich drinnen", murmelte er ihr zu und sie nickte nur.

Auch hier drängten sich die Menschen eng an eng und sie wurden viel mehr beachtet als ohnehin schon.

Gerade hielt Rafael wieder und unterhielt sich mit irgendwem. Er war immer lieb und stellte ihr die Personen vor, wenn er selbst wusste, wer das war, aber dabei blieb es dann auch meist. Die Leute begrüßten sie kurz und die üblichen zwei Sätze an Smalltalk fielen, bis sie sich Rafael zuwandten und ihn für seinen Grammy lobten, als sei er eine Art Gott. Unfassbar, was eine simple kleine Statur eines Grammophons mit einem machte, was sie allgemein und trotz allen Stolzes auf Rafael ziemlich befremdlich fand.

Sie schaute sich um, die Musik war laut, aber gerade noch so, dass man sich unterhalten konnte, und offenbar hatte man an nichts gegeizt.

Sie sah in der Nähe Kam und Jordan sich ebenfalls mit jemandem unterhalten. Max stand derweil auf Rafaels anderer Seite.

„Ich brauche unbedingt was zu trinken ...", wisperte Rafael eine Minute später. „Komm, lass uns schnell an den Leuten vorbeischleichen."

„Ich glaube nicht, dass du heute schleichen kannst", flüsterte sie zurück.

„Hmm ... wie wäre es, wenn du vorgehst, und ich verstecke mich hinter dir?"

Sie kicherte. „Wir können das probieren, aber ich weiß auch nicht, ob das funktioniert. Ich könnte ein böses Gesicht aufsetzen." Sie runzelte die Stirn und guckte ihn böse an.

„Das wirklich böse ist", schmunzelte er. „Woran hast du gedacht?"

„Ganz schlimme Vandalen, die sich über den VIELEN Sand beschweren!"

Er lachte los und sie zog ihn mit. Sie hatte eine Bar etwas weiter links ausgemacht und Rafael ließ sich bereitwillig ziehen. Sie schafften es tatsächlich durch, während er sich immer noch kaputtlachte. „Scheiße, das war effektiv. Wie hast du jetzt geguckt?", fragte er nun und sie drehte sich zu ihm um. Ihr Blick ließ ihn nur noch mehr lachen. „Du bist engagiert. Ich will gar nicht wissen, was die Vandalen nun gemacht haben."

„Neuer Punkt für den Lebenslauf. Raf Schreivers persönliche ‚Durch-die-Menge-Zieherin' … mach da bloß keinen Song draus."

„Mist, ich dachte gerade an einen mit dem Titel ‚RUNway' …" Er kicherte. „Was willst du trinken?"

„Mir egal."

Er bestellte also irgendwas und sie vertraute darauf, dass er wusste, was sie mochte.

Ein Grammy hatte offensichtlich auch Vorteile, er bekam nämlich sofort, was er wollte, und schaute kurz auf sein Telefon und seufzte.

„Was ist?"

„Mein Telefon explodiert vor Nachrichten und meine Mutter findet dich hinreißend."

Hätte sie in diesem Moment etwas getrunken, hätte sie sich vermutlich verschluckt. „Was?" Bis jetzt hatte sie noch gar nicht an seine Mutter gedacht. Sie wusste nur, dass sie in den USA wohnte, aber groß von ihr erzählt hatte er nicht.

„Da … ‚HINREIßEND!' … Sie hat die Grammys geschaut und mir gratuliert. Sie fragt, ob wir bei ihr in New York vorbeikommen wollen, statt gleich zurückzufliegen."

Ihre Augen wurden immer größer. „Nach New York?"

„Genau, keine Ahnung, ob wir das überhaupt machen können. Vielleicht ganz kurz, wenn du willst? Ansonsten fliegen wir direkt zurück." Rafael betrachtete sie abschätzend.

„Willst du sie sehen?", und ihr Herz pochte unangenehm. Sie hatte gerade die Nachricht gelesen, in der ‚gorgeous' gestanden hatte, also tatsächlich hinreißend. Aber würde sie sie in echt auch mögen? Angst beschlich sie, dass das vielleicht nicht so war.

„Ich habe sie das letzte Mal an Weihnachten gesehen, es ist also noch nicht ewig her, aber es würde sich anbieten."

„Hmm …" Frieda wusste nicht, was sie davon halten sollte. „Keine Ahnung, das ist aufregend."

„Wenn sie schreibt, dass sie dich hinreißend findet, wirst du dir wohl keine Sorgen machen müssen." Offenbar ahnte er, was sie dachte.

Damit hatte er recht. „Wir können ja schauen, ob es passt", antwortete sie schließlich.

Er nickte und nahm nun die Getränke entgegen. „Meine Geschwister haben auch geschrieben und sich bedankt, dass ich sie erwähnt habe." Er grinste.

„Haben sie deine Erwähnung gefeiert?"

„Sehr. Hat sich schon jemand bei dir gemeldet?"

Sie zuckte mit der Schulter. „Ich habe mein Telefon nicht mitgenommen." Und das zugegeben auch mit Absicht. Paula hatte bestimmt was Lustiges geschrieben, aber ihre Ängste gingen mehr in die Richtung, ob sich ihre Schwester oder ihre Eltern melden würden oder sie weiterhin ignorierten, wobei sie gerade nicht wusste, welche der beiden Optionen besser war.

„Raaaaaaf! Unser Gewinner!" Plötzlich stand Bernie vor ihnen, in Begleitung einiger Leute.

„Das ist er wirklich!", sagte ein anderer Mann, an dessen Seite sich eine Frau befand, die sie ein bisschen an eine der Kardashians erinnerte. „Danke, dass du uns erwähnt hast."

„Danke für die Chance, den Song veröffentlichen zu können", lächelte Rafael zurück und Frieda schnallte, dass diese Leute hier wichtig sein mussten. Nicht nur Bernie wirkte so, der andere Typ strahlte eine Form von Autorität aus, die ihr Angst machte. Außerdem lächelte Rafael zwar, aber hatte sich ansonsten merklich angespannt.

Der noch namenlose Mann reichte ihm die Hand. „Wir sollten in den nächsten Tagen reden. Bleibst du noch in L.A.?"

Rafael schüttelte den Kopf. „Nein, wir wollten zurückfliegen und am neuen Album arbeiten." Den eventuellen Zwischenstopp in New York ließ er außen vor.

„Hmm." Der Mann nickte. „Wir telefonieren. Wobei ich bin eh demnächst in Europa, vielleicht funktioniert es dann mit einem Treffen." Er lächelte breit. „Wir müssen ernsthaft über eure Verträge sprechen."

Raf nickte wieder. „Und vermutlich eine Tour?"

„Die auch", mischte sich nun Bernie ein. „Unser Team hat ein paar Ideen."

„Das klingt gut." Raf lächelte wieder.

„Dann lass dich feiern. Der Song und du habt es verdient. Wir sind sehr froh, dich bei uns unter Vertrag zu haben", meinte Bernie und blickte dann zu ihr. „Du hast dich bestimmt auch gefreut, oder Frieda?"

„Sehr." Sie lächelte und legte ihre Hand auf Rafaels Arm.

„Ah, du bist die Freundin", sprach nun wieder der andere Mann und musterte sie, was die Frau an seiner Seite schon längst getan hatte, aber nun gelangweilt zu sein schien.

„Genau. Das ist Joel Kingston." Rafael küsste sie besitzergreifend auf den Kopf, als er den Namen des Mannes nannte, der nun nickte, und sie wurde das Gefühl nicht los, das hier irgendwas ablief, was sie nicht verstand.

„Großartig." Bernie lächelte. „Euch noch eine tolle Nacht." Er klopfte Rafael auf den Arm, wie er es auch schon vorhin gemacht hatte, und der andere Mann tat es ihm nach. Damit schritten sie weiter.

Sie blickte zu Rafael hoch, der wieder sichtlich durchatmete. „Klär mich auf …", wisperte sie auf Deutsch. „Wer war der andere? Der wirkte einschüchternd."

„Der Boss der Bosse, das war der CEO des Unternehmens persönlich", wisperte er.

„Offenbar sind sie stolz", stellte sie fest, aber konnte nicht umhin, die Begegnung immer noch eigenartig zu finden.

Er verdrehte die Augen. „Ich bringe ihnen genügend Geld ein. Unser Vertrag endet bald und sie wollen sichergehen, dass wir bleiben. Besonders jetzt mit den Grammys. Ein paar andere Awardshows kommen noch, aber ehrlich, der hier ist wie der Oscar in der Filmbranche."

„Und deswegen bin ich auch furchtbar stolz auf dich", lenkte sie ab, um die plötzlich aufkommende negative Stimmung nicht noch zu verschlechtern.

Das ließ ihn einen Augenblick stutzen, dann lächelte er erneut. „Du hast keine Ahnung, wie viel mir das bedeutet." Er küsste sie schnell und sie vergaß all die doofen Gefühle, die sie gerade noch gehabt hatte.

Rafael

Joel Kingston hatte sich noch nicht mal vorgestellt, das regte ihn am meisten auf.

Nein, eigentlich war es die Musterung seiner Freundin, als könnte er sich irgendein Urteil erlauben.

Er hasste das und genau das hasste er allgemein an L.A. Die Leute guckten aufs Äußere, nicht aufs Innere.

Bei Frieda war beides perfekt und trotzdem schaffte es der Typ, ihn aus der Fassung zu bringen.

Genau das war das Problem. Er wusste, wie viel Macht das Label und das ganze Unternehmen hatte, wie sehr er und die Band einen Vertrag brauchten. Bis jetzt hatten sie wahnsinnig viel Glück gehabt, ihr Stil hatte von Anfang an gepasst, war herausgestochen und sie hatten sich nie groß verändern oder Kompromisse eingehen müssen, mit denen sie nicht hatten leben können.

Doch wer wusste schon, wie sich das in Zukunft entwickeln würde? Wie wäre es mit ihren jeweils individuellen Wünschen und Zielen?

Und jetzt hatte er auch noch tatsächlich den Grammy gewonnen. Ob es das einfacher machen würde?

54

Frieda kuschelte sich in den Sitz und hoffte, dass sie zumindest auf diesem Flug ein wenig schlafen konnte. Sie gähnte einmal und seufzte. Die L.A.-Tage waren unheimlich schnell verflogen. Gestern Abend erst hatte die Verleihung stattgefunden, heute Mittag flogen sie bereits wieder.

Die Nacht war lang und anstrengend gewesen und wenn es nach ihr gegangen wäre, wäre sie bereits viel früher von der Party verschwunden. Aber sie hatte Rafael nicht allein lassen wollen, der einfach hatte bleiben müssen, weil man es von ihm erwartete und das Teil seines Jobs war.

Ihr Freund saß nun neben ihr und so sehr er sich auch über seinen und die anderen Grammys freute, wurde sie das Gefühl nicht los, dass ihn irgendetwas bedrückte. Er hatte nicht so sehr gefeiert, wie die anderen. Doch als sie dann irgendwann zurück zu Kams Haus gefahren waren, blieb seine Stille. Sie hatte sich nur nicht weiter damit beschäftigen können, weil sie selbst sich viel zu fertig gefühlt hatte und quasi sofort bei Bettberührung eingeschlafen war.

„Und da sind wir wieder. Wieso werde ich das Gefühl nicht los, dass wir den Privatjet hier nur gratis bekommen haben, weil unsere Reise ruhmreich verlaufen ist?" Rico ließ sich auf einen der Sitze fallen.

„Frag Rafael, er hat sich genau wie Kam gestern mit den Bossen unterhalten. Immerhin haben sie mich begrüßt." Sana schnaubte. „Haben sie was zu euch gesagt?", fragte diese nun Fran und Max, die auch müde aussahen.

„Nein. Regt euch nicht auf, wir haben bald ein Treffen in Berlin", meinte Max nun und gähnte ebenfalls.

„Vertragsverhandlungen?", fragte Sana nach.

Max nickte. „Sie haben sich bedeckt gehalten, aber ehrlich, ihr habt zusammen mal wieder drei Grammys gewonnen, was wollen sie noch? Euer Marktwert ist damit um ein

Vielfaches gestiegen und ihr habt euch gestern alle gut benommen." Er gähnte noch einmal. „Und sowohl die Verkaufszahlen als auch die Streamingzahlen sind fantastisch."

Rafael seufzte deswegen, aber Frieda ging nicht darauf ein, sondern zog ihr Telefon aus der Tasche, um sich der Nachrichtensituation zu stellen und war einmal mehr froh, dass sie vor der Reise noch ihren Vertrag erweitert hatte und nun überall ihr Handy ohne große Zusatzgebühren nutzen konnte.

Ihre Profilanfragen in den sozialen Medien explodierten, aber das ignorierte sie. Ihre Eltern und ihre Schwester hatten sich nicht gemeldet, dafür viele andere Leute, wie ihre ehemalige Chefin Janna, aber auch Sina und Isabelle, denen sie irgendwann mal antworten musste. Doch dazu hatte sie jetzt keine Lust, stattdessen schickte sie Paula ein Selfie von sich und Rafael von gestern Abend, das er gemacht hatte. Das Foto war niedlich. Er hielt locker seinen Grammy in der einen Hand und küsste ihre Wange, während sie bis über beide Ohren strahlte.

Paula sandte ihr sofort tausend Herzchen und gratulierte noch einmal Rafael und der Band.

Dann kam der Start und im Flugzeug blieb es auch anschließend ungewöhnlich still.

„Wohnen wir eigentlich bei dir?", fragte Kam plötzlich, sodass alle zu Rafael sahen.

Frieda wusste, was Kam meinte. Sie machten tatsächlich alle noch einen Zwischenstopp in New York. Offenbar hatten Fran und Max für die Tage nach den Grammys keine Termine gebucht, sodass sie drei Nächte dort bleiben konnten.

Rafael antwortete nicht und schien gedanklich ganz weit weg zu sein.

„Hey …", wisperte sie und berührte ihn vorsichtig an der Hand.

„Hmm?" Er sah fragend auf.

„Kam hat dich gefragt, ob alle bei dir übernachten."

Jetzt sah Rafael zu Kam. „Klar, warum nicht?"

„Vielleicht wollt ihr ja allein sein." Jordan grinste.

„Unser Schlafzimmer liegt weit genug von euch weg", konterte ihr Freund.

„Wie groß ist deine Wohnung?", mischte sie sich neugierig ein, weil sie bei so vielen Personen sich nicht vorstellen konnte, dass er nur eine Dreizimmerwohnung besaß. Allein die Tatsache, dass er überhaupt eine New Yorker Wohnung hatte, fühlte sich merkwürdig an, wenn sie es mit Ostfriesland verglich.

„Sieben Schlafzimmer …" Er zwinkerte ihr zu. „Und wir haben einen eigenen Bereich."

„Ich vermute, das soll mich beruhigen?"

„Auf jeden Fall!" Er küsste sie sanft auf die Nase.

Der Flug verlief allgemein ruhig, dafür waren alle zu kaputt. Als sie schließlich ankamen und getrennt von den anderen in einem Auto saßen und sich fahren ließen, fühlte es sich schon deutlich kühler an und sie kuschelte sich im Auto eng an Rafael, ohne dass sie groß redeten.

Stattdessen betrachtete sie fasziniert New York, von dem sie nie gedacht hätte, dass sie es mal sehen würde. Diese Stadt hatte einen völlig anderen Vibe, aber es gefiel ihr und sie verstand auch, warum Rafael New York L.A. vorzog.

Als sie schließlich vor einem von gefühlt Millionen Hochhäusern stehenblieben und offensichtlich aussteigen würden, seufzte sie. „Das hier ist nicht so hoch."

„Wie bitte?", fragte Rafael.

„Dieses Haus hier ist gar nicht so hoch."

„Nein, ziemlich normal in der Nachbarschaft." Er blickte sich um und schien etwas erholter „Vielleicht schaffen wir es ja, unbemerkt eine kleine Tour zu machen."

„Meinst du?", fragte sie hoffnungsvoll und stellte sich vor, wie sie die wichtigsten Wahrzeichen abklapperten, wobei sie gar nicht wusste, wo sie da anfangen sollten.

Er zuckte mit der Schulter. „Ich würde gern, bin aber etwas pessimistisch. Der Grammy ist zu frisch."

Sie nickte und fühlte sich nicht enttäuscht, denn wenn er hier schon eine Wohnung hatte, würde sie bestimmt noch einmal wiederkommen. „Und wo wohnt deine Mutter?"

„Die wohnt in einem wirklich malerischen Haus in Brooklyn. Dort ist es schön. Wir gehen sie morgen besuchen. Sie freut sich schon." Er lächelte. „Und nein, du musst keine Angst haben."

„Das musst du sagen, sie ist deine Mutter."

Er schmunzelte. „Wir werden sehen. Willst du rein?" Er deutete auf das Haus.

„Okay."

Wenig später betraten sie mit ihrem Handgepäck seine Wohnung und ihr verschlug es mal wieder den Atem.

„Wahnsinn!", wisperte sie und schaute sich um, während sie ihm folgte.

„Sowas ähnliches hast du in Berlin schon gesagt." Er lachte leise.

„Aber gegen Berlin ist das hier eine andere Nummer und ich sehe bisher nur den … Eingangsbereich?"

„Einfach ein anderer Lebensstil." Er zuckte mit der Schulter. „Und andere Standards, ich habe nichts umbauen lassen, nur Möbel reinstellen. Welche gefällt dir besser?", fragte er jetzt.

„Hmm …" Das war schwer zu sagen, besonders, wenn sie bisher nur den Eingangsbereich gesehen hatte. Es erinnerte sie hier mehr an Kams Haus. Marmor, edle Materialien. Berlin hatte was Urbanes und Industrielles. Es hatte sich nach ihm angefühlt, das spürte sie hier noch nicht. „Berlin ist vermutlich ein bisschen geerdeter und das nicht nur wegen der Höhe."

Er nickte. „Wenn ich mir eine aussuchen müsste, würde ich die in Berlin bevorzugen. Die hier habe ich nur, weil wir eine ganze Weile relativ häufig in New York waren und ich keinen Bock auf Hotel oder so hatte. Außerdem sind wir generell häufig in den USA, so hat die Wohnung Vorteile."

„Haben da die anderen auch bei dir übernachtet, als ihr länger hier gewesen seid?"

„Nicht alle und nicht immer."

„Okay." Letztendlich war es ihr auch egal. Sie wusste nicht viel über die Wohnungssituation der anderen. Nur Kam und Sana hatten da ja ein bisschen geplaudert. Letztendlich hatten sie vermutlich alle mehr als genug Geld, um fast überall auf der Welt wohnen zu können, wenn sie das denn wollten.

„Ich hoffe, es ist okay, dass sie alle hier bleiben?"

„Klar! Sie gehören zu dir dazu und unser Schlafzimmer ist angeblich weit weg", zitierte sie ihn und lächelte.

„Bald haben wir auch wieder ein bisschen Ruhe." Er seufzte und sie bekam mal wieder das Gefühl, dass irgendetwas nicht in Ordnung schien. „Komm, wir lassen die anderen rein und dann zeige ich dir als Erstes unser Schlafzimmer", lenkte er sie ab.

Sie mussten nicht lange warten, bis die anderen eintrudelten. Rafael hatte ihr in der Zeit schon mal die Küche und das Wohnzimmer gezeigt, von wo aus sie kurz den Ausblick auf die umliegende Stadt bewundert hatte, was wieder totales Kontrastprogramm zu L.A. bot, aber auch zu Berlin.

Die Wohnung oder das, was sie bisher davon gesehen hatte, wirkte wie aus dem Portfolio eines Immobilienmaklers, aber sie fand es auch nicht schlecht.

Schließlich zog Rafael sie mit sich mit.

„Da lang!", murmelte er. Sie kamen in einen weiteren Flur, der durch eine Tür abgetrennt vom Rest lag, blieben dort kurz stehen und er schloss diese ab. Dann drehte er sich zu ihr. „Endlich allein."

Sie seufzte. „Ich vermute, das ist alles deine ,Suite'?"

„Ja, machen wir uns nichts vor. Die Wohnung ist zu riesig, darum übernachten hier auch meistens alle, wenn wir hier sind. Aber dank diesem Bereich hier, habe ich trotzdem das Gefühl, auch dann Raum für mich zu haben. Da geht es zum Masterbad, dort zum Schlafzimmer, dort ist eines der zwei Ankleidezimmer. Ich benutze das andere, darum ist da nichts. Das wäre also dein Bereich." Er zwinkerte ihr zu.

„Wer kümmert sich um alles, wenn du nicht hier bist?", fragte sie neugierig und betrachtete den eleganten dunklen Holzfußboden.

„Dafür gibt es einen Service, außerdem hat meine Mutter einen Schlüssel für den Notfall. Ich habe auch einen für ihr Haus."

„Ich habe meinen in Norddeich gelassen", wisperte sie und dachte zum ersten Mal wieder an ihre Art von Flucht. Es tat immer noch weh, dass das alles so passiert war, auch wenn sie grundsätzlich nicht bereute gegangen zu sein.

„Du hast immer noch nichts von ihnen gehört, oder?", fragte Rafael leise. „Sorry, es war so viel los, ich konnte dich noch gar nicht fragen."

„Schon gut, du Grammygewinner." Sein Gesicht verzog sich, was sie schmunzeln ließ. „Nein, sie haben sich nicht gemeldet. Sie ziehen das durch", stellte sie frustriert fest. „Was ist mit dir? Ich werde das Gefühl nicht los, dass dich irgendwas bedrückt, und ich frage mich schon seit einer Weile, was es wohl sein könnte?"

Er seufzte wieder und wirkte plötzlich rastlos.

„Hat es mit mir zu tun?", sprach sie den ersten Verdacht aus, den sie hatte.

„Nein!" Erschrocken schaute er hoch. „Nein, natürlich nicht. Ehrlich, ich bin so froh, dass du mitgekommen bist und den ganzen Stress auf dich genommen hast. Mit dir ist es sehr viel angenehmer …"

„Aber was ist es dann? Erst dachte ich, dass es die Aufregung vor den Grammys ist, aber mit deinem Gewinn ist es nicht besser geworden. Hättest du lieber verloren? Nerven dich die anderen?"

„Nein, gewinnen ist großartig." Er lächelte. „Verlieren macht weniger Spaß. Und nein, mit den anderen ist auch nichts, auch wenn sie manchmal nerven."

„Ist das nicht normal in einer Band? Ich habe da keine Erfahrungswerte, aber ihr versteht euch alle ziemlich gut. Ist es ein bisschen wie in einer Familie?"

„Ist es." Er lächelte. „Am schlimmsten ist es tatsächlich auf Tour, wenn wir alle müde sind. Da kracht es häufiger, allerdings versuchen wir uns zu beherrschen und nehmen uns bewusst Zeit für uns allein."

„Okay. Was bedrückt dich dann? Oder kannst du es nicht sagen?"

Er zuckte mit der Schulter. „Komm, ich zeig dir erst einmal alles."

Und das tat er, allerdings war sie nur halb dabei, zu sehr beschäftigte sie, was ihn wohl bedrückte. Seine Suite toppte dagegen noch einmal alles Vorherige und schließlich ließ sie sich atemlos und müde auf das Bett fallen.

„Hast du hier eine Seite?", fragte sie ruhig, weil er mit im Zimmer war und gerade irgendwas aus seiner Tasche auspackte.

Er lachte leise. „Nein, du kannst sie dir aussuchen. Fensterseite?"

Sie gluckste. „Wie definierst du Fensterseite?" Denn das war nicht leicht. Man konnte von beiden Seiten aus dem Fenster schauen, weil dieses Zimmer ein Eckzimmer war.

„Die Seite, wo man den Blick nach vorne und zur Seite hat."

Sie legte sich erst auf die und dann auf die andere. „Nein, ich mag die andere lieber. Keine Ahnung warum."

In diesem Moment legte er sich zu ihr. „Hauptsache ich liege neben dir."

„Ich verkneif mir dazu jetzt jeden Kommentar." Doch ihr Herz begann zu klopfen und Frieda empfand es als Geschenk, dass er immer wieder ihre Nähe suchte.

„Wieso? Wäre der nicht nett?" Er zwinkerte ihr zu und sie kicherte los. Schließlich seufzte er erneut. „Arbeit …"

Ihr Kichern verging und sie ahnte, dass er vielleicht jetzt endlich mit der Sprache herausrücken würde.

„Du hast viel Arbeit?"

„Das auch, aber der Grammy bedeutet Arbeit. Ja, ich wollte ihn gewinnen, doch mir ist klar, dass es nicht einfach ein Gewinn ist und wenn ich darüber nachdenke, wird mir schlecht."

„Das kapier ich nicht, du liebst doch Musik? Ich habe jetzt ja ein paar Wochen Erfahrung und wenn du tief versunken bist, dann gibt es nichts mehr für dich, außer vielleicht noch mich, wenn ich ganz viel Glück habe."

„Ja, aber das meine ich nicht. Wir brauchen ein neues Album, wir müssen einen neuen Vertrag aushandeln und es geht um eine neue Tour und das zieht alles wieder so viel nach sich …"

„Was möchtest du mir damit sagen?", unterbrach sie ihn und stemmte sich hoch, um ihn besser betrachten zu können.

Er schien zu schlucken und guckte an die Zimmerdecke. „Das nun bald genau das eintreten könnte, was wir nicht wollen. Ich muss arbeiten, ich werde unterwegs sein …"

„Oh …" Jetzt verstand sie. „Und du kannst mich nicht überall mit hinnehmen?"

„Doch, vermutlich kann ich das schon, aber was wird mit dir? Was willst du machen? Und werde ich genug Zeit haben und du mich nicht irgendwann satthaben?"

„Willst du mich nicht mitnehmen?" Rafael beunruhigte sie immer mehr.

„Doch, aber ich mache mir Sorgen", murmelte er. „Sorgen, dass du dein Leben nun für mich aufgibst. Dass ich keine Zeit mehr habe und so beschäftigt bin, dass wir zusammen und doch getrennt sein werden."

„Und das fällt dir ein, während ich mit dir unterwegs bin?", fragte sie und wusste nicht, ob sie das süß, besorgniserregend oder ärgerlich finden sollte.

„Ehrlich gesagt, ist mir der Gedanke in den letzten Tagen gekommen, als immer wieder alle nach dem neuen Vertrag gefragt haben, Wünsche geäußert haben und mir klar wurde, wie das enden könnte, wenn ich das alles machen muss. Das hier ist nicht deine Welt und so sehr ich bei dir sein will, kann ich das nicht immer. Und was wird mit dir? Das ist mein Leben, aber nicht deines. Ich liebe es, wenn du bei mir bist, ich liebe es, all deine Reaktionen auf Songs zu sehen. Ich habe nicht gelogen, als ich meinte, dass es ohne dich all die Songs nicht geben würde. Aber sei ehrlich, das in L.A. war schwer."

Sie schwieg und verstand nun, was er wollte. Er meinte es nicht böse, er machte sich Sorgen, ob nun darum, dass er keine Zeit haben würde oder darum, dass sie sich zu sehr an ihn kettete und sich wieder selbst vergaß. „Es sind nicht meine Kreise, aber ich weiß auch nicht in welche Kreise ich gehöre. Ich mag Berlin, L.A. ist ziemlich speziell", was freundlich ausgedrückt war. „New York ist bisher ziemlich groß. Ich kann es nicht einschätzen, ich weiß nur, dass ich zwischendrin, so bescheuert es sich anhört, tatsächlich Ostfriesland vermisst habe." Auch wenn sie das nicht mehr so quälte, doch sie verglich immer noch alles damit und manchmal gewann Ostfriesland eben. Immerhin hatte sie da eine Aufgabe gehabt, die hatte sie nun nicht. Und auch sie ahnte, dass es nicht immer so bleiben konnte. Sie würde irgendwas machen müssen, schon allein um irgendetwas zu tun zu haben.

„Deinen Job?", fragte er nach.

„Nein, den nicht unbedingt. Eher die Ruhe im Winter, nicht unbedingt den Trubel und die nervigen Touristen im Sommer. Anwesende Person ausgeschlossen. Und ich hatte immerhin was zu tun."

Er schmunzelte. „Wie kann ich dir helfen?", fragte er.

„Ich weiß es nicht." Jetzt war es an ihr zu seufzen. „Ich verstehe dich und mir ist klar, dass wir in unserer eigenen Blase leben. Wir müssen herausfinden, was wir wollen und wie wir es umsetzen können. Und das belastet dich schon die ganze Zeit?", fragte sie.

Er schüttelte den Kopf. „Nein, nicht nur. Ich mache mir Sorgen um dich, ich mache mir Gedanken, wie es weitergehen soll und ich habe Angst, dass ich dich wieder verliere und es dieses Mal an mir liegt. Was, wenn jetzt ich es bin, der gefangen ist? Und dann hat das Label noch was angedeutet …" Er beendete den Satz nicht.

„Was?"

„Sie haben nichts Konkretes gesagt, aber sie haben raushören lassen, dass sie mich gern öfter in L.A. oder in New York sehen würden. Und es klang so, als hätten sie Pläne, meine Songs mehr zu vermarkten."

Sie konnte sofort verstehen, was ihn daran belastete. „Die anderen wissen es nicht."

„Nein, aber Kam ahnt was, offenbar haben sie ihm gegenüber auch was angedeutet."

„Sprich mit ihnen darüber." Sie blickte zu ihm und fühlte sich geehrt, dass er sich ihr offenbarte. Das zeigte ihr, wie sehr er ihr vertraute.

„Aber was soll ich sagen? Sie haben mir noch nichts angeboten."

„Spiel wie bei mir mit offenen Karten, damit sie nicht überrascht werden. Sag ihnen, was du fühlst. Wobei, das hört sich merkwürdig an."

Er lachte leise. „Ich versteh, was du meinst."

„Gut, was willst du denn? Willst du was allein machen? Ich würde dich nicht dafür verurteilen."

„Nein, ich will kein Solo-Projekt, aber es ging auch mehr darum, als Songwriter im Hintergrund für andere tätig zu sein. Das finde ich schon spannend, aber ich glaube nicht, dass mir die Bedingungen dafür gefallen werden."

Sie nickte und griff nach seiner Hand. Eine Sache schien ihr klar. „Ich will, dass du weißt, dass wir, egal wie es gerade aussieht, eine Lösung finden werden. Ich habe nicht so viele Jahre gewartet, dass es jetzt an solchen Sachen scheitert. Ich liebe dich." Sie schaute zu ihm und er blickte zurück. Er hatte recht, sie musste etwas für sich finden, und er musste sich um seine Sachen kümmern. Aber sie glaubte fest daran, dass sie das schaffen konnten, dafür lief es zwischen ihnen viel zu gut.

„Ich habe darüber einen Song geschrieben", murmelte er nun und meinte wohl den, den er geschrieben hatte, nachdem sie das erste Mal ‚Ich liebe dich' gesagt hatte.

„Und wenn du dafür keinen Grammy oder was auch immer bekommst, bekommst du einen Kuss von mir."

„Der ist viel besser." Er lächelte. „Den Song werde ich auch nicht anderen überlassen."

„Nur die schlechten Lieder?" Sie gluckste.

„So ungefähr."

„Dann mach das doch. Vielleicht wollen sie auch nur das. Du musst ja nicht alles geben, was du hast. Dann könntest du quasi auch mit anderen Künstlerinnen und Künstlern arbeiten?"

Er nickte. „Aber Quiet Place wird immer meine Nummer 1 sein."

„Und so musst du es den anderen auch erzählen." Sie gähnte plötzlich und ließ sich nun direkt neben ihm fallen, sodass sie sich an ihn ankuscheln konnte

„Das mache ich, danke." Er legte seinen Arm um sie.

„Wofür?", fragte sie.

„Dafür, dass du mir zuhörst und mit mir die Dinge analysierst."

„Wie hast du das in den letzten Jahren gemacht?", fragte sie.

„Was?"

„Deine Probleme besprochen."

„Meistens habe ich sie in mich reingefressen oder mit einem Song verarbeitet. Manchmal musste eine imaginäre Frieda herhalten", witzelte er.

„Oh, die hatte bestimmt bessere Tipps als die echte."

„Nein, hatte sie nicht." Plötzlich wandte er sich um. „Kommen wir zu den viel interessanteren Dingen ... wir sind allein, niemand wird uns in der nächsten Stunde stören und ich bin nicht mehr so müde. Außerdem habe ich einen Grammy gewonnen." Er wackelte verführerisch mit den Augen.

„Meinst du, das steigert deine Attraktivität, Vandale?", kicherte sie.

„Soll ich es beweisen?", schnurrte er.

Sie kicherte los, bis er sie mit einem Kuss zum Schweigen brachte.

Rafael

In den Himmel zu schauen, liebte er von diesem Bett besonders, doch der Anblick der Frau neben ihm toppte das noch. Friedas Haare lagen wild um sie und allein der Anblick dieser Flut führte dazu, dass er entweder einen Song über sie schreiben oder sie einfach noch mal verführen wollte.

Jetzt seufzte sie und drehte sich um. Sie hatte ein kleines Schläfchen gemacht und er sie die meiste Zeit dabei beobachtet.

Gerade lag sie mit dem Rücken zu ihm, doch nun drehte sie sich und ließ ihn den Atem anhalten, weil sie nackt so wunderschön war.

„Hey", murmelte sie.

„Hey …" Er beugte sich vor und gab ihr einen Kuss. Sie küsste ihn sofort zurück und plötzlich zog sie ihn wieder über sich. „Unersättlich?"

„Du nicht?", hauchte sie.

Er grinste, doch in diesem Moment wurden sie von dem Klingeln seines Telefons unterbrochen, was ihn stöhnen ließ. „Scheiße."

Sie runzelte die Stirn, doch nahm ihre Hände von ihm. „Geh lieber nachschauen."

„Ich will nicht", murmelte er.

„Merk dir einfach, wo wir waren, Vandale."

Sie kroch auf ihre Seite und er rückte zum Nachttisch, wo sein Handy lag. Es war Kam. „Alter … sag mir, dass es wichtig ist."

„Wir sind in derselben Wohnung und wir haben Hunger … wisst ihr, wie lange ihr beide schon in eurer Liebeshöhle haust?"

Rafael verdrehte die Augen. „Neidisch?", konterte er.

Kam lachte los. „Nein, so nötig habe ich es nicht. Aber ehrlich, habt ihr keinen Hunger, also auf Essen?"

In diesem Moment knurrte sein Magen. Frieda kicherte, als sie nun aufstand und nackt ins Bad spazierte, was ihm den Atem verschlug.

„Sorry!" Er räusperte sich.

„Ist sie gerade nackt vor dir langgelaufen?", rief Kam. Er hustete und Kam lachte los. „Also kommt ihr jetzt zum Essen? Wir haben was bestellt."

Er seufzte. „Gebt uns zehn Minuten."

Sie schafften es ganz knapp und Frieda wirkte noch ziemlich zerzaust, wobei er nicht glaubte, dass sein Zustand besser war.

Immerhin hatte es ihnen beiden gutgetan und er war froh, dass er mit ihr ein bisschen über seine Sorgen hatte sprechen können.

„YEAAAAAAH!" Die anderen inklusive Max und Fran jubelten los, als sie das riesige Wohnzimmer betraten.

Frieda lief sofort knallrot an, Rafael schüttelte einfach nur den Kopf. „Mich jetzt immer so zu begrüßen, nur weil ich alleine einen Grammy gewonnen habe, ist echt nicht nötig."

„Wir jubeln, weil wir endlich essen können", sagte Sana und stand auf. Sie zwinkerte Frieda zu. „Und vielleicht gibt's ja ein paar neue Songs."

Sie lief zum Esstisch und die anderen folgten ihr. Auch Frieda wandte sich dahin um und ließ ihn los. Kam kam als letzter in seine Richtung. „Sorry, aber wir wollten euch nicht ausschließen", murmelte der jetzt.

„Schon gut." Rafael lächelte.

„Immerhin bist du nun entspannter. Der Vertrag?", fragte Kam und ahnte wie so oft, was ihn belastete.

Er seufzte und dachte an Friedas Worte. „Ja, wir müssen vielleicht vorher mal darüber reden."

Kam lächelte und Rafael war sich sicher, dass sein Freund auch wusste, was ihm schon so halb angeboten worden war.

55

„Rafael!" Seine Mutter erdrückte ihn förmlich, nachdem sie die Tür geöffnet hatte, was merkwürdig aussah, weil sie gefühlt nur halb so groß war wie er und damit auch deutlich kleiner als Frieda. „Mein Kleiner ist wieder da", flüsterte sie glücklich auf Englisch, aber so, dass Frieda es noch hören konnte, die Rafael nun fast wie ein Baby hielt. Frieda fand das sofort goldig.

Er ließ es mit einem resignierten Gesichtsausdruck über sich ergehen, bis sie ihn offenbar genug bemuttert hatte und ihn wieder losließ. „Mom, das ist Frieda, meine Freundin", sagte er jetzt, um vermutlich von ihm abzulenken.

„Frieda!" Seine Mutter lächelte, als sie sich zu ihr wandte. „Wie schön dich kennenzulernen. Er meinte, du fühlst dich wohler, wenn du Deutsch sprechen kannst?", sagte sie nun auf Deutsch, das nicht perfekt war, aber wohl um einiges besser als ihr Englisch.

„Ja, vermutlich schon. Sie sprechen besser Deutsch als ich Englisch, trotz der vielen Jahre Unterricht."

„Ach." Sie wank ab. „Erstens habe ich die Erfahrung gemacht, dass Deutsche oft besser Englisch sprechen, als sie glauben, auch wenn der Akzent oft fürchterlich klingt. Und zweitens sag ruhig ,du', ich bin Mary. Seine Mommy …" Sie kicherte und Rafael verdrehte die Augen.

„Mooooom!", beschwerte er sich sofort. „Du weißt, dass ich kein Baby mehr bin?"

„Darüber lässt sich diskutieren. Außerdem sehe ich dich viel zu selten, lass mir doch die Freude."

Frieda kicherte und hatte nicht wirklich Mitleid mit ihm.

„Siehst du? Frieda ist mit mir einer Meinung." Mary verschränkte die Arme. „Es ist wirklich schön, dich kennenzulernen." Ihre Stimme klang warm und jegliche Anspannung wich von Frieda, weil diese Frau einfach nur herzlich schien.

„Mich freut es auch."

„Sie war aufgeregt, aber ich habe ihr gesagt, dass du ihr nichts tust." Rafael griff nach Friedas Hand.

Mary lächelte. „Nein, normalerweise nicht. Außer du tust ihm was. Falls er allerdings was anstellt, ruf an, dann wasche ich ihm den Kopf."

„MOOOOOM!"

Allein die Vorstellung seine Mutter anzurufen, fand Frieda lustig und kicherte. „Ich gebe dir später meine Nummer." Mary zwinkerte ihr zu. „Und nun kommt endlich rein, ich habe Enchiladas gemacht." Sie legte ihre Arme um sie und schob sie förmlich weiter ins Haus.

Rafael hob die Arme. „Yeeeaah!"

„Er liebt die Teile", murmelte Mary. „Schon mal gegessen?", fragte sie.

„Nicht, dass ich wüsste."

„Dann wird es Zeit, sie zu probieren."

Frieda fand sie nicht schlecht, auch wenn es kulinarisch eine ganz neue Welt war und sie nicht glaubte, dass es jemals ihr Lieblingsessen werden würde. Rafael dagegen haute rein und Mary verriet ihr, dass sie die immer machte, wenn sie wusste, dass er sie besuchen kam.

Frieda fand das süß. Sie unterhielten sich gut und unverfänglich. Seine Mutter wollte wissen, wie die Grammys gelaufen waren. Dann gab es eine Haustour für Frieda und sie sah Rafaels früheres Zimmer, welches förmlich tapeziert war mit Bandplakaten, Konzerttickets und Noten. Seine Mutter erzählte währenddessen aus seinen Kindertagen, dass sie sicher sei, dass er schon in ihrem Bauch Musik gemacht hatte und dass es für ihn nie etwas anderes gegeben hatte.

Frieda mochte sie sehr, aber sie merkte auch, dass die beiden vermutlich deswegen gut miteinander klarkamen, weil sie sich nicht oft sahen. Seine Mutter war quirlig, Rafael alles andere und ähnelte darin bestimmt mehr seinem Vater.

Irgendwann saßen sie auf einer kleinen Terrasse mit Blick auf den Hudson und tranken von Mary selbstgemachte Limonade, als Rafael kurz verschwand, weil sein Telefon geklingelt hatte.

„Das sieht so aus, als würde es dauern", kommentierte seine Mutter, die ihm hinterherblickte.

„Kann sein." Frieda hatte aus irgendeinem Grund kein gutes Gefühl bei dem Anruf.

„Was machst du eigentlich? Wir haben uns noch gar nicht über dich unterhalten."

Frieda seufzte, denn das stimmte. Sie hatten über Quiet Place und die Grammys gesprochen, L.A., über das Essen hier und in Deutschland, aber tatsächlich hatte seine Mutter noch keine Chance gehabt, sie nach ihrem Leben zu fragen.

„Weil das ein schwieriges Thema ist."

„Du bist ein schwieriges Thema? Das kann ich mir nicht vorstellen", sprach Mary lieb.

„Meine Situation ist kompliziert …", und fasste in Kürze zusammen, was in den letzten Wochen und Jahren passiert war. Sie wusste nicht warum, aber als sie einmal anfing zu reden, floss es förmlich aus ihr heraus, so als hätte sie einfach eine Gelegenheit gebraucht, alles einmal einer Person zu erzählen, die nicht involviert war.

Seine Mutter hörte geduldig zu, bis sie endete. Einen Moment schwiegen sie beide, bis Mary seufzte. „Verzeih mir, wenn ich das jetzt mal direkt sage, aber deine Eltern scheinen mir sehr egozentrisch zu sein. Ich hätte Rafael nie von seinen Plänen abgebracht, stattdessen mit Rat und Tat zur Seite gestanden, wenn er mich gelassen hätte. Doch Rafael war schon immer sehr selbstständig und wusste, was er wollte. Das ist für mich manchmal schwer, aber eigentlich bin ich stolz auf ihn. Ich finde es großartig, dass du dich in all den Jahren so für deine Familie eingesetzt hast, aber ich finde es nicht richtig, dass deine Eltern das zugelassen haben … Und ich glaube, ich gehe gerade zu weit. Tut mir leid, ich sage meistens, was ich denke. Das ist nicht unbedingt die gute deutsche Art." Sie lächelte und Frieda fiel auf, dass Rafael ihre Augen hatte.

Frieda schüttelte den Kopf. „Ich finde das nicht schlimm. Deutsche sind eher fürs Beschwerden bekannt. Und für all die Bürokratie und Pünktlichkeit."

„Oh ja." Mary kicherte. „Tut mir wirklich leid. Du kannst mir sagen, wann ich zu weit gehe."

Frieda lächelte. „Es stimmt ja, meine Schwester war hier in New York, sie konnte machen, was sie wollte."

„Konnte sie? Oder passte es einfach nur in die Pläne deiner Eltern?"

„Vielleicht hat sie es auch einfach geschafft, den Absprung zu schaffen." Vermutlich war es so. Tomma hatte völlig anderes durchgemacht als sie.

„Das hast du auch."

Sie seufzte. „Das ist nur leider gerade nicht leicht. Im Grunde scheitert es einfach daran, dass ich nicht weiß, was ich jetzt machen möchte."

Mary zuckte mit der Schulter. „Lass dir Zeit, probiere dich aus. Rafael ist einer der wenigen Menschen, die immer wussten, was ihre Berufung ist, die lieben, was sie tun. Ganz ehrlich? Die meisten von uns suchen vermutlich ihr Leben lang und das ist absolut nicht schlimm. Also falls du das Gefühl hast, die eine Sache finden zu müssen, weil er diese eine Sache hat? Lass es, das setzt dich nur unter Druck. Du liebst ganz eindeutig meinen Sohn, auch wenn der mit einem Berg voll Problemen im Anmarsch ist … sein Leben ist nicht für alle was. Du musst ihm zuliebe nichts tun. Er kommt auch so immer wieder zu dir zurück, da bin ich sicher." Sie seufzte. „Ich hatte schon so viele Jobs, aber wirklich das eine gefunden, so wie Rafael, das habe ich nie. Aber das ist okay, ich habe immer versucht, etwas zu finden, was mir Spaß macht."

Frieda schluckte. Von der Seite aus hatte sie das noch nie betrachtet, aber Mary hatte recht. Wie viele Leute kannte sie, die wirklich glücklich mit ihrem Job waren und ihren Traumjob machten? Sehr wenige. Aber auch die mit Traumjob, wie

Rafael und Paula, hatten es nicht immer leicht. „Was machst du gerade?", fragte sie schließlich und sah zu seiner Mutter, die sie lächelnd beobachtet hatte.

Sie kicherte. „Ich arbeite bei einem großen Medienunternehmen im Finanzbereich. Eigentlich langweilig, aber das Team ist toll und die Bedingungen hervorragend."

Sie nickte. „Klingt gut."

„Ja, wie gesagt, es ist nicht der spannendste Job der Welt, aber ich mag ihn. Manchmal helfe ich dann noch in einem Tierheim, das erdet mich ein bisschen."

Frieda fand, dass das wirklich schön klang und wünschte sich plötzlich, auch so ‚geerdet' zu sein.

In diesem Moment trat Rafael zurück auf die Terrasse und seine Miene sprach Bände. „Hey ..." Er ließ sich auf seinen Stuhl fallen.

„Was ist los, Schätzchen?", fragte seine Mom ihn und Friedas ungutes Gefühl wuchs.

„Das war Max, wir müssen heute schon zurück nach Berlin." Er sah zu Frieda und die nickte ihm beruhigend zu, doch er wirkte damit nicht glücklich. „Tut mir leid, Mom, wir müssen gleich los."

Diese seufzte theatralisch und schaute dann zu Frieda. „Dann wird es wohl Zeit, dir meine Nummer zu geben, damit ich jemanden habe, der ihn öfter zu mir bringt."

Rafael stöhnte, doch sie lächelte nur. Den Gefallen würde sie Mary gerne tun.

Wenig später saßen sie im Auto und Frieda steckte ihr Telefon ein, in dem sie jetzt Marys Nummer gespeichert hatte.

„Siehst du? Meine Mutter ist okay", sprach er schließlich.

„Sie ist großartig." Frieda seufzte. „Ehrlich, ich mochte sie sehr, das hätte ich nicht gedacht."

Rafael nickte. „Ich liebe sie, aber sie kann anstrengend sein."

Das glaubte Frieda ungesehen. „Ich vermute, weil sie dich liebt und dich vermisst."

„Kann sein." Sie spürte, dass seine Laune schlechter wurde und griff nach seiner Hand.

„Warum müssen wir denn schon zurück?"

Er drehte sich zu ihr um. „Wir haben morgen früh ein Meeting bei unserem Plattenlabel, offenbar wollen sie so schnell wie möglich alle ihre offenen Fragen klären. Ich nenne es: Schnell einen Vertrag aufsetzen, bevor uns jemand besseres bietet." Er schnaubte und schien deswegen wütend zu sein.

„Es wird schon alles gut werden, hör dir erst einmal an, was sie wollen", versuchte sie ihn zu beruhigen.

„Du hast recht!" Er entspannte sich ein wenig, trotzdem blieb das ungute Gefühl.

***

Die anderen hatten ihre Sachen bereits gepackt, als sie in Rafaels Wohnung ankamen. Sie beeilten sich, aber da sie nicht viel ausgepackt hatten, waren auch sie schnell fertig.

Als sie die Wohnung schließlich verließen, seufzte Frieda. Die anderen schienen auch nicht sonderlich begeistert darüber, wieder weg zu müssen, und Fran und Max schienen regelrecht gestresst, telefonierten oder tippten wild auf ihren Telefonen, als sie alle zusammen zum Flughafen fuhren.

Erst als sie in der Luft waren, Frieda wie immer neben Rafael sitzend, hatte sie das Gefühl eine Runde entspannen zu können.

„Tut mir wirklich leid, dass wir nun schon fliegen mussten", raunte ihr Rafael zu.

„Die anderen scheinen auch nicht begeistert."

„Niemand ist begeistert, wenn das Label beschließt, uns einzubestellen. Wir sind nicht ihre Leibeigenen, trotzdem zwingen sie uns gerade."

Frieda verstand seinen Ärger. Für ihn hatte das etwas mit Respekt zu tun. „Immerhin konnten wir deine Mutter sehen."

Er nickte. „Du magst sie wirklich, oder?"

„Ja, das tue ich." Sie lächelte ihn an. „Und was ist mit dir?"

„Hmm?"

„Ich bin mir sicher, du erzählst mir nicht alles." Das hatte sie schon im Auto gedacht, aber hatte da vor dem Fahrer nicht nachhaken wollen.

Er schien zu schlucken. „Ich habe einfach ein mieses Gefühl."

„Wegen des Vertrages?"

„Ja … keine Ahnung, warum, du hast recht, wir sollten uns das alles erst einmal anhören. Aber mir gefällt nicht, wie sie das Handhaben."

„Okay." Damit ließ sie es sein, denn jede weitere Vermutung brachte nichts. Frieda ging nun ihren Gedanken nach und dachte wieder daran, was Mary zu ihr meinte.

Vielleicht hatte sie recht, vielleicht war sie einfach eine Suchende. Nicht jeder fand, was er liebte. Die meisten lebten ihr Leben und machten das Beste daraus.

Aber was wollte sie tun? So an sich hatte sie ihr Touristikstudium schon gemocht, auch wenn sie vielleicht unter anderen Umständen die Richtung ein wenig anders gesetzt hätte. Vielleicht sollte sie sich aus Spaß einen Job in der Branche suchen, vielleicht bei einer Hotelkette, einem Reisebüro oder einer Touristikorganisation. So konnte sie schauen, wie ihr die Richtung gefiel oder ob sie doch noch mal wechseln wollte. Vielleicht reichten dafür sogar ein paar Weiterbildungen oder Zusatzqualifikationen, um dem Ganzen noch eine andere Richtung zu geben.

Sie seufzte, sie musste für sich recherchieren, was sie machen konnte, wenn sie so darüber nachdachte. In ihrer Tasche wühlte sie nach ihrem Telefon und schaltete es ein.

Paula hatte ihr drei Nachrichten geschickt, auf die sie schnell antwortete und schrieb ihr auch, dass sie auf dem Weg zurück waren. Sie verabredeten in den nächsten Tagen ein Telefondate.

Dann blickte sie auf die letzten Nachrichten ihrer Schwester und bedauerte erneut, dass sie gerade keinen Kontakt zu ihr hatte. Dann fasste sie sich: „*New York ist riesig* …"

Ihre Schwester reagierte nicht, aber dann schnallte sie, dass es in Deutschland mitten in der Nacht war und ihre Schwester inzwischen wieder zurück sein musste. Frieda wusste nicht einmal, bei wem sie gerade wohnte. Die zwei Haken blieben grau und vermutlich schlief sie, sodass Frieda nun die App schloss und überlegte, was sie tun konnte.

Schließlich tat sie das einzig Schlaue und versuchte sich einen Überblick zu verschaffen, was es überhaupt für Möglichkeiten gab. Plötzlich fühlte sie sich hellwach, alle beschäftigten sich mehr oder minder schweigend und ein Blick auf Rafael verriet ihr, dass dieser gleich einschlafen würde.

Als sie nach einer Weile wieder vom Telefon aufsah, atmete sie durch und fühlte sich von der Flut an Informationen erschlagen. Rafael schlief und sah niedlich aus. Sie spürte, wie müde er sein musste nach den letzten Tagen und wie viel ihm eigentlich noch bevorstand. Ob die Lage ernst war, konnte sie nicht einschätzen, aber sie nahm sich vor, ihn so gut es ging zu unterstützen.

Im Flugzeug umblickend bemerkte sie, dass auch inzwischen die meisten der anderen schliefen. Kam hörte über seine In-Ear-Ohrhörer Musik und las dabei irgendwas, was sie nicht sehen konnte. Neben ihm schien nur noch Fran wach zu sein, die mit dem Rücken zur Flugrichtung saß und nun aufschaute.

Frieda lächelte, als sie ihren Blick bemerkte und Fran lächelte müde zurück. Plötzlich stand die Managerin auf und kam zu ihr. „Kannst du nicht schlafen?"

Frieda schüttelte den Kopf. „Mir geht zu viel im Kopf herum. Was ist mit dir?"

„Zu viel zu tun. Max und ich haben es in Schichten geteilt, wobei wir eh nicht alles schaffen werden, also könnte ich rein theoretisch auch schlafen."

„Und was ist mit Kam?"

„Kam ist nicht unbedingt der beste Flugzeugschläfer. Er braucht von allen generell am wenigsten Schlaf, das merkt man besonders auf Touren", wisperte sie. „Willst du dich kurz zu mir setzen?"

Sie nickte, stieg vorsichtig über Rafael hinüber und setzte sich zu Fran. Kam hatte nicht einmal hochgeschaut.

„Was liest er da?"

Fran zuckte mit der Schulter. „Ich habe keine Ahnung und könnte mir von Comics bis hochtrabende Romane über Politikberichte und illustrierte Blättchen für Männer alles vorstellen."

Ein Husten unterdrückte ihr Lachen. „Und was machst du?", fragte sie nun.

„Wir haben Verträge zugeschickt bekommen, die ich durchgegangen bin. Allerdings nicht fürs Label, sondern für Merch-Rechte."

„Klingt nicht wahnsinnig spannend." Wobei Frieda zugeben musste, dass sie es doch interessant fand, was es alles so zu tun gab.

„Vertragssachen sind doch nie spannend, oder?" Fran zwinkerte ihr zu.

„Das stimmt, aber meistens notwendig."

„Genau." Fran seufzte. „Ist bei dir sonst alles in Ordnung?"

Sie nickte. „Ich habe einen guten Rat bekommen und versuche den jetzt umzusetzen."

Fran schien überrascht. „Einen guten Rat? Von wem?"

„Von Rafaels Mutter." Sie zuckte verlegen mit der Schulter, weil sie nicht wusste, wie Fran zu ihr stand.

Doch die grinste. „Die Frau ist manchmal ein Albtraum, aber sie gibt garantiert großartige Ratschläge. Unter uns, sie mag mich, glaube ich, nicht besonders, weil ich Raf immer wieder von ihr weghole."

Das konnte Frieda sich sofort vorstellen. „Sie hat mir ihre Nummer gegeben, damit ich ihn öfter zu ihr bringe."

Fran lachte leise. „Passt zu ihr, sie wartet wahrscheinlich schon ewig auf so eine Gelegenheit. Und was war das für ein Rat? Willst du darüber reden?"

Sie zuckte mit der Schulter. „Es ist kein Geheimnis. Ich brauche irgendwas zu tun, ich will nicht Ewigkeiten Rafaels Anhängsel sein, sondern seine eigenständig lebende Freundin. Er macht sich Sorgen, dass ich mich wieder selbst verliere und nur noch auf ihn Rücksicht nehme. Das habe ich nicht vor."

„Ein Grund, warum du seine Freundin bist, ist vermutlich genau der, dass du nicht bei ihm bist, weil es um sein Geld geht."

„Genau."

„Und?"

„Der eigentliche Tipp war, dass die meisten Leute nicht die eine Sache finden, die sie lieben und ihr Leben lang tun wollen. Die meisten Leute leben und versuchen das Beste aus ihrem Leben zu machen. Sie sind eben nicht wie Rafael, der liebt, was er tut."

Frans Gesicht erhellte sich förmlich. „Das habe ich noch nie so betrachtet, aber es stimmt. Wenn du dir Quiet Place anschaust, sind alle von ihnen mit Leib und Seele Berufsmusiker, wobei Rafael vielleicht noch der Schlimmste unter ihnen ist. Sie können sich nichts anderes vorstellen. Ich bin wohl eher wie du. Ich habe nicht gewusst, was ich machen will, und bin durch tausend Zufälle zu Quiet Place gekommen. Es ist gerade der beste Job, den ich mir vorstellen kann, aber ich weiß nicht, ob ich das bis an mein Lebensende tun will."

Frieda nickte. „Genau das meinte ich. Ich habe, wie gesagt, keine Ahnung, was ich jetzt machen will. Mary hat mir etwas den Druck genommen, sofort den perfekten Job zu finden."

„Hmm, wenn du dir ein Bild vorstellen könntest, wie es den Rest deines Lebens sein sollte, was wäre das?", fragte Fran.

Frieda dachte einen Moment darüber nach. „Schwierig, ich weiß nur, dass Rafael dabei sein soll."

Fran lächelte. „Das ist ein Anfang."

„Weißt du, wie dein zukünftiges Leben aussehen soll?", fragte Frieda sie.

Diese musste überlegen und fummelte kurz an ihrem kuschelig aussehenden Pullover, den sie trug. „Ich stelle mir vor, dass ich irgendwann vielleicht mit meinen Kindern und Enkeln an einem riesigen Esstisch sitze und ihnen die Fotos von den Touren zeige, auf denen ich war. Das macht mich ziemlich glücklich, auch wenn ich nicht weiß, ob ich das je haben werde. Ich bin 33, die Uhr tickt."

„Ich bin 26, was soll ich sagen?"

Fran grinste. „Du hast sieben Jahre mehr? Aber ich habe die Hoffnung noch nicht aufgegeben."

„Und ich denke, dass ich schon was finden werde."

Fran stimmte ihr zu. „Erinnerst du dich noch daran, dass ich meinte, dass wir jemanden für die Reisen oder so gebrauchen könnten?"

Frieda nickte. „Ich habe darüber nachgedacht, aber das fühlt sich nicht richtig an. Ich weiß nicht, ob es klug wäre, quasi für Rafael zu arbeiten."

„Ja, das kann ich verstehen, aber wie gesagt, das Angebot bleibt. Ein Vorteil meines Jobs sind unzählige Kontakte auch außerhalb der Musikbranche. Also falls du auch anderweitig Hilfe brauchst, sag einfach Bescheid. Du bist ein Teil von Quiet Place."

„Das ist lieb, danke. Ich probiere es erst so, okay?"

„Auf jeden Fall." Sie lächelte wieder und Frieda lächelte zurück, dann stellte sie die Frage, die sie sich schon ein Weilchen beschäftigte.

„Was ist mit Rafael los? Er meinte, es sind die ganzen Sachen, die anstehen, die Verträge, um die er sich Sorgen macht, aber ich bin nicht sicher, ob das alles ist."

Fran sah besorgt auf. „Oh … ich denke, so sehr er die Musik liebt, ist der Rest nicht unbedingt seins. Er hasst es, dass die Plattenfirma solchen Druck ausüben kann, und er hasst es, wenn er keine künstlerische Freiheit hat. Die ist ihm wichtig. Und dann haben sie auch noch seinetwegen angefragt ... hat er dir das erzählt? Mir hat er das noch nicht gesagt, aber die Plattenfirma hat es erwähnt."

Sie nickte. „Ja, er hat es angedeutet. Die anderen wissen es auch noch nicht, oder?"

„Er hat irgendwas in die Richtung zu Kam durchscheinen lassen, also denken sich alle ihren Teil. Die Ungewissheit trübt bei allen immer die Stimmung. Immerhin darin sind sie inzwischen echt erwachsen, sie streiten nicht schon, bevor sie überhaupt irgendwelche Details wissen."

„Also warten wir einfach ab?"

„Ja, genau. Uns bleibt nichts anderes übrig. Morgen wissen wir mehr."

Frieda nickte und hoffte, dass alles gut ausging.

Rafael

Seine Laune sank, als Max bei der Ankunft in Berlin verkündete, dass sie sofort zum Sitz ihres Labels fahren sollten. Es war früher Vormittag, sie alle wollten sich einfach nur vom Trip ausruhen, aber offensichtlich wollte man ihnen keine Ruhe gönnen.

Noch schlimmer fühlte es sich an, dass Frieda allein nach Hause fahren musste, weil sie bei dem Treffen nicht dabei sein durfte.

Das nahm sie lockerer als er und verabschiedete sich mit einem Lächeln und einem süßen Kuss, der ihn sie sofort noch mehr vermissen ließ, als sie verschwunden und von einem Wagen zu seiner Wohnung gebracht wurde.

Er stieg dagegen mit den anderen in eine Mercedes V-Klasse.

Mal abgesehen von der Müdigkeit hätte er sich einfach wahnsinnig gern umgezogen und geduscht. Das ganze Treffen roch einfach nach Schikane, um sie zu einem schlechteren Vertrag zu überreden, weil sie wegen ihres Zustandes nicht gut genug aufpassen würden. Das nervte ihn schon seit New York und er konnte diese Gedanken nicht ablegen.

„Grummel nicht so", murrte Rico neben ihm, als sie losfuhren.

„Mir gefällt das hier nicht", entgegnete er. „Kommt schon, ihr wisst doch alle genau wie ich, dass sie das hier machen, um zu verdeutlichen, wer das Sagen hat. Ehrlich, das kotzt mich an."

Sana brummte und schien ihm zuzustimmen, doch sie war zu müde für viele Worte.

Kam visierte ihn an. „Sollen wir uns kurz vorher abstimmen, was wir wollen? Jetzt ist die letzte Gelegenheit. Und willst du uns endlich erzählen, was sie dir angeboten haben?", fragte er ihn direkt.

„Sie haben mir noch gar nichts angeboten, aber sie haben ‚angedeutet', dass sie gerne mehr Songs von mir vermarkten würden außerhalb von uns", entgegnete er.

Alle starrten ihn plötzlich an.

„Wow!", sprach Jordan.

„Wie man es nimmt", antwortete er und schaute aus dem Fenster raus. Hier war das Wetter wieder ganz anders als in L.A. und New York. Während es in L.A. mild war, sodass man locker mit T-Shirt herumlaufen konnte, hatte in New York die Sonne geschienen trotz frostiger Temperaturen. Hier hatte ihnen beim Aussteigen aus dem Flugzeug ein nasskalter Wind entgegengeschlagen, der ihn an Norddeich erinnert hatte. Er meinte sogar, eine Möwe kreischen zu hören, und versuchte das nicht zu sehr als böses Omen zu sehen.

Rico schnaubte. „Und willst du das?"

„Wenn du mich fragen willst, ob ich das vor die Band stellen würde, nein", sagte er böser als beabsichtigt.

„Beruhig dich, niemand unterstellt dir so etwas." Kam, der vor ihm saß, drehte sich wieder um.

„Ich will einfach nur mehr Rechte und mehr Möglichkeiten für unsere Musik", meinte Sana nun. „Mehr Geld wäre natürlich auch nicht schlecht, Hauptsache, wir sind nicht mehr so ausgeliefert."

Alle nickten, nur er nicht. „Wollt ihr denn beim Label bleiben?", fragte Rafael vorsichtig.

„Du nicht? Sie haben uns immer gut behandelt." Jordan schien erstaunt.

Er hatte nicht unrecht, aber das lag auch daran, weil sie von Anfang an so erfolgreich waren.

„Ich will auf jeden Fall mehr Mitspracherecht", erwiderte er. „Und ich will mehr Rechte an meinen Songs und ein Vorkaufsrecht, falls sie ihren Anteil verkaufen wollen."

Jetzt starrten ihn wieder alle an.

„Was? Habt ihr da noch nie dran gedacht?"

„Das klingt ein wenig abgehoben", meinte Rico.

Kam schüttelte den Kopf. „Das ist nicht abgehoben, das ist unser gutes Recht nach fünf erfolgreichen Alben. Wir wissen, dass da noch mehr ist. Raf hat recht, wir sollten uns mehr Rechte sichern."

Er atmete leise durch. Immerhin stand er nicht allein mit seinen Wünschen da.

56

„Friedaaa", murmelte jemand neben ihr und einen Moment glaubte sie, sich in einem Traum zu befinden, denn es fühlte sich an wie vor ein paar Wochen, als sie am Strand gestanden hatte, Wind und Regen ihr ins Gesicht klatschten und plötzlich Rafael aufgetaucht war. Das Einzige, was nicht passte, war die Stille. Wind war nicht still, je nach Stärke konnte er verdammt laut sein.

„Hmm?" Sie glitt aus dem Schlaf und fühlte sich erschlagen, als sie die Augen öffnete und am liebsten wieder geschlossen hätte, weil sie plötzlich Kopfschmerzen plagten.

„Ich bin wieder da", murmelte Rafael und sie sah, wie er neben ihr am Bett hockte. „Und ich habe mir Sorgen gemacht, weil du gar nicht aufwachen wolltest", murmelte er.

„Wie spät ist es?" Es schien dunkel zu sein, nur ein schwacher Lichtschein erstrahlte von einer der Nachttischlampen. Sie dachte kurz nach, wie sie hier in Rafaels Bett gekommen war, doch dann fiel es ihr wieder ein. Nachdem sie im Flugzeug nicht wirklich hatte schlafen können, hatte Max eine Nachricht erhalten, dass Quiet Place sofort in die Zentrale ihrer Plattenfirma kommen sollte, sobald sie gelandet waren.

Rafael war deswegen beinahe ausgerastet, doch sie konnte ihn ein wenig beruhigen und musste dann selbst ohne ihn zu seiner Wohnung fahren. Dort hatte sie eine so heftige Müdigkeitswelle getroffen, dass sie beinahe sofort ins Bett gegangen war, auch wenn das vermutlich gegen jegliche Jetlag-Regel verstieß. Doch ihre Kräfte waren am Ende gewesen und sie sofort eingeschlafen und hatte somit seit heute Vormittag durchgeschlafen, was dafür sprach, dass sie den Schlaf gebraucht hatte.

„Es ist Abend und ich habe uns Essen mitgebracht. Ich hätte dich ja gefragt, aber du bist nicht an dein Telefon gegangen." Sein Ton klang kein bisschen vorwurfsvoll, sondern schlicht besorgt.

„War wohl auf stumm gestellt", murmelte sie und stöhnte. „Ich habe Kopfschmerzen."

Er streichelte weiter bedauernd ihren Kopf. „Kann ich dir irgendwas holen?", fragte er sanft. „Ich habe Ibuprofen im Bad und irgendwo auch noch Paracetamol, falls du die besser verträgst."

„Eine Ibuprofen wäre echt toll", wisperte sie.

„Warte einen Moment." Er erhob sich, während sie einfach die Augen wieder schloss. „Hier", flüsterte er wenige Augenblicke später. „Ich habe dir auch ein Glas Wasser mitgebracht."

„Danke." Sie setzte sich vorsichtig auf, aber der Kopfschmerz wurde nicht schlimmer. Schnell nahm sie die Tablette, reichte ihm das Glas zurück und lehnte sich an das massive Kopfteil des Boxspringbettes.

„Hast du Hunger?", fragte er und setzte sich neben sie. Er schien geduscht und sich umgezogen zu haben. Aus seinem Gesichtsausdruck konnte sie sonst nichts lesen und hatte somit kein Gefühl dafür, wie sein Treffen gelaufen war.

„Hmm, keine Ahnung", sagte sie wahrheitsgemäß. „Aber ich sollte vielleicht was Essen. Ich habe seit New York noch nichts wieder runterbekommen."

„Dann musst du sogar ganz dringend was essen, eine Ibuprofen auf leeren Magen ist nicht empfehlenswert. Glaube mir, ich habe mal die Packungsbeilage aus Langeweile gelesen", sprach er nun.

„Was?" Verwirrt starrte sie ihn an.

„Ehrlich … war ein seeeehr langer Flug." Er verdrehte die Augen.

Sie gluckste leicht und reckte sich wieder. Der Kopfschmerz veränderte sich etwas, vielleicht war sie auch einfach zu angespannt gewesen. „Ich habe gerade vom Meer geträumt und wie du plötzlich da warst."

Er lächelte. „War das ein guter Traum?"

Sie nickte. „Immer wenn du auftauchst, wird es gut. Lass uns was essen gehen."

Er stand auf und nahm sie mit zum Sofa, wo auf dem Wohnzimmertisch eine Auswahl an Essen stand.

Es roch himmlisch und sah auch so aus. Bowle in verschiedenen Sorten und Nudeln. „Großartig!", freute sie sich und ihr Magen knurrte plötzlich.

„Ich wusste nicht genau, was du möchtest, also habe ich geschätzt", erklärte er sich.

„Du bist wirklich super." Sie drehte sich zu ihm und gab ihm schnell einen Kuss auf die Wange, was er geschehen ließ und lächelte.

Sie probierte zuerst das, was sie nicht kannte, und arbeitete sich dann durch. Mit jedem Bissen wurden ihre Kopfschmerzen langsam besser und damit auch ihre Gedanken klarer. Als sie schließlich nichts mehr runterbekam, lehnte sie sich zurück und beobachtete Rafael.

„Wie geht es dir?", fragte sie schließlich und betrachtete ihn sorgenvoll.

Er hielt inne und schaute hoch. „Das hat mich heute noch niemand gefragt." Bedauern zeigte sich in seinem Gesicht und sie ahnte, dass das Treffen wohl nicht gut gelaufen war.

„Ich hatte noch keine Gelegenheit, darum hole ich das nach", antwortete sie sanft.

„Ich weiß und dafür liebe ich dich." Er stellte den Teller weg. „Es war ... nicht gut ... ich glaube, das fasst es so ziemlich zusammen."

„Inwiefern?", fragte sie und ihr Puls stieg. ‚Nicht gut' konnte alles und nichts bedeuten.

„Hmm ..." Er atmete durch.

„Darfst du nicht darüber reden?"

Er schüttelte den Kopf. „Das wäre mir egal, ich vertraue dir, aber es ist einfach schwierig ..."

„Okay?" Sie schluckte.

„Der neue Vertrag … Er ist fast alles, was die anderen wollen. Mehr künstlerische Freiheit, Beteiligung an Bereichen wie Merchandising, dadurch mehr Geld, letztendlich mehr Macht …"

„Und was ist mir dir?"

Er schluckte wieder. „Der Vertrag … er wäre an mich gebunden. Wir bekommen ihn nur, wenn ich auch Songs für andere Künstler abgebe."

Sie runzelte die Stirn. „Ist das rechtens?"

Er zuckte mit der Schulter. „Wenn ich mich weigere, wird noch mal verhandelt, aber dann zu anderen Konditionen."

„Und wenn ihr das Label wechselt?", fragte sie mehr aus Neugier, denn sie hatte keine Ahnung, ob das so einfach war.

„Das ist kompliziert und sie haben den Großteil der Rechte an unseren Sachen." Er atmete durch. „Was sie uns bieten, ist eigentlich ein Traum …"

„Aber nicht deiner?", vermutete sie.

Er schien zu schlucken. „Wir haben uns Bedenkzeit einräumen lassen, worüber niemand begeistert war. Laut Fran haben wir die nur bekommen, weil wir zu groß sind … ein Vorteil der Grammys." Er verzog das Gesicht. „Hast du eigentlich die ganzen Schlagzeilen gelesen?", fragte er plötzlich.

„Welche Schlagzeilen?"

Er lächelte. „Der Großteil der Presse findet dich passend, die Fashionpolizei war auch freundlich zu dir."

„Beruhigend." Sie verzog das Gesicht und wusste wirklich nicht, ob sie das wissen wollte. „Was sagen deine Fans?"

Er zuckte mit der Schulter.

„Hast du es nicht gelesen oder willst du es nicht sagen?" Irgendwas daran schien nicht in Ordnung zu sein, sonst hätte er das Thema nie angeschnitten.

„Mit wem ich mein Leben verbringe, geht die Leute einen Scheißdreck an", brummte er nun und sie wusste sofort, dass es damit wohl negative Kommentare gegeben hatte, was sie unweigerlich traf. Das erklärte Rafaels komische Stimmung. So wie heute hatte sie ihn noch nie erlebt.

Um sich abzulenken, wechselte sie wieder das Thema: „Und bis wann müsst ihr euch nun entschieden haben?"

„Wir wollen morgen eine Runde spielen, keine Ahnung, wie es dann läuft. Alle denken eine Nacht darüber nach."

Sie nickte. „Und was ist mit dem Album?"

Er seufzte. „Sie wollen am liebsten zwei Alben in den nächsten drei Jahren, aber es nicht hier produzieren, sondern in L.A. oder vielleicht London ... keine Ahnung. Auch ein Punkt, der noch offen ist."

„Aber du hast nicht meinetwegen ein Problem damit, oder? Du glaubst nicht, dass du nicht weg kannst, weil ich hier bin?", verdächtigte sie ihn plötzlich. Er hatte ja schon angedeutet, dass er irgendwann wieder unterwegs sein würde, doch auch wenn er viel arbeitete, viel weg war und sie hier blieb, hieß das ja nicht, dass es zwischen ihnen nicht mehr funktionierte. Oder hatte er Zweifel?

Er zögerte, also hatte sie mindestens zum Teil ins Schwarze getroffen. „Du bist gerade erst hier, es läuft so gut, ich weiß nicht, ob ich wieder von dir getrennt sein kann."

„Aber wir wären nicht getrennt", wisperte sie. „Es würde nie wieder wie vorher werden."

„Würdest du mitkommen wollen?", wütete er förmlich los und es schien, als ob sich all sein Frust wegen seines Jobs entlud. „Denn das wäre auch ein Problem, keine Ahnung, ich habe das Gefühl, dass ich dich dann zu sehr an mich ketten würde, nur weil ich so einen Job habe. Das gleiche gilt für die Touren."

Sie reagierte gar nicht darauf. „Soll es eine Welttournee geben?"

Er nickte. „Wir werden ewig unterwegs sein ... und auch wenn ich das liebe ..." Sein Gesicht verzog sich erneut vor Schmerz.

Sie schluckte. „Du kannst nicht für mich dein Leben aufgeben. Das würde dich nicht glücklich machen. Du brauchst die Musik, das habe ich gesehen. Du liebst Auftritte, wenn auch nicht den Rest. Du bist dafür geboren, ich nicht. Wir sind so verschieden." Sie schluckte erneut. „Ich will nicht, dass du meinetwegen irgendwas aufgeben musst. Das habe ich noch nie gewollt."

Er ließ den Kopf hängen. „Aber so kann es auch nicht werden, zusammen und doch getrennt und dann dieser Scheißvertrag, der für mich so viel Arbeit bedeutet. Keine Ahnung, ich weiß nicht einmal, ob ich überhaupt noch Zeit zum Schlafen haben werde. Ich will das nicht, ich will den Vertrag nicht und ich will dich nicht an mich ketten und verdammt, ich habe absolut keine Ahnung, was ich tun soll", brüllte er förmlich seine ganze Wut und seinen Frust heraus.

Frieda hatte auch keine Ahnung, aber erschrak ein wenig vor dem wütenden Rafael. So emotional hatte sie ihn noch nie erlebt und ihr schien klar, dass ihn die Sache wirklich belastete.

Sie atmete heimlich einmal durch und stellte sich ihm. Da war sie wieder, die aussichtslose Situation, vor der sie sich insgeheim so gefürchtet hatte.

Rafael blickte sie an, der Schmerz sprach aus seinen Augen und sie tat das Einzige, was sie nun tun konnte, und nahm ihn fest in ihre Arme. Liebe brachte gerade keine Lösung, aber immerhin konnte es sie trösten.

Rafael

Auch am nächsten Tag wusste er nicht, was er machen sollte. Das, was er wollte, stand im totalen Kontrast zu dem, was ihm gerade möglich war und allein das frustrierte ihn so sehr, dass er am liebsten seine Gitarre gegen eine Wand geschleudert hätte, als er begann zu spielen.

Heute Morgen war er der Erste im Probenraum. Frieda hatte er zu Hause gelassen, schon allein, damit sie nicht die Wut der anderen abbekam, die gestern sauer gewesen waren, weil er nicht gleich dem ach so tollen Vertrag zugestimmt hatte.

Außerdem war sie vermutlich die einzige Person, die ihn gerade nicht durchdrehen ließ.

Er spielte ein paar Töne und Akkorde, doch heute Morgen spürte er nicht die Befriedigung und die Ruhe in der Musik, die er sonst immer fühlte.

Auch das hasste er, weil er genau wusste, dass es an dem beschissenen Vertrag lag.

In diesem Moment wurde die Tür aufgestoßen und seine vier Bandmitglieder betraten den Raum, so als hätten sie abgesprochen, wie eine Wand gegen ihn anzutreten.

Rico starrte ihn sofort an, Sana rang sich ein leichtes Lächeln ab, Kam gähnte und Jordan reagierte als erster. „Hi Raf, du bist ja auch schon hier."

„Ist das ein Problem?", fragte er gereizt.

„Nein, das ist gut", erwiderte ihr Keyboarder.

„Dann können wir gleich über gestern reden", brummte Rico.

Kam seufzte. „Lasst uns erst eine Runde spielen."

Das war typisch Kam, er brauchte ähnlich wie er auch Musik und schien der Meinung, dass Musik jegliches Problem behob, wenn man einfach nur lang genug nicht redete, sondern spielte.

Rafael hatte dazu eigentlich keine Lust, aber andererseits wäre es auch nicht gut, Kam gegen sich aufzubringen.

Also spielten sie eine Weile vor sich hin, aber gut klang es nicht. Ganz im Gegenteil schien die Anspannung greifbar zu sein.

„Scheiße, das hat heute keinen Sinn!", brach Kam irgendwann diesen kläglichen Versuch ab, ließ seine Gitarre sinken und drehte sich um. „Wir müssen das klären."

Alle Blicke richteten sich plötzlich auf Rafael. Alles hing an ihm und dieses Gefühl war beschissen. Er dachte an Frieda, an ihre Situation, an das, was sie durchgemacht hatte und ganz plötzlich wusste er, welche Entscheidung er treffen wollte. Er würde nicht ihren Fehler machen und sich an irgendetwas ketten, was er nicht wollte, sondern das tun, was sich richtig anfühlte.

57

Rafael verschwand früh und mit einem unguten Gefühl startete sie in den Tag. Sie wusste nicht so recht, was sie mit sich anfangen sollte, als sie zu ihrem Telefon griff, auf das sie seit ihrer Rückkehr nicht geschaut hatte.

Paula hatte ihr gestern Abend eine Nachricht geschrieben, dass sie heute frei hatte und Frieda nutzte die Chance und rief sie an. Sie verabredeten sich spontan bei Paula, sodass Frieda sich fertig machte und nach Köpenick fuhr.

Auf dem Weg zu Paula griff sie wieder nach ihrem Telefon, schrieb schnell Rafael eine Nachricht, damit er sich keine Sorgen machte. Er antwortete nicht, vermutlich spielte er gerade. Dann entdeckte sie, dass ihre Schwester ihr geantwortet hatte.

„Warst du da? Davon war gar nichts in den Medien …"

Sie schluckte. *„Nur kurz, Rafael wollte seine Mom besuchen."*

Ihre Schwester antwortete zu ihrem Erstaunen sofort. *„Bist du noch dort?"*

„Nein, ich bin zurück in Berlin. Wo bist du?"

„Zuhause bei Mama …"

„Okay", erwiderte sie schlicht, weil sie keine Ahnung hatte, was sie darauf schreiben sollte.

Auch ihre Schwester antwortete nicht mehr und plötzlich hatte sie das Gefühl, nachfragen zu müssen. *„Haben Mama und Papa die Häuser schon verkauft?"*

„Interessiert dich das wirklich? Ich dachte, du willst nichts mehr damit zu tun haben?"

Frieda schluckte den aufkommenden Ärger herunter. *„Ich habe noch Sachen dort."*

„Dann hol sie besser bald …"

Diese kryptische Antwort machte Frieda wütend und sie fragte sich, warum sie ihr überhaupt geschrieben hatte.

Wieder dachte sie darüber nach, ihrer Mutter oder sogar ihrem Vater eine Nachricht zu schreiben. Doch ihr Stolz war immer noch zu groß und sie wollte nicht so tun, als sei sie zur Vernunft gekommen.

„Moin!", begrüßte Paula sie ein Weilchen später an ihrer Haustür.

Frieda konnte sich ein kleines Lächeln nicht verkneifen. „Moin! So hat mich schon eine Weile niemand mehr begrüßt."

„Ist nicht unbedingt typisch berlinerisch oder gar L.A.-Style. Sagt man das in New York?", neckte sie sie.

„Nein und wenn, wäre es bestimmt falsch ausgesprochen."

Sie lachten beide und während Paula die Tür hinter Frieda schloss, zog diese ihre Schuhe aus.

„Willst du Tee?", fragte ihre beste Freundin.

„Sehr gern." Auch Paula besaß einen vernünftigen Wasserfilter, nur keinen direkt verbauten wie Rafael. Sie folgte ihr somit in die Küche und setzte sich dort. „Wie geht es dir?"

Paula zuckte mit der Schulter, als sie Teewasser aufsetzte und Tassen herausholte. „Wie immer viel zu tun, Winter und Infektionskrankheiten ... da hat man eine Menge Spaß."

Frieda verzog das Gesicht. „Steck mich bloß mit nichts davon an."

„Ich tue mein Bestes, aber falls es dich tröstet, ich kann dir immerhin das gute Zeug verschreiben oder verschreiben lassen. Und wie geht es dir? Erzähl mir alles", machte Paula nun weiter.

„Was willst du genau wissen?"

„Alles?" Paula setzte sich ihr gegenüber und blickte sie erwartungsvoll an. „Fang vielleicht einfach mit L.A. an. Die Villa war der Wahnsinn?"

Frieda nickte und erzählte eine Weile von L.A., den Grammys und New York.

Paula betrachtete sie aufmerksam, während sie irgendwann Tee einschenkte und sich selbst einen kleinen Kluntje in die Tasse tat.

„Willst du auch?", fragte sie, als Frieda ihren Satz beendet hatte.

„Ausnahmsweise ja."

„Aha, Zuckerbedarf … Ärger im Paradies? Ich habe schon die ganze Zeit so ein Gefühl." Paula musterte sie schräg.

„Wie kommst du darauf?"

„Weil du aus irgendeinem Grund angespannt und verärgert wirkst. Das macht mir Sorgen."

Frieda brachte das zum Schmunzeln. „Du kennst mich viel zu gut."

„Das stimmt, du mich leider auch." Sie grinste zurück. „Wir sind einfach schon ewig beste Freundinnen."

„Du bist ja auch die Beste", schleimte Frieda, was Paula zum Kichern brachte.

„Außerdem ist es schön, dich glücklich zu sehen. Aber heute beschäftigt dich etwas."

„Ich darf nicht viel sagen. Rafael …" Friedas Stimme brach und erst an diesem Punkt merkte sie, wie fertig sie die Situation doch machte. Sie schluchzte plötzlich, aber versuchte die Tränen zurückzuhalten.

Damit hatte Paula offensichtlich nicht gerechnet und erschrak, als sie Friedas Bemühungen sah. Sofort stürzte ihre beste Freundin förmlich neben sie und zog sie in den Arm „Friedalein … Och Mensch …", murmelte sie. „Es wird bestimmt alles wieder gut."

Es dauerte eine Weile, bis sie sich wieder in den Griff bekam und weitersprechen konnte. „Vielleicht ist es noch der Jetlag, keine Ahnung. Rafael ist angespannt, weil es um neue Verträge, Alben und Touren geht. Er macht sich Sorgen."

„Wovor?", fragte Paula.

„Einerseits darum, dass ich mich zu sehr an ihn kette und mir wieder dasselbe passiert wie mit meinen Eltern."

Paula presste die Lippen aufeinander.

„Andererseits sagt er, dass er nicht von mir weg will, aber wohl muss. Wir wussten beide gestern Abend nicht, wie wir das Problem lösen sollen."

„Es ist also wieder eine Patt-Situation." Paula seufzte.

„Rafael scheint sich bewundernswert klar darüber zu sein, wie es aussieht. Du auch. Ihr rennt nicht weg." Das stimmte und schien auch ihr positiv zu sein.

„Gestern Abend fühlte es sich aber so an. Wir haben festgestellt, dass wir ein Problem haben und haben dann so getan, als würden wir uns nie wiedersehen ... wir haben im Augenblick gelebt."

Paula schien erst verwirrt, dann fing sie an zu lachen. „Verstehe." Sie zwinkerte ihr zu. „Darauf bin ich sogar ein wenig neidisch."

Frieda räusperte sich und spürte, wie sie knallrot anlief.

„War es gut, liebe Frieda?"

„Kein Kommentar." Sie biss sich auf die Lippe und konnte Paula kaum anschauen. Bilder von gestern Abend schossen ihr in den Kopf. ‚Gut' schien ihr völlig untertrieben, aber das wollte sie nicht zugeben.

Paula lachte weiter. „Es war gut, das sehe ich dir an."

„Will ich wissen, woran du das erkennst?"

„Nein." Ihre beste Freundin schüttelte den Kopf. „Und ansonsten?"

Frieda dachte nach und begann dann, ihr von Marys Rat und das, was sie im Flugzeug überlegt hatte, zu erzählen. Sie berichtete auch von ihren anfänglichen Recherchen.

Ihr beste Freundin grinste schließlich. „Klingt gut. Wenn du nichts zu tun hast, können wir ja weiter ‚recherchieren'."

Sie nickte. „Sehr gern."

Paula sprang auf. „Ich hole gleich meinen Laptop. Es ist schön, dass du zumindest in der Sache weiter bist. Rafael und du, ihr werdet auch eine Lösung finden. Ihr seid Friefael. Oder besser Rafda?"

„Oh Gott ... zu beidem ein klares Nein!"

„Schade, so oder so, gehen sie auf Tour, will ich einen All-Access-Backstagepass für treue Beste-Freundin-Dienste."

Frieda kicherte los. „Wie gut, dass ich eine beste Freundin habe, die persönliche Beziehungen nie ausnutzen würde."

„Wir können uns bestimmt einigen. Falls du mal einen Facharzttermin brauchst, ich habe Connections trotz deiner gesetzlichen Krankenversicherung."

Frieda verdrehte die Augen. „Sehr praktisch, ich sage Bescheid, wenn ich alt bin."

„Mit Check-ups kann man nicht früh genug starten. Hat Quiet Place eigentlich einen Bandarzt oder eine Bandärztin? Und hat Sana sich schon untersuchen lassen?"

„Paaaauula!", schimpfte sie amüsiert. „Keine Ahnung, ob Sana irgendwas hat untersuchen lassen."

„Schon gut." Sie lachten beide. „Aber schön, dass wir mal darüber gesprochen haben. So hast du Connections." Sie zwinkerte ihr verschwörerisch zu.

Frieda lachte immer noch und Paula holte ihren Laptop, während Frieda ihnen beiden eine neue Tasse Tee einschenkte.

„Haben sich eigentlich deine Eltern inzwischen gemeldet?", fragte Paula, als sie wieder ins Zimmer trat.

„Nein, aber ich habe meiner Schwester geschrieben ... Du kannst es lesen."

Sie zeigte Paula den Chatverlauf, der ihre beste Freundin nur schnauben ließ. „Sie will dich unter Druck setzen. Deine Eltern haben bestimmt noch gar nichts gemacht."

„Keine Ahnung, ich hätte nur gern meine Sachen gesichert." Das sorgte sie tatsächlich ein wenig. Vielleicht übertrieb Tomma auch, aber sicher konnte sie sich da nicht sein.

„Dann klär das am besten", meinte Paula.

Sie seufzte. „Ich weiß, das hört sich aus meinem Mund komisch an, aber ich vermisse außerdem ein wenig Ostfriesland."

Paula nickte. „Ich öfter als du denkst. Besonders wenn wieder zu viel los war und der Job stresst. Die Ruhe im Winter und die Luft im Sommer. Nur die Möwen, die vermisse ich nicht. Die gibt's auch hier."

„Und jede Menge Tauben."

„Das stimmt und Ratten …"

„Iih, ich habe hier noch keine gesehen." Das wollte sie sich auch gar nicht vorstellen. Solange sie keine gesehen hatte, gab es sie in ihrem Leben einfach nicht.

„Aber sie sind da." Paula lachte schaurig und Frieda schüttelte sich.

„Manchmal weiß ich echt nicht, was ich an dir finde."

„Meine umfangreichen medizinischen Kenntnisse erscheinen dir nützlich?"

„Vermutlich ist es genau das."

Sie lachten erneut und tranken erst einmal ihre nächste Tasse Tee.

Sie schauten sich eine ganze Weile im Internet um. Am Nachmittag holten sie sich von einem nahen Bäcker etwas Süßes und Paula klärte sie darüber auf, dass Berliner hier Pfannkuchen hießen, was Frieda maximal verwirrte.

Schließlich wurde es spät. „Danke für den schönen Tag!", verabschiedete Frieda sich schließlich müde. „Es war so hilfreich, um mal meine Gedanken zu ordnen." Außerdem hatte es sie ordentlich davon abgelenkt, dass sie immer noch keine Ahnung hatte, wie es bei Rafael gelaufen war. Gemeldet hatte er sich nicht, nur ihre Nachricht gelesen, und sie fragte sich, ob das ein gutes oder ein schlechtes Zeichen war.

„Das mache ich doch gerne. Vielleicht habe ich das noch nicht deutlich gesagt, aber auch ich habe dich gern hier." Paula lächelte, was Frieda sie noch einmal fest drücken ließ, bevor sie sich auf den Weg zurück machte.

Es war um einiges kälter geworden und als sie schließlich in der S-Bahn saß, begann es zu regnen.

Sie beeilte sich, nach Hause zu kommen und stellte dort überrascht fest, dass Rafael schon zu Hause war, als sie die Tür aufschloss. Sie hörte es am aggressiven Gitarrenspiel aus seinem Musikraum, womit das schlechte Gefühl Oberhand nahm.

„Hey!", murmelte sie, als sie ihn erreichte und er gerade einen Song beendet hatte.

Anscheinend hatte er sie nicht gehört, denn er zuckte zusammen. „Frieda!", murmelte er.

„Ich bin zurück. Du hättest mir ruhig schreiben können, wenn du schon eher nach Hause kommst. Dann wäre ich nicht so lange weggeblieben", sagte sie und lächelte, damit er ein gutes Gefühl hatte.

„Schon okay. Ich habe gespielt", antwortete er und wirkte nicht so, als würde er die Gitarre wieder wegstellen wollen.

„Dein Spiel klang ganz schön aggressiv", wisperte sie und er hielt inne. „Bist du wütend?"

„Es war nicht mein bester Tag ..." Sein Gesichtsausdruck sprach Bände und jegliche Hoffnung war damit für sie hin.

„Habt ihr eine Entscheidung getroffen?"

Er schüttelte den Kopf. „Nein."

„Woran lag es?", fragte sie, damit er sich aussprechen konnte.

Er zuckte jedoch mit der Schulter, als es in diesem Moment klingelte. Sofort spannte er sich an, aber rührte sich nicht.

„Willst du nicht hingehen?" Irritiert betrachtete sie seine Reaktion.

„Nein ...", brummte er.

„Soll ich ..."

„NEIN!", knurrte er nun und erschrak sie damit. Er entschuldigte sich sofort für den Ton und atmete durch. „Nein, schon okay, tut mir leid. Ich will niemanden sehen."

Sie nahm es hin und zusammen warteten sie, bis das Klingeln verstummte. Doch nur ein paar Sekunden später klingelte es wieder. Dann klingelte Rafaels Telefon und schließlich spürte Frieda die Vibrationen ihres Telefons und schaute drauf.

„Das ist Sana", deren Nummer sie seit kurzem hatte.

„Tu mir einen Gefallen und geh nicht ran", flehte er.

„Erzählst du mir, was passiert ist?" Denn wenn er das nicht tun würde, würde sie vielleicht doch rangehen.

Er schluckte.

„Rafael …", murmelte sie.

„Sie wollen alle den Vertrag und ich nicht!", schnaubte er schließlich. „Sie sind sauer auf mich und auch wütend, weil ich eine der Bedingungen für den ‚traumhaften' Bandvertrag bin … ohne mich fällt der flach. Das alles ist so scheiße!" Er haute mit dem Fuß irgendwo gegen und Frieda stellte fest, dass es ein kleiner Tisch war, der gewaltig wackelte.

„Tu dir nicht weh", murmelte sie.

Er schloss die Augen. „Ich will einfach gerade nicht mit den anderen reden."

„Aber sie offenbar", stellte sie fest, weil schon wieder sein Telefon klingelte.

„Ja, weil sie mich von der Scheiße überzeugen wollen." Die Ironie in seiner Stimme klang bittersüß. „Aber ich will das so nicht. Ich liebe Musik, aber ich liebe auch dich …"

„Du musst auf mich keine Rücksicht nehmen, Rafael. Du bist Teil der Band, du liebst dein Leben. Ich muss meinen Weg gehen und der wird mit dir zusammen sein, auch wenn wir uns nicht am selben Ort befinden", stellte sie deutlich klar, denn das musste er wissen.

„Und wie soll das aussehen? Ich bin Monate auf Tour, wir sehen uns ein Wochenende und dann bin ich wieder Monate auf Tour? Oder ich verziehe mich in irgendein Studio und sehe dich dann wochenlang nicht, weil du arbeitest, wenn ich frei habe und umgekehrt?"

„Vielleicht ist es so, aber es wird auch anders sein", wisperte sie. Daran musste sie einfach glauben, weil nur das sie zusammenhielt.

„Das weißt du nicht …" Sein Gesicht verzog sich wieder vor Schmerz.

„Doch, ich bin mir ganz sicher. Ich weiß, was ich will, und das ist ein Leben mit dir. Du willst verständlicherweise nicht, dass ich alles für dich opfere, und das will ich ehrlich gesagt auch nicht, weil mich das nicht glücklich machen würde. Aber ich denke, wir sind uns beide im Klaren, dass wir einander brauchen, ich werde nicht wieder aus deinem Leben verschwinden." Sie visierte ihn an.

Er schloss die Augen und atmete durch. „Ich will einfach nur Musik machen", wisperte er verzweifelt, was ihr das Herz brach.

„Das kannst du doch", flüsterte sie vorsichtig und trat näher.

Er schüttelte den Kopf. „Es ist gerade einfach alles zu viel."

„Bin ich dir zu viel?", fragte sie und bereute es sofort, denn er brauchte einen Moment, bevor er reagierte.

„Nein …", murmelte er schließlich.

Sie hielt den Atem an. „Aber die Probleme, die mit mir zu tun haben, deine Sehnsucht nach mir … das ist dir zu viel, oder?"

Er nickte. „Früher warst du wie eine unerfüllte Sehnsucht, wie ein Traum. Jetzt ist es, als wäre ich vollständig abhängig und könnte keine Minute ohne dich leben … und ich kann nicht ohne dich sein. Das habe ich versucht."

„Das nennt man Liebe", flüsterte sie und spürte, wie sehr sie seine Worte trafen.

„Ja, ich weiß. Ich liebe dich … es ist nur gerade sehr viel …" Er fuhr sich mit den Fingern durch die Haare. Seine Gitarre hatte er längst zur Seite gestellt, und lief nun auf und ab, wobei er wie ein getretener Hund wirkte.

Und genau damit konnte sie gerade nicht umgehen. Er hatte recht, sie hatten sich so lange nacheinander gesehnt und jetzt sagte er, dass sie ihm zu viel war? Seine Liebe zu ihr?

Sie musste weg, denn sie spürte, dass sie das innerlich zerriss. „Sorry, aber das ist mir gerade zu viel." Damit lief sie ins Schlafzimmer, das nicht einmal ihr gehörte. Inzwischen hatten sowohl die Anrufe als auch das Klingeln der Tür aufgehört. Doch ihr war das egal, sie wollte einfach nur noch darüber weinen, dass offensichtlich wieder alles den Bach hinunterzugehen schien, alles Gute wieder schlecht wurde, der Wind sich erneut drehte und dass sie vielleicht ewig in dieser Teufelsspirale feststecken würde.

***

Gefühlt lag sie ewig auf dem Bett. Irgendwann war sie zu müde zum Weinen gewesen, aber schlafen hatte sie auch nicht können, dafür ratterte es in ihrem Kopf viel zu sehr.

Sie konnte keinen klaren Gedanken fassen, wusste nicht, was sie nun tun sollte. Vielleicht fühlten sie sich auch einfach nur beide überfordert. Für ihn war das alles genauso neu wie für sie. Er liebte sie, daran bestand keinen Zweifel.

Trotzdem hatte sich der Vergleich, den er gezogen hatte, falsch und gemein angefühlt. Sie wollte nicht, dass er von ihr abhängig war, sie wollte nichts Schlechtes für ihn sein, sondern nur etwas Gutes. Der Gedanke hielt sie fest, aber wie beinahe immer sah sie keine Lösung dafür. Sie konnte sein Leben nicht ändern oder seine Bestimmung, und sie konnte und wollte auch nicht die Liebe zwischen ihnen ändern, die über die vielen Jahre still und heimlich gewachsen war.

Es gab niemanden, bei dem sie sich so wohlfühlte, niemanden, bei dem sie sich so zu Hause fühlte, wie bei ihm und ja, das war auch für sie beängstigend.

Plötzlich hörte sie leise Schritte und einen Moment später hörte sie, wie die Tür sich öffnete. Automatisch spannte sie sich an, weil sie nicht wusste, wie Rafael jetzt gelaunt sein würde. Sie drehte sich nicht zu ihm, sondern wartete ab, was er tun würde.

Das Bett gab unter ihr nach. Stille legte sich wieder über den Raum, aber trotz der Dunkelheit spürte sie, wie er sie anblickte.

„Es tut mir leid", wisperte Rafael irgendwann rau. „Das war absolute Scheiße."

Sie seufzte und drehte sich jetzt doch zu ihm. Gut erkennen konnte sie ihn nicht, aber das machte nichts. Sie fühlte auch so, wie traurig er war. Ihm ging es nicht besser als ihr. „Ja. Es ist viel und für uns beide ist das hier neu. Wir hatten bisher immer nur unsere eigenen Probleme und die eigene Sehnsucht nacheinander, aber jetzt vermischt sich alles."

„Ja ...", wisperte er. „Aber das ist nichts Schlechtes, auch wenn ich das vielleicht vorhin so gesagt habe ... es ist neu ..."

Sie rutschte näher an ihn ran und berührte mit ihrer Hand sein Gesicht. Sie fuhr seine Konturen entlang, strich Haarsträhnen aus seinem Gesicht und betrachtete ihn. „Wir werden eine Lösung finden ...", wisperte sie. „Nichts macht das Leben lebenswerter als die Personen, mit denen man es verbringen will."

Ein trauriges Lächeln ließ sich auf seinem Gesicht erahnen. „Darf ich das als Songzeile benutzen?", murmelte er und wirkte plötzlich todmüde.

„Friedas Weisheiten?", flüsterte sie und ihre Wut über ihn und die ganze Situation verpuffte. Er hatte sich entschuldigt und einfach nur überreagiert. Sie konnte ihm nicht böse sein.

Das brachte ihn zu einem leisen Lachen. „Du bist ganz schön schlau."

„Keine Ahnung, ob ich das bin. Ich fühle mich wie ein orientierungsloses Nichts, das im Wind des Lebens hin und her schwebt und deren einziger Orientierungspunkt dieser Typ ist, der mit der Musik weht." Sie schluckte und dachte wieder an damals, als sie am Tiefpunkt angelangt war und am Meer gestanden hatte. Der Wind hatte sie nicht mitgenommen, er hatte ihr Rafael gebracht.

„Das klingt schön." Er seufzte. „Vielleicht brauchen wir eine Windschutzwand."

Frieda seufzte „Du entromantisierst es gerade. Keine Ahnung, ob es das Wort überhaupt gibt."

Er lachte wieder. „Offenbar kann der Musiker auch anders."

„Anscheinend." Sie seufzte und kuschelte sich an ihn. „Ich habe seit dem Treffen mit deiner Mutter viel nachgedacht …"

Er antwortete nicht, sondern schien zu warten, was sie nun sagen würde.

„Außerdem hat mir deine Mom einen Tipp gegeben, was mich sowohl allein als auch mit Paula hat recherchieren lassen."

„Meine Mom?"

„Ja … sie ist auch schlau, das hast du bestimmt von ihr." Auch im Nachhinein beeindruckte seine Mutter sie noch, das hätte sie nie gedacht. Und sie war so froh, dass sie noch in New York gestoppt hatten.

„Was hat sie gesagt?", fragte er interessiert.

„Dass die meisten Menschen nie die eine Sache finden, die sie für den Rest ihres Lebens machen wollen. Sie wehen im Wind und müssen das finden, was sie glücklich macht. Sie sagt, du bist eine Ausnahme, weil du schon früh wusstest, was du willst und es dein Leben ist."

„Ja, das stimmt", gab er unumwunden zu und seufzte. „Musik hat mich immer begleitet, mich nie enttäuscht und mir geholfen. Aber sie ist nicht allein geblieben, du wurdest Teil davon. Du bist Teil meiner Musik. Das warst du schon immer."

„Das klingt aber jetzt verdammt romantisch", flüsterte sie und schluckte, weil sie wieder einmal spürte, wie sehr sie ihn liebte. Wenn sie Teil seiner Musik war, war er ein Teil ihres Herzens.

„Offenbar bin ich doch romantisch. Was ist bei deinen Recherchen herausgekommen?"

„Ich glaube, ich weiß, in welche Richtung ich erst einmal gehen will. Ich werde wohl noch ein bisschen studieren. Ich habe nur einen Bachelor."

„Das klingt gut." Er seufzte und schien langsam entspannen zu können. „Und dann?"

„Dann habe ich überlegt, dass ich mich vielleicht eher darauf konzentriere, in beratender Funktion Firmen, Städten, Hotelketten und so zu helfen, mehr Touristen anzulocken."

Er schmunzelte. „Das klingt nach dir. Du machst den Leuten noch schmackhaft, warum so viel Sand doch nicht scheiße ist oder welchen Seehund sie kaufen müssen."

Sie kicherte leise. „Bei dir habe ich das Negative betont, damit dir das Positive mehr auffällt."

„Das hat gut funktioniert." Sie kicherten beide, bis er sich wieder räusperte. „Im Ernst, das klingt gut. Willst du deine eigene Firma aufmachen?"

So weit hatte sie noch gar nicht gedacht. Sie wollte sich erst einmal darauf konzentrieren, ihr Wissen zu erweitern und dieses Mal das Ganze mit mehr Freude anzugehen. Was danach geschah, würde man sehen. „Keine Ahnung."

„So oder so, du sollst wissen, dass ich dich bei allem unterstütze, was du machen möchtest."

Das bedeutete ihr enorm viel. „Danke, das gleiche gilt für dich."

Er rückte ein wenig näher und küsste sie sanft.

„Ich weiß aber nicht, ob ich das ewig machen möchte", sprach sie, als sie den Kuss beendet hatten.

Er zuckte mit den Schultern. „Das wäre in meiner Branche ein Genrewechsel, das kann nie schaden." Er richtete sich plötzlich auf, sodass er über ihr war. „Du musst mir nur eine Sache versprechen."

„Die wäre?"

„Frag um Hilfe, wenn du sie brauchst. Niemand sollte von jemandem abhängig sein, aber ich finde Teamwork gut und, um es mal so richtig unromantisch zu sagen, das gemeinsame Nutzen aller Ressourcen."

Sie hielt den Atem an, denn sie schnallte, was er damit meinte. Er wollte sie in allem unterstützen und mit allem, was er hatte. Ihr Herz schlug hart, als sie die Tragweite erkannte.

„Okay?", fragte er und unterbrach ihre Gedanken. Er strich ihr Haare aus dem Gesicht, während ihm seine ins Gesicht fielen.

„Das klingt wunderschön, aber auch furchtbar ungerecht dir gegenüber", murmelte sie.

Er schüttelte den Kopf. „Das ist es nicht. Du hast mir schon so viel gegeben, dass ich dir das niemals in weltlichen Dingen zurückgeben kann, und mir ist scheißegal, was andere dazu sagen. Ich weiß, wer du bist, und du weißt, wer ich bin."

Sie konnte nicht mehr anders, sie zog ihn zu sich runter und küsste ihn. „Du bist Rafael."

Er lachte leise, küsste sie aber zurück. „Und du Frieda."

***

Ein Klingeln weckte Frieda und ließ sie förmlich aufschrecken, weil sie einen Moment geträumt hatte, dass sie nun zur Schule musste.

Stattdessen lag sie hier in diesem kuscheligen Bett und neben ihr der Mann, den sie über alles liebte.

Was blieb, war das laute Geräusch, das sie geweckt hatte. „Jemand klingelt wild …", murmelte sie und wusste nicht einmal, ob Rafael wach war.

Doch der stöhnte und drehte sich nackt zu ihr. „Sorry …", wisperte er und schien wieder wegzunicken.

Sie versuchte es zu ignorieren und kuschelte sich an ihn, doch das Klingeln ließ kein bisschen nach.

„Soll ich nicht doch hingehen?", brummte sie und spürte förmlich, wie ihre Laune in die Tiefe stürzte, weil sie jemand nicht in Ruhe lassen konnte.

Er brabbelte irgendetwas Unverständliches.

„Ich kann auch böse werden …" Wütend war sie schon.

„Echt?", antwortete er verschlafen.

„Oh ja …" Auch ein weiterer Versuch das Geräusch zu ignorieren, scheiterte und egal wer da vor der Tür stand, würde gleich eine zornige Ostfriesin zu spüren bekommen. Schnell fand sie sein T-Shirt von gestern Abend und eine Jogginghose von ihr und stapfte wutentbrannt durch seine halbe Wohnung zur Tür.

„GEHT'S NOCH?", schrie sie, als sie die Tür aufriss und der Person hoffentlich einen Schreck fürs Leben verpasste. „ODER HABT IHR DEN ARSCH OFFEN? ECHT! Es gibt Menschen, die brauchen Schlaf", brüllte sie weiter und spürte, wie sich nun eine ganze Menge Zorn entlud.

Schnaubend blickte sie zu den beiden Besuchern, die sich als Rico und Max herausstellten, sodass Frieda sich unweigerlich fragte, wo der Rest abblieb.

Max hatte die Augen weit aufgerissen. Rico war es, der sich räusperte und noch ziemlich cool wirkte. „Wir müssen zu Raf", und wollte sich vorbeischieben, doch das machte sie nur noch wilder.

„Schön für DICH!", knurrte sie. „Ich will dich aber nicht vorbeilassen … Wehe!", drohte sie, als Rico es probierte. Sie schien bedrohlich genug zu sein, denn er trat einen Schritt zurück.

Doch er fasste sich schnell. „Frieda, lass uns durch", knurrte er.

„Nein, kommt wieder, wenn ihr euch angekündigt habt und er euch sehen will", entgegnete sie. Sie hatten kein Recht, gegen ihren Willen die Wohnung zu betreten und sie bereitete sich schon im Inneren darauf vor, gleich so richtig zu explodieren.

Rico starrte sie düster an und Max schien nicht so richtig zu wissen, wie er reagieren sollte.

Schritte hinter ihr lenkten sie davon ab, den beiden die Tür vor der Nase zu zuknallen, als sie ein leises Lachen hörte. „Du kannst wirklich böse werden." Frieda drehte sich zu Rafael um. „Mach du mich nicht noch wütender! Nicht morgens, nicht so!"

Er hob die Arme. „Keine Sorge, ich will dich nicht ärgern, aber lass die Ärsche rein, wir werden sie eh nicht los. Nur eine Warnung, wehe, ich sehe oder höre noch mal, dass du dir ohne ausdrückliche Erlaubnis Zutritt zu einer meiner Wohnungen verschaffst, Rico." Rafael visierte diesen an und wirkte nun ebenfalls bedrohlich. Doch der schaute grimmig zurück und sagte nichts.

Max war es, der sich räusperte und sie damit aus ihrer Starre löste.

Knurrig ließ sie die beiden rein, aber nicht, ohne besonders Rico noch einmal böse anzuschauen. Im Gegensatz zu ihr und Rafael wirkten die beiden wach und waren vernünftig angezogen. Max hatte einen neutralen Gesichtsausdruck aufgesetzt, Rico dagegen wirkte so, wie sie sich fühlte: Wütend.

Rafael lief schon los, offenbar in Richtung Küche, und Frieda schloss hinter Rico und Max, der ihr kurz zugenickt hatte, die Tür.

Sie folgte ihnen, weil ihr Freund nicht gesagt hatte, dass sie nicht dableiben durfte. Also lief sie zielstrebig zur Kaffeemaschine und machte diese an.

„Ich hol mir kurz was zum Anziehen", sprach Rafael und verschwand wieder.

Frieda wandte sich zu den beiden Männern um. „Wollt ihr auch Kaffee?", fragte sie eher aus Höflichkeit als aus Nettigkeit.

„Nein, danke", antwortete Max leise. Rico schüttelte den Kopf.

Sie griff somit nur zu zwei Bechern und begann für sich und Rafael Kaffee zu machen.

Der kam Augenblicke später wieder. „So." Er setzte sich an den Tresen. „Was wollt ihr?" Die beiden standen noch, aber blickten nun zu ihm.

Rico knurrte. „Zeig es ihm", forderte er Max auf. „Offensichtlich ist er noch nicht auf Stand, weil er … beschäftigt war …" Ein böser Blick traf Frieda und sofort ging sie wieder in den Angriffsmodus, doch sie hatte keine Chance, ihm zu antworten, denn Max griff ein.

„Hier, die neusten Nachrichten", erklärte er schlicht und schien sich nicht wohl in seiner Haut zu fühlen.

Rafael warf nur einen Blick auf das Telefon. „Und?", fragte er gleichgültig, was Frieda sofort bewunderte. Sie hatte nicht gesehen, was da stand, aber hätte so oder so, niemals so ruhig bleiben können. Sein Ausbruch gestern Abend schien eine absolute Ausnahme gewesen zu sein.

„UND?", brüllte Rico los. „Es gibt TRENNUNGSGERÜCHTE, Raf! Das ist nicht nur ein UND! Und du willst den Vertrag nicht! SAG MIR, wie wir damit umgehen sollen!"

„Es sind Gerüchte und ich habe mich dazu schon geäußert. So mache ich das nicht!" Er verschränkte seine Arme voreinander.

Frieda betrachtete die beiden und schaute schnell über die Theke hinweg auf das Telefon, was Max noch in ihre Richtung hielt. Die Schlagzeile mir der Überschrift ‚Trennung?' genügte, um alles zu wissen. Doch dann schluckte sie, weil ihr plötzlich ein anderer, viel üblerer Gedanke kam. „Sie geben mir die Schuld, oder?", wisperte sie und weg war alle Wut. Der Schock hatte das verdrängt.

Die drei Männer schwiegen, Rafaels Blick veränderte sich und sie schnappte nach Luft. „So ist es, oder Rafael?"

Rafael schloss die Augen und sah wieder zu ihr. „Sie wissen es nicht besser … die Medien schreiben das so nicht, aber …"

„Die Menschen in den sozialen Medien sehr wohl", murmelte Max bedauernd und sie glaubte ihm. Er wollte ihr nichts Böses.

Rico allerdings schien das anders zu sehen und das ließ sie wieder schlucken. „Und stimmt es nicht? Seitdem du hier bist, geht alles den Bach runter …", fauchte er.

„RICO!" Rafael brüllte los und sprang auf, um ihm offensichtlich zu schlagen. Max hechtete förmlich dazwischen, um die beiden von einer Prügelei abzuhalten.

Doch sie konnte nicht mehr. Alle gaben ihr die Schuld daran, dass Rafael diesen Vertrag nicht wollte. Sie war schuld daran, dass es Streit in der Band gab. Und plötzlich wurde ihr klar, dass sie zwar endlich frei zu sein schien, doch Rafael nicht mehr. Seine Gefühle banden ihn an sie und verhinderten, dass er sein Leben weiterlebte wie bisher.

Diese Erkenntnis wurde ihr zu viel. Sie konnte und wollte nichts mehr hören. Sie musste wie gestern weg und rannte förmlich aus dem Zimmer, war aber leider nicht schnell genug.

„Es ist doch so!", hörte sie Rico noch sagen.

„Du ARSCH!", fauchte Rafael und schließlich hörte sie etwas umkippen

„MÄNNER …", schrie Max nun und wieder klirrte etwas.

Und während sie sich offensichtlich nun doch prügelten, erreichte sie das Schlafzimmer und ließ sich schweratmend hinter der Tür nieder. Wieder geriet ihr Leben aus den Fugen.

Rafael

Der Stuhl fiel um, aber ihm war egal, wenn etwas kaputt ging. Das alles war ersetzbar, doch dass Rico es wagte, Frieda so etwas ins Gesicht zu sagen und es auch so meinte, das nahm er ihm wirklich übel.

„Ich sag es jetzt nicht noch einmal." Max drängte sich erneut zwischen sie beide. „Hört auf, ihr verletzt euch nur. Das kann niemand gebrauchen", versuchte er sie zu beruhigen.

Max hatte recht, Rafael wusste das. Außerdem wollte er zu Frieda, doch das ging nicht, wenn die beiden hier waren. „Verschwindet sofort aus meiner Wohnung!", zischte er und blickte nun zu Max.

Der nickte. „Es ist vielleicht besser." Bedauern klang aus seiner Stimme, doch er war sich nicht sicher, was genau er bedauerte. Dass er sie rauswarf? Dass die Situation so eskaliert war? Dass sie überhaupt aufgetaucht waren? Wobei er sich vorstellen konnte, dass Max nicht freiwillig hier stand, sondern nur, um eine solche Situation zwischen ihm und Rico zu verhindern.

Er wusste, dass Rico wütend auf ihn war. Die anderen waren es auch, als er gestern verkündet hatte, dass er den Vertrag so nicht annehmen konnte. Dort hatten sie schon gestritten. Er hatte sich anhören müssen, dass er alles verspielte, dass er egoistisch reagierte und ihm sein persönliches Glück über dem aller anderen stand, und auch dort hatte er sich schon anhören müssen, dass es wohl an Frieda lag. Das meiste davon, besonders letzteres, hatte Rico ihm vorgeworfen. Sana hatte nicht viel gesagt, Jordan hatte versucht ihn umzustimmen, und Kam hatte mit ihm Lösungen durchgehen wollen, die alle darauf hinausliefen, dass sie als ersten Punkt den verdammten neuen Vertrag annahmen. Doch er hatte sich geweigert und war schließlich unter Protest gegangen. Woher nun die Trennungsgerüchte kamen, wusste er nicht. Er vermutete ihr Musiklabel dahinter, um ihn noch mehr unter Druck zu setzen.

Die News zu lesen, schmerzte, doch er hatte sich entschieden, unter den Bedingungen nicht weitermachen zu wollen. Er wollte nicht Friedas Fehler machen und sich an etwas ketten, was ihn von ihr wegbrachte. Es würde andere Wege geben, auch wenn es innerlich schmerzte, denn er liebte Quiet Place und seine Freunde. Es schmerzte, sie alle so wütend zu sehen. Es schmerzte, dass sie ihn alle nicht verstanden.

Glücklicherweise gingen Max und Rico tatsächlich. Er folgte ihnen nicht, sie fanden den Weg allein raus. Rico schaute ihn nicht einmal mehr an, was vielleicht auch besser war. Max nickte ihm zu und wieder sah er das Bedauern in seinem Blick. Er nahm es hin, denn er stand zu seiner Entscheidung. Es musste nur noch die Plattenfirma erfahren, aber das hatte Zeit, besonders, wenn sie bereits versuchten, mit Schlagzeilen Druck zu machen.

Stattdessen atmete er einen Moment durch, dann ging er Frieda suchen.

Er fand sie aufgewühlt im Schlafzimmer. Sie weinte nicht wie gestern, als er sie verletzt hatte. Sie schien in einer Art Panikattacke zu stecken, was er gut verstehen konnte und ihn einmal mehr wütend auf Rico machte.

„Beruhig dich, Frieda", sprach er sanft und ließ sich neben ihr nieder.

„Wie soll ich mich bitte beruhigen? Sie geben mir dir Schuld, Rafael ..." Sie atmete schwer, während er seine Hand auf ihren Rücken legte, damit sie besser atmen konnte. Tränen traten in ihre Augen. „Ich bin die Frau, die vielleicht Quiet Place auseinanderbrachte! Ich muss nicht nachschauen, um zu wissen, was online abgeht! Ich werde das ausbaden müssen, niemand von EUCH!" Dann brach sie doch in Tränen aus und er nahm sie in seine Arme, um sie fest an sich zu drücken.

„Hör auf, Frieda. Gib dir nicht selbst auch die Schuld", murmelte er sanft und verfluchte Rico einmal mehr, der mit seinen Worten so viel Schaden angerichtet hatte. Denn Frieda trug keine schuld, das war ganz allein seine, weil er einfach nicht mehr so weitermachen wollte, weil seine Prioritäten sich geändert hatten und er aus Friedas Schicksal gelernt hatte.

Rafael wusste, dass er Friedas volle Unterstützung gehabt hätte, wenn er den Vertrag akzeptiert hätte, und das war ein weiterer Grund es nicht zu tun. Sie sollte sich nicht wieder opfern müssen. „Du bist nicht schuld, die Diskussionen hätte es auch ohne dich gegeben." Davon war er überzeugt.

„Das sagst du jetzt einfach nur so", hauchte sie.

Er schüttelte entschieden den Kopf. „Nein, tue ich nicht. Wie gesagt, der neue Vertrag mag für viele attraktiv sein, aber für mich nicht und du magst dabei vielleicht eine Rolle spielen, aber du bist nicht der entscheidende Faktor dabei. Ich will mich nicht an etwas ketten, wohinter ich nicht stehe. Hier geht es schon viel zu lange nicht mehr um Musik, sondern um Macht … und das wäre auch so, wenn du nicht hier wärest."

Sie schluchzte erneut. „Das ist …"

„So scheiße", fasste er zusammen. Er streichelte sie weiter, bis sie sich ein wenig beruhigt hatte. „Sie sind übrigens weg, ich habe sie rausgeworfen."

Frieda kuschelte sich eng an ihn und seufzte leise. Eine ganze Weile verblieben sie so in dieser Position auf dem Boden und hingen ihren eigenen Gedanken nach.

„Was sollen wir nur machen?", fragte sie irgendwann.

Er dachte darüber nach, bis ihm eine Idee kam. „Lass uns wegfahren."

„Wohin?", fragte sie verwirrt.

Rafael schluckte, aber sein Plan nahm konkrete Formen an. Vielleicht mussten sie sich nach diesen Wochen ein wenig auf sich besinnen. Vielleicht brauchten sie Abstand von seinem Leben und er kannte nur einen Ort, an dem er das perfekt konnte.

Sie sah plötzlich hoch und schien es zu begreifen, ohne dass er etwas gesagt hatte. „Nach Ostfriesland?"

Er nickte. „Da haben wir Ruhe und können überlegen, was wir machen."

Sie schluckte und stimmte dann zu.

Erleichterung machte sich in ihm breit und er dachte an die Pläne, von denen sie ihm gestern erzählt hatte. Vielleicht wäre es genau richtig, jetzt darüber nachzudenken. Sie hatte dort noch Sachen, die könnten sie dann auch gleich holen und dann war da immer noch die Sache mit ihren Eltern, die sie mehr schmerzte, als sie vor ihm zugab. Vielleicht fanden sie zumindest dafür eine Lösung. Und dann konnten sie überlegen, was sie machen wollten, wie es mit ihm weiterging, und planen, wie ihr Leben in Zukunft aussehen sollte. Sie war frei und er war es nun auch, endlich konnten sie sich zusammen vom Leben treiben lassen.

58

Als sie nach Stunden endlich die ostfriesische Landschaft sah, atmete sie durch. Zugegeben hätte sie nicht gedacht, sobald zurück zu sein. Doch Rafael wollte in Ruhe nachdenken und sie gab zu, dass Ostfriesland dafür perfekt war, auch wenn sie Angst hatte, was mit ihr passierte, wenn sie alles wiedersehen würde.

So viele Wochen seit ihrer Abreise waren noch nicht vergangen, hielt sie es aus, nun wieder mit der Situation konfrontiert zu werden?

Andererseits fühlte sie sich stärker als je zuvor, nachdem sie Rafael von ihren Plänen erzählt hatte. Sie wusste, dass er sie in allem unterstützen würde und vielleicht war es also genau der richtige Zeitpunkt, um zurückzufahren und ihre restlichen Sachen zu ihm zu verfrachten. Außerdem war ihr klar, dass sie wohl irgendwann noch mal mit ihren Eltern sprechen musste, um ihnen klarzumachen, dass ihre Reaktion nicht in Ordnung gewesen war. Dafür schien genug Zeit vergangen zu sein.

Und dann war da die Sache mit Quiet Place. Sie wusste immer noch nicht, was exakt gestern beim Bandtreffen passiert war, aber offensichtlich hatte Rafael beschlossen, den Vertrag so nicht anzunehmen. Sie wusste nicht, warum genau, aber sie wurde trotz aller Beteuerungen das Gefühl nicht los, doch irgendwie schuld daran zu sein, weil er sich nicht an einen Vertrag binden wollte, der ihn so einschränkte. Damit mochte er recht haben, doch sie konnte auch nicht zulassen, dass er die Band verließ. Vielleicht fanden sie mit ein wenig Abstand eine Lösung, auf die sie bisher noch nicht gekommen waren.

Viel gesprochen hatten sie und Rafael auf der Fahrt nicht, immerhin waren sie unerkannt geblieben. Unterwegs hatte er, im Gegensatz zu ihrer letzten und ersten gemeinsamen Fahrt, eine riesige Playlist angemacht, in der, seinen

Worten nach, alles an Musik drin war, die er mochte mit Ausnahme seiner eigenen Lieder. Wahre Kuriositäten kamen dabei zum Vorschein und zwischendrin hatte er eine Menge erklären müssen, als irgendein Karnevalssong kam, bei der ihr die Fußnägel hochklappten vor lauter Angewidertheit. Doch er hatte nur gelacht und erklärt, dass sein Vater den Song geliebt hatte und er sich dadurch mit ihm verbunden fühlte. Das machte das Lied nicht besser, aber sie konnte immerhin mit ihm leben.

Als sie nun Norddeich erreichten, hörten sie einen Song der Foo Fighters, der sie seufzen ließ.

„Wie fühlst du dich?", fragte er und warf einen besorgten Blick zu ihr.

„Keine Ahnung, etwas verwirrt. Ich hätte nicht gedacht, dass ich so schnell wieder hier sein würde."

Er nickte. „Mal schauen, wie es wird. Ich bin zumindest froh, wenn wir da sind."

„Du hättest mich auch noch weiterfahren lassen können." Zwischendrin hatte sie mal eine Weile das Steuer übernommen, weil er müde gewesen war.

„Ja, ich weiß, aber du bist inzwischen wesentlich aufgeregter als ich."

Damit hatte er recht. „Hast du eigentlich jemandem Bescheid gesagt, dass wir weg sind?" Es fiel ihr in diesem Moment ein, weil sie auch Paula noch nicht geschrieben hatte. Zugegeben hatte sie nach gestern Abend noch nicht mal ihr Telefon wieder eingeschaltet, aus Angst, dass sie irgendwelche dummen Nachrichten bekommen hatte. Das musste sie wohl dringend ändern, damit sie nicht zur schlechtesten besten Freundin der Welt wurde.

„Nein, habe ich nicht. Besonders nach heute Morgen ist es mir auch scheißegal", grummelte er.

In diesem Augenblick erreichten sie ihre alte Straße, die verlassen dalag, und ihr Herz klopfte schwer.

„Bei euch ist kein Licht an", stellte Rafael sofort fest, als er in seine Einfahrt abbog.

Sie schluckte und schaute selbst hin. „Es sieht verlassen aus."

„Ist deine Schwester schon zurück?", fragte er.

„Ja." Und dann fiel ihr der Chat mit ihrer Schwester wieder ein, von dem er noch gar nichts wusste. „Wir haben gestern kurz gechattet, sie ist wohl bei meiner Mutter. Sie hat angedeutet, dass meine Eltern bald die Häuser verkaufen."

„Dann räumen wir die restlichen Sachen einfach in mein Haus und schauen dann, was wir damit machen", meinte er und hielt den Wagen an.

Frieda stimmte zu und blickte einen Moment in die Richtung ihres Elternhauses, das so viele Jahre lang freiwillig und unfreiwillig ihr Zuhause gewesen war. Sie riss sich schließlich von dem Anblick los und folgte Rafael, der bereits die Tür seines Hauses aufschloss.

„Darf ich mich einmal umschauen?", fragte sie, denn sie brauchte Ablenkung und sie hatte sich noch nie das ganze Haus von innen gesehen.

„Klar. Guck dir alles an." Er zwinkerte ihr zu, wohl wissend, warum sie alles anschauen wollte, und er lief wieder raus, um das bisschen Gepäck, was sie in aller Eile gepackt hatten, und die Lebensmittel aus seinem Auto zu holen.

Sie ging bewusst durch alle Räume und schmunzelte. Es war wirklich das typisch ostfriesische Ferienhaus, wenn man von seinem Zimmer oben einmal absah.

Schließlich machte sie in der Küche den Wasserkocher an und suchte nach Tee, den sie auch zwischen den aus Berlin mitgebrachten Sachen fand.

„Du machst nicht wirklich als erstes Tee, oder?" Grinsend kam er in die Küche.

„Habe ich nicht erwähnt, dass es Ostfriesinnen und Ostfriesen gibt, die Wasser aus Ostfriesland mitnehmen?"

„Wirklich? Ich dachte, das wäre ein Scherz gewesen, den du an deinem ersten Tag in Berlin gerissen hast. Wobei nein, wie konnte ich das nur für einen Scherz halten."

„Es stimmt. Meine Großeltern haben, als sie noch lebten, immer einen riesigen Kanister Wasser nur für Tee bei ihren Campingurlauben mitgenommen."

„Schräg." Er lachte leise. „Machst du mir auch einen Becher?"

Sie nickte. „Du gewöhnst dich langsam daran, oder?"

„Anscheinend, vielleicht liegt es auch daran, dass er ständig vor meiner Nase steht. Keine Ahnung, ob ich dann schlafen kann, aber das nennt man wohl Berufsrisiko. Hast du irgendwas im Haus entdeckt?"

Sie schüttelte den Kopf. „Nein, es ist wirklich ein typisch ostfriesisches Ferienhaus."

„Das ist ja auch sein Nutzen."

Sie nickte. „Was willst du damit machen? Es weiterhin behalten?"

Er zuckte mit der Schulter. „Ich vermiete es nur noch selten, vielleicht lasse ich das ganz sein oder verkaufe es. Ich brauche es ja nicht mehr, um dich zu sehen."

Das stimmt und sie schaute auf das Sofa. „Das behalten wir." Sie deutete darauf.

„Sieht in Berlin bestimmt schräg aus. Machen wir dort eine ostfriesische Ecke?"

Sie grinste, aber der Gedanke gefiel ihr. Seine Wohnung war nicht schlecht, aber sie fühlte sich nicht nach ihrem Zuhause an. Wenn sie bei ihm wohnen bleiben würde, wäre das Sofa vielleicht ein Anfang. Der Tee zog inzwischen und sie schaute aus dem Fenster, wo sie ein Stück ihres Hauses erahnen konnte, während er ein paar Sachen in den Kühlschrank packte.

„Du hattest keinen Schlüssel mehr, oder?", fragte er, als er ihren Blick bemerkte.

„Nein." Sie seufzte. „Ich glaube, das war nicht sonderlich klug." Wenn sie Pech hatte, würde es verdammt schwierig werden, ihre Sachen wiederzubekommen.

„Doch war es. So musst du dich mit der Sache auseinandersetzen." Rafael blickte zu ihr und schien sie zu analysieren.

Er hatte nicht unrecht „Ich rufe morgen meine Eltern an, damit das Thema aus der Welt ist."

„Mach das. Es ist noch nicht allzu spät, was sollen wir noch machen? Willst du an den Strand? Also nach dem Tee?"

„Das wäre toll." Sie spürte, wie sie sich wieder beruhigte.

Er nickte. „So ein bisschen den Wind des Lebens genießen. Du hast mich offensichtlich mit deinen Weisheiten inspiriert."

„Wirst du das als Songtext benutzen?"

„Wind of Change ist schon belegt", erwiderte er trocken.

„Und Wind of Life?"

„Keine Ahnung, klingt aber nicht so toll. Hat irgendwie was von pupsen."

Sie verschluckte sich beinahe an ihrem Tee, dann lachte sie los.

Er zwinkerte ihr zu. Sie brauchte ein bisschen, bis sie sich beruhigt hatte, bis er weitersprach. „Vielleicht Lifestorm?"

„Du bist der grammyprämierte Künstler von uns beiden, ich lasse dir deine Freiheit."

Jetzt lachte er. „Danke, das ist lieb. Willst du was essen?"

„Gerne!"

Schnell deckte er den Tisch mit Sachen für ein Abendbrot und sie ließen sich schließlich beide auf dem Ostfriesensofa nieder. „Erinnerungen", murmelte sie. „Und ,Brickwall' wurde hiervon inspiriert?"

„Unser erster Kuss war weltbewegend, er brauchte einen eigenen Song", erwiderte er. „Und das danach auch ..." Er küsste sie kurz auf den Kopf.

„Der Text ist anders."

„Er beschreibt auch eher das Gefühl, der Text ist von Kam, von mir ist nur die Melodie."

Sie nickte. „Schreibst du gerne Songs mit ihm?", fragte sie leise.

Darüber schien er nachdenken zu müssen. „Ja, eigentlich schon."

„Warum hast du gezögert?"

„Weil es gerade schwer ist, darüber nachzudenken." Rafael wirkte plötzlich traurig, und das tat ihr leid.

„Hmm. Dann lassen wir das vielleicht heute lieber", murmelte sie und bedauerte es, überhaupt die Frage gestellt zu haben.

Er stimmte ihr zu und trank einen Schluck seines Tees.

Wenig später machten sie sich auf den Weg. Es war bereits dunkel, doch das machte ihr nichts. Immerhin war das Wetter besser als das letzte Mal. Es fiel kein Regen, dafür erlebte sie eine sternenklare, frostige Nacht mit ein bisschen Wind. Sie hatten sich beide gut eingepackt und liefen gemeinsam die altbekannte Route zum Deich.

„Es ist wirklich verdammt still hier", wisperte er.

„Ja, so ist das immer im Winter. Jetzt sind nur Einheimische hier und ein paar eingefleischte Fans."

„Hmm, ich hätte es nicht gedacht, aber ich mag es so fast lieber als im Sommer, vielleicht nicht unbedingt die Kälte und die kahle Natur, aber die Leere und Stille. Man hört nur den Wind und das Meer. Es entspannt den Geist."

Langsam stiegen sie nun den Deich hinauf. Auf den hellen Steinstufen lag Split, damit es nicht glatt wurde, was selbst bei so salziger Luft passieren konnte. Oben blieben sie stehen. Hier schien der Wind viel mehr Kraft zu haben und ihr Griff um Rafaels Hand wurde fester.

„Alles in Ordnung?", fragte er sofort.

„Ja, ich bin gerne mit dir hier auf dem Deich und am Meer."

„Es ist sogar da." Er gluckste.

„Ich denke, den Unterschied von Ebbe und Flut hast du verstanden. Die Wellen sind schwarz wie dein Song." Friedas

Blick wanderte wieder zu ihm und er summte ‚*Black Wave*'
an. „Das ist so verrückt", wisperte sie, weil er den Song über
sie und das Meer geschrieben hatte.

„Nein, eigentlich nicht. Soll ich dir den ganzen Song vor-
singen?", wisperte er und zog sie näher zu sich. Seine Umar-
mungen hatten sich schon immer toll angefühlt und sie
spürte auch jetzt wieder, wie sehr sie sich bei ihm zu Hause
fühlte.

Sie schüttelte den Kopf „Es ist zu kalt. Ich will wirklich
nicht, dass du eine Halsentzündung bekommst."

Das nahm er widerspruchslos hin. „Komm, gehen wir
runter."

Glücklicherweise gab es noch die LED-Beleuchtung im
Hauptweg, sodass sie unfallsicher ganz zum Meer gelangten.
Die Wellen klatschten leicht gegen die Promenade und da
der Wind von der See aus kam, brannte das Salz in der Luft
im Gesicht. Sie liebte alles daran.

Er summte plötzlich wieder ‚*Black Wave*' und sie schaute
zu ihm hoch. Rafael verstummte bei ihrem Blick. „Der Song
passt gerade gar nicht", wisperte er. „Denn ich bin nicht
traurig, ich bin glücklich, dass ich hier mit dir stehen darf
und nicht wieder ohne dich gehen muss." Seine Arme legten
sich um ihren Körper und stumm lehnte sie sich an ihn an.
„Ich bin wirklich verdammt glücklich", wisperte er und sie
konnte ihm nur zustimmen.

***

Man spürte, dass in den letzten Tagen unfassbar viel passiert
war. Sie schafften es noch nach Hause, wo sie sofort ins Bett
fielen, weil sie beide eine bleierne Müdigkeit überrollte.

Frieda schlief schon bei Bettberührung ein und sie vermutete, dass es Rafael nicht anders ergangen war, als sie am
nächsten Morgen vor ihm aufwachte und ihn betrachtete.

Das Bett hatten sie gestern im Eilverfahren mit frischer
Bettwäsche überzogen und erst heute Morgen fielen ihr die

zwei unterschiedlichen Bettwäschegarnituren auf, die sie grinsen ließ.

Und obwohl die letzten Tage sowohl mental als auch körperlich anstrengend gewesen waren, fühlte sie sich halbwegs fit. L.A., New York, Berlin und nun Norddeich, alle Orte hatten sie innerhalb einer Woche besucht, kein Wunder, dass sie beide gestern müde gewesen waren.

Vorsichtig stand sie auf und ging duschen. Es war eigenartig, hier zu sein und doch auch irgendwie nicht. Das fiel ihr besonders auf, als sie erfrischt nach unten lief und ihr Blick auf ihr Elternhaus fiel.

Seufzend machte sie sich wieder einen Tee und schaute raus in den Garten, der zwar relativ groß, aber nicht besonders spektakulär angelegt worden war. Warum auch? Es war ein Ferienhaus, man benötigte maximal etwas Auslauf für Kinder und eine Terrasse zum Sitzen und Grillen.

Doch das war es nicht, was sie den Atem anhielten ließ. Es hatte heute Nacht tatsächlich gefroren und jetzt glitzerte alles wie in einer Eiswelt aus ‚Die Eiskönigin'. Es versprach ein richtig schöner Wintertag zu werden und da Rafael ja noch nie im Winter hier gewesen war, schmiedete sie einen Plan.

Wenig später tapste sie mit einem Kaffee für ihn nach oben, doch er war schon wach. „Guten Morgen", begrüßte sie ihn mit einem Lächeln, als sie sein Zimmer betrat.

„Hey!", antwortete er. „Ich dachte gerade, du bist weg."

„Oh, hast du dich erschreckt? Tut mir leid, ich wurde wach und konnte nicht mehr schlafen. Ich habe dir einen Kaffee gemacht", murmelte sie und trat ans Bett, um den Becher auf dem Nachttisch abzustellen.

Er lächelte. „Kein Tee? Wir sind doch offensichtlich in Ostfriesland."

„Man sollte sich an hiesige Traditionen halten, aber ich weiß, du trinkst morgens lieber Kaffee." Sie schlug einen möglichst plattdeutschen Ton an, ohne plattdeutsch zu reden.

Er lachte los. „Soll ich nun englisch sprechen?"

„Das klingt auch sexy. Hier bitte", und stellte den Becher ab.

„Thank you, Darling."

Das ließ sie lachen, während sie sich an den Rand des Bettes hockte.

Er setzte sich dagegen auf und sie konnte plötzlich direkt auf seine angedeuteten Bauchmuskeln starren. Und dann bemerkte sie seinen Blick.

„Schaust du mir gerade in den Ausschnitt?", fragte sie erschüttert. Sie trug nur ein Top, aber keines, was tief blicken ließ.

Er räusperte sich. „Ich habe ein paar Songideen ..." Jetzt grinste er gutgelaunt. Wenn sie so darüber nachdachte, schien es das erste Mal seit L.A. zu sein.

„Wenn du jemals ein Lied über meine Brüste schreibst, dann ..." Ihr fehlten die Worte.

„Dann?", fragte er amüsiert.

„Dann lasse ich Kam einen über deinen Po schreiben."

„Aah, wohlgerundet, knackig, zart?", fragte er amüsiert. „Scheint mir ein toller Song zu werden."

„Rafael!" Entrüstet schubste sie ihn.

„Vielleicht war das ja aber auch mein Song über deine hübschen Brüste."

„Das klingt, als würdest du Äpfel beschreiben." Frieda schüttelte verlegen den Kopf.

„Glücklicherweise sind es keine, dafür sind sie viel zu süß und herrlich weich."

Sie stöhnte. „Trink einen Schluck Kaffee, vielleicht beruhigt dich das. Ich hätte dir wohl doch Tee machen sollen."

Er lachte los, aber kam ihrer Aufforderung nach.

Derweil versuchte sie sich wieder zu konzentrieren und das Thema zu wechseln. „Wir müssen heute unbedingt noch einen richtig langen Spaziergang machen, das Wetter ist himmlisch. Es hat die ganze Nacht gefroren und ich wette mit dir, die Luft ist großartig."

„Okay." Er lächelte. „Sollen wir gleich los?"

„Wenn du willst?"

„Lass mich nur wachwerden." Er zwinkerte ihr zu und trank einen weiteren Schluck seines Kaffees.

Es war wie gestern immer noch nichts los, als sie eine Weile später losgingen, und das ließ Rafaels Anspannung deutlich sinken. Er schien befürchtet zu haben, dass es für ihn am Tag ohne Tarnung schwieriger werden würde.

„Es ist echt wie ausgestorben", stellte er verblüfft fest.

„Da hinten im Sand sind zwei Familien." Sie liefen inzwischen auf der Meerseite des Deiches entlang, von wo aus sie weit gucken konnten. Die Flut kam langsam zurück, der Himmel war blau mit einer tiefstehenden Sonne, wie es im Winter üblich war, und die Sicht so hervorragend, dass man problemlos Juist und Norderney sehen konnte. Der Wind wehte ebenfalls nicht mehr so stark, der einzige Lärm kam von ein paar kreischenden Möwen. „Lass uns heute nicht zum Strand und der Promenade laufen, lass uns weiter am Deich entlanggehen."

„Wie du willst." Er wirkte zufrieden. „Wo sind eigentlich die Strandkörbe und war hier nicht sonst auch immer ein Spielplatz? Das habe ich mich schon letztes Mal gefragt."

„Die werden im Winter eingelagert, damit sie keine Sturm- oder Frostschäden bekommen", erklärte sie. Das war seit Jahren üblich, sorgte nur bei den Touristen für Irritationen, die in der Nebensaison wie jetzt kamen und meinten, sich in einem Strandkorb sonnen zu können.

„Schlau."

Sie nickte und atmete durch. Die Luft fühlte sich kälter an, aber angenehm frisch. Die Sonne strahlte, als würde auch sie sich freuen, dass sie hier entlang spazierten.

Sie schwiegen eine Weile, bis sie den Strandabschnitt hinter sich gelassen hatten und wieder den Deich erklommen.

Sie hatten auch Norddeich auf der anderen Seite des Deiches hinter sich gelassen und nun zu beiden Seiten einen unfassbar schönen Ausblick.

„Wow!", sagte er. „Alles glitzert."

„Toll, oder? Ich liebe das. Außer es hat so sehr gefroren, dass es richtig glatt ist und man Fahrrad fahren muss." Sie liefen nun weiter.

„Ich habe mir als Kind mal das Bein gebrochen, weil ich bei Glätte ausgerutscht bin. Ich verstehe genau, wovon du sprichst."

„Wie gut, dass es nicht der Arm war."

„Ja, das habe ich mir damals auch gesagt. So konnte ich die ganze Zeit rumsitzen und Gitarre spielen, ohne dass mich jemand nach draußen geschickt hat." Er lächelte, offenbar erinnerte er sich gut daran. „Das war großartig, denn meine Eltern hatten sich da bereits getrennt."

„Wie hast du darauf reagiert?"

„So im Nachhinein? Die Trennung hat mich verwirrt. Meine Eltern haben sich immer gestritten und das habe ich gehasst. Sowas wollte ich für mich selber nie. Mit dir ist es ja auch nicht so. Vielleicht mochte ich dich deswegen von Anfang an, du bist zwar taff und warst nicht besonders nett, aber ich wusste immer, woran ich bei dir bin."

„Das klingt schön, du hast meine Vorurteile gegenüber Vandalen auch nicht bestätigt."

Er fasste sich theatralisch an die Brust. „Das ist wirklich ein Kompliment."

„Du bist der erste, dem ich sowas sage."

„Und du hältst mich für unromantisch?", witzelte er.

„Nein, eigentlich nicht, aber gestern schon." Sie zwinkerte ihm zu.

Er lachte. „Akzeptiert. Dafür verzichte ich vielleicht auch auf ein Lied über deine Brüste."

„Glück gehabt. Was machen eigentlich deine Geschwister gerade?", fiel ihr plötzlich ein. Von ihnen hatte sie schon ewig nichts gehört.

„Mein Bruder macht jetzt Abitur, was ich schön finde. Meine Schwester kommt im Sommer in die Oberstufe und will Physik-LK wählen. Das hat sie nicht von mir, ich habe das frühmöglichst abgewählt."

Sie lachte wieder. „Ja, ich auch. Ehrlich gesagt, habe ich das auch mit Musik gemacht."

„Kunstbanausin." Er schüttelte den Kopf. „Ich hatte Musik-Leistungskurs und habe mich zu Tode gelangweilt."

„15 Punkte im Abi?", schätzte sie.

„Ja, alles andere wäre auch nicht akzeptabel gewesen, ich hatte da schon mehrere Musikstipendien und konnte mir die Uni aussuchen."

„Aber du bist in einer Band gelandet."

„So ist das Leben." Er seufzte. „Du musst irgendwann mal meine Geschwister kennenlernen. Sie sind nicht mehr so nervig wie früher."

„Das ist sehr beruhigend." Sie lachte leise. „Das dort ist der Campingplatz, den haben wir bei unserer Fahrradtour damals nicht gesehen, weil wir unten langgefahren sind." Sie deutete auf den Weg unten am Deich, der zwischen Meer und Deich lag.

„Auf dem nichts los ist", stellte er fest.

„Wie gesagt, keine Saison."

„Unfassbar." Er schüttelte den Kopf. „Ich frage mich ehrlich, warum mein Vater kein Haus auf dem Land gekauft hat. Dahinten zum Beispiel, wo die Bauernhöfe liegen? Ich habe mich das schon bei unserer Fahrradtour gefragt, wenn ich nicht dich anstarren musste."

Sie schmunzelte. „Ich kannte deinen Vater nicht gut, aber ich vermute, er wollte eher dein Haus, weil es in einem Ort liegt mit viel Entertainment und wahnsinnig vielen Spielplätzen."

Rafael schien darüber nachzudenken. „Ja, das mag sein. Wenn ich entschieden hätte, hätte ich eher was anderes genommen. Nur du, ich und Musik." Er seufzte. „Ich glaube, das ist es, was ich wirklich will."

Sie betrachtete ihn. „Aber würdest du auf Dauer damit glücklich werden? Würdest du nicht die Konzerte und so vermissen?"

Sein Gesicht verzog sich. „Ja, vielleicht." Er atmete durch. „Ich will den Vertrag so nicht", brach es aus ihm raus. „Ich liebe die Band, aber mit dem, was die Plattenfirma will, kann ich nicht leben."

„Und du denkst nicht, dass es eine andere Lösung geben würde? Willst du noch mal mit ihnen reden?"

„Ich bin der Einzige, der nicht sofort Ja gesagt hat. Und das, was Rico gesagt hat, stimmt einfach nicht und ich kann nicht akzeptieren, dass jemand, der mir eigentlich nahesteht, so von jemandem denkt, den ich liebe."

Frieda seufzte. Rafael hatte mit dem Thema angefangen und vielleicht wurde es nun Zeit, Klartext zu sprechen. „Er ist auch nur ein Mensch. Vielleicht hat er einfach Angst, alles zu verlieren. Darum reagiert er so. Meinst du nicht, dass du dich verrennst, wenn du jetzt alles hinter dir lässt?" Frieda schaute zu Rafael.

Er schüttelte den Kopf. „Wenn ich ihn annehme, wäre es wieder so, als würdest du hier feststecken, nur dass ich dann derjenige bin, der das tut. Ich habe darüber nachgedacht, das will ich einfach nicht."

„Aber machst du das dann nicht trotzdem, nur dass du dich an mich kettest? Wärest du frei, wenn du keine Musik mehr machen kannst?", riskierte sie es zu fragen.

Doch er reagierte völlig gelassen. „Keine Ahnung. Ich würde es auf einen Versuch ankommen lassen." Er seufzte, sah auf das Meer und dann wieder zu ihr runter. „Mit dir Dinge zu reflektieren, hilft mir", meinte er schließlich. „Das kannst du wirklich gut."

„Danke, ich hatte immer viel Zeit, über Dinge nachzudenken und besonders über dich. Das, was Rico gesagt hat, hat sich schlimm angefühlt, aber ich glaube, es war nicht persönlich gemeint."

Er nickte. „Und trotzdem …" Wieder atmete er durch. „Vielleicht sollte ich das Haus hier verkaufen und dann suchen wir eines irgendwo einsam abgelegen und nahe am Deich, wo wir so oft Zeit verbringen können, wie wir wollen. Ich bin sicher, dass sich auch für mich neue Türen öffnen werden."

Frieda nickte vorsichtig. Das war es, was er gerade wollte, aber andererseits schien sie auch sicher, dass das nicht immer so blieben würde. Das, was Rafael brauchte, war der perfekte Ausgleich und sie ahnte, dass es vielleicht bei ihr genauso sein würde. Sie brauchte ihn, aber sie brauchte auch etwas zu tun, etwas, was sie gerne machte. „Ich glaube, ich würde gern irgendwann etwas haben, was mir gehört und es vielleicht mit Menschen teilen", murmelte sie.

„Ein Hotel?", fragte er nach.

„Keine Ahnung, auf jeden Fall keine Touristen, die sich über den Sand beschweren. Vielleicht will ich doch eine Beraterfirma eröffnen oder alternativ vielleicht einen Ort für Menschen schaffen, die nicht den normalen Touristenwahnsinn wollen, sondern Stille, wie beispielsweise Musikstars, die Ruhe zum Schreiben ihrer Musik brauchen."

„Das können wirklich einige gebrauchen." Er lachte leise.

„Die anderen sind übrigens, auch wenn du das noch nicht so mitbekommen hast, total oft in meiner Berliner Wohnung, weil es da noch mit am ruhigsten ist."

Sie schmunzelte. „Im Vergleich zu L.A. und New York sowieso."

Er nickte und betrachtete sie dann. „Ich will, dass du dich in Berlin wohler fühlst. Die Wohnung ist bis jetzt nur meine, lass uns das Sofa mitnehmen und ein paar Dinge ändern, die du möchtest."

Das war keine Frage sondern eine Feststellung, wie sie merkte. „Wie kommst du darauf?"

„Weil ich dich beobachte. Ich habe dich hier gesehen, bei Paula, in meiner Wohnung, in L.A. und in New York. Du hast dich bei meiner Mom wohlgefühlt. Keine Ahnung, ich spür einfach, dass meine Berliner Wohnung noch nicht perfekt für dich ist und keine Sorge, ich bin nicht böse."

„Ich weiß nicht, woran das liegt. Es liegt nicht an den Städten, aber irgendwie … es ist noch nicht so gemütlich. Riesige Städte sind mir egal, riesige Wohnungen offensichtlich nicht."

„Frieda braucht es klein und cosy", scherzte er.

Sie verzog das Gesicht. „Und das klingt jetzt versaut. Ich mag zum Beispiel große Betten."

„Das hast du hineininterpretiert." Rafael lachte. „Wenn du wieder mit zurück nach Berlin kommst, dann will ich, dass du dich dort genauso wohlfühlst wie bei Paula, bei meiner Mom oder auf dem Ostfriesensofa. Erinnerst du dich? Wir sind ein Team."

„Wir sind ein Team." Sie lächelte und freute sich darüber, wie wichtig sie ihm war. Doch etwas daran, fühlte sich nicht richtig an und sie wusste genau was. Er plante sein Leben ohne seine Band und das konnte sie nicht zulassen.

59

Sie waren ein Weilchen unterwegs, aber als sie wieder in ihre Straße einbogen, fühlten sie sich beide geerdeter.

Genau das war es, was sie gebraucht hatten. Trotzdem blieb sie sich in einer Sache sicher, Rafael brauchte nicht einfach nur sie und die Musik, er brauchte seine Band.

Sie waren alle befreundet, kannten sich länger, als Frieda ihn kannte, und in vielen Dingen vielleicht sogar besser. Doch er schien das einfach zu vergessen oder zu verdrängen.

Als sie sein Haus betraten und er ins Badezimmer verschwand, beschloss sie, etwas zu tun, wofür er hoffentlich nicht böse sein würde. Sie schrieb eine Nachricht an Sana.

„Hey Sana, hier ist Frieda. Ich weiß, dass Rafael euch nicht gesagt hat, dass wir weggefahren sind, und ich weiß, dass alles gerade scheiße läuft. Aber ich glaube, ihr müsst mal in Ruhe miteinander reden, denn ich bin mir ziemlich sicher, dass er euch braucht, auch wenn er das gerade nicht sehen will. Sorry, dass ich mich da einmische. Ich hoffe, du und die anderen seid mir nicht böse. Ich will euch nicht auseinanderbringen, das war nie meine Absicht. Falls ihr uns sucht, wir sind in seinem Haus in meinem Heimatort. Jordan war schon mal hier.

Liebe Grüße,

Frieda"

Sie ließ ihr Telefon sinken und schrieb dann noch eine Nachricht an Paula, damit auch diese wusste, wo sie waren.

Bevor sie Rafael darüber informierte, was sie getan hatte, dachte sie darüber nach, ihrer Mutter zu schreiben, um auch diese Sache endlich anzugehen, doch Rafael unterbrach diesen Gedanken. „Frieda!"

„Was ist los?", fragte sie, als sie zu ihm nach oben lief.

„Deine Eltern sind nebenan", murmelte er.

„Was?" Ihr Puls raste in die Höhe und sie schaute aus dem Fenster in seinem Zimmer, doch entdeckte sie nicht.

Er nickte. „Ich habe sie gerade gesehen. Sie sind drin."

„Meinst du, ich soll einfach mal rübergehen?", fragte sie verunsichert.

Rafael zuckte mit der Schulter. „Warum nicht? Vielleicht ist das der beste Weg. Wenn du willst, komme ich auch mit." Sie nickte nur und versuchte, nicht lange darüber nachzudenken. Schnell zog sie ihre Schuhe wieder an und lief mit Rafael rüber, dessen Anwesenheit ihr Sicherheit gab.

Es fühlte sich komisch an, das Grundstück zu betreten, noch merkwürdiger allerdings, an der Tür zu klingeln, wo immer noch ihr altes Türschild mit dem Familiennamen hing.

„Frieda?"

Sie sah überrascht hoch und in das Gesicht ihrer Mutter. Einen Moment wusste sie nicht, was sie sagen oder wie sie reagieren sollte. Ihrer Mutter schien das nicht anders zu gehen, auch sie wirkte geschockt.

„Frieda", wiederholte sie schließlich in einem erstaunlich sanften Tonfall, den Frieda nach all dem Drama nicht erwartet hatte.

„Hallo", murmelte sie. „Tomma meinte, dass ihr das Haus bald ausräumen wollt und ich habe noch Sachen hier", begann sie unbeholfen.

„Hat sie das gesagt?" Ihre Mutter schien wieder überrascht.

„Hat sie mir geschrieben." Sie schluckte und fühlte sich plötzlich völlig überfordert.

„Oh, okay. Wir hätten dir schon Bescheid gesagt", sprach sie und öffnete die Tür, damit sie eintreten konnte. „Bist du gerade erst gekommen?", fragte sie.

„Nein, ich bin schon seit gestern hier."

„Wo hast du geschlafen und warum hast du nicht Bescheid gesagt?"

Jetzt blickte Frieda sie überrascht an. „Ich habe mich nicht gemeldet, weil ich nicht ‚zur Vernunft' gekommen bin, wie ihr mir so schön gesagt habt. Ich habe im Haus meines Freundes übernachtet." Sie blickte zurück. Rafael stand seitlich und hatte sich zurückgehalten, sodass er ihrer Mutter wohl bisher nicht aufgefallen war. Nun trat er auf Friedas

Blick hin näher. „Hallo Insa", begrüßte er sie mit Vornamen und Frieda fiel wieder ein, dass er das auch schon früher getan hatte.

Ihrer Mutter fielen fast die Augen raus, als sie Rafael nun dort stehen sah.

„Ich weiß nicht, ob du oder vielleicht besser Sie sich noch an mich erinnern, aber mein Vater hat vor Jahren das Haus nebenan gekauft. Inzwischen gehört es mir." Er lächelte und hielt ihr die Hand hin, die sie wohl aus Reflex ergriff und schüttelte.

„Ich erinnere mich noch." Ihre Mutter lächelte jetzt. „Ihr seid tatsächlich ein Paar", stellte sie mit Blick auf Frieda fest. „Ich habe euch gesehen, aber im Fernsehen ist das was völlig anderes und wirkte unwirklich."

Frieda nickte, denn das verstand sie durchaus. Ihr ging es nicht anders, als sie herausgefunden hatte, dass Rafael Raf von Quiet Place war. „Wir kennen uns seit Jahren, übrigens dank euch, weil ihr unbedingt wolltet, dass ich ihm den Ort zeige."

„Du kannst übrigens beim Du bleiben, alles andere irritiert mich. Damals warst du noch kein Musiker, oder?", fragte ihre Mutter nun und ihre freundliche Art ließ Frieda sich entspannen.

Rafael schmunzelte. „Doch, eigentlich schon, nur noch nicht berühmt."

Ihre Mutter nickte. „Kommt rein. Hajo!", brüllte sie. „Unsere Tochter und ihr Freund sind da. Wollt ihr eine Tasse Tee? Ich habe gerade welchen gemacht, weil wir mal wieder all die Unterlagen durchgehen und schauen, was ansteht."

Frieda sah zu Rafael, doch der zuckte mit der Schulter, sodass es ihre Entscheidung war. „Okay", stimmte sie schließlich mit gemischten Gefühlen zu.

Sie folgten ihrer Mutter in die Küche, was sich jetzt total strange anfühlte, wenn sie bedachte, dass sie bis vor wenigen Wochen noch hier gewohnt hatte. Doch es fühlte sich nicht mehr wie ihr Zuhause an und das war ein Gefühl, das sie irgendwie beruhigte, weil sie offenbar nicht diesen Teil Ostfrieslands vermisst hatte.

„Frieda ist hier?", murmelte ihr Vater entfernt. Offenbar hatte er geschnallt, dass es nicht Tomma sein konnte. „Ja", sprach ihre Mutter laut und in diesem Moment kam ihr Vater hinein.

„Moin!", sagte er schlicht, blieb stehen und starrte sie an, was dazu führte, dass Frieda wieder nicht wusste, wie sie reagieren sollte.

Ihre Mutter verdrehte die Augen und schubste ihn in ihre Richtung, sodass sie sich kurz unbeholfen umarmten. „Hallo Papa", räusperte sie sich, aber behielt ihre Skepsis bei.

„Mit dir habe ich nicht gerechnet, aber es ist eine schöne Überraschung." Er schaute ernst zu ihr runter und ihr wurde klar, dass er kleiner als Rafael war, der abwartend und angespannt hinter ihr stand, so als würde er jederzeit eingreifen können.

„Ich wollte euch eigentlich heute anrufen, aber dann hat Rafael beobachtet, wie ihr beide ins Haus gegangen seid."

Ihr Vater nickte und ließ sie los. „Wir hatten uns verabredet, um die Papiere durchzugehen, auch für die Steuererklärung. Du hast die Sachen gut sortiert", lobte sie ihr Vater, was sie ein weiteres Mal überraschte.

„Danke", wisperte sie.

„Und du bist also Rafael. Als wir uns das erste und letzte Mal getroffen haben, gingst du noch zur Schule." Ihr Vater wandte sich an ihn und auch sie schüttelten Hände.

„Das stimmt, ist Ewigkeiten her. Hallo", erwiderte Rafael und schien viel lockerer.

„Und seid ihr gerade erst angekommen?"

„Nein, gestern schon. Wir haben in seinem Haus übernachtet", erklärte sie erneut.

„Setzt euch doch!", wies ihre Mutter sie an. Das taten sie und sie schob ihnen allen eine Teetasse hin sowie ein Milchkännchen und eine Schale mit Kluntje.

„Und warum seid ihr hier?", fragte ihr Vater weiter.

„Ich wollte meine Sachen holen, weil Tomma meinte, dass ihr das Haus bald verkauft", sprach sie leise. „Ich bin nicht zur Vernunft gekommen."

Ihr Vater runzelte die Stirn und ignorierte ihren letzten Satz. „Das war etwas übertrieben von deiner Schwester. Hat sie dir gesagt, dass sie mit Frieda schreibt?", fragte er ihre Mutter.

Die schüttelte den Kopf. „Nein, ehrlich gesagt, wollte ich mich schon ein Weilchen bei dir melden, aber dann dachte ich, dass du vielleicht lieber erst einmal deine Ruhe haben möchtest." Sie seufzte. „Es tut mir leid, dass das alles so gelaufen ist, Kükelsternchen. Wir wollten dich nicht mit den Verkäufen überfallen und du hast recht, vielleicht war nicht alles richtig, was wir in den letzten Jahren so gemacht haben. Das Ultimatum auch nicht. Wir waren wohl so sehr mit uns beschäftigt, dass wir dich vielleicht ein bisschen aus den Augen verloren haben." Ihre Mutter schluckte sichtlich. „Es lief vieles schief, seitdem das mit deiner Schwester passiert ist und ich denke, wir haben dich einfach außer Acht gelassen, das habe ich nun verstanden. Deine Reaktion hat uns überrascht, ich habe überreagiert und jetzt sitzen wir hier."

Das Letzte, womit Frieda gerechnet hatte, war eine Entschuldigung. „Mir tut es leid, dass ich einfach so gegangen bin, aber ich konnte das einfach so nicht mehr."

Ihr Vater nickte, was ihr gänzlich den Atem verschlug. „Deine Mutter hat recht, es ist alles ziemlich mies gelaufen. Wir haben zu spät gesehen, wie es dir hier geht, und ich glaube, der Umfang ist uns erst bewusst geworden, als du gegangen bist und wir eine Weile darüber nachdenken konnten. Sie war bei dir?", fragte er nun Rafael.

Der schien das Ganze sehr viel besser wegzustecken als Frieda. „Ja, ich konnte Frieda nicht hierlassen. Wir wollten schon lange zusammen sein, aber das ging bisher nicht."

„Weil ich dachte, dass ich hier an den Ort und an den Job gefesselt bin. Dann konnte ich mir irgendwann nicht mehr vorstellen, was anderes zu machen, weil ich nicht wusste, was. Als ihr mir das dann wegnehmen wolltet …" Ihre Stimme brach, doch sie fasste sich gleich wieder. „Und Rafael … na ja, er hat seinen Job", erklärte sie und blickte ihren Eltern nun in die Augen.

Jetzt reagierte ihre Mutter. „Wie lange geht das zwischen euch?"

Frieda sah zu Rafael. „Ewig?", reagierte der und grinste jetzt.

Sie nickte. „Ja, ewig. Also meine Sachen … ich würde sie nach nebenan bringen, dann könnt ihr mit dem Haus machen, was ihr wollt." Frieda schluckte.

Ihre Mutter schüttelte den Kopf. „Es ist nicht eilig."

Ihr Vater wog den Kopf hin und her. „Wenn du sie schon holen willst, mach das, aber wir hätten sie niemals weggeworfen. Deine Mutter hat recht, wir haben vermutlich überreagiert, als du plötzlich weg warst. Mir war nicht klar, wie tief du in der Sache steckst und wie sehr du es nicht wolltest … Wir waren …"

„Ihr wart mit anderen Sachen beschäftigt." Frieda schloss kurz die Augen. „Es war nicht okay, aber es lässt sich nicht mehr ändern. Aber ich will nicht mehr hierbleiben. Wollt ihr wirklich alles verkaufen?"

„Ja", sagten beide und Rafael trank neben ihr einen Schluck Tee. Er wirkte inzwischen tiefenentspannt, was sie beruhigte, und sie fragte sich, was wohl gerade in seinem Kopf vorging.

„Ich kann es ja auch grundsätzlich verstehen, ich hätte mir das nur schon viel früher gewünscht", machte sie weiter. „Und in diesem Haus hier habe ich mein Leben lang gewohnt. Das hat mir den Rest gegeben und ich dachte, dass ihr mich auf die Straße setzen wollt."

Ihre Mutter nickte verständnisvoll.

„Wie gesagt, es tut uns leid. Das alles, angefangen vor Jahren bis zu unserer Reaktion nach Weihnachten. Weißt du schon, was du jetzt machen willst?", fragte ihr Vater.

„Nein, noch nicht, aber ich bin dran. Vielleicht studiere ich noch ein bisschen weiter", antwortete sie.

„Wir können deinen Vertrag auf dem Papier so lange lassen, wie du das brauchst. Dann hast du keine Probleme mit der Krankenkasse und keine Lücke im Lebenslauf", erklärte ihr Vater jetzt und ihr wurde klar, dass dies ein kompletter Umschwung war, den sie hier vollzogen. Vielleicht war es in der Hinsicht gut gewesen, dass Frieda die ganze Sache so radikal durchgezogen und sie alle eine Weile nichts voneinander gehört hatten.

Sie schluckte jetzt, aber sah keinen Grund, das nicht anzunehmen. Offensichtlich tat es ihnen leid. „Okay."

„Und du sollst einen Teil des Erlöses für deine gute Arbeit bekommen. Das hast du verdient." Ihre Mutter lächelte jetzt vorsichtig. „Danke Rafael, dass du dich um sie gekümmert hast."

Der nickte ihr zu. „Mache ich gern." Er lächelte Frieda an und sie wusste, dass er vermutlich in Gedanken ein ‚Ich liebe dich' dahinter setzte.

„Was du machst, müssen wir ja nicht fragen." Ihr Vater blickte nun zu ihm und schmunzelte.

„Ich vermute nicht. Es gab eingängige Bilder", erwiderte ihr Freund.

„Ich habe deine Rede gesehen. Die war toll", überraschte sie ihre Mutter. „Auch das, was du über Frieda gesagt hast."

Frieda runzelte die Stirn, wovon sprach sie?

Rafael sah zu ihr und erkannte, dass sie gerade keine Ahnung hatte, was ihre Mutter meinte. „Sie meint meine Dankesrede … du erinnerst dich?" Er zwinkerte ihr zu.

„Oh … ja, ich erinnere mich. Das war ganz schön krass …", gab sie zu und lächelte.

„Wir fanden, dass du wunderschön aussahst. Ich wollte ja schon immer mal nach L.A.", haute ihre Mutter plötzlich raus und damit begann ein lockeres Gespräch, was Frieda in dieser Form niemals erwartet hatte.

***

„Ehrlich, damit habe ich nicht gerechnet." Sie ließ sich auf Rafaels Bett fallen und schaute zu ihm. Inzwischen war es später Abend.

„Mit was genau?"

„Erstens, dass sie sich entschuldigen. Zweitens, dass sie dich so gut aufnehmen. Drittens, dass alles so einfach lief. Ich weiß nicht, ob es je wieder so gut wird, wie damals vor allem, aber das ist ein guter erster Schritt gewesen. Offensichtlich tun die neuen Partner meiner Eltern ihnen gut und sie können Sachen reflektieren. Und viertens, dass sie uns sogar zum Essen eingeladen und meine Eltern sich dabei vertragen haben." Anschließend hatten sie noch wieder in ihrem Elternhaus gesessen, wo Frieda mit ihnen im Frieden ein paar Sachen durchgegangen war.

„Offenbar haben sie in der letzten Zeit eine ganze Menge geklärt", stellte er fest. „Schade, dass deine Schwester nicht da war, dann hättest du dich auch mit ihr vertragen können."

„Ja, das stimmt." Sie schüttelte den Kopf. Ihre Schwester war vorgestern zu einer Freundin nach Frankfurt gefahren, die dort studierte. „Ich frage mich, ob sie noch zusammen wären, wenn das mit meiner Schwester nicht passiert wäre?"

Er zuckte mit der Schulter. „Vielleicht wollten sie aber auch schon ewig nicht mehr zusammen sein und das war nur der Schlüsselmoment es endlich sein zu lassen."

Sie nickte. „Davor habe ich Angst."

„Wovor?" Er blickte hoch und schaute sie fragend an.

Frieda konnte nicht richtig antworten, doch ihre stummen Blicke schien er zu verstehen.

„Nein Frieda ... Denk sowas nicht einmal", knurrte er.

„Aber ..." Sie schluckte erneut, denn nicht nur ihre Eltern, sondern auch seine waren getrennt. Plötzlich fühlte sie sich verunsichert.

„Hör auf damit und schau mich an", befahl er.

Sie tat es und er blickte ihr nur einen Moment in die Augen. Dann drehte er sich um und zog seine Gitarre aus dem Koffer, die er bis jetzt nicht angerührt hatte. Rafael konzentrierte sich einen Moment, dann schlug er sie einmal an und schien mit dem Klang zufrieden zu sein.

Schließlich schaute er auf und spielte los. Sie kannte den Song nicht, es musste irgendetwas Neues sein. Doch nach einem kleinen Intro schien er in eine Melodie zu fallen, die sie erschaudern ließ. Sie klang tragend, zwischendrin wieder ganz leicht und dann wieder schwer. Die Melodie wiederholte sich und hörte sich besonders an, doch sie konnte nicht beschreiben wie.

Und ganz plötzlich spürte sie, was er ihr damit erzählen wollte. Sie fühlte die Melodie, sie fühlte die Stimmung darin und es bedarf keines einzigen Wortes, um sie wissen zu lassen, wovon der Song handelte.

Dann schien er zum Ende zu kommen und trotz der Tragik, wurden die Töne wieder leichter, sanfter, liebkosender und er lächelte plötzlich.

Hatte sie gerade noch gemeint, Angst vor einem ähnlichen Schicksal ihrer Eltern haben zu müssen, war das nun gänzlich weg. Sie fühlte sich sicher, sie fühlte sich geliebt und sie wusste, dass er dasselbe für sie empfand.

Rafael sagte nichts, als er den Song schließlich beendete und die Gitarre beiseitelegte.

Sie sagte nichts, als er zum Bett kam und sie einfach küsste. Sie sagten beide nichts, als er sie anschließend in seine Arme zog und sie so festhielt, dass nichts mehr zwischen sie passen konnte.

Gemeinsam schwiegen sie, denn die Musik, sie war noch da. Sie war in dem Gefühl, dass sie bei ihm hatte, im Schlagen seines Herzens, im gleichmäßigen Atmen und in der Wärme, die er ausstrahlte.

Er war hier und er würde nicht weggehen.

Und dann plötzlich musste sie doch etwas sagen.

„Ich liebe dich auch."

Er lächelte, das spürte sie.

„Danke", wisperte sie weiter.

„Ich zeige dir nur das, was ich fühle", gab er zurück.

Genau das hatte er getan und es fühlte sich immer noch fantastisch an.

„Hat dir der Song gefallen?", fragte er jetzt.

Sie schaute hoch. „Natürlich, merkt man das nicht?"

„Doch, aber mein Ego brauchte wohl die Bestätigung."

„Armes Ego." Sie küsste ihn kurz. „Es war wunderschön. Ist das der Song, den du nach meinem ‚Ich liebe dich' geschrieben hast?"

Er strahlte förmlich los. „Du hast ihn erkannt?"

„Ich kannte ihn nicht, aber die Stimmung … diese Tragik und die Liebe, es konnte irgendwie nur der sein."

„Genau." Jetzt war er es, der sie küsste.

„Warum brauchst du immer meine Bestätigung?", fragte sie weiter.

„Weil mir deine Meinung wichtig ist", antwortete er sofort. „Gerade wenn es ein Song über die Person ist, die ich liebe, möchte ich auch sicherstellen, dass er ihr gefällt."

Das war ein verständlicher Grund. „Würdest du ihn veröffentlichen?", fragte sie eine Weile später.

Rafael dachte kurz darüber nach. „Keine Ahnung, irgendwie fühlt er sich gut an, wenn er nur uns gehört."

„Ich glaube, andere würden ihn lieben." Eigentlich war sie sich hundertprozentig sicher.

Er nickte. „Er hat keinen Text."

„Vielleicht findet der sich ja noch."

„Vielleicht." Er küsste sie auf die Schläfe.

Sie kuschelte sich wieder an ihn und hätte ewig so verharren können, doch ein langes Klingeln riss sie aus ihrer Blase.

„Wer ist das?", fragte er sofort und runzelte angespannt die Stirn.

Sie selbst hatte keine Ahnung. „Soll ich vorsichtshalber mal nachschauen? Ich habe da Erfahrung …"

Er überlegte, als es erneut klingelte. „Ich kann gehen."

„Falls es ein Axtmörder ist?", fragte sie belustigt.

„Nein, falls es die Presse ist."

„Wie hätten die dich finden sollen?"

„Tja, das ist immer die Frage", murmelte er und hatte da wohl ein paar schlechte Erfahrungen gemacht.

Sie standen nun beide auf und Frieda ließ es sich nicht nehmen, ihn zu begleiten.

„Was zum Himmel", murmelte er und auch sie konnte durch einen Blick aus einem der winzigen Fenster, die sich hier im Flur auf dem Weg die Treppe runter befanden, erahnen, wer es war.

Ihr fiel die Nachricht ein, die sie an Sana geschrieben hatte, und blickte auf die Uhr. Die Nachricht hatte sie am späten Vormittag geschrieben, jetzt war es Abend, genügend Zeit, um es von Berlin hierher zu schaffen.

Rafael war inzwischen bei der Tür und riss sie förmlich auf. „Was zur Hölle wollt ihr hier?", fragte er aufgebracht.

„Hallo Raf", begrüßte Kam ihn ruhig. „Wir kommen in Frieden."

Frieda nahm jetzt die letzten Stufen und erkannte, dass alle vier weiteren Quiet Place-Mitglieder hier waren. „Das ist jetzt meine Schuld", wisperte sie und schluckte, weil Rafael wütend schien und sein Blick nun in ihre Richtung glitt.

„Hallo Frieda!", begrüßte Kam nun auch sie mit einem Lächeln, das ernst gemeint wirkte. „Oder was sagt man noch hier? Ach ja, … Moin!"

Sie verzog das Gesicht. „Ein Hallo reicht völlig." Sie wandte sich an Rafael, der sie fassungslos anstarrte. „Ich habe Sana eine Nachricht geschrieben, weil ich mir Sorgen gemacht habe, dass jemand dich als vermisst meldet und ich es nicht gut fand, dass wirklich niemand Bescheid weiß. Mein Hauptgrund ihr zu schreiben, war allerdings, dass ich finde, dass ihr reden solltet." Sie atmete durch und alle fünf starrten sie nun auf beunruhigende Weise an. Doch sie ließ sich davon nicht aus der Ruhe bringen, denn sie wusste, dass sie das Richtige getan hatte. „Rafael, ehrlich, ich habe euch gesehen, ihr seid eine Familie und auch wenn du das vielleicht denkst, du kannst nicht ohne sie." Sie räusperte sich, während niemand etwas sagte. Sie blickte zu den Vieren, die noch vor der Tür standen. „Kommt rein, wenn er euch lässt, und danke, dass ihr gekommen seid. Ich verzieh mich nach oben und ihr könnt reden."

Und damit trat sie den Rückzug an und hoffte, dass Rafael sie dafür nicht hassen würde. Sein Blick verfolgte sie förmlich, aber niemand sprach ein Wort, bis sie seine Zimmertür hinter sich geschlossen hatte.

Rafael

Was zum Himmel … Er drehte sich ruckartig zur Eingangstür, wo Kam, Sana, Jordan und auch Rico standen, die Frieda genauso überrascht hinterhersahen, wie er es gerade getan hatte.

Sana wandte als erste den Blick von der Treppe ab. „Sie hat mir heute Vormittag geschrieben", reagierte sie. „Sie hat auch geschrieben, dass sie uns nicht auseinanderbringen will und sie hat geschrieben, dass Jordan schon mal hier war."

„Und er konnte sich glücklicherweise noch daran erinnern", fügte Kam hinzu.

„So schlimm ist mein Gedächtnis nicht", maulte der.

„Na ja, das ist Ansichtssache", kommentierte Rafael nun, was Kam und Sana schmunzeln ließ.

Rafaels Blick fand Ricos. „Frieda hat dich verteidigt. Sie meinte, du hast vielleicht nur Angst, dass alles schief geht."

Rico schnaubte. „Vielleicht, vielleicht auch nicht."

Jordan stupste ihn an. „Das war nicht okay, wir haben darüber gesprochen."

„Tut mir leid", murmelte Rico. „Wenn du uns reinlässt, verspreche ich, sie nicht zu beschimpfen und ihr Vorwürfe zu machen. Es war umsichtig von ihr, Sana zu schreiben."

„Und dich zu verteidigen", fügte die hinzu. „Wir kommen wirklich in Frieden, Raf", sprach sie nun sanft.

Rafael seufzte. „Ihr habt Frieda gehört, kommt rein. Wir setzen uns in die Küche."

Sie folgten ihm und Jordan schloss als letzter die Tür.

„Setzt euch", forderte er sie auf und lehnte sich an den Küchentresen. „Also, dann reden wir … Ich will den Vertrag nicht."

„Das haben wir alle verstanden", sprach Jordan. „Beruhig dich …"

Er regte sich tatsächlich schon wieder auf und atmete durch.

„Es hat uns einfach überrascht", machte Jordan weiter. „Wir haben nur kurz darüber geredet, was wir wollen und was nicht, aber dass du auf einmal wirklich manche Dinge nicht mehr möchtest, damit haben wir nicht gerechnet und selbst nicht darüber nachgedacht."

„Ist das so etwas wie eine Entschuldigung?"

Jordan zuckte mit der Schulter. „Vermutlich."

„Aber wenn wir ihn ablehnen, bekommen wir keinen besseren, wenn ich mich weigere und aussteige, könntet ihr weitermachen", erwiderte er.

Sana wischte das mit einer Handbewegung weg. „Du hast deine viel schlauere Freundin schon gehört, oder? Wir sind eine Familie, wir sind Quiet Place, wir alle, nicht nur vier von uns."

„Außerdem habe ich mit ein paar Leuten gesprochen", mischte Kam sich nun ein und grinste plötzlich.

Rafael stockte der Atem. „Was hast du getan?"

„Connections, mein Freund, Connections ..." Und dann begannen alle durcheinander zu sprechen.

60

Zum Glück befand sich in seinem Zimmer ein Fernseher, sonst wäre sie vor Angespanntheit vermutlich gestorben. Nicht, dass der Fernseher sie beruhigte, aber er lenkte sie irgendwie ab, während sie erst auf dem Bett lag und dann unruhig durch das Zimmer schlich.

Erst eine gefühlte Ewigkeit später hörte sie Schritte, als sich auch schon die Zimmertür öffnete und Rafael hineintrat.

Einen Moment lang starrten sie einfach nur einander an. Sie, die mitten im Zimmer stand, und er, der im Türrahmen verharrte. Sie konnte ihn kein bisschen deuten und dann ging sie in den Krisenmodus.

„Es tut mir echt leid", denn das tat es wirklich. Wer konnte auch ahnen, dass sich alle direkt auf den Weg hierhermachen würden und das auch schon gleich an dem Tag, an dem sie die Nachricht geschrieben hatte?

Rafaels Gesicht ließ weiterhin nichts von seiner Stimmung erkennen. Er musterte sie, dann trat er so ruckhaft auf sie zu, dass sie sich erschrak. Einen Moment später küsste er sie hart.

Das überraschte sie total, doch anstatt ihn nun zur Rede zu stellen, verlor sie sich in dem Kuss, bis er sich irgendwann atemlos löste. Er brachte einen Meter Abstand zwischen ihnen und schaute sie an. „Warum?", fragte er leise.

Sie wusste sofort, was er meinte. „Weil du sie brauchst, genau wie mich, darum. Aber ich wollte dir nicht verheimlichen, dass ich Sana geschrieben habe. Doch als ich die Nachricht versendet habe, hattest du meine Eltern gesehen ... Ich will ihnen nicht die Schuld geben, ich habe es dann bloß einfach vergessen. Es tut mir wirklich leid."

Rafael atmete durch. „Das muss es nicht. Danke!" Er trat wieder näher und umarmte sie. „Ich soll dich holen", wisperte er.

„Sind sie noch da?", fragte sie.

„Man wird sie echt schwer los." Er seufzte theatralisch und lächelte sie an. Dann ergriff er ihre Hand und zog sie mit hinunter.

Das Bild, das sich ihr in der Küche bot, würde sie nie vergessen. Die ganze Band in einer typisch ostfriesischen Küche im Landhausstil, samt Sofa. Wenn sie jetzt wieder das ostfriesische Geschirr herausholen würde, wäre das Bild perfekt: Skurril, abwegig, einem Stilbruch gleichkommend, aber irgendwie auch einzigartig und herzerwärmend.

„Moin!", sagte Kam erneut und schien sich zu amüsieren.

„Lass das, sie mag das nicht!", reagierte Rafael, bevor sie etwas antworten konnte.

„Wieso?" Jordan betrachtete sie schräg.

Endlich erwachte sie aus ihrem Schockzustand. „Weil niemand von euch ein Ostfriese oder eine Ostfriesin ist, es klingt einfach falsch."

„Das glaube ich nicht. Moin!", sprach Jordan und sie verzog das Gesicht, was Rafael leise lachen ließ.

„Falsch. Noch jemand von euch beiden?", und schaute zu Rico und Sana. „Kam und Rafael können es auch nicht."

Sana kicherte jetzt los. „Moiiiin. Falsch, oder?"

Frieda zuckte resignierend mit der Schulter. „Mach dir nichts draus."

Sie alle visierten nun Rico an, der immer noch düster dreinblickte, doch dann trocken „Moin" sprach.

„Das klang besser!" Rafael schien überrascht und schaute zu ihr.

„Von euch Fünfen bist du der beste", gab sie zu und stöhnte, weil die Situation immer skurriler wurde.

„Und wie klingt es nun richtig?", fragte Jordan.

„Moin!", sagte sie bestimmt und sicher.

Rafael nickte ihr anerkennend zu.

„Das klingt wirklich anders." Kam schüttelte den Kopf.

Sana kicherte immer noch. „Wir machen einen Song und mischen ihr ‚Moin' im Hintergrund dazu. Wie wäre es?"

„Uuuh!" Kam klatschte begeistert in die Hände.

„Auf keinen Fall!" Frieda schüttelte entschieden mit dem Kopf. „Es gibt schon genug Songs, die mit mir zu tun haben, da muss ich nicht noch stimmlich involviert sein. Das sind eindeutig nicht meine Kompetenzen."

„Deine Kompetenzen liegen eher darin, eine Band dazuzubekommen, sich nicht zu trennen", murmelte Rico und der Rest verstummte augenblicklich.

Rafael neben ihr visierte ihn an. „Das gestern war echt scheiße von dir."

„Ich weiß. Es tut mir leid, Frieda. Ich entschuldige mich für die Sachen, die ich gesagt habe. Ich wollte dich nicht persönlich angreifen. Wobei nein, ich wollte genau das, aber du bist stärker als ich und hast es ignoriert. Jetzt tut es mir leid."

„Entschuldigung angenommen." Sie lächelte und setzte sich auf einen der Stühle.

„Willst du was trinken?", fragte ihr Freund. „Sie haben eine Getränkeauswahl mitgebracht", und deutete auf einen Einkaufskorb aus Plastik, in dem lauter verschiedener Flaschen standen.

„Wow, was soll das werden? Frust trinken, wenn es nicht läuft?", kommentierte sie spontan und betrachtete den Alkohol.

„Gut erfasst." Sana grinste und hielt ihr die Hand hin. „Ich möchte nur sagen, dass ich im Gegensatz zu ein paar Männern ohne Hirn nie gedacht habe, dass du die Band auseinanderbringst. Danke für die Nachricht. Wir mussten wohl alle eine Weile nachdenken, um zu wissen, was genau wir wollen, wie ein Haufen Hirnloser, die entweder nicht nachgedacht haben und zu allem Ja sagen oder wie gewisse Personen, die alles ablehnen und keine Lösung suchen." Ihr Blick glitt zu Rafael. Das war etwas böse ausgedrückt, aber Frieda konnte sich vorstellen, wie Sana das meinte.

„Was genau ist nach der Nachricht passiert?", fragte sie sie, während die Männer offenbar nun diskutierten, was sie tranken.

„Das war eine der Situationen, wo ich eventuell ausge-
flippt bin und sie alle zusammengestaucht habe. Aber das
sind nur Gerüchte." Sana zwinkerte ihr zu.

Frieda grinste. „Verstehe. Habt ihr euch denn geeinigt?
Rafael hat noch nichts gesagt."

„Er hat dich schmoren lassen?" Sana stöhnte. „Raaaaaf,
du hirnlosester aller Hirnlosen ... du sagst ihr nicht, was wir
für großartige Neuigkeiten haben?"

Rafael drehte sich zu ihr. „Ich werde wohl in der Band
bleiben müssen", murmelte er. „Aber das heißt nicht, dass
andere Pläne hinfällig sind."

Sie atmete durch. „Du bist zu Verstand gekommen. Ich
bin sicher, wir bekommen das alles hin. Was läuft denn
jetzt?"

Sana grinste. „Eventuell haben einige von uns dem Label
gedroht, in der Gesamtheit zu gehen, wenn nicht ein paar
Dinge zu besseren Bedingungen laufen. Eventuell haben ein
paar von uns all ihre Kontakte spielen lassen und bessere
Angebote bekommen, die nicht mal gezögert haben, uns zu
geben, was WIR ALLE wollen."

„Das, was Rico und Rafael nicht glauben konnten, ist ein-
getreten. Wir haben endlich genug Power, um Sachen durch-
zusetzen." Jordan seufzte.

„Und das schnell." Kam seufzte mit. „Ehrlich, als du die
Nachricht geschrieben hast, hat Sana uns innerhalb einer halben Stunde zusammengetrommelt und das bei Berliner Verkehr. Eine weitere halbe Stunde später waren wir dann vor
ihr wie kleine weinende Welpen, die nicht mehr wollen, dass
Mami böse auf uns ist. Eine weitere Stunde später haben wir
verhandelt und alles gegeben. Wie schnell die Leute sein
können ..." Er schüttelte amüsiert mit dem Kopf, sodass sie
sich ziemlich sicher war, dass vor allem Kam seine Connections hatte spielen lassen. „Und dann weitere sieben Stunden
und einen Einkauf später..." Er deutete auf den Korb.
„...waren wir hier." Er grinste breit.

„Und was bedeutet das genau?", fragte Frieda jetzt und sah zu Rafael.

Der lächelte. „Wir wechseln anscheinend das Label und haben wahrscheinlich keinen Knebelvertrag mehr. Wir können Rechte behalten, wir haben mehr Zeit auf den Tourneen, wir dürfen das Album aufnehmen, wie und wo wir wollen, wir haben keinen Termindruck beziehungsweise, sie werden erst frühstens nach einem Monat nerven, sehen wir es realistisch. Ich kann für andere Künstlerinnen und Künstler Musik schreiben, wann ich will und wie ich will und noch ein paar Dinge. Der Vertrag muss noch ausgearbeitet werden, aber Kam hat mir Nachrichten gezeigt und einen Vorentwurf … es klingt wie das, was ich möchte."

„Du hast vergessen, dass wir mehr Anteile bekommen. Hach … diese Macht." Kam seufzte. „Das war toll heute. Und es ist nicht nur das, was er möchte, sondern was wir auch wollen."

„Wir müssen nur noch ALLE unterschreiben", fügte Rico hinzu.

„Aber jetzt trinken wir … Rock 'n Roll!" Jordan hob das Glas, was wohl mal ein Senfglas gewesen sein musste, und leerte dessen wenigen Inhalt in einem Zug. „Boah, ich hasse Wodka!"

Alle lachten, auch Frieda. Sie legte ihre Hand auf Rafaels Arm. Sie freute sich so sehr und war froh, dass sie ihrem Instinkt getraut hatte. Er lächelte und sie fühlte, wie dankbar er war. Frieda hatte recht gehabt, sie alle waren seine Familie.

„Wir müssen ein Foto von euch machen", sprach sie schließlich laut aus, was sie dachte. „Ich will nicht mehr daran schuld sein, dass ihr euch angeblich trennt."

„Du hältst uns zusammen. Sie ist unser Bandkitt … so wie Holzkitt", schleimte Sana und lachte wieder los.

„Guter Spitzname", Kam kicherte.

„Kitt … Das klingt wie das Auto."

„Das kann reden wie du", frotzelte Rico.

„Und ich schalte gleich den Super-Pursuit-Mode ein und trete dir gewaltig in den Arsch, ehrlich, mir ist scheißegal, dass du ein Rockstar wie der Rest bist."

„Yeah!", riefen alle.

„Leg dich einfach nicht mit meiner Kitt an", fügte Rafael hinzu und Frieda stöhnte, während alle lachten.

„Halt die Klappe, Vandale."

„Okay, lassen wir das mit dem Namen, der ist saudämlich", erwiderte Rafael.

„Trinken wir lieber", stimmte Frieda zu. „Das Bild machen wir morgen, wenn ihr ruhiger seid … Quiet Place, wirklich, ich habe selten einen unpassenderen Namen gehört", was wieder alle laut jubeln ließ. Immerhin konnten sie offenbar wirklich gut feiern, wenn es was zu feiern gab, und das machte auch ihr gute Laune.

Sie schaute nach, was sie trinken wollte, und schenkte sich schließlich ein Glas Gin ein. „Prost!", hob sie nun ihr Senfglas, was die ganze Sache noch skurriler machte.

„Auf Frieda!", erwiderte Sana.

„Auf Frieda!", stimmten die vier Männer ein.

„Gibts noch einen ostfriesischen Trinkspruch?", fragte Rafael jetzt.

„Plattdeutsch", korrigierte sie ihren Freund. „Also gut. Aber dann trinken wir wirklich."

Alle hoben ihre Gläser, die sie teilweise wieder aufgefüllt hatten.

Sie räusperte sich. „Mir fällt nur einer ein: Nich lang schnacken, Kopp in Nacken! Prost!" Und damit leerte sie ihr Glas.

***

„Ich habe Kopfschmerzen!", maulte Kam, doch wurde allgemein ignoriert, als sie sich am nächsten Vormittag bei strahlendem Sonnenschein und klirrender Kälte auf dem Weg zum Deich und zum Meer machten.

„Wer trinken kann, kann auch arbeiten", erwiderte Frieda scharf. „Wir brauchen ein Foto und frische Luft tut gut."

„Wenn ich kotze, bist du doch schuld", murrte Rico und handelte sich damit einen Schlag von Rafael ein, der zwar nichts sagte, aber der auch verkatert wirkte.

„Ich finde es schön!" Sana strahlte und atmete genüsslich die Luft ein. „Ich kann den Rhythmus des Meeres förmlich fühlen …"

„Das ist mein Magen", sprach Kam und ließ damit alle lachen.

Sie erreichten in diesem Moment den Deich und liefen hinauf. Frieda fand, dass ihre Gruppe ziemlich skurril aussah und definitiv auffiel. Tarnung brachte heute gar nichts, glücklicherweise war auch heute wieder so gut wie niemand unterwegs. Bisher waren sie nur einem älteren Paar begegnet, die jedoch, als sie näherkamen, die Straßenseite wechselten, weil sie vermutlich ein bisschen wild und laut wirkten.

Sie hatte Sana eine Jacke von ihren alten aus ihrem Elternhaus geliehen, weil die keine feste Jacke dabei hatte, und Jordan trug, wenn sie das richtig mitbekommen hatte, fünf Schichten Oberteile, um seine dünne Jacke auszugleichen. Das machte ihn von seiner Statur noch bulliger.

Kam wirkte beim Treppenaufstieg ein wenig blass, aber er schaffte es wie der Rest nach oben, wo sie alle einen Moment stehenblieben und den Blick über das Meer gleiten ließen.

„Schön", wisperte Rico und die anderen schienen stumm zuzustimmen.

„Historischer Ort", sprach Rafael leise, der Friedas Hand hielt, doch die anderen hatten es gehört und sagten zum ersten Mal nichts.

Sie lächelte. „Ja … und der Wind ist auch wieder da."

„Und dieses Mal weht er in eine gute Richtung, oder?"

Er schaute zu ihr und sie nickte. Sie fühlten dasselbe und nur ein paar winzige Töne aus seinem Mund, die die anderen nicht hörten, erinnerten sie an ihr Lied.

„Der Wind ist arschkalt", fluchte Rico jetzt, als ein paar Möwen über ihnen kreischten und ihn zusammenfahren ließen.

„Nein", antwortete Rafael und betrachtete sie. „Er ist genau richtig. Ich weiß es."

Frieda hatte keine Ahnung, was in der nächsten Zeit passieren würde. Sie hatten gestern Abend noch beschlossen, spätestens morgen zurückzufahren. Quiet Place wollten ihren neuen Vertrag aushandeln und unterschreiben, dann am Album weiterarbeiten und schließlich dann doch irgendwann wieder auf Tour gehen.

Frieda wusste nicht, wohin der Wind für sie wehen würde. Im Gegensatz zu all den Jahren schien er sich endlich zu ihren Gunsten gedreht zu haben und sie freute sich darauf, was noch alles kommen würde. Rafael und sie, das war ein Teil ihrer Zukunft, mit allem, was dazu gehörte. Gemeinsam, nicht mehr getrennt, egal ob Sturm oder leichte Brise, nichts würde sie mehr trennen können, denn dort wo sie zusammen sein konnten, würde ihr Zuhause sein.

In diesem Moment platschte es.

„Scheiße!", fluchte Rico und alle drehten sich erschrocken zu ihm um. Eine Möwe hatte ihn volle Kanne getroffen. Weiß-schwärzliche Möwenscheiße floss seine dunkle Jacke hinab und bildeten einen riesigen Fleck. Frieda wusste, dass er die Jacke wegschmeißen konnte.

Doch dann sah sie in sein Gesicht und musste plötzlich kichern.

Sana stimmte mit ein und plötzlich lachten sie alle.

„Beschissene Situation", ließ Rafael trocken los, was selbst Rico die Augen verdrehen ließ.

Frieda, die gar nicht aufhören konnte zu kichern, machte sofort mit. „Scheißegal, steht er halt auf dem Foto hinten."

Damit brach die Hölle unter ihnen los und selbst Rico lachte mit. Kichernd liefen sie weiter zwischen dem Haus des Gastes und dem Strand entlang zum Meer, wo Frieda das

Foto machen wollte. Die Stimmung und die Witze wurden dabei immer besser.

Rico zog für das Foto schließlich seine Jacke aus und hatte Glück, dass er einen dicken Band-Hoodie darunter trug.

Frieda machte derweil ein Foto von ihnen vor der Meerkulisse. Alle fünf strahlten in die Kamera. Sie wirkten wie eine Einheit, doch Frieda fühlte, dass sie dazugehörte. Sie hatten sie in ihrem Kreis aufgenommen und als sie anschließend um mehrere Fotos reicher an der Promenade am Strand entlangliefen, drückte Sana sie und flüsterte ein leises Danke.

Frieda schluckte, denn sie hätte nie gedacht, dass sie sich mal so fühlen würde, wie sie es gerade tat: Glücklich und zufrieden.

Rafael war es, der schließlich einen Moment mit ihr stehenblieb und einen Arm um sie legte, während die anderen schon weiterliefen und wie ein junges Rudel Hunde am Strand entlang tobten.

„Ich mag sie", murmelte sie.

„Und sie dich", wisperte er.

Er blickte in diesem Moment zu ihr. Er schien etwas sagen zu wollen, doch er sprach kein Wort. Er rückte näher und summte eine Melodie. Er begann mit ‚Black Wave', von dem sie beide wussten, dass es nicht mehr passte, und dann wechselte er zu dem namenlosen Lied, das bisher nur ihnen gehörte. Und auch wenn die Töne im Wind verklangen, wussten sie, dass ihre Liebe das nicht tat. Die Liebe würde immer mit ihnen fliegen.

Ein Jahr später …

Keinen Anfang und kein Ende,
alles ist bei dir,
wie der Wind nur ohne Ziel,
wie ein Wort mit Gefühl.
Alles ist bei dir,
nur ohne Anfang und ohne Ende,
ohne Ziel,
nur ein Gefühl.

frei übersetzt aus dem Song „All of It" von Quiet Place

Epilog

Frieda atmete tief ein und aus. Die Luft war kalt, der Wind schnitt ihr förmlich ins Gesicht, doch in diesem Moment liebte sie alles daran.

Ein Arm legte sich um sie. „Wirst du nicht erfrieren?", fragte eine sanfte raue Stimme.

„Nein, das hier liebe ich." Sie sog erneut die Luft ein und hielt ihren Kopf kurz in den Wind, bis sie sich zu Rafael umdrehte. „Und ich liebe dich!"

Ein paar lose Haarsträhnen, die sich aus ihrem dicken Zopf gelöst hatten, umspielten ihr Gesicht, aber Frieda ignorierte sie, als sie nun zu Rafael hochsah. Er summte ein paar Töne als Antwort. Sein Lied, ihr Song, das genügte, um alles zwischen ihnen zu beschreiben.

Er strahlte für sie Ruhe und Wärme aus, etwas, was sie sofort beruhigte. Aber sie wusste, dass er auch anders sein konnte. Sie hatten im letzten Jahr so viel erlebt und kannten sich inzwischen so gut, dass ein Blick von ihm oder von ihr reichte.

„Du in diesem Wind, das ist wirklich das Schönste, was ich je gesehen habe", wisperte er.

„Kommen dir jetzt wieder neue Songs in den Sinn?", fragte sie erheitert und wusste, wie schnell das passierte. Sie hatte es im vergangenen Jahr so oft beobachten dürfen, auch zusammen mit den anderen. Mit ihrem neuen Vertrag und ihrem neuen Label schien die Kreativität aus allen nur so herauszubrechen. Das neue Album war so schnell aufgenommen worden, dass sie alle es selbst nicht fassen konnten, was allerdings auch wenig Schlaf bedeutet hatte. Doch das war die Mühe wert gewesen.

Rafael grinste jetzt, seine Haare waren ebenfalls zu einem Zopf gebunden. „Das wäre schon möglich. Irgendwann soll ja ein nächstes Album erscheinen. Nach ‚Lifestorm' wird es vielleicht ‚Stormhome'?"

„Das klingt gut, aber ich erkenne maritime Muster." Sie kicherte und dachte an das letzte Album, was vor wenigen Monaten erschienen war und alle anderen mit Abstand toppte. Ursprünglich hatte es ‚Opposites' heißen sollen, aber Rafael hatte schließlich ‚Lifestorm' vorgeschlagen, weil der Titel so viel besser zu den Songs passte. Für Frieda war es ein Meisterwerk.

„Und es wird wieder allein dir gewidmet sein." Er zog sie in seine Arme und sie ließ es einfach mit sich geschehen.

„Ich habe mich noch nie so frei gefühlt. Danke!", wisperte sie, denn das letzte Jahr war voller Freiheiten gewesen. Sie hatte die Band begleitet, aber sie hatte auch sich selbst gefunden und darauf gehört, was sie wollte. Sie machte inzwischen ein weiteres Studium, jetzt mehr im Bereich Marketing, und verdiente nebenbei Geld, indem sie Quiet Places neues Label bei Reisesachen beriet, die aber nichts mit Quiet Place zu tun hatten. Das hatte sie für sich ausgeschlossen. Das alles fühlte sich richtig an, auch wenn sie nicht wusste, wie lange sie den Job noch machen wollte. Das Studium gefiel ihr gut und Paula war begeistert, dass sie sich so oft in Berlin aufhielt.

Sie hatten Rafaels Wohnung umgestaltet und inzwischen fühlte es sich wie ihr Zuhause an, auch weil er es für sie zu einem machte. Das Ostfriesensofa hatte mit einem neuen Bezug einen festen Platz an seinem Esstisch gefunden, den er dann auch gleich mit hatte austauschen lassen, weil sein alter rund gewesen war und nicht zum Sofa passte. Dementsprechend gab es bei Band-Sitzungen bei ihnen immer eine Klopperei um die Sofaplätze, wobei einer davon immer für sie reserviert war.

Seit drei Monaten waren Quiet Place außerdem auf Welttournee und sie hatte einfach von unterwegs studiert und gearbeitet, was mal mehr und mal weniger gut funktionierte. Doch sie machte sich keinen Stress, sie wollte ihr Leben genießen, und das tat sie.

Doch nun hatten sie nach Weihnachten und Neujahr drei Wochen frei und heute Morgen hatte Rafael verkündet, dass er unbedingt nach Ostfriesland fahren wollte. Später würden sie Friedas Mutter besuchen, morgen oder übermorgen ihren Vater und vielleicht war auch Tomma da, mit der Friedas Verhältnis sich langsam verbesserte.

Rafaels Mom Mary hatten sie dagegen bereits über die Feiertage besucht und endlich kannte Frieda auch Rafaels Geschwister, die tatsächlich ruhiger geworden waren.

„Schau nach links", raunte Rafael ihr plötzlich zu und vertrieb damit ihre Gedanken.

Das tat sie und blickte auf das Meer. Sie standen auf dem Deich, doch nicht in Norddeich, wo sich noch der Strand zwischen ihnen und dem Meer befunden hätte, sondern viel weiter westlich, wo das Meer fast genau am Fuß des Deiches endete. Warum Rafael mit ihr hierhergefahren war, wusste sie nicht. Sie hatten in einiger Entfernung geparkt und waren dann bis hier gelaufen. Die Luft war erfüllt vom Klang des Windes, des Meeres und dem Geruch nach Salz und Tang. „Wundervoll!", murmelte sie.

„Und jetzt sieh nach rechts", flüsterte er und genau das tat sie.

„Was soll ich sehen?", fragte sie und blickte auf einen Graben, von dem sie ihm vorhin erklärt hatte, dass man den hier ‚Schlot' nannte. Dahinter lagen jede Menge Felder, auf denen sich sattes Gras tummelte. Im Hintergrund konnte man eine der vielen Windkraftanlagen sehen, die zu Ostfriesland gehörten, wie Wind und Meer.

„Dahinten …" Er zeigte etwas nach rechts und sie folgte seinem Blick. „Das Haus dort …"

Ihr Herz schlug plötzlich heftig.

„Es gehört uns", wisperte er.

Überraschung machte sich in ihr breit und sie erinnerte sich sofort an die Worte, die er vor einem Jahr zu ihr gesprochen hatte. Sie spürte, wie Tränen sich in ihre Augen schlichen, weil sie es wunderschön und aufmerksam fand.

„Ich habe es gekauft, aber es gehört uns. Unser Rückzugsort …", murmelte er erneut.

„Du hast es ernst gemeint", flüsterte sie. Damit würden sie hier einen Rückzugsort behalten, denn ihre Eltern hatten tatsächlich alles noch im letzten Jahr zu einem wahnsinnigen Preis verkauft. Auch Rafaels altes Haus würde nicht mehr lange ihm gehören. Doch dass er schon was Neues hatte … damit hatte sie absolut nicht gerechnet. Ihre Arme schlangen sich um ihn und sie drückte ihn fest. „Du hast es wirklich ernst gemeint", wiederholte sie, weil sie nicht wusste, was sie sonst gerade sagen sollte.

„Ja … ,Alles ist bei dir, nur ohne Anfang und ohne Ende, ohne Ziel, nur ein Gefühl'", zitierte er aus seinem Song. „Es ist unser Zuhause."

Zuhause. Sie wusste, dass sie das Haus lieben würde. Sie konnten, wann immer sie wollten, hierherkommen. Und auch wenn es nicht ihr einziges Zuhause sein würde, würde es etwas Besonderes sein. Rafael hatte recht. Er liebte es hier, und auch wenn sie es lange nicht gewusst hatte, liebte sie es ebenfalls, weil sie ihn liebte. Und das jedes Jahr ein bisschen mehr.

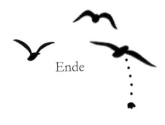

Ende

Nachwort und Dank

Bevor ich ein paar Leuten danke, möchte ich ein paar Dinge loswerden. Man könnte vielleicht im Buch den Eindruck bekommen, dass ich Ostfriesland nicht mag oder die Meinung meiner Protagonistin Frieda teile. Das stimmt selbstverständlich nicht. Ich selbst bin zwar gebürtige Ostfriesin, lebe nicht mehr dort, wollte als Jugendliche immer weg und habe auch keinen Drang je wieder zurückzuziehen, aber gerade mit der Entfernung, weiß ich doch einiges zu schätzen. Ich finde die Landschaft wunderschön, liebe den Wind und die salzige Luft, die weite Aussicht vom Deich und mag auch Norddeich, weil es ein schöner Ort ist, um mal ein paar Tage auszuspannen. Ich bin dort gerne groß geworden. Selbstverständlich habe ich auch nichts gegen Touristen oder Menschen, die aus Nordrhein-Westfalen kommen. Ich habe selbst mal eine kurze Zeit dort gewohnt. Trotzdem sind alle Dinge, die ich im Buch beschreibe, echt, nicht übertrieben und wurden mal irgendwie irgendwo gesagt. Es gibt Menschen, die sich über den Sand beschweren und es gibt Personen, die das böse Schimpfwort „Vandale" absolut verdient haben, auch wenn die Personen natürlich auch aus anderen (Bundes)Ländern kommen können. Das alles wurde nur für dieses Buch zusammengetragen und Frieda neigt dazu, eher das Schlechte zu betonen.

So oder so zeigt das Buch eine andere ostfriesische Seite, nicht aus Sicht von Besuchern, die zu mindestens 95 % total super sind, oder total Ostfriesland verklärend, sondern aus Sicht von gebürtigen Ostfries*innen, wobei ich natürlich nicht für alle spreche und sprechen kann. Das wollte ich nur kurz gesagt haben, um nicht den Eindruck zu erwecken, dass alles, was ich schreibe, auch meine Meinung ist. Das Leitungswasser dort ist übrigens das Beste für Tee. Darüber diskutiere ich auch nicht :-D

Und nun endlich zum Dank! Vorrangig möchte ich dieses Mal ausdrücklich als erstes meiner Mutter danken, die mir sehr engagiert alle Fragen beantwortet hat, die ich selbst nicht über Ostfriesland beantworten konnte, angefangen von der Farbe der Biomülltonne, bis hin zum „Klütje-Gate" (siehe Rezept). Ich bin übrigens ihr Kükelsternchen und ich bin und war es immer gerne.

Dann ein großer Dank an meinen Mann, der wie ich auch aus Ostfriesland stammt, einen typisch ostfriesischen Vornamen trägt und mit mir eine Zweitagestour nach Ostfriesland gemacht hat, um mit mir den Lütetsburger Park zu besuchen. Er hat die Treppenstufen zum Berg gezählt, jede Menge Fotos gemacht und hat mit mir über manche Sachen gelacht, die einem über die eigene Heimat auffallen.

Dann wie immer ein großer Dank an alle, ohne die ich das Buch nicht hätte schreiben können. Anita, Andrea, Lisa und Janina, danke für eure Arbeit, eure Mühe, eure Tipps und für eure Unterstützung.

Vielen Dank auch an die Freundinnen meiner Mutter, die mit großem Engagement Spitznamen zusammengetragen haben, auf die ich nicht gekommen bin.

Nicole danke ich für die Namensinspiration und meinen Follower*innen auf Instagram für die rege Teilnahme an der Namenswahl. Slay ist vielleicht nicht der netteste Charakter, aber mit viel Liebe erschaffen.

Und ganz zum Schluss danke ich natürlich allen Leserinnen und Lesern, die bis hierhin gekommen sind. Danke, dass ihr mein Buch gelesen und hoffentlich geliebt habt, egal, ob es nun das Erste von mir war oder schon das Achtzehnte.

Habt ihr eigentlich alle Easter Eggs im Buch gefunden? Es gibt zwei klare Bezüge zu anderen Büchern von mir und zwei, bei denen man Sachen hineininterpretieren kann oder nicht. Das hat großen Spaß gemacht.

Minny

Glossar

Wörter:

Elführtje: Tradition um 11 Uhr (meist am Sonntag) Tee zu trinken und/oder gerne auch noch das ein oder andere „kleine" Getränk zu sich zu nehmen.

Gnudd: plattdeutsche Bezeichnung für Gewittermücken; kleine elende Biester, die zu Millionen anrücken.

Kluntje: Kandiszucker; große kristallartige Zuckerstücke, mit denen man heißen Tee süßt (das Geräusch von knackendem Kluntje in winzigen Tässchen ist unvergleichlich).

Klütje: ostfriesisches Gericht; Betonung liegt auf dem Ü; in manchen Familien heißt das auch Puffert.

Kükelstern(chen): Kosename, Kükel bedeutet Küken, Liebling, Schatz oder Kleinkind.

Moin: Begrüßungsformel nicht nur in Ostfriesland; bedeutet „Hallo", nicht „Morgen"; sagt man gängigerweise nur einmal, wer „Moin moin" sagt, quasselt und/oder kommt eindeutig nicht aus Ostfriesland.

Sabbelmors: Beschimpfung, bedeutet so viel wie jemand, der zu viel redet und Mist erzählt.

Schlot: plattdeutsches Wort für Wassergräben, die unter anderem zwischen Straßen und Feldern liegen.

snacken: ausgesprochen: schnacken; anderes Wort für plaudern.

Stummel: Kosename; bedeutet liebevoll so viel wie Knirps.

603

Orte:

Aurich: zweitgrößte Stadt Ostfrieslands; Sitz des Landkreises Aurich, zu dem auch Norden und Norddeich gehören.

Emden: größte Stadt Ostfrieslands; das bekannte Otto-Hus befindet sich hier.

Hage: östlich von Norden gelegen; gehört zur Samtgemeinde Hage, zu der auch *Lütetsburg* gehört.

Juist: die längste ostfriesische Insel; Autos sind hier verboten; Fährverkehr ist von den Gezeiten abhängig.

Leer: drittgrößte ostfriesische Stadt; wird auch das „Tor Ostfrieslands" genannt.

Marienhafe, Osteel, Upgant-Schott: gehören zur Samtgemeinde Brookmerland; passiert man automatisch, wenn man über die Bundesstraße nach Norddeich fährt.

Norddeich: Stadtteil der Stadt Norden, auch wenn Norddeicher das gerne ignorieren; Endhaltestelle der Bahnstrecke mit gleich zwei Haltestellen: Norddeich Bahnhof und Norddeich Mole; Startpunkt der Fähren nach Norderney und Juist.

Norden: Stadt in Ostfriesland; nordwestlichste Stadt Deutschlands; hier gibt es selbstverständlich u. a. ein Teemuseum.

Norderney: zweitgrößte ostfriesische Insel; staatlich anerkanntes Heilbad; regelmäßiger Fährverkehr nach Norddeich.

Orte mit -siel: gibt es häufig in Ostfriesland, genau wie Orte mit -marsch; Beispiele: Greetsiel, Bensersiel, Hilgenrieder-siel.

Suurhusen: Ort in Ostfriesland und Teil der Gemeinde Hinte; bekannt für seinen schiefen Kirchturm.

Westermarsch: Gebiet westlich von Norddeich, wobei Teile Norddeichs eigentlich zu Westermarsch II gehören (ja, es gibt zwei Teile …).

Musik

Einige mögen sich an dieser Stelle fragen, was denn die musikalische Inspiration für das Buch war. Gerade zur Alpha-Reihe und auch bei der Wonder Dance-Reihe habe ich Playlisten auf Spotify erstellt, die für alle zugänglich sind. Bei diesem Buch nicht, und das liegt daran, dass ich mich von keiner existierenden Band inspirieren lassen habe. Quiet Place hat in meinem Kopf einen ganz eigenen Klang und ich habe bis jetzt kein entsprechendes Äquivalent gefunden. Musik habe ich trotzdem beim Schreiben gehört, ohne geht es einfach nicht. Wenn ihr euch also ein bisschen reinfühlen wollt, wie es für mich beim Schreiben war, dann hört euch „Rock goes Classical"- oder „Pop goes Classical"-Playlisten an. Diese Klänge haben mich durch das ganze Buch getragen, mich wie Raf fühlen und die Songs im Buch drumherum bauen lassen.

Minny

Klütje-Rezept

Damit ihr Friedas Rezept nachkochen könnt, wenn ihr wollt, habe ich hier das Rezept für euch.
Dazu gibt es noch ein paar Anmerkungen:

Klütje ist nicht gleich Klütje!

Als ob Ostfriesland nicht schon manchmal verwirrend genug wäre, heißt Klütje nicht überall Klütje, sondern in manchen Familien auch Puffert, während wiederum Klütje bei denen das ist, was andere als Puffert kennen (ja, ich weiß, mich hat das auch verwirrt ... meine Mutter und ich hatten eine ewig lange und lustige Diskussion darüber).

Fakt ist: Ich habe hier das Klütje-Rezept zusammengefasst, was auch in ostfriesischen Kochbüchern vorrangig als Klütje und in der einen Hälfte meiner Familie (in der anderen nicht ...) bezeichnet wird.

Viel Spaß beim Kochen oder besser Backen!

Zutaten:

500 g Mehl
1 Ei
30 – 40 g Hefe
1 Esslöffel Schmalz
etwas Salz
etwas Zucker
250 ml Milch
Varianten: Man kann auch 200 g Speck dazutun und/oder 250 g Rosinen

Zubereitung:

Die Hefe wird mit Zucker und mit ein paar Löffeln von der Milch verrührt. Anschließend wird das Mehl in einer Schüssel mit Milch, Ei, Schmalz, Salz und der bereits angerührten Hefe vermengt. Das Ganze gibt man in einen Topf oder in eine Gugelhupfform und lässt ihn aufgehen. Wenn er doppelt so hoch ist, kommt der Topf mit Deckel oder die Form (je nachdem, was man benutzt hat) in den Backofen und backt den Teig langsam knusprig-braun bei 175 Grad.

Nach 20 Minuten wendet man den Klütje, damit er auch von der anderen Seite braun wird und backt ihn noch einmal 20 Minuten.

Wenn man ihn mit Rosinen macht, werden diese am Anfang einfach mit in den Teig gegeben. Wenn man ihn mit Speck macht, legt man den Topf oder die Form mit dem Speck aus und bäckt den Teig darin. Es gibt auch die Variante, dass Speck in Stückchen im Topf brät und anschließend den Teig darauf gibt.

Klütje isst man warm entweder mit Birnenkompott und/oder Vanillesoße oder Vanillesoße, in denen Birnen aus der Dose (ohne Flüssigkeit) erwärmt wurden. Manche schlagen auch Sirup oder Zucker und Buttersoße dazu vor.

Und nun der Tipp aus den Kochbüchern, woran man merkt, dass Klütje ein ostfriesisches Gericht ist (und was Beth und Henry aus meiner Alpha-Reihe lieben würden): Kalt schmeckt er gut zum Tee!

PS: Das Rezept wurde nicht von mir getestet. Ich habe zwar beste Erinnerungen an den Klütje meiner Oma, aber nicht deswegen, weil ich ihn so gern gegessen habe, sondern weil ich ihn nicht mochte (ich mag keine süßen Mahlzeiten wie Klütje oder Pfannkuchen mit Zimt und Zucker) und deswegen immer die allerbesten Bratkartoffeln bekommen habe. Aber keine Sorge, ich kenne genug Menschen, die Klütje lieben!

Liebe*r Leser*in!

Nun ist dieses Buch zu Ende, du hast es geschafft. Ich hoffe, dir hat der Ausflug nach Ostfriesland, aber auch an die anderen Orte gefallen. Über eine positive Bewertung würde ich mich natürlich sehr freuen.

Für mich war es spannend, als Ostfriesin in einem Buch dorthin zurückzukehren und es gefühlt ganz anders zu machen wie andere Bücher, die hier spielen. Immerhin gab es keine Toten (sehen wir von Rafs Vater einmal ab).

Ich habe dieses Buch mit dem festen Vorsatz geschrieben, einen Einzelband zu schreiben. Wie das bei mir häufig so ist, bin ich mir da inzwischen nicht mehr sicher. Wäre eine Quiet Place-Reihe nicht ziemlich cool? Ich liebe die Band, allerdings liebe ich auch Paula, und sogar Tomma finde ich interessant, die hier ja nur sehr durch Frieda gefiltert vorkommt.

Auf jeden Fall komme ich zum Schluss, dass es gut sein kann, dass wir alle irgendwann noch einmal treffen werden. Gäbe es bei dir da Favoriten? Und hast du die bereits erwähnten Easter Eggs gefunden?

Falls du meine anderen Bücher noch nicht kennst, schau sie dir gerne an. Gleich folgt auch noch eine Auflistung.

Ansonsten folge mir gerne auf Instagram, Facebook, Amazon oder neuerdings auch TikTok oder besuche mich auf meiner (hoffentlich bald neuen) Website unter: www.minnybaker.de

Dort findest du auch einen Shop, um bei mir u. a. signierte Bücher zu bestellen, und bald zusätzlich auch einen Newsletter, auf den ich mich schon freue.

Ich wünsche Dir eine gute Nacht oder einen guten Tag, je nachdem wann du das Buch zu Ende gelesen hast. Ich bin ausnahmsweise einmal tagsüber fertig geworden.

Ganz liebe Grüße sendet Dir,

Minny

WEITERE BÜCHER VON MINNY:

Die Alpha-Reihe:
Alpha One (2017), Alpha Two (2017), Alpha 100 (2017), Lost Alpha (2018), Alpha Heart (2018), New Alpha (2019) und Alpha Life (2019).

Ergänzend zur Alpha-Reihe:
Short Alpha Stories (2019), Short Alpha Stories 2 (2020), Short Alpha Stories 3 (2023).

Die Tote Träume-Reihe:
Gegen tote Träume hilft nur Liebe (2020) – Band 1, Tote Träume leben im Herzen weiter (2021) – Band 2 und Tote Träume können Hoffnung machen (2021) – Band 3.

Wonder Dance-Reihe:
Winter Wonder Dance (2021), Winter Wonder Dance – New Beginning (2022).

Einzelbände:
Wie ein Funkeln in der Angst (2020).

Reihenübergreifende Kurzgeschichte:
UCoP-Love – Eine fast weihnachtliche UCoP-Kurzgeschichte (2021).

Impressum

Texte © Copyright by 2023
Minny Baker
Ginsterweg 19
29614 Soltau
autorin@minny-baker.de

Bildmaterialien © Copyright by 2023
Hintergrund: © Binary Studio – stock.adobe.com.
Bearbeitung: Minny Baker
Lektorat: A. L.

Imprint: Independently published.

ISBN Taschenbuch: 9798857550359
ASIN E-Book: B0C7N5QRL7

Bibliografische Information der Deutschen Nationalbibliothek:
Die Deutsche Nationalbibliothek verzeichnet diese Publikation in der Deutschen Nationalbibliografie; detaillierte bibliografische Daten sind im Internet über http://dnb.d-nb.de abrufbar.

Printed in Poland
by Amazon Fulfillment
Poland Sp. z o.o., Wrocław

25062039R00348